JN128853

和歌を読み解く 和歌を伝える

堂上の古典学と古今伝受

海野圭介［著］

UNNO Keisuke

勉誠出版

序文

海野圭介氏の『和歌を読み解く 和歌を伝える――堂上の古典学と古今伝受』を味読すると、日本の古典文学が現代まで伝えられてきた意義の重さと、千年以上の歴史をたどりながら、さまざまにかかわってきた多くの人々の織りなした、多様な文化や学問の展開の姿に、あらためて驚きを実感せずにはいられない。一つの作品から派生する、これはもう膨大としか表現のしようのない注釈書類、しかも文学だけではなく、歴史、仏教、神道、芸能、さらに多くの分野と融合しながら継承されていくエネルギーは、圧倒される思いである。その深淵をのぞき込みたい誘惑に誰しも駆られるとはいえ、現実には立ち竦み身動きのとれなくなる姿が想像され、畏怖の思いで立ち止まってしまう。海野氏は、果敢にも茫漠とした世界に分け入り、腑分けしながら、無数に絡まる世界から、貫かれる論理を選り出し、私たちの前に正統の筋道を解き明かして見事に披歴してくれる。

『古今集』『伊勢物語』『源氏物語』など、平安朝を代表する作品は、物理的に伝存したのではなく、千年余の読者が営々と守り続け、次の世代へと新しい解釈とともに受け渡してきた。宮中では早くから『万葉集』や『日本書紀』の訓釈がなされてきたように、堂上公家衆には中国の学問とともに、日本の古典も大きな存在としてあった。中世にいたると、和歌の専門家が生まれ、訓詁注釈が学問として成立し、家々によって各種の説が派生していく。

海野氏は、作品に沿いながら数多くの錯綜とした注釈書類から本質の流れを解明し、古典作品が室町、江戸時代へと継承されていく実態を闡明にする。『伊勢物語』に描かれた世界は、表面的には人倫に悖り、好色の世界が描かれていると批判されても否定のしようがない。それを中世では「幽玄」を味わうとともに、教誡の書としての位置づけをする。『源氏物語』にしても、宗祇から伝えられた三条西家の読みの方法は、教誡的倫理的な解釈を基本とし、「人情」を解する和歌の世界にも通じるとするだけに、人々は不可避の作品とし認識し、古典学に精進していく。

本書の圧巻は何といっても〈古今伝受〉の複雑な世界を整理し、新しい視野を広げ、限りなく存すると思われるほどの資料群を、丹念に、また精緻に記録とともに伝流の中に位置づけたことであろう。『古今集』『伊勢物語』『源氏物語』など、古典作品の講釈の場において早くから〈秘説〉が生まれ、そこに師弟関係や家の学問が派生してくる。鎌倉期には秘説の正統性が、学派の消沈にもかかわってくるだけに、権威を求めて激しく争われもする。丹後田辺城に籠城した細川幽斎の例を持ち出すまでもなく、近世初期の〈古今伝受〉は政争を越えた絶対的な存在になっていた。

常縁から宗祇、三条西家への相伝、『古今集』の注釈とそれにともなう〈古今伝受〉の形成過程、智仁親王によってまとめられた伝授資料の一具など、古典学がどのように時代ごとに生きた存在であったか、その考証は知的興味をかきたててくる。智仁親王の資料は後水尾院、後西院へと伝えられ、堂上公家の学問となり、成果としての注釈資料が生み出されるなど、日記記録類から講釈の現場を復元し、具体的に多くの資料を解き明かしていく。引用されたさまざまな本文を読むだけでも、その一部をかいま見るようで興味はつきない。和歌を詠む効用だけではなく、作品の〈大意〉の変遷、儒学から国学にいたる享受のありようなど、論究は江戸末期にまでいたる。

海野氏の研究は広範囲にわたり、本書からだけでも、書誌学、歌学、蔵書史、古典学などに通暁した研究者の姿を知ることができる。個人的には、蓄積されてきた研究成果の一部なりともまとめるようにと、かねて慫慂してきただけに、中世・近世の古典学に一石を投じる本書の出版には敬畏の思いで称賛するばかりである。研究への真摯な姿勢と情熱は、今後も持続してほしいとの思いで、ことば足らずとは知りながら、いささか駄文的な「序文」を草し、多くの方々に読まれ、研究世界に寄与してほしいと願うところである。

二〇一九年一月

大阪大学名誉教授
元国文学研究資料館館長
伊井春樹

目　次

引用凡例

一、引用資料の出典については、個々に各章の注部分に示した。活字翻刻によるものは、原則その表記に従ったが、他本を参照して一部を改めた場合もある。

一、論考の中の引用にあたっては、新漢字に改め、句読点を打ち、清濁を分かつなど、読みやすい形にして揚げた。但し、本文の対照等の必要により底本の表記のまま掲げた部分もある。

一、資料篇の翻刻は、なるべく底本の表記を留めるように留意し、句読点を打つに止めた。詳細な凡例については、各翻刻部分のはじめに記した。

一、文書類の名称については、原則として所蔵者の目録類に従った。東山御文庫に所蔵される典籍・文書類については『書陵部紀要』の彙報に掲載されるマイクロフィルム目録の呼称に従い、小倉慈司「東山御文庫本マイクロフィルム内容目録（稿）（1～2）、索引」（田島公編『禁裏・公家文庫研究 一～三』（思文閣出版、二〇〇三―〇九年）を確認した。

用語凡例

一、学術用語としての「古今伝受」の表記には、「古今伝受」、「古今伝授」の両方が用いられるが、本書では原則として「古今伝受」の表現に統一し、類似の事例についても「伝受」の表記を用いた。ただし、原資料や各種目録類に「伝授」の表記が用いられる場合、伝え授けることに主眼がある行為と考えられる場合は「伝授」の表記も併用している。なお、「古今伝受」の表記をめぐる近年の議論には以下の論考がある。川平ひとし「〈伝受〉の力点描」（『跡見学園女子大学人文学フォーラム』五、二〇〇七年三月、後に同『中世和歌テキスト論 定家へのまなざし』（笠間書院、二〇〇八年）に再録）、小高道子「相伝と伝受――古今伝受の表記をめぐって」（『中京大学文学部紀要』四一、二〇〇七年三月）、杉本まゆ子「御所伝受考――書陵部蔵古今伝受関係資料をめぐって」（『書陵部紀要』五八、二〇〇七年三月）、高梨素子「古今伝受という用語について」（『研究と資料』五七、二〇〇七年七月、後に同『古今伝受の周辺』おうふう、二〇一六年に再録）。

一、「堂上《とうしょう》」の語は、本来、五位以上で昇殿を許された者を指すが、後には公卿・殿上人の総称から公家一般の称ともなった。「本来、宮中で昇殿を許された人々、つまり公卿・殿上人の意であるところから、公家一般をさす言葉として用いられる。「地下《ちげ》」の対」（大谷俊太）（『和歌文学大辞典』古典ライブラリー、二〇一四年）と説明されるように、本書でも「地下」（「宮中に昇殿を許されない人、家格、身分のこと。「堂上」の対。公家に対して、武家や町人・僧侶・神官などの和歌・歌人を指して「地下の和歌」・「地下歌人」と称する」（同））の対義の意で用いている。

はじめに——注釈と伝受の時代

平安時代に成立した『古今和歌集』や『伊勢物語』、『源氏物語』、『和漢朗詠集』などの作品は、はやくに学びの対象としての古典となり、その注釈が著され、それらを読み解く講釈が行われていった。そうしたことは、慶應義塾大学附属研究所斯道文庫編『古今集注釈書伝本書目』（勉誠出版、二〇〇七年）、大津有一『伊勢物語古註釈の研究（増訂版）』（八木書店、一九八六年）、伊井春樹編『源氏物語 注釈書・享受史事典』（東京堂出版、二〇〇一年）、伊藤正義・黒田彰・三木雅博編『和漢朗詠集古注釈集成 一—三』（大学堂書店、一九八九年—一九九七年）などに示された書目を目で追うだけでも了解される。こうした注釈書・聞書の類は、かつては作品の享受の歴史を伝える資料とのみ見なされてきた。作品を読み解き、その解釈を記し留めるという営みは受動的な行為と理解されてきたのであるが、それらが日本古典文学研究において改めて注目を集めたのは、その含み持つダイナミズムの具体相が明らかにされてきたからに外ならない。国内においては、片桐洋一、伊藤正義による文芸創造の基盤となる知識の紐帯としての注釈（注釈書、聞書、秘伝書等）の発見と、それに続く知識の伝達や蓄積行為そのものへの関心の喚起が文学概念の再検討を促し[1]、海外においては、ハルオ シラネ、鈴木登美らによる日本文学を対象としたカノン形成（canon formation）に関する議論が、享受された時代の政治・経済・宗教・ジェンダーといった様々なコンテクストとの往還の中で読み解かれるべき多くの課題を提起した。(2)

作品の「受容」をめぐる検討は現在も様々なテーマを掘り起こしつつあり、その視点は、「受容史」、「享受史」の名のもとに行われたような、ある特定の作品の注釈や受容の歴史を綴る資料の発掘とそれら個々の評価といった枠組みには収まらないほどに拡散している。文芸、学問、さらには信仰の記憶として結実するテクストの基底にある知識のかたちを具体的な読み解きの行為として把握し、その流通の様相、その位置した空間や儀礼を含む総体の姿、そうした知識や思索の成果を蓄積して伝える書物のあり方とその作成や集積の歴史、また、その活用方法の実際といった創造の根幹としての知識そのもののあり方の理解へと関心は広がってきている。

一

本書は、室町時代後半から江戸時代前半頃、十五世紀後半から十八世紀初頭にかけての時代を対象に、和歌や平安王朝の物語をめぐる堂上《とうしょう》（五位以上の昇殿を許された者に対する呼称。後に公卿・殿上人の総称から公家一般の呼称となる）の学問の形成の過程とその内実について考察を行ったものである。

和歌や平安王朝の物語を対象とした学問（当時の言葉で言えば「歌学」、本書では古典を対象とした学問の意で「古典学」とも称す）は、長らく公家の学問の中心にあった。とくに堂上と称された公家衆の知的基盤の形成に寄与するところが大きかった。御会に詠進する生得の歌詠みであることが求められた公家衆は、和歌を詠むための語彙や修辞、また、出詠のための作法や自詠を記す懐紙や短冊の書写法といった知識を必要とした。そのため、和歌をめぐる学びの第一はそうした実用的な知識の習得に向けられたが、『古今集』や『源氏物語』といった古典は、歌詞とその続け柄などの言語運用上の知識とともに、その作品世界の理解を通して和歌実作の構想や構成にも関わる多くの知識を提供した。和歌や連歌の創作には、古典の十全な理解は欠かすことの出来ない事柄であったが、古典を対象とした学問は、古典和歌や物語の語彙と表現類型の習得のみを目的としてはいなかった。そもそも和歌や王朝古典を学ぶことが堂上の学問として命脈を保ったのは、作品の精緻な理解の先にある寓意の読み解きにその価値が認められてきたからであり、理想的な王朝世界の姿の味読を通して、行動規範としての教訓性や倫理性を感得することが期待されたからであった。

例えば、人の「心」をめぐる議論はそうした事例の一つである。(3)和歌の本質を述べて「人の心を種として万の言の葉と」なると説かれる『古今集』仮名序の一節は、その後の和歌をめぐる議論の方向性を決定づけた。(4)心と表現の関係性をめぐる議論は、和歌を対象とした学問の中心的課題となっていったが、それは、藤原定家《ふじわらのさだいえ》（一一六二―一二四一）の論書に端的に示されるような詠作をめぐる方法論的、かつ審美論的方向へと論を進めるのみならず、具体的な行動規範としての倫理的な振る舞いの心得を和歌に認め、表現の奥に秘められた教誡的寓意を読み解く学として展開した。和歌表現の内実としての「心」をめぐる議論は次第に息を潜め、表現者その人の心持ちや態度といった事柄が「心」をめぐる議論の新たな課題となっていった。(5)

東国の武将であった東常縁《とうのつねより》（一四〇七?―八四頃）から連歌師宗祇《そうぎ》（一四二一―一五〇二）へと伝えられたとされる『古今集』の説々は、その後の堂上の古典学に大きな影響を与えたが、その講説は和歌表現の理解の裏に教誡性を読み取る解釈を加えたもので、表には直接に表現されない寓意の読み解きをその特徴としている（宗祇の関与した注釈は程度の差はあるものの、いずれも同様の性格を有している）。その秘説の継承は『古今集』を読み解く講釈とともに切紙《きりかみ》（講釈の後に伝受された秘説を記した紙片）として行われ、古今伝受《こきんでんじゅ》と称される知識伝達の方法が整えられた。宗祇から三条西実隆《さんじょうにしさねたか》（一四五五―一五三七）へと伝えられた古今伝受は、三条西家から細川幽斎《ほそかわゆうさい》（一五三四―一六一〇）を経て八条宮智仁親王《はちじょうのみやとしひとしんのう》（一五七九―一六二九）へと伝えられ、後水尾院《ごみずのおいん》（一五九六―一六八〇）によって整備された後は、後西院《ごさいいん》（一六三七―八五）、霊元院《れいげんいん》（一六五四―一七三二）と継承され、禁裏・仙洞に伝えられた、いわゆる「御所伝受《ごしょでんじゅ》」として幕末に至る。古今伝受の周辺には、『伊勢物語』、『源氏物語』、『百人一首』、『詠歌大概』、『未来記』、『雨中吟』といった作品の講釈や伝受があり、本来的にはそれぞれの個別の読み解きを伝えていたが、江戸時代の初頭頃には、それらは古今伝受へいたる過程において習得すべきものとして再定義され、そうした王朝古典をめぐる様々な学問の頂点に古今伝受が据えられることとなった。

二

『古今集』を対象とした注釈の発掘と評価については、はやくに、西下経一「古今和歌集研究史」（『国語と国文学』一一―四、一九三四年四月）があり、その後、平安文学をめぐる受容史研究の一環として、片桐洋一(6)、山本登朗(7)、青木賜鶴子(8)といった中古文学の研究者によって資料の探索とその整理が進められ、翻刻や影印の形で種々の注釈書・聞書類の紹介が行なわれた。近年、冒頭に記した、慶應義塾大学附属研究所斯道文庫編『古今集注釈書伝本書目』が刊行され、書名のみからでは理解の及ばなかった資料についてもその概要が知られるようになった。

注釈書に記された内容の理解を目的とした調査や検討と並行して、横井金男『古今伝授沿革史論』（大日本百科全書刊行会、一九四三年）、及びそれを取り込み増補した、同『古今伝授の史的研究』（臨川書店、一九八〇年）によって、歌学教育のシステムとしての古今伝受の歴史とその展開についての通史が示され、古今伝受の歴史そのものを対象とし、その意義を問うような研究も行われるようになった。

鎌倉時代から室町時代の後期頃にかけての展開については、三輪正胤による密教や神道の理論を背景に持つ秘伝書の整理とその歴史的定位を通した歌学秘伝史の構築、[9] 新井栄蔵による陽明文庫（京都市右京区）、曼殊院門跡（京都市左京区）、毘沙門堂門跡（京都市山科区）といった貴顕に伝えられた御所伝受に関わる資料の博捜、[10] 武井和人による一条家や三条西家に伝来した資料の書誌学的、文献学的検討、[11] 石神秀美による三輪の成果の再検討、及び宗祇と三条西家を中心とした注釈の論理的側面の分析、[12] 宮川葉子による三条西実隆研究の一環としての古今伝受の検討、[13] 川平ひとしによる冷泉家関係の切紙や伝書の発掘とその内容についての検討[14]といった成果が積み重ねられてきている。

室町時代の末から江戸時代にかけての展開については、はやくに、宮内庁書陵部編『図書寮典籍解題 続文学篇』（養徳社、一九五〇年）に宮内庁書陵部に所蔵される桂宮家伝来の「古今伝受資料」（五〇二・四二〇）に関する解題があり、小高道子による確立期の御所伝受に関する研究、[15] 日下幸男による地下《ぢげ》、武家へと広がった古今伝受に関わる資料の博捜と検討、及び中院通勝《なかのいんみちかつ》（一五五六―一六一〇）や後水尾院（一五九六―一六八〇）の文事に関する研究、[16] 大谷俊太による堂上の歌学研究の一環としての古典学研究、[17] 酒井茂幸による禁裏御文庫の蔵書史研究とその学問に関する検討、[18] 高梨素子による後水尾院の文事と歌人の分析[19]といった検討が進められている。

江戸時代の後半の様相については、盛田帝子による光格《こうかく》天皇（一七七一―一八四〇）を中心とした歌壇の研究、[20] 杉本まゆ子による閑院宮《かんいんのみや》家伝来資料の整理とそれに関連する宮内庁書陵部に所蔵される古今伝受資料の検討が[21]行われている。こうした諸論により、鎌倉時代から江戸時代後半に至る展開の歴史が理解されるようになり、また、古今伝受という営為そのものの持つ歴史的・社会的意義の理解も進展してきた。

近年では、長谷川千尋による二条尭恵流の検討、[22] 髙尾祐太、[23] 竹島一希、[24] 野上潤一[25]による切紙類に記された秘伝の思想的・学問的背景についての検討、青山英正による孝明天皇（一八三一―六六）の古今伝受をめぐる幕末歌学史の検討、[26] など、従来、行き届かなかった部分に及ぶ成果も示されている。また、英語圏においても、スーザンクラインによる密教的注釈の展開と能をはじめとする周辺文芸との関係に関する研究、(27)アンコモンズによる歌聖としての柿本人麻呂のイメージの形成をめぐる研究。(28)ジェイミー ニューハードによる『伊勢物語』注釈の展開に関する研究など、(29)注釈と伝受に関わる論考が著されている。

三

本書は、右に記した先行する、あるいは本書の素稿となった文章と並行して示された成果とも問題意識を共有しつつ、平安王朝の古典を対象とした講釈とそれに伴う秘説の伝受とを通して伝えられた堂上の古典学の展開と、その頂点に位置した古今伝受の歴史的展開とその意義について四部に分けて考察を行った。その概要はおおよそ以下のようなものである。

第一部は、室町時代から江戸時代初頭に行われた古典講釈の目的と方法などについて述べた。東常縁と宗祇の間に交わされた『古今集』の伝受は、三条西家から細川幽斎を経て禁裏へと伝えられ、御所伝受と称される禁裏・仙洞を頂点とする公家の古典学の最高位の秘伝となる。その形成の過程については第三部に述べたが、第一部ではそうした古典講釈の内実に関わる事柄についての検討を行った。

第一章では、宗祇とその弟子であった牡丹花肖柏《ぼたんかしょうはく》（一四四三―一五二七）との間で行われた『伊勢物語』講釈の聞書である『肖聞抄《しょうもんしょう》』の分析を通して、その講釈の目的と機能について述べた。宗祇の『伊勢物語』講釈の目的の一つに、『肖聞抄』に「幽玄に読みなす」と記された言葉に象徴される物語の理想化がある。「幽玄に読みなす」とは、物語に内在する嗜虐性や反倫理性を捨象する解釈の方法であったと考えられるが、そうした読み解きを通して伝えられた古典理解は、講釈を聞く者達の倫理的規範ともなり、また制約としても機能した。こうした講釈のあり方は、『古今集』を対象とした例についても同様で、その真名序に「教戒之端」と記された『古今集』を学ぶことは人倫の道を学ぶこととしてイメージされた。古典作品の講釈には、物語や和歌に描かれる王朝の理想の理解を通して道徳的秩序を学ぶことが意図されており、それゆえに公家衆や武家衆の学ぶべき学問として尊ばれ、定着していったと考えられる。

第二章では、『細流抄《さいりゅうしょう》』、『明星抄《みょうじょうしょう》』、『惟清抄《いせいしょう》』といった『源氏物語』と『伊勢物語』を対象とする三条西家流の講釈聞書の分析を端緒に、光源氏や在原業平といった物語の登場人物の造形が、奢らずに身を慎む人物として解釈されていることに注目し、そうした倫理化された人物の振る舞いの理解を通して、抽象的な存在である「歌道」の精神を体得することが意図されていることを述べた。自身の行動や発言を慎む心（当時の言葉では「卑下」する心）の尊重は、細川幽斎などが関与した室町時代後期頃に著された諸道論書にも共有された価値観でもあり、古典の読み解きは、講釈の対象となったそれぞれの作品の精緻な理解という知識の伝達の範囲を越えて、講釈に連なる公家衆や武家衆の倫理観や価値観の形成にも関与している。

第三章では、宗祇から三条西家へと伝えられた秘伝を集積した切紙のうち、「一虫」、「虫の口伝」と称される切紙を素材として、講釈と切紙との関係について述べた。また、併せて、切紙に記された注説が神道や仏教に由来する知識を基盤とすることを確認し、その中に禅の文献からの影響のあることについても触れた。「一虫」、「虫の口伝」の切紙は、『古今集』と『伊勢物語』の双方に収められる「あまの刈る藻にすむ虫の我からと音をこそなかめ世をばうら見じ」の一首に発想された秘伝を記したもので、この一首は、『伊勢物語』では「二条后」、『古今集』では「典侍藤原直子朝臣」の作とされる。勅撰和歌集としての『古今集』と作り物語としての『伊勢物語』の伝える内容の弁別は、宗祇―三条西家流の古典講釈の前提ではあったが、その記載の差異に隠された寓意があるとされ、その読み解きが秘伝とされた。「一虫」、「虫の口伝」の説く内容は、「我から」の言葉からイメージされる、「我」の意志とそれによって生成する事象との関係性を説明したもので、主体としての「一心」の優越性を説き、「一心」から政道の眼目としての「直」（正直）が生ずるとし、「万事一心」によることを述べる（『古今集』に記される「直子」の称は「直」を暗示したものと解釈される）。切紙は、総体としての『古今集』のあり方を説くことを意図しており、単なる奇説を記したものではない。『古今集』の内実を説き、その肝要を説明するものとして存在していたと言える。また、「一虫」、「虫の口伝」の切紙は、「我」の「心」のあり方を神道や仏教に由来する知識によって説明するが、その中には中国禅宗の第三祖とされる鑑智《かんち》僧璨《そうさん》（？―六〇六）による著述『三祖鑑智禅師信心銘』（『信心銘』）の成句を引用すると考えらえる部分がある。新たな信仰・学問としての禅の室町文化への影響は多々説かれるところであるが、それが和歌の秘伝の中に取り込まれている点にも室町的な歌学の特質の一端を見て取ることができる。

第四章では、三条西実教《さんじょうにしさねのり》（一六一九―一七〇一）の講説を中院通茂《なかのいんみちしげ》（一六三一―一七一〇）が記録した聞書の分析から、当時の古典理解の方法に「抄」（注釈書）による方法と「講釈」による方法があると理解されていたこと、講釈はそれを聞く側だけではなく行う側にも利点があり、講釈を行うことが歌道の修練の一つと考えられていたことを述べた。和歌表現の意図や意味を説明することは「義理」を付けると称されたが、一首の和歌に幾重にも「義理」を付け（解釈を行い）、その表現意図や効果をあれこれと詮索することが和歌を詠むための修練となり、より深い理解へと到達する手段となるとされた。こうした理解は、後水尾院《ごみずのおいん》（一五九六―一六八〇）や霊元院《れいげんいん》（一六五四―一七三二）といった歌壇の中心にいた人々にも共有されており、和歌を読み、それを解釈するという行為は、その美的特質の把握を目的とするのみならず、歌意の考究を通した自身の詠作手法の訓練でもあり、また、和歌を詠む「心」の鍛錬をも兼ねるものとしてあった。

こうした古典理解のあり方は、室町時代中期から江戸時代初期頃の和歌の実作に求められたものとも通じていた。第一部の末尾には、附章として室町時代の中期頃、宗祇の生きた時代でもある後柏原天皇《ごかしわばらてんのう》（一四六四―一五二六）の治世に詠まれた和歌を対象として江戸時代初頭に著された注釈書『管見集《かんけんしゅう》』を取り上げ、その注釈を読み解くことを通して、実作の側からこの時代の古典講釈と和歌の詠作との親和性について述べた。

第二部は、和歌の秘説の相承のシステムである古今伝受を対象に、その形成期の様相を三条西実隆、吉田兼倶《よしだかねとも》（一四三五―一五一一）、細川幽斎といった人々の伝えた資料の分析を通して考えた。また、古今伝受をめぐる儀礼空間の展開についても考察を行った。

第一章では、はやい時期の古今伝受の経緯を記録する『実隆公記』から、宗祇より三条西実隆への古今伝受に関わる記事を摘記して注釈的に読み進めた。『実隆公記』には、『古今集』の講釈が『論語』に述べられる「思無邪」の精神の体得として発想されていたことが記されており、講釈が単なる歌意の読み解きではなく、それを通して感得される心的要因に価値が認められていたことが知られる。宗祇の講釈を実隆の筆録した聞書は焼失してしまったようで、その子孫には伝わらなかったらしい。三条西家の内部において家説の集成の試みが行われたことが知られているが、そうした説々の収集が必要とされたのは、実隆段階における資料が伝来しなかったことも関係しているだろう。『古今集』の講釈の後には「口決」や「相伝」の語を以て語られる秘説の継承が行われており、すべてが終了した後には、聞書・切紙などをまとめて櫃に収めて伝領している。後代の古今伝受に認められる相伝の形は実隆の時点においてあらかた整えられていたことが確認される。宗祇没後には、実隆は、宗祇門弟の玄清《げんせい》（一四四三―一五二一）等に古今伝受を相伝しているが、この時代の歌壇には師範家としての飛鳥井・冷泉の両家の存在感が強く、三条西家は大臣家の家格であったこともあり、当初は、和歌への関与は限定的であったと考えられている。実隆は、その晩年に後奈良天皇（一四九七―一五五七）へと古今伝受を相伝するが、これも実隆その人の名声の高まりによると考えられており、古今伝受はいまだ歌壇に共有された重事とはなっていなかったと考えられている。宗祇の伝えたと考えられる切紙には吉田神道の説を取り込んだ「神道」の切紙が含まれており、その説は歌学の秘伝として相伝されてゆくが、『実隆公記』に記される吉田兼倶の薨伝には古今伝受との関わりについては記されない。実隆は吉田神道の発展を目論む兼倶の行いに懐疑的であったらしく、それによる秘伝のさらなる神秘化を図ることもなかったと考えられる。

第二章では、宗祇と吉田兼倶の間で成立した秘伝書『八雲神詠伝《やくもしんえいでん》』を対象とし、それが吉田神道の秘説を和歌の秘伝とした書であることを確認し、その相伝の歴史を辿った。素戔嗚尊《すさのおのみこと》の「八雲立つ」の一首に発想された秘伝書『八雲神詠伝』は、宗祇と吉田兼倶との交渉のもとに作成されたと考えられている。宗祇の筆録した『古今集』講釈の聞書である『両度聞書《りょうどききがき》』の内、版本系と類別される系統には『八雲神詠伝』に触れる記事が見え、また、宗祇の伝えた切紙に基づくと考えられる切紙には『八雲神詠伝』の説く四妙説に基づく秘伝が「神道」の標目のもとに収められている。『八雲神詠伝』に記された秘説は、古今伝受切紙の一部として再編成されて歌学の側にも取り込まれるなど、この時期の吉田家と歌学との交渉は盛んであったが、その後は積極的な関与の跡は見出せない。『八雲神詠伝』そのものが吉田家から外部に相伝されることはあったが、それは和歌の秘伝ではなく、神道の秘説として相伝されたと考えられる。また、宗祇に発する古今伝受切紙は二条・冷泉の歌道家二流のうち、二条家の継承を唱える人々に相伝されてゆくが、『八雲神詠伝』の相伝は冷泉家の人々との接触の跡が認められ、室町時代には為和《ためかず》（一四八六―一五四九）、江戸時代には為村《ためむら》（一七一二―七四）との交渉を記す資料が伝来している。

第三章では、三条西家三代の相承の後に古今伝受を相伝した細川幽斎の事跡について述べた。実隆の孫・実枝《さねき》（一五一一―七九）は、その男・公国《きんくに》（一五五六―八七）が早世したため、孫・実条《さねえだ》（一五七五―一六四〇）の成長を待って、三条西家の古今伝受を門弟の細川幽斎へと預けることとした。幽斎は実枝との約束を守って実条へと返し伝授を行うが、その後に、近衛尚通《このえひさみち》（一四七二―一五四四）に伝えられた近衛家流、牡丹花肖柏に伝えられた堺伝受の切紙などを収集し、宗祇以来三流に分かれて伝えられた古今伝受に関わる文書を統合した。幽斎の調えた聞書、切紙、誓紙、証明状等の典籍・文書類は、八条宮智仁親王へと伝えられたが、それらは、その後の古今伝受において相伝されるべき一具として一定の規範的な存在となった。そうした資料の整備の点においても、古今伝受の歴史において幽斎の果たした役割は評価される。

第四章では、和歌の秘説伝受の際に行われた儀礼について関連資料を収集し、その歴史的展開について述べた。柿本人麻呂《かきもとのひとまろ》の影像を掲げて和歌を詠む、人麿詠供《ひとまろえいく》の儀礼は、平安時代後期に六条藤家の人々によってはじめられたと考えられているが、その影像は鎌倉時代には通常の歌会の座の荘厳としても定着する。同時に人麿の影像は、詠供歌会が目的とした供養や讃歎の対象としての存在から、祈念の対象としての存在、また、その座を荘厳する存在としての意味合いが強くなり、古今伝受の座にも掲げられるようになる。鎌倉時代に行われた古今伝受の作法は、密教の灌頂儀礼に倣って構想されたものであったが、そうした儀礼は、江戸時代初頭においてなお遂行されており、冷泉家との関わりの深かった曼殊院に伝わる道場図にその継承を見ることができる。一方、東常縁と宗祇の間で交わされた古今伝受については、切紙を伝えたとされる以外の作法や室礼については資料が伝わらないが、それを継承した細川幽斎の時代には神道儀礼が借用された様式で切紙の相伝が行われていたことが確認される（それは御流や三輪流と称した流派で行われた神道灌頂の室礼と類似する）。また、そうした神事としての古今伝受は、伝えられた切紙の説く君臣秩序の寓意を可視化したものであったと理解される。

第三部は、八条宮智仁親王から古今伝受を相伝した後水尾院が、それを調えて堂上歌学の頂点に位置する儀礼とする間の歴史的展開とその後の禁裏・仙洞における継承について述べた。

第一章では、宗祇以降の古今伝受を伝える諸家の存在とその伝領した典籍・文書類、及び江戸時代初頭におけるそれらの集積の過程について述べた。室町時代の末には、三条西家はもちろんのこと、細川幽斎との関係において、八条宮家、烏丸家、中院家などの家々が古今伝受の相伝と関わるようになる。それぞれの家には古今伝受に関わる典籍・文書類が伝領されていったが、後水尾院はそれらを貸借し、内容を検めるなどして家々の秘伝を禁裏・仙洞のもとに統合した。それは結果的に、和歌の家の再編成を促すこととなった。一方、後水尾院から古今伝受を相伝した後西院は、禁裏に相伝する古今伝受箱を調え、霊元院がそれを継承して御所伝受の道統をかたち作っていった。

第二章、第三章は、智仁親王から古今伝受を相伝した後水尾院が、それを禁裏の伝受とする過程の委細について述べた。後水尾院は、明暦三年（一六五七）に妙法院宮尭然親王《みょうほういんのみやぎょうねんしんのう》（一六〇二—六一）、照高院宮道晃親王《しょうこういんのみやどうこうしんのう》（一六一二—七八）、飛鳥井雅章《あすかいまさあき》（一六一一—七九）、岩倉具起《いわくらともおき》（一六〇一—六〇）の四名に『古今集』講釈を行い、切紙を相伝している。受講者による聞書も飛鳥井雅章によるものと道晃親王によると考えられるものが伝わり、さらには、道晃親王によると考えられ聞書を素稿として『後水尾院御抄《ごみずのおいんみしょう》』と称すべき聞書の清書本が作成されている。この後に行われた寛文四年（一六六四）の古今伝受では後西院への相伝が果たされて御所伝受の系譜を継ぐが、その際には各巻の巻頭五首に歌意の講釈があり、他は文字読《もじよ》み（アクセントや読み癖の講釈）が行われたのみであったため、明暦三年の講釈聞書に基づく清書本が後水尾院の講説を伝える聞書として伝領されていった。また、こうした聞書の伝存状態から見ても、道晃親王は当時すでに高齢であった後水尾院を補佐し補う存在であったと考えられる。

寛文四年には後西院とともに、中院通茂、日野弘資《ひのひろすけ》（一六一七—八七）、烏丸資慶《からすまるすけよし》（一六二二—六九）の三名に古今伝受が相伝された（通茂、後西院とその座に陪席した道晃親王による記録が遺されており、行儀の詳細が知られる）。後水尾院は、万治四年（一六六一）の大火によって智仁親王の講釈を記した聞書を失っていたらしく、臣下から古今伝受に関する典籍・文書類を進上させている。通茂、資慶は、中院通勝《なかのいんみちかつ》（一五五六―一六一〇）、烏丸光広《からすまるみつひろ》（一五七九―一六三八）が細川幽斎から相伝した古今伝受に関わる聞書や切紙を伝領しており、三条西実教のもとにも同家伝来の典籍・文書類があった（近衛家伝来の古今伝受箱も万治四年以前に仙洞に預けられていたらしいが、先記の大火で焼失してしまったらしい）。遺された記録によれば、通茂、実教には家伝の古今伝受の進上の命に対する葛藤があったようであるが、結局は後水尾院のもとへ差し出している。幽斎以来、その弟子の世系に伝えられてきた古今伝受は、この寛文四年の相伝によって禁裏・仙洞へと収斂することとなり、以後、御所伝受として禁裏・仙洞を戴く堂上歌学の頂点に位置づけられることとなる。

第四章では、寛文四年の『古今集』講釈の後に行われた切紙伝受に際して後水尾院の示した解釈について述べた。後水尾院の伝えた口伝《くでん》は中院通茂による書留によってその内容が知られるが、室町時代以来伝えられてきた和歌の秘事の意味を問う通茂に対して、後水尾院は相伝される秘伝の内実よりも、それを伝えることによる心的側面の価値を述べる。例えば、「稽古方」と記された切紙についてその子細を尋ねる通茂に対して、後水尾院は「よく〳〵工夫して自得させんため、おぼ〴〵とかきたるコト」と返したと言う。後水尾院の返答には「工夫」、「自得」、「悟入」のような言葉が見えるが、これは、密教や神道の秘儀に依拠しつつ説かれた和歌の秘事口伝の意義を再解釈したものであったと理解される。切紙の伝える秘事の内容をこと細かに知ることよりも、その意味の感得を目指す詮索の行為にこそ真の意味があるとする後水尾院の立場は、第一部第四章にも述べた近世の堂上歌学の新たな方向性と軌を一にする。

第五章では、後水尾院より古今伝受を相伝した後西院による伝受文書の整理に関わる目録の分析を通して、禁裏に相伝される古今伝受一具が作成された経緯について述べた。従来、御所伝受に相伝された典籍・文書類とその内容については、宮内庁書陵部に現蔵する桂宮家旧蔵「古今伝受資料」（五〇二・四二〇）によって考えられてきたが、この古今伝受箱それ自体は、智仁親王以降も宮家に伝領されたらしく、禁裏・仙洞に伝領された古今伝受箱は、東山御文庫に伝領されたものであったと考えられる。後西院によって古今伝受後に作成された目録と対照すると、東山御文庫に伝領された古今伝受箱は、後西院当時の姿をそのまま留めるとは考えられないものの、現存の典籍・文書類と目録の間には多くの対応が認められ、おおよその復元が可能である。また、目録は二通作成されており、伝統的に伝えられてきた典籍・文書類の整理の後に、自身の相伝した寛文四年の古今伝受に関連する典籍・文書類が整理されて行ったことが知られる。

　第六章では、霊元院の『古今集』講釈に関わる資料とその記す内容について述べた。近年公開された東山御文庫に所蔵される資料によって正徳四年（一七一四）の霊元院による講釈の内容が理解されるようになった。同年には、武者小路実陰《むしゃのこうじさねかげ》（一六六一―一七三八）に古今伝受が相伝され、中院通躬《なかのいんみちみ》（一六六八―一七三九）も同座している。その折の聞書は通躬のものが京都大学附属図書館に所蔵されることが知られていたが、東山御文庫に伝来する聞書はそれとは異なり、実陰による当座聞書と考えられる。通例に倣い講釈の聞書は浄書されたらしく、中書本と目される聞書も東山御文庫に見出されるが、清書本にあたる聞書はいまだ報告がない。一方、和田英松『皇室御撰之研究』（明治書院、一九三三年）によって霊元院宸翰の『古今集序御註』が佐佐木信綱のもとにあったことが知られていたが（その後、佐佐木の手を離れ、現在は天理大学附属天理図書館に所蔵されている）、孤立した存在であったためか、その内容が精査されることはなかった。これも近時公開された国立歴史民俗博物館に所蔵される『古今集序聞書』は佐佐木旧蔵本の草稿にあたるもので、その序注を含む『古今集』の全体の注釈が、京都大学附属図書館に『古今和歌集注』（中院・Ⅵ・七二）として伝わっている。この注釈は一種の諸抄集成であり、先の実陰、通躬の聞書の清書本ではないが、宝永元年（一七〇四）から二年にかけて行われた中院通茂の『古今集』講釈、正徳四年の霊元院の『古今集』講釈の説々を含み、この時代の古典学の成果について考える際の重要な資料と言える（なお、その記す内容については、第四部第一章において検討を行った）。

第七章では、幽斎より古今伝受を相伝した通勝、後水尾院より古今伝受を相伝した通茂等の書写本を含む中院家の旧蔵書を伝える京都大学附属図書館蔵中院文庫本の資料の内、『古今集』注釈に関連する書物を一覧して、その内容と蔵書の形成過程について述べた。中院文庫に現存する『古今集』注釈関連資料は、通茂の伝領した古層の資料群、通茂の聞書とその書写本、通茂長男・通躬と二男・野宮定基《ののみやさだもと》（一六六九―一七一一）の聞書と書写本を中心とする。その前後の時代のものには散佚したものも少なくないであろうが、通茂前後の時代は中院家における古典学の隆盛期でもあり、現行の蔵書はその盛衰の歴史をある程度は反映していると考えられる。

第四部は、和歌や王朝物語を読み解くという営みの江戸時代の堂上における展開について述べた。講釈における心的側面の重視や人倫の尊重は継承されるが、種々の説々が出揃い、それを記録した書物も蓄積された時代には、先人の理解を書物を通して学び、それらを比較しつつより適切な理解に及ぶような発想が広がる。堂上の歌学においては、それは、より深く詠作者の心の襞に押し入り、慎み深くかつ思いやる心を汲み上げる読み解きの提示であったと考えられる。また、新たな学問として興った近世儒学の思想が提示した「人情」のあり方を説くものとしての物語理解は、堂上の間にも浸透していった。

第一章では、後水尾院の後に禁裏歌壇を領導した霊元院の歌壇において作成された諸抄集成（先行する注釈を併記して記した注釈書）に記される注説の特質について述べた。先行する諸抄を併せ見るような書物は室町時代中期頃から作成されるようになるが、中世期に著されたものは自家と他家の説々の対比を通して自家の優位を説き、近世期に著されたものは諸説の対比のもとに合理的判断が下されたと評価されることが往々にしてあった。北《きた》村季吟《むらきぎん》（一六二四―一七〇五）や契沖《けいちゅう》（一六四〇―一七〇一）による成果に近世的新しさを見ることは許される知見だろうが、十八世紀初頭頃の堂上においても諸抄集成は作成されており、その視点は『湖月抄《こげつしょう》』や『教端抄《きょうたんしょう》』とは異なっている。現在のところ、京都大学附属図書館に収められる中院家旧蔵の『古今和歌集注』（中院・Ⅵ・七二）を唯一の完本とするその諸抄集成は、御所伝受に伝えられた先行諸抄の説を併記して、その末尾に「私」説としてそれらへの評価を示す。その目的は和歌に込められた深意の理解にあったと思われるが、その方法は、後水尾院の時代にも行われた幾重にも「義理」を付けることを先行諸抄に適用したものであった。

第二章では、堂上公家達の書き留めた種々の聞書の中から『源氏物語』に関する注記を摘記しつつ、その理解の方法とそこに求められたものについて述べた。陸続と著された注釈書類は前代の成果を踏まえて著されるのが通例で、時代を追うごとに大部となり、その意図するところはかえって見え難くなってゆく。種々の講釈の合間に語られた『源氏物語』に関する話題は、講釈者や受講者が『源氏物語』をどのような存在として考えていたのかを端的に知る資料であり、また、『源氏物語』に期待された事柄を率直に伝える記録でもある。『源氏物語』は王朝の語彙と表現の宝庫であるとともに、その雅な世界を体現するものであった。それを読み進めることは、複雑に絡み合うストーリーを解きほぐして理解するのみならず、それに即して故実の習得が行われ、また心身の鍛練が期待された。

第三章では、江戸時代初期の陽明学《ようめいがく》者・熊沢蕃山《くまざわばんざん》（一六一九—九一）による『源氏物語』理解の分析を端緒に、十七世紀末から十八世紀初頭頃の堂上の『源氏物語』の評価に新たな概念が加えられたことについて述べた。蕃山は、後水尾院歌壇の主要な歌人であった中院通茂や通躬、野宮定基とも交流があった。通茂による『源氏物語』講釈の聞書には、それを「人情」を描く物語とする理解が記されるものが存するが、この「人情」の語は、伊藤仁斎《いとうじんさい》（一六二七—一七〇五）や近松門左衛門《ちかまつもんざえもん》（一六五三—一七二五）等の著述に論じられたキータームで、中村幸彦の指摘以来[30]、江戸時代前期の文学や芸能を貫く一大テーマであったことが定説となっている。蕃山の著述『源《げん》氏外伝《じがいでん》』と通茂講釈の聞書とを対比すると、前者から後者への表現の引用が認められ、通茂が示した理解の出所は蓄山であったと理解される。このことは、堂上の古典学がその伝統を守りつつも、新たな学問としての近世儒学思想との交渉の中で、それを取り込むことのあったことを伝えている。

また、論考に加えて、資料篇として、第三部の記述の資料とした、東山御文庫蔵『古今伝授御日記』(後西院による記録)、同蔵『古今集講義陪聴御日記』(照高院宮道晃親王による記録)、京都大学附属図書館蔵中院文庫本『古今伝受日記』(中院通茂による記録)の翻刻を添えた。これらは、古今伝受の次第を伝えるのみならず、同時代の古典を対象とした学問がどのように発想され、どのような意識のもとで行われていたかを知るための資料としても貴重である。理解の便のために、それぞれの記事の中で注目される項目については簡単な解題を付した。

末尾には、第一部と第二部において述べたことを概括する形で、『古今集』を読むことの歴史的展開を、テクスト解釈の発展の歴史(テクスト解釈が順次整備され正しい解釈へと至るという発展的史観に基づく歴史)としてではなく、読み手の受容意識の歴史として見た場合に開かれる視界について述べた。初出稿が英文であったこともあり、本書に組み込む際にも英文で収めることとした。本書の伝えようとする事柄の英文のサマリーとなることも意図している。

四部二十章(英文論考を含む)と資料篇二篇にわたって述べた事柄は、冒頭に記したような近年の学的関心と軌を一にしており、本書の素稿となった既発表論文もそうした方向性を示す役割を果すように記述してきたつもりであるが、それゆえに、それぞれは個別の課題のもとに考察を行ったものであり、通史的な記述を意図していない。一書となるよう再構成したものの、必ずしも一貫した視角からの記述とはなっていない。各章の概要を長く書き連ねたのは、そうした欠を幾分でも補おうとしたためでもある。

注

(1) 具体的には、片桐洋一による『古今集』、『伊勢物語』を対象とした注釈活動の軍記、お伽草子への影響の指摘、伊藤正義による能の成立基盤としての古注釈の発見、伊井春樹による源氏世界の広がりの俯瞰、黒田彰による漢故事受容の媒体としての『和漢朗詠集』とその古注釈の発掘など(後掲諸書参照)、古典に対する注釈的営為に支えられた作品生成の具体層が次々と明らかにされ、その関係性が問われることとなった。作品を成立させるための知識の供給源としての古典注釈の機能に対する関心が高まり、古典受容の歴史は作品創造の歴史と一体化して検討されるようになって行った。

片桐洋一『伊勢物語の研究 研究篇』、『同 資料篇』(明治書院、一九六八年・一九六九年)

同『中世古今集注釈書解題 一―六』赤尾照文堂、一九七一年―八七年)

伊藤正義『新潮日本古典集成 謡曲集上・中・下』新潮社、一九八三年―八八年)

伊井春樹『源氏物語注釈史の研究 室町前期』桜楓社、一九八〇年)

黒田彰『中世説話の文学史的環境』和泉書院、一九八七年)

また、注釈という形で伝えられる創造の基盤としての知識へと向けられた関心は、伊藤正義により提起された中世日本紀(日本中世において、『日本書紀』等の古代神話に基づきながらも、本地垂迹説などの中世的理解によって様々に解釈され再編成された神話群の総称)をはじめとする時代の学問体系への関心へと移り、多くの宗教テクストや学問テクストの中に記し留められた知識とその体系の発掘を促した。

阿部泰郎による天台教学への関心、牧野和夫・山崎誠による漢学をめぐる注釈活動の掘り起こし、赤瀬信吾による和歌注釈と宗教・漢学テクストとの交渉の検討など(後掲諸論考参照)の知識の供給源としての注釈のあり方や機能に対する諸論考が牽引し、文学作品に限ることなく様々なジャンルのテクストが渉猟されていった。

阿部泰郎「慈童説話の形成(上)・(下)――天台即位法の成立をめぐりて」(『国語国文』五三―八、五三―九、一九八四年八月―九月)

牧野和夫『中世の説話と学問』(和泉書院、一九九一年)

山崎誠『中世学問史の基底と展開』(和泉書院、一九九三年)

赤瀬愼吾「心・意・識の論と和歌注釈」(『和漢比較文学叢書 五』汲古書院、一九八七年)、同「室町時代中

期の和歌注釈と漢籍」(『中世文学』三三、一九八七年六月)

(2) ハルオ シラネ・鈴木登美編『創造された古典 カノン形成・国民国家・日本文学』(新曜社、一九九九年)、Haruo Shirane and Tomi Suzuki, ed. *Inventing the Classics: Modernity, National Identity, and Japanese Literature*. Stanford, Calif: Stanford University Press, 2001. また、ハルオ シラネ編『越境する日本文学研究 カノン形成・ジェンダー・メディア』(勉誠出版、二〇一〇年)。

(3) 「心」の解釈をめぐる中世の学問については、鈴木元『室町の歌学と連歌』(新典社、一九九七年)、荒木浩『徒然草への途 中世びとの心とことば』(勉誠出版、二〇一六年)参照。

(4) 浅田徹「歌論の言説――「やまとうたは、人の心を種として」」(ハルオ シラネ・兼築信行・田渕句美子・陣野英則編『世界へひらく和歌 Waka Opening Up to the World 言語・共同体・ジェンダー Language, Community, and Gender』勉誠出版、二〇一二年)参照。

(5) 拙稿「和歌注釈と室町の学問」(『中世文学』六一、二〇一六年六月)に、鎌倉時代から江戸時代初頭に至る「心」の理解とその表現方法の展開について略述した。

(6) 注1掲載の片桐洋一『中世古今集注釈書解題 一―六』、同『古今和歌集の研究』(明治書院、一九九一年)、同『古今和歌集以後』(笠間書院、二〇〇〇年)等。

(7) 山本登朗『伊勢物語論 文体・主題・享受』(笠間書院、二〇〇一年)、同『伊勢物語の生成と展開』(笠間書院、二〇一七年)等。

(8) 青木賜鶴子「室町後期伊勢物語注釈の方法――宗祇・三条西家流を中心に」(『中古文学』三四、一九八四年一〇月)、同「伊勢物語旧注論序説――一条兼良と宗祇と」(『女子大文学 国文篇』三七、一九八六年三月)等。

(9) 三輪正胤『歌学秘伝の研究』(風間書房、一九九四年)、同『歌学秘伝史の研究』(風間書房、二〇一七年)。

(10) 横井金男・新井栄蔵編『古今集の世界 伝授と享受』(世界思想社、一九八六年)、新井栄蔵編『曼殊院蔵古今伝授資料 一―七』(汲古書院、一九九〇年―一九九二年)等。また、『京都大学国語国文資料叢書四〇 古今切紙集 宮内庁書陵部蔵』(臨川書店、一九八三年)には橋本不美男、新井栄蔵両氏の同資料に関する解題がある。

(11) 武井和人『中世和歌の文献学的研究』(笠間書院、一九八九年)、同『中世古典文学の書誌学的研究』(勉誠出版、一九九九年)、同『中世古典籍学序説』(和泉書院、二〇〇九年)、同『中世古典籍之研究 どこまで書物の本

姿に迫れるか』（新典社、二〇一五年）等。

(12) 石神秀美「三条西実隆筆古今集聞書について――古今伝授以前の実隆」（『三田国文』一、一九八三年一月）、同「原本『両度聞書』から板本『両度聞書』へ」（『三田国文』二、一九八四年三月）、同「切紙のシンボル解釈――古今伝授史断章」（『芸文研究』九五、二〇〇八年一二月）等。

(13) 宮川葉子『三条西実隆と古典学〔改訂新版〕』（風間書房、一九九九年）。

(14) 川平ひとし『中世和歌論』（笠間書院、二〇〇三年）、同『中世和歌テキスト論 定家へのまなざし』（笠間書院、二〇〇八年）。

(15) 小高道子「細川幽斎の古今伝受――智仁親王への相伝をめぐって」（『国語と国文学』五七―八、一九八〇年八月）、同「東常縁の古今伝受――伝受形式の成立」（『和歌文学研究』四四、一九八一年八月）以下の諸論。

(16) 日下幸男『近世初期聖護院門跡の文事』（私家版、一九九二年）、同『近世古今伝授史の研究 地下篇』（新典社、一九九八年）、同『中院通勝の研究 年譜稿篇・歌集歌論篇』（勉誠出版、二〇一三年）、同『後水尾院の研究』（勉誠出版、二〇一七年）。

(17) 大谷俊太『和歌史の「近世」 道理と余情』（ぺりかん社、二〇〇七年）。

(18) 酒井茂幸『禁裏本歌書の蔵書史的研究』（思文閣出版、二〇〇九年）、同『禁裏本と和歌御会』（新典社、二〇一四年）、同『中近世中院家における百人一首注釈の研究』（新典社、二〇一六年）。

(19) 高梨素子『後水尾院初期歌壇の歌人の研究』（おうふう、二〇一〇年）、同『古今伝受の周辺』（おうふう、二〇一六年）。

(20) 盛田帝子『近世雅文壇の研究 光格天皇と賀茂季鷹を中心に』（汲古書院、二〇一三年）。

(21) 杉本まゆ子「御所伝受考――書陵部蔵古今伝受関係資料をめぐって」（『書陵部紀要』五八、二〇〇六年三月）。これに先立ち、二〇〇五年一〇月二四日から二九日まで、宮内庁書陵部において「天皇と和歌――勅撰から古今伝受まで」と題された展示があり、その解説として纏められた、宮内庁書陵部編『天皇と和歌――勅撰から古今伝受まで』（二〇〇五年一〇月）に書陵部に所蔵される古今伝受関連資料の概要が示されている。また、宮内庁書陵部編『図書寮叢刊 古今伝受資料一』（明治書院、二〇一七年）に慶長五年（一六〇〇）の智仁親王筆『古今和歌集聞書』清書本と当座聞書の巻十三・恋三までが翻刻される。

(22) 長谷川千尋「東常縁の歌学における常光院流の継承」(日下幸男編『中世近世和歌文芸論集』思文閣出版、二〇〇八年)。

(23) 髙尾祐太「古今伝授「三鳥」詳考――中世古典注釈の思想世界」(『国語国文』八五―三、二〇一六年三月)、同「古今伝授東家流切紙「一句之文」考――中世の神道実践と古今伝授」(『国語国文』八五―九、二〇一六年九月)。

(24) 竹島一希「東家流の神道」(『国語国文』八六―四、二〇一七年四月)。

(25) 野上潤一「『古今和歌集』註釈と吉田神道――『日本書紀抄』享受の一面と中世後期・近世前期学問史の一隅をめぐって」(国文学研究資料館編『中世古今和歌集注釈の世界 毘沙門堂本古今集注をひもとく』勉誠出版、二〇一八年)。

(26) 青山英正「孝明天皇と古今伝受 附・幕末古今伝受関係年表」(飯倉洋一・盛田帝子『文化史の中の光格天皇 朝議復興を支えた文芸ネットワーク』勉誠出版、二〇一八年)。

(27) Susan Blakeley Klein, *Alleories of Desire: Esoteric Literary Commentaries of Medieval Japan*, Cambridge: Harvard University Asia Center, 2003.

(28) Anne Commons, *Hitomaro: Poet As God*, Leiden: Brill, 2009.

(29) Jamie L. Newhard, *Knowing the Amorous Man: A History of Scholarship on Tales of Ise*, Cambridge: Harvard University Asia Center, 2013.

(30) 中村幸彦『中村幸彦著述集 一』(中央公論社、一九八二年)。

第一部

和歌を読み解く——古典講釈の輪郭

第一章　幽玄に読みなす物語

――『肖聞抄』における『伊勢物語』の読み解きをめぐって

はじめに

宗祇（一四二一―一五〇二）に発し三条西家に受け継がれる、宗祇―三条西家流の『伊勢物語』注釈は、一条兼良『伊勢物語愚見抄』とともに、いわゆる「旧注」(1)を代表する著述として、『和歌知顕集』や『冷泉家流伊勢物語抄』といった虚構の本説を量産する「古注」と対置され、その質的転換の相が明らかにされ史的定位が試みられてきた。(2)また、「旧注」と類別される室町時代の半ば以降に著された注釈書や聞書の中でも、『伊勢物語愚見抄』における注釈態度との相違から、その独自性も説明されてきている。(3)

宗祇―三条西家流『伊勢物語』注釈の特質は、すでに指摘のあるように、(4)その独自の読み解きにあったと考えられる。それらは、一条兼良（一四〇二―八一）の注釈と対置して見た際には確かに総じて類似する傾向を示すものの、宗祇説を直接伝える『肖聞抄』、『宗長聞書（宗歓聞書）』、『山口記』といった早い時期の聞書と、三条西実隆（一四五五―一五三七）の手を経た実隆講・清原宣賢録『惟清抄』、細川幽斎『闕疑抄』といった聞書とでは、互いに異なる記述も少なくない。実際に、宗祇―三条西家流講釈の特質を示すとして従来指摘されてきた注記の中にも、『肖聞抄』にのみ、あるいは『惟清抄』にのみといった、ある一部の聞書にのみ記される文辞もあり、宗祇—三条西家流『伊勢物語』講釈の展開を辿り、その目的意識を探るためには、そうした注記個々の比較検討も求められる。また同時に、『伊勢物語』講釈の聞書として著された諸書をその古典注釈活動総体の中に置いて著述内容の検討を進めることも、宗祇—三条西家流に伝えられた学説の意図を理解するためには必要な作業となろう。

本章ではそうした試みの一つとして、宗祇の講釈をその高弟であった牡丹花肖柏（一四四三—一五二七）が聞き書きした『肖聞抄』を採り上げ、(5) 宗祇流の講釈聞書としての『肖聞抄』の特質を物語の読み解き方（『肖聞抄』の言葉で言えば「読みなし」）の検討を通して考えてみることとしたい。

一　幽玄に読みなす物語

来る秋の逢瀬を約束しながらも、その頃になると別れの歌を紅葉に書き付けて何処ともなく去ってしまった女に対し、残された男は「天の逆手」を打って呪うと言う。『伊勢物語』第九十六段は、「天の逆手」という呪法の不気味さとともに「『今こそは見め』とぞ言ふなる」という激しい言葉で締め括られる、『伊勢物語』の中でも異質性(6)の指摘される章段である。物語の主人公の振る舞いとしてある種の違和感をも呼び起こさせる第九十六段後半部分に対して、『肖聞抄』には次のような理解が示されている。

あまのさかてをうちて
古注に種々あり。不用之。一禅御説には、彦火々出見尊の兄のみことにつりばりをさかてに返すとて、のろ〳〵しき詞をのたまへる事を引給へり。さも有ぬべし。当流の心は、あまのかづきする時は、さかさまに入とて、手にて浪をうちて入なり。そのことわざ、くるしき物なるを、我おもひによそへてうらむる心也。詞にいだして切にうらむるをのろうと書なせり。是、作物語の作法也。此物語はいかにも幽玄によみなすべき事とぞ。しかれば、さしむきていへる事をも、やはらかにいふべき事なるべし。

（『肖聞抄』第九十六段）(7)

「一禅御説」、兼良の学究的とも言える態度により探られる典拠の在処とは異なるところに『肖聞抄』の関心はある。「天の逆手」とはどのようなものであれ、それは呪詛する行為ではない。波を手で打って逆さまに海に入るという海人の潜く仕草と解し、その海人の苦しみの表現をもって女に対する苦しくも切なる思いの喩とする。また、その「うらむる」感情が言葉となることを「のろふ」と表現したとし、逐一を比喩と捉える（傍線部）。

さらに、『肖聞抄』第九十六段の解釈は次のように続く。

むくつけきこと
業平みづからおもひ云也。ふかくうらむる心よりかくおもふ也。
人のゝろひごとは
業平の心也。恨の切なる故に、さまぐ〵思ふ也。女の性はよはき物なれば、かゝるふかき恨にはなびきをそるゝ事やあらんと思ふこゝろにや。

（『肖聞抄』第九十六段）

『伊勢物語愚見抄』にも「これより物語作者の詞也」と注記され、当時においても地の文と判断されることが妥当であったと思われる「むくつけきこと」の言を、男主人公である業平の深い恨みの恋情の表出とし、同じく

「〜なる」の伝聞で結ばれる「のろひごと」の成否を推し量る第九十六段末尾の「人ののろひごとは、負ふものにやあらむ、負はぬものにやあらむ。『今こそは見め』とぞ言ふなる」（人ののろいのことばは、（のろわれた人が）身に受けるものなのであろうか。受けないものなのであろうか。（男の方では）「そのうちにはきっと、のろいのききめを女は見るにちがいない」といっているということだ、の意）の一文も、恋するがゆえの恨みに思い悩む業平の姿の描写に関連づけて解するなど、業平の思いの切なる様を述べる文脈として一貫した理解が示されている。「あまのさかて」という奇怪な語を解するためにところどころに辻褄を合わせた無理な解釈が強いられているのではない。

現在の理解から見れば曲解とも言えるこうした解釈は、『肖聞抄』の言によれば「幽玄によみなす」（前掲引用部分の二重傍線部）ために行われた処置であったという。引用の底本とした片桐洋一蔵文明九年（一四七七）本『肖聞抄』には、先の注記の後に宗祇門弟の宗長（一四四八—一五三二）による片仮名書き入れ注が加えられているが、そこではさらに端的に、「其上業平ヲノロイナドスベキ人ニ非ズ。フカク恨ムル心也」と業平の人物としての本質が確言されている。おおよそ「幽玄」とは評することのできない「ノロイ（呪い）」の所作などは、業平の行うべき行為ではなく、恋する思いの深さのあまりに女への恨み言を口にする、それこそが業平のあるべき姿であり、『肖聞抄』に示された解釈はそのような業平の姿を描くことに目的があった。

こうした「幽玄によみなす」読み解きとは、すでに、山本登朗、青木賜鶴子、大谷俊太の諸氏によって指摘される通り、「背後に深いおもむきを」（山本）(8)持つ「物語の奥に秘められている心を読み取っていく」（青木）(9)読み方であり、その結果、男主人公と考えられていた業平のイメージを、「〝色好み業平〟から〝憐憫する業平〟」（青木）(10)へと、いわば「道徳的・倫理的な業平」（大谷）(11)へと理想化させて物語を解釈する手法であった。

このような、物語がその性格として必然的に含み持つドラマ性の一面としての嗜虐性や卑俗性などの負の側面を転換し理想化してゆく解釈は、宗祇—三条西家流の古典注釈に共通して指摘できる特質であり、『古今集』や

『源氏物語』の講釈にも同様の傾向が認められるが、[12]『伊勢物語』講釈において、殊更に「幽玄によみなす」という読み解きが志向されたのは、『伊勢物語』が他ならぬ在原業平の一代記としてあったからであろう。『肖聞抄』冒頭部には『伊勢物語』の性格が次のように記されている。

一、伊勢が筆作にをきても、ある説に宇多御門へ奉るよしをいへり、当流に不用之。当流に云る所は伊勢と云女、七条の后宮へ業平一期の事をかたり奉る事をしるせりと定て、此内、業平自記の詞も相交れり。所詮只作物語と見侍るべき也。されば源氏物語のやうにはあらず。業平一期の事をかけるうちに少々旧哥などを取よせて、かける所は皆作物語の作法也。一条の禅閤の御注にも作物語のよし見え侍りき。[…]

（『肖聞抄』冒頭部）

『伊勢物語』は「業平自記の詞も相交」り、「業平一期の事をか」く「作物語」とされた。[13]『古今集』仮名序に六歌仙の一人として記される業平については、文明十三年（一四八一）から十四年にわたり行われた宗祇の『古今集』講釈に基づき肖柏が作成した聞書である『古聞』[14]に次のような記述が見える。

在原のなりひらは―

哥をふかく案じ給へるに、詞のたらぬ処ある也。つねの余情よりもふかゝるべし。

しぼめる花の―

詞のすこしたらぬ所のたとへ也。匂残れるとは、心のあまりあるよし也。智者堪能などのことばすくなき類なるべし。心ふかく、いひきらずして、残おほかるがごとく也。こと葉おほきものゝしなすくなきとも

いへり。言を巧にして仁すくなきなどいふがごとし。哥道の肝心なり。可思とぞ。（『古聞』仮名序）

「心ふかく、いひきらずして」「余情」深き歌詠みである業平の「詞」に由来する物語であり、また、その生涯を和歌をもって綴る物語であるゆえに、『伊勢物語』には「幽玄によみなす」ことが求められ、また、「幽玄によみなす」ことが可能であるとされたのである。

二　下の心の導く理解

第七十六段、二条后がまだ東宮の御息所と呼ばれていた頃の氏神（大原野神社）参詣の時に、后から直接に禄を給わった供奉する翁（業平）が后に奉った歌について、『肖聞抄』は次のような理解を示す。

大原やをしほの山もけふこそは神代のことも思ひ出らめ

神代のこともとは天照太神とあまのこやねのみことは陰陽二神の末、君臣合躰の神にておはしませば、をしほの山もけふの御まゐりをうれしくみるらんといふ也。春宮の御母儀なればかく云也。（二月上の卯日、十一月中の子日祭あり。文徳御宇仁寿元年にはじまる。其祭を藤氏の后の宮よりおこなはると云々。）下の心は、二条后に逢奉りし事を神代のこともとはいへり。むかし事といはむとて神代と云也。（『肖聞抄』第七十六段）

神代から絶えることなく続く天照大神と天児屋根尊（藤原氏祖）の融和の例を引き合いに出し、東宮の母となった藤原氏の女性（二条后高子）の氏神への参詣を祝す歌とする解釈が示された後に、「下の心」[15]として業平と二条后のかつての契りを「神代の事」（神代のような昔のこと）と詠んだのだと付け加えている（傍線部）。

「下の心」の説は、『両度聞書』や『古聞』などの宗祇流の『古今集』注釈にも見える注解の方法で、表面の文辞には表現されない、その背後に隠された深意を説明する。(16) この「大原や」の歌に「下の心」が説かれるのは、この一首を后に対する単なる祝意の歌と解するべきではなく、かつての恋のイメージを仄めかしつつ懐旧の恋情を述べた歌と解し、それをこの歌の表面には表されることのない一首の真意であると見たためで、おそらくは、第三段、第五段、第六段のような、翁（業平）の二条后への恋情の物語として『伊勢物語』を読むことが積極的に求められたための措置であったと考えられる。

こうした読み解きは、恋歌の常套としての直接的には表現されることのない恋心の深意を的確に見抜いて普遍的な理解に到達しているようにも見えるが、(17) 同じく「大原や」の一首を収める『古今集』（巻十七・雑上・八七一・二条后の、まだ春宮の宮すん所と申しける時に、大原野に詣で給ひける日よめる・業平朝臣）の聞書である『古聞』には后に対する祝意のみが説かれ、『肖聞抄』に「下の心」として続けられる恋のイメージを含む解釈が説かれない点には注意すべきであろう。

> おほ原やをしほの山も
> 日神と天児屋根尊とは陰陽の神として神代合躰の約を思ふなるべし。二条后藤家也。皇太子は天子とならせ給ふべき事なれば、神代の御契のたゆまじき心をよめり。御息所参詣あるに、をしほの山も思ふらんと也。
> （『古聞』巻十七・雑上・八七一）

『古聞』には明記されてはいないが、『古聞』に先行する東常縁の講釈を宗祇が書き留めた『古今集』の聞書である『両度聞書』を参照すると、そこには「恋の心」を含んで解釈すべきではないことが明示されている。

大はらやをしほの山もけふこそは神代の事も思ひ出づらめ
神代の事もとは、天照大神、春日明神は陰陽の二神にて君臣合躰の御神也。今、二条后は御子に春宮をもちたてまつり給へば、又君臣の契りかはり給はず。されば、小塩山も神代を思いづらんといへり。恋の心はあるべからず。
（『両度聞書』巻十七・雑上・八七一）[18]

『両度聞書』、『古聞』において恋歌としての解釈が示されないのは、『古今集』においてはこの一首は「雑歌」に配列され、詞書にも業平と二条后の恋の物語としての背景が記されないためであろう。[19]『古今集』所収歌の解釈としては現在の視点から見ても妥当と言える処置ではあるが、のみならず、宗祇の『古今集』講釈においては、その政教性は最も重視されるべき事柄であり、[20]「君臣合躰」の和を表象する歌として解かれるこの一首に恋の心の入り込む余地はなかったと見てよい。恋のイメージはより積極的に排除されたと考えられるのである。
『伊勢物語』第七十六段と『古今集』巻十七の例のように、この二書には同一の和歌が数首収められているが、宗祇はそれらの読み分けには自覚的であった。第六十五段の男（業平）が二条后と目される女性と契った後に、押さえられない恋心を詠んだ「恋せじと御手洗河にせしみそぎ神はうけずもなりにけるかな」の一首に対し『肖聞抄』には次のような注記が付される。

恋せじとみたらし川にせしみそぎ神はうけずも成にける哉
猶いやましに恋しければ、神はうけぬるにやと也。此哥、古今には不逢恋に入也。此物語の哥、勅撰に入時心かはる事おほし。可受師説。

（『肖聞抄』第六十五段）

「此哥、古今には不逢恋に入也」と記されるように、同歌は『古今集』では巻十一・恋一に配列され、「不逢恋」を主題とした歌と理解される。その上、題不知、読人不知として収められており、業平や二条后とこの一首との関わりは明記されてはいない。したがって、『古今集』の講釈聞書である『古聞』には、次のように「逢事を祈し心よりかくいへる也」と「不逢恋」の歌に相応しい解釈が述べられている。

恋せじとみたらし河に

伊勢物語には、逢て後の哥也。爰にては不逢恋の部也。せむかたもなくかなしき故に、恋せじと祈るに、それをさへ神やうけず成ぬらんと也、逢事を祈し心よりかくいへる也。

（『古聞』巻十一・恋一・五〇一）

冒頭部に「この女あひ知りたりけり」（情を交わしていた）と記す『伊勢物語』第六十五段においては、「恋せじと」の一首を「不逢恋」の歌と解すと矛盾が生じる。「古今には不逢恋に入也」（前掲『肖聞抄』第六十五段傍線部）、「伊勢物語には、逢て後の哥也。爰にては不逢恋の部也」（前掲『古聞』傍線部）という注記は、同一の和歌に「逢て後」と「不逢」の二通りの解釈を施さねばならないことを認めるが、『肖聞抄』に「此物語の哥、勅撰に入時心かはる事おほし」と記されるように、宗祇にとってこれらは両立し得ない事柄ではなかった。続けて「可受師説」とあるのは、上記の二つの解釈を止揚する解を求めて「師説」を受けろと言うのではなく、「此物語」（『伊勢物語』）と勅撰（この場合は『古今集』）とでは「心かはる」ように読む（理解する）ことが肝要であり、その読みなしの重要性を示唆したものと考えられる。

第五十八段、長岡に住む男（業平）が、田を刈ろうとしているところに、隣家の宮家に仕える女達が集まってやってきたので、男は逃げて奥に隠れ、女が詠みかける歌に返答する。

あれにけりあはれいく代の宿なれや住けん人の音信もせぬ
あれにけりとは、あるじなき所をあたりてよめり。あれにけりと云によりて、あはれいく世の宿にてあるらんと云也。末句は業（平）かくれて音せぬ事を云也。
葎生てあれたるやどのうれたきはかりにも鬼のすだく成けり
此五文字は、あれにけりといへる返しなれば、それに同じてむぐら生て荒たるやどといへり。うれたきは愁也、うき也。心はかゝるやどりのうれはしきは、玉さかにもおにのあつまるより外は、問人もなしと女の哥にあたりてよめり。鬼とは女の事也。あだちの原のくろづかに鬼こもれりと聞はまことかと云も女の事を云り。
（『肖聞抄』第五十八段）

主の男が隠れてしまい返答もない状態を女達は主を失った旧宅と見て、「あれにけり」、「あはれいく世の宿にてあるらん」と表現し、もはや主は訪れもしないと詠む。対して、男は「あれにけり」の一首への返答として、「むぐら生て荒たるやど」と詠み、こんな宿には「鬼」が集まるくらいだと厚かましい来客に応酬する。物語を成り立たせる贈答の解釈として右の理解は過不足無い。この「あれにけり」の一首は『古今集』にも収められるが、『古聞』には次のような注記が見える（『両度聞書』も類同）。

荒にけりあはれいく世の

さるべき人の宿などの思の外荒はてゝ、住こし人も行衛しられず成て音信もなき心也。旧宅を打ちながめて、いく世の宿なるらんとあはれむ也。裏云、世の濁に成て、人心の欲にのみ成たるを、荒にける宿と読り。住けん人のとは、仁心のうせたる事也。自性の仁を失したるを歎心なるべし。

（『古聞』巻十八・雑下・九八四）

年月を経るうちに住む人もなくなり、荒れてゆく貴人の旧宅を打ち眺めてそれを憐れむ歌と解し、その裏には「人心の欲」の増長を「荒にける宿」とし、「仁心」の失せた様子を「住けん人の（おとづれもせぬ）」と比喩し、「自性の仁」の失せたことを歎く心が込められていると説く。業平と宮家に仕える女達の贈答という『伊勢物語』の世界はまったく姿を消し、懐旧の思いの中に極めて政教性の強い比喩の歌としての解釈が示される。

「荒れにけり」の一首を右に述べられるような深意を含む歌として解釈することが可能か否かはひとまず置き、『古聞』においてこのような理解が示されるのは、先の七十六段・六十五段の例と同様にこの一首が『古今集』では雑歌に配列され、題不知、読人不知の歌とされていることを前提とすると理解される。こうした解釈は、ほぼ同時期の延徳四年（一四九二）に尭恵（一四三〇―九八以降）から藤原憲輔へと伝えられた『古今集』講釈の聞書である『延五記』に『伊勢物語』の世界が無作為に引き込まれて解釈がなされているのとは対照的である。

あれにけりあはれいく世のやどなれや

此哥、伊勢物語ニ有。業平ノ長岡ニ家作リテ有シニ、其時、宮腹ノ女房タチアツマリテ、スキ物ノシワザヤナド家ノ眺望ヲホメアツマリ居ケル中ヨリ、業平ノカクレケルヲケソウジテ、アレタル宿ニ云ナセリ。其時、業平ノ返哥、

ムグラオヒテアレタル宿ノウレタキハカリニモ鬼ノスダクナリケリ
ウレタキトハ愁。此心也。鬼トハ女ヲサシテ云リ。アダチノ原ノ黒塚ニ鬼コモレリト云ハ誠カトヨメルモ、女ドモノコモリ居タル方ヘツカハセル哥也。是モ外面似菩薩内面如夜叉ト云経文ノ心ニテ中将ノヨメリ。
（『延五記』第十八巻・雑下・九八四）(21)

『古今集』においては『古今集』に秘められた意図を汲み、『伊勢物語』においては『伊勢物語』の趣を明らかにするというのが宗祇の講釈であった。(22)そうした理解の中で求められた姿が、『古今集』においては人倫の道を説く政教的な比喩であり、『伊勢物語』においては限りなく幽玄な様であったと考えられる。

三　深く思ひ入りて見るあはれ、よく工夫して思ふべき余情

『伊勢物語』第七段は、東下りをする男が伊勢と尾張の国境の海沿いで「いとゞしく過ぎゆく方の恋しきにうらやましくもかへる浪かな」の一首を詠む、和歌とその詞書を思わせるような短い文で構成される章段である。記される歌の意も平易であり、『肖聞抄』も「心あらは也」と評するが、それに続けて、その指摘に反するような「猶ふかく思ひ入て見侍べしとぞ」と注意を促す師説を記す。

いとゞ敷過ゆくかたの恋しきに浦山しくもかへる浪かな
此哥は心あらは也。浪のよせかへり〳〵するを見て、都を思心もよほさるゝ様也。哥ざまあはれふかく侍り。よく吟味すべし。理のやすく聞ゆる哥をば、猶ふかく思ひ入て見侍べしとぞ、師説申されし。

（『肖聞抄』第七段）

「理のやすく聞」えるゆえにか、『肖聞抄』には簡略に記されている「いとゞしく」の歌の歌意は、宗祇自注の『伊勢物語』所収歌の注釈である『山口記』（延徳年間（一四八九―九一）の講釈をまとめた注釈書、大内政弘の周辺に授けたか）には次のように記されている。

いとゞしく過行かたの恋しきにうらやましくもかへる波かな

大かた、そのまゝ聞えたる哥也。猶、業平流罪の身と成て、ゆくゑなう、あづまにおもむく時、いまだ見もなれぬ海づらを行に、波のしろうたつも目にたつさまなるが、打よするかとみれば、帰り〳〵するが、我帰京はいつをたのむかぎりもなき心、哀にや。此ことはりを思入て、分別あるべき者也。

（『山口記』第七段[23]）

流罪の身となった業平が東へと下ってゆく途中、見も知らぬ海岸で打ち寄せては返る波の様子を目の当たりにし、その波とは違って京へ帰る頼りのない我が身を歎くと解されているが、宗祇の講釈の主眼は、おそらくはこうした業平の心情の逐一を読み解いてゆくことにあったのではない。『山口記』にも「大かた、そのまゝ聞えたる哥也」と記されるように、決して意の汲み難くはない「いとゞしく」の一首に対し、『肖聞抄』が「猶」、「ふかく思ひ入て見る」べきであると釈する意図は、その歌意をあれこれと思慮することにあるのではなく、この歌のあはれなる様を深く「思い入」り「よく吟味」すべきであるという指示そのものにあったと考えられる。[24]

『肖聞抄』には、「ふかく思ひ入て見」るのような、思いをめぐらすべきだという叙述が目につく。宗祇の講釈を伝える『山口記』、『肖聞抄』、『宗長聞書（宗歓聞書）』（宗祇門弟の宗長による聞書、先述の片桐洋一蔵『肖聞抄』に書き入れられた注記とは異なる内容を記す）を引き比べてみると、互いに類似しながらも、それぞれは独自の傾向を示している。『伊勢物語』収載歌の注釈であり、初心者を対象としたと考えられている(25)『山口記』に最も詳細に歌意が説かれるのはともかくとして、『肖聞抄』は和歌の理解を通して感得される興趣に触れることが多く、『宗長聞書（宗歓聞書）』は歌意の読み解きや個々の語釈には熱心であるが、興の喚起を促すことには概して冷淡である。先の第七段の一首についても『宗長聞書（宗歓聞書）』は歌意の読み解きのみを記し、この一首の眼目とするところの指摘や、そこから感得されるべき興のあり方については触れるところがない。

いとゞしく過行かたの
　この波のよせてはかえり〳〵やすく〳〵とたち帰るを見て、わが帰京のいつともなきをなげきおもふゆへに、
　うらやましくもかへる波かなといへり。
（『宗長聞書（宗歓聞書）』第七段(26)）

こうした相違が、宗祇の講釈の差異を反映するのか、あるいは録者の側の志向によるのかは判然としないが、『肖聞抄』の焦点が文脈の解釈の先に結ばれていることは確かである。

語義解釈から離れて一首の評価に及ぶこのような注記は、「鑑賞的」と評され、「古注」とは異なる宗祇流注釈の特質と指摘されることも多いが、宗祇流諸注釈・聞書に記されるこうした注記と現在的な意味としての「鑑賞」という語との間には、おそらく少なからぬズレがある。物語を読み進め、作品を味わうことにより深い理解に到達するというような可変性を結末部に含む「鑑賞」のプロセスとは異なり、宗祇流の講釈においては、「ふかく思ひ入て見」ることによって感得されるべき感興は予め定められていた。その一つは「あはれ」であった(27)。

第二段では、西の京に住む心映えの素晴らしい女に懸想した男（業平）が、朝帰りの後も長雨の中で女を思い「起きもせず寝もせで夜を明かしては春のものとてながめくらしつ」の一首を送る。『宗長聞書（宗歓聞書）』にはこの歌の歌意が次のように説かれる。

おきもせずねもせで
ある説には、ぬべき夜はねず、をくべきあしたもおき侍らぬさまなりと云々。当流には、只ぬるともなく、おくるともなくて夜をあかし、ひるは又春の物とてながめあかし暮たる躰也。此ながめ、ながむるにあらず。長雨にうちながめたるをそへたり。理を何とも付ずして、心にもたせ侍る也。さて、こゝろはあまりて、こと葉たらずの哥ざまなるべし。
（『宗長聞書（宗歓聞書）』第二段）

「ある説」に対比して「当流」の説をあげ一首の解釈に及ぶ『宗長聞書（宗歓聞書）』に対して、『肖聞抄』では歌意の読み解きはより簡略に済まされ、末尾に「これ業平の哥のさま也。前の詞をよく工夫して思ふべし」と、この一首の興趣を感得すべきとの指示が付される。文明十二年本ではさらにその後に「余情無限者也」の注記が見える。(28)

おきもせずねもせでよるをあかしては春の物とてながめくらしつ
心は只ぬるともなく、おくるともなくて夜をばあかして、ひるは又春のならひにながめしくらしたる由なり。詠にあらず、長雨也。さればをのづからながむる心もこもれり。これ業平の哥のさま也。前の詞をよく工夫して思ふべし。雨は細雨也。（余情無限者也。）
（『肖聞抄』第二段）

「業平の哥のさま」とは「心はあまりて詞はたらずの心」（『肖聞抄』第五段「月やあらぬ」注）を言うと推測されるが、「前の詞をよく工夫して思ふべし」と記されることの内実は判然としない。『古聞』には、この「おきもせず」の歌の『伊勢物語』における解釈と『古今集』における解釈の相違が次のように示されている。

おきもせずねもせで

此哥、伊勢物語にては逢て後の哥也。此集にては不逢恋の部也。おきもせず―、ほのかに物なんどいひて後、思ひの切に成たるさま也。春の物とて―、春は、花の色、鳥の音に付ても物哀なるに、物いひかはしつる名残なれば、そなたのみ恋しくて、ながめくらす様也。自面は雨の心なし。こと書に雨のふるよりあれば、雨の心をもすこしはにほはせたるなるべし。伊勢物語にては、面に雨の事をよめりと也。事により所によりて其心かはるべし。（『古聞』巻十三・恋三・六一六）

『古今集』においては「不逢恋」の歌と解し、『伊勢物語』においては、「逢て後の哥」と解すべきであると、『古今集』、『伊勢物語』それぞれにおける解釈の差異が記され、続いて「ながめ」の語に「雨」の心を加味するか否かに説き及ぶ。『古今集』では「面」（おもて）には「雨」の意と解さないのに対し、『伊勢物語』では「雨」の意が「面」であるという理解は、「此ながめ、ながむるにあらず。長雨にうちながめたるをそへたり」とある『宗長聞書（宗歓聞書）』や、「詠にあらず、長雨也。さればをのづからながむる心もこもれり」とある『肖聞抄』の注記に一致し、『宗長聞書（宗歓聞書）』、『肖聞抄』の注記の要点が奈辺にあったのかが窺われるが、このように釈される理由はやはり明瞭ではない。

この「起きもせず」の一首について『山口記』には次のように記されている。

おきもせずねもせで夜を明しては春の物とてながめくらしつ
此段の詞に、其女、世人にはまされりけり、其人かたちよりは心なんまさりたりけるとあり。それとほのかたらひしのちよめる哥也。おきもせすねもせずとは、おくるともなくぬるともなくの心也。思ひのくるしきさま也。かうくるしみて夜をあかして、ひるは又ながめくらす義也。春の物とては、春は霖雨かする物也。又春、春の哀に感じて世人みなながむる物也。大かたの人さへながめがちなるころ、たぐひなき人にしのびて逢て春の雨の霞とも雨ともわかぬばかりふりたるをみむ心、限なく侍るべし。ながむると長雨とをかねたる哥也。いかにも此哥は時節の哀と其人のあかぬ思ひとをよくおもひ入て吟味すべし。

（『山口記』第二段）

「春の哀に感じて世人みなながむる物也。大かたの人さへながめがちなるころ、たぐひなき人にしのびて逢て春の雨の霞とも雨ともわかぬばかりふりたるをみむ心、限なく侍るべし」と懇切に注解されるように、この一首は『伊勢物語』の歌としては、「大かたの人さへ」思いは切なるはずであるのに、まして「たぐひなき人」と契った後は、「おくるともなくぬるともなくの心也。思ひのくるしきさま」の状態であり、細雨の煙るように降るなかで物思いに耽る様は、「時節の哀と其人のあかぬ思ひ」が重なり合って限りなき「哀れ」を催すのであると解されることが期待されたのであろう。『宗長聞書（宗歓聞書）』、『肖聞抄』の注記はこうした理解を導くための指示であったと考えられる。

『山口記』に詳述されるような解釈が行われるのは、『古今集』には記されず『伊勢物語』にのみ見える「その女、世人にはまされりけり」（『肖聞抄』には「(まことに世に）すぐれたる人なるべし。かゝる人なれば業平の心をつくしたるも理なりとみるべし」と注記される）の一文がその根拠となっていると考えられる。『肖聞抄』の「深く前の詞をよく工夫して思ふべし」という一文はこうした理解を導き出すための指示であり、得られた解釈のやや言葉足らずな様子が「業平の哥のさま」と解され、「余情無限者」と評されたと推測される。(29)

『肖聞抄』が『伊勢物語』に見たもう一つの興趣は「余情」であった。『肖聞抄』の言う「余情」とは、字義通りの言外に漂う豊かな情趣のことであり、露わには表現されない情の深さは、時には「工夫して」(いろいろと思いをめぐらせて)感得すべき要点であった(もちろん、次に示した第九段の注記に明らかなように「[…]あはれ也[…]余情あるべし」の様な記述もあり、「あはれ」と「余情」とは厳密には区別されてはおらず、本章の記述もその本質的な区別を目的とはしていない。むしろ、「幽玄」、「あはれ」、「余情あり」といった語が『伊勢物語』から読み取るべき興趣の所在を示すマーカーとして機能していることに注意したい)。

第九段の東下りの途上の描写と「名にし負はゞいざこと問はむ都鳥わが思ふ人はありやなしやと」の一首について『肖聞抄』は次のように注す。

大なる河あり

業平旅行の躰、こゝにもとまらず、かしこにもやすらはず、遠国にいたり、都は遠くなるに、結句大河あり。此河をわたりて、又いとゞ遠くへだたらむ事をおもふ故に大なる河と書る詞に心あるべし。已下の詞共いづれもあはれ也。工夫すべし。(余情あるべし。)[…]

名にしおはゞいざこととはん都鳥我おもふ人はありやなしやと

此哥は只、むさしとしもつさの中に大なる川ありと云より、みな人物がなしくていひ、さる折しも白き鳥と詞にいひたるを、此哥の心にこめて見侍るべき也。かぎりもなき余情侍るべし。

(『肖聞抄』第九段)

「大なる河」とは事実としての大河であるのみならず、「いとゞ遠くへだたらむ事」の感慨が込められた表現、いわば感興の喩としてあり、「むさしとしもつさの中に」から「さる折しも白き鳥」までの物語に綴られる客愁と望郷の念とをよく思惟し、「名にしおはゞ」の一首に「こめて」見るべきであると言う。和歌は物語の凝縮した姿としてあり、物語の言葉そのものが余情を含み持つ。『伊勢物語』の表現は喩として捉えられるべきであり、それほどに興に溢れた物語として読み解かれていた。『肖聞抄』第七段に記される「ふかく思ひ入て見」るべき「あはれ」や、第二段、九段に記される「工夫して」読み進めて感得されるべき「余情」のような、直接に表現されることはなく、言外に表象されるイメージや興趣を読み取ること、また、そのように理解することが『伊勢物語』を読むことであり、まさに「幽玄に読みなす」とされた『伊勢物語』の読み方であった。

四　教誡の端としての和歌

『伊勢物語』第八十八段は、「いと若きにはあらぬ」男が、友人達と集って月を眺めていた時にその中の一人が詠んだ和歌を記す短い章段である。「おほかたは月をもめでじこれぞこの積もれば人の老いとなるもの」の一首に対し『肖聞抄』は次のような注を付す。

大かたは月をもめでじこれぞこのつもれば人の老と成もの
此五文字、先は心得がたきにや。大概など云心歟。しゐていはゞ、十の物を七八など云心歟。我身を思ひ取たる心にあたる也。月をもめでじとは、当座月にむかへばいへり。何にても、物一にどんして一身を忘るゝ心のをこたりのつもれば、如此老となる所をおもひ返して、月をもめでじとよめる也。此哥、業平の

哥にはすぐれたるにや。古今にもみゆ。是をよく沈吟せば、人々の教誡のはしたるべしとぞ。（『肖聞抄』第八十八段）

一首の歌意が解かれた後に、「是をよく沈吟せば、人々の教誡のはしたるべしとぞ」と物語自体の解釈を離れて、物語とその歌を読み解く人々、講釈者やその講釈の聴衆に対する誡めへと説き及んでいる。『古今集』真名序を典拠とする「教誡のはし（端）」の語は、宗祇流の講釈のあり様を端的に指し示す語であり、『古聞』仮名序注にも『肖聞抄』第八十八段と同様の記述が見える。

おおよそむくさにわかれん事

［…］凡六義いづれも政のためならずといふ事なし。哥の道、上古は教誡の端たり。花鳥風月の耳目におつるのみにはあるべからず。尤世をおさめ、身をたもつべき道也。［…］（『古聞』仮名序）

此ほかの人々

前にいへる六人の比ほひより以来の人々也。哥人おほしといへども、哥をよむとのみ思て、教誡の道たる心しらぬ也。上の詞に、今の世中色につきといへるに相当れり。（『古聞』仮名序）

「哥の道」は、「花鳥風月の耳目におつる」風雅の道であるのみならず、「世をおさめ、身をたもつべき」「教誡」の道であった。であればこそ、仮名序に見える『古今集』の撰集を伝える一節、「万の政を聞し召す暇、もろもろの事を捨て給はぬ余りに」の「暇」、「余り」の語は、「教誡のはし（端）」に抵触する表現であり、文字のままに読み取ることはできない。『古聞』においても次のようにその理解の整理が試みられている。

よろつの政をきこしめすいとま
難云、万機の余暇、諸事のあまりとあり。しからば、哥道は教誡のはしといへるにはかなわずや。
答云、哥道をかならず政とのみいふにあらず。政の助業也。政道無為の時にいたりては、哥を教のためといふに及ぶべからざる也。行有余力則以学文といふがごとくなるべし。此問答、一往の理也。此序の心は、君よろづの事をすてましまさぬ故に、哥道をもおこし給ふと云義也。又云、哥は諸道の源也。詩は政の名也といふがごとし。さしあたりておこなふ事をのみ政といふべきにあらず。仁徳の心を政を行ふといふべし。しからば、政といへる中に哥道あるべし。余暇に此集をあつめ給ふべき事をおぼしめすよしなるべし。此集えらばるべき事をいふ起也。

（『古聞』仮名序）

「政の助業也」、「君よろつの事をすてましまさぬゆえに、哥道をもおこし給ふと云義也」、「さしあたりておこなふ事をのみ政といふべきにあらず」など論理の面からもいささか苦しく聞こえる解釈ではあるが、歌道と政道との結びつきが確認され、「政といへる中に哥道ある」ことが標榜されている。こうした和歌を政道の教誡と見る立場にこそ和歌を説く意義が見出されたと言ってよい。程度の差こそあれ、『伊勢物語』に収められた和歌もまた同様であった。

先に見たように、『古今集』に収められた和歌と『伊勢物語』に収められた和歌とでは、たとえ同一の和歌であっても『古今集』としての、あるいは『伊勢物語』としてのあるべき姿が求められて読み解かれた。換言すれば、『古今集』と『伊勢物語』とでは、その読まれる目的は異なっていたと言えるが、それぞれの深甚な理解の先には、両書ともにそれを通して感得されるべき教誡性がイメージされていた。

『肖聞抄』の中にも右の第八十八段のような「教誡」を伝える文言がまま見える。第六十五段の「海人の刈る藻に住む虫のわれからと音をこそ泣かめ世をば恨みじ」の一首には次のような注が付される。

あまのかる藻にすむ虫の我からに音をこそなかめ世をば恨じ

上句は序哥也。心は只我からとねをこそなかめ世をばうらみじと云也。此われからといふ所、尤道の肝心也。我からぞと云所に心をかくれば、げに人をも世をも科とおもふべき事なし。人を恨ざるは、和の至極也。和は又世をおさめ、身をおさむる中だち也。此哥を忘れず人は思ふべき事とぞ。（此女も我心を思返し、世はうらみじとよめる心、尤ありがたき所也。）

（『肖聞抄』第六十五段）

「道の肝心」として記されるのは、直接の和歌の解釈からすれば蛇足とも言える「和」の概念を核とした治身の教誡である。また、第百二十四段では、注釈のあり方としては、まさに自己矛盾とも見える、解釈を述べないでいることでさえも「萬法諸道」の「肝心」とされている。

おもふこといはでぞたゞにやみぬべき我にひとしき人しなければ

しゐてことはりをつけば口惜かるべし。古注に種々説あり。当流一切不用之。（義をいはざる処、肝心の理なるべし。萬法諸道、何事と推量せん事浅くや侍らん。既に、いはでぞたゞにとよめる上、了見之説、不可然云々。）

（『肖聞抄』第百二十四段）

歌の理解を通して感得されるべき教誡、それが講釈の肝要であり「道の肝心」であった。第百二段では、「歌はよまざりけれど、世の中を思ひ知りた」るとされる男に対して、「歌よまぬとは、卑下也」と、この言葉は謙辞であり実は男は歌詠みであったと釈した後に次のように続ける。

昔おとこありけり。哥はよまざりけれど世中を思ひしりたりけり。

哥よまぬとは卑下也。此詞をみるに、哥をよまん人は、世のことはりをおもひしるべきことゝみゆ。哥よまん人肝要とまもるべき心也。（『肖聞抄』第百二段）

ここでは、「歌をよまむ人」（歌詠み）と「世のことはり（理）」が肝要の語で結ばれている。歌詠みはまた世の理に通じ、交会の作法にも長けた人物でなければならなかったのである。

御気色あしかりけり

此時、御門五十七歳にましますによて也。仁和二年也。万事、時の気色をはからひ思惟すべき事也、風雅のみちのみならず、交会などに心を用べし。殊勝のをしへなり。［…］（『肖聞抄』第百十四段）

こうした、教誡を奨める注釈のあり様と先に見た「あはれ」や「余情」の感得を説く注記とは一見相容れないようにも思われるが、宗祇にとってそれは矛盾する事柄ではなかった。(30)『両度聞書』、『古聞』といった宗祇の『古今集』講釈の聞書には、次の例のように「正直にしてしかも哀ふかし」、「たゞ正直に又幽玄に義をとるべし」などの注記が見え、「哀」、「幽玄」と「正直」とは併記し得る概念であったことが理解される。

しのゝめのほがら〳〵と

次第に明行様也。たまさかにあひそめたる夜の、やう〳〵鳥の声などもきこえたる時分を思べし。第二句の様を思べし云々。或説、延喜御制―如何。其心、正直にしてしかも哀ふかし云々。

（『古聞』巻十三・恋三・六三七）

恋しきにわびて玉しゐまどひなばむなしきからの名にや残らん

ことばは、たましゐといふに付て、からとはつゞけたり。されども、むなしき物からの名にやたゝんといふべし。たとへば、かひなき物からなどいへる義也。思所の心はかなはずして、なき世までの名にやたゝんとなげく也。蝉のからのやうにいへば幽玄ならず。たゞ正直に又幽玄に義をとるべし。

（『両度聞書』巻十二・恋二・五七二）

「正直」とは『古聞』に「古今二字者正直也」と見えるように、『古今集』の本義であり、歌詠みが「用心」して「守るべき」規範であったが、また一方で「天下も正直にて治べし」と述べられるように、治道の心得であり人倫の道そのものでもあった。

古今二字事

［…］又云、古今二字者正直也。正は自性、言語所及にあらず。中而不中、日正中者无極之称也。曲而不極、日直正は天照太神の御心也。彼御心を学ぶは即直也。是我朝之風也。直は正よりいづる也。此集は正直をすがたとせり。天下も正直にて治べし。哥も正直を可守也。尤哥人用心也。以上三説也。此外説有といへども、相伝之次第あるべし―。［…］

（『古聞』巻一・冒頭部）

そもそもが、「歌の様を知」（『古今集』仮名序）るとは、「哥道の花実等相具し、正風正路等をしる」（『古聞』仮名序注）ことであった。『肖聞抄』第八十八段に「業平の哥にはすぐれたるにや。古今にもみゆ。是をよく沈吟せば人々の教誡のはしたるべしとぞ」と記されるように、優れた和歌にはおのずから美的表現と教誡的内実との双方が備わっているというのは言を俟たないもとよりの大前提であった。

おわりに

「いかにも幽玄に読みなすべき事とぞ」（『肖聞抄』第九十六段）とは、いかにも印象的な一節ではあるが、宗祇による『伊勢物語』講釈のあり様を端的に指し示してもいる。男主人公（業平）の振る舞いを憐れみ深く人倫の思いに溢れた行いと解し、そうした心の顕れとしての和歌もその思いの深さに満ちたものと解するべきであった。そしてなによりも業平の歌は「心はあまりて詞はたらず」（『肖聞抄』第五段「月やあらぬ」注）と評される余情の歌であった。『伊勢物語』を読むということは、そうした心情のありあまる表現を沈吟し、深く思い入れることを通してあはれなる余情を感得することであった（加えて言うのならば、こうした物語の読みなしの行為について多くの言を書き留める『肖聞抄』は宗祇の講釈の本意に近い聞書と見てよいように思われる）。

また、余情に溢れる物語の言葉や作中歌を沈思することは、人倫の教誡へと通ずる事柄でもあった。物語の読みなしは、風雅の道の探求であるのみならず、諸道にわたる人倫の教誡を感得する行為であり、その実践であった。物語や和歌の講釈が室町時代に学問として成り立ち得たのは、それらがこうした人倫の道を説く講説へと置換可能であったからであり、そうした寓意を物語や和歌に見出し得たからに外ならない。

儒教的倫理観を背景とした政教主義的注釈として、好色否定や教訓性といった側面が強調され、その異質性が注目されることの多い宗祇―三条西家流の注釈ではあるが、和歌と人倫、和歌と政道とが接近した室町時代においては、文学が風諭を有するということ自体、さほど違和感のある事ではなかったように思われる。(31) 宗祇―三条西家流の講釈を読み解いてゆくためには、そうした同時代の学芸の志向の中にそれを置いて考える必要があろう。

注

(1)「旧注」の概念については、大津有一『伊勢物語古註釈の研究』(石川国文学会、一九五四年・『同 増訂版』八木書店、一九八六年)、青木賜鶴子「伊勢物語旧注論序説――一条兼良と宗祇と」(『女子大文学(国文篇)』三七、一九八六年三月)参照。

(2) 大津有一『伊勢物語古註釈の研究 増訂版』(八木書店、一九八六年)、片桐洋一『伊勢物語の研究〔研究篇〕』(明治書院、一九六八年二月)など。

(3) 青木賜鶴子「室町後期伊勢物語注釈の方法――宗祇・三条西家流を中心に」(『中古文学』三四、一九八四年一〇月)、同注1掲載論文。

(4) 山本登朗『伊勢物語論 文体・主題・享受』(笠間書院、二〇〇一年)、注3掲載の青木賜鶴子論文、大谷俊太「業平像の変貌――伊勢物語旧注論」(『展開する伊勢物語』国文学研究資料館、二〇〇六年)、同「余情と倫理と――伊勢物語旧注論余滴」(『叙説』三三、二〇〇六年三月)参照。

(5)『肖聞抄』は、著された時期からも、また後代への影響の大きさからも宗祇―三条西家流の『伊勢物語』理解の根幹をなす資料と言え、以降の宗祇流注釈の展開を窺う上でも第一に検討されるべき資料と言える。

(6) 阿部俊子『伊勢物語(下)』(講談社(学術文庫)、一九七九年)一〇九頁。

(7)『肖聞抄』の引用は、片桐洋一編『伊勢物語古注釈コレクション二 伊勢物語聞書 文明九年本肖聞抄宗祇注書入伊勢物語抄 冷泉為満講』(和泉書院、二〇〇〇年)所収の片桐蔵文明九年(一四七七)本(天文四年(一五三五)写)により、片桐洋一『伊勢物語の研究〔資料篇〕』(明治書院、一九六九年一月)所収の片桐蔵文明十二年(一四八〇)本(慶長十二年(一六〇七)写)を確認した。引用に( )を付した部分は文明十二年本の独自本文である。
(8) 注4掲載の山本登朗『伊勢物語論 文体・主題・享受』二八四頁。
(9) 注3掲載の青木賜鶴子「室町後期伊勢物語注釈の方法――宗祇・三条西家流を中心に」四三頁。
(10) 注3掲載の青木賜鶴子「室町後期伊勢物語注釈の方法――宗祇・三条西家流を中心に」四〇頁。
(11) 注4掲載の大谷俊太「業平像の変貌――伊勢物語旧注論」五五頁。
(12) 第一部第二章参照。
(13) 人の「一期」は、宗祇にとっては物語を理解する上で欠くことのできない枠組みであった。文明十三年（一四八一）から十四年に亘り行われた宗祇の『古今集』講釈に基づき肖柏が作成した聞書である『古聞』には、伊勢の例を引いて「人の一生」と「哥」の関係が次のように述べられている。

たちぬはぬ衣きし人も

龍門は仙人の住し旧跡となん。仙人はたちぬはぬ衣をきると云々。［…］又云、伊勢が仲平に忘られて大和へゆきし比の事也。されば、人もとりもちゐぬ事を思かへしく苦労したるは、此山姫の無用の布さらしたる様に似たるとよそへて思ふ心也。伊勢常に物思ひけるに述懐の哥多し。惣じて其人の一生の事を聞て哥をも心うべし云々。（『古聞』巻十七・雑上・九二六）

また、『古聞』に先行する、東常縁の講釈を宗祇が書き留めた『古今集』の聞書である『両度聞書』には、「伊勢はつねに物思ひをのみしけるよし家集にもみえ侍れば、歌に述懐のおほき也。これのみならず、歌人の一期のやうを尋しりて其歌の心をしれとぞ」（『両度聞書』巻十七・雑上・九二六）と「一期」の語が見える。
(14) 『古聞』の引用は、平沢五郎・川上新一郎・石神秀美「資料紹介 財団法人前田育徳会尊経閣文庫蔵天文十五年宗訊奥書「古今和歌集聞書〈古聞〉」並びに校勘記 本文篇」（『斯道文庫論集』二二、一九八八年三月）による。
(15) 「下の心」の説は、『肖聞抄』では第六段、第十七段、第二十四段、第六十五段、第七十六段、第百一段に記される。
(16) 片桐洋一『中世古今集注釈書解題 三』（赤尾照文堂、一九八一年）二七〇―二七八頁。
(17) こうした解釈は現在の注釈においても踏襲されている場合がある。例えば、石田穣二『新版 伊勢物語』（角川書店（角川文庫）、一九七九年）では『肖聞抄』と同様に恋の意を込めて訳出されている。諸説を整理した、竹岡正夫『伊勢物語全評釈』（右文書院、一九八七年）ではそうした理解には異が唱えられているが、双方の解釈ともに物語本文の検討を経て判断した結果でもあり、『伊勢物語』というつくり物語をどのように理解するかという点においては賛意の偏りはあるにせよ、現代的観点からも双方ともに解釈としては成り立ち得るのであろう。しかしながら、宗祇流の『伊勢物語』解釈においては恋の物語として読むことに異を唱えることはおそらくは想定されてはいない。

(18)『両度聞書』の引用は、片桐洋一『中世古今集注釈書解題 三』（赤尾照文堂、一九八一年）所収の宮内庁書陵部蔵八条宮智仁親王筆本による。

(19) 宗祇流の『古今集』の理解は、詞書・作者名といった集としての枠組を重視している。とくにその部立は解釈の基盤として強く意識されており、「部立の心也」（『両度聞書』巻十三・恋三・六三一）、「部立をみる事第一の習也」（同六三四）のような注記も見える。

(20) 宗祇流『古今集』講釈における政教的理解については、その現象面の指摘は多くなされてきた。方法論的分析については、新井栄蔵「宗祇流の古今集注釈における「裏説」について――古今伝授史私稿」（『文学』四七―七、一九七九年七月）、寺島樵一「二つの「稲負鳥」――宗祇流古今注「裏説」の性格」（島津忠夫編『和歌史の構想』和泉書院、一九九〇年、後に、寺島樵一『連歌論の研究』（和泉書院、一九九六年）に再録）、石神秀晃「祇注の六義論その他（中）――古今灌頂・言語的象徴表現・体用理論」（『三田国文』一八、一九九三年六月）が示唆に富む。

(21)『延五記』の引用は、秋永一枝・田辺佳代編『古今集延五記 天理図書館蔵』（笠間書院、一九七八年）により、私に濁点を付した。

(22) 敢えて述べるまでのことではないが、宗祇流の『古今集』講釈が『伊勢物語』をまったく無視して成り立っているわけではない。詞書や作者名に『伊勢物語』との関わりが認められる場合には、『伊勢物語』を参照している。例えば、『古聞』（巻十五・恋五・七四七）には、次のように『伊勢物語』との対比が行われている。

五条の―西のたいに住ける人、二条后の事なるべし。

月の面白かりける夜

伊勢物語には此詞なし。貫之くはへ侍るなりし、こと書のさまをよく〳〵思やるべし。［…］

なお、緑映美子「宗祇と伊勢物語――『山口記』を中心として」（『叙説』三四、二〇〇七年三月）には、『山口記』の注釈の立脚点の確認から、宗祇流『伊勢物語』注釈と『古今集』注釈の差異についての具体的記述の比較に及ぶ検討がある。

（23）『山口記』の引用は、『鉄心斎文庫 伊勢物語古注釈叢刊 三』（八木書店、一九八九年）所収の天文十八年識語本により、私に濁点を加えた。

（24）「よく工夫して思ふべし」（第二段）、「ふかく工夫すべしとぞ」（第八段）、「よく心をやりて工夫すべし」（第九段）、「思入て吟味すべし」（第二十三段）、「工夫すべきとぞ」（第四十五段）、「よく〳〵工夫有べきなり」（第五十四段）、「よく工夫すべし」（第八十三段）、「ことによく沈思工夫すべき也」（同）、「沈吟せば」（第八十八段）などの注記がそれにあたる。

（25）『鉄心斎文庫 伊勢物語古注釈叢刊 三』（八木書店、一九九〇年）所収の解題（山本登朗執筆）五一八―五一九頁。

（26）『宗長聞書（宗歓聞書）』の引用は、片桐洋一『伊勢物語の研究〔資料篇〕』所収の京都大学国語国文学研究室蔵本により、私に濁点を加えた。

（27）伊藤敬「『伊勢』『源氏』の抄と観心と」（『日本古典文学会会報』七八・七九、一九八〇年二月・四月、後に、同『室町時代和歌史論』（新典社、二〇〇五年）に再録、四二〇―四二三頁）では、『肖聞抄』、『惟清抄』第八十三段の注記を引用し、古典学の達成としての「あはれ」の感得が次のように説明されている。

尭孝流・二条派の歌学や、地下・武家の歌人・連歌師の世界にこうした和歌のもつ力、奇特さに思いを寄せ、しみじみとその「あはれ」を沈吟する読み方があり、それがやがて中世の和学として実隆らによって大成されたとすると、そこに兼良の道統とはやや異質を添える古典学の達成をみなくてはいけない」（同四二二頁）

こうした指摘は、室町中・後期の古典学の志向のみならず、さらに広く室町和歌を考える際にも重要な視点の提示といえる。本章では、敢えて「ふかく思ひ入」るという読み方が、「あはれ」を導くのではなく、「あはれ」を感得するために「ふかく思ひ入」るという読み方が選択されたと考えた。やや卑俗な言い方をすれば、『伊勢物語』から歴史的事実（それは虚構ではあるが）を掘り出そうとしたのが『和歌知顕集』などのいわゆる「古注」であり、『肖聞抄』等の宗祇―三条西家流の諸注釈は『伊勢物語』から感興を掘り出そうとしたと理解される。

(28)　本章で注目した「余情無限者也」などの、直接的な物語解釈からは少々離れた注記は、『肖聞抄』文明九年本には欠き、文明十二年本のみに確認されるものも少なくない（後の引用部でも同様）。本章では、文明九年本、文明十二年本に相違する記述も一律に『肖聞抄』の注記とし、別段その差異を問題にはしなかったが、文明十二年本へと至る『肖聞抄』の成長過程の特質として捉えることも可能かもしれない。

(29)　注4掲載の大谷俊太「余情と倫理と――伊勢物語旧注論余滴」には、『惟清抄』、『宗長聞書（宗歓聞書）』の注記の読解を通して、第二段が余情の物語として読まれた理由が本章とは異なるかたちで説明されている。

(30)　三条西実隆講・清原宣賢録『惟清抄』や三条西実枝講・細川幽斎録の『古今集』聞書である『伝心抄』では、前代の『肖聞抄』や『両度聞書』、『古聞』と対比するとより明確に政教的文脈と用語を用いて『伊勢物語』や『古今集』が説かれるようになる。人倫と政道を語る講釈としての意味合いがより強化されたものと理解される。

(31)　一部の能なども同様の要素を持っていた。大谷節子「中世古今注と能――相生の秘義」（『文学』六―三、二〇〇五年五月、後に、同『世阿弥の中世』（岩波書店、二〇〇七年）に「歌道と治道――「高砂」考」として再録）参照。なお、室町期の文芸における風諭の実際についてはやや異なる角度からの、牧野和夫「『無明法性合戦状』の一側面」（『軍記と語り物』一五、一九七九年三月）等、一連の『無明法性合戦状』に関する論考（いずれも同『中世の説話と学問』（和泉書院、一九九一年）に再録）の成果があるが、今後も問われるべき課題であろう。

第二章　わが身を卑下する人々の本性
――三条西家流古典学の読み解く王朝の物語

はじめに

中世に盛んに行われた古典の講釈活動の中でも、宗祇の流れを汲む宗祇―三条西家流（以下「三条西家流」と称す）(1)の物語講釈は、現在の視点からすれば「読解」と称すのが相応しいような、絡まり合う文脈を解きほぐし、物語の展開とその背景への言及に勢力を傾ける一方で、時に物語とは一見無縁の儒学的知識へと説き及ぶ傾向が指摘されている。(2)附会とも見えるこうした叙述については、幾つかの個別事例が報告され、この時期の注釈を特徴づけるとの指摘はあるものの、(3)それ以上に踏み込まれ議論されたことは無かったように思われる。しかしながら、儒学的概念を基盤とする倫理的なキーワードへと収斂してゆく物語への教誡的解釈は、室町時代中期から後期頃の古典学の志向を的確に指し示す点において積極的に評価されるべきであり、また、倫理的とも言える理解の姿勢は、講釈者でありまた享受者でもあった室町期の公家衆・武家衆の学問志向の反映である点にも留意する必用があろう。

本章では、和歌の家として室町時代の歌壇に勢力を持った三条西家において、実隆（一四五五―一五三七）の講釈によりつつ生成する『源氏物語』の注釈書・講釈聞書群の基となった『細流抄』に描かれる光源氏像の検討を端緒に、三条西家流古典学の方法とその志向の素描を試み、併せて、室町時代後期の和歌の学問としての三条西家流古典学の意義についても考えてみたい。

一　三条西家流講釈の描く光源氏像、源氏物語像

『源氏物語』梅枝巻において、明石の姫君の裳着を控えた光源氏は、薫物の調合を紫上をはじめとする諸方の女性に依頼し、蛍兵部卿宮を判者に薫物競を行う。

〔蛍兵部卿宮〕宮、

花の香をえならぬ袖にうつしもてことあやまりと妹やとがめむ

とあれば、〔源氏〕「いと屈したりや」と笑ひ給ふ。御車かくるほどにをいて、

〔源氏〕「めづらしとふる里人もまちぞ見む花の錦を着てかへる君

またなき事とおぼさるらむ」とあれば、いといたうからがり給ふ。

（『源氏物語』梅枝）

蛍兵部卿宮が、「いただいた薫物をいただいた立派な直衣の袖に匂わせて帰れば、浮気をしたのではないかと妻が咎めるだろう(4)」と薫物の素晴らしさを称讃しつつ詠み掛けると、光源氏は「珍しいことと奥方も待ち設けてご覧になるだろう、立派な装束を着て帰るあなたを」と返す。この時、実際には北の方のいなかった蛍兵部卿宮は源氏の皮肉な返歌に苦笑させられる。玉上琢弥『源氏物語評釈』に「二人の親密な仲が窺われる場面」と解釈

され、そのような理解が通説となっているが、『細流抄』はこの贈答に異なる視点からの講釈が行われたことを伝える（物語本文の省略部分を『源氏物語』により（　）内に補う。以下同様）。

めづらしと（ふる里人もまちぞ見む花の錦を着てかへる君）

花の下の事なれば、「花の錦」といふ也。「いもやとがめん」といへるをなぐさめてよめるなり。又云、このなをしなどまいらせ給事をいへり。よのつねの人ならば、かくいひ給まじきを、此宮〔蛍兵部卿宮〕と源〔源氏〕とは、一段とへだてなき中なれば、かくの給ふと也。古来二説あり。後日仰云、此哥、をごりたる歌なり。花宴巻に、二条のおとゞの「我やどの花しなべての色ならば」とよめるは、其性奢たる人なれば也。源氏はこの心あるべからず。いかゝ。案之、兵部卿宮は、北方は一夜の夜がれもなき人なれば、今夜の夜がれを程久しき様に思給べし。只今帰給をば、故郷へ錦を着て帰りたるやうに、めづらしき事に北の方は思給へきと也。いとくつしたりとわらひ給といへるによくかなへる歟。

（『細流抄』梅枝(5)）

『細流抄』の議論は、光源氏の詠んだ一首を「奢りたる歌」と解するか否かにはじまり、光源氏の「心」のあり様に及ぶ。引き合いに出される二条大臣の「その性奢たる」歌とは、光源氏の来邸を願い自邸の桜花の美しさを称讃した、花宴巻に記される次の一首を指す。

源氏の君にも、一日、内にて御対面のついでに聞こえ給しかど、おはせねば、くちおしうもののはへなし、とおぼして、御子の四位の少将をたてまつりたまふ。

わが〔大臣〕宿の花しなべての色ならばなにかはさらに君を待たまし

内におはするほどにて、上に奏し給ふ。「したり顔なりや」と笑はせ給ひて［…］

（『源氏物語』花宴）

先の『細流抄』の記述は、花宴巻に描かれる大臣の自讃の姿を「性奢る」と評する一方で、光源氏にはその「心」は無いとする。『細流抄』の言う光源氏の「心」とは、自讃する意図のない「奢」らない「心」であり、梅枝の一首も、そのような光源氏の「心」を踏まえて理解せよと言うのであろう。

この梅枝巻の例のように光源氏の言動の背景を、その「心」や「性」と関連づけて説明を試みる記述は、光源氏と朧月夜が再会し和歌の贈答を行う花宴巻の末尾にも見受けられる。

〔源氏〕梓弓いるさの山にまどふ哉ほのみし月のかげや見ゆると

なにゆへか」とをしあてにのたまふを、え忍ばぬなるべし、

〔朧月夜〕心いる方ならませば弓張りの月なき空にまよはましやは

と言ふ声、たゞそれなり。いとうれしきものから。

（『源氏物語』梅枝）

いとうれしき物から

花鳥説おもしろし。但、師説、此結語は返歌をし給事はうれしくはあれども、女の身にとりてはちとかろぐ〳〵しとおぼしたる也。是源氏の君の性也。いづくにも此心あり。（6）

（『細流抄』梅枝）

和歌を詠みかけた朧月夜の行為を、光源氏は「女の身にとりてはちとかろ〴〵し」い振る舞いであると思うと『細流抄』は述べる。さらに、そのように感じるのは光源氏の「性」ゆえであるとし、このような光源氏の「心」は「いづくにも」あると続ける（「いづくにも」とは意が汲み難いが、物語全体にわたっての意と考えておきたい）。

こうした「奢」らず、「かろぐ〵し」い言動を誡める、言わば倫理的に理想化された光源氏像の提示は、物語中の女性では、例えば次に揚げる夕顔巻で「貞節」という語に収斂させて空蝉の本性の理解を試みる例などと丁度対をなす、『細流抄』の人物把握の方法であったと考えられる。

なのめにもなき

なべてならぬ也。かやうにうつせみの貞節なるをしゐて思給は吾心のかたはなると也。かゝる所に此物語は心をつくべき也。（『細流抄』夕顔）(7)

加えて、この夕顔巻の例では空蝉の人物評に続けて、「かゝる所に此物語は心をつくべき也」と、『源氏物語』を読み進めるにあたり、こうした箇所にこそ心を配るべきであると強調され、人物像へと向けられた視線はそのまま物語自体へと横滑りしてゆく。このような人物像の把握と物語像の理解とを絡めた解釈のあり方への志向は、須磨巻の例により顕著である。須磨に蟄居する光源氏を頭中将が訪れる有名な場面について、『細流抄』は「此巻に君臣朋友の道をよく書きあらはせり」と天子と臣下との交友に関わる「君臣朋友」という儒学に発想された倫理観に基づく語を用いて巻の眼目を説明する。

このとのゝくら人に

［…］凡此巻に君臣朋友の道をよく書きあらはせり。源は謫居の身なれども、恩賜の御衣を携て君恩をわすれ給はず。又、三位中将は朋友の信ありて須磨までくだり給。されど物のきこえをはゞかりていそぎ帰給。是又、君臣の道也。（『細流抄』須磨）(8)

この「君臣朋友の道」の理解については、実隆の講義をその男・公条（一四八七―一五六三）が纏めた『明星抄』にはさらに具体的に説明されている。

さいひながらも物の聞えを

此段奇特也。世を憚ながらも親昵の中なればまいり給へる勿論也。さあるとて世の聞えどもあれど、はゞからざるは朝家をかろしむる也。然は、須磨へ参給は朋友の道を失はざる也。忍びてはやく帰り給ふは君臣の道を守る也。可付眼也。（『明星抄』須磨）[9]

昵懇の仲であった光源氏のことを思い「須磨へ参」る頭中将の行いは「朋友の道を失はざる」証であり、その頭中将が須磨より「忍びてはやく帰り給ふ」ことは、「朝家をかろしむ」ことのない「君臣の道を守る」例であると述べ、「此段」は「奇特」であり、まさに「眼を付くべき」であると結ばれる。

「貞節」、「君臣朋友」あるいは「孝心」、「忠孝」[10]といった教誡的キーワードへと収斂してゆく物語の理解は、『細流抄』、『明星抄』の諸所に窺われ、三条西家流の講釈を特徴づけるが、このような理解への志向は、『明星抄』帚木巻や、同じく『明星抄』冒頭の大意にも明記されている。

おぼさるゝとぞ

とぞとは紫式部が吾書たる事をしらせじと意なり。此物がたり、好色を以て云やうなれども、人の心もちゐをしへ。何の書にもかやうなるは有まじき事也。心をつけて見るべき事と云々。（『明星抄』帚木）[11]

此物語一部の大意。面には、好色妖艶をもって建立せりといへども、作者の本意、人をして仁義五常の道に引いれ、終には中道実相の妙理を悟らしめて、世出世の善根を成就すべしとなり。されば、河海にも君臣の交、仁義の道、好色の媒、菩提の縁に至る迄、是を載ずと云ことなし、といへり。（『明星抄』大意）(12)

こうした教誡的な物語の把握は、物語それ自体の深い理解のその先に求められた「心をつけて見るべき」事柄であり、『源氏物語』の本来の構成要素としての作者の「本意」をそこに認め、もって物語の眼目とするのが、『細流抄』、『明星抄』の原則的な立場であった。(13)

二　在原業平の本性と伊勢物語講釈

物語に対する教誡的・倫理的な理解は、『源氏物語』を対象とした講釈に限定されるものではなく、『伊勢物語』講釈の場合にも同様の現象を指摘することができる。(14) 例えば、第六十二段は主人公に比定された在原業平に捨てられ、地方官の召使となった嘗ての恋人と業平が再会する場面を次のように描く。

むかし、年ごろおとづれざりける女、心かしこくやあらざりけん、はかなき人の事につきて、人の国なりける人につかはれて、もと見し人の前に出で来て、物食はせなどしけり。夜さり、「このありつる人たまへ」とあるじにいひければ、おこせたりけり。をとこ、「我をば知らずや」とて、

いにしへのにほひはいづら桜花こけるからともなりにける哉

といふを、いと恥づかしと思て、いらへもせでゐたるを、「などいらへもせぬ」といへば、「涙のこぼるゝに、目も見えず、物もいはれず」といふ。

これやこの我にあふみをのがれつゝ年月経れどまさり顔なき

といひて、衣脱ぎてとらせけれど、捨てて逃げにけり。いづち去ぬらんとも知らず。（『伊勢物語』第六十二段）

あまりにも貧相な女の様子を、業平が「こけるからともなりにけるかな」と「から」に寄せて詠み、涙ながらに返事も出来ずにいる女に「年月経れどまさり顔なき」と哀れむ様子も無く詠みかけると、女は耐えきれず逃げ去ってしまうという冷酷な仕打ちを見せる業平が描かれる。この六十二段は『伊勢物語』に描かれる最も残酷な場面とも評される章段であるが、[15]三条西家流の諸注釈は、この章段に対しても現行の解釈とは異なる理解を示している。

例えば、実隆の講釈を清原宣賢の筆記した『惟清抄』は、業平の「こけるから」の歌に詠まれた「から」の語を、女の様子を侮蔑した言葉とは解さない。

我身ハ衰テ昔ノ匂ハイヅクヘカユクラン。花ナドヲコキチラシタルヤウニナルトオボユルト也［…］

コレヤコノ我ニアフミヲノガレツヽ年月フレドマサリカホナミ

我ニ逢事ヲノガレテ年月ヲフル程ニ、思ヒナヲサンカト思ヘドモ、思ヒナヲス事モナキ也。我ヲ思フ事ノマサルカト思ヘドモ、サモナシト也。女ヲアテニ云ヤウニミル義ハ業平ノ性ニアラズ。

（『惟清抄』[16]第六十二段）

業平が自身の「衰」えた姿を「花ナドヲコキチラシタルヤウニナル」と詠んだと解釈し、そのように理解する理由を「女ヲアテニ云ヤウニミル義ハ業平ノ性ニアラズ」と、業平の「性」に求め説明する。同様の解釈は、宗祇講釈の肖柏による聞書である『肖聞抄』にも「女をおとしてよめるにはあらざるべし。是当流の本意也」[17]と見え、その淵源は宗祇の講釈であったと考えられるが、下って細川幽斎『闕疑抄』にも「女をあて、おとしてよめるにはあらず。業平の本性に相違する也。当流本意亦如此也」(18)とあり、女を思いやり謙抑の姿勢を見せる業平像は、三条西家流の講釈に一貫した理解であったことが知られる。

ここでは、物語を読み進めることによって、描かれる業平像が帰納されるのではなく、業平の「(本)性」は予め設定されており、その「(本)性」に沿いつつ物語が解釈されている。こうした理解の方法は、当然ながら現在では賛意の得られる読解法とは言えない。しかしながら、こうした解釈の構造は、先に見た源氏の「(本)性」を基底に据えて物語の解釈へと及ぶ『源氏物語』理解のあり方と軌を一にし、三条西家流の古典学が物語に求めた世界像であった。

三　源氏物語講釈の中の歌道

ところで、中世の時代においてなお、平安王朝の物語作品が読み継がれた理由の一つが、和歌・連歌に詠み込む素材として、また、それらを理解するための知識基盤として、物語の中の言葉やその続け柄を理解し、獲得するためであり、いわば和歌・連歌をめぐる学問・教養の一端として享受されたからであったことは改めて強調するまでもない。歌書として享受された『伊勢物語』は言うに及ばず、『源氏物語』についても、『明星抄』の冒頭部分に配された「題号之事」の項目に「物語の意を取て和歌に詠する事」の一条があり、「詞をば取用。心をばこれを取らず」、「源氏見ざる歌よみは遺恨の事也云々」と、『後鳥羽院御口伝』、『六百番歌合』といった、鎌倉時代の初頭に主張された和歌に対する『源氏物語』の効用が、源氏講釈の際にも定型化したフレーズとして定着していたことが知られる。

物語の意を取て和歌に詠ずる事
一説に詞をば取用。心をば不取之と云義あり。不可用之。撰集之中其証拠非一。河海ニ粗被引載。其上六百番の歌合に俊成の判詞に、「源氏見ざる歌よみは遺恨の事也云々」
（『明星抄』「題号之事」）

また、和歌をめぐる講釈の側においても、例えば、飛鳥井雅章（一六一一―七九）の講説をも伝えるとされる清水宗川（一六一四―九七）の筆記、『清水宗川聞書』の次の例のように、江戸時代の初頭においてなお、『源氏物語』中の言葉を不可欠の和歌の素材と捉える意識は踏襲されていた。

「ひびきのなだ」、歌にも有。又、源氏の詞に出たれば、惣じてくるしからぬ也。源氏は歌よりも詞をとる也。
［…］
源氏に出たる詞之類、歌に成さうなるは皆用也。
（『清水宗川聞書』）[19]

しかしながら、幾度となく繰り返された『源氏物語』を読み解き、講釈を記し留めるという行為には、単に和歌・連歌創作のための素材提供が期待されていたのではない。源氏講釈という営み自体が、歌の道のあり方を伝える手段としても機能していたと考えられるのである。

帚木巻の雨夜の品定めの合間に語られる木工・墨書き・筆の道の上手をめぐる物定めの一節、「うち見るにかどかどしくけしきだちたれど、なをまことの筋をこまやかに書き得たるは、うはべの筆消えて見ゆれど、いまひとたび取り並べて見れば猶実になん寄りける」[20]とあるくだりに『明星抄』は次のような注釈を施す。

とりならべてみれば

歌道も如此也。かどかどしきやうなるは、きとめにたつやうなれど、取りならべて見るに、みざめのする事の有もの也。（『明星抄』帚木）(21)

この一節は、具体的には目に立つ詞を和歌に詠み込むことに対する禁制を述べていると考えられ、中世の歌論書の記述としてもさして珍しくない条文であるが、和歌詠作をめぐる知識や教訓が源氏講釈に附随し、「歌道」という言葉を用いつつ語られているのには留意される。

胡蝶巻、初音巻には次のような例も見える。

歌なども一段となるべきかと思へばそれ程なきは、所詮歌と云ものは、思ふやうにはなき物と草子ノ地に評して云なり。（『明星抄』胡蝶）(22)

歌と云物は、ことはりばかりにては叶まじき也。余情を今ちと添度と也。心をつけて見べし。（『明星抄』初音）(23)

和歌の詠み方に対する教訓としてここに述べられる詠作に対する作為と才覚、理と余情をめぐる関係性の問題などは、室町時代後期から江戸時代初期頃の和歌聞書や論書に頻出する事項であり、こうした知識が源氏講釈の場で語られている例を見ても、源氏講釈という営為が、ひとえに物語の細部にわたる読解のみを意図したものではなかったことが理解される。

また、澪標巻では、須磨での蟄居に手をさしのべた住吉明神に感謝する光源氏と惟光により和歌が詠み交わされるが、その場面を『明星抄』は次のように説明している。

すみよしの
まつこそは先を松にそへたり。神代の事とはふるき事となり。須磨明石に沈し時の事也。作例たるべしと云々。歌の道の殊勝なるは、惟光も只今かやうに歌を奉りて上下の懐をのべ侍る也。歌ならではいかにして卑懐をも述侍べきぞと云々。
（『明星抄』澪標）(24)

ここには、「歌の道」は「上下の懐」を述べることのできる「殊勝な」道であり、歌でなくては「いかにして卑懐」を述べることが出来るのかと君臣相互の思いを伝える手段としての、まさに君臣朋友の和を示す「道」としての和歌の効用が説かれる。こうした「道」としての和歌の教訓と歌を詠む者の理想の姿が、物語のそここに見出され講釈されたのは、『源氏物語』が本質的に和歌を仲立ちとする人倫の理想を描く物語であったからと言うのではない。そのような物語として意図的に読み解かれ、講釈されたからであるのは改めて言うまでも無いであろう。

『明星抄』からやや遅れて、近衛稙家（一五〇三―六六）の娘といわれる花屋玉栄(25)によって著された『花屋抄』(26)序文には次のような一節が見える。

源氏の注本、紫明・河海・花鳥此三のみなもとをたゞして、又、三源一覧といふ物、ますかゞみのかげあきらかに、うたがひ残らざる物あり。それより後、又、さまぐ〵人のちゑにまかせあみたてたる物おゝし。されども、いづれも我ちゑ・さいかくをあらはすばかりにて、みゝどをき事おゝく、源氏のおもては、あらわれかねたる事共おほし。しよしんのため、およびがたき事ども有。春の花のおもかげしたふ、やよひの空の暮かたより、夏は窓を過る蛍にもあつめし事をおもひ出るたよりに此物語を引きよせ、まして秋の夕へ身にしむ色もさまぐ〱に枯行虫のね、身にかへても惜まるゝ夕の空、心くだくる折〱の心をなぐさめんたより、［…］おろかなる女とぢのために四帖につゞめ是をしるし付侍る。

（『花屋抄』）

『紫明抄』、『河海抄』、『花鳥余情』の三書を取り合わせた富小路俊通（?―一五一三）の著述『三源一覧』の後にも様々な人々によって注釈が編まれたことが記されるが、「いづれも、わがちゐ・さいかくをあらはすばかり」と評されている。源氏注釈の歴史は、まさに「みゝとをき事」の集積の歴史でもあった。しかしながら、『細流抄』、『明星抄』に記し留められたような知識や教訓は、講釈に連なる男性公家衆にとっては学問の道の肝要であり、『明星抄』の言葉を借りるならば、それこそが「心をつくべき」事柄であったと考えられるのである。

四　室町後期歌学の志向と三条西家古典学

三条西家流の古典学は、三条西実隆・公条・実枝（一五一一―七九）の三代から細川幽斎（一五三四―一六一〇）を経て江戸時代初頭の禁裏（智仁親王（一五七九―一六二九）、後水尾院（一五九六―一六八〇））へと向かう、同時代を特徴づける古典学・歌学の一大潮流であるが、これらの歌人・歌学者の講釈を伝える聞書の中には、一方は物語を、他方は和歌の読み方を対象としつつも、その意図するところを表現するのに同一の語句やフレーズが用いられることも珍しくない。

例えば、先に見た『明星抄』に記される「君臣」、「朋友」という言葉は、この時代の聞書・論書・注釈書に頻出する言葉で、論述を教誡的な方向へと進めることを意図し、倫理的な「心」のあり方を説く文脈にはめ込まれて、心得や禁制という形で表現される。室町時代後期頃に著された歌学書では、三条西実枝による講釈の聞書と考えられている(27)『懐中抄』には次の一節が見える。

歌に武士の歌の心得あるべく候。弓馬・戦・鷹狩・鵜川、その他、我家のことよむべからず。初心にて我家のことをわろくよみ候へば、我をしらぬになるべく候。君臣上下の儀をそむくやうなる事、歌にもまた連歌にも一向道のかけたるなるべく候。能々嗜候べく候。（『懐中抄』(28)）

「君臣上下の儀をそむくやうなる事」という倫理的規制の枠組を和歌・連歌の詠作の実際にあてはめて説く例が和歌表現の彫琢に益するか否かはともかくも、こうした倫理的規制を念頭に置くことが「武士の歌の心得」であり「嗜」であると説く和歌・連歌に対する教誡性の尊重は、この時代の和歌・歌学の志向を端的に示す例として注目される。(29)

三条西実枝から古今伝受を相伝した室町時代末を代表する歌人であり歌学者でもあった細川幽斎の講釈の烏丸光広（一五七九―一六三八）による聞書である『耳底記』(30)にも次のような例が見える。

モノヽフノ身ニテ、「イサム心ノ」ナド云心ヲヨマヌモノ也。ソノ身ノ上ノ事ナレバ也。又、公家ナラバ、道ノナリガタキヨシヲヨムモノ也。サレバ、定家モ、

シキシマノ道ニ我名ハタツノイチヤイサマダシラズヤマトコトノ葉

如此ヨミ給ヘリ。読方ノ口伝也。（『耳底記』慶長三年八月二十四日条）

「モノヽフノ道」は「イサム心ノ」などは詠むべきではなく、「公家」は「道ノナリガタキ」を詠むべきであ

るとするのは、『懐中抄』に記される君臣間の倫理観を背景とした教誡性とはいささか趣を異にするものの、和歌表現に対する人倫面における倫理的規制としては類例と言えよう。己の立場を弁え、尊大に見せることを忌み嫌う姿勢は、幽斎の講釈を佐方宗佐（生没年未詳。天文頃生、寛永頃没？）が聞書した、『細川幽斎聞書』にも次のように記される。

一、当座に臨てよむ哥に、或は出家に法のみち・さとりの道など云詞、或は、武士にものゝふの道など云事、不可詠也。是は諸道に有べき事也。但、亦、内々にて我心をあらはさんがためによめらんは制の外也。

（『細川幽斎聞書』(31)）

ここには「諸道に有るべき事也」とも付記され、こうした文言の対象が武家や公家、あるいは歌道に限定されるものではなく、大凡幽斎の交遊圏にあった芸能一般へと向けられた教訓であったことが知られるが、拡散する方向から目を転じて、これらのいささか時代の降る例を参照しつつ、改めて源氏講釈に戻って見れば、『明星抄』若紫巻の次の例のような、物語のなかの和歌の句を引き、「下句は我身を卑下したる也」などと敢えて注記する例には、登場人物の心のあり様を述べることにより、物語のより深い理解を促すという以上の意図が込められているように思われる。

〔尼君〕汲そめて（くやしと聞きし山の井の浅きながらや影を見るべき）

くやしくぞ汲そめてける浅ければ袖のみぬるゝ山の井の水

此歌本歌のごとく悔しくやの心あり。下句は我身を卑下したる也。影をみずべきはみえがたしと也。或云、みるべきは源を待みるべき也。

（『明星抄』若紫[32]）

先に『懐中抄』、『耳底記』などの例に見た、自身の身を弁え、尊大な表現を忌避する態度は、室町時代後期に著された諸道の論書では「卑下」の言葉をもって称されることが多い。『耳底記』は、幽斎の「歌の徳」を述べるにあたり、卑下する姿勢を理由に「道シヤ」であると評価する。

私又云、幽斎ノヨミ給フ哥ノ心ヲ問申セバ、卑下ハナ〳〵シキ事ナリ。道シヤトミエタリ。

（『耳底記』慶長四年二月十五日条）

ここに説かれる「卑下」の語は、現在用られる若干ニュアンスに幅のある語例のうち、「謙遜」、「謙退」の意味範疇に含まれる意と考えられる。「卑下」の姿勢というのは、『細川幽斎聞書』に「卑下の詞の事[33]」の項目が立てられるように、歌詠みが心得べき振る舞いであり、かつて大谷俊太が「謙退の心[34]」と呼んだ室町時代後期から江戸時代の初頭にかけて盛んに説かれた和歌の詠み方の心得でもあった。

「卑下の詞」や「卑下のさま」を指摘して、その様相を語る源氏講釈の志向と、『耳底記』に説かれるような、室町後期の公家衆・武家衆の和歌詠作に対する心得を特徴づける「卑下」の姿勢は地続きであるように思われる。『明星抄』梅枝・澪標・乙女の各巻には、物語中の和歌の解釈が次のように記されている。

花のかを（えならぬ袖にうつしもてことあやまりと妹やとがめむ）

兵部卿宮の我袖などにはとめがたきと也。えならぬ一説、艶ならぬ也。卑下の詞也。

（『明星抄』梅枝[35]）

くゐなだに（おどろかさずはいかにして荒れたる宿に月を入れまし）

花散里の歌也。尤優也云々。源の問給を月に比したる也。卑下のさま、此家のふりたる事也。

（『明星抄』澪標）(36)

風〔紫上〕にちる（紅葉はかろし春の色を岩根の松にかけてこそ見め）

紅葉は花よりはかろき也。いはねの松の春のをもきこそまされとよめる也。ねたますやうにの給へども、ちとも卑下せずしての給ふ也。

（『明星抄』乙女）(37)

自身を「卑下」する姿勢こそが美徳であり、であればこそ源氏講釈の際にも卑下の様が指摘されたのであり、さらには、乙女巻の例のように、「ちとも卑下せずしての給ふ也」と「卑下」せずに詠むことが敢えて取り上げられ、注記されたと考えられるのである。

おわりに

本章では、三条西家流の古典講釈に見える教誡的志向について改めて指摘し、それが単なる衒学的な知識の付加ではなく、むしろ三条西家流の古典学の求めた物語理解の方法であり、ひいては講釈の意図するところであったこと、古典講釈は当然ながら和学の中心であった「歌道」理解とも密接に関係しており、物語講釈の中においても「歌道」のあり方への言及が見え、明確なイメージを持ちにくい抽象的な「歌道」の理念を説く寓意としても物語が講釈されていること、また、歌道の面から見れば、室町時代後期の和歌聞書・論書は、古典講釈の聞書と多くの概念を共有しており、一見、幽斎付近の歌学書に突然あらわれるように見える「卑下」をキーワードとし

て述べられる謙退を尊ぶ姿勢は、三条西家流古典学の特質でもあることなどの諸点について述べた。(38)

物語に本質的に備わる嗜虐的ともいえる志向や、倫理的規範から外れる不忠・不孝といった側面を反転し理想化する装置としての一面を三条西家古典学が有していたことは、この時代の古典学・歌学（あるいは学文一般）のあり方を考える上で示唆的である。上述の如き講釈が行われた背景には、当然ながら、天皇への進講を含む三条西家と権力との関係が深部で影響しており、さらには、室町時代後期に高まる天皇権威と学文との関係の意味づけの変化が反映しているとも思われるが、ここではこれ以上触れる用意がない。

また、先にも見た『懐中抄』には、我が身を表現する和歌の「詞」の選択によって「我がみをいやしくなす」ことに対する忌避が記されている。

歌にいやしきことば、たしなむべし。又、詞によりて我がみをいやしくなすことあり。たとへば、「ひろふたき木のおもさをぞしる」と云、是一向我みを山がつになしたる也。又、「ひろふ薪木のおもさをやしる」と候へば、此「や」の字にて、やまがつをおもひやりたる心なるべく候。よく候。

（『懐中抄』）

『耳底記』にも、「賤ナトノ、サビシキト云事をヨマヌモノ也。コチカラ思ヤリテハヨムベシ。ソノ身ニナリテハヨムベカラザル也。読方ノ口伝也」（慶長三年八月廿四日条）と詠作主体の設定によって「いやしく」ならぬように詠むための口伝が記されており、こうした詠作上の禁忌はこの時代にある程度共有されていたと推測されるが、のみならず、人倫面における倫理的規制は、和歌の叙情的表現の多くを担っていた「てにをは」の使い方に及ぶ歌詞の嗜みを説くことにより、理念的、規範的領域に留まることなく、和歌実作における方法論的展開を見せつつ江戸時代に及ぶ。(39) 古典講釈と和歌詠作はまさに連環する営みであった。

注

（1）宗祇―三条西家流という呼称はいささか曖昧ではあるが、聞書（例えば、『弄花抄』など）を資料とする際には、著述内容逐一のオリジナリティーの分別は困難であり、宗祇説を淵源としつつ三条西家において整備された講説総体を指す意味で、三条西家流という言葉を用いたい。
（2）重松信弘『新攷 源氏物語研究史』（風間書房、一九六一年三月）。
（3）伊藤敬が「人倫と和歌」という視座を提示され、実隆の著述を分析したのは貴重な指摘であり、本章も伊藤の指摘に学ぶところが多い。伊藤敬『室町時代和歌史論』（新典社、二〇〇五年一一月）四一七―四三八頁参照。
（4）以下、和歌の解釈は、『新日本古典文学大系』による。
（5）伊井春樹『源氏物語古注集成七 内閣文庫本 細流抄』（桜楓社、一九八〇年一一月）二五二頁による。
（6）注5掲載の伊井春樹『源氏物語古注集成七 内閣文庫本 細流抄』八六頁。
（7）注5掲載の伊井春樹『源氏物語古注集成七 内閣文庫本 細流抄』四三頁。
（8）注5掲載の伊井春樹『源氏物語古注集成七 内閣文庫本 細流抄』一二三頁。
（9）無刊記版本を底本とする、中野幸一『源氏物語古注釈叢刊四 明星抄 種玉編次抄 雨夜談抄』（武蔵野書院、一九八〇年一二月）一八六頁による。
（10）例えば、『明星抄』（明石）に「孝心のいたり也」（源氏物語古注釈叢刊二、一八九頁）、『同』（澪標）に「源の忠孝の至り也」（同　二〇四頁）の評が見える。
（11）注9掲載の中野幸一『源氏物語古注釈叢刊四 明星抄 種玉編次抄 雨夜談抄』四七頁。
（12）注9掲載の中野幸一『源氏物語古注釈叢刊四 明星抄 種玉編次抄 雨夜談抄』五頁。
（13）『明星抄』「大意」の「面には、好色妖艶～」以下の一節は、『明星抄』にも記されるように、すでに『河海抄』に説かれる視点であり、『河海抄』には、人間の「性」のあり方を説く『孟子』の性理説の一節を引用する例が見えることが、小川剛生『二条良基研究』（笠間書院、二〇〇五年一一月）第三章第二節「孟子の需要」四五六頁に指摘されている。『河海抄』自体には、『細流抄』『明星抄』のような、物語に対する教誡的な解釈が示されることはない。
（14）第一部第一章においても詳述した。併せて参照願いたい。

(15) 渡辺実『新潮日本古典集成 伊勢物語』（新潮社、一九七六年）頭注。
(16)『天理図書館善本叢書四三 和歌物語古註集』（八木書店、一九七九年七月）四五四頁。
(17) 片桐洋一『伊勢物語の研究〔資料篇〕』（明治書院、一九六九年一月）所収の文明十二年本による
(18) 注17掲載の片桐洋一『伊勢物語の研究〔資料篇〕』所収の京都府立総合資料館蔵中院通勝奥書本による。
(19) 久保田啓一・揖斐高・鈴木淳・鈴木亮校注『歌論歌学集成一六』（三弥井書店、二〇〇四年一二月）二三、七七頁。
(20)『新日本古典文学大系 源氏物語 一』（岩波書店、一九九三年一月）四五頁。
(21) 注9掲載の中野幸一『源氏物語古注釈叢刊四 明星抄 種玉編次抄 雨夜談抄』三〇頁。
(22) 注9掲載の中野幸一『源氏物語古注釈叢刊四 明星抄 種玉編次抄 雨夜談抄』三〇二頁。
(23) 注9掲載の中野幸一『源氏物語古注釈叢刊四 明星抄 種玉編次抄 雨夜談抄』二九四頁。
(24) 注9掲載の中野幸一『源氏物語古注釈叢刊四 明星抄 種玉編次抄 雨夜談抄』二一三頁。
(25) 花屋玉栄とその著作については、ゲイ ローリー「慶福院花屋玉栄小考」（『ぐんしょ』七二、二〇〇六年四月）参照。
(26) 蓬左文庫蔵慶長八年写本（一〇七・六九）による。
(27) 井上宗雄『中世歌壇史の研究 室町後期〔改訂新版〕』（明治書院、一九九一年三月）五三〇頁に三条西実枝周辺の成立かとの推定がなされている。但し、実隆の名を冠した写本も伝存する。
(28) 坂内泰子「『懐中抄』解題と翻刻」（延広真治編『江戸の文事』ぺりかん社、二〇〇〇年四月）の翻刻による。
(29) 井上宗雄『中世歌壇史の研究 室町後期〔改訂新版〕』五三〇頁に「中世和歌の作歌方法における虚実の問題、文芸性の優位に立つ道の問題などが示されていて、芸術主義的な中世和歌が克復されて行く一つの考え方をしめしているものであろう」との指摘がある。
(30) 天理図書館蔵烏丸光祖筆本（九一一・二一―イ―四三）による。
(31) 日下幸男編『細川幽斎聞書』（和泉書院、一九八九年一二月）所収の大阪市立大学附属図書館蔵森文庫本（同書九〇頁）による。
(32) 注9掲載の中野幸一『源氏物語古注釈叢刊四 明星抄 種玉編次抄 雨夜談抄』八五頁。

(33) 但し、『細川幽斎聞書』では、「卑下」する表現が度を超すと「慇懃尾籠」になることも指摘している。

卑下の事、あまり過ぎたるは、かへりて慇懃尾籠になるなり。よきほどにはからふべし。文章など書時も同じ事なり。ある町人、歌道執心のもの、名を拙翁斎と付けたるもの有。三光院殿〔三条西実枝〕仰云、定而哥も下手たるべしと被仰し。おろかなる身、数ならぬ身などと云詞、人により、努々不可詠。おろかならぬうへより云事也。

〔…〕

(34) 大谷俊太『和歌史の「近世」　道理と余情』（ぺりかん社、二〇〇七年）第二章一「謙退の心――和歌に於ける倫理性」参照。

(35) 注9掲載の中野幸一『源氏物語古注釈叢刊四　明星抄　種玉編次抄　雨夜談抄』三五九頁。

(36) 注9掲載の中野幸一『源氏物語古注釈叢刊四　明星抄　種玉編次抄　雨夜談抄』二一〇頁。

(37) 注9掲載の中野幸一『源氏物語古注釈叢刊四　明星抄　種玉編次抄　雨夜談抄』二七九頁。

(38) 注34掲載の大谷俊太著書第三章四「てには伝受と余情――つつ留まり・かな留まり」に、テニハ説が単なる心得ではなく、和歌の実作に関わる例についての指摘がある。

(39) これまで述べてきた諸書を時間軸に沿って置いてみると、実隆・公条の講釈に基づく『細流抄』、『明星抄』といった源氏注釈と実枝・幽斎周辺で作成された聞書・論書とでは一世代から二世代の時間差があり、源氏注釈が先行し、その後に聞書・論書が著されていることが理解されるが、両者の関係を物語講釈や聞書から和歌講釈や聞書・論書への展開として把握するよりは、三条西家流古典学の伝統の中で、折を見て源氏聞書や和歌聞書・論書の形として遺されたというような、やや曖昧なイメージの方が実際のあり方に近いように思われる。

第三章　海人の刈る藻に住む虫の寓意
――『当流切紙』所収「一虫」「虫之口伝」の説く心のあり様

一　『伊勢物語』の虚実と宗祇――三条西家流古典学

『古今集』仮名序に「心あまりて詞たらず」と評される在原業平は、「近き世にその名きこえたる」六歌仙として知られる歌人の一人である。『古今集』に三十首収められるその歌は、同時に『伊勢物語』にも見えるが、同一歌であっても、『古今集』と『伊勢物語』では伝えられる詠作背景の異なる場合もあり、実際の成立事情は謎に包まれたままのものも多い。一方を史実の反映と考えれば、他方は虚構と解せざるを得ない『古今集』と『伊勢物語』の関係を、一条兼良（一四〇二―八一）は『伊勢物語愚見抄』の中で「作り物語」としての『伊勢物語』の創作と理解した。(1)『伊勢物語愚見抄』の立場は、『伊勢物語』とそこに描かれた歴史的事実との対応如何を重視するもので、史実とは異なるという意味において「作り物語」の概念をもって『伊勢物語』が説明されるのは必然の処理でもあったが、以降江戸時代に至るまでこの「作り物語」という言葉に集約される物語の虚実の問題は『伊勢物語』を説くに際して避けることのできない課題となって行った。(2)

室町時代に大きな影響力を持ち、江戸時代の堂上へと繋がる講説を遺した宗祇（一四二一―一五〇二）も、『伊勢物語』と『古今集』との読み分けには自覚的であった。そのことについては、第一部第一章においても述べたが、『伊勢物語』には『伊勢物語』の描く世界があり、『古今集』には『古今集』の伝える意図がある、というのが宗祇の立場であり、双方に重なり合う記述が認められない限り、一方の解釈を他方の理解に敷衍することは原則としてなかった。無批判な連続性を断ち切ることで『伊勢物語』と『古今集』間に横たわる矛盾の一端は解消され、虚構の物語世界が『古今集』に持ち込まれることや、両者の整合性を図るゆえの『伊勢物語』の曲解は避けられるようになったのである。

しかしながら、そうした操作を経てなお、両書の間の矛盾はそれとして残されており、そこに何らかの隠された意図を読み取る試みも行われた。本章では、『伊勢物語』と『古今集』の双方に収められた和歌に発想された秘説の構造とその意図、また、その論理を構成する知的背景などについて考えてみたい。

二　「海人の刈る藻にすむ虫」の寓意

『伊勢物語』第六十五段は、「いとわかゝりける」男と大御息所（染殿后・藤原明子）の従姉妹の禁色を許され帝の寵愛を受ける女（名前は明かされないが「いとこ」とあることにより二条后・藤原高子が想定される）との恋を描く章段である。年少の男は女のもとに通い続けるが、その噂が帝の耳に入り、男は流罪、女は蔵に閉じ込められてしまう。女は身の上を思い返しつつ、「海人の刈る藻に住む虫のわれからと音をこそ泣かめ世をば恨みじ」と詠む。この歌に対して、『肖聞抄』には次のような注が付されている。

あまのかる藻にすむ虫の我からに音をこそなかめ世をば恨じ

上句は序哥也。心は、只我からとねをこそなかめ世をばうらみじと云也。此われからといふ所、尤道の肝心也。我からぞと云所に心をかくれば、げに人をも世をも科とおもふべき事なし。人を恨ざるは、和の至極也。和は又世をおさめ、身をおさむる中だち也。此哥を忘れず人は思ふべき事とぞ。（此女も我心を思返し、世はうらみじとよめる心、尤ありがたき所也。）

（『肖聞抄』第六十五段）(3)

藻に住む虫という「割殻《われから》」に掛けられた「我から」（自分のせいでの意）の意を説き、すべては自身の身から出たもの、世を恨みはしないとする冒頭部分の理解は、一首の趣意としては首肯されるが、続く部分には、この女その人の切なる自責の念への評価を起点として、「世をおさめ、身をおさむる中だち」となる「和の至極」を説き表す治身の教誡を詠むとする解釈が続く。こうした理解は、第三句「我からに」の語句に発想されたものではあるものの、歌意の解釈からすれば大きく逸脱した方向へと進んでいる。和歌表現の細部に教誡性を読み取りそれを一首の肝要とする理解は、宗祇―三条西家流古典学の特徴として度々指摘されてきたが、(4)この「海人の刈る」の歌は、そこに表現される切なる心情の導く教誡性の読み取りの奥に、さらなる深意の存在が想定されている。

『肖聞抄』は、『伊勢物語』に「おほやけおぼしてつかうたまふ女の、色ゆるされたるありけり。おほみやすん所とていますかりけるいとこなりけり」とある記述に従い、この歌の作者を「色ゆるされたる　三位に叙し給ふ事にや。此人は二条后也」(5)と二条后（藤原高子）と解すが、この「海人の刈る」の歌は『古今集』には異なる作者名が付されて収められている。

（題しらず）　　典侍藤原直子朝臣

あまの刈る藻にすむ虫の我からと音をこそなかめ世をばうらみじ

（『古今集』巻十五・恋五・八〇七）

『古今集』において「海人の刈る」の歌の作者とされる「藤原直子」は、貞観十六年（八七四）に従五位下、延喜二年（九〇二）に正四位下であった人物とされ[6]、『伊勢物語』に「おほみやすん所（染殿后）とていますかりけるいとこ」と記される作者を系図に従い二条后と解するのならば、『伊勢物語』の記載と『古今集』の作者名は相反することとなる。こうした矛盾に対し『伊勢物語愚見抄』は「此女は典侍藤原直子といふ人なり。染殿の后の御いとこなりけり」[7]と『古今集』を基準としてそれ以上の詮索を避けるが、東常縁（一四〇七？―八四頃）による講釈の宗祇の聞書である『両度聞書』には次のような解釈が示されている。

あまのかるもにすむ虫のわれからとねをこそなからめ世をばうらみじ

此歌は二条后の歌也。此集には直子と入り。作者なるべし。此后我御ふるまひのよろしからぬ事のみありしを、かへりみる心もなく過給しを、我からなり、世をばうらみじと思ひかへす事ありがたきにや。此集に二条后とのみ入りきたるに、此歌ばかりを別に名をのする事、貫之が心侍らんかし。此歌、此集の中にも肝心する所侍りとぞ。此集は、是、道をまもる随一也。又、典侍とあるは、作者の時名をひきさけていふ事あり。直子は作名也。此歌は一部の大意也。非をくゆる外に道はなき物也。非を知るは聖の始也といふ事、是也。尤おもふべき所也。猶可受師説候。

（『両度聞書』巻十五・恋五・八〇七）[8]

「ふるまひのよろしからぬ」后が、「我から」また、「世をばうらみじ」との境地に至ったことを「ありがたき」と評し、『古今集』の他の箇所には「二条后」と名を明かして入集しているのに、この歌を「直子」と敢えて「別」の名で掲載することに撰者貫之の配慮を認める。「此集の中にも肝心」以下は、『肖聞抄』に類する記述が続き、この一首が「非を知る」ことを主題とすること、「非を知る」ことが「聖」の「始」であり、ひいては

「一部の大意」、つまり『古今集』の大意（要点、意図）であると説く。

先の『肖聞抄』六十五段に見える解釈と同様に、『両度聞書』はこの「海人の刈る」の一首に深い自責の念の表出を認め、その心性に価値を見出すが、加えて「二条后」ではなく、敢えて「典侍藤原直子朝臣」の詠作としてその名を変えて入集させたと解し、そこにも何らかの意図を求めようとしている。二条后の歌が『古今集』にはなぜ「藤原直子朝臣」として入集するのか、また、そこにどのような作為が隠されているのかといった「海人の刈る」の一首をめぐる秘密は『両度聞書』には明らかにはされないが、注説の末尾に「猶可受師説候」と記されており、すべては秘事として別に受けるべき「師説」に委ねられていることが了解される。古今伝受の切紙として宗祇―三条西家流に伝えられた資料を参観すると、確かに「海人の刈る」の一首に関わる秘説が含まれており、『古今集』一部の講釈の後に伝えられた秘伝が存したことが理解されるが、その内容に触れる前に今少し他の宗祇流の聞書の記述を確認しておきたい。

宗祇講・肖柏録『古聞』においても『両度聞書』の記述はほぼ踏襲されるが、いくつか留意すべき点がある。

あまのかるもにすむ虫の

此作者、二条后の哥也。或伊勢物語注ニ直子の哥也とて、二条后の哥ならざる由みゆ。不審千万也。長良卿女二条后の妹二人有にも直子みえず。文徳の孫、惟彦の女ニ直子あり。然而それにては有べからざる也。当流、作名也。口決ありと云々。重受べし。二条后のうへにさま〴〵の心こもるべし。哥の心は殊勝の作也。只我からの理を思へる也。一切我からぞと云理ニ住すれば人に恨もなし。人に和する道也。されば、此集の肝心也。此哥を眼目と用。裏説、重可受之。非を知は聖のはじめ也云々。

（『古聞』巻十五・恋五・八〇七）(9)

「或伊勢物語注ニ直子の哥也とて、二条后の哥ならざる由みゆ」とあるのは、『伊勢物語愚見抄』に、第六十五段冒頭部の「むかし、おほやけおぼしてつかうたまふ女の、色ゆるされたるありけり」を注して、「此女は典侍藤原直子といふ人なり。染殿の后の御いとこなりけり」と注されるような例を念頭においたものと思われるが、一方で、古層の注釈を伝える『冷泉家流伊勢物語抄』には、「或本には此二条后を直子とかけり。直子とはわかくての御名なり。おとなしくてたか子とかけり。されば高子・直子、二の名あれども、人はひとりなり」(10)とあり、「直子」を二条后の若年の頃の名とし同一人物とする説も鎌倉時代以来行われていた。こうした理解は、尭恵（一四三〇—九八以降）の『古今集』講釈を猪苗代兼載（一四五二—一五一〇）の筆録した『古今私秘聞』のようにこの立場を採るものもあり、室町時代に行われた『古今集』の講説においても一定の広がりを持って伝えられていたことが確認される。

なおいこ—直子、二条后ト云説不可用之。此歌伊勢物語ニ二条后ト有ニ依テ云ル説也。彼物語ハ作物語ナレバ、直子ノ歌ヲモ取テ入たるなるべし。二条后ハ高子ト申也。直子ニ不可混合。直子ノ伝別ニアリ。然而直子ハ二条后ノ始名也云々。口伝有。
あまのかるもに住虫の—歌無義。物語ノ意ニ同。　（『古今私秘聞』(11)）

『両度聞書』、『古聞』といった宗祇流の解釈の論点は、『冷泉家流伊勢物語抄』のように「直子」が誰であるかという単なる人物比定にあるのではなく、そこに意図される何らかの寓意を読み取ることにある。「和の至極也。和は又世をおさめ、身をおさむる中だち也」（『肖聞抄』第六十五段）、「非をくゆる外に道はなき物也。非を知るは聖の始也といふ事」（『両度聞書』巻十五・恋五・八〇七）といった、物語や和歌に表現される意味内容の読み取りを越えた教誡的な寓意がその奥に設定されるか否かが『冷泉家流伊勢物語抄』などの古層の秘説との質的な差異であった(12)。

宗祇―三条西家流の流れに戻ってみれば、成立背景は定かではないものの、三条西家に伝えられた説々を集成し一書となしたと考えられている、『[三条西家本聞書集成](13)』と仮称される一本にも、『両度聞書』、『古聞』の記述が踏襲され、やはり聞書には著されない「師説」の存在が想定されている。

あまのかるもにすむゝしの我からとねをこそなかめよをばうらみじ

此哥は、二条后哥也。此集には直子と入り。作名なるべし。此后、我御ふるまひのよろしからぬ事のみありしを、かへりみる心もなく過給しを、我から也、世をばうらみじと思かへす事ありがたきにや。此集に二条后とのみ入きたるに、此哥ばかりを別に名をのする事、貫之が心侍らんかし。此歌此集の中にも肝心する所侍りとぞ。此集は是道をまもる随一也。又、典侍とあるは、作者の時、名をひきさけて云事あり。旁以、直子は作名也。此哥は一部の大意也。非をくゆる外に道はなき物也。非を知は聖の始也と云事是也。尤可思所也。猶可受師説。此作者、文徳の孫惟彦の女に直子あり。然而それにてもあるべからず。当流、作者口決ありと云々。重受べし。哥の心は殊勝の作也。只、我からの理を思へる也。二条后のうへにさまぐの心こもるべし。一切我からぞと云理に住すれば、人に恨もなし。人に和する道也。されば、此集の肝心也。此歌を眼目と用。裏説重可受之。愚存、直子の哥にてをけかしと思へりと云々。有師説。他流ハ直子ト云女アリト。当流ハ二条后ノ直子ト名ヲモアラタメタト也。春部ニハ二条后トアリ。マヽニテ如此。是、此集ノ一ケノ口伝アリ。後ニ伝フルコト也。モニツク虫ノ我カラヒツキテ死ヌルニ比シテ云也。世ハ下ニハ帝王ノ政ヲサシテ読也。口伝ノ時侍ベシ。万事、我カラゾト思ガ古今ノ説也。広海ニハ行カズシテ、此藻ニトリツキテ死也。虫ノアハレナルサマ也。

（『〔三条西家本聞書集成〕』巻十五・恋五・八〇七）(14)

さらには、江戸時代の禁裏に伝えられた御所伝受における講釈の基盤ともなった、三条西実枝（一五一一―七九）の講釈を細川幽斎（一五三四―一六一〇）が筆録した『伝心抄』も同様の注説を記す。

あまのかるもにすむ虫の我からとねをこそなかめ世をば恨じ

是ハ、二条ノ后ノ哥也。此集ニ直子ト入タリ。作者ヲ替タル也。前ニハ二条ノ后ノ哥モ作者ヲアラハシテコヽニ此哥バカリヲ作者ヲ替タル如何。師説ノアル事也。文徳天皇ノ御孫、惟彦ト申斎院ニテヲハシタル也。ソレヲ、ナホヒ子ト申セシ也。是ハ作者ト意得ベシ。此后ノ御振舞ヨロシカラヌ事アリケレバ、悔先非アソバシタル哥也。アヤマリヲシルガ聖人ノハジメ也。此哥一部ノ大意也。末ニ可被仰之由在之。モニスム虫、モニトリ付テ、ヒツキナドシテ後ニハ火ニタカル、物也。世間ノ事万事、我カラ也。善事ヲナスモ悪事ヲナスモミナ我カラナル物也。

（『伝心抄』巻十五・恋五・八〇七）(15)

『伊勢物語』第六十五段に収められた「海人の刈る」の一首は、右のように秘説を伴う歌として宗祇―三条西流に伝えられてゆくが、この「師説」、「口決」あるいは「裏説」とされた「海人の刈る」の一首をめぐる秘説は、確かに古今伝受の切紙の一つとしてそれに組み込まれて伝えられている。

三　「一虫」、「虫之口伝」の切紙とその理路

『両度聞書』、『古聞』、また『伝心抄』などの宗祇―三条西家流の聞書に記される、「猶可受師説」や「口決」といった注記は、この「海人の刈る」の一首にさらなる秘伝の存在を示唆するが、それに該当すると思われる秘説が、同流に伝えられた切紙である『当流切紙』[16]の中に「一虫」「虫之口伝」の二通の切紙として伝わる。[17]

一虫」（端裏書）
住藻虫
A此虫ハ衆生蠢々ノ心也。此我ト云物ハ四大五蘊ヲ丸メテ
ヨリ色相ニムスホヽルヽハ、境ニ依テノ事ト思ハ迷心也。境ト云ハ
世界也。元来境ニ躰ハナキ物也。一身不レバ生万法無躰ト云
是也。人ニ咎アルニ依テ法度ト云事モ出来スル也。サレバ
只我カラ也。B是我ト云事、衆生ノ上ノミニ非ズ。天地ニモアルベシ。
清レバ上テ天ト成モ、天ノ我カラ也。地モ又同カルベシ。青・黄・
赤・白・黒モ各我柄ノ色也。C此后、昔カヽル振舞アル事モ
ナシ。ソレモ我柄也。アシキ振舞アルモ我カラ也。思取テ世ヲ
恨ミジト思返スモ、又我柄也。サレバ此歌ノ道ニ当レル所、尤
肝心也。」（本紙）

（『当流切紙』[18]所収「一虫」）

虫之口伝」（端裏書）

Ａ典侍直子ハ作者ナリト口伝ス。此名ニ就テモ思サトルベシ。此哥ハ先オロカナル所ヲ立テ〱、是ヲ思ヒ明ラムル心也。Ｂ直・不直ハ只一心也。衆生ヲ慈悲スル心アル故ニ直子ト云。仏ハ一切衆生ヲ一子ニ撫給ノヨソヘ也。直ハ彼作者ノ詠心也。万事一心ナルベキ事ヲ詠ズル歌也。

Ｃ此歌、此集ノ眼目ナレバ万人、此哥ヲ可守之由、秘カ中ノ口伝也。」（本紙）

（『当流切紙』[19]所収「虫之口伝」）

この二通の切紙は、端裏に「一虫」と記される切紙が先に説かれることを想定しており、その口伝を記したものが「虫之口伝」と端裏書される切紙にあたる。「一虫」の切紙冒頭からしてすでに安易な理解を退けるような語句をもって説かれており、「海人の刈る」の歌一首の直接的解釈からは大きく逸脱した文辞が続く。いささか迂遠ではあるが、まずは切紙の意を汲みつつ記載される内容を確認してゆきたい。

1　『当流切紙』所収「一虫」

一通目の「一虫」の切紙は、竪紙一紙で端裏に「一虫」と記される。その目的は「一虫」そのものの実態の追求ではなく、「海人の刈る」の歌の第三句「我からと」の意図する教誡的含意を解き明かすことにある。記述は、主として仏教に関わる語彙を用いて「人」を例に「咎」と「法」の関係を説く部分（Ａ以下の部分）、「天地」を例に説く部分（Ｂ以下の部分）、二条后の例を説く部分（Ｃ以下の部分）のおおよそ三つの部分に分かれている。

A「此虫ハ衆生蠢々ノ心也〜」

「此虫ハ衆生蠢々ノ心也」とはじまる冒頭の「衆生蠢々」は、『賢愚経』に「盛者必衰、実者必虚、衆生蠢蠢、都如幻居、三界皆空、国土亦如」(20)、『仁王般若経』（鳩摩羅什訳）に「盛者必衰、実者必虚、衆生蠢蠢、都如幻居、声響倶空、国土亦如」(21)などと見える成句で、「衆生」の謂として用いられると考えられる。「蠢々」は難語であったらしく、『当流切紙』と同一の文面を記しながらも『伝心集』と称して伝来する切紙集(22)には、「衆生蠢々」の部分に朱筆で「蠢動含霊《シュンドウガンレイ》　蠢、ムクメクト読字也ゾト。モヽホウヅキナドノドロノ中ニ有テウゴク心也。春ノ心アリ。湯気至テ虫ノウゴク心也」と加注されている。「蠢動含霊」は、『仏頂尊勝陀羅尼経』(23)などに見える語句で『仏果円悟禅師碧巖録』（『碧巖録』）などの禅の公案集にも見える。うごめき、胎動する様をいう。ここでは、総じて「蠢々」たる存在としての「衆生」を指し、「此虫」がその喩であることを述べていると考えられる。

「四大五蘊ヲ丸メテ」とある「四大五蘊」は『金光明最勝王経』(24)などに見える語彙で、「四大」は、物質を作る「地・水・火・風」の四元素を指し、「五蘊」は、人間の肉体と精神を構成する五つの要素としての「色（物質・肉体）・受（感受の働き）・想（表象の働き）・行（意志の働き）・識（認識の働き）」を指すとされ(25)、「四大五蘊」総じて人間の存在を指すと理解される(26)。「丸メテ」は纏めるの意で、『正法眼蔵』に「シルヘシ今生ノ人身ハ、四大五蘊因縁和合シテカリニナセリ」(27)の例が見えるのと同じく、人間存在が「四大五蘊」の集合体であることを言う。

「色相ニムスホヽルヽ」の「色相」は、『金光明最勝王経』(28)などに見える語彙で、眼に見えるもの、形あるもの、物体・物質を指す。

「境ト云ハ世界也。元来境ニ躰ハナキ物也」の「境」とは、『成唯識論』(29)などに見える認識を構成する二つの要素である「境・識」のうちの「境」を言うのであろう。「境」は認識される客体としての対象を言い、「識」は認識主体としての心を指す。「境ト云ハ世界」とあるのは、『成唯識論』に言う「唯識無境」(30)（ただ識だけがあって外界は存在しない）の発想による認識の外界（対象）としての「世界」を言うと思われるが、いまだ成句としての例を見出せていない。「元来境ニ躰ハナキ物」は、切紙自体の成立の問題に関わるように思われるため後に改めて述べることとしたい。

「一身不生レバ万法無躰」は、語句の異同はあるものの記された内容からして、中国禅宗の第三祖とされる鑑《かん》智《ち》僧璨《そうさん》（?—六〇六）による著述で、『三祖鑑智禅師信心銘』（『信心銘』[31]）に見える「一心不生、萬法無咎」の誤伝、あるいは改変と推測される。

一心不生、万法無咎、無咎無法、不生不心、能随境滅、境逐能沈、境由能境、能由境能、
（一心生ぜざれば、万法に咎無し、咎無ければ法無し、生ぜざれば心ならず、能は境に随って滅し、境は能を逐うて沈す、境は能に由て境たり、能は境に由て能たり）
（『三祖鑑智禅師信心銘』（『信心銘』[32]））

『信心銘』は、禅の入門書的性格を持つ『四部録』（『三祖大師信心銘』（『信心銘』）、『永嘉真覚大師証道歌』（『証道歌』）、『住鼎州梁山廓庵和尚十牛図』（『十牛図』）、『坐禅儀』の四書を取り合わせて一書としたもの）や五味禅（四部録に『入衆日用』を加える）にも収められており、「一心不生、萬法無咎」の成句自体も永明延寿『宗鏡録』に引用があり、『鎮州臨済慧照禅師語録』（『臨済録』）、『雲門匡眞禅師広録』（『雲門広録』）、『大慧普覚禅師語録』などの著名な禅の語録にも触れるところがあるなど、禅語としての広範な受容の跡が認められる。『信心銘』は、存在と認識の関係を禅の立場から論じた書であり、その思想内容の全き把握は容易ではないが、日本曹洞宗第四祖である瑩山紹瑾《けいざんじょうきん》（一二六八—一三二五）が『信心銘』を説いた『信心銘拈提《ねんてい》』には「一心不生、万法無咎」の成句が次のように説かれており、「四大五蘊」としての人間と認識に関わる文脈として理解されて来たことが知られる。

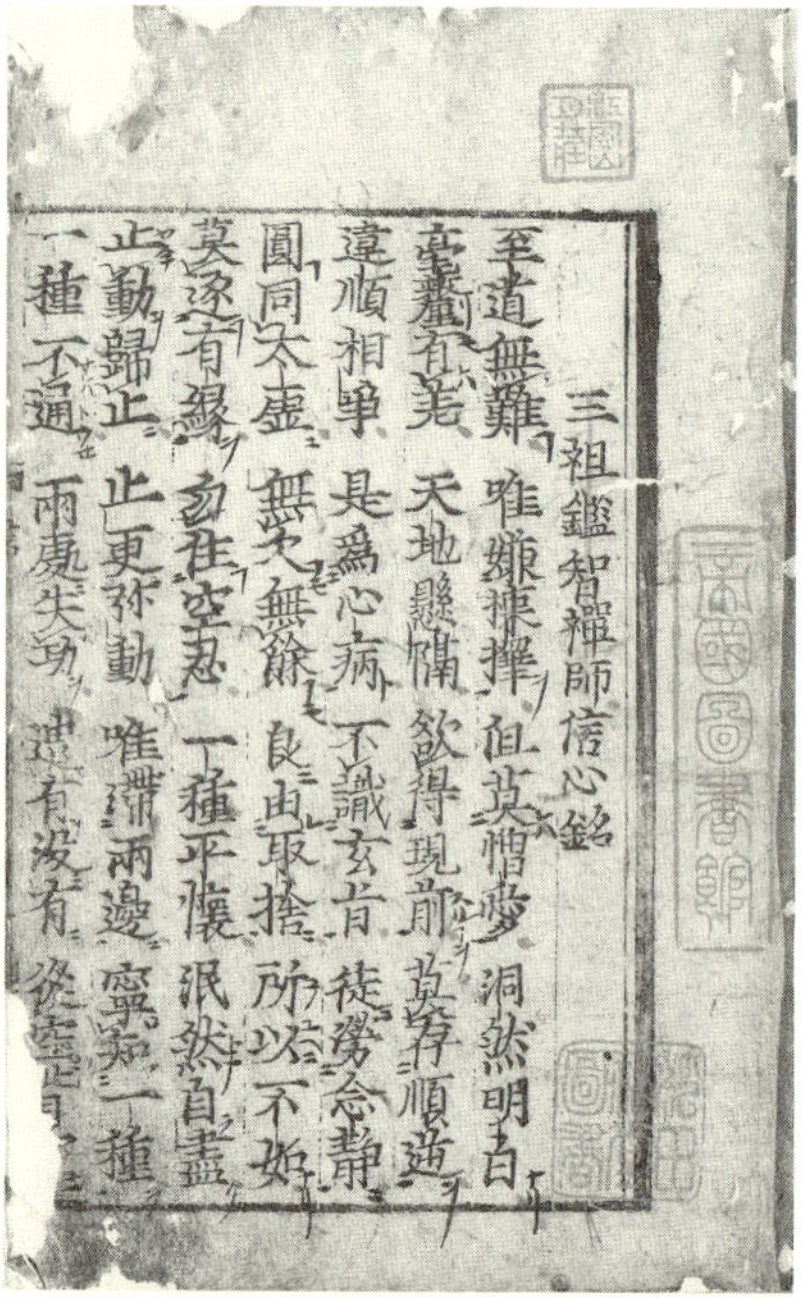
三祖鑑智禪師信心銘
至道無難　唯嫌揀擇　但莫憎愛　洞然明白
毫釐有差　天地懸隔　欲得現前　莫存順逆
違順相爭　是爲心病　不識玄旨　徒勞念靜
圓同太虚　無欠無餘　良由取捨　所以不如
莫逐有緣　勿住空忍　一種平懷　泯然自盡
止動歸止　止更彌動　唯滯兩邊　寧知一種
一種不通　兩處失功　遣有沒有　從空背空

図1　国立国会図書館蔵『五味禅』〔室町時代〕刊五山版。川瀬一馬『五山版の研究』(日本古書籍商協会、1970年)の第2種本の後印本(国会図書館デジタルコレクションによる)

一心不生、萬法無咎
心生形段、山河及地、此心幾時不生、所以説一心不生、早是心生了也、説万法無咎、豈免咎乎似懐贓争賊、然而見聞覚知有何咎、四大五蘊有何咎、生仏迷悟有何咎、生死去来有何咎、三界六道有何咎、善悪因果有何咎、測知萬法従来静、唯人自忙心豈不万法、法亦心故、故万法外心終不生、一心上法本無咎、

（心、形段を生ず。山河及び地。此心幾く時か不生ならん。所以に一心生ぜずと説くも、早く是れ心生じ了るなり。万法無咎と説くも、豈に咎を免れんや。贓を懐きて賊を争うに。然れども見聞覚知、何の咎か有る。四大五蘊、何の咎か有る。生仏、迷悟、何の咎か有る。生死、去来、何の咎か有る。三界、六道、何の咎か有る。善悪、因果、何の咎か有る。測り知る万法従来静かなり。唯人自から忙心なることを。豈に万法ならざらんや。法も亦た心なるが故に、故に万法の外、心終に生ぜず。一心上、法本咎無し）

（『信心銘拈提』(33)）

「一虫」の切紙の冒頭部分（A）は、『信心銘』の説く「一心不生、万法無咎」に類似する成句の引用をもって一つの区切となるが、「一虫」の切紙Aの部分と『信心銘』の対応箇所では、ともに「法」と「咎」の存在の関係を「境」（客体・対象）（『信心銘』では「境」とともに「能」（認識主体）の存在が説かれる）の概念と語彙をもって説いてお

り、単なる類似に留まらず、そもそもがこの「一虫」の切紙冒頭部分（A）の記載自体が『信心銘』に発想して作られているとも推測される。この点は切紙作成の思想的背景の探求へ繋がる経路ともなり興味深いが、『信心銘』の言う「法」、「咎」の「法」は、『成唯識論』に「法謂軌持(34)」と見え、『成唯識論述記』に「法謂軌持、軌謂軌範可レ生ニ物解一、持謂住持不レ捨ニ自相一(35)」と解される、「任持自性、軌生物解」（「自性を任持し、軌として物の解を生ず」。それ自体の変わらない本性、人に事物の理解を生ぜしめる軌範）として理解された仏教の基本的概念の一つである「dharma」の訳語としての「法」（原義は「保つ」、転じて①法則、正義、規範、②仏陀の教法、③徳、属性、④因、⑤事物などの意と解された(36)）と考えられるが、「一虫」の切紙は、「法度」が成立するのも、その法度を適応させるような「咎」が「人」にあるゆえと解し、「咎」、「法」の語を現実的罪とその対処策としての「法度」として理解している。『信心銘』の影響下にありながらも誤読を犯している、もしくは切紙独自の枠組に作り替えていると言える。『信心銘拈提』が「万法無咎」の一句を解して、「見聞覚知有何咎、四大五蘊有何咎、生仏迷悟有何咎、生死去來有何咎、三界六道有何咎」とするように、『信心銘』の趣旨は、認識主体のあり方を問題として「法」（客体・対象）に「咎」の無いことを述べることにある。こうした点に留意して『信心銘』と「一虫」の切紙を対比して見てみると、「一虫」の切紙に記される「元来境ニ躰ハナキ物也。一身不レバ生万法無躰ト云是也。人ニ咎アルニ依テ法度ト云事モ出来スル也」の行文に「境（客体・対象）」には「躰」がないが「人」に「咎」があるので「躰」と「咎」とを対置するのは前後の文脈の整合性に不審が残る。「元来境ニ躰ハナキ物也」とある傍線部は、「咎」とある方が論理的にも意が汲み易いように思われる。

また、テクストの点からも、新井栄蔵により「古秘抄別本」（伝本により「古今抄」「伝心集」などと外題がある(37)）と仮称された切紙集は、『当流切紙』所収の「一虫」の切紙の内容に重なる（後半部分は「虫之口伝」の一部を続ける）「あまのかる藻にすむ虫」の標目を記す切紙を収めるが、『当流切紙』に「一身不生レバ万法無躰」とある部分を

「一身不生サレハ万法無科《トガ》と云是也」[38]と記し、それに対応して『当流切紙』に「元来境ニ昧ハナキ物也」とある部分も「更境にとがは元来なき也」と記しており、「一身不生」とある部分は『信心銘』の「一心」とは異なるものの禅籍の記述により近い。

一　あまのかる藻にすむ虫

此虫は、衆生蠢々の心也。此我と云物、四大五蘊をまるめてより色相にむすほゝるゝは、境によりての事と思は迷心也。境とは世界也。更境にとがは元来なき也。一身不生サレハ万法無科《トガ》と云是也。人にとがあるによて法度と云事も侍る也。されば、只我から也。此我と云事、衆生の上のみにあらず。天地にも又有べし。すめるはのぼりて天となるも、天の我から也。地もおなじかるべし。青・黄・赤・白・黒も各の我からの色也。此后むかし、かゝるふるまひある事もなし。それも我から也。あしきふるまひあるも我から也。思取て世をば恨じとおもひかへすも又我から也。されば、此哥、道にあたる所の肝心也。直・不直は只一心也。典侍直子は作名也と口伝す。此名につきてもおもひさとるべし。作名はみな我程よりはさけてかく事、常のならひ也。此哥は、先をろかなる所をたてゝ、これを思あきらむる心とぞ。此哥此集の眼目といへり。大かたに思べからず。（『古秘抄別本』）

『当流切紙』に収められる切紙と『古秘抄別本』の先後関係やそれらの成立事情なども判然とはしないが、宗祇流の切紙の集成の一つと考えられる『古今切紙口伝条々』[39]にも附随して伝播した『内外口伝歌共』に記される注説にも「我とわが咎をしることはり肝要也」の文言が見える。

あまのかる藻に住虫の我からと音をこそなかめ世をは恨みし　直子
此理の説、面白し。我とわが咎をしることはり肝要也。然ば、人に恨なき也。君の心からの哥は、身のうへをこなたからいひ、是は我上を我と観ずる也。いづれも心面白し。よく〳〵此理可思。
（『古今切紙口伝条々』所収『内外口伝歌共』[40]）

「一虫」の切紙の文脈からも、「咎」の語は「海人の刈る」の一首の理解の根幹に関わる語であったことは確かであり、『当流切紙』に収められた切紙に何らかの誤り、または操作があった可能性を示唆するが、詳細については関連資料のさらなる出現を俟って改めて考えたい。

B「是我ト云事、衆生ノ上ノミニ非ズ～」

「是我ト云事、衆生ノ上ノミニ非ズ。天地ニモアルベシ」以下では先のAを受けて、「我カラ」の道理を「天地」に敷衍する。

「清レバ上テ天ト成モ」は、『日本書紀』（神代上）冒頭の「古天地未剖、陰陽不分、渾沌如鶏子、溟涬而含牙、及其清陽者、薄靡而為天、重濁者、淹滞而為地、精妙之合摶易、重濁之凝竭難」[41]（古に天地未だ剖れず、陰陽分れざりしとき、渾沌れたること鶏子の如くして、溟涬にして牙を含めり。其れ清陽なるものは、薄靡きて天と為り、重濁れるものは、淹滞ゐて地と為るに及びて、精妙なるが合へるは摶り易く、重濁れるが凝りたるは竭り難し）を下敷きにするが、これを「我カラ」の理と結び付けて解する例は見出せていない。

「青・黄・赤・白・黒」は、「空・風・火・水・地」の「五大」にも喩えられる色彩。例えば、『正法眼蔵』には、「水」の存在を論じた中に「地・水・火・風・空」と「青・黄・赤・白・黒」の喩えを交えて述べる例が見える。

オホヨソ山水ヲミルコト種類ニシタガヒテ不同アリ。イハユル水ヲミルニ瓔珞トミルモノアリ。シカアレドモ瓔珞ヲ水トミルニハアラズ。ワレラカナニトミルカタチヲカレガ水トスラン。カレガ瓔珞ハワレ水トミル。水ヲ妙華トミルアリ。シカアレドモ華ヲ水トモチキルニアラズ。［…］シカアレバ水ハ地・水・火・風・空識等ニアラズ。水ハ青・黄・赤・白・黒等ニアラズ。色・聲・香・味・觸・法等ニアラザレドモ。地・水・火・風・空等ノ水。オノヅカラ現成セリ。カクノゴトクナレバ。而今ノ国土宮殿。ナニモノノ能成所成ト。アキラメイハンコトカタカルベシ。（『正法眼蔵』(42)）

C「此后、昔カヽル振舞アル事モナシ〜」

「此后、昔カヽル振舞アル事モナシ」以下は、『伊勢物語』の文脈に戻り、二条后の行いを「我カラ」の行いであり、歌道の肝心であるとする。冒頭に述べた『肖聞抄』に「此われからといふ所、尤道の肝心也。我からぞと云所に心をかくれば、げに人をも世をも科とおもふべき事なし。人を恨ざるは、和の至極也。和は又世をおさめ、身をおさむる中だち也」（六十五段）と記されるのに対応する記述と言える。

2　『当流切紙』所収「虫之口伝」

「虫之口伝」の切紙は、「海人の刈る」の一首に付された作者名「直子」の意図する教誡的含意を解き明かすことに焦点が絞られる。切紙の文面を辿れば、「典侍直子」とある「此名」によって「思サトル」のを肝要とし（A以下の部分）、「直子」の「直」の文字から「直・不直」の別が「只一心」によるものであることを知る。この

「直」の心は、「衆生」を「慈悲スル心」であり、それゆえに「直子」とするという「直」の字義解釈による読み解きが記される。さらには、仏が「一切衆生」を「撫給」という比喩が引き合いに出され、この「作者ノ詠心」は「直」であり、「万事一心」なることをこの「海人の刈る」の一首は詠んでいると解し（B以下の部分）、「此集（『古今集』）ノ眼目」であることが強調される（C以下の部分）。

A「典侍直子ハ作者ナリ〜」

「虫之口伝」の切紙の冒頭「典侍直子ハ作者ナリ」とある部分は、先に『両度聞書』、『古聞』といった宗祇による講釈聞書の概要を述べた際に触れた通り、「海人の刈る」の一首の作者を「二条后」ではなく「藤原直子」であると確認し、「此名ニ就テモ思サトルベシ」と、その「名」に含意があることを述べる。「此哥ハ先オロカナル所ヲ立テ〱〜」以下は、「一虫」の切紙のCの部分に対応しており、『伊勢物語』六十五段の状況に即した形で詠作事情が語られる。

B「直・不直ハ只一心也〜」

Bの部分は、語義の確定とともに総じて意の汲み難い文が続く。「直・不直ハ只一心也」は、「直・不直」も、その源としての「一心」より起こることを言うのであろう。「直」、「不直」は、後続する例文（「衆生ヲ慈悲スル心」以下）からすれば「正直」、「不正直」を言うと推察される。「正直」は仏教においては、『法華経』方便品に「於二諸菩薩中一、正直捨二方便一、但説二無上道一」(43)と見える、「方便」に因らない法の説き様を言う語であるが、次第に神祇概念としての「正直」（正しく直き）と混用されるようになるという(44)。中世期の用例としては、もとより習合した概念ではあるが、やはりこれも後続する例文（「衆生ヲ慈悲スル心」以下）から見て、敢えて類別するのならば『神皇正統記』に「天照太神モタヾ正直ヲノミ御心トシ給ヘル」(45)と見えるような概念として理解される「正直」の意で用いられていると考えられる。

「衆生ヲ慈悲スル心アル故ニ直子ト云。仏ハ一切衆生ヲ一子ニ撫給ノヨソヘ也」とある部分は、前後の文脈との関連が明瞭ではないようにも見えるが、「直」(あるいは「正直」)を「慈悲」の垂迹として捉える反本地垂迹的考え方に類する記述と思われ、前の「直・不直ハ只一心也」以下と同様に「直」の語義を説くと理解される。慈遍(生没年不詳)の『豊葦原神風和記』に仏の「慈悲」を神祇的倫理観としての「正直」の垂迹と見なす考え方が見えるのは、反本地垂迹説を説明する際に多く引かれる周知の例であろう。

凡宗廟ノ御本誓、正直清浄ヲ先トストナン。其故ハ唯独一ニシテ、二法ヲ見ザレバ左ノ物ヲ右ニウツサズ。是則、正直也。唯一ヲ守テ二ニムカハザレバ、元ヲ本トシ本ヲ元トス。則是清浄也。実ニ正ニシタガウヲ清浄ト名ケ、邪ニ随フヲ穢悪トス。上ニシルスガ如ク也。如斯ヲシヘ玉フト云ヘドモ、人ノ心ハ弥ニゴリ、猥リナルワザ益サカンナレバ、無力シテ仏大慈悲ヲタル。穢悪ノ中ニハセ入、当体即是ノ法ヲ示シ玉ヘリ。

（『豊葦原神風和記』巻下・仏神同異事）(46)

「虫之口伝」の切紙においては、神祇概念としての「直」(あるいは「正直」)を仏教において説けば「慈悲」であることを述べると推察されるが、『神皇正統記』には、すでに「オヨソ政道ト云コトハ所々ニシルシハベレド、正直慈悲ヲ本トシテ決断ノ力アルベキ也。コレ天照太神ノアキラカナル御ヲシヘナリ」(47)と「正直」、「慈悲」を併記する例が見え、徳目としての類似性から併せ用いられる例も少なくなかったと考えられる。親鸞『教行信証』に「正直曰方、外己曰便、依正直故生憐愍一切衆生心」(正直を「方」といふ。外己を「便」といふ。正直によるがゆゑに一切衆生を憐愍する心を生ず）の例があり、仏教側においても「正直」を「一切衆生を憐愍する心」と関わらせて説くことがあった。[48]なお、「仏ハ一切衆生ヲ一子ニ撫給」は何らかの成句に拠ると思われるが、いまだ出典を明らかにし得ない。[49]

「万事一心」は、『華厳経』（八十巻本）十地品に見える「三界所有、唯是一心」[50]を起点とする「三界唯一心」（「三界（欲界・色界・無色界）の現象はすべて一心からのみ現れ出た影像で、心によってのみ存在し、心を離れて別に外境（外界の対象）が存在するのではない」[51]の意）の概念（「世界のあり方は我々の心のあり方に依存する」[52]という思考）、あるいは、その展開相とされる、中国五代十国時代の、教禅一致を説いた禅僧、永明延寿（九〇四―九七五）の撰になる『宗鏡録』に多出する禅的意味での「一心」（「すべての根源の原初的・絶対的な心」[53]の意）について述べると思われる。先の「一虫」の切紙と同様に、再度「一心」の根源性や優越性を説くのであろう。

C「此歌、此集ノ眼目ナレバ万人、此哥ヲ可守之由、秘カ中ノ口伝也」

「海人の刈る」の一首を「此集」（『古今集』）の眼目とするのは、『両度聞書』に「此歌、此集の中にも肝心する所侍りとぞ」（巻十五・恋五・八〇七）、『古聞』に「此集の肝心也。此哥を眼目と用」（同）と記されるのに対応しており、末尾に改めてこれらの切紙の重要性を確認する。

四　「正直」の集としての『古今集』

「一虫」、「虫之口伝」の二通の切紙に述べられる理路を敢えて概括すれば、「我から」の語句から「一心」の優越性を説き、「一心」から政道の眼目としての「直」（正直）が生ずるとし、「万事一心」によることを述べると言えるだろう。また、切紙の標目にも記される「虫」は、「一虫」の切紙冒頭に「衆生蠢々」と記されるように、「一心」の主体としての「衆生」の象徴としてあると解されよう。

「一虫」、「虫之口伝」の伝える中心的概念である「直」(正直)は、切紙に頻出する概念でもある。『当流切紙』所収のいわゆる「三木」の切紙の一つ「御賀玉木《おがたまのき》」の深義を説く「重大事」、「重之口伝」の切紙には、実体としての「御賀玉木」を象徴としての「内侍所」に比定し、その意図する観念を「正直」と説く寓意の連鎖が認められる。[54]

重大事
御賀玉木
内侍所
妻戸削花
神璽
賀和嫁
宝剱
[…]
内侍所　正直

(『当流切紙』所収「重大事」)

鑑ニテ座ス也。真躰中ニ含メリ、鏡ノ本躰ハ空虚ニシテ而モ能万象ヲ備ヘタリ。此理ヲノヅカラ正直ナル物也。畢竟、一切皆正直ヨリ起ル。此義深ク秘シ深ク思ベシ。[…]

(『当流切紙』所収「重之口伝」)

「内侍所」の本源を「正直」とするのは、『神皇正統記』に「鏡ハ一物ヲタクハヘズ。私ノ心ナクシテ、万象ヲテラスニ是非善悪ノスガタアラハレズト云コトナシ。其スガタニシタガヒテ感応スルヲ徳トス。コレ正直ノ本源ナリ」(55)と見えるような神器解釈の伝統の上にあると言えるが、宗祇―三条西家流の『古今集』理解においては、

「正直」とは『古今集』そのものを象徴する概念でもあった。『両度聞書』は、冒頭に題号の「古今」の二字を説いて次のように述べる。

又、一の義に、正直の二字を古今にあてゝいへり。正は自性の心也。自性は言語のをよぶ所にあらず。されば正直の二字の尺に中ならずして中なるを正といふ。枉《マガツテ》而不枉を直といふ。中は無極の称也といへり。はかられぬ境也。即、正は天照太神の御心也。直は其御心をうつす所の義也。天下は正直の二字にておさまる者也。然ば此集は正直を姿とせり。天地人を正直にとる時は、天地は正、人は直也。此国のことわざなれば、よむところの歌も正直をまもるべき也。尤歌人のおもふべき所也。（『両度聞書』(56)）

「正直の二字を古今にあて」ると述べられるように、「正直」は『古今集』の意図する根本として理解され、のみならず、「天下は正直の二字にておさまる者也」と政道の肝要である点を確言し、もって『古今集』を政道に結び付ける要となる概念と見なされている。この意味において、「一虫」、「虫之口伝」の切紙は、確かに「此集ノ眼目」とされるだけの重みを持つこととなる。

『当流切紙』の役割は、総体としての『古今集』のあり方を説くことにあったと思われる。切紙は、『古今集』から外れた単なる奇説、秘説の集成ではなく、『古今集』の内実を説き、そのもっとも肝要とする（と見なされた）、伝えるべき「大意」（要点、意図）を説明するものとしてあった。「一虫」、「虫之口伝」の二通は「正直」の集とし

ての『古今集』の本質を伝え、もってその政教性を強調するものであるが、こうした性格は他の切紙にも共通している。[57]

切紙には個々の和歌の歌意の理解を越えて感得されるべき理念を伝えることが意図されており、先に確認したような禅的発想とその語彙、あるいは神祇的観念とその文脈が援用されることもあった。敢えてそのような形で綴られるのは、『古今集』に内実面、精神的側面の充実を認めた（あるいは、求めた）からに外ならない。このような宗教的語彙と概念を援用して秘説を綴る言説的操作そのものが秘説を秘説たらしめていることについては、すでに三輪正胤による『八雲神詠伝』をめぐる詳細な分析があるが、[58]切紙の伝える論理と観念とを過不足なく読み解くには、今少し中世の宗教勢力との交渉の歴史的実態や信仰に関わる概念の流通の実際が資料に即して博捜される必要があるように思われる。

また、『伊勢物語』との関係に返って見れば、この「一虫」「虫之口伝」の二通の切紙が「正直」の観念を伝える切紙として成立しているのは、冒頭に触れた『古聞』に「二条后のうへにさまぐ〳〵の心こもるべし。哥の心は殊勝の作也」（六十五段）とあるような、二条后の切なる思いの念に端を発するゆえであったと推測される。二条后とは異なる物語的背景を持たない「直子」の詠んだ歌と解したのでは心的観念を伝えるのに充分な説得力を持ち難く、抑もが『伊勢物語』の文脈を離れて「一虫」、「虫之口伝」の切紙は存在し得なかったように思われる。

注

（1）山本登朗「ふたつの「芥川」――室町中期伊勢物語注釈の虚構理解」（同『伊勢物語論 文体・主題・享受』笠間書院、二〇〇一年）参照。
（2）山本登朗「虚と実――『伊勢物語童子問』の旧注批判」（注1掲載の同『伊勢物語論 文体・主題・享受』）参照。

（3）片桐洋一編『伊勢物語古注釈コレクション二 伊勢物語聞書 文明九年本肖聞抄宗祇注書入 伊勢物語抄 冷泉為満講』一七五―一七六頁。
（4）本書第一部第一章、及び第二章参照。
（5）注3掲載の『伊勢物語古注釈コレクション二 伊勢物語聞書 文明九年本肖聞抄宗祇注書入 伊勢物語抄 冷泉為満講』一七一頁。
（6）片桐洋一『古今和歌集全評釈 中』（講談社、一九九八年）。
（7）片桐洋一『伊勢物語の研究〔資料篇〕』（明治書院、一九六九年）五五〇頁。
（8）片桐洋一『中世古今集注釈書解題 三下』（赤尾照文堂、一九八一年）七二一―七二二頁。
（9）平沢五郎・川上新一郎・石神秀美「資料紹介 財団法人前田育徳会尊経閣文庫蔵天文十五年宗訊奥書「古今和歌集聞書〈古聞〉」並びに校勘記 本文篇」四一六―四一七頁。
（10）注7掲載の片桐洋一『伊勢物語の研究〔資料編〕』三六〇頁。
（11）『ノートルダム清心女子大学古典叢書 古今私秘聞』（ノートルダム清心女子大学国文学研究室古典叢書刊行会、一九七〇年）一二九頁。
（12）こうした講釈の質的差異に関する検討は実はあまり多くはなされていない。はやくに、寺島樵一「二つの「稲負鳥」――宗祇流古注「裏説」の性格」（同『連歌論の研究』和泉書院、一九九六年）に問題提起と記述があり、石神秀美による一連の論考――石神秀美「祇注の六義論その他（上）――詩篇解釈法の受容について」（『三田国文』一一、一九八九年六月）、同「祇注の六義論その他（中）――古今灌頂・言語的象徴表現・体用論理」（『三田国文』一八、一九九三年六月）、同「『古今和歌集』注釈」（『仏教文学講座八 唱導の文学』勉誠社、一九九五年）の中で体系的に理論化と関連資料の整理が進められたが、これらを受けた議論の展開が求められよう。また、Susan B. Klein, *Allegories of desire: esoteric literary commentaries of medieval Japan*. Cambridge, Mass: Harvard University Asia Center for the Harvard-Yenching Institute Distributed by Harvard University Press, 2002. には中世期の注釈とallegoryに関わる理論面における考察が進められている。
（13）石神秀美「宗祇流古今伝授史における『伝心抄』の位置づけ」（伝心抄研究会編『古今集古注釈書集成 伝心抄』笠間書院、一九九六年）による。石神は、「〔三条西三条〕編写　実隆補・加筆奥書〔公条・実枝〕追補、とおぼしい聞書集成」とする。

（14）『東京大学国語研究室資料叢書九 古今和歌集注抄出 古今和歌集聞書』三九九―四〇〇頁。

（15）注13掲載の『古今古注釈書集成　伝心抄』二〇三―二〇四頁。

（16）三条西実枝から細川幽斎へと伝えらえた切紙の原本が、『当流切紙』二十四通として桂宮家を経て宮内庁書陵部に伝えられている。『京都大学国語国文資料叢書四〇 古今切紙集 宮内庁書陵部蔵』（臨川書店、一九八三年）に影印される。

（17）但し、『当流切紙』の説く観念が、歴史的にどの辺りまで遡ることが可能であるのかは判然としない。現在知られている切紙では、宮内庁書陵部に蔵される『古今和歌集見聞愚記抄』（『古今秘伝抄』（鷹・三八〇）十二冊の内第一冊）に収められた「古今和歌集之大事　素純」とある切紙の転写のうち「切紙十二通」とある部分が、常光院尭孝に伝えられた常光院流の古層の切紙の内容を伝えると考えられている（三輪正胤『歌学秘伝の研究』四五―五九頁参照）が、「一虫」、「虫之口伝」はそこには含まれていない。また、後に参観する『古秘抄別本』として伝えられる切紙は、記載される内容からも『当流切紙』と何らかの関係を有すると考えられるが、『当流切紙』の「一虫」の切紙と「虫之口伝」の切紙の一部が融合しており、『当流切紙』のような二通に分けて伝えてはおらず、切紙の原初形態については不明な点が多い。なお、長谷川千尋「東常縁の歌学における常光院流の継承」（日下幸男編『中世近世和歌文芸論集』思文閣出版、二〇〇八年）には、前記「古今和歌集之大事　素純」をめぐる諸問題が論じられている。

（18）注16掲載の『京都大学国語国文資料叢書四〇 古今切紙集 宮内庁書陵部蔵』一五頁。

（19）注16掲載の『京都大学国語国文資料叢書四〇 古今切紙集 宮内庁書陵部蔵』一六頁。

（20）SAT大正新脩大蔵経テキストデータベース、T0202_.04.0426b27~28。以下『大正新脩大蔵経』の引用は同データベースにより、それに示される番号を付す。

（21）T0245_.08.0830b11~12。

（22）京都大学附属図書館蔵中院文庫本（中院・VI・一〇八）、同（中院・VI・一〇九）など。

（23）「蚊虻龜狗蟒蛇、一切諸鳥、及諸猛獸一切蠢動含靈、乃至蟻子之身更不重受、即得轉生諸仏如來一生補處菩薩同會處生」（T0967_.19.0351a21）。

(24)「四大五蘊體性倶空」(T0665_.16.0425a03)。
(25) 例えば、『正法眼蔵』には「四大トハ地・水・火・風ナリ。五蘊トハ色・受・想・行・識ナリ。澡浴シテサラニ清浄ノ四大五蘊ナラシムルナリ」(T2582_.82.0210b12) のようにある。
(26) 例えば「今生ノ人身ハ。四大五蘊。因縁和合シテ。カリニナセリ」(T2582_.82.0280a27~28) のように説明される。
(27) T2582_.82.0280a27~28。
(28)「心亦不可説、無色相無事業、一切衆生亦不可得」(T0665_.16.0418a06~07)。
(29)「如何但言唯識非境、識唯内有境亦通外」(T1585_.31.0059a10~11)。
(30) T1585_.31.0039a09。
(31)『大正新脩大蔵経』巻四十八所収。
(32)『信心銘』(T2010_.48.0376c06)。
(33) T2587_.82.0417a15~22。訓読は、東隆眞『信心銘拈提を読む』(春秋社、二〇〇三年) により、底本の相違による異同部分を一部改めた。なお、同書には、「拈提」の部分が次のように解釈されている。

心が、この世のすべてのすがたかたちを生ずるのである。山河や大地は、この心と同時に生じているのであって、生じていない時はない。だから、いま、一心は生じないと説いたとしても、そのことが、そでにこの心が生じたことにほかならない。すべてのものには咎はないと示しても、そのように示すことがすべてに咎であることをまぬがれるものではない。あたかも盗人が盗品をかくしていて、盗んでいないと言って争っているのに似ている。それにしても、見聞覚知そのものに、なんの咎があろうか。四大五蘊そのものになんの咎があろうか。生仏や迷悟そのものになんの咎があろうか。生死、去来そのものになんの咎があろうか。三界、六道そのものになんの咎があろうか。善悪、因果そのものになんに咎があろうか。それゆえ、すべて存在するそのものは、もともと静かである。ただ、このすべて存在するそのものに対応するそのものは、もともと静かである。ただ、このすべて存在するそのものに対応する側の人間の方が、むやみに、思い煩らい、こころ忙しいだけのことである。心がどうしてすべて存在するものでないはずがあろうか。すべての存在のほかに、心は生じない。一心のうえのすべての存在はもともと咎はないのである。

(34) T1585_.31.0001a24。
(35) T1830_.43.0239c04~06。
(36) 『岩波仏教辞典』（岩波書店、一九八九年）の「法」の解説による。
(37) 新井栄蔵「『古秘抄別本』の諸本とその三木三鳥の伝とについて——古今伝授私稿」（『和歌文学研究』三六、一九七七年九月）に紹介され、同「影印 陽明文庫蔵古秘抄別本」（『叙説』、一九七九年一〇月）に陽明文庫蔵本の書影が掲載される。同一内容を伝える八条宮智仁親王筆の一本（「古今抄」と外題がある）が宮内庁書陵部に伝わり、『図書寮典籍解題 続文学篇』（養徳社、一九五〇年）では、同本の識語の記載から近衛流の古今伝受に関係するかと推測されているが（二〇六頁）、詳細は判然としない。
　或人近衛後法成寺御抄并肖柏聞書等六冊在之。一覧之次、此一冊無所持之故、一日之中二度院参之間令書写。重而可書改者也。元和三年八月十六日未刻書了。李部
（『古今抄』識語）
(38) 注16掲載の『京都大学国語国文資料叢書四〇 古今切紙集 宮内庁書陵部蔵』一三六頁。
(39) 新井栄蔵「影印 古今伝授切紙 一通」（『叙説』、一九七七年一〇月）、同「同（続）」（同、一九七八年七月）に書影のある切紙。なお、『内外口伝歌共』は単独でも伝わる。川上新一郎「古今伝授をめぐって」（関場武編『平成十八年度極東証券寄附講座 古文書の世界』慶應義塾大学文学部、二〇〇七年）参照。
(40) 注37掲載の新井栄蔵論文の影印による。
(41) 『日本古典文学大系六七 日本書紀 上』（岩波書店、一九六五年）。
(42) T2582_.82.0064c12~17。
(43) T0262_.09.0010a18~19。
(44) 注36掲載の『岩波仏教辞典』「正直」の解説による。
(45) 『日本古典文学大系八七 神皇正統記 増鏡』（岩波書店、一九六五年）（仁徳）八二頁。
(46) 『神道大系 論説編三 天台神道（上）』（神道大系編纂会、一九九〇年）二二三—二二四頁。
(47) 注45掲載の『日本古典文学大系八七 神皇正統記 増鏡』（後醍醐）一七七頁。
(48) T2646_.83.0619b22~23。
(49) 『宝女所問経』には「仏告宝女、所謂大乗弘広之乗、慰撫一切衆生之類故」（T0399_.13.0472a10~11）のような

例が見えるが、他に成句が存したように思われる。

（50）T0279_.10.0194a14。六十巻本には、「三界虚妄、唯是一心作」（三界は虚妄にして、唯一心の作なり）とある。なお、成句としての「万事一心」の語は、『往生講式』に「何我等遇難遇之願不念弥陀。速抛万事一心称念。悲願是深。引接何疑」（T2725_.84.0882a15~17）のように見える。

（51）注36掲載の『岩波仏教辞典』「三界唯一心」の解説による。

（52）注36掲載の『岩波仏教辞典』「一心」の解説による。

（53）注52に同じ。

（54）本書第三部第四章参照。

（55）注45掲載の『日本古典文学大系八七 神皇正統記 増鏡』（天津彦々火瓊々杵尊）六〇―六一頁。

（56）注8掲載の片桐洋一『中世古今集注釈書解題 三下』五四五―五四六頁。

（57）最も著名な例は、いわゆる「三木」「三鳥」の切紙であるが、他の切紙においても類似の傾向が認められる。

（58）三輪正胤『歌学秘伝の研究』三五七―三九八頁。

［附記］

古今伝受と室町時代の知識、学問、信仰については、本章の初出稿の後に、鈴木元「古今伝授は和歌を進展させたか――本質と問題」（錦仁『中世文学と隣接諸学六 中世詩歌の本質と連関』竹林舎、二〇一二年）が著され、本章の論述と関わる領域についてもさらに掘り下げた考察が示されている。また、拙稿「和歌注釈と室町の学問」（『中世文学』六一、二〇一六年六月）では本章に前接する時代の動向についても触れている。

本章及び第一部第一章で触れた宗祇流の古典学における「正直」の意義について、『古今集』理解のあり方と切紙との関係性を説く、髙尾祐太「正直の歌学――古今伝授東家流切紙「稽古方之事」をめぐって」（『国語国文』八七―二、二〇一八年二月）が示された。本章の問題意識を一部継承し、また一部批判的に把握し考察が深められている。また、渡部泰明「古今伝受の想像力―『古今和歌集両度聞書』・『古聞』を読む」（『文学』九―三、二〇〇八年五月）も本章の問題意識と共通するテーマを扱っている。いずれも併せて参照願いたい。

第四章　抄と講釈
――古典講釈における「義理」「得心」をめぐって

一　抄と講釈

実隆から五代後の三条西家当主であり、江戸時代前期の歌壇に特異な位置を占めた実教（一六一九―一七〇一）の談を正親町実豊（一六一九―一七〇三）が書き留めた『和歌聞書』[1]に次のような一節がある。

『伊勢物語』にても、悪敷共《あしくとも》講釈をして見たが能也。講尺せんとおもひて見れば、よくせんさく《（穿鑿）》もし、よくがてん《（合点）》行物也。主上《（後西天皇）》にも為二御稽古一、被レ遊可レ然候。御若時、さやうの義被遊れば、御名も発する物也。地下人など、漸、『大学』一冊聞ては、はや講尺をする也。仍、はやそれ程の学問者也と人の存るやうに候。

（『和歌聞書』）

『伊勢物語』にても」とはじまる一文はいささか言葉足らずではあるが、「悪敷共《あしくとも》」と続くことからも、『伊勢物語』のような初学的なものであっても、また上手ではないにしても、ともかくも「講釈」してみることが

「がてん《（合点）》行」（承知、納得する）ことに繋がると言うのであろう。ここに言う「講釈」とは、言うまでもなく『伊勢物語』を読み解き伝えることであるが、ここには「秘伝」の語にイメージされる、師から弟子へと厳かに秘説が伝えられるというような神秘的雰囲気は感じられない。むしろ、「講釈」という行為自体が深い理解を導くための、いわば稽古の一形態として奨められているように見える。「講釈」[2]には広汎な需要があった。『和歌聞書』は以下のように続く。

　其上、か様に御会きびしく候へば、若衆《わかきしゆう》など『源氏』『伊勢物語』にても講尺聞度《ききたき》と思《おもふ》衆可レ有候はんずれども、仙洞《（後水尾院）》御一人にて脇に講尺する人なく候へば、治定、若衆は、地下人・連歌師などを師匠にして、地下の歌学募て、堂上の歌学者はなき様に可レ成候。又、講尺の道も歌の風も、習ひ故実并歌道の風義もうせ可レ申候。それは、なげかしき事に候。幸《さいわひ》、飛鳥井大納言《（雅章）》などは、『伊勢物語』を仙洞に御講尺なされ、主上《（後西天皇）》と一度に被レ承候間、かた〴〵若輩のためと云、風義の為といひ、被レ読候やうに被二仰出一候はゞ、可レ然事候。

（『和歌聞書』）

　廷臣の鍛錬の場として後水尾院（一五九六―一六八〇）により御学問講[3]が開かれたことは広く知られているが、そうした習練の一環としての歌会へ和歌を詠進する「若衆《わかきしゆう》」（若年公家）にとって、『伊勢物語』、『源氏物語』といった古典の理解とその言葉の獲得は、何よりもまず求められた課題であった。講筵に連なり、自身も講釈を為す気概で理解を深めることが歌道の風義を保つ手段であり、また、稽古の実践でもあった。

　ところで、古典の読み方には、「抄読」と「講釈読」の別があるという。『和歌聞書』はさらに次のように述べる。

「講釈読」と申と「抄読」と申とよみ様替事に候。今時読のは皆「抄読」に候よし、祖父実条公毎度申候。其時、実豊申て云、只今は、中院大納言通村卿などは、「講尺よみ」しらるべく候哉。被答曰、其段は不レ知候。被レ読候は「講尺読」にあらず。「抄読」也。「講尺よみ」は、先、吟に節有事にて候。「抄読」は節なき物に候。さて、節有と云てむさと節有事に候はず。其位有事に候。それは弁にものべられぬ事に候。師匠の読たるを己が得心にてよむ事に候。講尺は、誰の抄に爰に此古歌・此古事を引て有とて、それをかならず引てよむ事に候はず。講尺、発起人ある物に候。残の聴衆は、それに被レ引候事に候へば、発起人が専候ゆへ、講尺、発起人、公家なれば、公家道の事を引て其所よく合点さする事に候。発起人、沙門に候へば、其所に仏法の事を引て合点をさする事に候。道々の事を引候て、其道の人よく合点するものに候。定家の抄に爰に此歌・此古事等被レ引たるとて、それを必よまで叶ぬと云事にあらず候。己が得心の所を読が「講尺読」に候。

（『和歌聞書』）

「定家の抄」の喩えで説明される「抄」とは、「爰に此歌・此古事等」といった典拠や准拠を指摘するものであり、そうした「抄」に基づく理解を「抄読」と称し、「発起人」が、「公家なれば、公家道の事を引」合いに出し、「沙門」の発起ならば「仏法」に触れるというように、「得心」のために作品の理解とは必ずしも直接的には関わらない「道々の事」へ敷衍しつつ説く理解を「講釈読」とする。勿論、古典の「講釈」は先行する何らかの「抄」に基づくのが原則であり、完全に「抄」から離れた「講釈」などは実際にはあり得なかったのであろうが、ただ独り「抄」を読み進めるのとは異なる素養が「講釈」には求められた。『和歌聞書』の言葉を借りれば、それは対象とする和歌や散文に対する「得心」への導きであった。

二　義理と得心

京都大学附属図書館に蔵される中院通茂（一六三一―一七一〇）筆『古今伝受日記』[4]は、寛文四年（一六六四）の後水尾院よりの古今伝受の次第を伝える貴重な記録であるが、中に通茂と三条西実教との和歌に関わる雑談をも多く書き留めている。寛文四年二月十四日条には「抄」についての実教の教示とそれを受けた通茂の言が次のように記されている。

古今伝受せば哥あがるべし。位のあつき哥共心にのるによりて位あがる也。仙洞《（後水尾院）》などには抄など度々御とりあつかひありて御製のうすきは不審之由也。

此義、予《（中院通茂）》思之、古今哥それほどあつきかたに御心とめらざる歟。其故抄は哥になき義理もあり。抄の分にてはきこえざるやうに照門《（照高院宮道晃親王）》など仰られし也、此義三条《（三条西実教）》ニハ不レ談也。

抄になづみてはあつき義理はみえがたきよし、わろくすれば抄にまつはるゝ也。

（『古今伝受日記』）

冒頭の「古今伝受せば哥あがるべし」以下の実教の発言は、伝受に期待されたものが極めて抽象度の高い精神面における効果であったことを伝えて興味深いが、それを受けた文言の中で通茂は、「抄は哥になき義理もあり」と「抄」に言及している。通茂の言は、簡潔ゆえに却って意を汲み難いが、「抄」には、その歌本来の意図や趣向の理解とは認められない解釈も含まれることを注意するのであろう。逆に、「抄になづみてはあつき義理はみえがたき」とある実教の言は、「抄」に縛られては見えなくなる要素のあることを指摘する。「抄」の過剰を述べる通茂と不足を言う実教の言は、「抄」に対して相反する見解を示すが、歌を理解するという行為が単なる語義上の意味の理解に留まらないことを前提とした発言である点では同じ地平にある。『古今伝受日記』は次のように続く。

竹不改色　　　　実教卿去一十日之詠進哥也、

千どりなく冬だにかれずみどりなる竹にや御代の春をこめける

此哥後にさま〴〵義理をつけてみるに、はじめ趣向之外さま〴〵の義理あり。我哥にてさへ如此、思よらぬ義理あれば、古人などの哥一往きこえたる分にてをきて無ㇾ曲事也。千どり、「さしでのいそ」を本哥としては無ㇾ詮也。それみるやうにみたる宜歟。厳寒之時分、諸鳥こゑをいれたる時、此千どり也。「冬だに」といふは□《木》□枯槁したる心あり。諸木冬枯たる霜にもかはらずみえし［　］春光□むる□て諸鳥万轉《ママ》の［　］竹中空外直［　］などいへり。これ「だに」と「にや」との字にて如何きこゆる也。さて、先朝当代の心も［　］あるべき也。主徳衰武高などより譲位など申折、［　］を冬〔かれに〕て春を当代領《?》主徳義ならはるゝ事はなけれども何心なき所也。空直也。かやうの事まではじめよりは思よらざりし也。

私、此義如ㇾ此者きこえざる歟。されども如ㇾ此我哥人哥義理をつけてみるにて我哥の位はあがるべき事也。[…]　　（『古今伝受日記』）

虫損甚だしく読み取りに困難が伴う箇所もあるが、実教の発言の概略は掴めよう。自詠を引いて示されるのはその解釈に見えるが、現在的な意味の読解とはいささか趣を異にする。冒頭部分の「義理をつけてみる」、「趣向之外さま〴〵の義理」という表現が端的に示すように、ここで試みられているのは、詠作者が一首に込めた趣向や意図の読み取りではなく、その歌に対置した者がその歌から看取できる歌意や寓意の詮索である。「千鳥」は、『古今集』に「しほの山さしでのいそにすむ千鳥きみがみ世をばやちよとぞなく」（巻七・賀・三四五・題不知・読人不知）と詠まれる、伝統的にも聖徳を寿ぐ賀のイメージを喚起させる歌材ではあるが、それを本歌として見るのみでは十分ではないと言う。さらには、「冬だに」、「竹にや」といった言外に意を残す表現のうちに「先朝当代の心」を読み取り、「当代」の「徳」の有り様に及ぶまで思いをめぐらすことが可能であると言う。

「義理をつけ」ると称されるこうした読み解きは、当然ながら詠作者ですら「思よらぬ」解釈をも導き出す。実教の発言を受けた通茂が「此義如此者きこえざる歟」と付記するように、先の解釈は当該歌の理解としては過剰に過ぎる深読みであろう。だがしかし、その不当を述べてなお、「されども」と逆説で繋ぎ「如此我哥人哥義理をつけてみるにて我哥ノ位はあがるべき」と続けられるのは注意される。

和歌や散文の構造を詮索し、その表面には直接的に表現されない深意や寓意を汲み取ることが「哥ノ位」の向上の糧となるという発想はこの時期の聞書類には比較的多く見える。このことは同時期の堂上の和歌の学のあり方を考える際に示唆的である。例えば、寛文年間の後水尾院講釈の聞書である『後水尾院御仰和歌聞書』[5]にも、定家の歌に様々な「義理」を見出すように試みる例が記されている。

拾遺愚草
ぬる玉の夢はうつゝにまさりけり此世にさむる枕かはらで

此世の夢はさめぬ也。ぬる玉の夢は、たとへばくるしき事をみても、うき事をみても、枕かはらずしてさむるほどに、うつゝにまさりたると也。うつゝはすなはち夢ながら一生さめぬゆへ、ぬる玉の夢にをとりたると云心さう也。まだいかほども義理はつきそうなるよし仰也。

（『後水尾院御仰和歌聞書』）

一様の解釈を聞き知ることに安んずることなく、幾様にも「義理をつける」（解釈を加えてみる）ことが、対象となる和歌や散文の深い理解へと近づく方法であり、また、その和歌や散文を「得心」するための方法であった。通茂の講説を門弟の松井幸隆（一六四三―一七一七以降）が書き留めた『渓雲問答』には次の一節が見える。(6)

ついでに古歌も覚えたる分にて、一首〳〵の義理を得心せねは役にたゝずとの仰。（『渓雲問答』）

先人の遺した和歌や散文も、一通り覚えているだけでは無益である。説かれた「義理」（意味）でさえも聴聞者が「得心」することではじめて「役にた」つようになる。数多の「抄」が著され、「抄」を読み進めることが学問として行われた時代において、なお「講釈」が頻りに求められ、また、奨められたのは、「講釈」がそうした「得心」へと至る「義理」の詮索を内包する営みであったからに外ならない。

三　義理をつける

中院通茂による元禄十四年（一七〇一）の講釈の聞書かと推測される『伊勢物語聞書』（京都大学附属図書館蔵）には、『伊勢物語』第六十二段に記された和歌について次のような解釈が記されている（『伊勢物語』により（　）内を補う）。

これやこの―（われにあふみをのがれつゝ年月経れどまさりがほなき）

「あふみ」の「み」の字はつけ字也。逢事をのがれつゝ也。「まかせてをみん」などの「を」の字の心にて、心なき字也。心は、我に逢事をのがれて、年月をふれど、いまだつれなくて、思ひなをす事もなきと也。一度業平をみすてゝいでし女なれば、年月へては、おもひなをす事もあるかとおもへば、さもなきと也。女をおとしていへると云義有。不用之。これやこの、詞きこえにくき也。

後水尾院仰、此等はその分にして置べしと也。

畢竟、「年月ふれどまさりがほなき」といへるは、我をみすてゝ出てゆけども、今、何の潤色もなく、いよ〳〵をちぶれて、女の潤色もなきと也。「これやこの」と云は、此因縁生にて、その方が我にあふみをのがれても、さして潤色もなきと云義理なれども、此義理、幽玄にあらず。始の義まされり。（『伊勢物語聞書』）

自身を捨てて出奔し地方へと降った嘗ての恋人に再会した業平が、卑賤な姿となった女に詠みかけた「これやこの」の一首の解釈として、「心は、我に逢事をのがれて」以下の、年月を経た女の心変わり（業平のもとへ戻ること）を期待したがそうはならなかったと恨みごとを言ったとする解釈と、「我をみすてゝ出てゆけども」以下の、彩りの褪せた女の容貌の衰えを詠んだとの二様の解釈が示される。前者は『肖聞抄』、『闕疑抄』などに見える理解に一致し、宗祇に発し中世以来伝統的に行われてきた「抄」の解釈である。一方後者は、後水尾院による講釈を飛鳥井雅章（一六一一―七九）が聞書した『伊勢物語聞書』（国立歴史民俗博物館蔵霊元院宸翰本による）に次のような類似する理解が見える。

我にあふことをのがれて年月をふるほどに、思ひなをさんかと思へども、さもなき也。女をあて、をとしていふやうにみる義は業平の性にあらず。業平は、おもふをも思はぬをもけぢめみせぬといへり。あふみのみは、付字にて、逢事をと云心也。これやこのと五文字のあひだに会者定離の習と入てみるべき也。蝉丸が、これやこの行もかへるもの哥も同じ事也。我にあはじとてのがれたる人をみれば、年月ふれどまさりかほなる事もなきはと、はぢしめたる哥也。まさりかほなしをなみといへり。
（『伊勢物語聞書』）

前者は合理的に判断すれば無理も多く、追って後者の解釈が示されるのは必然とも言えるが、幽玄に読みなすことが第一に求められていた『伊勢物語』の理解[7]として、京都大学附属図書館本『伊勢物語聞書』では後者の解釈は「幽玄にあらず」と否定され、結局は前者が支持されている。

平安王朝の古典を読むことは、それを創造の拠り所としての素材の供給源とするのみならず、そこに表現された理想的な王朝世界のあり様を感得することでもあった[8]。『伊勢物語』においては、思いの深い幽玄な男女の姿を読み取り、そうした心の顕れを綴る物語として読み進めることが『伊勢物語』を読み、また学ぶことであった。京都大学附属図書館本『伊勢物語聞書』の理解は、そうした『伊勢物語』の読み解きの伝統の上にある。

一方、後水尾院による講釈も、現代の諸注釈に示されるような合理的判断により「はぢしめたる哥」とする解釈を示すのではない。『肖聞抄』などに見える解釈を最初に説きながら、追って「これやこの」の一句に「会者定離の習」を見るというように、視線は和歌表現の深部へと向けられてゆく。「蝉丸が、これやこの行もかへるもの哥も同じ事也」と記されるように、この一首は、『百人一首』にも収められた蝉丸歌「これやこの行くも帰るも別れては知るも知らぬも逢坂の関」と同一の歌句ではじまる。後水尾院の講釈の聞書である『百人一首聞書』[9]には、蝉丸歌の初句について、「行者がかへり、かへる者が行。あふ者はわかれ、別るゝ者はあふやうな旅客のゆきゝの躰が、会者定離、三界流転のさまによく似たり。［…］行くもかへるもわかれ、わかるゝさまは、これや此、会者定離、三界流転のさまにかはらぬ事でこそあれと云心、さう也。」との解釈が付されており、この歌句に対する後水尾院の理解が、単なる間投表現とするのではなく、切実な離別のイメージを伴うと解するものであったことが知られる。『伊勢物語』の例に戻って見れば、こうした初句を持つ一首の理解として、女の心変わりを期待した歌と解するには痛切に過ぎると見なされたのであろう。

京都大学附属図書館本『伊勢物語聞書』と異なり、後水尾院講・飛鳥井雅章録『伊勢物語聞書』の記述は、併記された二つの解釈の一方が明確に否定されることもなく、後水尾院の本意が奈辺にあったのかは判然とはしないが、「これやこの」と詠み出された歌句の奥に「会者定離、三界流転」の深意を読み取らねばならないというのは、蝉丸歌はともあれ、『伊勢物語』の一首については、やはり穿ち過ぎた深読みであろう。しかしながら、先にも見たように、幾重にも錯綜する和歌や散文の表現の隅々を細やかに読み解き、込められた作意や表現効果、時にはそこから読み取るべき寓意をも詮索し、表現を支える心のあり様に達することが、「義理をつけ」るとされた和歌や散文を読む行為であった。そしてまた、感得した心のあり様を改めて表現しなおしてみる一つの実践が「講釈」であった。後水尾院講・飛鳥井雅章録『伊勢物語聞書』に留められた理解も、そうした「義理をつけ」、それを「講釈」として表現した一つの試みであったと考えられる。

注

（1）『歌論歌学集成　一四』（三弥井書店、二〇〇五年）七一―七三頁（上野洋三校注）。承応二年（一六五三）から明暦元年（一六五五）の期間を中心とする聞書。

（2）「講釈」という語は、口承伝達の様々な形態を一括する総称であるが、ここでは、歌道伝授に伴い行われる本文の注解を指す。「講釈」の諸様態については、福田安典「秘伝の公開としての講釈――医師の講釈と『徒然草』注釈」（『伝承文学研究』四五、一九九六年四月）参照。

（3）本田慧子「後水尾天皇の禁中御学問講」（『書陵部紀要』二九、一九七八年三月）、上野洋三『近世宮廷の和歌

訓練――『万治御点』を読む』（臨川書店、一九九九年六月）、高梨素子「後水尾天皇在位時代の禁中和歌御会について」（高梨素子『後水尾院初期歌壇の歌人の研究』おうふう、二〇一〇年）参照。

（4）本書資料篇の翻刻参照。

（5）近世和歌研究会編『近世歌学集成 上』（明治書院、一九九七年）一二八頁。

（6）注5掲載の『近世歌学集成 上』八八一頁。

（7）大谷俊太「業平像の変貌」（国文学研究資料館編『展開する伊勢物語』国文学研究資料館、二〇〇六年）、本書第一部第一章参照。

（8）第一部第二章参照。

（9）島津忠夫・田中隆裕編『後水尾天皇百人一首抄』（和泉書院、一九九四年）四八頁。底本は国立歴史民俗博物館蔵霊元院宸翰本。

附章　室町の和歌を読む
――『管見集』の読み解く『一人三臣』時代の和歌

はじめに

室町時代の和歌への理解は主として文化史的文脈の中で行われてきた。井上宗雄『中世歌壇史の研究 室町前期〔改訂新版〕』（風間書院、一九八四年）、同『同 室町後期〔改訂新版〕』（明治書院、一九八七年）や、米原正義『戦国武士と文芸の研究』（桜楓社、一九七六年）の成果のように、都の文化と地方大名との和歌・連歌を仲立ちとした交流の実態を明らかにし、文化の流通と地域文化の展開を室町時代における文化の形成論として把握しようとする研究には、解明された事象の歴史的意義としても、またその質的規模においても充実した成果が蓄積されている。周防・大内氏や能登・畠山氏といった各地域の文化圏における和歌・連歌、古典講釈、能などの催行の実態を捉え、域内の武家が和歌や連歌に興じる姿を詳細に描き出す努力により、京の文化が地方へ、公家の学芸が武家や民衆へと伝わる時代として室町時代はイメージされてきた。

江戸時代ほどではないが、それでも膨大な量が伝わる室町時代の和歌資料はその成立基盤も様々である。したがって、和歌の詠まれる社会構造の具体的な把握は第一に必要な作業であったと言える。しかしながら、そこかしこで詠まれた和歌そのものが読み解かれ、解釈される対象とされるには今少し時間がかかったことも事実である。もちろん、はやくに川田順『戦国時代和歌集』（甲鳥書林、一九四三年）のような成果はあったが、室町時代の和歌を対象とした注解書が刊行されたのは近年のことである。(1) 室町の和歌への注釈的研究とともに、伊藤敬『室町時代和歌史論』（新典社、二〇〇五年）として纏められる諸論によって示されていた室町の和歌そのものの同時代的意義を考える視座は、小川剛生『武士はなぜ歌を詠むか 鎌倉将軍から戦国大名まで』（角川学芸出版、二〇〇八年）によって新たな側面からの問い直しがはじまり、和歌を詠むという行為に即して和歌の歴史を考える方法が模索されている。また、大谷俊太『和歌史の「近世」道理と余情』（ぺりかん社、二〇〇七年）も室町時代の和歌の検討に多くが割かれ、和歌を詠むことの意味が問われ、室町の和歌をその環境に置いて理解する試みが進められている。

室町時代は、地域への文化の広がりとともに、武家や僧侶、そして民衆へと階層を超えて和歌的なものが伝えられた時代でもあった。雅俗の別で言えば俗へと広がった室町時代の韻文文芸の特色の一つとして、道歌、教訓歌、狂歌などの隆盛があげられる。こうした和歌から派生した文芸は、表現のクオリティーを問うのならば、それまでの和歌と同一の基準で評価することはできない。新古今時代の和歌と室町の道歌や狂歌ではその作成意図も異なり、後者には表現の分析を通して作品の達成を探るという方向への関心は沸き難い。こうした作品の存在を考える際には、関心はおのずとその社会的機能に関する分析へと向かうことになろう。それゆえ、室町の和歌は和歌史上の室町時代ではなく、室町文化の一形態としての和歌という側面からの理解が先行して進められてきた。『法華経』直談研究を牽引した廣田哲通による仏法を説くための和歌に対する評価をめぐる提言や、(2) お伽草子の中に記される和歌に対する分析といったものも、その社会的機能へ向けられた関心から設定されたテーマであった。道歌・教訓歌・狂歌といった王朝和歌の伝統の外にある三十一文字の文芸への関心も、つまりはそれを生み出す母体としての室町時代の文化的特質についての興味に導かれたものであったと言える。

伝統的表現に連なる和歌と、そことの繋がりを論ずることの難しいもの、雅的要素を脱することがより興味を喚起する韻文文芸との、大別するのならばその両様の価値観の間に室町の和歌はある。室町の和歌の魅力とはそのポリフォニックな状態そのものにあるが、それをありのままに理解することはなかなかに難しい。例えば、視座の設定においても「室町文学としての和歌」と「和歌史上の室町時代」というのではその分析方法も対象も異なるだろう。和歌表現は何処に向かっているのか。なぜ、また、どのように詠み継がれたのかという、和歌史の中の室町和歌の存在形態と意義を考えるにあたっては、十六世紀初頭の歌壇とその和歌が一つの切り口になる。

一　『一人三臣』の時代

明応九年（一五〇〇）年九月二十八日に後土御門天皇（一四四二―一五〇〇）が崩御し、翌十月二十五日にはその第一皇子勝仁親王が践祚して後柏原天皇（一四六四―一五二六）となる。和歌史の十六世紀はその登場をもって開かれる。この時代は和歌の歴史の中でも特筆すべき時代の一つと言える。[3] 韻文文芸においては連歌の時代とも考えられがちな室町時代において、この期には御会の再興などの突出した和歌事跡があり、また、後代に多大な影響を与えた歌人が輩出する。表現の先鋭化の点でも特異な時代と言える。後土御門天皇の崩御の後、諒闇の開けない文亀元年（一五〇一）一月に和歌御会始の指示があり「松契多春」の題が下されている。このようなこと自体が異常で殊更に意図されたものと推測されるが、これ以降、月次御会は継続され、途切れのない御会の催行がこの時代の一つの特徴となる。この時期の宮廷和歌は通覧が難しかったが、『公宴続歌』の翻刻が刊行され、[4] それが容易になった。また、翻刻担当者の一人でもあった伊藤敬により『公宴続歌』それ自体と、それを素材とした同時代歌壇の分析が試みられ、その活用にも便が図られた[5]（宮内庁書陵部に所蔵される『公宴続歌』二十九冊は、後花

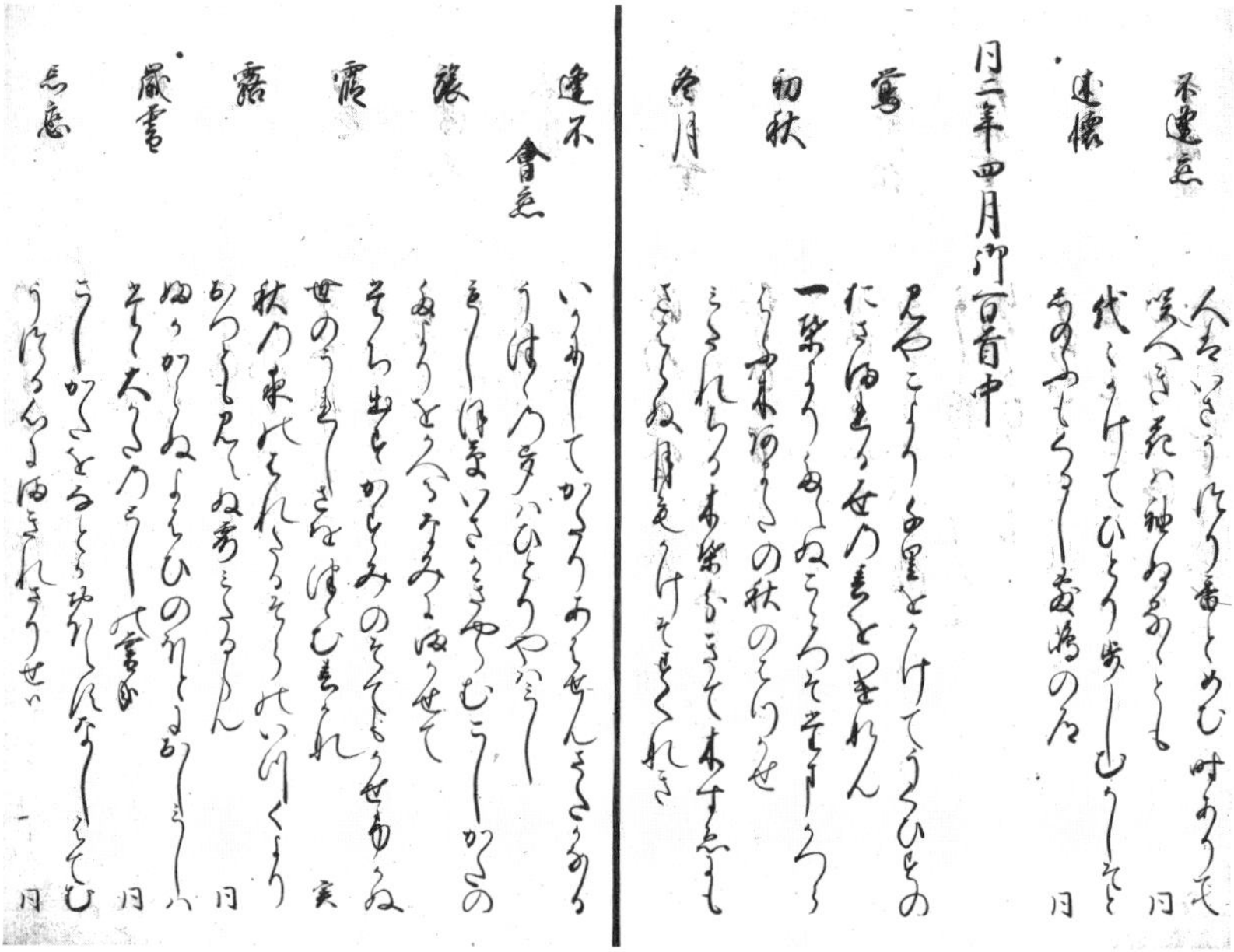

図2　宮内庁書陵部蔵『一人三臣』（152・313）

園天皇（一四一九—七〇）から後陽成天皇（一五七一—一六一七）までの六代、約二百年に亘る公宴歌会歌二万八千首余を収める大部な資料）。

後柏原天皇とその歌壇の中心的歌人であった、三条西実隆（一四五五—一五三七）、冷泉政為（一四四六—一五二三）、冷泉為広（一四五〇—一五二六）の家集、『柏玉集』（後柏原院）、『雪玉集』（実隆）、『碧玉集』（政為）は後に三玉集と称され、江戸時代の堂上歌壇においても尊重された。ことに実隆は、近世堂上歌人がイメージする当代和歌の祖であるとされ、「近代」は実隆からはじまると考えられた。[6] また、ほぼ同時代に、後柏原天皇、実隆、政為、為広の四人の、文亀元年（一五〇一）から永正十三年（一五一六）までの詠作を中心として『一人三臣』（宮内庁書陵部、国立歴史民俗博物館、聖護院等蔵）と題される撰集が作られている。「一人」は後柏原天皇、「三臣」は臣下三人を指し、もって君臣合体を強く意識した書名となっている。[7]

後柏原天皇の時代は禁裏の力が極めて弱く、天皇自身践祚の後二十二年を経てようやく即位を遂げたという経緯もあり、殊更に君臣合体を象徴する和歌の撰集が作られているのも故なしとしないが、この『一人三臣』は、「室町後期の優雅な堂上歌風をうかがいうる好資料」(『和歌大辞典』井上宗雄執筆)とも評される撰集で、十六世紀前半の和歌とその同時代的評価を理解するためにも良い資料といえる。以下に『一人三臣』に収められた和歌から四首を選び、具体的に読み進めることでこの時代の和歌の志向や特質について考えてみたい。

二　『管見集』と室町和歌の理解

『古今集』や『新古今集』に収められた和歌は、長い期間にわたって積み重ねられた膨大な注釈作業が遺されているが、室町の和歌については参考とすべき先行注釈も殆どなく、解釈における力点の置き所や基本的な方向性すら曖昧で、何から手を付ければその表現意図や意義が理解されるのかも分からないような状態が続いてきた。しかしながら実は『一人三臣』の時代の和歌についても前近代に著された注釈が伝わっており、一部ではあるがそれに連続した時代の理解と評価を窺い知ることができる。

江戸時代中期より篠山藩(兵庫県篠山市)を支配した青山家の旧蔵書の中に[8]『管見集』[9]と題する資料がある。袋綴一冊三巻の横本で、巻上・中が鎌倉後期以降の和歌とその注釈、巻下が後柏原天皇時代の和歌の注釈で『一人三臣』と重なる詠作が多く収められている。巻尾に「元和二年(一六一六)丙辰九月日」の年紀と「源元孝」の署名がある(青山本はその原本ではなく署名の下に「在判」とある転写本)。伝本は極稀だが孤本ではなく内容に小異を含む一本を大谷俊太氏が所蔵する。注釈は良質でこの時代の和歌を理解する上で示唆に富む指摘が多い。撰者と目される「元孝」なる人物の教養の程も知られ注目すべき資料と言えるが、その伝とともに成立事情も明らか

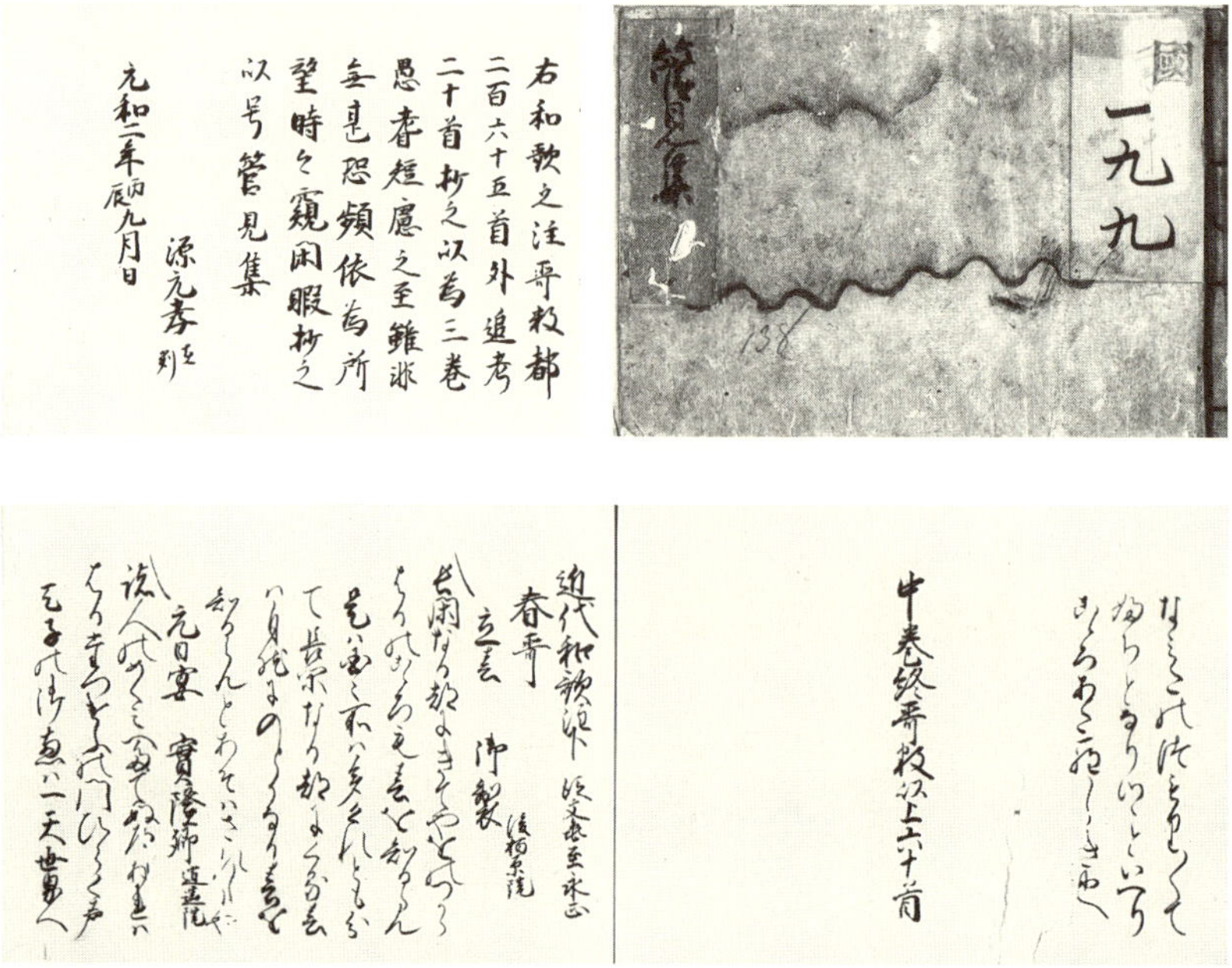

図3　篠山市立青山歴史村蔵『管見集』（表紙（上右）、奥書（上左）、下巻巻首（下））

ではない。以下、『管見集』の記述を頼りに後柏原天皇時代の和歌を読み進めることで、その表現方法と意図などについて考えてみたい。

三　言葉の外の情を表現する

同（歳暮）　　実隆

ふかからぬよはひのほどもおしみしはたゝおほかたのとしの暮哉

「ふかからぬよはひ」とは、壮年の比ほひにや。わかき時にも、年の暮るを惜みけるが、今老に臨みておもへば、わかき時には、大かたに年の暮を惜みたると也。さて、此哥は、裏にこゝろを籠て余情有。今よはひかたぶきて、としの暮を惜む事は、むかしにくらべては、行さき近づくまゝに、別しておしまるゝ心を詞の外にもたせて奇（徳カ）物なるもの也。さら〳〵ときこえて、ふかきうた也。「ほども」の「も」の字にまなこを付て可見にや。

（『管見集』二三九）

これは三条西実隆の詠で、『一人三臣』によれば、文亀二年（一五〇二）四月の作。『雪玉集』（一七七二番歌）にも収められる（但し、新編国歌大観は第二句を「ふかからぬよはひの程に」とする）。付された注釈部分の大意を取れば次のようになろう。

「ふかからぬよはひ」は、壮年つまり血気盛んな時期のことをいうのだろう。若い時にも年の暮れるのは惜しんだものだが、今、初老に臨んで改めて思うと、若い時には、年の暮れるのを惜しんだだけであったというのである。さて、この歌は、裏に心を込めて余情がある。今、歳を積み、年の暮れるのを惜しむことは、昔の心に比べて、余命が短くなってゆくので、格別に惜しまれる心を、言外に持たせて、すばらしいものである。さらさらと聞こえながらも、深い歌なのである。「程も」の「も」の字に眼を付けて注意して見るべきであろう。

注釈部分に「裏にこゝろを籠て余情有」、「詞の外にもたせて奇物《(徳カ)》なるもの也」とあるのは、言葉の表面には表現されない心、すなわち文字通りの「余情」のあり方について述べていると考えられる。これも具体的には表現されてはいないものの、詠作主体は老年の人物で、年の暮れに自身の老いの身を重ね見て、若い頃にも年の暮れを惜しんだものだが、それはただ大方の年の暮れであったことだ、今となってはこの年の暮れが自身の老いを感じさせ、一際惜しまれるものだと解して深い感慨が詠み込まれているとする。

『古今集』の冬部巻軸歌である紀貫之の一首「ゆく年のをしくもあるかなますかがみ見るかげさへにくれぬと思へば」（巻六・冬・三四二）に詠まれるように、年の暮れを人生の晩年と重ね合わせて詠むことは、常套的詠み方でもあった。実隆の歌もその伝統の上にあると言えるが、この一首については、その構成が「余情」を生み出していると評されている点は注意される。実隆歌には老いの様子は直接には表現されず、「ふかからぬよはひのほども」と詠み出す「も」の文字一つで、かつての若かりし頃を思い返す老境の詠者を想起させている。注釈部分末尾の「「ほども」の「も」の字にまなこを付て可見にや」との指摘もそれを十分に理解して読めと言うのであろう。直接には表現されない深い感慨、しかしながら、それを確かに想起させる詠みぶり、そのような和歌を「余情」ある歌として評価していると理解される。

「余情」は、和歌表現の本質的な課題として古くより議論の重ねられてきた概念であるが、十六世紀から十七世紀にかけての和歌における「余情」とは、多くの場合このような表現の趣向として論じられ、その方法が追求される。時代が降るに従って「余情」ある歌が詠まれなくなったというのがこの時代における和歌認識であり(10)、「余情」ある表現の創出は詠作における中心的な課題であった。

また、こうした指摘とともに注意されるのは、「さら〳〵ときこえて、ふかきうた也」とある点で、趣向を凝らせば、時にはその部分が目に立って流れの滞ったぎくしゃくとした歌となる。そのような風ではなく趣向を凝らしながらも「さら〳〵」と詠み流すのがまた一つの力量だという。「さら〳〵ときこえて、ふかきうた也」との評もそのような意図を表現したものと理解する必要があろう。

四　恋の思いの深さを伝える

> 同（憑媒恋）　　　　宣親
>
> 頼みつゝさのみつらさを聞もうし我がなかだちに偽もがな
>
> 上句、先たび〳〵いひつたへしこゝろ也。されども、いつもうけひかぬ返り事のみは、きくもうしとなり。さて、おもひあまりて今は媒する人のいつわりてもあはんといふ事をきかせよかしと願ふよしなり。恋の哥は、かやうにこゝろをまはし〳〵て、あくまでふかくおもふよしを第一の事とするると先達の教也とぞ。
>
> （『管見集』二五二）

作者の「宣親」は、中山宣親（一四五八―一五一七）で、未完に終わった足利義尚（一四六五―八九）の命による打聞『撰藻鈔』の撰集計画の際には撰衆となった歌人。『一人三臣』によればこの一首は文亀三年（一五〇三）九月の詠作。歌そのものの出来不出来はともかくも、この一首はこの時代の和歌に対する志向をよく表している。注釈部分を現代語にすると次のようになろう（省略が想定される文言を括弧で補った）。

上句は、以前から何度も（私の心を）伝えていたという意味である。けれども、いつもその心を受け入れてはもらえないという返事ばかりであるので、その返事を聞くのもつらいというのである。さて、思いがあまって（堪えきれなくなって）、今は（もう）仲立ちをしてくれている人が嘘をついて、（あの人が）「逢おう」と言ったと（私に）聞かせてほしいと願っているという意味である。恋の歌は、このように趣向をめぐらして、あくまでも深く切に（相手を）思っているというのを第一とすべきであるというのが先達の教えであるということだ。

注釈部分に示される理解の筋道に破綻はないが、その構成は多分に複雑である。これに従って和歌を現代語訳すれば次のようになろう（直接に表現されていない心情表現には括弧を付した）。

（仲立ちに）何度も頼んで（私の心をあの人に伝えてもらうのだけれども、いつも仲立ちからはつれない返事が返ってくるばかりである）、そのような辛い返事を聞くのも物憂いことだ。わたしの仲立ちに偽り（でもよいから私に逢おうと言ったという嘘を言ってでも、この私のやるせない気持ちをなぐさめる言葉が）がほしいものだ。

「頼みつゝ」の「つゝ」は注釈部分の指摘の通り繰り返しの表現であると考えられるので、何度も何度も取り次いでくれる仲立ちに頼むのだけれどもしかし、というのが初句の意図するところだろう。第二句では、初句との間の詳細が省かれ、いつも辛い返事が返って来ては物憂い気分になることが詠まれている。「さのみ」という一語がその間の詳細を暗示してはいるが、それにしても急展開に思われる詠みぶりと言える。下句では、相手に対する恋の思いの直接的表現はなされず、「偽りでもよいので」と物思いに苦しむ心境が吐露される。

「憑媒恋」の題は、長承三年（一一三四）末ころの催行と推定される『為忠家初度百首』が確認できる初出例だが、『為忠家初度百首』の頃の作例と比べるとこの一首はいかにも窮屈な印象がある。

このような歌が詠まれたのは、注釈部分に「恋の哥は、かやうにこゝろをまはし〳〵て、あくまでふかくおもふよしを第一の事とする」と指摘されるように、趣向をあれこれめぐらせてその心境を表現することが恋の歌の方法として意識されていたからに外ならない。室町時代の歌人に好まれた『愚問賢注』に「艶書歌などはいかほどもこまやまにやさしかるべし」とある例や、『愚問賢注』を引きながら「心ふかくこまやかにやさしきが恋の本意と申すべし」と述べる『細川幽斎聞書』の例のように、恋歌を「細やか」に「優しく」詠むというのは室町時代の和歌の常套的読みぶりであった。「こまやかに」という言葉は、「緻密な」とか「精巧な」というような意味を想起させるが、ここに言われる「こまやか」や「やさし」はともに「思いやりの気持や親愛の気持がすみずみまで行き届いているさま」を言う。相手を切に、また、心尽くしに思う様子を表現するのが恋の歌の詠み方であり、そうした思いを詠むためには趣向を凝らす必要があった、逆に言えば、趣向を凝らすことがそのまま深い思いの表出となると考えられているのである。

このような、「こまやか」な詠みぶりは室町和歌の特徴の一つで、この一首にも思いの切なる状況をどのように表現するかという点に腐心した様子がありありと見て取れる。しかしながら、一方でこの宣親詠のような詠みぶりはやはり息苦しい印象を与えるようにも思われる。先に見た実隆詠に対する注釈の末尾に付された、「さら〳〵ときこえて」という評はこの宣親詠のような歌が多く詠み出される時代の中での指摘であることを忘れてならない。「こまやかに」なりつつも「さら〳〵ときこえる」歌、そのような和歌が当時の理想であったのである。

五　作意の在処

この時代の和歌は思いを述べることばを詠み出すのに何らかの工夫や作為が求められていた。その趣向の出来不出来は直接に和歌の評価に関わっていたと言ってよい。

> 暁夢　　政為
> 世中の夢こそうけれ手枕にみはてぬをのみ何したふ覧
> あかつきがたの夢をはかなくみのこして、目の覚たる心也。誠に残多かるべし。されども、そのはかなく見残したる夢をしたふよりも、世中のはかなきを夢にたとへていはゞ、それよりはかなきものはなきかと也。無常へ引おとして落着したる所、此哥の作意也。是も古今恋の二、忠みね、
> 　命にもまさりておしく有物はみはてぬ夢の覚る也けり
> 是をとりて心をあたらしく暁の夢に取なせり。古今の哥の夢は人に逢事を夢といへり。爰の哥はまことにみるゆめ也。かやうのとりかへやう、尤勘ある作意也。此卿もその比の作者には数の中の上手也とぞ聞えし。
> （『管見集』二七二）

これは冷泉政為の歌で、『一人三臣』によれば永正四年（一五〇七）十月の詠作。「この夢のような世の中こそ憂鬱なものだ。しかし、手枕に見て途中で目覚めてしまうような儚い夢だけをどうして慕うのだろうか」というのが一首の歌意であるが、この歌は注釈部分に引用される『古今集』に収められた忠岑の和歌（巻十二・恋歌二・六〇九）に詠まれるような、せめて夢の中だけでも恋するあなたに会いたいとい

う恋の歌に常套的な夢に対する執着を逆手にとって、「なぜ夢をのみ慕うのか。この世の中こそが夢ではないか」と表現するところに作意があると理解される。注釈部分では、その趣向が評価されるとともに、「此卿もその比の作者には数の中の上手也とぞ聞えし」と政為その人の歌人としての力量の評価に及んでいる。

忠岑詠の存在と詠みぶりを知っていることは、この一首を解するための前提条件ではあるが、それを踏まえたとしても、政為詠の歌意は即座には理解し難いように思われる。「世の中の夢こそ」とはじまる冒頭部分は確かに印象的ではあるが、その構成はいささか複雑である。この部分は「夢のような世の中、その世の中は夢なのではないか」と自問自答する内容を敢えて縮約した表現と思われ、趣向を凝らしながらもその意図を冗長に説明するようには聞こえない。歌がらもなだらかに整えられていて耳に立つ表現ではない。先の宣親詠と比べてみれば、この一首が「さら〳〵ときこえ」る歌となるように整えられていることが理解されよう。

六　歌の風情とは何か

雲　　　　　　　　　　　　　　　　　　　御製

ちりひぢの山より出て一すぢの雲のゆくゑや空にみつ覧

古今序に「たかき山も麓のちりひちよりなりて」とあり。万事ものゝはじめはかすかなる物也。そのかすかなる所至り〳〵て後、広太無辺になるもの也。雲は山より出れば也。万事にわたる御哥也。かやうの哥をやすらかにみるは曲なき事也。

（『管見集』二六六）

「御製」とあるのは後柏原天皇の歌の意で、『一人三臣』によれば永正二年（一五〇五）六月の詠作。『柏玉集』

(一五八五番歌)にも収められている。

殊更に説明することも不要と思われる叙景の歌に見えるが、注釈部分には「かやうの哥をやすらかにみるは曲なき事也」と、この一首をただなだらかな叙景歌と見るのは「曲なき」、面白みのないことだと記されている。

この歌の初句「ちりひぢの」の語は、『古今集』仮名序の一節、「たかき山もふもとのちりひぢよりなりて」に基づく。注釈部分の「古今序に」以下はそのことを指摘している。この成句は中世の『古今集』注釈の中でも繰り返しその意義が説かれており、初句に配された「ちりひぢの」の語も文字通りの「塵泥」を言うのではなく、当然ながら『古今集』仮名序とその同時代的解釈を踏まえて詠まれていると理解されるべきであろう。後柏原天皇とほぼ同時代の連歌師で実隆とも交流のあった宗祇(一四二一—一五〇二)が東常縁(一四〇七?—八四頃)から受けた『古今集』講釈の聞書である『両度聞書』には、この「ちりひぢ」以下の仮名序の行文について「千里始自足下、高山起於微塵」という『老子』に由来する一節を引き、「道のさかへひろまるおほんはじめ也」との理解が示されている。「道」とは「歌道」のことであり、そこには神代より詠み継がれてきたとされる和歌が象徴する皇統が含意されていることは言うまでもない。「ちりひぢ」という語にはそうしたイメージが付与されていたことを踏まえなければ、この一首の作意は理解されない。逆に「ちりひぢ」という語の担ってきた寓意とその歴史を見知っている者にはこの一首の表現する深遠な世界が瞬時に理解される。このような和歌を天皇の位にあるものが詠むこと自体に意味があったと言えるが、また、天皇の詠作であるからこそ、そこに深い内実が込められている、あるいは込められるべきであると理解されたのであろう。それのみが独立した純粋な言語文芸として和歌がイメージされたのではない時代の詠作であることは忘れるべきではない。これもまたこの時代の和歌の風情の一つの形であったと言える。

おわりに

言語表現の美麗さは言うまでもなく、その内実にこそ意義が認められる。詠作者の心の問題（詠作意識の問題）として改めて和歌が措定された時代が十六世紀であったと言える。和歌をめぐる議論は急速にその内的方面への関心へと向かうが、和歌表現をめぐるこうした理解を反映し、室町時代に著された多くの歌学書は詠作者の内面における充実やそれを示すような態度や振る舞いをもって和歌自体の評価を説くようになる。[11]『古今集』、『伊勢物語』、『源氏物語』といった古典の講釈が盛んになり、その伝えんとする真意の詮索が広く行われて行ったのも、このような和歌が詠み出され、それが時代の趨勢となっていったことと連関している。室町の和歌を読み解くためには、そうした思考の枠組みを踏まえることが求められるのである。

注

（1）伊藤敬・荒木尚・稲田利徳・林達也『新日本古典文学大系四七 中世和歌集 室町篇』（岩波書店、一九九〇年）、伊藤伸江・伊藤敬『和歌文学大系六六 草根集・権大僧都心敬集・再昌』（明治書院、二〇〇五年）、林達也・廣木一人・鈴木健一『室町和歌への招待』（笠間書院、二〇〇七年）など。

（2）廣田哲通『中世法華経注釈書の研究』（笠間書院、一九九三年）。

（3）この時代の公宴和歌については、山本啓介「後柏原天皇時代の内裏和歌活動について――時代背景と形式」（『日本文学』六二―九、二〇一三年九月）、同「後柏原天皇時代の内裏月次和歌――作風と「談合」」（『和歌文学研究』一〇七、二〇一三年一二月）、高柳祐子「和歌史の岐路に立つ天皇――後柏原天皇と御会の時代」（『国語と国文学』八六―八、二〇〇九年八月）参照。

（4）公宴続歌研究会『公宴続歌』（和泉書院、二〇〇〇年）。

（5）伊藤敬「『公宴続歌』錯簡・年時考」（『藤女子大学国文学雑誌』六七、二〇〇二年七月）、同「『公宴続歌』――十五・六世紀宮廷和歌史稿――小番衆・三条家・月次御会のことども」（『和歌文学研究』八三、二〇〇一年一二月、後に同『室町時代和歌史論』（新典社、二〇〇五年）に再録）。

（6）大谷俊太『和歌史の「近世」道理と余情』（ぺりかん社、二〇〇七年）七頁。

（7）この書の題名は伝本により異なるが、後に後水尾院周辺で『新一人三臣』（陽明文庫蔵）、霊元院周辺で『一人三臣』という撰集が作られていることを勘案すると、「一人三臣」の称で伝来したことは確実であろう。

（8）『青山会文庫所蔵和漢書分類目録』（青山会、一九九四年）参照。

（9）『管見集』の存在は、関西において継続されている、近世和歌輪読会の輪読によって知った。また、その際の報告資料を参照している。記して謝意を示したい。

（10）『耳底記』に、「昔ノ歌ハ余情ヲアナガチニヨマントセナンダレドモ、余情カギリナクアリタルナリ。昔の歌ほど余情フカクアリタルトミエタリ。当時ノ歌ハ余情をアラセントカヽレドモ余情ナシ」と見える例などが、室町時代末江戸時代初頭の和歌に対する堂上の理解を端的に示していよう。

（11）本書第一部第二章参照。

第二部　和歌を伝える——古今伝受の伝書・儀礼・空間

第一章　始発期の三条西家古典学と実隆
――『実隆公記』に見える『古今集』の講釈と伝受

一　古今を習う実隆

文明十八年（一四八六）七月一日、実隆邸を訪れた宗祇（一四二一―一五〇二）は、三条西実隆（一四五五―一五三七）を相手に種々の雑談に興じた。『実隆公記』同日条には、そのときの話題が一つ書きで、「一 不立不断事」、「一 貞応本」、「一 為世卿与為兼卿六問答」、「一 習古今時」、「一 古今五重説事」、「一 清濁声等事」、「一 とはに浪こす」、「一 昨日仏陀寺連哥」、「一 明智連哥」、「一 明後日発句」の十に分けて書き付けられている。(1) 末尾の三つ、「一 昨日仏陀寺連哥」、「一 明智連哥」、「一 明後日発句」は、昨今張行の連歌とその評価をめぐる言談の記録であるが、他は何れも『古今集』とその伝来に関わる話題である。『実隆公記』同日条には、前記の十の一つ書に先立って「宗祇法師来、語及古今集事」と記されており、実隆の関心が『古今集』をめぐる宗祇の言談の記録にあったことは間違いない。

この十の記事の連歌関係の三つを除いた七つの項目のうち、冒頭の「一 不立不断事」は、歌道家である二条家と冷泉家の間で鎌倉時代以降続いた、「富士の煙」を「不立」と解すか「不断」と解すかの論争について記したもの。二つめの「一　貞応本」は、二条家に用いられた『古今集』正本である、貞応本『古今集』（貞応二年藤原定家書写本）の素性とその正統性について主張したもの。続く「一　為世卿与為兼卿六問答」は、二条為世と京極為兼の間で交わされた『玉葉和歌集』の撰者下命をめぐる相論を記す文書、『延慶両卿訴陳状』の論争について批判を加えたもの。何れも、二条家及びその説を受けた東常縁（一四〇七？―八四頃）の学統を汲む宗祇自身の正統性を、時代を追って述べるのには避けることのできない事柄である。

四つ目、五つ目の二つを置いて、「一　清濁声等事」、「一　とはに浪こす」の二つは、文字読みについて述べたもの。語句のアクセントや清濁についての伝受である文字読みは、『古今集』の講釈においても重視された。(2) ここでは、常光院尭孝（一三九一―一四五五）やその門弟である円雅（生没年未詳）の説に触れ、藤原為家と素暹（東胤行、一一九四―一二七三）、為氏と東行氏（成年未詳―一三二五）との師弟関係に及んでいる。これらも東家の正統を言い、併せて宗祇自身の素性の正しさを暗示させる。宗祇を経由して古今伝受の伝統へと列なる実隆にとってはいずれも意義深い話題であったと思われる。

残りの二つ、「一　習古今時」、「一　古今五重説事」の二つはいささか意が汲み難い。これらのうち、後者は次のように記されている。

一　古今五重説事相尋之処、何様有三四重之儀云々、

（『実隆公記』文明十八年七月一日条）

「古今」（『古今集』）の「五重説」について、今度は実隆が尋ねた。すると宗祇は「有三四重之儀」と答えた。『古今集』の秘伝を初重から二重、三重と重ねて解釈を加えて説くのは切紙に認められる特徴であり、著名な三木三鳥などもこうした階層構造を持つ秘伝として伝えられている。(3) 取り立てて「五重」の相伝について尋ねた

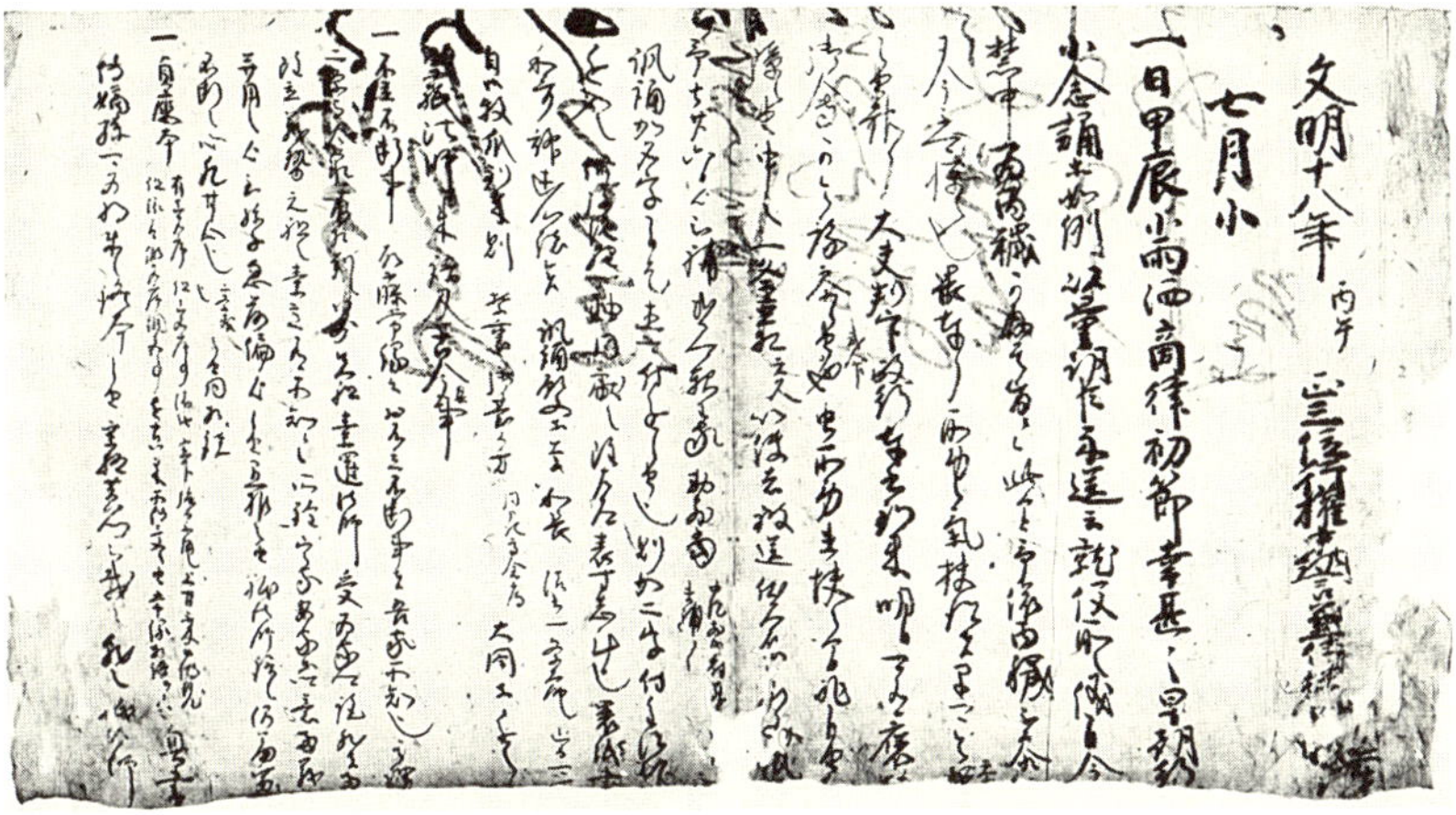

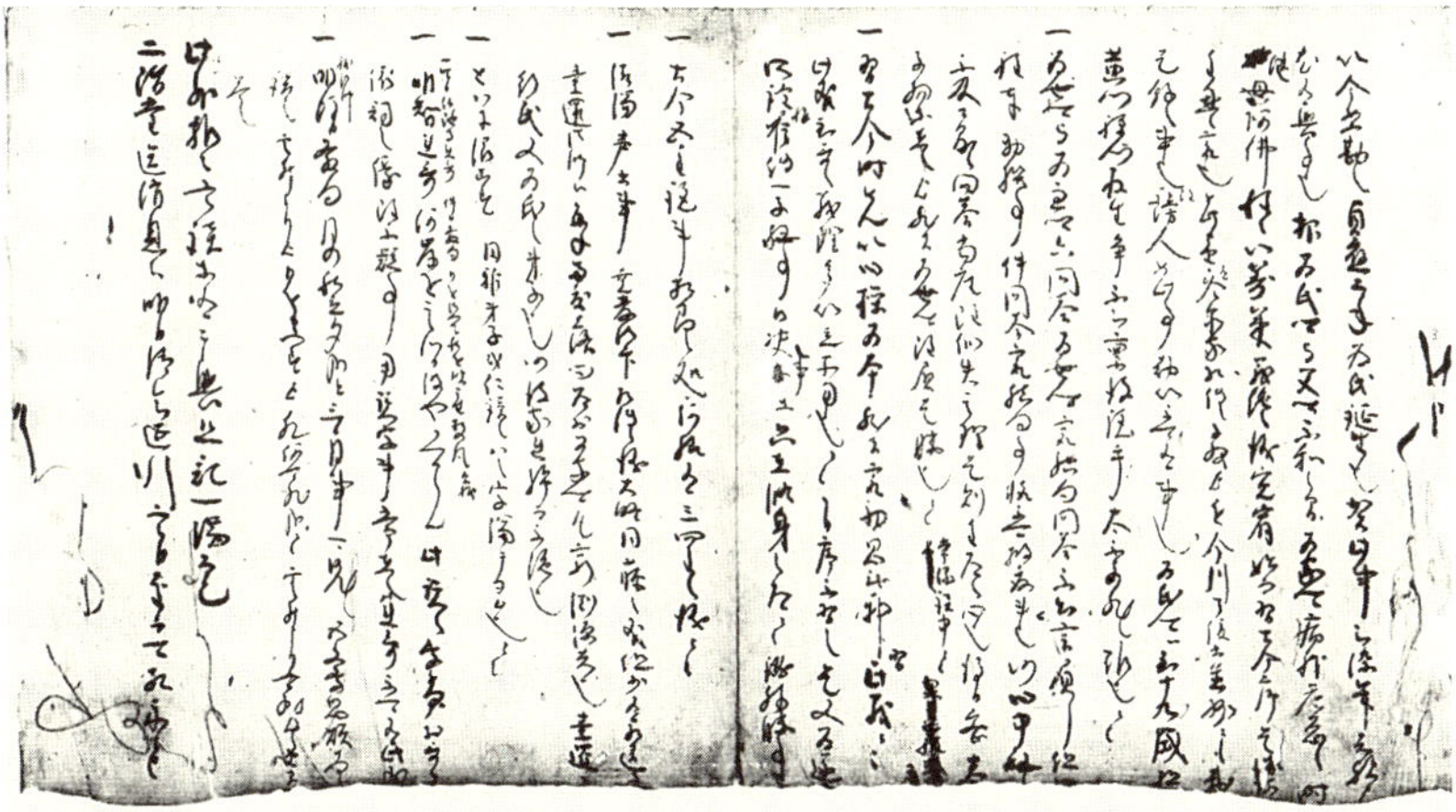

図4　東京大学史料編纂所蔵『実隆公記』(S0673-6)文明18年(1486)7月1日条
実隆自筆。宗祇との談話の記録が一つ書きされている。

実隆の真意は汲みかねるが、古今伝受の秘伝がこうした重層的構造を持つことを実隆は知っていたらしい。

残りの一つ、「一　習古今時」の記事は次のように記されている。

一　習古今時、先以心操為本、然者最初思無邪習此義云々、此義至哥之義理多以立所用也云々、自序不習之是又為遂口、所詮称唯伝一子秘事口決之事等、只在修身之道云々、誠殊勝事也、（『実隆公記』文明十八年七月一日条）

『古今集』を習う時には、心操（心ばえ・心の状態）を本とする。そうであるから、最もはじめに「思無邪」、この義を習う、と宗祇は語ったという。ここに述べられる「思無邪」の三文字は、言うまでもなく、『毛詩』魯頌・駉篇「思無邪、思馬斯徂」（馬飼がひたすらに馬を育てて、馬が立派に歩けるようになることを願うの意）を出典とし、『論語』為政第二にも「子曰、詩三百、一言以蔽之、曰思無邪」と「詩」に触れて述べられる成句である。(4)本邦中世の『毛詩』や『論語』の講釈でも、「孔子ハ一部ノ心ガ此三字ニアルト云タゾ」（両足院蔵『毛詩抄』（清原宣賢講・林宗二 林宗和録））(5)、「詩ハ多ケレ共、思無邪ノ一言、道ハ多ケレ共、政ハ徳ノ一字ゾ」（清家文庫本『論語抄』（清原宣賢講カ））(6)のように解され、『毛詩』あるいは詩そのものの眼目を示す句とされた。

『古今集』を習うにあたり、まず「思無邪」の義を習うとする宗祇の言は、講筵に連なるに際しての一般的な心構えを説いたのではおそらくない。『古今集』を『毛詩』に準え、それを読むことの意義を『毛詩』に期待されたのと同じ、「心操」の問題として把握することを説いたのであろう。そこには多分に経学の枠組みが意識されていたと推測される。(7)所詮、唯伝一子の秘事口決のことなども、ただ修身の道にあり、と宗祇は続けたという。『古今集』を読み進め秘事口決を受けるのも、「修身」のためとするこの理解も、『古今集』をめぐる学の収斂する先を、やはり「身」を「修」ることへと繋がる「心操」の問題と捉えていると考えられる。

宗祇から三条西家へと伝えられた『古今集』や『源氏物語』といった古典を対象とした講釈が、政教的かつ倫理的な解釈を含むことについては、遺された諸書それぞれについてすでに多くの指摘が備わる。(8) 一見すると附会とも見えるこうした教訓的要素に対しては、一方で鑑賞的ともいえる宗祇流注釈の審美的側面を高く評価する立場からは、その行文を遮るものとして否定的に理解されてきた。(9) だが、これらの説々は宗祇流の和歌の解釈においては決して付加的な要素ではない。先の『実隆公記』文明十八年七月一日条に書き留められるような、『古今集』を読むことの価値を「心操」の問題として捉えるような読み解き、和歌に表現された世界の理解の奥に治身の糧を設定するような理解は、宗祇流さらには三条西家流古典学の目的そのものであったと言える。(10)

二　宗祇の講釈と実隆説の継承

文明十八年（一四八六）七月一日の宗祇との雑談の後、およそ十箇月を経て、宗祇は実隆に『古今集』の講釈をはじめた。『実隆公記』には、文明十九年（一四八七）三月三十日条以降に次のような記事が見える。

朝間宗祇法師来、古今集聊有申合之事、（『実隆公記』文明十九年三月三十日条）

古今講談之事、可為来十二日之由約定了、（同四月六日条）

宗祇来、古今集講談之間之□命之、精進者魚味無憚、房事可隔廿四時也云々、条々有示之旨等、不能記、（同四月九日条）

自今日古今和歌集講談、密々事也、自愛々々、（同四月十二日条）

古今講尺至今日先閣之至恋一、明後日宗祇在国、来月十□可上洛云々、（同四月二十五日条）

また、この間四月十八日付けで、相伝された秘説の他言無用を誓う誓紙を実隆は宗祇へ提出している。実隆筆とされる早稲田大学図書館蔵三条西家旧蔵本『古今相伝人数分量』（へ二―四八六七―八）[11]には次のような文面が写し取られている。

古今集事、伝受之説々、更以不可有聊尓之儀、此旨私曲候者、可背両神天神之冥加者也、仍誓文如件、
文明十九年四月十八日　権中納言　判
種玉庵

『実隆公記』は五月以下の記事を大きく欠き、以降の講釈の進行は知られないが、同年六月十八日付けで「以相伝之説、不残口伝所奉授」の文言を記す証明状が発給されており、この時点までに講釈は終了していたと考えられる。[12]同じく『古今相伝人数分量』には次の文面が転写されている。[13]

古今集之事
以相伝之説、不残口伝所奉授、侍従中納言殿也、
文明十九年六月十八日　宗祇　肖柏筆也

宗祇の講釈を聞き終えた実隆のもとには、当然ながらその講釈を書き留めた聞書が残されたはずであるが、該当する資料の存在は現在のところ報告されてはいない。やや後の記事ながらも、『実隆公記』文亀二年（一五〇二）十二月一日条に記される、実隆からの古今伝受の相伝を懇望する玄清（一四四三―一五二一）と交わした会話の

中に「予聞書悉焼失」の言が見える。実隆の筆録した聞書そのものは、おそらく他に転写される間もなく早くに焼失してしまったと推測されるが（なお後述）、記載内容の一部に実隆説を伝えるかと推測される資料が伝わっている。石神秀美により分析が進められた、実隆・公条（一四八七―一五六三）・実枝（一五一一―七九）の三条西家三代の関与が想定される『〔三条西家本聞書集成〕』[14]とも称すべきその資料は、[15]元来は一具であったと推定される次の五冊が三箇所に分かれて所蔵されている。

1　東京大学文学部国語研究室蔵三条西家旧蔵本『古今和歌集聞書』（第二十二A棚一七〇号）[16]三冊（存巻一～九、巻十一～十九）

2　広島大学附属図書館蔵三条西家旧蔵本『古今集真名序注』（国文N二三四二）一冊（存真名序）

3　宮内庁書陵部蔵『古今集聞書』（日・五二）一冊（存仮名序、巻十、巻二十、墨消歌、奥書）[17]

同書は石神により、『両度聞書』（東常縁講・宗祇録）、『古聞』（宗祇講・肖柏録）を基幹として、宗祇・実隆による教えを付加し、講釈者・筆録者ともに未詳の文明六年（一四七四）の年紀を記す聞書を細字で移写し、さらに、実隆が存念を簡潔に加筆し、最後に某（石神は公条または実枝の可能性を指摘する）が行間・欄外に増補を行ったものと分析されている。

先の『実隆公記』文亀二年（一五〇二）十二月一日条の記載が事実であれば（殊更に疑う必要はないかもしれないが）、自身の書き置いた聞書を焼失した実隆は、息男・公条への講釈に際しそれを参照することは叶わず、宗祇あるいは同門の肖柏などの聞書を参観しつつ講釈せざるをえなかったと推測される。『〔三条西家本聞書集成〕』のような宗祇・肖柏の聞書を基盤とした諸説の集成が作成されるに至った発端に実隆聞書の焼失を置くと、その著述意図は想定しやすいように思われる。複雑な構成を持つ同書の成立事情やその活用の実態の解明については、記載内容のさらなる検討を経た後に改めて考える必要があろうが、『〔三条西家本聞書集成〕』は、三条西実枝講・細川幽斎（一五三四―一六一〇）録の聞書である『古今和歌集聞書』（天理大学附属天理図書館蔵）や『伝心抄』と共通する注記も多いことから、石神は実枝から幽斎への講釈の際に用いられた手控ではなかったかとも推測しており、実隆説の解明のみならず、三条西家における『古今集』講釈の歴史とその展開を窺うためにも重要な資料といえる。

　また、これも同じく石神によって指摘されているが、モノとしての『〔三条西家本聞書集成〕』は直接的には細川幽斎へと伝えられることはなかったらしい[18]。通常、古今伝受の道統は、宗祇から実隆へと伝えられ、公条・実枝の三条西家三代を経て、細川幽斎へと伝えられたと説明される。それはその通りなのであるが、三条西家に伝えられた学問の伝統が幽斎へと伝えられたことと、三条西家に伝えられた典籍の伝領とは、当然ながら次元を異にする。確かに幽斎は実枝から古今伝受を相伝した際に、多くの典籍・文書類を伝領あるいは転写を介して伝えられており、さらには三条西家流以外の近衛家に伝えられた切紙や肖柏を経て堺の連歌師宗訊に伝えられた切紙などを広く収集し、後代の御所伝受へと踏襲される文書群を作り上げているが[19]、その核となった三条西家に伝えられた典籍・文書類もそのすべてが伝えられていたわけではなかったようである。

　江戸時代前期に三条西家を継いだ実教（一五七五―一七〇一）が、寛文四年（一六六四）に後水尾院（一五九六―一六八〇）からの古今伝受の相伝を控えた中院通茂（一六三一―一七一〇）に語った記録の中に、三条西家に伝領された聞書類について述べた次のような言が見える。

　今夜談、法皇《（後水尾院）》へは宗祇抄も逍遙院《（三条西実隆）》抄をも不懸御目、三光院《（三条西実枝）》抄計進上之、此物一枚〳〵はなれ〳〵也、仍いつれを抜取もしれずと也、

（中院通茂『古今伝受日記』寛文四年二月十四日条）[20]

後水尾院は、後西院（一六三七—八五）への古今伝受の相伝に際して、三条西家に伝領された古今伝受に関わる典籍・文書類の進上を実教に命じたが、[21]『古今伝受日記』寛文四年二月十四日条によれば、実教は、「宗祇抄」も「逍遙院抄」も後水尾院には見せることはなく、「三光院抄」のみを進上したという。激しい性格の上に自意識の殊に高かったとされる実教の言であるだけに、ここに記される「宗祇抄」や「逍遙院抄」の存在も、自家の伝統の価値を述べるための虚言の可能性も一旦は考慮せねばならないであろうが、詳細の記されない「宗祇抄」（『両度聞書』以外の宗祇の抄か、現存、委細ともに未詳）は置くとしても、「三光院抄」は、現在天理大学附属天理図書館に所蔵される『古今和歌集聞書』（九一一・二三・イ一四五）などが該当するかとも想像され、また、実隆説と推測される説々をも記し、巻尾に「永正十二年（一五一五）八月十一日書夜写終　尭空（実隆）」の署名を記す『〔三条西家本聞書集成〕』は、「逍遙院抄」の名のもとに伝来したとしても何ら不思議はない。実教の言は一概に妄言として退けるわけにはいかないように思われる。

ことの当否は置いたとしても、他に伝わらない古今伝受関連の文書が、江戸時代前期の三条西家に伝領されていたことは確かであり、実際に『〔三条西家本聞書集成〕』のような他に伝本稀な聞書が近代に至るまで三条西家に伝えられていたことを勘案すると、実枝から幽斎へと伝えられたものが、その最奥秘とされたものであったとしても、三条西家に伝えられた古今伝受関連文書のすべてが相伝されたのではなかったことは明らかであろう。

三　切紙の相伝

『古今集』講釈が終了した後も、実隆への古今伝受は継続されていた。証明状の発給からおよそ一箇月半後の長享元年（一四八七）八月二日の『実隆公記』には次のような記事が記されている。

宗祇法師来、古今序時十代口決相伝之、（『実隆公記』長享元年八月二日条）

「古今序時十代口決相伝之」とあり、『古今集』一部の講釈の後、次いで「口決」や「相伝」の語を以て語られるような秘説の相伝がはじめられたことが知られる。「古今序時十代口決」は、内容的には、現在宮内庁書陵部に所蔵される「古今伝受資料」（五〇二・四二〇）に含まれる『奈良十代之事』一巻が該当すると推測される。[22]同資料群は、細川幽斎のもとで纏められ八条宮智仁親王へと伝えられ再度整理された一具で、幽斎が三条西実枝より相伝した典籍・文書類を核とすると考えられるものの、他家に伝領された切紙の転写などをも含むことが知られている。よって、そこに納められた典籍・文書類は必ずしも三条西家に由来するものばかりではないと考えられるが、この記事により、少なくとも『奈良十代之事』は宗祇から実隆へと伝えられた秘伝であったことが確認される。[23]

さらに半年余を経て、長享二年（一四八八）正月二十日には、実隆は宗祇より「古今切紙」と「源氏三ヶ事」の「面授」（直接向かい合って伝えること）を受けている。

今日宗祇法師来、古今切帋、源氏三ケ事等面授、自愛々々、（『実隆公記』長享二年正月二十日条）

また、この記事に対応して、三日後の正月二十三日条には「源氏物語三ケ事一帋到来」の記事があり、同日条を記す料紙の紙背文書にも次のような記載が見える。

尊書畏存候、切帋給候畢、源氏之一紙之事、今晩進上可申候、然間御文之箱其時進上可申候、此由可預御披

露候、恐惶敬白、

正月廿三日　　宗祇（花押）

（『実隆公記』長享二年正月二十三日条紙背）

「源氏三ケ事」は、「いのこのもちは三かひとつ」、「とのゐもの丶袋」、「揚名介」の三つの秘伝を記す『源氏三箇大事』（一条兼良『源語秘訣』に関わる秘伝書）のことと推測される。[24] この時に宗祇より実隆へと相伝された原本の所在は確認されていないが、近時、池田和臣により報告された同氏所蔵の三条西実条（一五七五―一六四〇）関連の資料の中に、「三ケ條につきて謬説ともあり、而るにとり用□□もたき事也、明応四年《（一四九五）》八月十三日」の識語と「被成□□之下宗祇一□」の端裏書のある切紙、「右源氏物語三ケ秘事以相伝之正説所授能州刺史左衛門佐義総也、大永四年《（一五二四）》六月吉日　桑門尭空《（実隆）》」の識語のある伝授書がある。[25]「能州刺史左衛門佐義総」は能登の守護大名・畠山義総（一四九一―一五四五）。『実隆公記』大永四年（一五二四）六月二十四日条には、「宗碩来、明後日早朝可進発云々、能州書状□《（等）》伝之、源氏三ケ秘説事、有相伝之子細、同伝遣之」と、宗碩を介し交流のあった畠山義総に「源氏三ケ秘説」を送る旨の記事が見える。[26] 池田紹介の伝授書はこの時に実隆から畠山義総へと伝えられた『源氏三箇大事』に基づく転写と推測される。

「古今切紙」については、この後も実隆は宗祇より切紙を示され、「口伝」や「面受」を受ける機会があった。

宗祇法師来、古今集序聞書并三ケ事内切帋一、短哥事切帋一持来之、密覧有口伝子細、

（『実隆公記』長享三年（一四八九）三月三日条）

早朝宗祇法師来、古今切帋共携之、写置可返之由命之、粗有面受事、

（同明応五年（一四九六）二月十五日条）

長享三年三月三日条に記される「三ケ事内切帋一」は、委細は未詳ながら、いわゆる三木（あるいは三鳥）の秘伝を記した切紙を指すと推測される。後述の実隆筆とされる切紙（後掲の1の切紙）の標目に付された肩付けに「三ケ大事之内」（「ヲカタマノ木ノ事」の標目を記す切紙他二点）、「三ノ口伝之内」（「御賀玉木」の標目を記す切紙他二点）の語が見える。「短哥事切帋一」は、多くの切紙集にも収められる「短哥事」の標目を記す切紙(27)に該当すると考えられる。『実隆公記』には先に記した以外にも切紙に関する記事が見えるが、他日条には「古今切帋」あるいは「切紙」とのみ記され、員数すら記載がないため、伝えられた切紙の内容については窺う術もない。

実隆が宗祇から相伝した切紙の原本や、その時の内容をそのままに伝えると判断される切紙の転写などはいまだ報告されてはいないが、実隆のもとへと伝えられていたことが確実な切紙、あるいは三条西家から相伝された切紙の内容を伝える資料としては次の二点が知られている。

1 早稲田大学図書館蔵三条西家旧蔵本『古今伝受書』（へ二一―四八六七―七(28)）

三条西実隆筆。実隆から徳大寺実淳（一四四五―一五三三）へと伝えられた切紙の案文と考えられている。巻末に「右宗祇法師伝受之事等、為輩率爾、蒙仰記付之、正本納函底、彼書状等又可秘蔵、此一巻不可他見者也、永正第七二月十八日雨中記之」の識語を記す。

2 宮内庁書陵部蔵桂宮家旧蔵本『当流切紙』（「古今伝受資料」（五〇二・四二〇）の内(29)）

三条西実枝筆。実枝から細川幽斎への古今伝受に際に相伝された切紙。三条西家内部で整理された切紙と考えられている。

右の二点を含む、現存する切紙（あるいは切紙集）の多くは二十通以上の切紙を纏めた形で伝わるが、『実隆公記』長享三年三月三日条では、宗祇は「三ケ事内切帋一、短哥事切帋一」の切紙二通のみを携えて来たように読める。こうした切紙の相伝が、もともと纏まって伝えられていた切紙を、時をおいて少しずつ相伝したものであったのか、あるいは別途に伝来したもので宗祇によって順次収集されたものであったのか（長享三年の例はまだしも、明応五年の例は、先の長享二年（一四八八）正月二十日の「古今切帋、源氏三ケ事等面授」からは八年を経ている）といった点は、切紙それ自体の成立を考える上でも興味深いが、その間の具体的事情を窺うに足る資料は、やはりいまだ見出せていない。現在伝わる前掲二点の切紙にしても、そこに記載される内容は完全に一致するわけではない。総体としては類似した項目を収めてはいるものの、所収される切紙の順序や内容の一部に異同が認められ、三条西家に相伝される間に整備され『当流切紙』の形となったと考えざるを得ない。

また、この間の明応元年（一四九二）に実隆は宗祇より『古今集』の中の二十五首の和歌に対する秘伝である『内外口伝歌共』を相伝している。[30]

明応元年八月上旬、受宗祇法師口伝、以故常縁自筆書写之、不可外見之矣、　御判

（宮内庁書陵部蔵『内外口伝歌共』（「古今伝受資料」（五〇二・四二〇）の内））

なお、「宗祇」あるいは「宗祇流」を冠した切紙は、内容を異にする数種類が伝わり、後世の増補や省略を経て広がっていったと考えられるが、新井栄蔵により紹介された個人蔵切紙[31]とその略本とされる京都大学蔵『古今伝授切紙』[32]は、『古今切紙口伝条々』（伝本により名称は一様ではなく、内容にも増減が認められる）として多く伝わる、宗祇門弟の玄清のもとに伝えられたと考えられる切紙[33]で、宗祇・実隆・青蓮院流（常光院流）の切紙とその講説をやや雑然と記している。『実隆公記』文亀二年（一五〇二）十二月一日条に「玄清携一壺来談、古今集口伝条々

宗祇相伝之儀、相残事等枉而可受予之訓説之由懇切申之、彼法師青門説者也」とあり、宗祇からの切紙伝受を完了することのできなかった（宗祇は文亀二年七月三十日に没している）玄清へ、引き続き実隆が伝授した旨が同日条以降に継続して記されている。そのため、この『古今切紙口伝条々』は、「西三条」・「三西」などの語を付して伝来する例がまま認められるが、その伝える内容は三条西家に伝領された切紙の姿を直接的に伝えるものではない。

四　古今聞書の櫃を納める

長享二年（一四八八）正月二十日の切紙伝受の後、『実隆公記』同年四月九日条には次のような記事が見える。

宗祇老後遠国下向之間、再会難期、若万歳ニ□□者、聴書等必可与奪于予之由等念比対談、催感涙者也、莫言々々、

（『実隆公記』長享二年四月九日条）

頓死した上杉定昌（一四五三―八八）への弔問のために越後へ下るに際し、宗祇は実隆に聴書（聞書）を預けた。宗祇は遠国へ赴く際には古今伝受に関わる文書を実隆に託しており、明応五年（一四九六）六月九日条にも堺への下向の際に古今聞書を預け置く旨の記事が見えるが、明応九年（一五〇〇）七月十七日からの越後下向の折には古今伝受に関わる文書一具を携え下ったらしい。宗祇晩年の門弟・宗碩（一四七四―一五三三）による『古今集』の聞書である『宗碩聞書』[34]は、その奥書の記載により、越後府中における文亀元年（一五〇一）（二月二十九日に明応から改元）六月七日より九月十八日に至る宗祇講釈の記録であることが知られている。この年紀の時期は明応九年からの宗祇の越後下向の期間に含まれており、宗祇が古今聞書等を携帯した理由の一つは、宗碩への古今伝

受のためであったと推測される。(35)

宗祇出立の後まもなく、明応九年七月二十八日には上京の広範囲を焼く大火があった。(36) 宗祇の居所であった種玉庵もこの時に延焼したが、(37) 宗祇の所持した聞書・切紙は越後に運ばれていたため焼失を免れた。『実隆公記』文亀元年（一五〇一）九月十五日条には、越後の宗祇より「古今集聞書切紙以下」が箱に納められ封を付して実隆のもとへと届けられたことが記されている。

玄清来、宗祇法師古今集聞書切紙以下相伝儀、悉納函付封今日到来、自愛誠以道之冥加也、尤所深秘也、

（『実隆公記』文亀元年九月十五日条）

先にも触れたように、この七月二十八日の大火によって三条西邸も罹災し、実隆の手元にあった宗祇の講釈を書き付けた聞書は焼失してしまったらしい。宗祇から届けられた聞書・切紙を前に、「誠以道之冥加也、尤所深秘也」と記すのは、定型句とはいえ、まさに実隆の実感であったように思われる。その後『実隆公記』には十月十五日条に「古今聞書至恋第五披見之」の記事が見え、同十八日には実隆は聞書を櫃に納め「大慈庵文庫」に納置している。

古今聞書櫃一合遣大慈庵文庫了、入夜参内、

（同十月十八日条）

「古今聞書櫃一合」を納めたという大慈庵は東福寺（京都市東山区）の塔頭の一つ。そこに居した了庵桂悟（一四二五―一五一四）と実隆とは、明応五年（一四九六）ころより親しく交流があり、(38) その縁で実隆の三男（後の鳳崗桂陽

（一四九四—一五二六）が文亀元年（一五〇一）六月二十二日に了庵のもとで出家している。

　大慈庵文庫へ「古今聞書櫃」を納めた実隆のこの行為を、「伝授に対する神聖観の一つの表現」[39]と解する指摘もあるが、むしろ、強盗や災害が多発していた当時の京洛から退避させる意図が勝っていたように思われる（先に記したように、前年の明応九年七月には上京の公家屋敷の多くを焼いた大火があった）。もっとも、『実隆公記』明応八年（一四九九）三月八日条には、実隆とも親交のあった天隠龍沢（一四二二—一五〇〇）が居した建仁寺大昌院に盗賊が入った旨の記事が見えるので、社寺が必ずしもアジールとして機能していたわけではなかったようである。実隆もその事実は充分に承知していたであろうが、罹災直後のこともあり、書物を納めるべき文庫を持つゆかりの社寺として大慈庵が選ばれたと推測される。

五　宗祇没後の実隆

　実隆のもとに「古今集聞書切紙以下相伝儀」が送られた文亀元年（一五〇一）九月から一年とたたない文亀二年（一五〇二）七月三十日、美濃へと向かう途上の箱根湯本の旅宿において宗祇は息を引き取った。宗祇の高弟・宗長（一四四八—一五三二）による『宗祇終焉記』に、「東野州《（東常縁）》に古今集伝授聞書并切紙等残る所なく、此の度今はのをりに、宗祇の素純《（東胤氏）》に付属有し事なるべし」と綴られるように、間際まで古今伝受の秘説を伝えた後の死であった。

　宗祇没後の実隆は、『実隆公記』に記録が残るだけでも、文亀三年（一五〇三）に宗祇の門弟であった玄清へ（実隆四九歳）[40]、永正七年（一五一〇）に徳大寺実淳へ（同五六歳）[41]、享禄元年（一五二八）から翌二年に後奈良天皇（一四九七—一五五七）へ（同七四—七五歳）[42]、天文元年（一五三二）から翌二年に東常縁の孫にあたる最勝院素経へ[43]（同七八―七九歳）と古今伝受を相伝している。

長命でもあった実隆が古今伝受の継承に果たした役割の大きさは言うまでもない。しかしながら、古今伝受を伝えることとなったとはいえ、実隆の時代の三条西家は累代の和歌の家であったわけではない。[44]堂上における飛鳥井・冷泉の両歌道家の存在感は強く、将軍や天皇家の歴代の歌道師範は、雅親（一四一七―九一）、雅俊（一四六二―一五二三）といった飛鳥井家の当主が務めており、飛鳥井家が弱体化した後は、冷泉為広（一四五〇―一五二六）が文亀二年（一五〇二）八月に後柏原天皇（一四六四―一五二六）の歌道師範となっている。[45]実隆時代の三条西家は、宗祇と実隆の間で交わされた学問の蓄積を基に、家の内部においてその古典学を順次形成してゆく途上にあり、宗祇流あるいはそれを受けた三条西家流の古典学が三条西家という枠組みを超えて当代歌壇の問題として共有されてゆくのは、井上宗雄が指摘するように、[46]実隆晩年の名声の高まりに牽引されるところが大きかったと考えられる。実隆が後奈良天皇への古今伝受の相伝という大事を遂げるに至ったのも、飛鳥井雅俊、冷泉為広、下冷泉政為（一四四六―一五二三）といった歌道家当主が相次いで逝去した後、実隆一人がなおも長老として健在であったという歌壇の趨勢を念頭に置くべきであろう。[47]

また、歌道家とともに留意すべきなのは、吉田兼倶（一四三五―一五一一）との関係である。先にも触れた、早稲田大学図書館蔵三条西家旧蔵本『古今伝受書』（へ二―四八六七―七）と宮内庁書陵部蔵三条西実枝筆『当流切紙』（『古今伝受資料』（五〇二・四二〇）の内）は、末尾に「神道御伝事」（『古今伝受書』）あるいは「神道　超大極秘」（『当流切紙』）と標目を立てる切紙を収めている（双方の内容は近似している）。この切紙には、『日本書紀』に載る素戔嗚尊の詠じた「八雲立つ出雲八重垣妻籠みに八重垣作るその八重垣を」の一首に発想された秘伝書『八雲神詠伝』に関わる秘説が記されている。吉田兼倶の大成した吉田神道の影響が色濃く見えるこの秘伝は、三輪正胤によって、兼倶の説く神道の権威と宗祇の伝える歌道の歴史とを相互補完的に互いが取り込む意図で古今伝受に組み入れられたと考えられている。(48) この吉田神道の秘説を取り込んだ切紙は、「神道超大極秘」と記される最奥秘として位置づけられ、実枝より幽斎へと伝えられることとなるが、実隆と兼倶との間には、宗祇と兼倶との間に想定されているような秘伝の創出をめぐっての親密な交流があったとは考え難いようである。

『実隆公記』永正二年（一五〇五）十月五日条には、中御門宣胤（一四四二―一五二五）が兼倶からの依頼を携えて実隆を訪れた旨の記事が見える。

中御門黄門（宣胤）来臨、斎場所修理事諸国奉加可廻計略、仍斎場所子細予（実隆）一筆可草賜之、大意如此之由兼倶卿（吉田）注之、所望由伝達之、此事更不可及調法之事也、仍固辞了、唯一神道名法要集ト号スル抄可許一見、此抄至要秘抄也、雖然此事許容者可令一見之由申云々、尤雖為所望之事、不相応之事、更不可成立之間、堅所令斟酌也、

（『実隆公記』永正二年十月五日条）

兼倶は、吉田斎場所の修理費用を諸国から募るための勧進帳の起草を実隆に頼み、受諾の折には吉田神道の至要の秘抄である『唯一神道名法要集』の一見を許すという条件を示した。実隆は一見所望の思いは抱きつつも、相応しからざることとして拒絶している。

また同様に、永正六年（一五〇九）九月二十六日には、兼倶から『日本書紀』巻二十八を貸借した折に、併せて神書の相伝を勧める申し出があったが、ここでも実隆は自身の老懶蒙昧を理由に拒否している。

兼倶卿日本紀本廿八巻持送之、先日可借請之由申遣者也、神書相伝事遮而有申旨、但予（実隆）老懶蒙昧堪其器之由報了、

（『実隆公記』永正六年九月二十六日条）

神道説の相伝や秘書の開陳といった破格とも思われる兼倶からの重ねての申し出を、「不相応之事」あるいは「老懶蒙昧」といった一見穏当な文言で拒絶した実隆の真の意図を、芳賀幸四郎は「兼倶のハッタリ的なやり方を快く思っていな(49)かったためと推測している。延徳元年（一四八九）十一月十九日の吉田斎場所への神器降臨を伝える兼倶の知らせにも納得できない素振りを見せるなど、実隆は兼倶に対してそもそも懐疑的であったようではあるが、永正八年（一五一一）二月十九日の兼倶薨去に際しては、「後聞、兼倶卿一昨日逝去、七十七才、神道、易道等名匠、宏才之者也、可惜々々」との賛辞を『実隆公記』同二十一日条に記している。

記された年次も異なる断片的な記事からことの真意を詮索するには自ずと限界もあるが、いずれにせよ、兼倶の説く吉田神道の秘伝を新たに古今伝受に取り込み、積極的に更なる神秘化を計ろうとする意志は実隆には無かったように見受けられる。その奥秘に神道の秘伝を戴く古今伝受を伝えた実隆と兼倶との関係は意外にも淡泊であったといえる。

注

（1）『実隆公記』のこれらの記事については、横井金男『古今伝授の史的研究』（臨川書店、一九八〇年）二九一―二九七頁、井上宗雄『中世歌壇史の研究 室町前期〔改訂新版〕』（風間書房、一九八四年）三一二―三一六頁、宮川葉子『三条西実隆と古典学』（風間書房、一九九五年）六七〇―六七五頁、奥田勲『宗祇』（吉川弘文館、一九九八年）一一六―一一九頁にも検討がある。

（2）遠藤邦基『読み癖注記の国語史研究』（清文堂、二〇〇二年）参照。

（3）本書第三部第四章において、その研究史に触れている。

（4）『実隆公記』のこの項目は、実隆の古今伝受について述べられる際には必ず引用される一節ではあるが、必ずしも十分な解釈が行われてきたとは言えない。例えば、注1掲載の宮川葉子『三条西実隆と古典学』では、「一習古今時」の意図を「邪念を捨て素直に講釈に臨めということらしい」（六七四頁）とし、鈴木元「古今伝授とは何か」（森正人・鈴木元編『文学史の古今和歌集』和泉書院、二〇〇七年）では「然ば最初に邪なく此の義を習はんと思へと云々」のように解釈している。

（5）京都大学文学部国語学国文学研究室編『林宗二 林宗和自筆 毛詩抄 毛詩環翠口義』（臨川書店、二〇〇五年）所収の両足院蔵本による。同書下巻六四一頁参照。

（6）坂詰力治『論語抄の国語学的研究』（武蔵野書院、一九八四年）所収の京都大学附属図書館蔵清家文庫本『論語抄』による。同書影印篇三二頁参照。

（7）石神秀美「祇注の六義論その他（上）――詩篇解釈法の受容について」（『三田国文』一一、一九八九年六月）、田村緑「『両度聞書』と『毛詩』」（『和漢比較文学叢書一三 新古今集と漢文学』汲古書院、一九九二年）に『両度聞書』と同時代の『毛詩』講釈との具体的な比較検討がある。

（8）なお、こうした理解の歴史的意義については、本書第一部第二章に述べた。

（9）片桐洋一『中世古今集注釈書解題 三上』（赤尾照文堂、一九八一年）二七八頁。

（10）第一部第二章参照。

（11）『早稲田大学蔵資料影印叢書国書篇七 中世歌書集』（早稲田大学出版部、一九八七年）所収『古今相伝人数分量』の記載（三二四頁）による。

（12）この間の経緯については、小高道子「東常縁から細川幽斎へ」（『古今集の世界 伝授と享受』世界思想社、一九八六年）に詳しい。

（13）注11掲載の『早稲田大学蔵資料影印叢書国書篇七 中世歌書集』三二四頁。

（14）石神秀美「宗祇流古今伝授における『伝心抄』の位置づけ」（伝心抄研究会編『古今集古注釈書集成 伝心抄』笠間書院、一九九六年）における呼称。

（15）石神秀美「三条西実隆筆古今集聞書について――古今伝授以前の実隆」（『三田国文』一五、一九八三年一月）、及び注14掲載の石神論文は、三条西家流古今学の流れと伝書との対応関係を整理しており、三条西家流の古典学を考える際の基本的文献と言える。また、武井和人「三条西家古今学沿革資料襍攷――実隆・公条・実枝、（附）宮内庁書陵部蔵『実条公遺稿』（部分）翻刻」（『埼玉大学紀要（人文科学篇）』三四、一九八五年一一月）、同

「三条西家古今学沿革資料襍攷・其二」（『研究と資料』一八、一九八七年一二月、後に『中世和歌の文献学的研究』（笠間書院、一九八九年）に再録）は、『源氏物語』、『伊勢物語』といった『古今集』以外の古典を対象とした諸書にも及んでいる。

（16）『東京大学国語研究室資料叢書九 古今和歌集注抄出 古今和歌集聞書』（汲古書院、一九八五年）に影印がある。

（17）同書については、京都大学附属図書館に所蔵される中院家旧蔵資料の中に転写本がある。注15掲載の武井和人論文参照。

（18）注14掲載の石神秀美「宗祇流古今伝授における『伝心抄』の位置づけ」三三九頁。

（19）第二部第三章参照。

（20）資料篇参照。

（21）この間の事情と関連資料については、第三部第一章に述べた。

（22）この記載を「土代」（三条西家に伝来した「当流切紙」には「土代」の標目を持つ切紙が含まれる）の誤りではないかとする見解（注1掲載の宮川葉子『三条西実隆と古典学』六八〇頁）もあるが、切紙の相伝については長享二年正月二十日条に記されており、また、「古今序時十代」と記される内容からも『奈良十代之事』が該当すると考えられる。なお、この点については『図書寮典籍解題 続文学篇』養徳社、一九五〇年）一九九頁にすでに指摘がある。

（23）但し、現存する宮内庁書陵部蔵「古今伝受資料」（五〇二・四二〇）五十二点に含まれる『奈良十代之事』一巻は、幽斎から烏丸光広（一五七九―一六三八）に伝えられた近衛尚通（一四七二―一五四四）筆と称される伝本に由来する可能性が想定され、直接的には三条西家に関係しない蓋然性が高い。

（24）伊井春樹『源氏物語 注釈書・享受史事典』（東京堂書店、二〇〇一年）一五九頁。同解説によれば、編者架蔵の「三箇大事」を納める「秘説書」に「右源氏物語三ヶ秘訣以相伝之正説奉授禅定殿下訖被守此道之法度努々不可有漏脱者也天正三年四月廿日　権大納言実澄　是は逍遙院殿より九条殿へ伝り九条殿より貞徳へ伝り貞徳より予か伝へ今又尚好へ伝畢　万治三年正月十五日　盤斎（花押）右切紙也」の奥書が記されているという。加藤盤斎（一六二一―七四）による奥書には、逍遙院（実隆）→九条殿（稙通）→（松永）貞徳→盤斎の伝来が記され、実隆の伝えた『源氏三箇大事』の存在が記されるが、盤斎による奥書の直前に天正二年の実澄（三条西実枝）による奥書が添えられており、伝来経路については不審が残る。
(25) 池田和臣「源氏物語の秘説と後小松上皇――新出「三条西実条筆『兼宣公記』逸文」について」（『文学』五―六、二〇〇四年一一月）。
(26) 伊井春樹『源氏物語注釈史の研究』（桜楓社、一九八〇年）六〇八―六九二頁、米原正義『戦国武士と文芸の研究』（桜楓社、一九七六年）一二四―一三三頁、注1掲載の宮川葉子『三条西実隆と古典学』五五五―五七二頁参照。
(27) 例えば、注11掲載の『早稲田大学蔵資料影印叢書国書篇七 中世歌書集』に収められた『古今伝受書』では六五五頁に、『京都大学国語国文資料叢書四〇 古今切紙集 宮内庁書陵部蔵』（臨川書店、一九八三年）に収められた『当流切紙』では二七頁に書影がある。
(28) 注11掲載の『早稲田大学蔵資料影印叢書国書篇七 中世歌書集』に影印、柴田光彦「荻野研究室収集 三条西実隆書状を廻って」（『早稲田大学図書館紀要』二二・二三、一九八三年八月）に翻刻がある。
(29) 注27掲載の『京都大学国語国文資料叢書四〇 古今切紙集 宮内庁書陵部蔵』所収。
(30) 『内外口伝歌共』は伝本も多く、年紀を「明応九年八月上旬」とする例も少なくないが、同年八月には宗祇は越後に滞在中（注1掲載の奥田勲『宗祇』二二一―二二二頁）であり、実隆へ「口伝」を伝えることは不可能である。「九」と「元」は誤写されやすく、書陵部本に従い「明応元年」の事跡と考えておきたい。なお、『内外口伝歌共』の内容については、川上新一郎「古今伝授をめぐって」（関場武編『平成十八年度極東証券寄附講座 古文書の世界』慶應義塾大学文学部、二〇〇七年）参照。
(31) 新井栄蔵「古今伝授切紙 一種」（『叙説』一、一九七七年一〇月）、同「古今伝授切紙　一種（続）」（『叙説』、一九七八年七月）に書影がある。
(32) 新井栄蔵「京都大学蔵三条西家伝古今伝授切紙等 一巻」（『帝塚山短期大学紀要』一四、一九七七年三月）に書影がある。
(33) 井上宗雄「中世における和歌研究・Ⅱ」（『和歌文学講座一二 和歌研究史』桜楓社、一九七〇年）八六―八七頁、三輪正胤『歌学秘伝の研究』（風間書房、一九九四年）三八九頁、注1掲載の宮川葉子『三条西実隆と古典学』六八七―七〇五頁。
(34) 平沢五郎・川上新一郎・石神秀美「資料紹介 慶応義塾大学図書館蔵宗碩自筆「古今和歌集聞書」」（『斯道文庫

論集』二一、一九八五年三月）。
（35）あるいは他の在地武将への伝授の予定があったのかもしれないが、関連する資料は知られていない。
（36）『後慈眼院殿御記』明応九年（一五〇〇）七月二十九日条に、「晴、早旦、各為見昨日之火事之処上洛、［　］帰日、関白御所并近衛・鷹司殿御所を始、日野・令泉両家、其外公家廿八ヶ所也、於武家当時執権之輩、数十ヶ所、都合二万三千余ヶ所也、大略、一条之南北如荒野、焼死者不知其数、先代未聞之大火事也云々」と記される、相当な大火であった。なお、『実隆公記』は当該年分を欠く。
（37）伊地知鐵男『伊地知鐵男著作集Ⅰ 宗祇』（汲古書院、一九九六年）一九二―一九三頁。
（38）『実隆公記』明応五年四月十八日条に、「東福寺了庵和尚光臨、先日於禁省御会之儀等被謝之、円覚経講談事、去年予所望之由内々申了、此経於禁中講談所望也、便宜可奉聞之由被命者」とあり、以下、『実隆公記』には了庵の名が頻出するので、禁裏における『円覚経』の講談の推挙に関わり親しく交わるようになったらしい。
（39）注1掲載の横井金男『古今伝授の史的研究』三〇三頁。
（40）井上宗雄『中世歌壇史の研究 室町後期〔改訂新版〕』（明治書院、一九九一年）一九四―一九五頁、注1掲載の宮川葉子『三条西実隆と古典学』六八七―七〇五頁。
（41）注40掲載の井上宗雄『中世歌壇史の研究 室町後期〔改訂新版〕』一五三頁、柴田光彦「三条西実隆書状を廻って」（『早稲田大学図書館紀要』二二・二三、一九八三年八月）。
（42）注40掲載の井上宗雄『中世歌壇史の研究 室町後期〔改訂新版〕』二三四―二三六頁、注1掲載の『三条西実隆と古典学』七〇五―七二一頁。
（43）注40掲載の井上宗雄『中世歌壇史の研究 室町後期〔改訂新版〕』三三二―三三三頁、注1掲載の『三条西実隆と古典学』七二二―七四七頁。
（44）例えば、後奈良天皇への古今伝受においても、当初は実隆はそれを渋っていた。その理由として、井上宗雄は、家格の高い大臣家として家業をもってつかえることを潔しとしなかったのではないかと推測している（注40掲載の井上宗雄『中世歌壇史の研究 室町後期〔改訂新版〕』三三五頁）。
（45）『冷泉家時雨亭叢書 冷泉家古文書』（朝日新聞社、一九九三年）二七六号「足利義澄御内書」。小川剛生『武士はなぜ歌を詠むか』（角川書店、二〇〇八年）参照。

(46)　注40掲載の井上宗雄『中世歌壇史の研究 室町後期〔改訂新版〕』二三五頁。
(47)　注40掲載の井上宗雄『中世歌壇史の研究 室町後期〔改訂新版〕』二三四―二三六頁。
(48)　注33掲載の三輪正胤『歌学秘伝の研究』三八三―三八四頁。
(49)　芳賀幸四郎『人物叢書 三条西実隆』（吉川弘文館、一九六〇年）一三二頁。

第二章　吉田神道と古今伝受
――『八雲神詠伝』の相伝を中心に

一　『八雲神詠伝』をめぐる宗祇と吉田兼倶

宗祇（一四二一―一五〇二）周辺で成立した歌学に関わる伝書に吉田兼倶（一四三五―一五一一）の大成した吉田神道の影響が見えることについては前章末にも述べたが、その具体的なあり方については、三輪正胤『歌学秘伝の研究』（風間書院、一九九四年）に収められた「『八雲神詠伝』の成立と流伝」と題された節を構成する諸論と、その後に著された「歌学伝授と神道」（『国文学解釈と鑑賞』六〇―一二、一九九五年一二月）、及び同『歌学秘伝史の研究』（風間書房、二〇一七年）に収められた「歌学秘伝史を『八雲神詠伝』に見る――一如への道」に詳しい。東常縁講・宗祇録の『古今集』の講釈聞書である『両度聞書』のうち版本系と類別される系統に兼倶の撰述が想定される秘伝書『八雲神詠伝』への言及があり[1]、宗祇流の『詠歌大概』注釈にも吉田神道の影響が見えることなど[2]、宗祇による講説と兼倶説の間の影響関係が指摘されるとともに宗祇の歌学の体系の根本に兼倶の神道説が変更を迫った可能性も示唆されている[3]。

そもそも、『古今集』をめぐる学はその序の注釈においてこの世の創造に関わる神話を含み持ち、『日本書紀』

をめぐる言説と親和性が高い。『古今集』と『日本書紀』は、その注釈活動において互いの記述が参照される例も多く、相互補完的に日本の起源を説くテクストとして読まれた歴史を持つ。(4) 先に触れた『八雲神詠伝』もまた歌学と神道説の双方に関わり編まれた書である。

『日本書紀』に載る素戔嗚尊の詠じた、「八雲立つ出雲八重垣妻籠みに八重垣作るその八重垣を」の一首に発想された秘伝書『八雲神詠伝』は、神道家の説く四妙大事（「八雲立つ」の一首に「四妙」が含意されているとする説）(5) と歌道家の和歌起源説（周知の如く「八雲立つ」の一首は和歌のはじめとされる）の重なりあうところに生み出された秘書で、宗祇と兼倶の互助、和歌の伝統と神道の権威の相互依存により作成されたと考えられている。(6) 即ち、宗祇の側には自身の説く古今説を神道の秘伝を加えることで権威化しようとする意志があり、兼倶の側からすれば長い歴史を持つ和歌の家の遠祖・藤原定家（一一六二―一二四一）への相伝（『八雲神詠伝』は定家から卜部兼直（生没年未詳）へ宛てたとされる誓紙を含む）という歴史的事件を創り出し、その伝統を自家の歴史に準える目論見があり、双方の利害の一致のもとに『八雲神詠伝』は作り出されたとされる。(7)

『八雲神詠伝』は各地に相当な数が伝わり、その伝存数からも広範に求められた秘伝であったことが窺われるが、この種の伝書の例に漏れず増補や省略を伴いつつ書写されたらしく、その形態は一様ではない。三輪はこの書を批判した平田篤胤（一七七六―一八四三）の言を借り、より原型に近い形で伝わる系統を「神道者流」、松永貞徳（一五七一―一六五四）周辺で改変されたと推測される系統を「歌学者流」と呼んで大別した。(8) 歌学者流『八雲神詠伝』は貞徳、あるいはその周辺の地下の歌人達により享受されていったらしいが、(9) 神道者流とした系統は宗祇以降も堂上歌学と結びつきを深め、古今伝受に取り込まれてゆくことがやはり三輪によって指摘されている。(10)

神道者流『八雲神詠伝』（以下『八雲神詠伝』とのみ称す際は同系統を指す）(11) は、三輪が諸本を博捜しつつ端的に示したように、次のⅠからⅣの四つの部分の組み合わせからなる（掲出の奥書は天理図書館蔵『八雲神詠口決書』（吉八一―

三八八）による）。(12)

Ⅰ藤原定家発給卜部兼直宛誓紙

藤原定家から卜部兼直に宛てたとされる誓紙。次の文言を記す。

八雲神詠口決事、神代之極秘、唯受
一人相承、実以和国大事、不可如之候、
感賜懇志御伝受之条、三生之厚
恩候、於当流正脉一人者、可伝受候、
自余雖為実子、敢不可相続候段、且
奉任天神地祇証明候、恐々謹言、

二月九日　　定家

兼直
冷泉権大副殿

Ⅱ超大極秘之大事

端に「超大極秘之大事」と記す切紙の集成。「八雲紙詠四妙大事」、「初重」、「二重」、「三重」、「四重」、「五重」の六通からなる。

「八雲紙詠四妙大事」は、「初字妙」、「二句妙」「三意妙」「四始終妙」「五逸妙」の五段階で「四妙」説を説く切紙。「五　逸妙」は「別ニ伝之」とし標目のみで本文は記されない。

「初重」は「逸妙ノ二字ノ大事」、「二重」は「陰陽神詠数之大事」、「三重」は「十八字妙支配之大事」、「四重」

は「十八意妙支配之大事」と題される切紙。ともに吉田兼倶の説いた神道説の援用であることは三輪の指摘がある。[13]

Ⅲ四条前黄門宛吉田兼倶伝授奥書

吉田兼倶から「四条黄門」へ宛てた伝授の完遂を伝える奥書。「四条黄門」は四条隆量（一四二九―一五〇三）。[14]

文明十六年（一四八四）十二月日
抑此五ケ切紙者、神国口決、唯受一人
大事、神道極秘也、依懇志難黙、
奉授与四条前黄門者也、
従二位侍従卜部朝臣兼倶

Ⅳ化現之大事

「化現之大事／奥旨至極重位／三神三聖之口決」と題した切紙。表筒男命、中筒男命、底筒男命の住吉三神が、衣通姫、人丸、赤人の三聖と同体であることを説く。

藤原定家が卜部兼直から「八雲神詠口決」[15]を相伝したとするⅠは史実とは考えられず、Ⅱ以下に記載される内容においても、Ⅱに述べられる十八神道の概念、Ⅱに展開される四妙大事とⅣ化現之大事の対応関係（三輪は、兼倶が『唯一神道名法要集』において説いた「宗源」の対応関係との類似を指摘している）[16]といった点から見ても、『八雲神詠伝』は兼直の著述とは考えられない。Ⅲ四条前黄門宛吉田兼倶伝授奥書に「兼倶」の名が見えることから、兼倶以降の成立と推測されるが、出村勝明によって天理図書館に収められた吉田家旧蔵の兼倶筆『日月行儀並諸伝』（吉八一―四〇七）に文明八年（一四七六）の年紀を付して『八雲神詠伝』に相当する内容が記されていることが報告されており、[17] 文明八年前後に兼直の著述を装い兼倶によって作成された偽撰の書と判断される。

宗祇と兼倶との関係に戻って見れば、鶴見大学図書館に所蔵される『詠歌口伝書類』として整理される江戸時代初期頃に書写された切紙集に収められた切紙のうち、『八雲神詠伝』に相当する内容を含む「神道口伝事」と端書する部分に文明十五年（一四八三）の兼倶から宗祇への相伝を伝える次のような奥書が記されている。[18]

文明十五年（一四八三）四月十八日、以累代口決唯受一人相承
所令授与宗祇禅師了、
神祇長上従二位卜部朝臣兼倶（花押）
（『詠歌口伝書類』）

『詠歌口伝書類』は、伝承経路の明らかではない切紙類の雑纂で、その成立や所収される切紙の性格等についても未詳の部分を多く残すものの、宗祇と兼倶との関係において文明十五年という年に相伝が行われたとするのは不自然ではなく、一応は同年に兼倶から宗祇へ『八雲神詠伝』が伝えられたと判断されよう。[19]

二　『八雲神詠伝』と古今伝受切紙

宗祇のもとへと伝わった『八雲神詠伝』の宗祇門弟への相伝については、それを具体的に窺う資料は現在のところ見出せていないが、宗祇に淵源すると考えられる切紙の中には、『八雲神詠伝』と関わりを有するものが伝わっている。『八雲神詠伝』に相当する内容をそのまま含み持つ、鶴見大学図書館蔵『詠歌口伝書類』に兼倶か

ら宗祇への相伝を伝える奥書が付されることは先にも述べたが、他にも、『八雲神詠伝』としての構成は解体されるものの、同内容を記す切紙が伝存する。例えば、早稲田大学図書館蔵『古今伝受書』（ヘ二―四八六七―七）[20]は、宗祇より古今伝受を相伝した三条西実隆（一四五五―一五三七）が徳大寺実淳（一四四五―一五三三）へと伝えた切紙の自筆案文とされる切紙集であるが、中に次のような内容が含まれている。

神道口伝事
○神詠　阿那　宇礼志　介陪屋　宇摩志　雄登古今　仁
安居奴　十八意妙事等　六義　六根　六境　六識ニ表ス
切帋
初重　二重　三重　四重　以上四通
○八雲神詠四妙事　号超大極秘大事
字妙廿一字　句妙五句　意妙作意　始終妙古今ニワタリ伝所也
切帋二通　并定家卿伝受書状案一通
○化現之注　一通
夜ハ日光北ヘ遶、地ノ底ヲ御通遶、其時、底筒衣通姫
東面ニ、現在時、中筒赤人、西乾ニ留、表筒人丸　以上三聖
乾ハ尺ナリ、表トハ乾ノ心ナリ
［…］

（『古今伝受書』）

ここに記される「切帋　初重　二重　三重　四重　以上四通」、「八雲神詠四事」、「化現之注」は『八雲神詠伝』に含まれるⅡ超大極秘之大事とⅣ化現之大事について略記したものと考えられる。

また、実隆の孫・実枝（一五一一―七九）より細川幽斎（一五三四―一六一〇）へと伝えられた宮内庁書陵部蔵『当流切紙』二十四通（古今伝受資料（五〇二・四二〇）の内）は、後に智仁親王（一五七九―一六二九）を経て禁裏へと伝えられ、御所伝受に用いられた秘伝を記す切紙であるが、中に「神道超大極秘」と端作される切紙があり、『八雲神詠伝』Ⅱ超大極秘之大事の一部である四妙説、十八意妙説が次のように記されている。

神道超大極秘
　神詠事
阿那一風　宇礼志二賦　尓陪屋三比　宇摩志四興　雄登古今　仁五雅　安居奴六頌
六根眼耳鼻舌身意　六境色声香味触法　六識眼耳鼻舌身意　十八意妙
　合陰陽之二首三十六也、是則五句卅一字之作也、男与女之詞天地也、陰陽也、出入之息也、
　故為阿吽之二字、
　已上四重、
八雲事超大極秘
字妙卅一字、一月極テ又一日ト変ズ、天道ノ循環無窮ニシテ恒沙ノ如ナレバ、風躰モ又尽ルコト無シ、
句妙五字、一首ノ中分為五句、是則五行、五大、五音、五色、五味、五臓、五躰、五輪、五蘊、五常、五戒、
　五智等ヲ主トル、万法此五句ヲ出ル事無之、
意妙、一篇之意巧妙也、感動天地、通和男女等之事、皆是意妙之至極也、

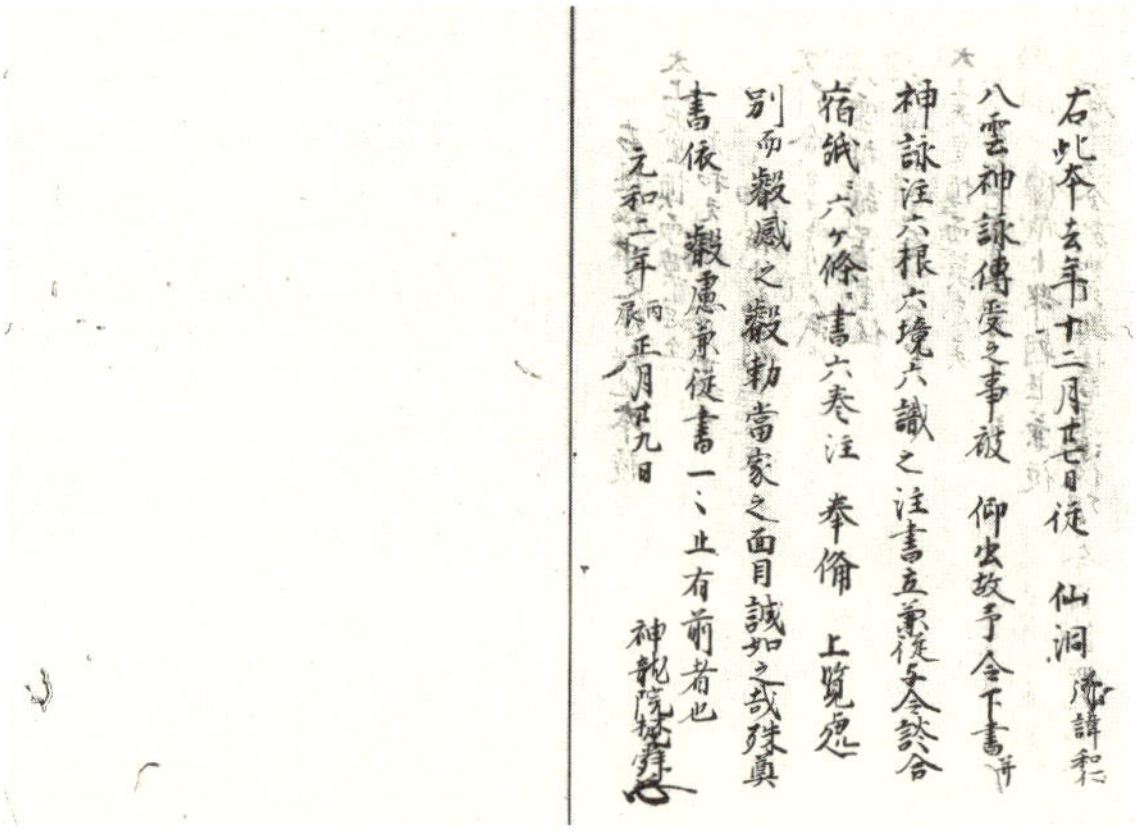

図5　宮内庁書陵部蔵『八雲口決抄』(217・363)
元和2年(1616)写　神龍院梵舜筆。後陽成天皇への伝授について記されている。

始終妙、此風躰ハ神代ヨリ始テ末世ニ至テ、大ニ盛ナル故ニ始終ト云也、
［…］
（『当流切紙』）

『八雲神詠伝』に記された「八雲立つ」の深秘は、総体ではないもののその基本的概念は切紙の一通として古今伝受に取り込まれ、吉田家からは離れたところで和歌の秘伝として相伝されてゆくこととなる。鶴見大学図書館蔵『詠歌口伝書類』には、ほぼ構成が保存されて伝えられていた『八雲神詠伝』がこれらの切紙のような形に再編された理由については判然としないが、その時期については、早稲田大学図書館蔵『古今伝受書』に先のような例が認められることから、少なくとも実隆、あるいは宗祇の周辺においてすでに『八雲神詠伝』の解体と古今伝受切紙への組み込みが行われていたと推測される。

三　後陽成天皇への『八雲神詠伝』の相伝

古今伝受に取り込まれた後も、一方で『八雲神詠伝』そのものが単独で伝えられていったことは、今に伝わる多くの伝本の存在とそこに留められた奥書類が証している。とくに、松永貞徳へと伝えられた系統（三輪の類別

した「歌学者流」）は増補を加え広く伝受されてゆくが、兼倶以降の吉田家と『八雲神詠伝』との関係については、それを窺う資料はさほど多くはない。以下、調査できた資料のうち禁裏との関わりを持つ例二件と歌道家である冷泉家との関わりを持つ例一件について述べてみたい。

兼倶から四代後の兼見（一五三五―一六一〇）の男・兼治（一五六五―一六一六）の子で兼見の養子となって萩原を名乗り豊国社の社務職を継いだ萩原兼従（一五八八―一六六〇）（吉川惟足（一六一六―九四）に秘伝を伝えたことでも知られる）は、元和元年（一六一五）に後陽成院（一五七一―一六一七）へ『八雲神詠伝』を相伝している。伝受に際しては兼見の弟にあたる神龍院梵舜（一五五三―一六三二）が同行しており、梵舜の日記である『舜旧記』同年十二月二十七日条にその時の様子と相伝の際に付された奥書等が次のように書き留められている（私に傍線を付した）。

巳刻、院御所様参内、萩原（兼従）・予（梵舜）両人令祇候、萩原進上皇幸集、上下進上也、予唐墨一包可進上之由、内談申所ニ大弼無用之由候間捧参候、次御前ヘ召、八雲切紙六ヶ条一々御尋、御伝受申上処、家之面目如之、予薬秤一棹被拝領也、連々薬師仕之由、及聞食候、仰ニテ如此也、則両人御飯被下、忝次第也、次書物奥書被仰出候処ニ罷帰、草案之通、奏叡覧之処、一段尤思召之、依御諚、重而書進上了、八雲神詠六ヶ条之内、三神三聖之図之切紙ニ奥書、次別紙ニ惣奥書、依御諚、則予進上之了、

化現之大事
　奥旨至極重位
三神三聖之口決
　至極之中之深秘
深秘之中之極秘也、

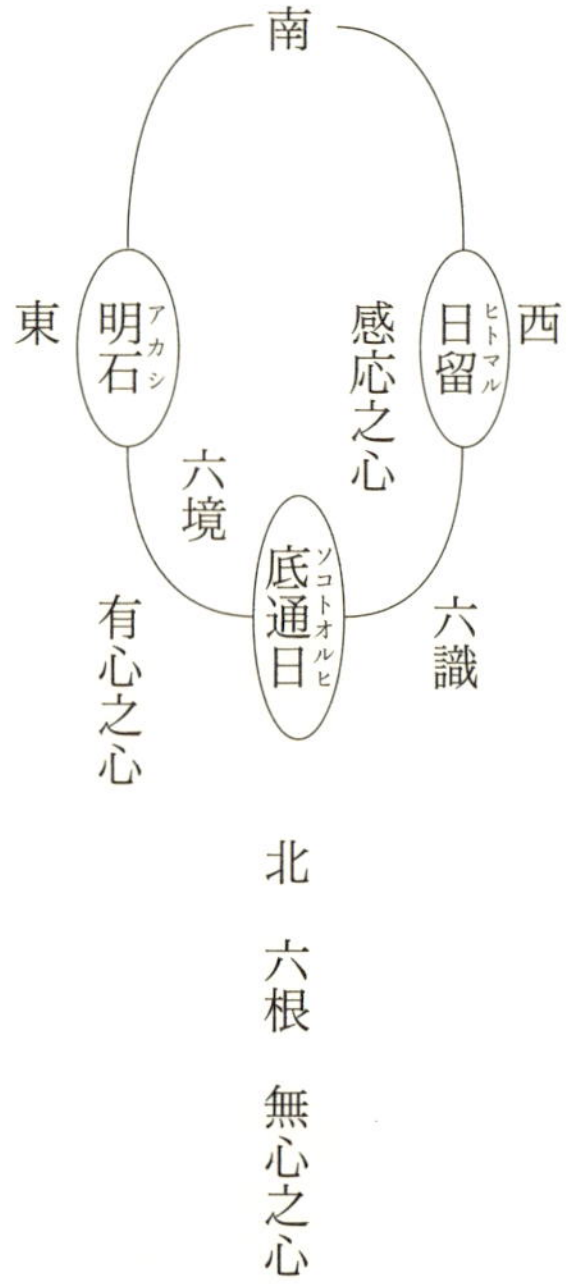

右極秘中々之深秘也、奉授
太上天皇（後陽成院）慎而莫怠矣
元和元年十二月廿七日
神祇卜部朝臣兼従
次宿紙ヨコキリノ紙ニ、
八雲神詠口決重位
三種三聖至極大事謹奉授
太上天皇慎而莫怠矣、
元和元年十二月廿七日
神祇卜部朝臣兼従
右如此、予（梵舜）令書写進上了、以上六ヶ条也、但実家証状案已下迄七ヶ状也、予六十余老年之面目何事如之哉、

（『舜旧記』元和元年（一六一五）十二月二十七日条）

院御所に参上した兼従と梵舜に後陽成院より「八雲切紙六ケ条」についての下問があり、次いで『八雲神詠伝』の相伝がなされた。小休止の後に「三神三聖之図之切紙」（Ⅳ化現之大事に相当する）に奥書を記し、また別紙に全体に関わる奥書を記し伝受は終了した。『舜旧記』の記事の末尾には「六十余老年之面目何事如之哉」と家の大儀を果たした梵舜の面目躍如の喜びが記されるが、転写された切紙の奥書には兼従の署名があり、厳密には兼従からの相伝とされたことが知られる。

伝えられた内容については、「六ケ条」とあることから、Ⅱ超大極秘之大事にあたる切紙六通が想定されるが、『舜旧記』に転写される「三神三聖之図之切紙」はⅣ化現之大事にあたり、Ⅱ超大極秘之大事を五条、Ⅳ化現之大事を一条と数えているらしい。また、「但実家証状案已下迄七ケ状也」と、梵舜のもとには更に一状の切紙が伝えられていることが記されるが、これは「証条案」とあることからⅢ四条前黄門宛吉田兼倶伝授奥書にあたると推測される。Ⅰ藤原定家発給卜部兼直宛誓紙については『舜旧記』には記されず、相伝されたか否かも未詳であるが、殊更にⅠ藤原定家発給卜部兼直宛誓紙の存在が喧伝されておらず、吉田家側としてはすでに和歌の家との関わりを述べ、その伝統に依存する必要はなくなっていたとも推測される。つまりは、後陽成院への相伝は、和歌に関わる伝受として構想されたものではなく、吉田家の神道の秘伝としての相伝であったと判断される。(21)

四　桜町天皇への『八雲神詠伝』の相伝

後陽成天皇への相伝以降の吉田家と禁裏との『八雲神詠伝』を介した伝受については、詳細な記録の伝わる古今伝受（御所伝受）の例とは異なり、禁裏側の資料にもその痕跡を見出すのは難しい。現時点で確認できたのは江戸時代中期に吉田兼雄（一七〇五―八七）から桜町天皇（一七二〇―五〇）へと相伝された例である。

吉田兼雄は、「近世吉田家中興」（『神道史大辞典』吉川弘文館、二〇〇四年）とも評される神道家で、その評のごとく天理図書館蔵吉田文庫に所蔵される典籍類には兼雄の書写、あるいは披見を伝える識語を記すものが多い。兼雄から桜町院への『八雲神詠伝』の相伝を記す、天理図書館蔵『桜町御所八雲御相伝留』（吉八一―二七〇）は、兼雄のもとに残された切紙の控である。同資料には包紙の表書に次のように記され、その相伝が寛延二年（一七四九）九月四日になされたことが確認される。

桜町御所寛延二年九月四日
八雲御相伝留　上　兼雄

（天理図書館蔵『桜町御所八雲御相伝留』（吉八一―二七〇））

当該資料は、Ⅱ超大極秘之大事とⅣ化現之大事を記す切紙二点のみで、Ⅰ藤原定家発給卜部兼直宛誓紙とⅢ四条前黄門宛吉田兼倶伝授奥書を含まない。

Ⅱ超大極秘之大事を記す切紙のうち、「初重」、「三重」の二通の切紙の末尾には「寛延二年九月四日／神祇長上卜部朝臣兼雄上」とあり、「超大極秘大事」、「二重」、「四重」を記す三通の切紙には一部が省筆され、それぞれ「寛延―／神祇―上」、「寛延二年九月四日／神祇―」のように記されている。また、Ⅳ化現之大事を記す切紙の末尾には次のような奥書がある。

此六ケ切紙者神国口決、
唯受一人之大事、神道
極秘也、謹奉授、

太上天皇者慎而莫怠矣、
寛延二年九月四日
神祇長上卜部朝臣兼雄上
今夜千座御祓御読行也、御祓以前御書院へ被召、
御相伝申了、同時祓八ヶ大事相伝申了、
（天理図書館蔵『桜町御所八雲御相伝留』（吉八一―一七〇））

この奥書は、先に『八雲神詠伝』の構成を示した際に、Ⅲ四条前黄門宛吉田兼倶伝授奥書とした奥書の前半部分の「五ケ」を「六ケ」とし「謹奉授」以下を時の状況に応じて書き改めたものであるが、「太上天皇者慎而莫怠矣」の文言は、先に示した萩原兼従より後陽成院へと相伝された際の奥書の文言に類似している。Ⅰ藤原定家発給卜部兼直宛誓紙とⅢ四条前黄門宛吉田兼倶伝授奥書を含まず、Ⅱ超大極秘之大事とⅣ化現之大事のみが伝えられたのも兼従から後陽成院への相伝と一致しており、先例として参照された可能性もあろう。

奥書末尾には小字で「今夜千座御祓御読行也、御祓以前御書院へ被召、御相伝申了、同時祓八ヶ大事相伝申了」の記載があり、『八雲神詠伝』の相伝は、『祓八ケ大事』とともに行われたらしい。(22)『祓八ケ大事』は兼倶による『中臣祓』の秘伝であり、この兼雄から桜町院への伝受においてもやはり『八雲神詠伝』は神道の秘伝として相伝されたと判断される。(23)

吉田家は江戸時代中期においても兼倶以来の「神祇管領長上」を名乗り、神道の領域において一定の勢力を維持していたが、度重なる批判にさらされ、また、実際に幾つかの既得権益を失って徐々に弱体化していった。同時期の吉田家については、井上智勝によってその宗教権威の消長に関して具体的な検討がなされている。(24)寛保三年（一七四三）には、神位授与が勅裁となり、それまで天皇権威を代行し「神位宗源宣旨」として吉田家が発給

してきた神位の発給が困難になったこと、(25)寛延元年（一七四八）の桃園天皇（一七四一―六二）の大嘗祭に吉田家の説が採用されなかったことなど、(26)江戸時代中期の吉田家は多くの解決困難な案件を抱えていた。

この兼雄から桜町院への『八雲神詠伝』等の相伝は、そうした状況下にある兼雄にとって誇るに足る営みであったと推測されるが、「御祓以前御書院へ被召、御相伝申了、同時祓八ケ大事相伝申了」の記事からは、この『八雲神詠伝』の相伝が盛儀であったようには思われない。遡った例ではあるが、元禄三年（一六九〇）に兼雄の祖父・兼敬（一六五三―一七三二）が霊元院（一六五四―一七三二）に『中臣祓』を授けた際には、(27)十一月二十一日、二十六日、十二月二日の三日にわたり講談が行われ、関白以下多くの公卿が列席している。(28)『中臣祓』と『八雲神詠伝』では資料の性格もまたその重みも異なろうが、吉田家による神道講釈が華々しく行われた時代はすでに過ぎ去っていた。そうした時代においてなお、兼雄から桜町院への『八雲神詠伝』の相伝が行われたのは、吉田家中興と評価される兼雄の活動のうちにも特記すべき事柄であると言えよう。

五　冷泉為村への『八雲神詠伝』の相伝

兼雄は江戸時代中期の歌道宗匠家の当主である冷泉為村（一七一二―七四）へも『八雲神詠伝』を相伝している。天理図書館吉田文庫には関連資料が三点所蔵される。

1天理図書館蔵『冷泉為村卿へ定家卿八雲誓書依所望書遺留』（吉八一―二五五）
2同蔵『八雲神詠四妙大事』（吉八一―二五七）
3同蔵『八雲大事相伝之事』（吉八一―二五八）

1は表に「宝暦十三年／冷泉民部卿為村卿へ定家卿八雲誓書依所望書遺留」と記された包紙に収められた二紙で、一紙は『八雲神詠伝』のI藤原定家発給卜部兼直宛誓紙（但し、先に掲出とは文面に異同があり文飾が追加されている）、他一紙は次の文言を記した書留である。

冷泉民部卿藤為村卿所望之義有之由ハ、先祖
兼直卿ヨリ定家卿ェ八雲神詠伝授之節、
定家之誓書有之処、彼家ニ其留無
之、且兼直卿ヨリ相伝之切紙も一向不被伝之
由、依之何卒定家之誓書致拝見度由、
去年以来連々懇望之上、当二月九日
彼卿来駕ニテ頻ニ被為所望故、直重テ
写シ可進候、尤家蔵ニ伝候ヲ直ニ可
備一見候得共、前後ニ神道ノ秘事共
先祖令加筆候事有之候故、不能其義候
間、書写シ候而可令進上之由申之、其故
同月廿七日遇彼家御□□之上誓書
之写シ進入申処、彼卿甚喜悦候所存
之由被申了、
　宝暦十三年二月廿七日仰兼原案書了、

（『冷泉為村卿へ定家卿八雲誓書依所望書遺留』（吉八一―二五五））

冷泉家には『八雲神詠伝』の相伝の際に定家から吉田兼直に提出された誓書の控や伝えられた切紙も伝領されてはいない。そのため為村は昨年より兼雄に吉田家に所蔵される定家の誓書の披見の許しを求めていたが、宝暦十三年（一七六三）二月九日に直接に兼雄を訪れて頻りに懇願した。しかし、吉田家に所蔵される文書には前後に神道の秘事が加筆されているので原本を直接に見せることはできない。したがって、新たに写してそれを進上したところ為村は喜んだ。書留の概略は以上のようになろう。

『八雲神詠伝』の成立事情（兼倶による偽撰）からすれば、冷泉家に定家の誓紙控や切紙が伝領されないのは当然であるが、為村はその真偽を問うことはせず、兼雄を訪れ披見を願い出ている。この書留の記事により**1**に同包されるⅠ藤原定家発給卜部兼直宛誓紙は、為村の所望により兼雄が与えた新写の控と判断される。

2は、仮綴横一冊に書写された『八雲神詠伝』で一部に異同を示しながらもⅠからⅣまでを含み、当該本の書写の事情を伝える奥書を書き加えている。記される内容を便宜的に分ければ以下の八つに区分される。①Ⅱ超大極秘之大事、②大永六年（一五二六）清原宣賢奥書（Ⅲ四条前黄門宛吉田兼倶伝授奥書の一部を改変したもの）、③Ⅳ化現之大事、④大永六年清原宣賢奥書、⑤Ⅰ藤原定家発給卜部兼直宛誓紙（一部の文言に異同あり）、⑥Ⅰ藤原定家発給卜部兼直宛誓紙（奥に「追啓」と付記する小文を付す）、⑦為村奥書、⑧宝暦十三年三月七日奥書。この①から⑧の内、本書に固有の②と④から⑧を記せば次のようになる

②大永六年清原宣賢奥書は次の通り。

大永六年三月日

抑此五ケ切紙者、神国口決、唯受一人大事、神道極秘也、依懇志難

默、奉授与冷泉金吾者也、
　侍従三位清原朝臣宣賢
　　以自筆臨写之、

④大永六年清原宣賢奥書は次のように記される。

大永六年三月廿八日
抑此切紙者、雖為唯受一人、極秘奉授与
冷泉金吾者也、
　侍従三位清原朝臣宣賢
　　以自筆臨写之、
右切帋五ケ切紙化現―以宣賢卿自筆不違行字写之、
　宝暦十三年二月廿八日　民部卿藤原為村　」（改丁）
兼直正脉九代嫡孫兼倶卿三男
　宣賢卿大永六年三月廿八日于時侍従三位五十二才
定家卿正脉九代嫡孫
　為和卿大永六年三月廿八日于時右衛門督四十一才

⑤―藤原定家発給卜部兼直宛誓紙一通目の末尾に次の書き入れがある。

右以宣賢卿筆伝于冷泉家、不違字行写之、

⑥―藤原定家発給卜部兼直宛誓紙二通目の末尾に次のように記される。

追啓

於化現大事者至極之神秘
候間、御切紙殊以肝心之条
早々可申請候也、
右真写　兼隆朝臣筆、
兼雄卿来臨自掌被授掌請之、納秘筐更写于爰不違字行、書判

⑦為村奥書は次の通り。
宝暦十三年二月九日向吉田亭（吉田兼雄）謁二品言談、
八雲神詠口決伝受之誓約、自京極黄門（藤原定家）公被送兼直之許之
証状之写宣賢卿筆被与為和卿一紙伝来、猶為決真義問其証明
彼真筆之状伝来于吉田家之処、猶真筆者往昔為兵火焼失、
可惜々々、雖然兼倶卿以真筆被写置之一紙、現在相伝矣、
雖可被許一覧八雲之外之秘伝被書加之故、以新写後日可被覧
之由、卜卿（吉田兼雄）懇切之即答、畏悦約後日而謝之了、
同月廿七日、卜二品（吉田兼雄）来臨面謁、先日令懇望之誓約之状一枚
新写息侍従兼隆朝臣筆自袖中被出密被与之、拝見実証明之
真文也、幸時合期而見之受之事偏　神慮且当道之慈恩
正正脉相承之規模、謹受之申謝了、即納秘筐又写留于
此帖、可信々々可恐々々
兼直廿代嫡孫正脉

従二位神祇権大副　兼雄卿　五十九才
定家卿十五代嫡孫正脉
為村　五十二才

⑧宝暦十三年三月七日奥書は次の通り。

民部卿（冷泉為村）曽有欲見定家誓書之
望、是故以兼倶卿真筆令兼隆
遂新写、以仲春廿七日遇彼亭
令授与処、似抑甚深然、大永之
頃宣賢卿被伝八雲口決定家
誓書于為和卿于今伝来之由
猶後日可許一覧之由被述了、
茲三月六日、民部卿来駕面談、
自宣賢卿所伝為和卿之口決誓書
更被遂新写、堅為一緘自懐
中出之、見許一覧被述曰、此本紙
即宣賢卿之真筆也、依有恐、今
更令書写随身被許一見之
由演説了、即一見後命兼原
此令遂書功者也、敢勿令

外見矣、
宝暦十三年三月七日
住吉三神田神
同月十四日遇彼亭此本紙令
返却了、

（『八雲神詠四妙大事』（吉八一―二五七））

いささか煩雑になったが、書き入れや奥書の記載を整理すると次のようになる。

為村は定家誓書の披見を望み宝暦十三年二月九日に兼雄亭を訪れた。様々な制約があり切紙は直接披見させることはできず、兼雄男の兼隆（一七三九―九六）に新写させ、同月二十七日に兼雄が冷泉家に赴き新写の一枚を授与した。為村は喜び秘蔵した（以上⑦による。前掲1と同内容）。

兼雄が為村に与えた定家による誓書は、清原宣賢（一四七五―一五五〇）書写本に基づく一紙であったが、驚くことに冷泉家には大永の頃に宣賢から冷泉為和（一四八六―一五四九）へと相伝された一本があり、為村から兼雄に後日一覧を許す旨が伝えられた（以上⑦、⑧による）。為村は兼雄から吉田家伝来の定家誓書の新写を得た翌日の二十八日に為和本を転写し新写本を作成した（以上④による）。三月六日、為村は吉田家を訪れ宣賢より為和へと伝えられた『八雲神詠伝』の新写本を兼雄に見せた。兼雄は一見の後、兼原に命じてそれを転写した。その本は同月十四日に為村のもとへ赴き返却した（以上⑧による）。

⑦、⑧の記事によって、②、④は宣賢から為和に相伝された『八雲神詠伝』に記されていた本奥書であったと理解される。また、1藤原定家発給卜部兼直宛誓紙が⑤、⑥の二通記されるのも、⑤（一通目）の奥に「右以宣賢卿筆伝于冷泉家、不違字行写之」、⑥（二通目）の奥に「右真写　兼隆朝臣筆、兼雄卿来臨自掌被授掌請之、納

秘筐更写于爰不違字行」と記されるように、為和本の誓紙（⑤）と吉田家本の誓紙（⑥）が異なる文面であったため双方が転写されて並ぶこととなったと判断される。また、記される人物の呼称と書写内容から、⑦は為村、⑧は兼雄の手になると判断される。

1及び2の資料は、兼雄から為村へ、また為村から兼雄へ、それぞれの家に伝領された『八雲神詠伝』の披見が行われたことを伝える記録であり、和歌の家、神道の家の当主間の交渉として興味深いが、双方ともに書物としての『八雲神詠伝』の披見の記録であり、その相伝を伝えるものではない。対して3は極めて断片的な資料ではあるが、兼雄から為村への『八雲神詠伝』の相伝が行われたことを伝える資料と考えられる。

3は1に記される為村の申し入れに引き続いて相伝された『八雲神詠伝』の草案と考えられる。包紙表に「宝暦十三年五月／冷泉民部卿為村卿へ／八雲大事相伝之／事」と墨書する切紙一包で、兼雄の手元に残った下書、あるいは書き誤りを一括したもののようである。浄書された「初重」と「超大極秘之大事」、「化現之大事」二枚の書き差しの四点、速筆で記された「化現大事註」、「三神三聖大事」、相伝奥書の下書、伝授に関わる書翰下書の四点を収めている。これらは、何れも控とも呼べない断片的な資料ではあるが、相伝奥書の下書と推測される一枚には次のように記されている。

~~右~~此~~木ケ条~~箇之切紙者累葉口決
唯受一人之相承也、依被
懇望令授与為村卿訖、
慎而莫怠矣、
宝暦十三年五月十一日

神道《祇》長上従二位卜部朝臣□

（『八雲大事相伝之事』（吉八一―二五八））

この文面は、簡略ながらも先に記したⅢ四条前黄門宛吉田兼倶伝授奥書や、それを準えた後陽成院、桜町院への伝受に際して記された奥書に類似しており、兼雄から為村へと『八雲神詠伝』が相伝された際に与えられた奥書の下書と考えられる。包紙表に「宝暦十三年五月／冷泉民部卿為村卿へ／八雲大事相伝之／事」と「相伝」の語が明記されるのも、伝受を介した『八雲神詠伝』の授与があったことを伝えているのであろう。

為村は、五十歳になる宝暦十一年（一七六二）に家伝の伝受箱の披見を許されたらしく、[29] 為村から申し入れのあった吉田家所蔵の定家から兼直に宛てた誓紙の披見は、典籍・文書類の整理と吟味のために求められたと推測される。吉田家の秘伝としての『八雲神詠伝』の兼雄からの相伝は当初から予定されたものではなかったように思われる。

六　吉田家説の相伝と『八雲神詠伝』

萩原兼従、吉田兼雄による後陽成院、桜町院への相伝は、吉田家と禁裏・仙洞との『八雲神詠伝』の伝受を介した関係の実態を伝える重要な記録であり、兼倶以降も『八雲神詠伝』が貴顕に伝えるに足る秘伝として確かに継承されてきた事実を伝えるが、一方でこれらの記録からは、『八雲神詠伝』の相伝が吉田家による家説の伝受として体系化されていたとは考え難いようにも思われる。冷泉為村への相伝についても、遠祖定家への相伝の事実（捏造ではあるが）を知った為村が希望したために実現したもので、為村の口調からも、為村以前の冷泉家歴代と吉田家との間に『八雲神詠伝』を解した関係があったとは考え難い。

こうした『八雲神詠伝』の相伝の例を一方において想起されるのは、天野文雄により紹介された吉田家から能楽の大夫へと伝授された『翁の大事』の相伝の例であろう。(30)『八雲神詠伝』の伝受とは対照的に、『翁の大事』の相伝では元和元年（一六一七）より安政六年（一八五九）に至る長期にわたって一四六名の相伝者の名簿が遺されているという。その規模において『翁の大事』の相伝が吉田家歴代の重事であったことが窺われるが、『八雲神詠伝』についてはこうした資料は伝存しない。和歌の家と吉田家の間に神に関する課題が共有されず、吉田家から和歌の家への相伝の慣例が形成されなかったのは、禁裏の占有となった古今伝受が天皇を頂点に戴き神道様式の相伝を行い、そこに吉田家の介入する余地が残されていなかったためとも想像されるが、資料の発掘や具体的な理由の探求は今後の課題でもある。

注

（1）三輪正胤『歌学秘伝の研究』三七九頁。本章における『八雲神詠伝』に関する基本的理解は上記三輪著書に多くをよっている。

（2）三輪正胤「歌学伝授と神道」九四―九五頁。

（3）注2掲載の三輪論文九三―九四頁

（4）伊藤正義「中世日本紀の輪郭――太平記におけるト部兼員説をめぐって」（『文学』四〇―一〇、一九七二年一〇月）。

（5）忌部正通『神代巻口訣』に「於此歌有四妙之偽、字妙、句妙、意妙、始終妙也、字妙者三十一字、一月三十日帰一日、天道無窮以推之［…］」と説かれ、一条兼良『日本書紀纂疏』にも受け継がれる、兼倶以前より説かれる説。

（6）注1掲載の三輪正胤『歌学秘伝の研究』三八三―三八四頁。

(7)『八雲神詠伝』が、神道伝授とは殊更に関わらない藤原定家による誓紙を含む理由を、長い伝統を持つ和歌の家の権威が兼倶によって求められたためと三輪は理解している。
(8) 三輪の分類に加えてさらに伝本を考えるのならば、「神道者流」の『八雲神詠伝』には、早い時期に兼倶系と宣賢系の二種に分かれて伝領されていったらしい。両者の相違については後にも触れるが詳細は改めて考えてみたい。
(9) 注1掲載の三輪正胤『歌学秘伝の研究』三七四―三七八頁。
(10) 注1掲載の三輪正胤『歌学秘伝の研究』三七一―三七四頁。
(11) 注1掲載の三輪正胤『歌学秘伝の研究』三五八―三五九頁。
(12) 掲出の書名は何れも天理図書館における名称。以下同様。
(13) 注1掲載の三輪正胤『歌学秘伝の研究』三六四―三七一頁。
(14) 出村勝明『吉田神道の基礎的研究』(臨川書店、一九九七年)では、中御門宣秀(一四四二―一五二五)のこととするが(二〇八―二〇九頁)、井上宗雄『中世歌壇史の研究 室町後期〔改訂新版〕』(明治書院、一九八七年)に「四条隆量」との推定があり、野上潤一「『古今和歌集』註釈と吉田神道――『日本書紀抄』享受の一面と中世後期・近世前期学問史の一隅をめぐって」(国文学研究資料館編『中世古今和歌集注釈の世界 毘沙門堂本古今集注をひもとく』勉誠出版、二〇一八年)にそれが追認されている。
(15) 注1掲載の三輪正胤『歌学秘伝の研究』三六七―三六八頁。
(16) 注1掲載の三輪正胤『歌学秘伝の研究』三八七―三八九頁。
(17) 注14掲載の出村勝明『吉田神道の基礎的研究』二〇三―二〇八頁。注1掲出三輪正胤『歌学秘伝の研究』三六六―三六七頁。
(18) 注1掲載の三輪正胤『歌学秘伝の研究』三八四頁。
(19) 鶴見大学図書館蔵『詠歌口伝書類』に含まれる『八雲神詠伝』に相当する部分に兼倶から宗祇へと相伝されたことを証す奥書が付されることから、当初は相互依存的であった宗祇と兼倶との関係は、兼倶の地位の上昇とともに大きく変化していったと考えられている。注1掲載の三輪正胤『歌学秘伝の研究』三八四―三八五頁。
(20)『早稲田大学蔵資料影印叢書国書篇七 中世歌書集』(早稲田大学出版部、一九八七年)所収。
(21) 宮内庁書陵部に梵舜筆の『八雲神詠伝』が伝わっている(『八雲口決抄』二一七・三六三)。当該本は袋綴の冊子で、Ⅰ藤原定家発給卜部兼直宛誓紙とⅢ四条前黄門宛吉田兼倶伝授奥書を併せて記している。元和元年（一六一五）の後陽成院への『八雲神詠伝』の相伝に続いて、翌元和二年正月二九日に書写されたもので、図5の奥書には「当家面目誠如之哉」の言が見える。図5の奥書の前丁には、「右八雲重位并六根六識事撰神書注也、恐者秘本也、予始而集注畢　元和二丙辰年正月廿九日　神龍院梵舜（花押）」の奥書が記されている。

(22)　同日には伊勢外宮正遷宮が行われており、「今夜千座御祓御読行」というのはそれに関わるのであろう。『桜町天皇実録二』（ゆまに書房、二〇〇六年）一〇〇二頁参照。

(23)　桜町天皇は延享三年（一七四六）に烏丸光栄（一六八九―一七四八）より古今伝受を相伝しており、同五年（寛延元年（一七四八））には平松家相伝の古今伝受箱を披見している。また、八条宮家や曼殊院（京都市左京区）に伝来した古今伝受箱を披見し、それに勅封を付すなど古今伝受に関わりを持ち続けた。この寛延二年の『八雲神詠伝』の相伝も、時期的に見れば古今伝受にまったく関係しないとは断言できないのかもしれないが、現在知られる記録類からは積極的な関係は窺い知れない。

なお、平松家相伝の古今伝受箱の披見については、『職仁親王行実』（高松宮家、一九三八年）四七―四八頁にその概要が記されるが、平松家に下賜された書状の宸翰案文が国立歴史民俗博物館蔵高松宮伝来禁裏本の中に伝わっていることが近年確認された（「桜町天皇宸翰御消息」H六〇〇―一二一四）。『国立歴史民俗博物館資料目録[八-一]高松宮家伝来禁裏本目録［分類目録編］』（国立歴史民俗博物館、二〇〇九年）一九六頁参照。

(24)　井上智勝『近世の神社と朝廷権威』（吉川弘文館、二〇〇七年）参照。

(25)　注24掲載の井上智勝『近世の神社と朝廷権威』一六〇―一八五頁。

(26)　注24掲載の井上智勝『近世の神社と朝廷権威』一五三―一五五頁。

(27)　朝間卜部兼連卿奉授中臣祓於仙洞云々（『通誠公記』元禄三年十一月十日条）。

(28)　『通誠公記』元禄三年十一月二十一日条にはその際の様子が次のように記録されている（〈　〉内は割注）。

於仙洞左兵衛督卜部兼連卿読中臣祓、被参聴聞人々、関白〈近衛基熈〉・右大臣〈鷹司兼熈〉・兵部卿宮〈幸仁親王〉・前関白〈鷹司房輔〉・内大臣〈近衛家熈〉・儀同三司・一位・右大将〈三条実治〉・下官〈久我通誠〉・醍醐大納言〈冬基〉・新大納言・勧修寺前大納言〈経慶〉・正親町中納言〈正親町三条実久〉・愛宕前中納言〈通福〉・風早前宰相〈実種〉・大蔵卿〈清原宣幸〉・伯三位〈白川雅光〉・定経〈今城〉・実陰〈武者小路）・公前等朝臣（風早）、兼章（吉田）・卜部（藤井）兼充等也、午下剋出御御会間、御前儀如去月廿四日孟子講談初日、上皇（霊元院）被置祓於机上御聴聞、兼連卿〈斎服／着単〉、同置書於机上読申之、序分聴聞人々、或置祓於扇上披見、或又不披見祓空聴聞畢、予空聴聞畢、〈御前儀、不披見祓、聴聞可然之旨、殿下幷兼連卿諷諫也、仍如此〉、事終後兼連卿幷聴聞輩於公卿間賜酒菓、未下剋退出、

(29) 久保田啓一『近世冷泉派歌壇の研究』（翰林書房、二〇〇三年）一六八頁。なお、土肥経平『風のしがらみ』に「五条烏丸なる新玉津嶋明神に、昔より和歌伝受のことをしるせしもの丶よし、筥に納てあり。宝暦十一年二月八日に、ひらきみるべきよし冷泉為村卿へ詔ありければ、三月八日社頭にてひらき拝見ありしとぞ［…］」との記載がある。

(30) 天野文雄「吉田家による『翁の大事』伝授の実態――天理図書館蔵吉田文庫資料を中心に」（『芸能史研究』一一六、一九九二年一月、後に、同『翁猿楽研究』（和泉書院、一九九五年）所収）参照。

［附記］

吉田家の伝えた学問については、野上潤一「『古今和歌集』註釈と吉田神道――『日本書紀抄』享受の一面と中世後期・近世前期学問史の一隅をめぐって」（国文学研究資料館編『中世古今和歌集注釈の世界 毘沙門堂本古今集注をひもとく』勉誠出版、二〇一八年）が著され、本章の内容についても多くの批判が加えられている。

吉田兼倶の事跡については、近時、小川剛生『兼好法師 徒然草に記されなかった真実』（中央公論社（中公新書）、二〇一七年）によって、『徒然草』の作者・兼好（一二八三？―一三五二？）の伝記を兼倶が捏造したことが明らかにされている。

吉田兼雄の事跡については、三輪正胤「神道歌学の成立――卜部兼雄の業績」（大取一馬編『典籍と史料』思文閣出版、二〇一一年）、後に「吉田兼雄の事蹟」と改題されて三輪正胤『歌学秘伝史の研究』風間書房、二〇一七年に再録）にその書写活動と歴史的意義について詳述されている。

本章でも触れた鶴見大学図書館蔵『詠歌口伝書類』は、伊倉史人「鶴見大学図書館蔵『詠歌口傳書類』解題・翻刻」（鶴見大学日本文学会編『国文学叢録 論考と資料』笠間書院、二〇一四年）に詳細な解題と翻刻が提供され、この書に対する理解が深められるとともに利用の便宜が図られた。

第三章　細川幽斎と古今伝受
――相伝文書の形成をめぐって

一　関ヶ原の戦と幽斎

慶長五年（一六〇〇）、細川幽斎（一五三四―一六一〇）は八条宮智仁親王（一五七九―一六二九）への『古今集』講釈を行っていた。自身の伝える古今伝受を相伝せんがためにである。三月十九日に第一回として『古今集』の題号を解釈し、次いで春上（巻一）を読み進めた。翌二十日には春上（巻一）の続き、以下二十一日には春下（巻二）と巻を追って進み、四月六日には羇旅（巻九）を終了した。その後は、物名（巻十）を後に回し、翌四月七日に恋一（巻十一）を講釈し、以下巻の順に雑躰（巻二十）まで進み、返って物名（巻十）を読み終えたのは四月二十九日、ここまでに計二十四回の講釈が行われていた。

巻の順序に従わずに物名（巻十）が後に置かれたのは、幽斎の師であった三条西実枝（一五一一―七九）より伝えられた二条家正統の故実に則って行われたためである。元亀三年（一五七二）十二月六日から天正二年（一五七九）三月七日にかけて実枝より幽斎が受けた『古今集』の講説を記し留めた幽斎筆『古今和歌集聞書』（天理大学附属天理図書館蔵（九一一・二三―イ一四五））の巻十物名冒頭には、「口伝、此物名ヲ釈教ノ巻トシ、廿ノ巻ヲ神祇ノ巻ト

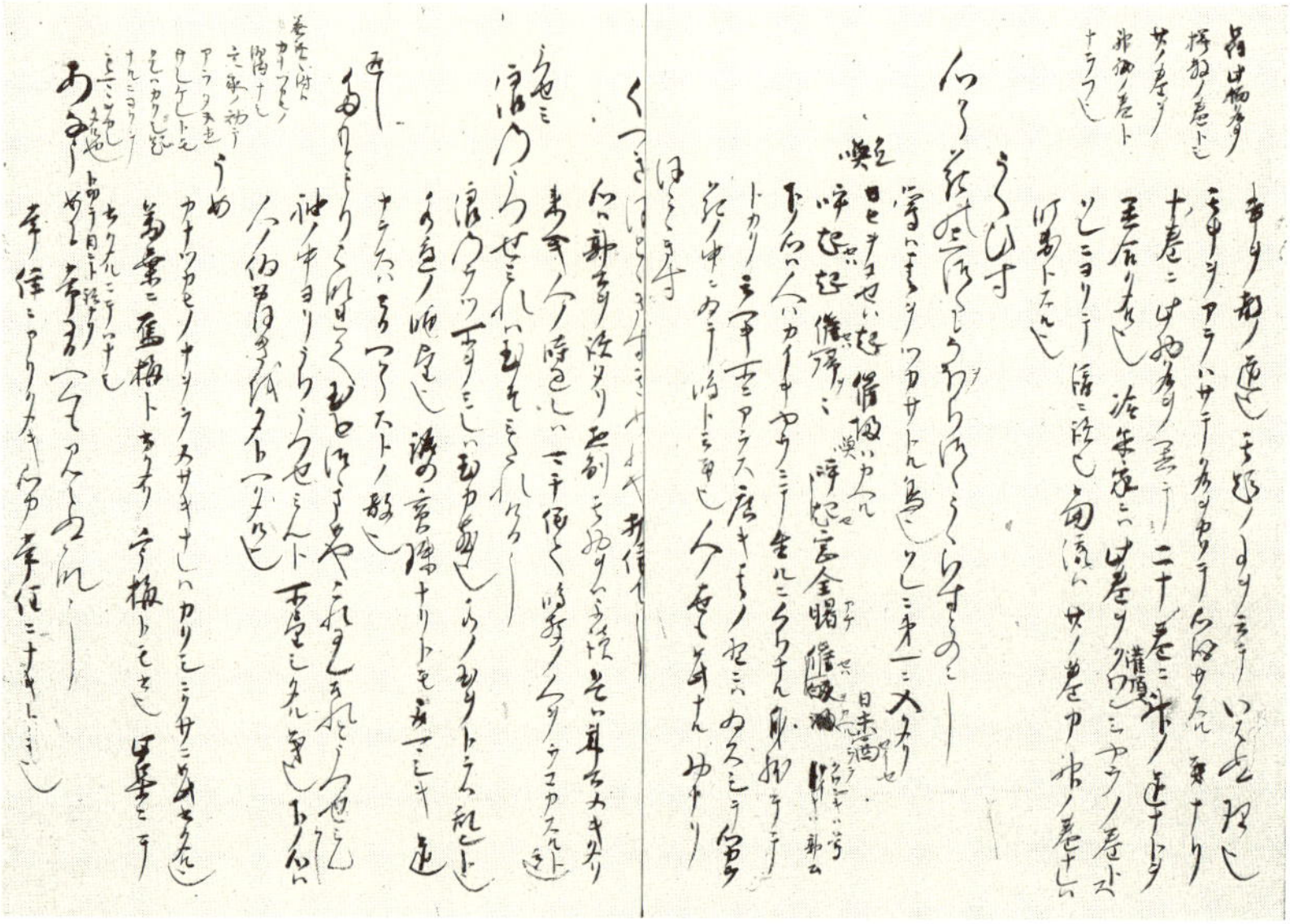

図6　天理大学附属天理図書館蔵『古今和歌集聞書』(911.23-イ145)

ナラフ也」(1)の一文が頭注として書き入れられている。物名（巻十）と大歌所御歌（巻二十）はとくに重要な巻として講釈の末尾に置かれたのであった。故実に従うのならば、この後、さらに大歌所御歌（巻二十）、墨滅歌（家々称証本之本乍書入以墨滅歌）、奥書、仮名序、真名序と読み進めるはずであった。(2)しかし、幽斎の講釈は四月二十九日の物名（巻十）を最後に途絶えている。(3)

慶長五年は天下分け目とも称された関ヶ原の戦（九月十五日）で記憶される年でもある。物名（巻十）の講釈を終えて三日後の五月三日には徳川家康より会津上杉氏討伐の命が下る。歌人であるとともに武人であった幽斎の周辺は俄に騒がしくなったようで、大坂との間を行き来し、五月二十九日には居城であった丹後田辺城に戻っている。(4)その後の経緯は田辺城開城一件で名高い。(5)即ち、六月十六日には幽斎男の忠興（一五六三―一六四五）が徳川家康に随伴して出陣、二十三日には孫の忠利（一五八六―一六四二）が次いだ。そうして徳川家康が周囲を引き連れ会津征伐のため関東に下った頃、石田三成（一五六〇―一六〇〇）は謀反を企て、大老・毛利輝元（一五五三―一六二五）を大坂城に迎え入れ家康誅伐の総大将と担ぎ上げ、家康とともに征伐に向かう諸大名の妻子を大坂城内に人質としようと目論んだ。忠興室の玉（ガラシャ、一五六三―一六〇〇）は、大坂玉造の細川屋敷で忠興の留守を勤めていたが、三成の軍勢に邸を包囲され遂には自害する。七月十七日のことであった。田辺にあった幽斎は丹後攻めを覚悟し領内の諸城を焼き払い田辺城へと籠城した。三成側の軍勢は一万五千で五百人の守る田辺城を攻めたと言われる。

幽斎籠城の間、古今伝受の唯一の正統的継承者としてのその死を憂慮した智仁親王は、家司・大石甚介をたてて和睦を勧めたが幽斎は聞き入れず、智仁親王への古今伝受証明状（七月二九日付。宮内庁書陵部蔵「古今伝受資料」（五〇二・四二〇）の内。後述の同資料一覧の27）を認めるとともに古今相伝の箱に「いにしへも今もかはらぬ世中にこゝろのたねをのこすことの葉」の一首を記した短冊（同28）を付し、源氏抄箱、二十一代集などを使者に託した(6)。自らの死を覚悟し、古今伝受の断絶を防ぐために智仁親王への相伝の完了を証したのであった。その後、後陽成天皇（一五七一―一六一七）よりの勅使が派遣されるに及び遂には開城し、九月十二日、田辺城を勅使・前田茂勝（一五七九―？）にわたして、幽斎は茂勝の亀山城へと移っていった。その間四十日あまり。一万五千という兵を丹後国田辺の地に引き付けておいたことは、関ヶ原の戦の勝敗に多大な影響を与えたと言われている。

二　三条西家の古今伝受と幽斎

右の一件は、古今伝受の歴史を語る際には必ず触れられる著名な逸話である。籠城し死を覚悟した幽斎を救うべく後陽成天皇を動かしたのは、唯一の古今伝受の継承者という、その立場であったと理解されているのであるが、碩学とはいえ武人である幽斎がなぜそのような位置にあったのか。

古今伝受は、元来は三条西家に伝えられた秘伝であった。宗祇（一四二一－一五〇二）より実隆（一四五五－一五三七）が相伝した古今伝受は、その男・公条（一四八七－一五六三）、孫・実枝（一五一一－七九）と三条西家の世系に伝えられた。その間、実隆は後奈良院（一四九七－一五五七）へ、公条は正親町院（一五一七－九三）へと古今伝受を相伝しているが、何れも三条西家から個別に伝えられたものであり、古今伝受そのものが三条西家から離れて継承されたわけではなかった。(7) 実枝の後は、その男・公国（一五五六－八八）が継承すべきであったが、実枝が老齢に達した折にも公国はまだ幼少であったため、実枝の高弟であった幽斎が将来の公国への返し伝授を約束して古今伝受を預かることとなった（元亀三年（一五七二）に講釈が始められ、天正四年（一五七六）十月十一日に証明状が発給されている）。(8) 公国の成長の後、幽斎は天正七年（一五七九）から翌八年にかけて返し伝授を行い実枝との約束を守ったが、天正十六年（一五八八）に公国が三十三歳で早世したため、慶長九年（一六〇四）には公国男の実条（一五七五－一六四〇）に古今伝受を相伝している。(9)

幽斎が智仁親王へと『古今集』講釈を行った慶長五年の時点では、三条西家の正統を継ぐべき公国はすでに薨じており、実条はいまだ若年で古今伝受の相伝を遂げていなかった。公国への返し伝授の後、天正十六年には島津義久（一五三三－一六一一）、中院通勝（一五五六－一六一〇）の二人が幽斎より古今伝受を相伝してはいるが、(10) 義久は武将、通勝は慶長四年（一五九九）まで長らく勅勘の身であった。(11) 慶長五年（一六〇〇）年の『古今集』講釈は、六十七歳となった高齢の幽斎が智仁親王をその後継者として行った古今伝受であったと推測され、完遂を前に戦となり、まさに幽斎一身に古今伝受の伝統が留められた状態にあったのである。和歌の家に出自を持たない幽斎が和歌の秘伝を伝える理由で勅使を得たのはこのような理由による。

幽斎は、天正八年（一五七九）に公国への相伝を遂げ、三条西家に古今伝受を返した後もそれから離れたわけではなかった。むしろ積極的に関与し、天正十二年（一五八四）四月七日には近衛流（宗祇から近衛尚通（一四七二―一五四四）へと伝えられた古今伝受）の切紙を、天正十四（一五八六）年正月十八日には堺伝受（宗祇から牡丹花肖柏（一四四三―一五二七）を経て堺の豪商であり連歌師でもあった宗訊（河内屋、小村与四郎友弘、一四八三―？）へと伝えられた古今伝受）の切紙を書写したことが知られている。(12)三条西家の外に伝えられた古今伝受へと向けられた幽斎の飽くなき探求を、小高道子は「肩の荷を下ろしたように、自由に自分の研究を進めた」(13)と評したが、重責を果たし得た安堵の思いが幽斎の眼を三条西家の外へと向けさせたであろうことは想像に難くない。結果として、諸流に分かれて伝えられた古今伝受に関わる典籍・文書類は幽斎のもとに集積することとなった。

智仁親王への古今伝受の相伝から四年を経た慶長九年（一六〇四）、再び三条西家へと古今伝受を返すため、幽斎は三十歳となった実条へ古今伝受を相伝した。幽斎が実条へと何を伝えたのか、その全容を窺う資料は知られてはいないが、実条その人に対する幽斎の評価は高くはなかったと考えられている。(14)また、現存する資料からは、幽斎が収集した古今伝受に関わる典籍・文書類の多くは実条ではなく、智仁親王と慶長八年（一六〇三）に古今伝受を相伝した烏丸光広（一五七九―一六三八）へと伝えられたことが確認されている。

三　幽斎相伝の古今伝受とその資料

古今伝受とは、そもそもは歌学教育の一つとして師が弟子に『古今集』を読み聞かせることから発生したと考えられている。(15)その例は平安時代末に遡るとされるが、「古今伝受」の語から通常想起されるような、師から弟子が『古今集』の講釈を受け、その後に切紙と称する秘伝を記す紙片を授与されるという形式が整えられたのは東常縁（一四〇七？―八四頃）と宗祇との間で交わされた伝受からであり、従来も常縁―宗祇を始発としてその歴史的展開が辿られてきた。

宗祇は多くの門弟に古今伝受を伝えた。宗祇による古今伝受の対象者と相伝された内容を記した『古今相伝人数分量』（宮内庁書陵部蔵古今伝受資料（五〇二・四二〇）の内。後述の同資料一覧の23）(16)によれば次の五名への相伝が確認される。

肖柏（文明一三年（一四八一）十月五日（誓紙））
実隆（文明一九年（一四八七）六月十八日（証明状））
東素純《胤氏》（明応四年（一四九五）七月十八日（証明状））
姉小路済継（一四七〇―一五一八）（明応五年（一四九六）九月二十五日（誓紙））
近衛尚通（明応七年（一四九八）二月（証明状））

その成果は主に聞書と切紙として伝えられ、近衛尚通への古今伝受においては尚通本『両度聞書』（同11）(17)と『近衛尚通古今切紙』二十七通（同12）(18)が遺り、肖柏へと伝えられた一流には『古聞』(19)と宗訊へと伝えられた『宗訊古今切紙』二十二通（同14）(20)が、月村斎宗碩（一四七四―一五三三）への講釈においては『宗碩聞書』(21)が遺されている。実隆への古今伝受に際して伝えられた資料は確実なものが遺らないが、宗祇及び実隆から門弟玄清（一四四三―一五二一）に伝えられたとされる切紙(22)や実隆から徳大寺実淳（一四四五―一五三三）へと伝えられた切紙の案文(23)が伝わっている。

幽斎へと伝えられた古今伝受は、先にも触れたように、宗祇から実隆へと伝えられ、公条、実枝と三条西家三代に相伝された一流であるが、三条西家流以外にも右の複数の宗祇門弟へと伝えられた古今伝受はそれぞれの世系（あるいは門弟）に継承されていった。幽斎は、これらのうち近衛流と堺流の切紙を入手し、三条西家流の諸書と併せて智仁親王へと伝えている。

実枝より幽斎が相伝した古今伝受に関わる典籍・文書類はその時のままの形では伝わらないが、一部は門弟への相伝の際に譲られており、幸いにも宮内庁書陵部に二点の纏まりに分かれて現存している。一点目は、慶長五年（一六〇〇）の古今伝受において智仁親王に伝えられた典籍・文書類を中心とした一具で、旧桂宮家（八条宮から常磐井宮、京極宮と改称され、光格天皇（一七七一—一八四〇）の皇子・盛仁《たけひと》親王（一八一〇—一一）が継承して文化八年（一八一一）に桂宮と称した）に伝領されたもの。他一点は、慶長八年（一六〇三）に幽斎より烏丸光広に伝えられた同家伝来の一具である。双方ともに伝領の過程での追加や佚失が想定され、現在眼にする全容が当時の姿をそのまま伝えているとは考えられないが、実枝や幽斎の筆録資料を含み、それらは幽斎の所持した典籍・文書類に基づくと判断される。

桂宮家伝来の古今伝受一具は、現在宮内庁書陵部において「古今伝受資料」（五〇二・四二〇）として次の五十四点が一括整理されている（資料の名称及び分類は、宮内庁書陵部編『和漢図書分類目録』（宮内庁書陵部、一九五二—五五年）による）[24]。

1　「徳川家康前田玄以書状並智仁親王返礼状」五通　＊古今伝受の内諾を伝える書状とその返礼状案文。
2　「智仁親王御誓状下書」一通　＊細川幽斎宛智仁親王誓状案文。智仁親王筆。
3　「古今集幽斎講釈日数」二通　＊慶長五年の幽斎講・智仁親王聴の講釈の日程を記した文書。智仁親王筆
4　「古今伝受之目録」十通[25]　＊智仁親王作成の古今伝受箱の目録。智仁親王筆。
5　「古今相伝目録下書反故類」四通

6　『古今和歌集聞書』四冊　＊幽斎講・智仁親王筆録の当座聞書。うち一冊は初稿本とも称すべき重写本。

7　『古今和歌集聞書』三冊　＊幽斎講・智仁親王筆録の中書本聞書。

『古今和歌集聞書』三冊　＊幽斎講・智仁親王筆録の清書本聞書。

8　『伝心抄叙并真名序抄』二冊　＊三条西実枝講・幽斎録の聞書（仮名序・巻二十・真名序）。智仁親王筆。

9　『伝心抄』四冊[26]　＊三条西実枝講・幽斎録の聞書。幽斎筆。

10　『当流切紙』二十四通[27]　＊実枝から幽斎へと伝えられた切紙。実枝筆。

11　『伝心集』一冊　＊実枝から幽斎へと伝えられた切紙を書写し一冊とした切紙集。幽斎筆。

12　『古今和歌集聞書』三冊[28]　＊宗祇講・近衛尚通録の『両度聞書』（尚通本）。智仁親王筆。

13　『近衛尚通古今切紙』二十七通[29]　＊宗祇から近衛尚通へと伝えられた切紙。智仁親王筆。

14　『古秘抄』一冊　＊宗祇から近衛尚通へと伝えられた切紙を書写し一冊とした切紙集。智仁親王筆。

15　『宗訊古今切紙』二十二通[30]　＊宗祇から牡丹花肖柏へと伝えられた切紙。智仁親王筆。

16　『古今肖聞之内』一冊　＊肖柏の聞書の抄出。智仁親王筆。

17　『神道大意』一巻　＊吉田兼倶『神道大意』の抄出。智仁親王筆。

18　『内外口伝歌共』一巻　＊『古今集』中の和歌二十四首の注釈。智仁親王筆。

19　『奈良十代之事』一巻　＊『古今集』仮名序の「奈良の御時より」に関する注釈。智仁親王筆。

20　『古今集作者等之事』一巻　＊いわゆる『定家物語』[31]。智仁親王筆。

21　『常縁文之写』一巻　＊常縁講・宗祇録の短歌・長歌等に関する注釈。智仁親王筆。

22　「古今伝受座敷模様」一通　＊実枝授・幽斎受の古今伝受の座敷の記録。智仁親王筆。

「古今伝受誓状写」二通　＊実枝宛幽斎誓状の写。智仁親王筆。

23「古今相伝人数分量」一紙　＊宗祇周辺の誓状・証明状の案文写と相伝の分量を示す文書。智仁親王筆。

24「古今御相伝証明御一紙」一通　＊実枝発給の幽斎の古今伝受証明状の写。智仁親王筆。

25「三条西公国古今伝受誓状並幽斎相伝証明状写」二通　＊三条西公国の誓状・証明状。智仁親王筆。

26「中院殿誓状写同誓状類」七通　＊中院通勝・島津義久等の誓状。一部智仁親王筆。

27「細川幽斎古今伝受証明状」二通　＊幽斎発給の智仁親王の古今伝受証明状。

28「細川幽斎短冊（「御披露　いにしへも〜」）」一枚　＊「いにしへも〜」の一首を記す短冊。幽斎筆。

29「幽斎相伝之墨」一挺　＊幽斎授・智仁親王受の墨。

30「古今伝受関係書類目録」一通　＊智仁親王薨後にその男・智忠親王の纏めた目録。智忠親王筆。

31「歌口伝心持状」一通　＊詠歌に資する撰集等をあげて心得を示した状[32]。幽斎筆。

32「本歌取様之事」一通　＊本歌取りをめぐる智仁親王の問に対する幽斎の勘返状[33]。智仁親王・幽斎筆。

33『古今集校異』一冊　＊定家本『古今集』のうち貞応本と嘉禄本の校異を記した書。智仁親王筆。

34『古今抄』一冊[34]　＊『古秘抄別本』[35]と通称される伝未詳の切紙集。智仁親王筆。

35『古今集極秘』一冊　＊幽斎門弟の佐方宗佐所持[36]の切紙。智仁親王筆。

36『古今集清濁口決』一冊　＊幽斎門弟の佐方宗佐所持の清濁を記した書。

37「不審宗佐返答」二通　＊智仁親王の問に対する宗佐の返答状。

38『古今集秘事之目録』一巻　＊「古今集少々覚也。大事聞書。可秘々々」とはじまる目録。智仁親王筆。

39「神道之内不審兼従返答」一通　＊住吉明神に関する萩原兼従の説を記した状。

40「古今伊勢物語不審幽斎返状」三通　＊智仁親王の問に幽斎が返答した勘返状。智仁親王・幽斎筆。

41「古今之内不審下書」十紙　＊切紙等の不審を問う状の下書。智仁親王筆。

42「古今集之内不審問状」一通　＊切紙等の不審を問う状。智仁親王筆。

43「古今不審問状」二通　＊歌句の意、読曲、清濁等の不審を問う状。智仁親王筆。

44『古今集不審并詰声』三冊　＊歌句の意、読曲、清濁等の不審を幽斎等に問いた聞書。智仁親王筆。

45「伊勢源氏等伝受誓状並証明状同写類」七通　＊伊勢物語・源氏物語の伝授の際の誓状・証明状。智仁親王等筆。

46「古今伝受御封紙」一包九葉　＊古今伝受箱の封紙。後水尾院、後西院等筆。

47『寛永二年於禁裏古今講釈次第』一冊　＊寛永二年（一六二五）智仁親王講釈の際の次第。智仁親王筆。

48「智仁親王拝領目録折紙」一包三通　＊寛永二年の古今伝受の際の礼物目録。

49「箱入目録」一通　＊智仁親王薨後にその男智忠親王の纏めた追加の目録。智忠親王筆。

50「古今伝受誓状」　＊寛永二年の智仁親王宛阿野実顕（一五八一―一六四五）誓紙。

51「古今切紙昌琢へ披見許状等」六通　＊里村昌琢への古今伝受を許可する智仁親土の書状等。(37) 智仁親王筆。

52「住吉社智仁親王詠草」一紙　＊古今伝受の終了を祝した一首（寛永四年（一六二七））。智仁親王筆。


これらの伝書は、幽斎から智仁親王への講釈と切紙伝授に直接関わる資料（1「徳川家康前田玄以書状並智仁親王返礼状」、6『古今和歌集聞書』等）、智仁親王の書写にかかる幽斎収集の他流の資料（12『近衛尚通古今切紙』、14『宗訊古今切紙』等）、古今伝受以降に智仁親王によって収集された資料（35『古今集極秘』、36『古今集清濁口決』等）、智仁親王男の智忠親王（一六二〇―六二）等の歴代の関与を伝える資料（30「古今伝受関係書類目録」、46「古今伝受御封紙」等の極一部）等、本来的には別途伝えられた位相を異にする諸書を纏めて一具としたものではあるが、その多くが智仁親王によって整理された資料である。(38) 以降、禁裏の古今伝受資料とされたものとは別に宮家に伝えられたものと推測されるが、古今伝受における一種の規範的な一具として理解されていたらしい。(39)

一方、烏丸家に伝来した古今伝受一具は次の十点を伝えるのみで聞書類を一切含まない。同家に伝領された古今伝受の一部を伝えるに過ぎないと推測されるが、桂宮家伝来の古今伝受一具のなかに智仁親王による転写本が伝わる典籍・文書の親本を含む注目すべき資料群である。(40)

1『目録』一冊
2『切紙十八通』十八通　＊いわゆる『当流切紙』（先述の宮内庁書陵部蔵「古今伝受資料」（五〇二・四二〇）の内9）のうち一八通。智仁親王筆
3『切紙六通』六通　＊いわゆる『当流切紙』（同）のうち六通。智仁親王筆
4『近衛大閤様御自筆』二巻　＊近衛尚通筆。同18『奈良十代之事』、同19『古今集作者等之事』の親本。
5『内外口伝歌共』一巻
6「カケ守リノ伝授」一紙　＊寛文八年（一六六八）に後水尾院より烏丸資慶（一六二二―七〇）が相伝した掛守の写し。資慶筆。
7『切紙十八通』十八通　＊いわゆる『当流切紙』（同）のうち一八通。幽斎筆
8『切紙六通』六通　＊いわゆる『当流切紙』（同）のうち六通。幽斎筆
9『近衛尚通古今切紙廿七通』二十七通　＊幽斎筆。同12「近衛尚通古今切紙」の親本。
10『夢庵宗訊相伝古今集切紙』二十一通　＊肖柏筆。前記14「宗訊古今切紙」の親本。

古今伝受の相伝の際には、師の所持する典籍・文書類そのものが授与されるのではなく、講説においては、師の講釈を記し留めた聞書を浄書した上で師の点検を受け、他の典籍・文書類については、弟子がそれを転写する

など、弟子のもとには転写本が留められるのが通例であったらしい。桂宮家伝来の古今伝受一具が、智仁親王の書写にかかる典籍・文書類を多く含むのはそのためであるが、桂宮家、烏丸家双方に伝えられた古今伝受に関わる諸書とともに智仁親王、光広による転写のみではなく、幽斎、実枝の筆録になる聞書・切紙類を含むことから明らかなように、状況に応じて弟子の転写本と師の所持本が取り替えられて伝えられることもあり、その実態は複雑であったらしい。(41)

四　古今伝受の座の荘厳

東常縁と宗祇の間で交わされた古今伝受がどのような作法や室礼をもって行われたのかは、資料が伝らず判然としないが、三条西家三代の相伝を経て実枝と幽斎との間で行われた切紙の伝受は、多分に儀礼化された様式に従って行われた。その様子を伝える「古今伝受座敷模様」一通（智仁親王筆、宮内庁書陵部蔵「古今伝受資料」（五〇二・四二〇）の内21）には次のように記されている。

天正二（一五七四）歳在甲戌六月十七日
古今集切紙於勝龍寺城殿主
従三条大納言（三条西実枝）殿御伝授
座敷者殿主上壇、東面、人丸像
掛之隆信筆、着色、置机子於正面、香炉・洗米
御酒備之、手箱仁三種神器在之、

張錦於其上、置文台、北面、亜相(実枝)御着
座座仁鋪布一端、南面、藤孝着座同鋪布壹端、十七日
切紙十八通、十八日切紙十通、伝授之功終矣、
　幽斎伝授之次第令書写畢、
　　慶長七年(一六〇二)八月十四日　(花押)(智仁親王)
　　　一校畢、

(「古今伝受座敷模様」)

幽斎は、その居城であった山城国勝龍寺城（京都府長岡京市）において実枝より切紙を相伝した。「古今伝受座敷模様」によれば、切紙伝受の座の室札は以下のようなものであった。東面に人丸（柿本人麻呂）の影を掛け、その正面に机を据え、上に香炉・洗米・御酒を配し、三種の神器を模したものを手箱にいれて置く。机の上方には錦を張り、人丸影の影前には文台を置き、北面に実枝が、南面に幽斎が座した。十七日には十八通の切紙が、翌十八日には十通の切紙が相伝された。

この天正二年（一五七四）六月十七日から十八日にかけて実枝から幽斎へと伝えられた切紙が、宮内庁書陵部に現存する『当流切紙』であると考えられている（但し、現存の『当流切紙』は二十四通であり、幽斎の記述とは一致しない）。切紙の相伝の座には、人丸影とその影前の供物、及び三種神器を配する荘厳が図られていた。このような切紙伝受の座の荘厳は、常縁から宗祇へと古今伝受が行われた際にも同様であったと推測する向きもあるが、記録上確認できるのは、天正二年の実枝から幽斎への相伝が初例である。

歌学伝授の通史を描いた三輪正胤は、こうした伝授様式の変化をもって前代までとは一線を画すとし、この次期の歌学伝授を「神道伝授期」と呼び、新たなる伝授様式の創出とした[42]。確かに、三種の神器を中央に戴く座の

荘厳は、単に『日本書紀』に淵源を持つ神器を座の飾りとして添える作法を思いついたというのではない。そこに据えられた神器が、切紙に記して伝えられた古今伝受の秘伝の一つ、いわゆる「三木三鳥」の切紙の意図する君臣一致の寓意の可視化であったことは、すでに、先の三輪や赤瀬信吾をはじめ多くの指摘があり[43]、ここに従来とは異なる古今伝受という営為そのものを支える理念の転換を見て取ることができる。加えて、近年の中世神道研究の進展によって、このような座の室礼が室町時代後期にその例が確認される御流や三輪流と称した神道の一流に行われた神祇灌頂の儀礼と類似することも知られるようになり、積極的な神道様式の借用も想定されるようになった（例えば、三種神器、とくに内侍所（鏡）を正面に据え座の荘厳を図るのは、御流あるいは三輪流の神道灌頂に特徴的な室礼である）[44]。なお、後代の資料ではあるが、寛文四年（一六六五）の古今伝受に際し、三条西実教（一六一九―一七〇二）が中院通茂（一六三一―一七一〇）に語った記録の中に「伝受之法、人丸之前、今度、玉、太刀などそへらるべし。[…]幽斎伝受之時、神道・儒道などの具ヲ借用てせられし也」[45]との言が見える。三条西家にも古今伝受の座の室礼に関する伝書は伝わらなかったらしく、幽斎周辺において様式が整えられたと理解されていたことが知られる。

五　御所伝受と幽斎

智仁親王へと伝えられた古今伝受は、その後、寛永二年（一六二五）に後水尾院（一五九六―一六八〇）へと伝えられ、以降、御所伝受と称される禁裏・仙洞に継承される秘事として幕末に至る[46]。幽斎はその基底に位置している。江戸時代に著された堂上の聞書類にも古今伝受に触れて幽斎に及ぶ例が見える。当代に伝わる古今伝受のはじめとしての幽斎の記憶は継承されていたと言える。

幽斎は名誉の人にて法皇（後水尾院）にも幽斎よりの御つたはりなりと也。（飛鳥井雅章講・心月亭孝賀録『尊師聞書』）(47)

幽斎より古今伝受、誰々にて御座候や。

桂光院知（ママ）（智）仁親王、三条西実条公、三条実国《公歟》卿、中院也足軒（通勝）、光広（烏丸）卿。（烏丸資慶講・細川行孝録『続耳底記』）(48)

古今伝受の歴史において幽斎の果たした役割については従来も多くの指摘があり改めて記すまでもないが、敢えて限定的に述べるのならば、先に述べた二点、すなわち、古今伝受に関連して伝領される典籍・文書類の収集・整備と古今伝受の意図を明確に可視化し権威化する儀礼の確立が、その後の古今伝受のあり方を方向づけたという点に特筆すべき意義が認められる。宗祇の時点においても、古今伝受は『古今集』に収められた和歌の十全な理解のためのみに行われたのではなく、極めて世俗的な教誡性・教訓性の伝達にその意義が認められていたが、(49)伝書としての典籍・文書類と儀礼との整備によって一定の権威化を成し遂げ、その伝える理念の価値に揺るぎない信頼を付与したのは幽斎であった。

また、幽斎より古今伝受を相伝した門弟の世系が関連する典籍・文書類を家伝の秘籍として伝領することにより、古今伝受に関与する公家衆が増加し、そこに籠められた意義の共有がなされ、伝受に関わる典籍・文書類、口伝、次第などをめぐる様々な知識が、堂上に通底する学問の基盤となっていった点も特記されるべき事柄であろう。幽斎から中院通勝、智仁親王、烏丸光広へと伝えられた典籍・文書類はそれぞれの世系に伝領されて行ったが、寛文四年（一六六四）に後水尾院から後西院（一六三八―八五）が古今伝受を相伝した際には、中院家伝来の諸抄が後水尾院の叡覧に供され、桂宮家伝来の古今伝受一具と烏丸資慶所持の烏丸家伝来の古今伝受一具も後西院の手により転写されている。(50)以降、禁裏の古今伝受はこの後西院によって書写された典籍・文書類が基盤となって『古今集』の講釈と秘説の相伝が行われていった。また、寛文四年の古今伝受の切紙の相伝の座には人丸影が懸けられ三種神器を戴く壇が据えられていた。[51] これも幽斎が実枝から相伝した際の様式を踏襲したものであった。古今伝受に関わる典籍・文書類の整備、伝受儀礼の確立、また古今伝受を相伝した門弟が古今伝受の家として他と区別されその価値が堂上諸家に認識されてゆくといった古今伝受の歴史の転換点は幽斎の営みによって導かれたのである。

注

（1）同様の注記は『古今和歌集聞書』を整序した『伝心抄』にも引き継がれている。伝心抄研究会『古今集古注釈書集成 伝心抄』（笠間書院、一九九六年）一二四頁。

（2）宮内庁書陵部蔵智仁親王筆「古今集幽斎講釈日数」二通の内一通（『京都大学国語国文資料叢書四〇 古今切紙集 宮内庁書陵部蔵』（臨川書店、一九八三年）九八頁）には、「廿四　物名」、続いて「廿五　序、廿六大哥所御哥、廿七家々証哥・本奥書、廿八　真名序、廿九　切紙」と確かに記されているが、これは幽斎からの講釈の実際を反映したものではなく、古今伝受終了の後に暫く経て作成されたもので、智仁親王自身の講釈のための準備として本来あるべき日数を記したものであろうとの指摘が、小高道子「関ヶ原の戦と古今伝受」（『国語と国文学』五八―一一、一九八一年一一月）にある。従うべきであろう。

（3）幽斎による講釈の日時と内容は、宮内庁書陵部に伝わる智仁親王自筆の当座の聞書である『古今和歌集聞書』（宮内庁書陵部蔵古今伝受資料（五〇二・四二〇）の内。後述の同資料一覧の6）三冊に伝えられている。

（4）『耳底記』慶長五年五月二日条以下による。

（5）以下に記すこの間の状況については注2掲載の小高論文に詳しく、本章も多大な学恩を受けている。

（6）この時に添えられた書状と推定される幽斎自筆の一通が宮内庁書陵部蔵に「細川幽斎書状」（五〇三・二二八）として所蔵されており、櫛笥節男『宮内庁書陵部 書庫渉猟』（おうふう、二〇〇六年）一六一―一六三頁に書影と紹介がある。同書によれば、この書状は禁裏周辺に伝領され書陵部に移管となったものではなく、後代の購入本とのことである。

（7）実隆、公条の両天皇への古今伝受の意義については、井上宗雄『中世歌壇史の研究 室町後期〔改定新版〕』（明治書院、一九八四年）二三五―二三六頁に次のような理解が示されている。従うべきであろう。

最初渋っていた実隆が、結局帝の手厚い丁重な待遇にほだされてすべてを伝授し、二度も「道の眉目」と称するようになる。当初渋った内容は明らかではないが、一つは、大臣家の格式において道を伝える、即ち家業を以て仕える（これは大体羽林家以下のあり方である。歌道家はすべて羽林家である）事を潔しとしなかった事が一つの理由ではあるまいか。［…］大臣家は、羽林家以下のように軽々に儀式などで雑務や事務に手を下さない。従って、飛・冷両家とは若干異なった立場にあった様だが、実質的にはこの伝授によって三条西父子が宮廷歌壇の最高指導者としての権威をえた事になるのである。―因みにいえば、この伝授は宮廷内部において、特に天皇と三条西父子との師弟関係の成立という事において重要であったが、歌壇全体を聳動せしめる大事件であった訳ではない。また古今伝授の性格上、事々しく喧伝されたものでもなかった。

また、本書第二部第一章参照。

（8）実枝から幽斎への古今伝受については、小高道子「三条西実枝の古今伝受」（『和歌の伝統と享受』風間書房、一九九六年）に詳しい。

（9）『細川家記』（東京大学史料編纂所蔵）、『実条公遺稿』（宮内庁書陵部蔵）による。なお、この間の返し伝受については、小高道子「二つの返し伝受――古今伝受後の細川幽斎」（『梅花短大国語国文』二、一九八九年七月）に詳しい。

（10）幽斎は公国への相伝の後、左記の門弟に古今伝受を相伝している。

三条西公国　　天正七年（一五七九）六月一七日（誓紙）
　　　　　　　天正八年（一五八〇）七月　（証明状）
島津義久　　　天正一六年（一五八八）八月一六日（誓紙）
中院通勝　　　天正一六年（一五八八）一一月二八日（誓紙）
八条宮智仁親王　慶長五年（一六〇〇）三月一九日（誓紙）
　　　　　　　慶長五年（一六〇〇）七月二九日（証明状）

烏丸光広　　　　慶長八年（一六〇三）小春甲午（証明状）
三条西実条　　　慶長九年（一六〇四）閏八月一日（誓紙）

（11）天正八年（一五八〇）、正親町天皇の勅勘を受け。丹後国の幽斎のもとに身を寄せていた。勅勘の理由は定かではないが、『お湯殿上日記』天正八年六月二二日の記事により伊予局との密通が原因と推測されている。井上宗雄「也足軒・中院通勝の生涯」（『国語国文』四〇―一二、一九七一年一二月）参照。

（12）これらの資料は、近衛流切紙については幽斎筆本が、堺流切紙については肖柏筆と伝えられるものが烏丸家を経て宮内庁書陵部に現存している。なお後述。

（13）注9掲載の小高道子「二つの返し伝受―古今伝受後の細川幽斎」八五頁。

（14）注9掲載の小高道子「二つの返し伝受―古今伝受後の細川幽斎」九一頁。但し、幽斎と実条が不仲であったのではない。幽斎からの様々な講釈を実条が記録した資料（宮内庁書陵部蔵『実条公遺稿』、早稲田大学図書館蔵『実条公雑記』）が知られており、古今伝受以前から師弟関係にあったことが確認される。なお、『実条公雑記』は、『早稲田大学蔵資料影印叢書国書篇七 中世歌書集』（早稲田大学出版部、一九八七年）に書影があり、松浦朱実「実条公雑記」（伊地知鐵男編『中世文学 資料と論考』笠間書院、一九七八年）に翻刻がある。『実条公遺稿』は、武井和人『中世和歌の文献学的研究』（笠間書院、一九八九年）に翻刻があり、また、拙稿「慶長前後における書物の書写と学問」（鈴木健一編『形成される教養 十七世紀日本の〈知〉』勉誠出版、二〇一五年）において書物の移動と人物の交渉を中心に検討を加えている。

（15）浅田徹「俊成の古今問答をめぐって―問者の知りたかったこと」（『国文学研究』一一五、一九九五年三月）、同「教長古今集注について―伝授と注釈書」（『国文学研究』一二二、一九九七年六月）、鈴木元「古今伝授とは何か」（森正人・鈴木元編『文学史の古今和歌集』和泉書院、二〇〇七年）参照。

（16）注14掲載の『早稲田大学蔵資料影印叢書国書篇七 中世歌書集』に同書の実隆筆本が収められている。

（17）片桐洋一『中世古今集注釈書解題 三』（赤尾照文堂、一九八一年）に翻刻がある。

（18）注2掲載の『京都大学国語国文資料叢書四〇 古今切紙集 宮内庁書陵部蔵』に影印がある。

（19）平沢五郎・川上新一郎・石神秀美「資料紹介 財団法人前田育徳会尊経閣文庫蔵天文十五年宗訊奥書「古今和歌集聞書〈古聞〉」並びに校勘記 本文篇」（『斯道文庫論集』二二、一九八八年三月）に翻刻される。

(20) 注2掲載の『京都大学国語国文資料叢書四〇 古今切紙集 宮内庁書陵部蔵』に影印がある。
(21) 平沢五郎・川上新一郎・石神秀美「資料紹介 慶應義塾大学図書館蔵宗碩自筆「古今和歌集聞書」」(『斯道文庫論集』二一、一九八五年三月)に翻刻される。
(22) 新井栄蔵「古今伝授切紙一種」(『叙説』一、一九七七年一〇月)、同「古今伝授切紙一種(続)」(『叙説』二、一九七八年七月)に京都某氏蔵本が影印される。宮川葉子『三条西実隆と古典学』(風間書房、一九九五年)第二章第六節「実隆の玄清への古今伝授――「古今伝授切紙(一種)を手掛かりに」参照。
(23) 注14掲載の『早稲田大学蔵資料影印叢書国書篇七 中世歌書集』所収「古今伝受書」(『中世歌書集』に同書名で整理される二点のうちの後者の資料)。
(24) 『図書寮典籍解題 続文学篇』(養徳社、一九五〇年)に詳細な解題がある。
(25) 注2掲載の『京都大学国語国文資料叢書四〇 古今切紙集 宮内庁書陵部蔵』に書影が所収される。
(26) 注1掲載の伝心抄研究会『古今集古注釈書集成 伝心抄』に全文の翻刻がある。
(27) 注2掲載の『京都大学国語国文資料叢書四〇 古今切紙集 宮内庁書陵部蔵』に影印がある。
(28) 注17掲載の『中世古今集注釈書解題 三』に全文の翻刻がある。
(29) 注2掲載の『京都大学国語国文資料叢書四〇 古今切紙集 宮内庁書陵部蔵』に影印がある。
(30) 注2掲載の『京都大学国語国文資料叢書四〇 古今切紙集 宮内庁書陵部蔵』に影印がある。
(31) 田村柳壱「『定家物語』再吟味――定家の著作として読解する試み」(『古典論叢』一四、一九八四年六月、後に、同『後鳥羽院とその周辺』(笠間書院、一九九八年)に再録)参照。
(32) 小高道子「古今伝受後の智仁親王(二)――『歌口伝心持状』をめぐって」(『東海学園国語国文』二七、一九八五年三月)参照。
(33) 小高道子「古今伝受後の智仁親王(三)――『本歌取様事』をめぐって」(『梅花短期大学研究紀要』三六、一九八八年三月)参照。
(34) 注2掲載の『京都大学国語国文資料叢書四〇 古今切紙集 宮内庁書陵部蔵』に影印がある。
(35) 新井栄蔵「「古秘抄別本」の諸本とその三木三鳥の伝とについて――古今伝授史私稿」(『和歌文学研究』三六、一九七七年三月)に紹介され、同「陽明文庫蔵古秘抄別本」(『叙説』、一九七九年一〇月)に影印される切紙。

(36) 小高道子「智仁親王と佐方宗佐」(延広真治編『江戸の文事』ぺりかん社、二〇〇〇年）参照。
(37) 小高道子「「古今集伝受後の智仁親王（六）――昌琢への許状をめぐって」(『梅花短期大学研究紀要』三八、一九九〇年三月）参照。
(38) 小高道子「古今集伝受後の智仁親王（五）――目録の作成をめぐって」(『梅花短期大学研究紀要』三七、一九八九年三月）に、智仁親王の書写と伝受箱作成の経緯についての検討がある。
(39) 本書第三部第一章参照。
(40) 烏丸家旧蔵の古今伝受一具については、川瀬一馬「古今伝授について――細川幽斎所伝の切紙書類を中心として」(『青山学院女子短期大学紀要』一五、一九六一年一一月)、小高道子「烏丸光広の古今伝授」(長谷川強編『近世文学俯瞰』汲古書院、一九九七年）に詳しい。
(41) こうした師の所持本と弟子の転写本の取り替えの具体例については、小高道子「古今伝受の講釈と聞書――「しづ心なく花のちるらむ」の「裏の説」をめぐって」(『世界思想』三五、二〇〇八年四月）等に詳細な検討がある。
(42) 三輪正胤『歌学秘伝の研究』(風間書房、一九九四年）三三一―七二頁。
(43) 赤瀬信吾「古今伝受の三木伝」(『解釈と観賞』五六―三、一九九一年三月)、注15掲載鈴木元論文、本書第二部第四章、及び第三部第四章参照。
(44) 神道灌頂の様式との類似については伊藤聡氏から教示を得た。記して感謝申し上げる。なお、神道灌頂の室礼については、『神道灌頂 忘れられた神仏習合の世界』(元興寺文化財研究所、一九九九年)、米澤貴紀「神道灌頂の場と建物」(『日本建築学会計画系論文集』七八―六八八、二〇一三年六月）参照。また、御流神道に行われた灌頂壇図と推測される資料の書影を、拙稿「金剛寺蔵「御流神道道場差図」について」(『真言密教寺院に伝わる典籍の学際的調査・研究――金剛寺本を中心に』科学研究費基盤研究（B）(課題番号19320037）研究成果中間報告書（成城大学)、二〇〇九年）に示した。
(45) 本書資料篇参照。
(46) 幕末期の様相については、青山英正「孝明天皇と古今伝受――附・幕末古今伝受関係年表」(飯倉洋一・盛田帝子編『文化史の中の光格天皇 朝議復興を支えた文芸ネットワーク』(勉誠出版、二〇一八年）に詳しい。

（47）近世和歌研究会編『近世歌学集成 上』（明治書院、一九九七年）二三二頁。
（48）注47掲載の『近世歌学集成 上』五七三頁。
（49）第一部第一章、第三章参照。
（50）第三部第五章参照。
（51）第二部第四章、第三部第二章参照。

第四章　古今伝受の空間と儀礼

一　和歌の詠まれる空間

本願寺第三世・覚如（一二七〇—一三五一）の生涯を描く『慕帰絵詞』[1]巻五には、和歌会の座に集う会衆の姿が描かれている。場面を見渡してみると、会所の正面中央の上段奥に柿本人麻呂の影像①（中世期には「人丸」の表記が一般的であるため、以下には主としてこの表記を用いる）が懸けられ、その両脇には草木を描く掛幅が配されている。人丸影の前には香炉②、その両脇には立花の花瓶、手前には文台③が置かれ、その上に巻かれて置かれているのは詠草、束ねられた紙片は短冊と推測される。文台の前には円座④が二枚、人丸影の前の上畳で思い悩む躰の法体が覚如であろう。他には畳の上に法体が二人、狩衣姿の俗体が四人、畳から外れて左奥に稚児が一人、談笑しまた苦吟する会衆の姿が描かれている（丸数字及び傍線は後掲の『竹園抄』との対応を示している）。

この絵図は和歌の詠まれる座に集う人々の様子を活写して興味深いが、のみならず、中世期の歌会の室礼や作法が可視化された例として貴重である。『慕帰絵詞』に隣接する時期に歌道家庶流の藤原為顕（一二四二頃？—？）によって著された歌学書『竹園抄』[2]に記される会席の作法と対照すると、『慕帰絵詞』に描かれたそれぞれが欠

図7　西本願寺蔵『慕帰絵詞』巻5　観応2年（1351）頃
（小松茂美編『続日本絵巻大成4 慕帰絵詞』中央公論社、1985年による）

くことのできない歌会の要素であったことが確認される。

常も被講には五種の事をおこなふべき也。会衆、会所にあつまらざるさきに座席をしたくすべし。そのやうは、まづ①人丸を右にかけ、高貴大明神住吉の御ことなりを左にかくべし。その他の影どもあらば、官階にしたがひて左右にかくべきなり。さて、明神・人丸のまへにふづくへ常のごとし。②花がめ・焼香・閼伽あるべし。檀供等常のごとし。つくへのまへに③文台をすうべし。文台の左のきはに④円座あり。中に礼盤あり。式師の座なり。左右に畳をながくしきて、上臈の座、左右につくりて、そのつぎに管絃者・伽陀師の座をつくるべし。執筆は座不定なり。いづくにもしかるべきなり。[…]如此して、衆皆あつまりて、座つぼ〳〵にいさだまりて、惣礼の楽をはりて礼盤につくなり。常の作法のごとし。伽陀は若、朗詠の祝言等しかるべきなり。式をはて、読師あゆみよりて下臈の歌よりはじめて、次第に歌をよみあぐるなり。はじめは、一声さし声、次二返は満座同音にこえをあげて詠なり。[…]

（『竹園抄』）

『竹園抄』では正面に人丸影とともに住吉明神の影像を懸けるとする点が『慕帰絵詞』とは異なるが、その他の手順を追って座を設営すれば、おおよそ『慕帰絵詞』に描かれた空間が現出する。成立環境を異にするこの両書の伝える歌会の様子が互いに近似することは、こうした会席の室礼がある特定の流派に固有のものではなく、鎌倉時代から南北朝時代頃にかけて、つまりは中世前期頃にはすでに定着していた会席の定型であったことを意味するだろう。

二　人丸影への祈願と起請

影前で営まれた種々の「影供」の会は、描かれた人物に対する供養や賛嘆を本来的な目的としたと考えられている。(3) 平安時代の後期に六条藤家の人々によってはじめられたと伝える、人丸の影像を懸けてその影前において営まれる歌会、いわゆる「人麿影供《ひとまろえいく》」も、歌聖と仰がれた柿本人麻呂の供養と讃歎の儀礼を歌会に取り入れたものであったが、(4)『竹園抄』や『慕帰絵詞』の例のように、人丸の影像はそれ以外の歌会の場にも不可欠な要素として踏襲されていった。それとともに、歌会の場に戴かれた人丸の影像は、その場を統制し荘厳する存在と見なされるようになり、祈念の対象となっていった。たとえば、鎌倉時代に著されたとされる秘伝書『和歌無底抄』(5)には、上手の歌詠みになるという願いを人丸影に祈る一種の祈祷ともいうべき修法が「人丸奉行念誦次第」の標目のもとに記されているが、この例では、人丸影は礼拝者の願いを叶える祈念の対象としての意味合いが強い。

一、人丸奉行念誦次第

或人、能因が抄より出たると申すを、さもある事もやとてこれに注す。若是をおこなはゞ、まづ閑所をあるべかしく一間二間心に任すべし。こしらへて影像をかけたてまつりて、桜の花をもて、其内をかざれ。さくらなくば、時の花を用ゐよ。御前によき花三枝たつるなり。次に精進して、浄衣を着し、念誦をもちて影像の前にうるはしく着座せよ。次に右の手に花を一枝もて、其内を加持せよ。
　桜ちる木のした風を詠ぜよ。但、人の心に可随。
抑、柿本朝臣あはれみ給ひて、所願をとげしめ給へ。次に神分・惣神分に般若心経七巻可奉読。次、佛名可奉唱云々。
　南無菩薩聖衆　南無一切神祇宿
次南無伝教大師
次勧請歌云、
　あしひきのやまよりいづる月まつと人にはいひて君をこそまて
次請得悦歌云、
　うれしさをむかしは袖につゝみけりこよひは身にもあまりぬる哉
次念誦歌云、
　浅香山かげさへみゆる山の井のあさくは人をおもふものかは
　いかるがやとみの小川のたえばこそわがおほきみの御名を忘れめ
次念誦所願歌云、
　阿耨多羅三藐三菩提の佛たちわがたつそまに冥加あらせ給へ
此歌を詠じて、心中に歌人なると思ふべし。
次奉送歌云、

わがやどの花見がてらにくる人はちりなむ後ぞこひしかるべき

次廻向歌云、

つのくにのなにはのことかのりならぬあそびたはぶれまてとこそきけ

如此をはりて、日来之間、歌数読送奉。又さて歌を詠ずる数読千花可奉読。諸歌を読て、并本尊人丸に供也。本住へ帰り給へと思ふべし。此人丸をおこなひ奉れば、必歌読になる事うたがひなし。よく心に入れておこなへ。能因はこの作法をもて、歌はよくよみけるなり。末代いとけなき人のためなり。（『和歌無底抄』巻八）(6)

「能因が抄」に記されていたというこの儀礼は、人丸の影を懸けた前に花瓶を置き、精進した願者が着座し人丸・神・仏・伝教大師を賛嘆する祈願の修法を行い、詠み出した歌を人丸に供えることで「歌詠み」になることを保証する。さらに、能因（九八八―一〇五八頃）もこの法を用いて和歌の上手となったという逸話が添えられている。実際に行われていた修法の記録であるのか、観念的に創造された儀礼であったのかは定かではないが、(7)祈願者の願いは露わであり、人丸影への祈願の意図を直接に伝えている。『和歌無底抄』のこの記事は秀歌の詠出を祈願する対象としての役割、つまりは修法の本尊としての役割が人丸影に与えられていたことを伝えるが、和歌の伝受の場においても人丸影は「本尊」と呼ばれた。(8)

鎌倉時代後期に関東を中心に活動した藤原為顕とその一流は「灌頂」の語を冠した和歌の秘伝書を多く遺したが、そのうちの一つ『古今和歌集灌頂口伝』に収められる「古今相伝灌頂次第」には、「灌頂」の語を伴って記される和歌の伝受の場の室礼が次のように詳述されている。

先ヅ道場ヲ清メ、後ニ本尊ヲ懸ケ奉ベシ。

本尊次第　住吉明神・天照大神・柿下大夫人丸
　伝、菓子六合、内赤三合、白三合。
本尊前、金銭九文、銭貨十貫、染物五、小袖五、絹十疋、布五端、太刀一腰、刀一腰、弓箭一具、壇紙十帖、
　厚紙卅帖、雑紙五十帖、扇三本。
師前、銭五貫、染物三、小袖二、絹五疋、馬一疋、太刀一、刀一腰、壇紙五帖、厚紙十帖、雑紙卅帖、白米
　五斗、帯一尺。
白布三、一ヲバ本尊、御前ヲツヽムベシ。一端ヲバ師下ニ敷ク。一端ヲバ弟子敷ク也。
但シ此如ク云ヘドモ、器量ニ非仁者、努々授クベカラズ。器量ノ仁ハ授クベシ。器量ノ仁トハ、一ニハ器量、
二ニハ高運之仁、三ニハ有徳之仁也、共ニ起請文ヲ書カシメテ授クベシ。若シ此旨ニ背キテ違犯セラレシ
者ハ師弟共ニ今生ニハ天照大神・住吉明神・柿下人丸ノ御罰ヲ蒙リ、後生ニハ無間之底ニ墜チテ在ルベキ也。
仍テ灌頂伝受ノ次第、件ノ如シ。
（『古今和歌集灌頂口伝』(9)）

『古今和歌集灌頂口伝』では、住吉明神、天照大神の両神格に加えて「柿下大夫人丸」が伝受の場の「本尊」とされている。また、次第の末尾には「若シ此旨ニ背キテ違犯セラレシ者ハ師弟共ニ今生ニハ天照大神・住吉明神・柿下人丸ノ御罰ヲ蒙リ」ともあり、違背を罰する神格として起請の対象とされていたことも確認される。人丸影は天照大神・住吉明神の両神格の影像とともに「道場」と称された伝受の場を荘厳し、併せて、秘説の漏洩を禁じ、秘密の保全を担保する神としてイメージされていると言える。

三　和歌の秘伝と伝受儀礼

宗教的修辞と所作とを伴い師資相承された和歌の秘儀伝受の歴史的展開を、三輪正胤は次の三期の区分を立てて説明した（（　）内は稿者注）。[10]

灌頂伝授期（密教修法としての灌頂を模した儀礼を伴い伝受が行われた期間。主として鎌倉時代）
切紙伝授期（秘伝の伝達が口伝ではなく切紙として伝えられた期間。主として室町時代中期以降）
神道伝授期（神道の理念と儀礼を伴い伝受が行われた期間。主として室町時代末以降）

こうした区分については、その妥当性が問われたこともあったが、[11]むしろ注目すべきは、伝受形式の特質が「灌頂」、「切紙」といった遂行される形式や所作を指し示す語で明確に説明された点であろう。「灌頂」の語は密教修法における灌頂と同意であり、「切紙」も宗教環境における相伝にしばしば認められる形式である。抽象的観念を意味するように見える「神道」の語も、切紙に記された内容を象徴する語として用いられるとともに、相伝の場の室礼や所作の特質を説明する語でもあった。[12]

先に確認した『古今和歌集灌頂口伝』に収められた「古今相伝灌頂次第」は密教の灌頂儀礼を模し、本尊に守護され、起請に保証された相伝の場を仮構していた。[13]こうした伝受様式は鎌倉時代の成立が想定される秘伝書に記される例が注目されてきたが、実際には室町時代を通して伝えられている（三輪の示した区分では、新たに興った「切紙伝授」の様式に注目し「切紙伝授期」を室町時代中期頃にあてるが、厳密な区分が不可能であることは三輪自身も述べている。三輪の提示した様式の差異は「時代」よりもむしろ「流派」への依存度が高い）。その始発とされる、東常縁（一四〇七？―八四頃）と宗祇（一四二一―一五〇二）の間で行われた「切紙伝授」の室礼や儀礼については具体的な次第を記した資料は報告されていないが、切紙に記された秘説の伝える理念は室町時代の末に新たに整えられた「神道伝授」と区分された伝受様式の成立に影響を与えていると考えられ、儀礼の変化は単なる座の荘厳様式の変化ではなく、古今伝受そのものに対する理解の変化を反映したものであったと考えられる。

仏事における儀軌や法則のような室礼や所作の逐一を記した資料は、古今伝受においては相伝されることはなかった。したがって、伝受の場の復元は容易ではないが、『古今和歌集灌頂口伝』のような室礼や作法を記す伝書や相伝の座の様子を描く絵図もいくらか遺されており、そうした断片的資料を突き合わせることで、その様相や歴史的展開の一端を窺うことは可能である。以下、比較的まとまった記録の遺る三つの例を取り上げ、それぞれの特質について述べてみたい。

四　藤沢山無量光院清浄光寺における古今伝受

「遊行寺」と称される時宗総本山藤沢山無量光院清浄光寺（神奈川県藤沢市）は、遊行第四世・呑海上人（一二六五―一三二七）の開基と伝える古刹で、関東一帯の同宗を統括するのみならず、各地より学僧の集う一大道場であった。歴代の遊行上人には和歌をよくするものもあり、京都の和歌宗匠家であった冷泉家第七代・為和（一四八六―一五四九）は二十五世・仏天上人（一四八七―一五七一）に和歌の作法や口伝を伝えている(14)。

為和から仏天へと伝えられた切紙は、東京大学史料編纂所に所蔵される正親町家旧蔵資料の中に「冷泉家切紙」（正親町本一二―一一）、「永禄切紙」（正親町本一三―一三二）として伝えられており、また、仏天以降の藤沢における古今伝受を伝える資料として、為和男・明融（一五一三？―八二）から遊行第三十三世・他阿上人（満悟、一五三七―一六〇六）が相伝し、さらに天正十九年（一五九一）に称念寺其阿（?―一五九六）へと伝えられた切紙を中心に雑纂された天理図書館蔵『古今集藤沢伝』、国文学研究資料館蔵初雁文庫本『和歌灌頂次第秘密抄』（一二・二〇〇）に合写される切紙集などが知られている。(15) これらは室町時代末における関東への文化伝播の痕跡を伝える資料としても注目されるが、(16) 禁裏へと伝えられた二条家流とは異なる冷泉家流の古今伝受の軌跡を伝える資料としても貴重である。

「永禄切紙」や『古今集藤沢伝』といった切紙類を一見して印象的なのは、鎌倉時代に成立した『玉伝深秘巻』などの秘伝書に包含される密教色の強い古層の切紙を含み持つことである。(17) そのような特質は相伝の座の室礼を説く切紙にも顕著である。

古今和歌集乾口伝之目録等条々略記之、
一於口伝輩三〔之〕種器量可撰之、三善三悪之機其〔是〕也、三善者第一貴人高位、第二道之達者、第三志真実人、達道ナリトモ或高慢、或未練純根愚迷之輩不可授之、又志薄者軽道癈〔廢〕退之基也、不可授之、千金万玉施与ユルトモ努々不授之、若此旨不守之者、師弟共尓可蒙冥罰者也、
一可有用意之次第
第一先ッ神道灌頂可窮渕底之事并両部諸尊印明可有伝受之事、
一第二伝授已前三千首和歌奉読吟之、住吉、玉津嶋并三十番神、人丸等先達可奉手向之事奉為道冥加可、至信心者也
一伝受灌頂造〔道〕場、本尊住吉并玉津嶋并和哥三十番神、人丸影可奉請之、
一供物者、名香、灯燭、百味珍膳、五菓五色、随分可奉弁備之、
一施財者、金、銀、瑠璃、珠玉、綿、綾、絹布、車、馬、米、銭、奴婢〔婢〕、男童僕等可随力也、

一置物、香炉、香合、硯、文台、新翰墨、針・小刀、壇紙、雑紙、其外由物可依時者也、

一授者、先一七日夜毎日浴水、散花、焼香、礼拝、定座三業呪廿一反宛、唵修利〔唎〕々々摩訶修利、〔唎修修唎薩婆訶〕心経并当途

王経一千巻漸々読、

千手大悲呪　毎日七反并十願文

如意輪呪　毎日一千反

慈救呪　毎日一千反

荼枳抳《タキニノ》呪　毎日一千三百五十反

五字文殊呪　一七日五十万反

観音夢授経　三十三反宛

治国利民経　毎日七反宛

定要品偈　毎朝七反宛

自我偈　毎朝七反宛

此外尊法

地蔵　名号毎日一万反宛并呪

虚空蔵　名号三十五反并呪

若朗々詠　毎日七反

右伝授者僧俗共仁精進潔斎、如法正理着新浄衣、三業共相応而不雑余念、撰良辰之、三ケ口伝、七ケ切紙可

奉頭戴之、但記請文後可伝授々々、若於白地軽勿期者、両神之冥慮可慎可恐、

〔右切紙深《ナ》可禁外《シ》覧者也、〕

天正十九年（一五九一）十二月十六日　遊行卅三世他阿（満悟）
付属称念寺其阿　（国文学研究資料館蔵初雁文庫本『和歌灌頂次第秘密抄』合写『〔古今和歌集藤沢相伝〕』）[18]

ここに記される秘説の相伝は、「神道灌頂」や「両部諸尊印明」の「伝受」といった語に明らかなように密教的な師資相承の儀礼を模して構想されている。三千首和歌を吟じて手向けるとされる「住吉」、「玉津嶋」の両明神、「三十番神」、「人丸等先達」といった神々は「灌頂道場」の「本尊」であるという。「本尊」には「供物」ととして「名香」以下が捧げられ、「施財」、「置物」等が揃えられる。また、秘説を相伝される側の者も「浴水」種々の陀羅尼念誦や読経などの潔斎が義務づけられ、灌頂伝授の道場全体が神仏の存在によって荘厳されるように構成されている。この切紙は室町時代の末に相伝されたものではあるが、その座は神格によって荘厳され、また守護された空間として構築されており、先に見た『古今和歌集灌頂口伝』に収められる鎌倉時代に行われた灌頂伝授の特質を色濃く留めている。こうした古今伝受の座の室礼が清浄光寺において実際に営まれたものであったのか否かは、その記録を見出せず未詳とせざるをえないが、少なくともこの時期の藤沢における古今伝受のイメージは、依然として密教的色彩の濃いものであったことは確認される。

五　曼殊院宮良恕親王の古今伝受

京都市左京区に位置する天台門跡曼殊院には、桜町天皇（一七二〇―五〇）によって勅封された古今伝受に関わる典籍・文書類七十三点が所蔵されている。[19]この一群の資料には二条家流の正統を伝える頓阿（一二八九―一三七二）以来の常光院流の古今伝受を尭恵（一四三〇―九八以降）から相伝した青蓮院坊官・鳥居小路経厚（一四七六―一五四四）が、青蓮院宮尊鎮親王（一五〇四―五〇）に伝えた典籍・文書類が含まれることから、伝存稀な室町時代に行われた二条家流正統の古今伝受の資料としても注目されてきたが、実際には成立を異にする諸書を取り合わせたもので、曼殊院第二十八世・良恕親王（一五七四―一六四三）によって現行のかたちに整理されたと考えられている。[20] この古今伝受一具の中には、寛永四年（一六二七）に冷泉家支流の藤谷為賢（一五九三―一六五三）より良恕親王へと相伝された資料も収められており、良恕親王相伝の際の座の室礼を記録した「道場図」一鋪も含まれている[21]（後掲書き起こし図参照）。

「道場図」と外題のあるこの図は、一見して、密教の作法を模すことは明らかであろう。中央に本尊（神格は明記されないが他の例から推して住吉明神と推定される）を配し、左脇に人丸影を懸けて供物を供え、右側には俊成・定家・為家の御子左家三代の影が懸けられている。和歌の道の先達である御子左家三代の影を併せて懸ける例は他に類例が確認されない特異な作法ではあるが、歴代祖師の影を掲げて道場の荘厳を図ることは宗教環境における灌頂儀礼においては常軌であり、その方法が援用されたと推測される。さらに注目されるのは、歌道家宗匠として古今伝受を相伝する立場にあった為賢の座が「阿サリノ座」と記されることである。寛永四年当時、為賢は俗体であったが、密教の灌頂儀礼における伝法阿闍梨に擬されていると考えられ、この古今伝受の座の荘厳が宗教的環境を模すのみならず、古今伝受という営為自体が宗教儀礼に準えてイメージされていたことが確認される。

六　御所伝受の座敷

天正二年（一五七四）に三条西実枝（一五一一―七九）から細川幽斎（一五三四―一六一〇）に相伝された古今伝受は、三条西家から八条宮智仁親王（一五七九―一六二九）へと伝えられ、「御所伝受」と称される禁裏・仙洞に継承され

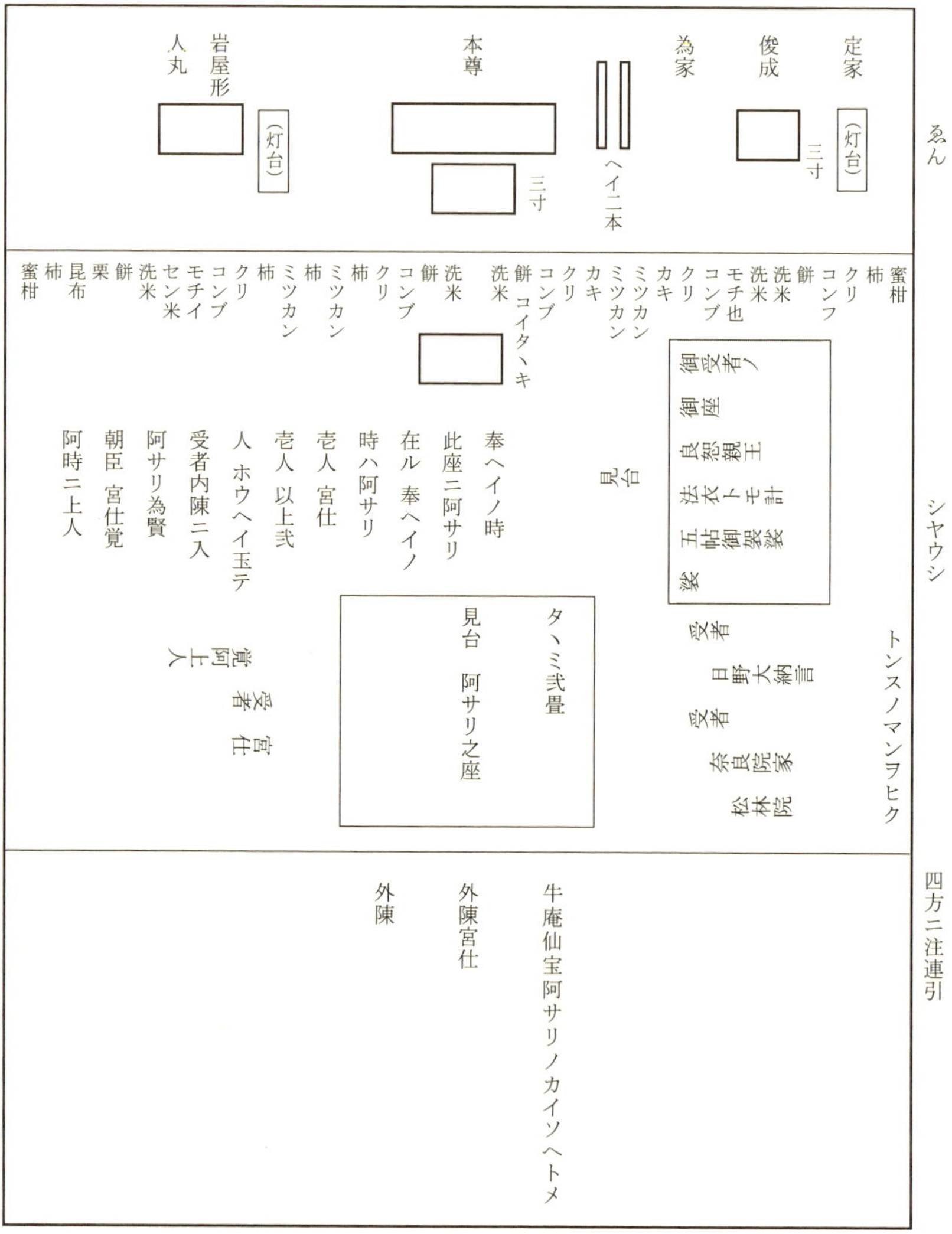

曼殊院蔵「道場図」による書き起こし（部分）

る古今伝受の基盤となったものである。智仁親王によって整理された古今伝受に関する典籍・文書類は宮内庁書陵部に現存しており（「古今伝受資料智仁親王伝受慶長五―寛永四」五〇二・四二〇）(22)、中に実枝から幽斎への相伝が行われた座敷の様子を記す「古今伝受座敷模様」と題された資料（幽斎自筆）があり、その座の様子を具体的に窺い知ることができる。

天正二歳（一五七四）在甲戌六月十七日
古今集切紙、於勝龍寺城、殿主
従三條大納言殿、御伝授
座敷者、殿主上壇、東面人丸像
掛之隆信筆、着色置机子於正面香炉・洗米・
御酒備也、手箱仁三種神器在也、
張錦於其上置文台、北面亜相御着座、
座仁鋪、布一端　南面藤孝着座鋪布壱端十七日、
切紙十八通、十八日切紙十通、伝授之功終矣、
幽斎伝授之次第、令書写畢
慶長七年（一六〇二）八月十四日（花押）
一校畢

（宮内庁書陵部蔵「古今伝受座敷模様」一通）

実枝と幽斎の間には人丸影が懸けられ、その前には机子と香炉・洗米・酒が備えられ、錦を張った上に文台が

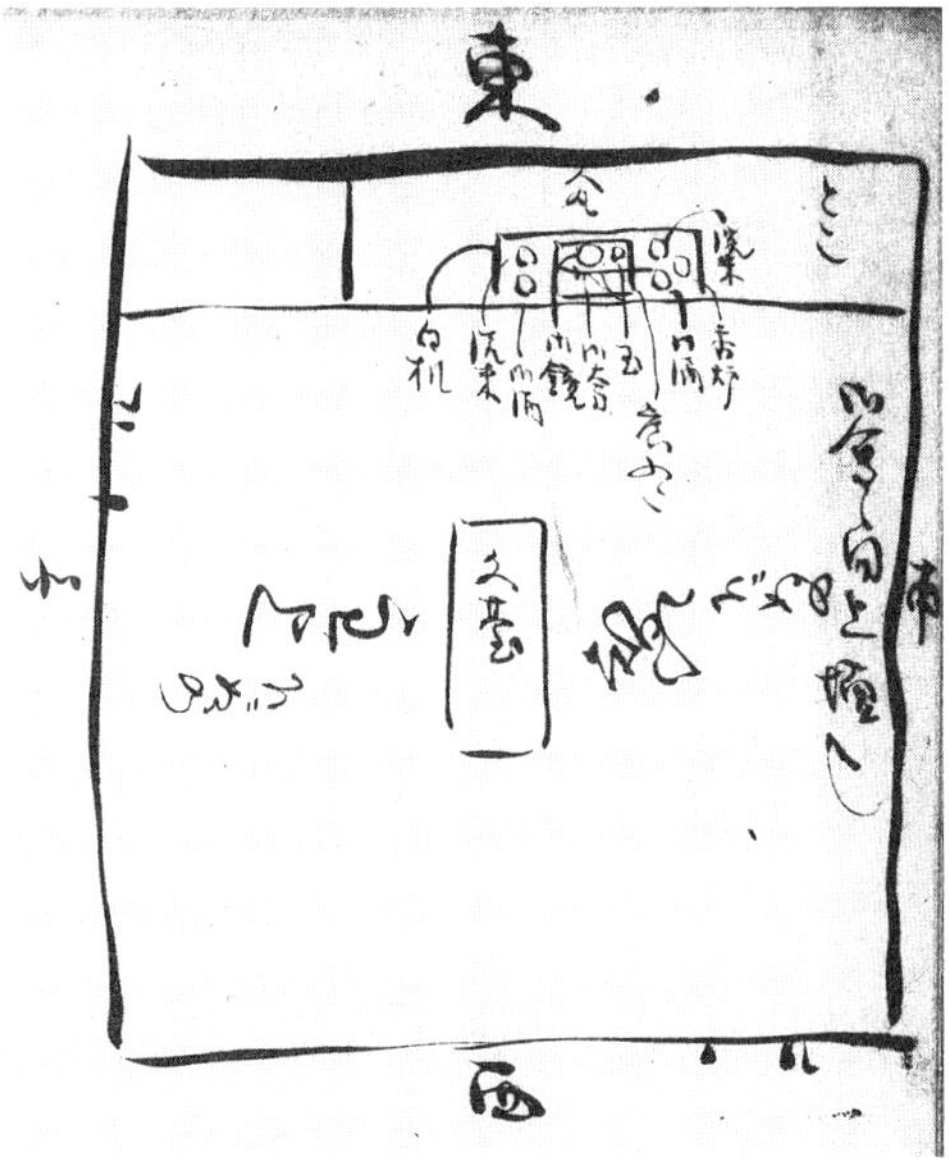

図8　宮内庁書陵部蔵『寛永二年於禁裏古今講釈次第』（古今伝受資料（502・420）の内）

図9　宮内庁書陵部蔵『古今伝授之儀』（B6・447）

据えられている。これまでに見てきた人丸影を戴く伝受座の室礼に類似するが、人丸以外の神仏の勧請を意図する神影や祖師影の類は用意されない。一見簡素な印象を受けるが、従来の記録に見えない要素として「手箱」に入れられた「三種神器」がある。「三種神器」とは通常は天皇即位に際して継承される八咫鏡、天叢雲剣、八尺瓊勾玉を指すが、ここでは当然ながら、それを模した鏡、剱、璽が用意されたのであろう。(23) また、寛永二年（一六二五）の智仁親王から後水尾院への古今伝受の次第である宮内庁書陵部蔵『寛永二年於禁裏古今講釈次第』（古今伝受資料（五〇二・四二〇）の内）に附載される座敷図（図8）にも人丸影の前に「玉」、「御太刀」、「御鏡」の注記が見え、寛文四年（一六六四）に後水尾院より相伝した日野弘資（一六一七―八七）の記録である宮内庁書陵部蔵『古今伝授之儀』（B六・四四七）にも同様の図（図9）が添えられている。禁裏における古今伝受においてもこの三種の神器を取り揃える室礼の作法は踏襲されていったことが確認される。

七　イメージとしての君臣の和へ

三種神器と古今伝受との関連は一見明瞭ではなく、即位儀礼の荘厳のかたちが権威づけのために借用されているようにも見えるが、この室礼は古今伝受に際して伝えられた切紙のうち、『古今集』に収められた次の六首の和歌をめぐる秘説、三木三鳥《さんぼくさんちょう》と通称される切紙に記される理念を具現化したものであったと考えられる。(24)

百千鳥さへづる春は物ごとにあらたまれども我ぞふり行く　（巻一春上・二八・題不知・読人不知）

をちこちのたづきもしらぬ山中におぼつかなくも呼子鳥かな　（巻一春上・二九・題不知・読人不知）

我が門に婬名負鳥のなくなべにけさ吹く風に雁はきにけり　（巻四秋上・二〇八・題不知・読人不知）

み吉野のよしののたきにうかびいづるあわをかたまの《(が)》きゆと見つらむ（巻十物名・四三一・をがたまの木・紀友則）

花の木にあらざらめどもさきにけりふりにしこのみなるときもがな

（巻十物名・四四五・二条の后春宮のみやすん所と申しける時にめどにけづり花させりけるをよませたまひける・文屋康秀）

うばたまの夢になにかはなぐさまむうつつにだにもあかぬ心は　（巻十物名・四四九・かはなぐさ・清原深養父）

これらの和歌に読み込まれた「百千鳥」、「呼子鳥」、「婬名負鳥」、「をかたまの《(が)》き」、「めどにけづり花」、「かはなぐさ」という奇妙な名を持つ鳥と草木をめぐっては、鎌倉時代以来、その実態の比定や深意の詮索が様々行われてきたが、細川幽斎へと伝えられた三条西実枝自筆の『当流切紙』(25)と題される切紙には次のような解釈が示されている。

八　三鳥之大事」（切紙端裏書）

三鳥之事

一　呼子鳥。一説、猿。一説、箱鳥。此鳥ハハヤコ〱ト云ヤウニ鳴故也。又、人ヲ云トモイヘリ。春ノ山野ニ出テ、若菜、蕨、風情ヲ取アツメテ帰ルサニ、友ヲ呼ブ故ニ、カク云ト云ヘリ。又、筒鳥ト云アリ。是ヲ家ノ口伝トス。

一　淫名負鳥　家々種々ノ説々有之。口伝、ニハタヽキヲ云也。

一　百千鳥　鶯ト云歟。家ノ口伝、鶯一ツニ限ラズ。種々ノ鳥、春ハ同ジ心ニ囀ヅルヲ百千鳥ト云也。

（『当流切紙』の内三鳥之大事）

九　鳥之釈」（切紙端裏書）

婬名負鳥

庭敲。此鳥ノ風情ヲ見テ、神代ニミトノマクハヒアリ。是ニ依テ是名ヲ得タリ。秋ハ年中ノ衰ヘ行ク境也。此零落ノ道ヲ興ス所、此帝心也。仍入秋部。今上。

呼子鳥

筒鳥。ツヽトナキテ人ヲ呼ニ似タリ。依之有此名。時節ヲ得テ人ニ告教ル心ヲ執政ニ譬フ。帝ノ心ヲ性トシテ時節ニ応スル下治ノ心也。関白。

百千鳥

春ハ万ノ鳥ノサヘツレハ百千鳥ト云。仍テ此名アリ。万機扶翼ノ教令ヲ聞テ百寮各々ノ事ヲ成スカ如ク春来テ百千ノ諸鳥囀ト云心也。臣。

（『当流切紙』の内「鳥之釈」）

十　鳥之口伝」（切紙端裏）

三鳥之事

一　呼子鳥。是ハ元初ノ一念ヲヨメル歌也。其一念ト云ハ惣然念起名、為無名之義也。無明トハ煩悩也。不測ニ所起之一念也。喚子鳥トハ此一念ニヨビ出サル、所ヲ云也。山中トハ深ク高キ義也。大空寂ノ所也。爰ハ更ニ元来遠近高下ノ分別ナク、測ラレヌ境界ヲ、タツキモ知ラヌトハ云ヘリ。オボツカナクモトハ、不測一念ノ呼出ス所ハ、更ニ思慮ニカ丶ハラザル境也。

一　婬名負鳥。喚子鳥ハ、一念起ル初ヲ云ヘリ。ワタシテ、十月ヲ経テ出生スル所ヲ門ト云ヘリ。人々開タル子心也。陰陽和合シテ、五大ヲマロメタル所ヲ鳥トハナズラヘタル也。書ニ鶏子ノ如シト云心也。鳴ナベニトハ、コトワザノ始マル義也。今朝ハ即時端的ノ義也。風ト雁トハ世界ノ色声ノ目ニ見ヘ耳ニ聞ユル所ヲ云。陰顕ノ二ノ万端ニ世ノ造作ナル心也。

一　百千鳥。囀トハ万物ノ形、色声ノ心也。アラタマルトハ立帰リテハ本ノヤウニ成〳〵スル義也。是法住法位世間相常住ノ心也。我ゾフリ行トハ有待ノ身ノ義也。此身ハ二度立帰リ改ル事ナク旧スル物也。世界ハ我ト云物ナキ時ハ常住也。我ト云物ハ一切ノ喜怒愛楽アルニ依テ、終ニ養老ノ歎キアル也。消テハイヅチ行ゾナレバ、元初ノ自性ニカヘル也。此理能可思悟之。禅ニハ四了箇ノ沙汰、此所ナルベシ。

（『当流切紙』の内「鳥之口伝」）

四　重大事

御賀玉木

内侍所

妻戸削花
神璽
賀和嫁
宝剣

（『当流切紙』の内「重大事」）

六　重之口伝　極
重大事口伝。此切紙ハ前ノ三ケノ子細ヲ明ス也。仮令前ノ切紙ハ喩ヘ也。三種ノ神器ヲ可顕之義也。内侍所。正直。鏡ニテ座ス。真躰中ニ含メリ。鏡ノ本躰ハ空虚ニシテ而モ能万象ヲ備ヘタリ。此理ヲノヅカラ正直ナル物也。畢竟一切皆正直ヨリ起ル。此義深ク秘シ深ク思ベシ。

神璽。慈悲。玉也。陰陽和合シテ玉トナル也。神代ニ日神ト素戔嗚尊ト御中違之時、玉ト剣トヲ取替給テ、御中ナヲラセ給事アリ。是陰陽ノ表事也。

宝剣。征伐。凡ソ剣ハ本水躰也。自水起剣云云。陰ノ形也。爰ヲ以テ征伐ヲ根本トシテ治天下也。［…］

（『当流切紙』の内「重之口伝」）

これらの三木・三鳥の切紙は、古今伝受という営為が伝えようとする寓意の体系を象徴的に示したものであり、段階が進むにつれてそこに秘められた思念が順次解き明かされてゆくように構想されている。「重大事」や「重之口伝」の標目が付された切紙は、深層の奥義を説明する切紙で、たとえば「御賀玉木」とは三種神器のうちの「内侍所」（鏡）のことであり、その含意する「正直」の精神を暗示することが説かれる。表1に示したように、三木はそれぞれが、内侍所、神璽、宝剣を内実とし、その寓意としての正直、慈悲、征伐といった理念を含意すると解釈される。同様に三鳥はそれぞれが、今上（帝）、関白、臣という君臣の体系を内実とすると説かれる。三木三鳥の切紙は三種神器のイメージを媒体として『古今集』から君臣和合の観念を導き出すことを目的として作成されており、そうした切紙の伝える理念を可視化したものが、三種神器を影前に揃える座の荘厳であったと考えられる。

表1　当流切紙の説く三木三鳥とその寓意

三木	御賀玉木	妻戸削花	加和名草
三種の神器	内侍所(鏡)	神璽(玉)	宝剣
(その説く理念)	正直	慈悲	征伐
三鳥	婬名負鳥	呼子鳥	百千鳥
(その喩)	今上	関白	臣

柿本人麻呂の影像を戴く歌会の様式はその定型となり、人丸影を座の中央に据える室礼は後に生み出された和歌の儀礼にも踏襲されていったが、人丸影供がその目的とした柿本人麻呂その人への「供養」や「賛嘆」といった要素は次第に薄れ、人丸影は和歌をめぐる祈念の対象としての「本尊」となり、儀礼の場を荘厳する存在となっていった。古今伝受の座の室礼も人丸影を本尊として戴く様式を通用してはじめられたと考えられる。鎌倉時代に行われた「灌頂伝授」は、その道場が和歌の神としての人丸と神々とに守られて荘厳されるという観念のもとに構想されており、様式的にも密教儀礼に依拠することによって成り立つ儀礼としてあった。その作法は江戸時代初頭にも行われた例が確認され、中世後期には主として冷泉家に関わる流派の様式として継承されていたと考えられる。

室町時代の後半に東常縁と宗祇の間で行われた「切紙伝授」の座については記録が伝わらず、その室礼は定かではないが、それを継承して江戸時代の禁裏・仙洞に行われた御所伝受においては、人丸影を中心に戴きながらも、神祇儀礼の様式の借用によって座の荘厳が図られている。その室礼は、古今伝受によって相伝された切紙の説く君臣の和を象徴するものとしてあり、座の荘厳それ自体が君臣秩序の寓意を可視化したものとして構想されていたと理解される。このような、人丸影や神影、あるいは先達の影を取り揃えた座の荘厳から和歌の神としての人丸影に鏡・剣・璽据えた座の荘厳への移り変わりは、神仏の庇護のもとに伝えられる秘儀から君臣秩序を象徴してその和を説く儀礼として古今伝受自体の構想が大きく変化していったことを反映していると考えられる。

注

（1）全一〇巻。観応二年（一三五一）作成。巻一・七が失われ、文明十三年（一四八一）に補作。西本願寺蔵。小松茂美編『続日本絵巻大成四 慕帰絵詞』（中央公論社、一九八五年）所収。

（2）鎌倉末頃成立。藤原為家の男・為顕（冷泉為相の異母兄）からの相伝を記す為顕流の伝書。三輪正胤『歌学秘伝の研究』（風間書房、一九九四年）七三―八四頁参照。なお、以下の引用は尊経閣文庫蔵『竹苑抄』（元応二年（一三二〇）写）による。

（3）人物の影像を掲げてその前で行われる釈奠や講書といった文事については、仁木夏実「藤原頼長自邸講書考」（『語文』八四・八五、二〇〇六年二月）、同「絵の前の文学空間」（中古文学会第二四回例会（平成二一年一一月一四日　於大阪府立大学）発表資料）にその機能や史的展開等についての検討があり、人丸影供の前史が知られる。

（4）その歴史的展開については、山田昭全「柿本人麿影供の成立と展開――仏教と文学との接触に視点を置いて」（『大正大学研究紀要』五一、一九六六年三月、後に『山田昭全著作集三 釈教歌の展開』おうふう、二〇一二年に再録）、佐々木孝浩「歌会に人麿影を掛けること」（『季刊文学』六、二〇〇五年七月）、同「人麿影と讃の歌」（『和歌をひらく三 和歌の図像学』岩波書店、二〇〇六年）参照。

（5）『日本歌学大系 四』（風間書房、一九六四年）所収。『和歌無底抄』には伝来の過程において増補や削除が繰り返され、その内容を大きく増減する多様な伝本が伝存しているが（注2掲載の三輪正胤『歌学秘伝の研究』二七六―三一〇頁参照）、「人丸奉行念誦次第」の部分は後代の付加とは考えられていない。なお、伝本の系統とそれぞれの歴史的位置については、舘野文昭「『悦目抄』『和歌無底抄』における諸本の様相と課題」（『軍記と語り

物』五〇、二〇一四年三月）、同「『和歌無底抄』諸本の考察」（『斯道文庫論集』四九、二〇一五年二月）に詳しい。

（6）注5掲載の『日本歌学大系 四』二二二―二二三頁。

（7）この儀礼はいわゆる「人丸講式」の次第であろうという指摘もある。注2掲載の三輪正胤『歌学秘伝の研究』二九三頁。

（8）和歌に関わる「本尊」のイメージとその展開については、川平ひとし「文台と本尊のある場――和歌会次第書類点綴」（『中世文学』三八、一九九三年六月、後に、同『中世和歌論』笠間書院、二〇〇三年に再録）参照。

（9）片桐洋一『中世古今集注釈書解題 五』（赤尾照文堂、一九八六年）の翻刻（底本は片桐洋一蔵本）による。なお、青木賜鶴子・生沢喜美恵・鳥井千佳子「古今和歌集灌頂口伝（下）――解題・本文・注釈」（『女子大文学（国文篇）』三七、一九八六年三月）参照。

（10）注2掲載の三輪正胤『歌学秘伝の研究』三三―七二頁。

（11）片桐洋一『柿本人丸異聞』（和泉書院、二〇〇三年）一七七頁。

（12）三輪の述べる趣旨は片桐の批判にあるような単純化されたものではない。伝書は理念的には改変の手を加えることなく後代へと伝えられるものであり、その実際においても、新たな要素が付加されたとしても前代の記事を包含しつつ伝えられてゆくのが通例である。敢えて明快な区分を示した三輪の意図は、発展的な史観の主張にあるのではなく、膨大な量が伝わり相互関係も判然としない秘伝書の伝本研究を推し進めた三輪の極めて体感的な感触の提示であったように思われる。

（13）このような伝受の痕跡を留める秘伝書の奥書には密教僧が名を連ねており、その伝播にも関与が想定されている。注2掲載の三輪正胤『歌学秘伝の研究』三五三―三五四頁、石神秀晃「宮内庁書陵部蔵「金玉双義」翻刻併解題上」（『三田国文』一五、一九九一年一二月）参照。

（14）藤沢市史編さん委員会『藤沢市史 七』（藤沢市役所、一九八〇年）に清浄光寺に伝領される資料の解説がある。

（15）これらの切紙類は、川平ひとしによる一連の論考により詳細に分析され、翻刻が試みられている。川平ひとし「冷泉為和相伝の切紙ならびに古今和歌集藤沢相伝について」（『跡見学園女子大学紀要』二四、一九九一年三月）、同「資料紹介 正親町家本『永禄切紙』――藤沢における古今伝受関係資料について」（『跡見学園女子大学紀要』二五、一九九二年三月)、両論文ともに後に、同『中世和歌テキスト論』(笠間書院、二〇〇八年)附載のCD-ROMに所収。

(16) 冷泉為和と関東との関係については、注15掲載の川平ひとし「冷泉為和相伝の切紙ならびに古今和歌集藤沢相伝について」、小川剛生『武士はなぜ歌を詠むか 鎌倉将軍から戦国大名まで』(角川学芸出版、二〇〇八年)第四章 流浪の歌道師範——冷泉為和の見た戦国大名」に詳しい。

(17) 清浄光寺に伝えられた古今伝受は、いわゆる灌頂伝授として鎌倉時代後期に関東の密教寺院周辺に伝えられたと考えられている伝受の流れを直接に継ぐものではなく、室町時代になってから歌道家である冷泉家より伝えられたものであることが、注15掲載の川平ひとし論文により確認されている。

(18) 注15掲載の川平ひとし「冷泉為和相伝の切紙ならびに古今和歌集藤沢相伝について」の翻刻(底本は、国文学研究資料館蔵初雁文庫本『和歌灌頂次第秘密抄』(一二・二〇〇)に合写された切紙集。天理図書館蔵『古今集藤沢伝』との異同が〔　〕内に補われる)により、写真版により確認を行ない一部の表記を変更した。

(19) 桜町天皇により勅封され、散佚することなく現在に伝えられている。重要文化財(一九七五年指定。指定名称は「古今伝授関係資料」)。『月刊 文化財』(第一法規出版、一九七五年五月)、及び指定に先立って行われた文化庁による調査記録(『京都曼殊院 古今伝授関係資料 (七十三種)』(文化庁文化財保護部美術工芸課、一九七五年)に全体の概要が示される。また、その一部は、新井栄蔵編『曼殊院蔵古今伝受資料 一～七』(汲古書院、一九九〇—一九九二年)として影印が刊行されている。

(20) 新井栄蔵「桜町上皇勅封曼殊院蔵古今伝受一箱——曼殊院本古今伝受関係資料七十三種をめぐって」(『国語国文』四五—七、一九七六年七月)。

(21) 新井栄蔵「毘沙門堂蔵良恕親王附属天海大僧正受古今伝授切紙一種をめぐって——古今伝授史私稿」(小沢正夫編『三代集の研究』明治書院、一九八一年)にこの絵図についての簡単な紹介がある。

(22) 第二部第三章参照。

(23) 三種の神器を用いた壇の構成が、御流や三輪流と称した神道の流派に行われた灌頂の儀礼に用いられた壇と類似しており、そうした神祇儀礼の借用が想定されることについては第二部第三章に述べた。

(24) 三木三鳥の秘伝とその意義については、注2掲載の三輪正胤『歌学秘伝の研究』のほか、新井栄蔵「「古秘抄別本」の諸本とその三木三鳥の伝とについて――古今伝授史私稿」（『和歌文学研究』三六、一九七七年三月）、同「古今伝授の再検討――宗祇流・尭恵流の三木伝を中心として」（『文学』四五―九、一九七七年九月）、赤瀬信吾「古今伝授の三木伝」（『解釈と鑑賞』五六―三、一九九一年三月）、鈴木元「古今伝授とは何か」（森正人・鈴木元編『文学史の古今和歌集』和泉書院、二〇〇七年）に言及がある。

（25）『京都大学国語国文資料叢書四〇　古今切紙集　宮内庁書陵部蔵』（臨川書店、一九八三年）所収。

第三部　歌の道をかたちづくる——御所伝受の形成と展開

第一章　確立期の御所伝受と和歌の家
――幽斎相伝の典籍類の伝領と禁裏古今伝受資料の作成

はじめに

宗祇（一四二一―一五〇二）の講説に発する『古今集』の秘説の講釈と伝受は、三条西実隆（一四五五―一五三七）から公条（一四八七―一五六三）、実枝（一五一一―七九）と三条西家三代に継承され、細川幽斎（一五三四―一六一〇）を経て、幽斎から八条宮智仁親王（一五七九―一六二九）へ、智仁親王から後水尾院（一五九六―一六八〇）へと伝えられ、以降、幕末に至るまで禁裏・仙洞に相伝され、「御所伝受《ごしょでんじゅ》」と称される一流となる。また、幽斎は、烏丸光広（一五七九―一六三八）、中院通勝（一五五六―一六一〇）といった智仁親王以外の門弟にも相伝し、その子孫達は、幽斎より伝えられた古今伝受に関わる典籍・文書類を伝領し、また御所伝受にも関与してゆく。

御所伝受の歴史と実際とを伝える資料としては、禁裏、烏丸家、中院家に伝領された典籍・文書類を含む資料群が東山御文庫、宮内庁書陵部、京都大学附属図書館（中院文庫）、同総合博物館（中院文書）等に比較的豊富に伝来しており、従来もそれらを用いて多くの検討が重ねられてきたが、それら資料群自体の相互の関係や意義などについては必ずしも共通の理解が行われているとは言えない。(1)また、東山御文庫所蔵資料や国立歴史民俗博物館蔵高松宮家伝来禁裏本を対象とした研究の進展など、近年の禁裏文庫研究の展開と関連資料の整理に伴い、禁裏及び公家文庫に伝領された典籍・文書類の成り立ちなどについて新たに得られた知見も少なくない(2)。

本章では、現時点で公開されている御所伝受の歴史を伝える資料を改めて概観し、古今伝受に関与した諸家に伝来した典籍・文書類の伝領の過程について検討を加え、併せて、江戸時代初頭の御所伝受をめぐる環境とその歴史的意義について述べることを目的とする。後述のように、後水尾院・後西院の時代の御所伝受は確立期とも言うべき時代であり、古今伝受に関わる典籍・文書類の収集が積極的に行われている。秘説の相承もさることながら、この時期には古今伝受に関わる典籍・文書類を収集、整理し、それを伝領してゆくこと自体が一つの課題であったと考えられる。

一　宗祇―三条西家流古今伝受の系譜

江戸時代の堂上の古今伝受、いわゆる「御所伝受」の歴史については、横井金男『古今伝授沿革史論』（大日本百科全書刊行会、一九四三年、後に増補し『古今伝授の史的研究』（臨川書店、一九八〇年）として再刊）によって、その基本的なイメージがかたち作られ、現在に至るまで一定の共通理解の基盤となっている。同書は、その発表された時期を考慮すれば、驚異的な精度で資料が博捜され、個々の事象の意味づけがなされていると言えるが、古今伝受それ自体の理解においては、その権威を所与のものとして絶対化する視座の設定がなされる点、発展的史観による歴史叙述によって本質的に権威を有した古今伝受が恭しく伝えられるというイメージを固定化した点などに大きな問題を抱えている。

室町時代に行われた古今伝受については、早くに井上宗雄により、三条西実隆より後奈良天皇（一四九六―一五五七）への古今伝受について示された次のような評価を念頭に置いて理解する必要があろう。

最初渋っていた実隆が、結局帝の手厚い丁重な待遇にほだされてすべてを伝授し、二度も「道の眉目」と称するようになる。当初渋った内容は明らかではないが、一つは、大臣家の格式において道を伝える、即ち家業を以て仕える（これは大体羽林家以下のあり方である。歌道家はすべて羽林家である）事を潔しとしなかった事が一つの理由ではあるまいか。［…］大臣家は、羽林家以下のように軽々に儀式などで雑務や事務に手を下さない。従って、飛・冷両家とは若干異なった立場にあった様だが、実質的にはこの伝授によって三条西父子が宮廷歌壇の最高指導者としての権威をえた事になるのである。――因みにいえば、この伝授は宮廷内部において、特に天皇と三条西父子との師弟関係の成立という事において重要であったが、歌壇全体を聳動せしめる大事件であった訳ではない。また古今伝授の性格上、事々しく喧伝されたものでもなかった。

（井上宗雄『中世歌壇史の研究 室町後期〔改訂新版〕』明治書院、一九八七年）(3)

井上の指摘する通り、この時代の古今伝受はあくまでも三条西家の行儀として伝えられたものであり、その帯びる権威は、実隆、また、公条が天皇の和歌の師となったという歴史的事実に大きく依存していたと考えて誤りはないであろう。表1に一覧したように、後奈良天皇、正親町天皇（一五五七―八六）へと古今伝受を相伝した実隆、公条がきわめて高齢であり、その後の講釈者が若年になってゆくのは、当初においては、「長老」としての歌壇の最高権威からの伝達という点に重きが置かれ、後には古今伝受を相伝することそれ自体に価値が認められるようになっていったというような、古今伝受を取り巻く認識の変化を反映していると考えられる。

古今伝受の権威化は、すでに指摘があるように細川幽斎の周辺において推し進められたと推測されるが、それ

表1　古今集講釈時の年齢(室町時代後期—江戸時代前期)

講釈時期	講釈者	講釈対象
享禄2年(1529)	三条西実隆(75歳)	後奈良天皇(34歳)
永禄5年(1562)	三条西公条(76歳)	正親町天皇(46歳)
元亀3年(1572)	三条西実枝(62歳)	細川幽斎(39歳)
慶長5年(1600)	細川幽斎(67歳)	智仁親王(22歳)
寛永2年(1625)	智仁親王(47歳)	後水尾天皇(30歳)
明暦3年(1657)	後水尾院(62歳)	道晃親王(46歳)他
寛文4年(1664)	後水尾院(69歳)	後西院(28歳)
延宝8年(1680)	後西院(44歳)	霊元院(27歳)

には、関ヶ原の戦における田辺城無血開城で名高い、唯一の秘伝の継承者としての幽斎その人の伝説化もさることながら、幽斎周辺における古今伝受をめぐる二つの状況の変化が直接的には影響していると考えられる。その一点目は古今伝受を伝える典籍・文書類の整備であり、二点目は古今伝受に関わる公家衆の増加である。

古今伝受の秘説を記した切紙は三条西家以外にも近衛家や堺衆にも伝領されていたが、幽斎の時点でそれらが収集され整理されたことは早くに指摘される通りであり[4]、その間の経緯については新井栄蔵、小高道子による一連の研究に詳しい[5]。宗祇以降、古今伝受は表2に挙げた系統図のように相伝されてゆくが、表3に示した諸処に伝領されて現存する古今伝受に関わる遺品は、伝えられる典籍・文書類の総量は異なるものの、幽斎の収集した三条西家流、近衛家流、堺流の混態で伝わるのが通例である。幽斎の収集により整備された聞書・切紙類は一纏まりのユニットを構成し、古今伝受の成就を証する秘籍として、幽斎から相伝した諸家に伝領されてゆくこととなった。古今伝受に関わる典籍・文書類の整備とその伝領とが、モノとしての典籍・文書類それ自体をも権威化していったと理解して大過ないように思われる。

また、幽斎からの古今伝受の相伝は、後の御所伝受の祖となった八条宮智仁親王にのみ行われたのではなく、表2に示したように烏丸光広、中院通勝、島津義久(一五三三—一六一一)[6]といった門弟にも行われている。これらのうち八条宮家、烏丸家、中院家では、それ以降も歴代が古今伝受に関わる典籍・文書類を家の重事として管理しつつ伝領していった形跡が認められる。こうした古今伝受に関わる典籍・文書類を伝領し、それに関与する

表2　古今伝受の系譜（古今伝授の相伝を━━で示した）

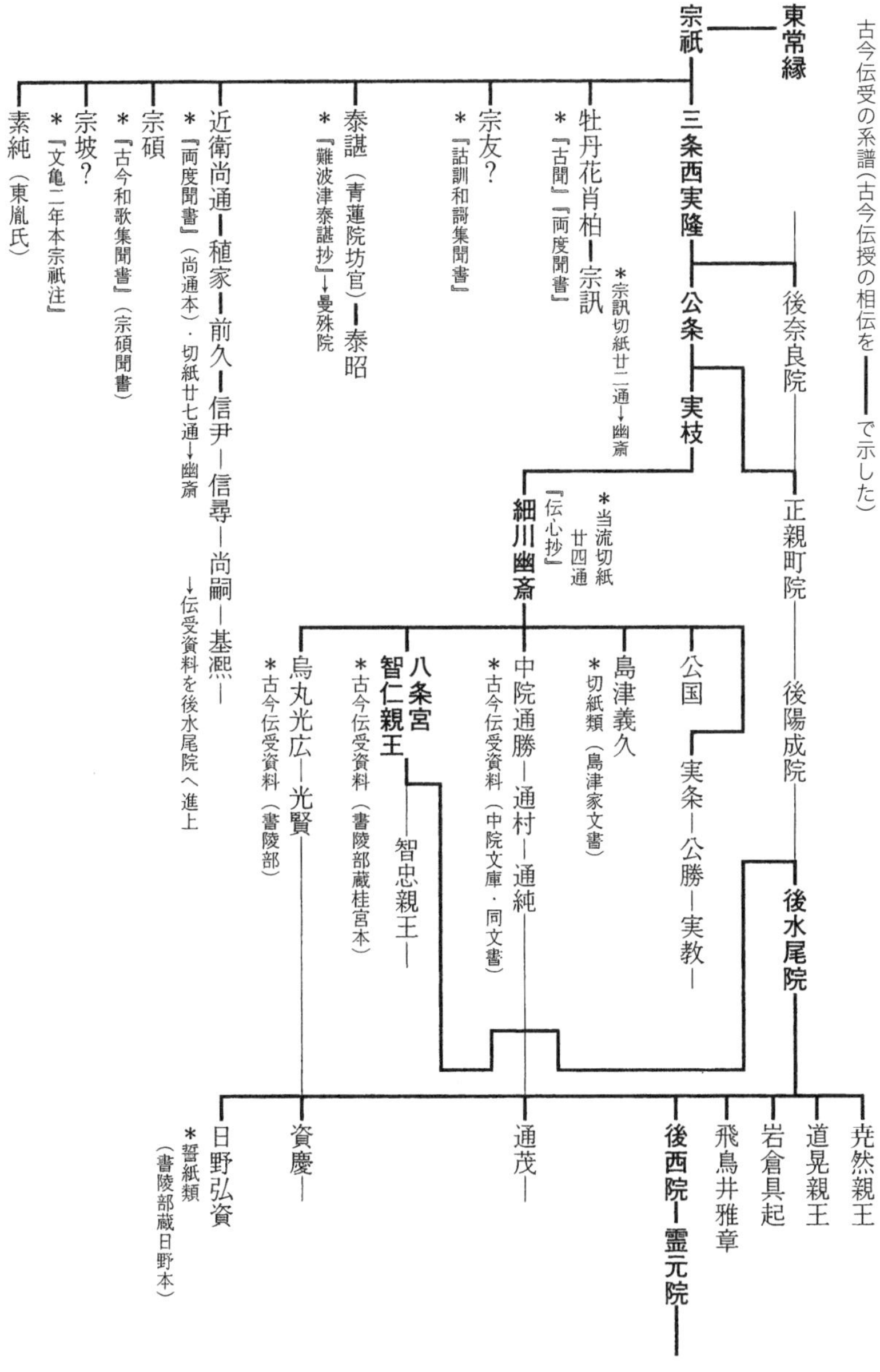

表3　古今伝受関連文書の伝領と現蔵

根本資料の伝受者	同授者	伝領	伝領過程・現存
実隆	宗祇	三条西家	実条伝領資料の一部は早稲田大学附属図書館蔵　*1
肖柏	宗祇		未詳（宗訊へ伝えられた切紙は幽斎が収集し、智仁親王へ）　*2
宗友？	宗祇		未詳（聞書〔『詁訓和謌集聞書』〕は宮内庁書陵部等蔵）
泰諶	宗祇		聞書（『難波津泰諶抄』）は曼殊院蔵　他は未詳　*3
近衛尚通	宗祇	近衛家	後水尾院へ進上した際の火災で室町時代資料の多くは焼失　*4
宗碩	宗祇		未詳（自筆聞書（『古今和歌集聞書』）は慶應義塾図書館等蔵）
宗坡？	宗祇		未詳（聞書（『文亀二年宗祇注』）の転写は蓬左文庫等蔵）
細川幽斎	三条西実枝	細川家？	一部は智仁親王・烏丸光広が伝領（宮内庁書陵部蔵）
島津義久	細川幽斎	島津家	切紙類は島津家文書として伝来
中院通勝	細川幽斎	中院家	京都大学附属図書館蔵（中院文庫）・同総合博物館蔵（中院文書）
智仁親王	細川幽斎	八条宮家	宮内庁書陵部（桂宮本）
烏丸光広	細川幽斎	烏丸家	切紙類は宮内庁書陵部　その他聞書類等は未詳　*5
後水尾院	智仁親王	禁裏・仙洞	東山御文庫
尭然親王	後水尾院	妙法院？	妙法院から近衛家へ進上　一部は陽明文庫蔵カ？　*6
道晃親王	後水尾院	聖護院？	関連資料の一部は聖護院蔵　*7
岩倉具起	後水尾院	岩倉家？	未詳
飛鳥井雅章	後水尾院	飛鳥井家	未詳　聞書は国会図書館蔵
日野弘資	後水尾院	日野家	弘資時点の誓紙類の案文は宮内庁書陵部蔵　他は未詳

*1　井上宗雄・柴田光彦「早稲田大学図書館蔵 三条西家旧蔵文学書目録」（『国文学研究』32、1965年10月）、『早稲田大学蔵資料影印叢書国書篇7・8 中世歌書集1・2』（早稲田大学出版部、1987年6月、1989年12月）に書影がある。

*2　『京都大学国語国文資料叢書40 古今切紙集』（臨川書店、1983年11月）に宮内庁書陵部蔵の切紙類の書影がある。

*3　『曼殊院古今伝授資料6』（汲古書院、1992年2月）に書影がある。

*4　新井栄蔵「陽明文庫蔵古今伝授資料」（『国語国文』46-1、1977年1月）に関連資料の紹介がある。

*5　小高道子「烏丸光広の古今伝受」（長谷川強編『近世文学俯瞰』汲古書院、1997年5月）に関連資料の紹介がある。

*6　田村緑「〈こまなめて・こまなへて〉考――伝授説をめぐって」（『国語国文』55-8、1986年8月）にその可能性の指摘がある。

*7　日下幸男『近世初期聖護院門跡の文事――付旧蔵書目録』（私家版、1992年11月）に関連資料の指摘がある。

公家衆の増加により、古今伝受の秘伝としての意義の共有がなされ、また、古今伝受に関わる文書・口伝・次第の類が堂上に通底する知識となっていったことも、古今伝受の権威が広く認められる一因となったと考えられる。

後水尾院の時代の禁裏は正統を伝える一統ではあったが、八条宮家・中院家・烏丸家といった累代の古今伝受を伝える家と比すれば後発であり、さらに、室町時代よりの命脈を保つ三条西家も依然、古今伝受の家として存在していた。禁裏は、こうした古層の古今伝受を伝える諸家に働きかけ、それぞれに伝えられた資料を収集し、諸家に分散した古今伝受を収斂させるとともにそれを伝える和歌の家を統制するようになってゆく。

二　三条西家から禁裏・仙洞へ

江戸時代前期の三条西家の当主、三条西実教（一六一九―一七〇一）の言談を書き留めた『和歌聞書』には、智仁親王や中院通村（一五八八―一六五三）の説々は幽斎から伝えられたもので、もとを辿れば三条西家から出たものなのだという実教の言が見える。

桂光院殿《智仁親王》も、中院《通村》前内府なども、頓阿法師が歌をみてよしと申されたるよしき丶およべりと予《正親町実豊》いひければ、被答曰《三条西実教》、それは両人のともに今少、指南の不足処也。其子細にてはなし。桂光院殿も中院も幽斎よりきかれたる也。これみな当家《三条西家》より出たるなり。此方本なり。称名院《三条西公条》書て置候旨とはかはり候。（『和歌聞書』）(7)

同様の発言は寛文四年（一六六四）の古今伝受に際し中院通茂（一六三一―一七一〇）によって記された『古今伝受日記』（京都大学附属図書館蔵中院文庫本）の中にも随所に見え、(8) 和歌の伝統を述べ、また、自家の立場を説明する際の実教の定型的表現であったと推測される。幽斎→智仁親王→後水尾院という、通常理解されている古今伝受の正統からは距離を置くとはいえ、江戸時代においてなお、三条西家には和歌の家、古今伝受の家としての自覚と強い自負があった。(9)

また、こうした三条西家への認識と評価は、ひとえに三条西家の内部に留まるものではなかったらしい。霊元院歌壇の中心人物の一人であった武者小路実陰（一六六一—一七三八）の言談聞書である『詞林拾葉』には、禁裏の古今伝受は、後水尾院の時代に三条西家から新たに「眼目」の相伝を得て正統となり得たという次のような記述が見える。

古今伝授の事、後水尾院よりたしかになり候。それ迄は伝来皆肝要なる眼をぬきてあり。その大事なる眼は西三条家にあり。実子二、三歳幼稚なりとても此伝を外につたへず、目をぬきてその眼目といたし候所を小さく守にいたし、その子の首にかけさせ、その親相はてられ候よし。是により後水尾院御時、御吟味あそばし、西三条家へ御尋ねありしに、此方よりあらためて古今御伝授なさせられ候はゞ、彼眼といたし候秘事御伝へ申上べくと言上有ければ、なる程御伝授御受あそばさるべきよし勅諚ありて御受あそばし候。それより以来、此伝眼入り、たしかになり候。

（武者小路実陰述・似雲記『詞林拾葉』(10)）

この「眼目」とは、それを伝えるべき実子が幼童の時にも外へは伝えず、「小さく守」にして首に掛けさせた秘事であったと言う。いささか奇妙な話ではあるが、「実子二、三歳幼稚なりとても此伝を外につたへず」とは、三条西実枝が老齢に差し掛かった時にその男・公国がまだ幼少であったため、実枝は直接に公国に古今伝受を相伝することができず、将来の公国への返し伝授を約束し幽斎へと伝えたという古今伝受の歴史の一齣を下敷きとしていると考えられ、そのような非常事態においてなお「外」へは伝えなかった秘事の存在を言うらしい。「守」

とあるのは、ここに記された文脈とは異なるが、寛文四年の後水尾院から後西院への古今伝受に際して記された中院通茂の日記に次のように記される掛守の相伝を想起させる（補入部分は［　］に入れて示した）。『詞林拾葉』の記事はまったくの空想ではなく、古今伝受をめぐる何らかの伝承に基づき語られたものであったと判断される。

入夜為昨今之礼、向三条西（実教）亭、少時言談、先昨今厚恩余身之条難謝尽、其上向後可加力之由、別而思れん也、雖不及此道、不堕地様ニと存之間、随分加異見、可賜之由頼了、此次語云、次第不同也、
一　かけ守《マモリ》トテアリ、伝受之時、師、弟子共ニカクルコト也、白キ布の袋ニ入、［此真言など灌頂之時］、大日ニナリテ伝ルヤウノ心也、恐凡身、マモリヲカケ、ソノ身ニナリテ伝受ルコト也、此事先刻之古今秘伝抄ニアル事也、幽斎流伝受無之、前右府伝受之時従此方用也、幽斎にかけさせられし時、三光院（三条西実枝）伝受之時［何やらんしらずといへども被］懸之、二度又懸之由あいさつありしと也、（右府伝受最末、皆以右府以前伝受云々、）

（中院通茂『古今伝受日記』寛文四年二月十日条）

先の『詞林拾葉』の記事を改めて見てみると、幽斎を経由する伝受とは別に三条西家に相伝された古今伝受の存在とその後水尾院への継承が述べられており、この時期の古今伝受の歴史を考える上で注意される。実際に後水尾院は三条西家に伝領された古今伝受に関わる講釈聞書と切紙や秘説に関心を寄せており、寛文四年に行われた後西院への古今伝受に際し、幾度かにわたって実教を呼び出し、三条西家伝来の伝受文書や抄物を進上させていたことが中院通茂『古今伝受日記』によって知られる。『古今伝受日記』寛文四年二月十日条、同十四日条には後水尾院の命を受けて実教が進上した抄物や文書が記されており、また、実教の保持する口伝についても後水尾院は疑義を下しており、その内容の把握に努めていたことが知られる。

三条（三条西実教）云、［…］幽斎伝受之外、三光（三条西実枝）、幽斎へ伝受之抄物進上法皇（後水尾院）了。
（中院通茂『古今伝受日記』寛文四年二月十日条）

十四日、参殿之次、向三条亭（三条西実教）、言談、［…］幽斎者二条家之一流ばかりきかれし人也、東之流のはきかれざりし也、法皇（後水尾院）此以前御尋之事あり、仍幽斎伝受之時、三光院之抄ヲ被懸御目、東家之流御尋ありし也、されども、それは虫なども損じたり、三光院抄之［内］皆部類して有之、此外者さしてなきよし申て東ノ家のは不進上之由物語也、［…］法皇へは宗祇抄も逍遙院抄をも不懸御目、三光院抄計進上之、［…］三月十三日、三条参法皇有御問答云々、不能委細、［…］
（中院通茂『古今伝受日記』寛文四年二月十四日条・三月十三日条）

こうした典籍・文書を介した後水尾院と実教との交渉の記憶が『詞林拾葉』に「伝授」として記し留められているように思われるが、実教から後水尾院へと古今伝受が相伝された形跡は現在のところ確認されてはいない。『詞林拾葉』が「伝授」と記すのは厳密には誤認と考えられるが、三条西家に伝領された典籍・文書類の授受を考える上で興味深い資料が伝わっている。

図10に示した『皇室の至宝 東山御文庫一』に「後水尾天皇古今伝授御証明状」[11]として書影が公開されている後水尾院発給の宸翰一通は、「今度新院（後西院）就道伝受」の文言が見えることからも寛文四年の後西院への古今伝受に関わると判断される。但し、この書状を『皇室の至宝 東山御文庫一』のように「伝授証明状」と解するのはいささか無理があるように思われる。

この文書の発給者は後水尾院、宛所の「三条西前大納言殿」は実教が想定される。この書状は、先の『詞林拾葉』の記事のように実教から後水尾院への相伝がなされたとすれば後水尾院の提出した誓紙に、逆に後水尾院から実教への相伝を想定すれば後水尾院の発給した証明状として機能する文書と考えられる。古今伝受に際し提出される誓紙は末尾に神仏名を列挙し、それへの起請を以て秘説の遺漏のないことを誓うのが通例であるが、(12)この文書はそうした形式となっていない。また、古今伝受を遂げたことを証明する証明状であるのならば、伝えられた秘説の漏脱への禁制が記されるのがやはり通例であるが、(13)この書状に記されるのは「奥秘家伝文書之写」の入

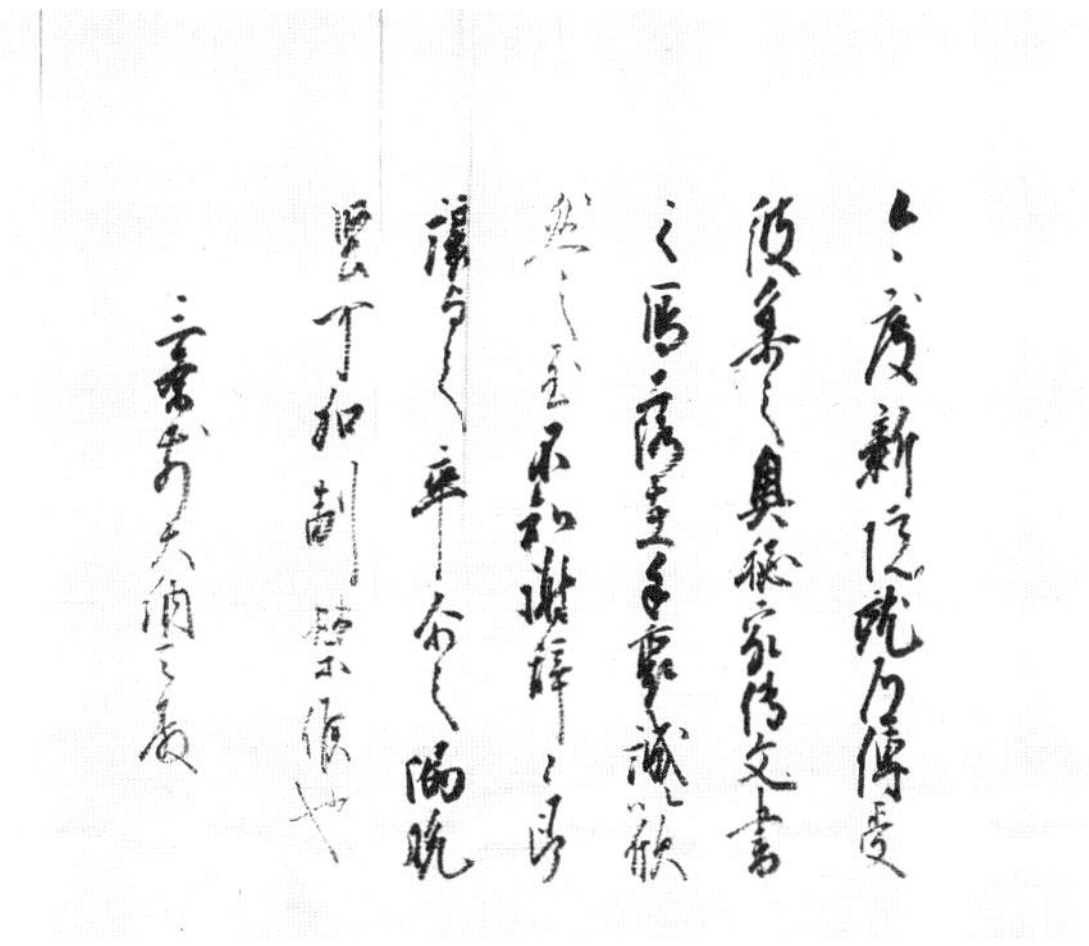

今度新院（後西院）就道伝受、
彼集之奥秘家伝文書
之写落在手裏、誠以欣
然之至不知謝辞候、即
譲与之、卒爾之漏脱
堅可加制禁候也、
三条前大納言殿（三条西実教）

図10　東山御文庫蔵「後水尾天皇古今伝授御証明状」（勅封62・12・1・1）〔江戸前期〕写
資料名は『書陵部紀要』によった。但し、記される内容から見て本状は証明状ではなく、秘説を伝える文書の漏脱に対する禁制を伝えた書状と判断される。
（帝国学士院編『宸翰英華 図版篇』（思文閣出版（復刻）、1988年）による）

手とそうした文書の「卒爾之漏脱」に対する禁制である。唐突に「家伝文書」の授受が記され、一見、意の汲み難い文面に見えるが、先に述べたような三条西家伝来の典籍・文書類の後水尾院への進上を念頭に置き、それらの「漏脱」に対する禁制を加えたと解すれば文意は通る。この書状は後水尾院と三条西実教の間に交わされた誓紙や伝授状ではなく、三条西家伝来の文書を進上させた際に後水尾院が下した禁制を記したものであると判断される。

この一通は三条西家と禁裏・仙洞との関係を端的に伝えている。三条西家伝来の古今伝受はまとまった一具としては現存せず、その目録なども伝わらないため、現在、東山御文庫や宮内庁書陵部に伝わる禁裏御文庫を継承する典籍・文書類のいずれが三条西家に由来するのかを確認することは容易ではないが、後水尾院から後西院への古今伝受に際し、三条西家の古今伝受を伝える典籍・文書類が禁裏へと進上されて書写されたのは中院通茂『古今伝受日記』の記事や東山御文庫蔵「後水尾天皇古今伝授御証明状」（図10）に見た通りであり、実教へと伝えられた三条西家の古今伝受を伝える典籍・文書類は後水尾院の統制下に置かれたと見てよいように思われる。

三　智仁親王伝領の八条宮家古今伝受一具の行方

後水尾院へと古今伝受を相伝した智仁親王にはじまる八条宮家も三条西家と同様に禁裏に先行して古今伝受を保持し、その成果としての抄物・切紙等を伝えた家であった。後水尾院は智仁親王より古今伝受を相伝したため、幽斎から智仁親王へと伝えられた聞書と切紙を核として構成される宮内庁書陵部に現存する桂宮家伝来の古今伝受に関わる典籍・文書類一一二点（宮内庁書陵部蔵「古今伝受資料　智仁親王伝受　慶長五―寛永四」（五〇二・四二〇）[14]）は、御所伝受の始発に位置する資料群として、その基幹資料と理解されてきた。

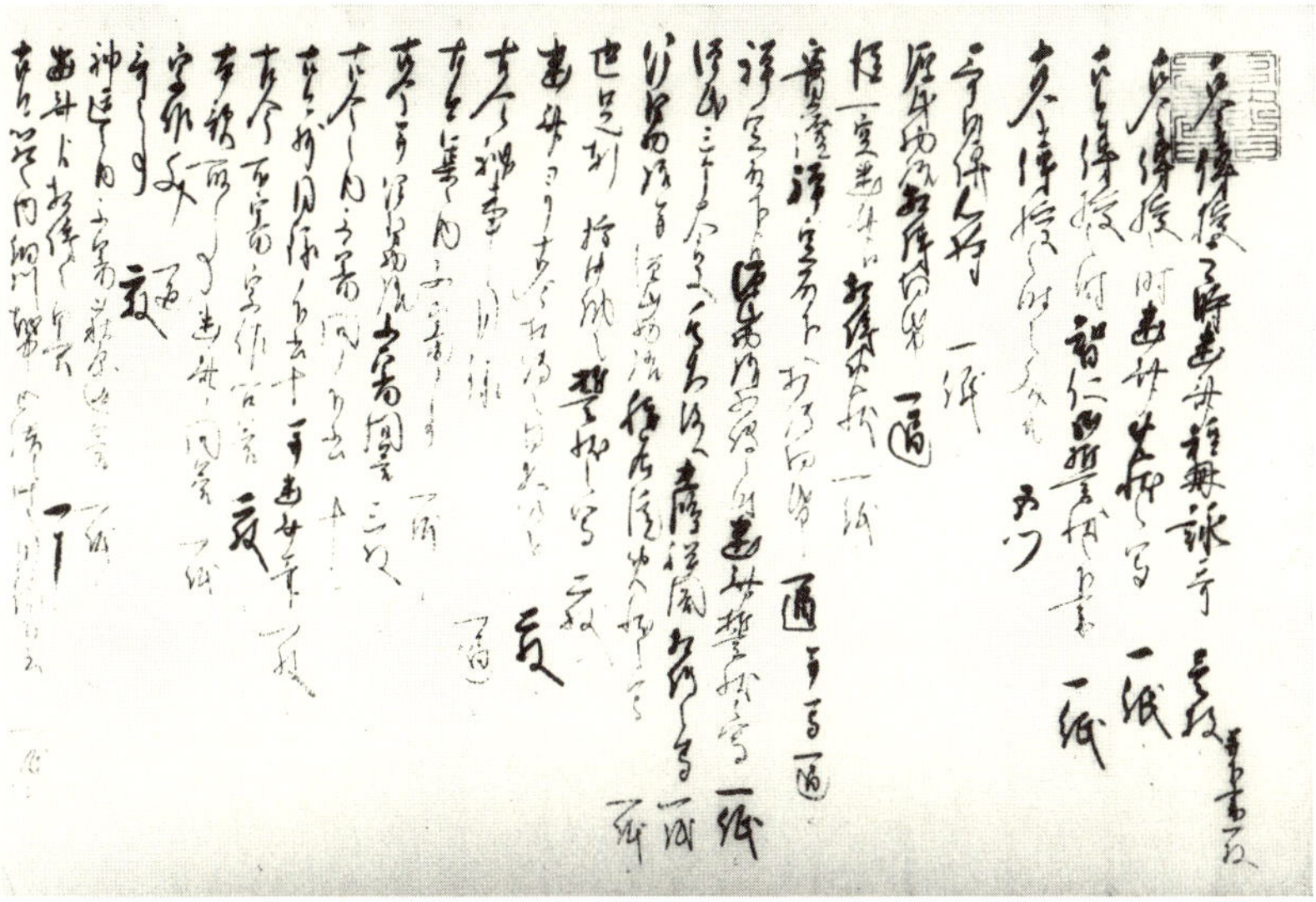

図11　宮内庁書陵部蔵「古今伝受関係書類目録」（古今伝受資料（502・420）の内）
八条宮智仁親王（1579-1629）の相伝した古今伝受に関わる典籍・文書類を第2代・智忠親王（1619-62）が整理した際に作成された目録と考えられる。

確かに、この資料群には古今伝受を相伝した歴代の天皇・上皇の披見に供された形跡があり、継続的に禁裏・仙洞からの関与があったと推測されるが、この資料群自体は智仁親王薨後も八条宮家に伝領され、その管理も八条宮家において行われていたらしい。したがって、幽斎→智仁親王→後水尾院と伝わり、以降は禁裏に伝領されて御所伝受の正統の基盤となったというような桂宮家（八条宮家）旧蔵古今伝受資料に対する理解は、観念的には誤りとは言えないが、事実関係においては修正が求められる（厳密な意味においては禁裏に伝領されたものではない）。

現行の「古今伝受資料」（五〇二・四二〇）は、収められる典籍・文書類の内容を記した数種の「目録」を附属している。うち十通（宮内庁書陵部における名称は「古今伝受之目録」（古今伝授資料（五〇二・四二〇）の内[15]）は、幽斎相伝の古今伝受に関わる典籍・文書類を整理した際に智仁親王によって作成された目録群であるが、[16]図11に示した他一通の目録（同「古今伝受関係書類目録」同[17]）では列挙される典籍・文

表4　古今伝受御封紙（古今伝授資料（502・420）の内）

年紀	日時	封者	記載文面（包紙上書・封紙*1）
延宝4年（1676）	8.14	後水尾院	(1)「法皇御封延宝四八十四切之」（包紙上書）*2 (2)「（花押）封之」（封紙）
延宝4年（1676）	8.25	智忠親王	(3)「天香院殿御封此箱延宝四八廿五初開之」（包紙上書）*3 (4)「（花押）」（封紙）
延宝5年?（1677）	1.24	智忠親王	(5)「巳ノ正月廿四日天香院殿御封」（包紙上書）*4 (6)「（花押）」（封紙）
天和3年（1683）	8.12	後西院	(7)「後西院御封三枚」（包紙上書） (8)「天和三八十二（花押）」（封紙）*5 (9)「天和三[　]十三（花押）封之」（封紙） (10)「（花押）」（封紙）
寛保3年（1743）	3.21	後西院	(11)「寛保三年三月廿一日被開之 後西院勅符也」（上記後西院封紙の包紙上書）
記載なし	なし	桜町院	(12)「太上天皇昭」（封紙）*6

*1　八条宮家（桂宮家）に伝領された古今伝受箱の封紙と考えられる
*2　「法皇」…後水尾院（1596—1680）。
*3　「天香院」…八条宮家第2代智忠親王（1619－62）の法諡。
*4　「巳」は延宝五年（1677）か？
*5　「天和3年」…天和3年（1683）4月16日に後西院から霊元院への古今伝受が行われている。
*6　「昭」…桜町院（1720—50）の諱「昭仁」を記していると推測される。「太上天皇」と記されることから、延享4年（1747）7月の譲位から寛延3年（1750）4月の崩御までの間の封と判断される。

書類の名称として「古今伝授之時智仁御誓状之下書」と智仁の名に「御」を付す例が見え、智仁親王自身により記されたものとは考えられない。『図書寮典籍解題 続文学篇』（養徳社、一九五〇年）では理由は示されないものの、智仁親王の男で八条宮家を継いだ第二代・智忠《としただ》親王（一六二〇―六二）によって作成された目録とされている。この判断はおそらく正しく、智仁親王の相伝した典籍・文書類はその薨後には智忠親王により目録が作成され封緘されて保管されていたと考えられる。

「古今伝受資料」（五〇二・四二〇）として一括される資料の中には、聞書・切紙類を収めた古今伝受箱の封に用いられたと推測される封紙七枚が伝来しており[18]、封紙及び附属する包紙の書き付けによって封緘の時期と施封者が知られる。記される年紀の順に一覧にすれば次の表4のようになる。

延宝四年（一六七六）八月十四日の開封が記される包紙（表4(1)）には後水尾院の花押を記す封紙（表4(2)）が収められており、八条宮家伝来の古今伝受箱には後水尾院による勅封が付されたことが知られるが、同時に、同年八月二十五日の開封の年紀が記される包紙（表4⑶）には智忠親王（「天香院」は智忠親王の法諡）による封の記録が記されている。延宝四年は智忠親王の薨後であり、八月十四日の開封の後、同二十五日までの間に改めて智忠親王が封を付すことは想定できない。延宝四年の時点で、後水尾院による勅封とは別に智忠親王による封の付された箱も伝来していたと思われる。(19)

智仁親王により整理され目録の付された幽斎相伝の典籍・文書類は、智仁親王の遺物を加えて、智忠親王によって改めて整理され封緘の上、伝領されたと考えられるのであるが、(20)智忠親王のもとに伝えられた古今伝受の一具は、智忠親王の薨後は八条宮家を継承した第三代・穏仁《やすひと》親王（一六四三―六五、後水尾院第十皇子）へと伝領されていったらしい。智忠親王の薨じた寛文二年（一六六二）の二年後、寛文四年（一六六四）には、後水尾院より後西院への古今伝受が遂行されるが、その際に「式部卿宮所持」の幽斎自筆『伝心抄』が後西院によって借り出されて書写されたことが、後西院の筆録になる古今伝受の記録である東山御文庫蔵『古今伝授御日記』に記されている。

烏丸（資慶）内々入見参古今伝受之箱之中御覧、伝心抄被取出、烏丸披見可仕之由也、二箱幽斎（細川）伝受之箱一、光広（烏丸）卿伝受之箱一、今日被返遣之、次、中院（通茂）箱被披法皇（後水尾院）御覧、伝心抄且又被出取、可披見之由也、予（後西院）伝心抄一部書写望之由申入之旨、幽斎自筆之本三光院（三条西実枝）奥書、式部卿宮（八条宮穏仁親王）所持被借下了、祝着之至也、

（後西院『古今伝授御日記』寛文四年五月十六日条）(21)

「幽斎自筆之本三光院奥書」とある『伝心抄』は宮内庁書陵部蔵「古今伝受資料」（五〇二・四二〇）に含まれる『伝心抄』そのもの、「式部卿宮」と記されるのは穏仁親王（明暦元年（一六五五）に式部卿）を指すと考えられ、寛文四年の時点においてもこれらが八条宮家に伝領されていたことが確認される。切紙類などとは別に『伝心抄』

のみが八条宮家に伝領されたとは考え難く、古今伝受箱に収められたすべてが穏仁親王のもとに伝領されていたと推測される。智仁親王によって取りまとめられた幽斎相伝の古今伝受一具は、智仁親王から後水尾院、そして後西院へという古今伝受の相伝血脈からは離れ、智仁親王↓智忠親王↓穏仁親王と八条宮家に伝領されていったと考えられる。

若くして薨去した穏仁親王の後、八条宮家は後西院の第一皇子・長仁《おさひと》親王（一六五五―七五、第四代）、同第八皇子・尚仁《ひさひと》親王（一六七一―八九、第五代）と継承されてゆくが、この時期の古今伝受箱の伝領を伝える記録は多くを見出せていない。再度、表４に示した封紙とその包紙の記載を参照すると、天和三年（一六八三）四月の後西院から霊元院への古今伝受(22)の後に用いられたと考えられる封紙（表４⑻〜⑽）には、八条宮家の親王ではなく後西院の花押が記されており、院によって封されたことが知られる。天和三年時点の八条宮家の当主は尚仁親王であるが、十三歳の若年であり、後西院の皇子でもあったため父親により封が付されたと推測される。

後西院以降の封緘を伝える封紙は、年紀の記されない桜町院（一七二〇―五〇）の花押を記した封紙一枚（表４⑿）が伝わる。延享元年（一七四四）五月(23)の烏丸光栄（一六八九―一七四八）から桜町院への古今伝受に関わり披見に供された後に封されたものと想像されるが、封紙に「太上天皇昭」と記されることから延享四年（一七四七）の譲位後に記されたものと判断される。この時期の八条宮家は文雅の嗜好で知られる第七代・家仁《やかひと》親王（一七〇三―六七）の時代にあたるが、八条宮家と古今伝受の関係については多くは知られず、関連資料の発掘とともに今後の検討に委ねるべき事柄が多い(24)。

江戸時代前期の八条宮家と禁裏との関係に返ってみれば、八条宮家では古今伝受箱の伝領は確認されるものの、宮家において営為としての古今伝受が行われていた記録は知られていない。おそらくはその相伝はなされなかったのであろう。また、八条宮家と禁裏・仙洞との間には三条西家と禁裏・仙洞の関係のような古今伝受の正統をめぐる混乱や対立が起こった形跡は見あたらず、親王が天皇または上皇から古今伝受を相伝した記録もない。智仁親王、智忠親王の時代はともかくも、それ以後の八条宮家歴代は第七代・家仁親王まで早世が続き、(25)古今伝受に関与することの可能な年齢に達する前に薨去していること、後水尾院、後西院、霊元院の皇子による継承が続き、実子の相続がなかったことも累代という意識が宮家の中に生まれ難かった理由として想定されるだろう。

四　烏丸家伝来古今伝受一具と禁裏相伝の伝受箱の作成

智仁親王とともに幽斎より古今伝受を相伝した中院通勝、烏丸光広のもとに伝えられた聞書や切紙類もそれぞれの子孫に伝えられていった。中院家に伝領された典籍・文書類については、その概要と後水尾院の行った古今伝受への影響等を中心に第三部第三章及び第七章に述べるが、烏丸家に伝領された古今伝受箱も寛文四年の後水尾院から後西院への古今伝受に際して光広の孫・資慶（一六二二―七〇）によって後水尾院へと進上されている。

前節に示した、後西院『古今伝授御日記』（寛文四年五月十六日条）に「烏丸（資慶）披見可仕之由也。二箱 （細川）幽斎伝受之箱一、（烏丸）光広卿伝受之箱一」と記された資慶によって後水尾院へと進上された計二箱が烏丸家伝来の古今伝受箱であったと考えられるが、この資料群は江戸時代を通して烏丸家に伝領されたらしく、近代になってから中山家を経て宮内庁書陵部に収められ、現在も同所に所蔵されている。宮内庁書陵部に「古今伝受資料 細川藤孝伝・烏丸光広受等」（五〇二・四二四）として整理される資料群は次の表5に示した通り聞書類を含まず、またいくつかの切紙を欠くなど散佚が甚だしい。残念ながら全容の保全がなされているとは言えないのであるが、一部に後代の資料を追加しつつも幽斎から光広へと伝えられた典籍・文書類を基幹とすると考えられている。(26)

烏丸家に伝領されたこの古今伝受一具は烏丸光広に伝えられた幽斎自筆の切紙などを含み、八条宮家（桂宮家）

に伝領された古今伝受一具（宮内庁書陵部蔵、前述）とともに江戸時代以前の古今伝受の様態を窺う資料として注目されてきたが、後西院によって禁裏の古今伝受一具が作成される際にも参照されており、御所伝受の歴史について考える際にも重要な資料と言える。

宮内庁書陵部に現蔵される桂宮家（八条宮家）旧蔵の「古今伝受資料」（五〇二・四二〇）が、禁裏伝領の古今伝受箱とは言えないことは先にも記したが、禁裏に伝領されていった古今伝受箱は後西院によってその基幹が整備されたもので、東山御文庫に現存するものがそれにあたると考えられる。次に掲げた目録は東山御文庫に伝わる一紙で寛文四年の相伝の後に後西院によって古今伝受箱が作成された際の目録と考えられる。(27)

1　傳心抄 天地人　三冊
2　同 叙　一冊
3　傳心集　一冊
4　切紙十八通 法皇宸筆　一包
5　同六通 法皇宸筆　一包
6　古抄 尚通公 宗祇抄　一冊
7　後法成寺 古今切紙 近衛殿 廿七通　一包

表5　古今伝受資料 細川藤孝伝・烏丸光広受等（502・424）

典籍名	員数	紙縒題・紙縒書入
1　目録 *1	1通	—
2　切紙十八通	18通＋包1	「智仁親王御筆也、幽斎ヨリ伝受之時、幽斎所持之三光院殿御切帋ヲ智仁所望シテ、智仁ノ写ヲ幽斎へ被進タリ」
3　切紙六通	6通＋包1	—
4　近衛大閤様御自筆	2巻	—
5　秘々（内外口伝歌共）	1巻	—
6　カケ守リノ伝授	6通	「カケ守リノ伝授、寛文八年資慶卿御筆也、コレハ伝授了後少間アリテ又伝之云々」
7　切紙十八通	17通＋包1	「玄旨筆切帋」
8　切紙六通	6通	「玄旨筆切帋」
9　後法成寺近衛殿様古今切紙廿七通	27通	—
10　夢庵相訊相伝古今集切紙十五通切紙外書物七通	21通	「包帋／玄旨筆也」「肖柏切帋也」

*1　一部の散佚が推測され、この「目録」と現存する典籍・文書類は必ずしも一致しない。

8　夢庵 古今集切紙 宗訊相傳 十五通 切帋外書物七通　一包

9　宗祇切紙 十通　一包

10　五通 切帋ノ料紙已下数之中五六枚合寸法者也　一包

11　内外秘哥書抜
包紙書付
近衛大閤様御自筆　一巻

12　古　作者等 定―　一巻

13　常縁文之写　一巻

14　古今相伝人数分量 横折一紙　一通

15　古今肖聞之内　一冊

16　真名序　二冊

17　無外題 青表帋　一冊

18　古今伝受日時勘文　一通

19　古今伝受之時座敷絵図　二枚

20　誓帋案文 元亀三十二六 藤孝　一紙

21　古今御相伝証明御一帋 天正丙子小春庚午 三光院亜槐判　一枚

22　包紙書付 御てん受のときさしきのやうたいかき物 三てう大なこん殿
古今伝授　座敷模様　一紙

23　三條大納言殿 公国卿 へ古今相伝一帋案文 天正八年七月日 藤孝判　一紙

24　三條中納言殿道相伝之時御誓紙 天正七年六月十七日 公国判　一紙

誓紙案文　一紙
25　三条宰相中将殿誓詞 慶長九閏八十一 実条　一紙
26　三条中しやう殿へまいらせ候とめ一紙
27　中院殿誓状 天正十六十一廿八 素然　一紙
28　誓状 天正十六八十六 嶋津修理大夫入道龍伯　一紙
29　八条殿 古今相伝証明一紙 幽斎筆 慶長五七廿九 玄旨判　一紙
30　烏丸光廣卿 古今証明状 慶長癸卯小春甲午 幽斎玄旨判　一紙
31　置手状之写 尚通公 実隆卿 濟継卿　一紙
32　古今集相伝之箱入目録 横折　一枚
33
已上
寛文四年十二月十日 今夜令目録了
此内 古抄 尚通公一冊 擔子之内へ入加了　（東山御文庫蔵『古今集相伝之箱入目録』（勅封六二・八・一・一〇・一））

この目録に記載された書目の多くは八条宮家伝来の「古今伝受資料」（五〇二・四二〇）に収められる典籍・文書類にも一致するが、「古今伝受資料」（五〇二・四二〇）では三条西実枝筆本が収められる「4切紙十八通 法皇宸筆 一包　5同六通 法皇宸筆　一包」（いわゆる「当流切紙」）の書写者を「法皇」（後水尾院）と記しており、確かに後西院に相伝された資料群と確認される。この目録に記載される書目を禁裏に伝領された典籍・文書類を伝える東山御文庫に伝来する資料群と対照すると、勅封六二・八の番号を付して伝来する「神秘」と墨書する貼紙を付した箱に収められた典籍・文書類が大凡一致する。後西院以降の歴代による再整理や追加を含みつつも、勅封六二・

八として伝来する箱に収められた資料群が、後西院によって作成された古今伝受箱に収められていた資料群を基幹とするものであると考えられる(28)。

後西院によって伝受に関わる典籍・文書類が整理され古今伝受箱が作成された際には、先にも記したように『伝心抄』は八条宮家伝来の幽斎筆本が親本とされたが(29)、勅封六二・八として伝来する箱に収められた切紙の中には表6・図12に示したような資慶所持の切紙の転写を明記する切紙があり、切紙類の一部は烏丸家に伝領された文書類に基づき書写が行われたことが知られる。識語には「常縁筆歟」（宗祇切紙御写）、「以後法成寺関白尚通公筆令書写了」（近衛尚通筆歌学書御写）といった記載が認められ、烏丸家に伝領された切紙が底本に選択されたのは、より素性のよい資料が求められたためであったと考えられる(30)。

後西院により整えられた古今伝受箱は霊元院へと継承されていった。東山御文庫には「後西天皇古今伝授御証明状」（図13）、「霊元天皇古今伝授御誓状並御草案」（図14）と称される天和三年（一六八三）の後西院より霊元院への古今伝受の際に認められた、霊元院宸翰誓紙(31)と後西院宸翰証明状が伝存している(32)。「旧院（後水尾院）御相伝」の切紙と「愚筆」（後西院自筆）の『伝心抄』を進上するのは「正統支証」のためであると記され、後水尾院→後西院→霊元院という相伝の正統を証明するものとして後水尾院宸翰切紙と後西院宸翰『伝心抄』が伝えられている。つまりは後西院によって整備された古今伝受箱が禁裏に相伝される古今伝受箱として伝領されていったことが確認されるのである。

表6　東山御文庫蔵後西院宸翰切紙類の識語

書陵部紀要による名称*1	勅封番号	員数	識語（包紙等への記載を含む）	目録*2	烏丸本*3
古今伝授古秘記御写 *4	62・8・2・4	13通	寛文四年七月一日以資慶卿本書写了	8	10
宗祇切紙御写	62・8・2・5	10通	懸帋之内十通〈内一通ハ白帋也〉以烏丸前大納言〈資慶卿〉本令書写之、料紙寸法以下如本〈常縁筆歟〉寛文四年七月十八日於灯火書写了〔花押〕	9	—
近衛尚通古今伝授切紙御写	62・8・2・7	27通	寛文四年七月二日以烏丸前大納言本書写了	7	9
近衛尚通筆歌学書御写	62・8・2・9	2巻	此一巻以後法成寺関白〈尚通公〉筆令書写了、件本烏丸前大納言〈資慶卿〉仍而所借請也、于時寛文四年七月廿三日〔花押〕	11	4

*1　『書陵部紀要』52（2001年3月）所収の彙報による。
*2　「目録」の項目は東山御文庫蔵『古今集相伝之箱入目録』（勅封62・8・1・10・1）の掲出順。
*3　烏丸本は表5に記した番号。
*4　外題「古秘　切紙十五通」。但し現状では十五通が揃わない。

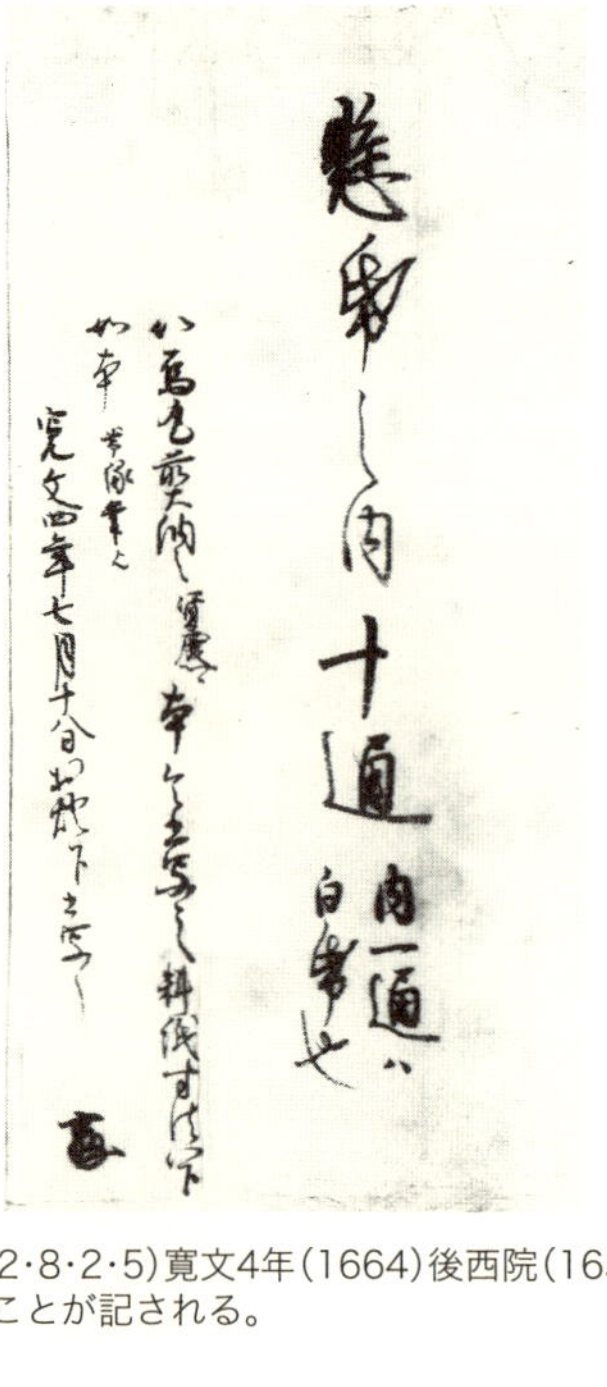

懸帋之内十通内一通ハ白帋也
以烏丸前大納言資慶卿本令書写之、料紙寸法以下
如本常縁筆歟、
寛文四年七月十八日於灯火書写了、（後西院花押）

図12　東山御文庫蔵『宗祇切紙御写』（勅封62・8・2・5）寛文4年（1664）後西院（1637-85）筆
烏丸資慶（1622-70）所持の切紙に基づくことが記される。

五　和歌の家と禁裏・仙洞

江戸時代初頭の禁裏が三条西家、八条宮家、中院家、烏丸家などの先行する和歌の家から古今伝受に関わる典籍・文書類を進上させてそれらを披見し、また、新たに古今伝受箱を作成しなければならなかった直接的な理由は、智仁親王より後水尾院が古今伝受を相伝した際に作成した古今伝受箱を火災で焼失してしまったことであった。

十日、禁中御会始参之処、新院（後西院）有召、仍参常御所、［出御］於廊下、仰云、古今御抄先年焼失之間、被御覧合度之間、可進上歟、法皇（後水尾院）必懸御目よとも難被仰、新院仍先内証御尋之由也、

（中院通茂『古今伝受日記』寛文四年二月十日条）

「先年焼失」とあるのは万治四年（一六六一）の大火を指す。万治以降の禁裏は、火災で焼失した多くの典籍・文書類の補写に勢力を傾けるようになるが、(33) 聞書などの典籍・文書類の多くもこの火災の際に失われてしまったらしい。智仁親王よりの相伝という血脈上の正統性はあるものの伝えられた文書類の大方は失われており、一方で周囲には累代の古今伝受の家が存在していた。

寛文四年の古今伝受の後に、相伝を遂げた中院通茂が後水尾院に「十口決」の秘伝を尋ねると後水尾院は「左様ノコト無之由」（そのようなことは無い）と言ったとされる。

十口決有之由承及、所望之由申之、左様ノコト無之由仰也、［…］不審条々、十口決、千早振哥并印、廿四首秘哥、六首秀逸、冬三首哥、土代之子細、此等口伝無之由、不審也、

（中院通茂『古今切紙之事法皇仰』(34)）

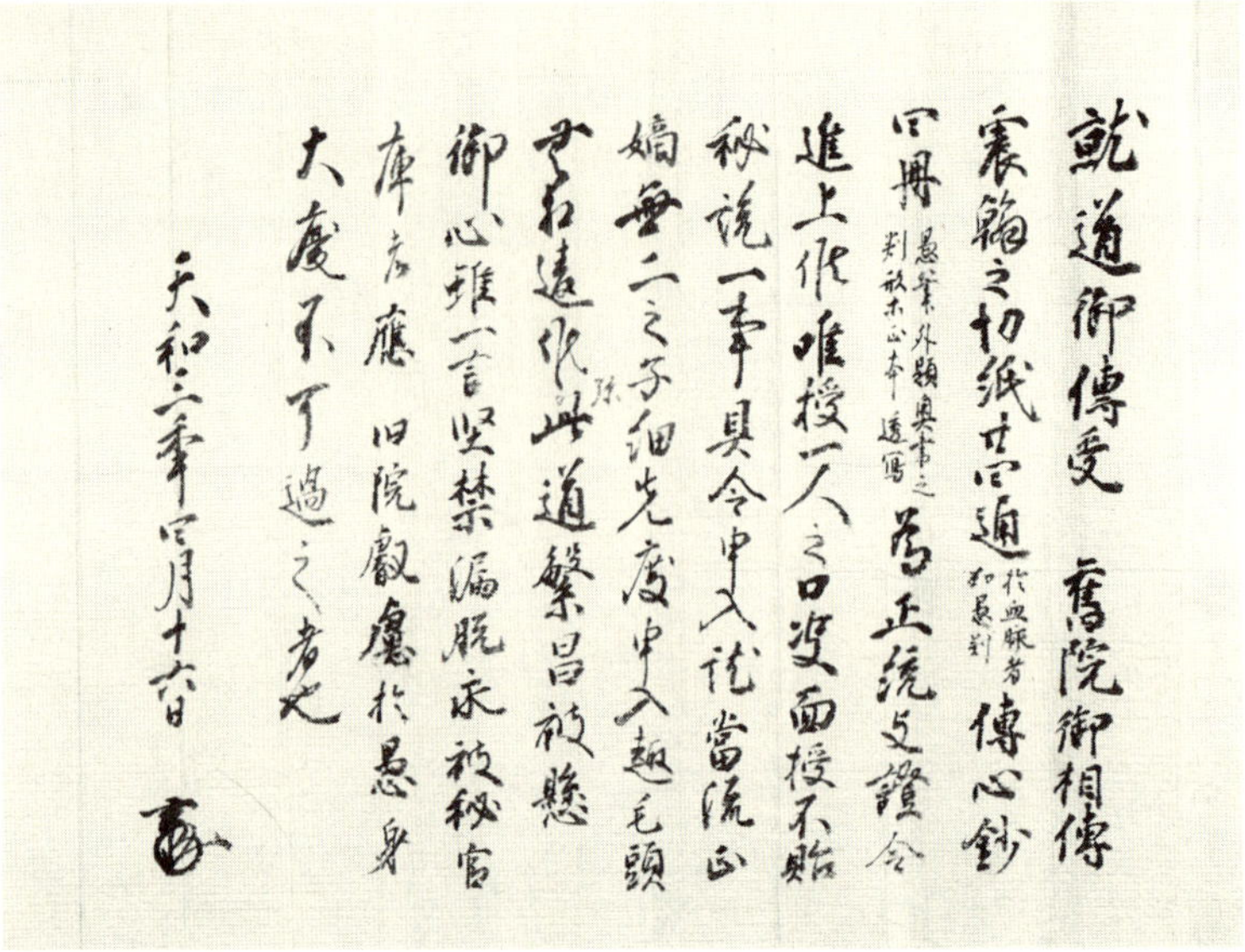

就道御伝受、旧院（後水尾院）御相伝
震翰（ママ）之切紙廿四通 於血脈者加愚判 ・伝心鈔
四冊 愚筆外題奥書之判形等正本透写 為正統支証令
進上候、唯授一人之口決面授不貽
秘説一事具令申入訖、当流正
嫡無二之子細先度申入趣毛頭
無相違候、○（弥）此道繁昌被懸
御心雖一言堅禁漏脱永被秘官
庫者応　旧院叡慮於愚身
大慶不可過之者也、
天和三年四月十六日（花押）（後西院）

図13　東山御文庫蔵「後西天皇古今伝授御証明状」（勅封62・12・1・6）
天和3年（1683）後西院筆
（帝国学士院編『宸翰英華 図版篇』（思文閣出版（復刻）、1988年）による）

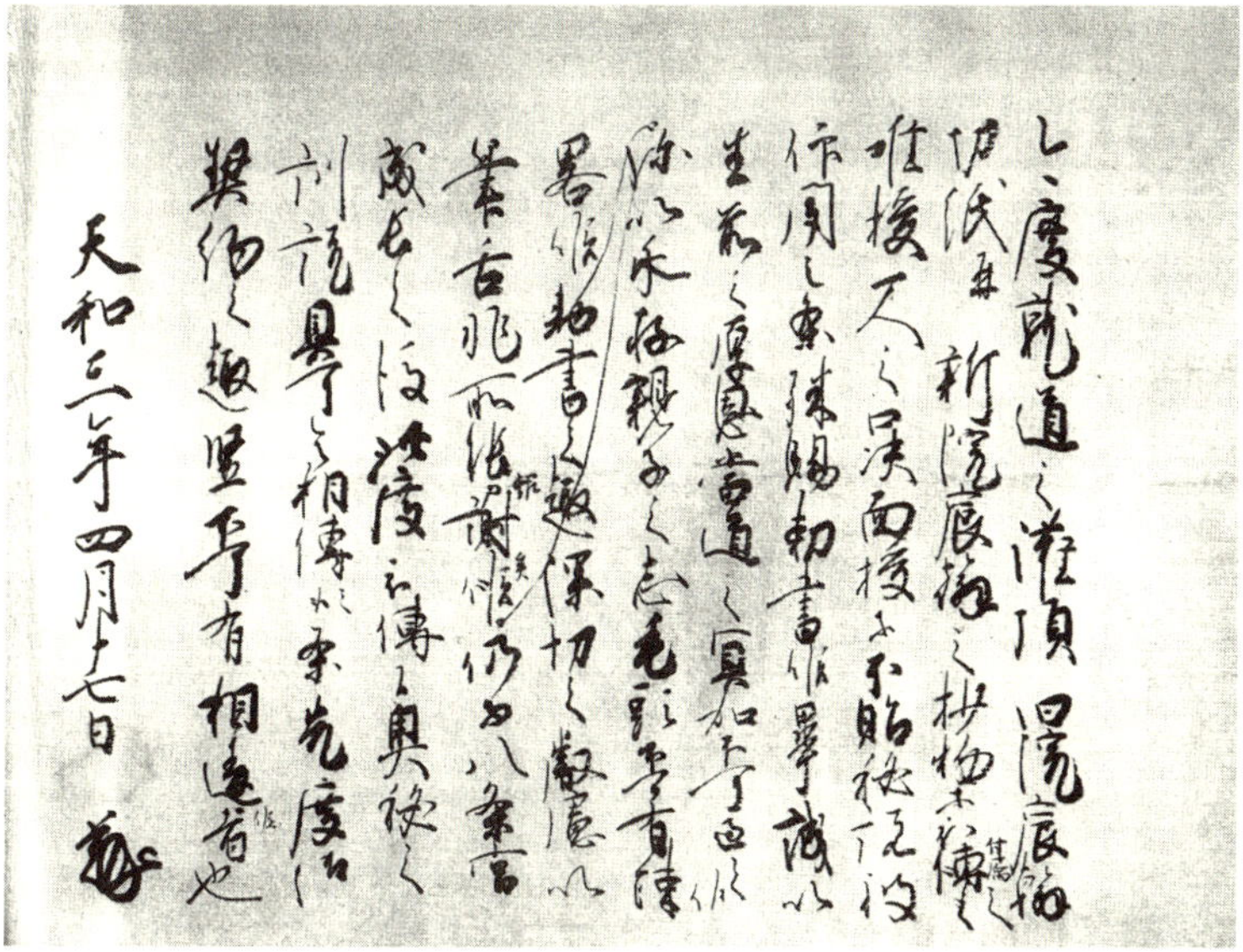

今度就道之灌頂、旧院《(後水尾院)》宸翰
切紙并新院宸翰之抄物等被伝《付属之》之、
唯授一人之口決面授等不貽秘説被
仰聞之条、殊賜勅書候畢、誠以
生前之厚恩、当道之冥加不可過之候、
弥以永存親子之志、毛頭不可有疎
略候、勅書之趣深切之叡慮以
筆舌非所能○《報》謝候《矣》、仍而八条宮
成長之後、此度被伝候奥秘之
訓説具可令相伝候《之》条、先度御
契約之趣堅不可有相違○《候》者也、

天和三年四月十七日（花押《霊元院》）

図14　東山御文庫蔵「霊元天皇古今伝授御誓状並御草案」（勅封62・12・1・9）全2通の内
天和3年（1683）霊元院筆。
（帝国学士院編『宸翰英華 図版篇』（思文閣出版（復刻）、1988年）による）

通茂はさらに「千早振」、「廿四首秘哥」、「六首秀逸」、「冬三首哥」、「土代之子細」などの口伝が伝えられないことを「不審」と記しているが、こうした事例からは古今伝受の受け手の側も秘伝の存在を知っており、場合によってはその内容に対する知見もあったことが知られる。

「十口決」の秘説を伺うことのできなかった通茂は、改めて三条西実教にそれを問いている。

十口決之事、［窺之処］、無御存知之由仰也、三条(三条西実教)云、三人之衆ハ幽斎(細川)ノ分計ヲト申入シ故、不可被仰、八条殿(智仁親王)より御伝受之内ニハナキ也、仍不被仰歟、巻頭巻軸之哥葵哥も無之といへども、三人共ニ不審也、其上切紙ニ載タレハ可然仰歟之由、御相談ありし也、仍仰聞さるべきよし申入たると也、［…］

（中院通茂『古今伝受日記』寛文四年十二月十三日条）

「十口決」の秘説の内実を知りたければ実教に尋ねればよいことを通茂は理解している。しかし、ここでは「十口決」の意味を知ることよりも、それを後水尾院から伝えられることに意味があったと解される。次に示した通茂の日記に記されるように、烏丸、中院といった和歌の家の当主たちは後水尾院からの古今伝受の相伝を切望する。

十二日乙亥　為年始祝義、参照高院宮道晃、言談之次、和哥灌頂之事申出之、新院(後西院)御年齢已廿八才、当年御沙汰無之歟之由申之、門主(道晃親王)参院之次可申之由也、

予(中院通茂)、灌頂之事、六年已前、［万治二年］廿九才、以主上(後西院)、望申法皇(後水尾院)之処、卅才未満如何、法皇已卅一才御伝受也、暫可相待之由、仰也。［…］去々年夏比歟、主上(後西院)、烏丸大(資慶)、予(中院通茂)、日野前大(弘資)、有召、参御前、仰昨日

御幸、［仰］云、三人ノ者灌頂之義者不望申歟之由御尋也、主上（後西院）仰、内々雖望申、存憚、不申出歟之由仰也照門在座、漸望申可然歟、御老躰之間、於法皇（後水尾院）者難成被思召之間、照門（道晃親王）可申入之由也、照門辞退、法皇仰従照門可然事也、無調法［なるとても］終伝受「あるべき」事也など［有］仰之間、望申可然歟之由仰也、仍、申入照門了、此次［申云］、主上御伝受如何、おなじくは今度御伝授ありて皆々其御次而承度之由申入了、

（中院通茂『古今伝受日記』寛文四年正月十二日条）

自身のもとへと伝えられた古今伝受資箱を進上し、それらを参観しつつ行われた後水尾院からの古今伝受の相伝を望むというのは一種の循環論法の様相を呈するが、それでもなお相伝が求められたのは、古今伝受が『古今集』の理解の深化のための講釈としてのみ存在したのではなく、公家の学問の体系の中にそれが位置づけられていったことと関わっている。

通茂と同じく寛文四年に古今伝受を相伝した日野弘資（一六一七―八七）は詠草留に次のように書き留めている。

万治二年（一六五九）十一月、つつ哉御伝授之事、仙洞（後水尾院）へ被仰入被下候やうにと、主上（後西院）へ内々申上候処、被仰入候へば、和歌執心にて申候哉、灌頂までも遂可申上候覚悟候哉、さやうにもなく当座の義ばかりに申あげ候哉、当意之事にても有之て無用に思召らるゝ也。執心をとげ、灌頂までも仕とゞけ可申ならば、いかやうにもふかき事をも可被仰之由仰之旨仰きけ候由也。灌頂までの義、年来之大望無之にあらずといへども、顧身をそれおほく申あげ候はん事、覚悟も無之のところ、只今仰のおもむき冥加にかなひ、大慶身にあまり、かしこまり入候、涯分稽古仕度所為之由申上候、通の冥加にかなひ、於身の大幸、何事加之也。不足言不知手舞足踏是謂之乎。［…］

（宮内庁書陵部蔵『日野弘資詠草留』（二六五・一〇八二））

弘資が「つつ哉」留まりの相伝を後水尾院に願い出ると、院は「灌頂」（古今伝受）までなし遂げる意志があるのであれば「ふかき事をも」伝えると言ったとある。テニハ伝受、三部抄伝受といった諸々の歌書を対象とした伝受が道としての和歌の修練の一里塚としてあり、その頂点に古今伝受が位置づけられたことはすでに衆知の事柄に属するが、(35) そうしたシステムを整えていったのは他ならぬ後水尾院であり、そのもとに和歌の家々に伝えられた古今伝受は統合され、禁裏・仙洞を頂点に戴く和歌の道の成業を指し示すものとして改めて意味づけられることとなったのである。

おわりに

細川幽斎からの相伝によって諸家に伝えられることとなった古今伝受は、それを伝える典籍・文書類の伝領を伴って三条西家、八条宮家、中院家、烏丸家などに伝えられてゆくが、後水尾院の時代に至り再び禁裏・仙洞へと収斂し、それとともに古今伝受を伝える諸家の位置づけも変化してゆく。宗祇の伝えた二条家正統を継ぐ三条西家は、江戸時代初頭においても他家とは異なる位置にあったが、古今伝受の主体が禁裏・仙洞へと移行するに際し、三条西家に伝領された典籍・文書類や口伝までもが禁裏へと伝えられることとなった。また、古今伝受に関わる典籍・文書類の伝領について見れば、幽斎より智仁親王に伝えられた資料群（宮内庁書陵部蔵「古今伝受資料」（五〇二・四二〇））は、御所伝受の基幹資料と目されてきたが、これらは禁裏の関与を受けながらも八条宮家内部に伝領されていったものであり、禁裏に伝領された古今伝受箱は、後水尾院・後西院の時代にそれとは別に新たに作成されている。その調整には烏丸家に伝領された幽斎から光広へと伝えられた古今伝受箱に収められた切紙も参観されている。こうした典籍・文書類の授受とそれに基づく後水尾院・後西院による古今伝受に関わる典籍・文書類の再構築は、先行する和歌の家々を禁裏・仙洞のもとに再編することにも繋がっていったと考えられる。

注

（1）例えば、横井金男『古今伝授沿革史論』（大日本百科全書刊行会、一九四三年、後に増補し『古今伝授の史的研究』（臨川書店、一九八〇年）として再刊）は古今伝受研究の基幹となる大著であるが、諸処に散在する資料を点綴して通史的記述を行ったため、その歴史的展開の相がかえって不明瞭になる場合があり、また、個々の資料性についても再検討が求められる例も少なくない。

（2）田島公編『禁裏・公家文庫研究 一―六』（思文閣出版、二〇〇三年―二〇一七年）による禁裏御文庫とその蔵書に関する検討、吉岡眞之・小川剛生編『禁裏本と古典学』（塙書房、二〇〇九年）、酒井茂幸『禁裏本歌書の蔵書史的研究』（思文閣出版、二〇〇九年）、同『禁裏本と和歌御会』（新典社、二〇一四年）など。

（3）二三五―二三六頁。また、井上は同書において三条西公条の事跡を述べる中で次のようにも指摘する。
公条は、［…］父の庇護と推挙により、享禄元年から二年にかけて後奈良院に古今集を進講した。もとよりこれは、実隆講説の中の部分を講じた、いわば代講的役割が強かったのだが、これによって、帝の師であり、また次代の文化界の指導者たる地位が約せられるのであった（二三九―二四〇頁）。

（4）『図書寮典籍解題 続文学篇』（養徳社、一九五〇年）参照。

（5）『京都大学国語国文資料叢書四〇 古今切紙集 宮内庁書陵部蔵』（臨川書店、一九八三年）所収の橋本不美男・新井栄蔵による解説、小高道子「御所伝受の成立と展開」（『近世堂上和歌論集』明治書院、一九八九年）参照。

（6）東京大学史料編纂所に所蔵される島津家文書の中に「古今伝授関係文書」（島津家文書七七―三）として切紙を含む二一点が整理されているが、これは、近衛前久（一五三六―一六一二）から相伝したものらしい。

（7）『歌論歌学集成 一四』（三弥井書店、二〇〇五年）三九頁（上野洋三校注）。

（8）本書資料篇参照。

（9）坂内泰子「三条西実教と後水尾院歌壇――歌の家の終焉」（長谷川強編『近世文学俯瞰』汲古書院、一九九七年）は、実教を中心とした江戸時代前期の三条西家の社会的立場について述べている。
（10）『歌論歌学集成 一五』（三弥井書店、一九九九年）九六頁（鈴木健一・田中康二・杉田昌彦校注）。
（11）『皇室の至宝 東山御文庫 二』（毎日新聞社、一九九九年）所収（書影九二頁、解題二七六―二七七頁）。
（12）注1掲載の横井金男『古今伝授の史的研究』三二七頁（三条西公国誓紙）、三五七頁（智仁親王、中院通勝誓紙）等参照。
（13）注1掲載の横井金男『古今伝授の史的研究』三九四頁（烏丸光広宛細川幽斎証明状）等参照。
（14）宮内庁書陵部蔵「古今伝受資料」（五〇二・四二〇）として整理される書目については第二部第三章に一覧した。なお、『図書寮典籍解題 続文学篇』（養徳社、一九五〇年）の時点では個別の番号が付されている資料もあり、現行の函架番号とは一致しない。
（15）『京都大学国語国文資料叢書四〇 古今切紙集 宮内庁書陵部蔵』九九―一一二頁に全文が影印される。
（16）これらの目録の作成背景については、小高道子「古今集伝受後の智仁親王（五）――目録の作成をめぐって」（『梅花短期大学研究紀要』三七、一九八九年三月）に詳しい。
（17）注4掲載の『図書寮典籍解題 続文学篇』二〇四―二〇五頁。
（18）櫛笥節男『宮内庁書陵部 書庫渉猟 書写と装訂』（おうふう、二〇〇六年）一七〇頁、宮内庁書陵部編『天皇と和歌――勅撰から古今伝受まで』（宮内庁書陵部、二〇〇五年）四五頁に写真版が掲載される。
（19）注18掲載の櫛笥節男『宮内庁書陵部 書庫渉猟 書写と装訂』一七一頁に紹介のある「古今伝授箱の鍵」には「古今相傳箱入」（表）、「一之御棒長持鑰」（裏）と墨書された木片が結ばれており、包紙にも「一番 古印／小長持／古今相傳箱入之鑰」と墨書されている。古今伝受に関わる典籍・文書類を収めた箱は複数あったと考えられるが、いずれも宮内庁書陵部には現存しない。
（20）八条宮（桂宮）に所蔵された典籍・文書類の全体についても、智仁、智忠の両親王によって目録が作成されている。宮内庁書陵部蔵『桂宮書籍目録』（四五六―五三）は智仁親王の筆になり、同『歌書目録』（F四―二六）末尾には「目録天香院殿筆也」の墨書がある。なお、これらの目録は、山崎誠「禁裏御蔵書目録考証（一）」（『調査研究報告』九、一九八八年八月）、酒井茂幸「宮内庁書陵部蔵桂宮本『歌書目録』――翻刻と解題」（吉岡眞之・小川剛生編『禁裏本と古典学』塙書房、二〇〇九年、後に注2掲載の同『禁裏本と和歌御会』に再録）に翻刻がある。

(21) 本書資料篇参照。

(22) 天和三年（一六八三）の古今伝受については、それに同座した近衛基凞（一六四八―一七二二）による別記があり、新井栄蔵「影印 陽明文庫蔵近衛基凞『伝授日記』（『叙説』九、一九八四年一〇月）に全文の書影が掲載されている。

(23) 同時期に古今伝受を相伝した有栖川宮職仁親王（一七一三―六九）についての記録が、『職仁親王行実』（高松宮、一九三八年）三七頁にある。

(24) 桜町院は古今伝受に積極的に関与しており、曼殊院に伝領される古今伝受箱も桜町院によって勅封されている。新井栄蔵「桜町上皇勅封曼殊院蔵古今伝授一箱――曼殊院本古今伝授関係資料七十三種をめぐって」（『国語国文』四五―七、一九七六年七月）参照。

(25) 第三代穏仁親王（一六四三―六五・二三歳、後水尾院皇子）、第四代長仁親王（一六五五―七五・二一歳、後西院皇子）、第五代尚仁親王（一六七一―八九・一九歳、後西院皇子）、作宮（一六八九―九二・四歳、霊元院皇子）、第六代文仁親王（一六八〇―一七一一・三二歳、霊元院皇子）。文仁親王以後、第七代家仁親王（一七〇三―六七・六五歳）、第八代公仁親王（一七三三―七〇・三八歳）の三代は実子の相続が続く。

(26) 当該資料は、川瀬一馬「古今伝授について――細川幽斎所伝の切紙類を中心として」（『青山学院女子短期大学紀要』一五、一九六一年一一月）によって紹介され、小高道子「烏丸光広の古今伝受」（長谷川強編『近世文学俯瞰』汲古書院、一九九七年）にその検討がある。

(27) なお、本書第三部第五章参照。

(28) 言うまでもないが、現在、東山御文庫に伝領される勅封六二・八として伝来する箱が後西院当時の古今伝受箱の姿そのものを保存しているとは考えられない。現在公開されている資料を確認するだけでも、少なくとも霊元院、桜町院によって再整理が行われた形跡があり、その際に収める文書の検討や追加が行われたことも想定される。

(29) 前掲の後西院『古今伝授御日記』寛文四年五月十六日条、及び本書第三部第三章参照。

(30) 烏丸家伝来の古今伝受一具に幽斎相伝の抄物・切紙類が含まれていることは寛文四年の時点でも知られていた。前掲の後西院『古今伝受御日記』寛文四年五月十六日条参照。

(31) 帝国学士院編『宸翰英華 第二冊』(思文閣出版(復刻)、一九八八年)二五九―二六〇頁に「八九二　宸筆御誓状案　一通」として掲載される。この一通には天和の時点における八条宮家と古今伝受との関係が示されており興味深いが、その実態はなおも未詳である。
(32) 注11掲載の『皇室の至宝 東山御文庫 二』所収(書影九三頁、解題二七七―二七八頁)。
(33) 注2掲載の酒井茂幸『禁裏本歌書の蔵書史的研究』に収められた一連の論考により、後西院以降の古典籍の書写活動について俯瞰することが可能となった。
(34) 京都大学附属図書館蔵中院文庫本『古今伝受日記』(中院・Ⅵ・五九)に合写。
(35) 上野洋三『近世宮廷の和歌訓練――『万治御点』を読む』(臨川書店、一九九九年)参照。

第二章　古今集後水尾院御抄の成立

――明暦三年の聞書から後水尾院御抄へ

はじめに

後水尾院（一五九六―一六八〇）の行った二度の古今伝受のうち、二度目に行われた寛文四年（一六六四）の古今伝受については、後西院（一六三八―八五）への相伝が遂げられ、禁裏・仙洞における秘説の相承（いわゆる「御所伝受」）の階梯を踏み出す契機となったことに主として文学史・文化史的側面からの関心が寄せられてきたが、(1)初度に行われた明暦三年（一六五七）の相伝については、寛文度の古今伝受に先立つという以上に言及されることは多くはなかったように思われる。(2)

そうした中で、田村緑「〈こまなめて・こまなへて〉考――伝授説をめぐって」（『国語国文』五五―八、一九八六年八月）により、明暦・寛文の両度の講釈に際して作成された聞書類が対照され、その読み解きが試みられたのは、早くに示された成果であったが、氏の関心が主として口頭伝達の現場における聞き取り側の〝ゆれ〟の実態の炙り出しにあったため、その後、古今伝受史の側からの批判や追補がなされることは無かったように思われる。

本章は田村の成果に導かれつつ、その論以後に見出し得た幾つかの資料を加え、明暦三年の古今伝受の経緯とその聞書の成立について検討を行うことを目的とする。なお、従来注目されることの少なかった明暦三年の講釈に関わる資料を対象とする意図を先取りして述べるならば、明暦三年の古今伝受において作成された聞書は、自身の手により整理された注釈を遺すことのなかった後水尾院の説を伝える規範的文献としてその集成が試みられ、以降、禁裏周辺において伝領され、参照されていったと思われ、それ自体の検討と評価がなされるべきであると考えるためであり、また、聞書の浄書過程に対する検討を通して、後水尾院歌壇とその構成についての有益な視座を得ることが期待されるからである。

一　明暦三年の後水尾院による古今集講釈とその聞書

寛文四年（一六六四）の古今伝受については、相伝者であった後西院、中院通茂（一六三一―一七一〇）と講釈に陪席した照高院宮道晃親王（一六一二―七八）による詳細な日次記（別記）があり、古今伝受に至る経緯やその次第についてもある程度は具体的に窺い知ることが可能であるが[3]、明暦三年（一六五七）の伝受については、相伝に関わった人々の手になる日記類はいまだ確認できていない。幾つかの資料を突き合わせて知られる講釈の日時と範囲について示せば以下のようになる。

左記は中院通躬（一六六八―一七三九）筆と伝える『古今集講談座割』（『古今集』講釈の日時と範囲を集成した書物）に記される明暦度の講釈の日程である（（　）内に『古今集』の歌番号を補った）。

明暦三年　法皇御講談

尭然親王、道晃法親王、雅章卿、具起卿等へ御伝授之時、

初座　正月廿三日　春哥上
第二座　廿四日　春哥下
第三座　廿五日　夏哥より秋哥上かく計の哥（一九〇番歌）まて
第四座　廿六日　秋哥上白雲にの哥（一九一番歌）より
第五座　廿七日　秋哥下
第六座　廿八日　冬部、賀哥
第七座　廿九日　離別哥、羇旅哥
第八座　晦日　恋哥一
第九座　二月朔日　恋哥二、同三
第十座　二日　恋哥四、同五ひとりのみの哥（七六九番歌）まて
第十一座　三日　恋哥五わかやとはの哥（七七〇番歌）より哀傷
第十二座　四日　雑哥上、同下わか身からの哥（九六〇番歌）まて
第十三座　五日　雑哥下おもひきやの哥（九六一番歌）より雑躰旋頭歌まて
第十四座　六日　雑躰誹諧哥より物名
第十五座　七日　假名序えたる所えぬ所たかひになんあるまて
第十六座　八日　同かの御時よりこのかたとしはより
第十七座　九日　大哥所御哥、墨滅哥、真名序

二月廿一日甲午　切紙
妙法院宮（尭然親王）、紅鈍色指貫、不用袈裟、

聖護院宮《道晃親王》、同上、
飛鳥井前大納言《雅章》、四十七才、
岩倉前中納言《具起》、五十七才、

（京都大学附属図書館蔵中院文庫本『古今集講談座割』中院・VI・三七）

相伝対象者は傍線部に記される尭然親王（一六〇二―一六六一、明暦三年時に五六歳）、道晃親王（同四六歳）、飛鳥井雅章（一六一一―一六七九、同四七歳）、岩倉具起（一六〇一―一六六〇、同五七歳）の四名。このうち尭然は妙法院に、道晃は照高院に入室する法体の親王で、ともに後水尾院の異母弟にあたる。(4)

講釈は正月二十三日に開始され、冒頭より巻の並びに従い一日にほぼ一巻ずつ進み、巻十を後へ送り、二月六日に巻十、七日と八日に仮名序、九日に巻二十・墨滅哥・真名序をもって終了し、二十一日には切紙伝受が行われている。鹿苑寺住持・鳳林承章（一五九三―一六六八）の日記『隔蓂記』明暦三年二月二十一日条には饗宴の振舞の様子が記されており、二十一日の切紙伝受によって古今伝受に関わる一連の行儀は一応の完結を見たと判断される。

廿一日、午時於仙洞《後水尾院》御振舞、予《鳳林承章》亦依被召令院参也、[…]今日之御振舞者、古今集之御伝授今日相済故、妙法院御門主宮《尭然親王》、聖護院御門主宮《道晃親王》、飛鳥井前大納言雅章卿、岩倉前中納言具起卿、此四人御伝授之御祝振舞也、為御相伴、勧修寺前大納言経広卿与予被召者也、[…]今日之御客衆、聖門主、妙門主、飛鳥井大、岩倉中、勧修寺大、某、此六人、紅葉傘一柄充奉拝領者也、軽傘無類也、半鐘前令帰山也、

（『隔蓂記』明暦三年二月二十一日条）

また、筆録者は未詳ながら、東山御文庫に所蔵される古今伝受資料の中に、『明暦三年古今集御講談次第御日記』（勅封六二・一一・二・八・五）として整理された記録があり、講釈された分量と内容（文字読み・講釈等の別や進度）が次のように記されている（〔　〕は補入部分、（　）内に『古今集』の歌番号等を補う）。

古今〔和哥〕集御講談之次第月日等
明暦三 丁酉 年正月廿三日始
　春上古今和――
先題号ヨリ心さしふかく染てしノ哥（七番歌）ノ左注マテ御文字読、サテ題号ヨリ御講尺、次春の日の光にあたるノ哥（八番歌）ノ詞書、二条の后のとう宮のト云ヨリ、梅花立よるはかりノ哥（三五番歌）マテ御文字読、サテ、二条の后のとう宮のヨリ御講尺、次、鶯の笠にぬふてふノ哥（三六番歌）ノ詞書、桜のはなをゝりてト云ヨリ、春ノ上ノ分、みる人もなき山さとのノ哥（六八番歌）マテ御文字読、サテ桜花をりてヨリ御講尺、
　正月廿三日ノ分也、
同廿四日
春下春哥下〔古今――〕ト云ヨリ、まつ人もこぬ物ゆへにノ哥（一〇〇番歌）迄、御文字読、サテ春ノ下――ヨリ御講尺、次、さく花はちくさなからにノ哥（一〇一番歌）ノ詞書、寛平御時ト云ヨリ、春ノ下分、けふのみと春を思はぬノ哥（一三四番歌）迄、御文字読、サテ、寛平御時〔ト云〕ヨリ御講尺、
　正月廿四日ノ分、
　［…（以下二月九日までの間を略す）…］
同（二月）九日

大哥所御哥　古今和哥集巻第廿ヨリ、世をいとひの哥マテ御文字読、サテ大哥所ノ御哥カラ御講尺、次、家々称証本之本ヨリ直御講尺、真名序迄御講尺、
二月十九日ノ分也、今日全部成就畢、〔…〕　（『明暦三年古今集御講談次第御日記』勅封六二・一一・二・八・五）

初日には最初に題号から七番歌の左注までの「文字読」（アクセントや声調の講釈）があり、その後に当該部分の歌意の読み解きがなされた。次いで八番歌の詞書から三十五番歌までの「文字読」と講釈、追って三十六番歌の詞書から巻一の巻軸までの「文字読」と講釈が行われている。以下、中略した部分をも含め、全歌にわたって「文字読」と講釈が行われていることが確認される。寛文四年の講釈は各巻の巻頭より五首ずつの「文字読」と講釈が行われたのみで、以下は「文字読」のみという簡略なかたちで進められたが、(5) 明暦三年の講釈は全歌に及んでおり、作成された聞書も寛文四年のものがきわめて簡略であったのに対し、明暦三年の聞書には全歌・仮名序・真名序に注釈が施されている。
明暦三年の後水尾院による『古今集』講釈の聞書は、現時点で左記の三種類が確認される。

a　飛鳥井雅章聞書
1　国立国会図書館蔵飛鳥井雅章筆『古今集御講尺聞書』（WA一八・一〇）四冊

b　道晃親王聞書
2　東山御文庫蔵『古今集聞書』（勅封六二・九・一・二）三冊
3　陽明文庫蔵『古今集聞書』（外題無し）一冊（存巻一〜巻十一）

c　後水尾院御抄

4宮内庁書陵部蔵飛鳥井雅章筆『古今和歌集法皇御抄』（五〇三・二五七）　四冊
5京都大学附属図書館蔵中院文庫本『古今抄寛文』（中院・Ⅵ・五六）　五冊
＊但し、後水尾院の講釈に関わるのは第二冊から第五冊目までの四冊。
6今治市河野美術館蔵烏丸光栄筆『後水尾院古今集御抄』（一一〇・七二四）　二冊
＊四分冊を二冊に合写する。
7陽明文庫蔵近衞基凞筆『古今集聞書』（外題無し）　四冊

次いで、それぞれの内容と書誌等について述べたい。

a　飛鳥井雅章聞書

一点目は飛鳥井雅章筆録の聞書で、国立国会図書館に所蔵されている雅章自筆の袋綴本四冊の伝存が知られる。

1国立国会図書館蔵飛鳥井雅章筆『古今集御講尺聞書』（WA一八・一〇）　明暦三年（一六五七）写　四冊

袋綴。緑灰色表紙（二九・〇×二一・五㎝）、左肩題簽「古今集御講尺序聞書」（第一冊）、「古今集御講尺聞書□（欠損）（中・下）」（第二～四冊）。料紙、楮打紙。墨付、第一冊三〇丁、第二冊九九丁、第三冊一三五丁、第四冊一一三丁。毎半葉一三行、字面高さ約二五・五㎝、和歌一首一行書・注約二字下げ・朱引・朱合点あり。内題「古今和歌集聞書」。

奥書は次の通り（（　）内に人物比定等を行い、私に傍線と丸数字を付した。以下同様）。

再見之節加朱了、」（第一冊仮名序注末）

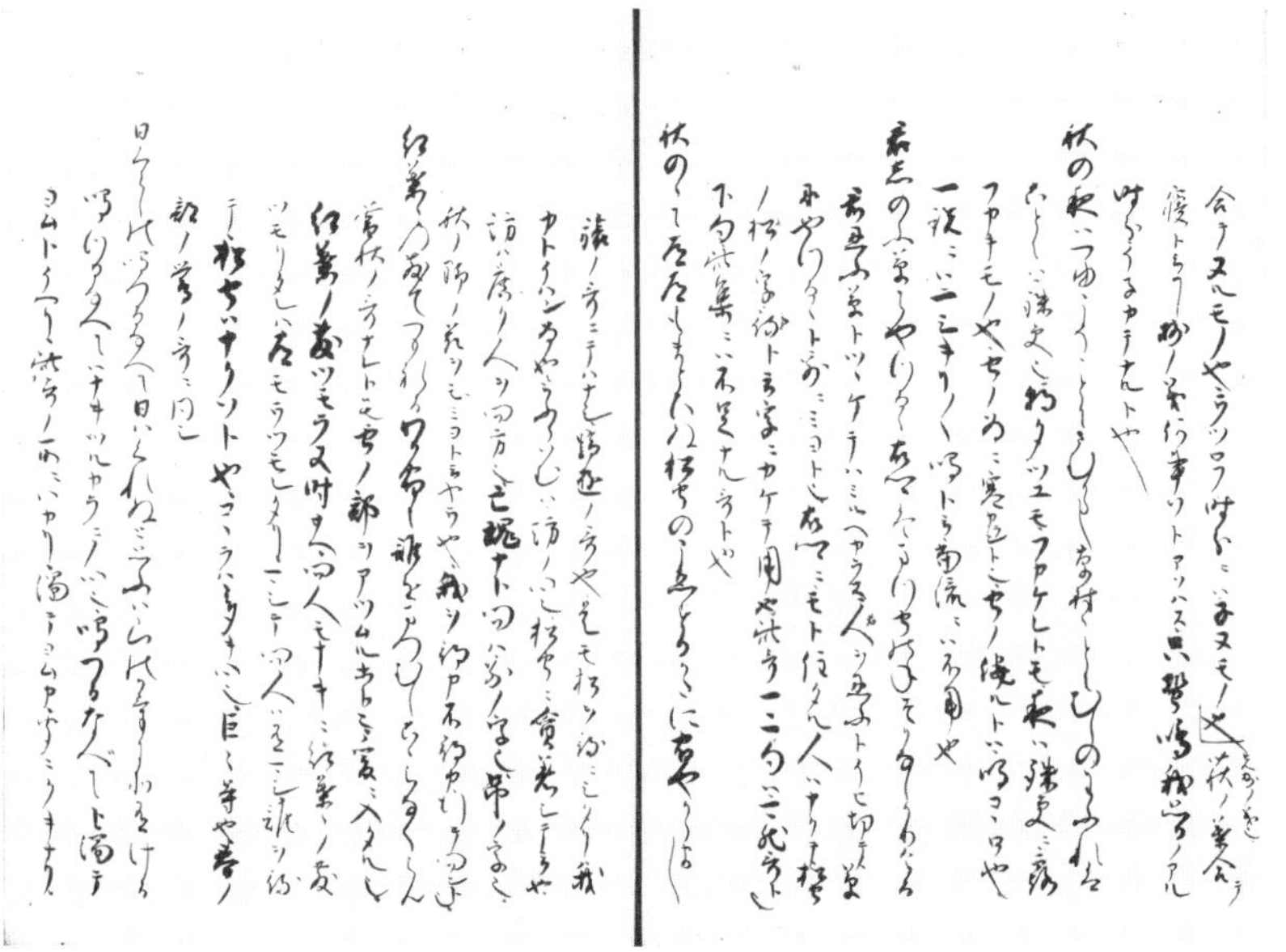

図15　国立国会図書館蔵『古今和歌集聞書』(WA18-10)

此古今集聞書四冊者、
法皇《（後水尾院）》此集御講談令聴聞之剋、
於其座早卒馳筆訖、聞誤書落
等之事数多可有之、堅禁外見
者也、
明暦三年《（一六五七）》二月吉辰　雅章《（飛鳥井）》」（第四冊末）

用字、和歌本文は漢字・平仮名、注釈部分は漢字・片仮名。印記「月明荘」（単廓長方朱印・各冊巻尾）、「帝国図書館」（単廓長方朱印・各冊巻首）、昭和二二年三月二四日の帝国図書館購入印。

奥書により明暦三年の古今伝受の相伝者の一人である飛鳥井雅章の筆録になる聞書と判断される。傍線部には後水尾院による『古今集』の講談を聴聞した際に、其座において早卒に筆を馳せたので聞き誤りや書き落しが多くあるだろう、と当座聞書を想起させるような文言が見える。記載される内容を通読すると確かに講釈の口吻を残すような行文が目に付くが、注記の一部に宗祇注（『両度聞書』）等による追補の跡も認められ、また、自筆の原本と目される本書自体が丁寧に書写された大型本であることからも、当座聞書そのものではなく当座聞書の雰囲気を残しつつ浄書された清書本であると考えられる。全歌・仮名序・真名序に注を付す。

b　道晃親王聞書

二点目は尭然親王、あるいは道晃親王による筆録の可能性が指摘される資料であるが、他の聞書との比較により道晃親王筆録になる聞書と見てよいように思われる。東山御文庫蔵本（三冊）と陽明文庫蔵本（零本一冊）の二点の伝存が確認される（うち、陽明文庫蔵本は精査に及んでいない）。

両本ともに奥書・識語などは付されないが、注記部分に講釈の日付を記す箇所があり、明暦三年の講釈の聞書と判断される。注記は、a〜cとして掲出した三種の聞書の中で最も簡略で、被注歌の下句を省略して記し、一部の注記に削除跡（墨消）や書入追記が認められるなど整序途中の形態を示すが、2・3ともにその筆致や書写の状態からは講釈の座における当座聞書そのものとは考えられず、当座聞書を整理しつつさらに書き入れや修正を施した中書本、あるいはその転写と考えられる。全歌・仮名序・真名序に注を付す。

2東山御文庫蔵『古今集聞書』（勅封六二・九・一・二）　〔江戸前期〕頃写　三冊

仮綴。共紙表紙（一五・二×二一・七㎝）。左肩打付書「古今集聞書上（中・下）」。墨付、上冊一六八丁・中冊一四九丁・下冊一〇六丁。毎半葉一二行、掲出歌は歌句の一部分のみ記載。注約一字下げ。内題「古今和歌集巻第一（〜二十）」。奥書・識語類なし。用字、和歌本文は漢字・平仮名、注釈部分は漢字・片仮名。印記なし。

当該資料は『皇室の至宝 東山御文庫御物 一』（毎日新聞社、一九九九年）に書影が挙げられ、解説（住吉朋彦）が付されている。(6) 本聞書の筆録者については、東京大学史料編纂所に所蔵される『東山御文庫目録』に霊元院（一

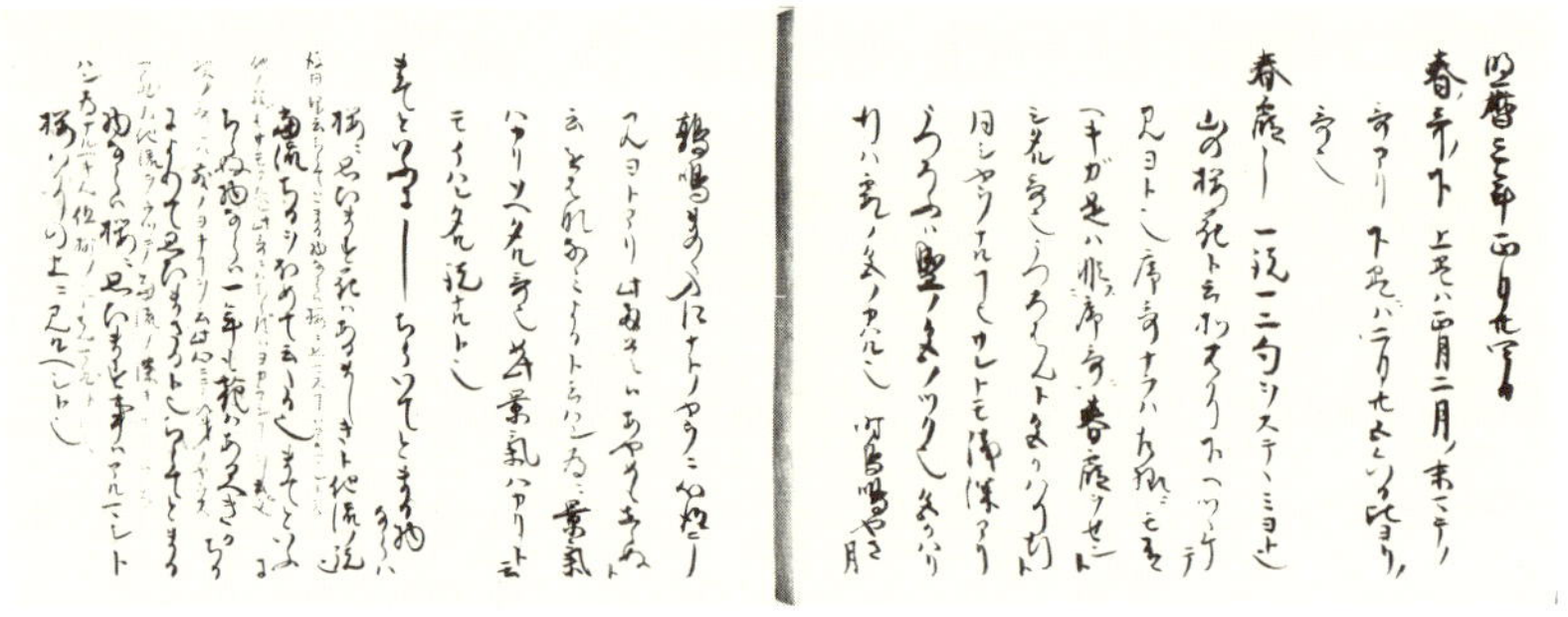

図16　東山御文庫蔵『古今集聞書』（勅封62・9・1・2）

六五四―一七三二）宸翰と記載されるのを受け、「霊元天皇は本書に注記された年次にはわずか四歳で、［…］天皇を原聞書の筆者にあてることは難しく、「過去の聞書を書写した可能性」を指摘しつつも、東山御文庫本の「筆勢」や「誤記訂正の在り方などから推して、後人の複製ではなく、聞書者当人の所為、即ち原聞書に相当する」と判断し、「道晃の筆意には本書のそれと相通ずるものがあり、これらを同筆と認めれば、本書は明暦三年の後水尾天皇の古今伝受に際する道晃親王の聞書と擬せられようが、もとより確証はない」と消極的ながら道晃親王を想定し、その筆録になる聞書の原本である可能性を指摘している。

一方、前掲の田村緑「〈こまなめて・こまなへて〉考」では、「陽明文庫の未整理古今伝授資料の中」に「明暦元年七月六日以下の年記のある「伊勢物語聞書」」、明暦四年五月六日以下の年記のある「詠歌大概聞書」」の存在を確認し、「明暦三年の年記のある「古今和歌集聞書」を含め」「この三つの聞書」を同筆と推定、「『基凞公記』（延宝六年七月三十日条）にいう、基凞が尭恕法親王から受領した三つの聞書が、右の現存の三つの聞書に相当する可能性が高い」と指摘している。田村の言う『基凞公記』の記事は、延宝六年（一六七八）七月三十日条に「妙門主（尭恕親王）来給物語、当月護持之事、［…］且又、従妙門、伊勢物語、詠歌大概、古今等聞書給之、是又先年法皇（後水尾院）御講釈之時、先師慈恩院宮（尭然親王）聞書也」とある記事を指す。

『基凞公記』の記事によればbの聞書が尭然親王による筆録である可能性も考慮されるが、『基凞公記』の記事が現存本と対応する確証はなく、また、bの聞書は道晃親王による『伝心抄』への書き入れ注記（本章第三節参照）や次に挙げるcの聞書との間に表現の細部に及ぶ一致が多々認められ（本章第二節参照）、cの聞書の作成主体が道晃親王と想定されることから、bの聞書も道晃親王による聞書と判断した。

c　後水尾院御抄

三点目はbとした聞書と密接な関係を持つ資料で、宮内庁書陵部蔵飛鳥井雅章筆本（四冊）、京都大学附属図書館蔵中院文庫本中院通茂筆本（四冊）、今治市河野美術館蔵烏丸光栄筆本（二冊）、陽明文庫蔵近衛基凞筆本（四冊）の四点の伝存が確認される（うち、陽明文庫蔵本は精査に及んでいない）。

外題を記さない陽明文庫蔵本以外の三本には「―聞書」ではなく「―抄」と記す外題が付されるが、注記の形態は明らかに聞書の体裁を示しており、講釈者である後水尾院の手控やそれから派生したもの、あるいは後水尾院自身の手によりまとめられた著述（講釈者側の資料）ではない。

筆録者の確定できる奥書・識語等は記されないが、6今治市河野美術館蔵烏丸光栄筆本の識語に「後水尾院御説聞書之躰也。霊元院御抄ニ此書之義ヲ御抄ト被載之。借賜官庫御本道晃親王御筆書写之」とあり、光栄筆本の親本である禁裏本は道晃親王筆本であったことが確認され、最終的に現行の形に纏めたのも道晃親王であったと推測される（なお後述）。

注記内容はbの聞書の注記に基づき、それを整序した上で宗祇注（『両度聞書』）等による追補がなされるなど全体にわたって注記内容の吟味と整理が行われた形跡が認められる。b『道晃親王聞書』の側から見れば、その清書本とも位置づけられる資料ではあるが、現存の伝本に付された外題や奥書の記載、伝来の過程等を勘案すれば、

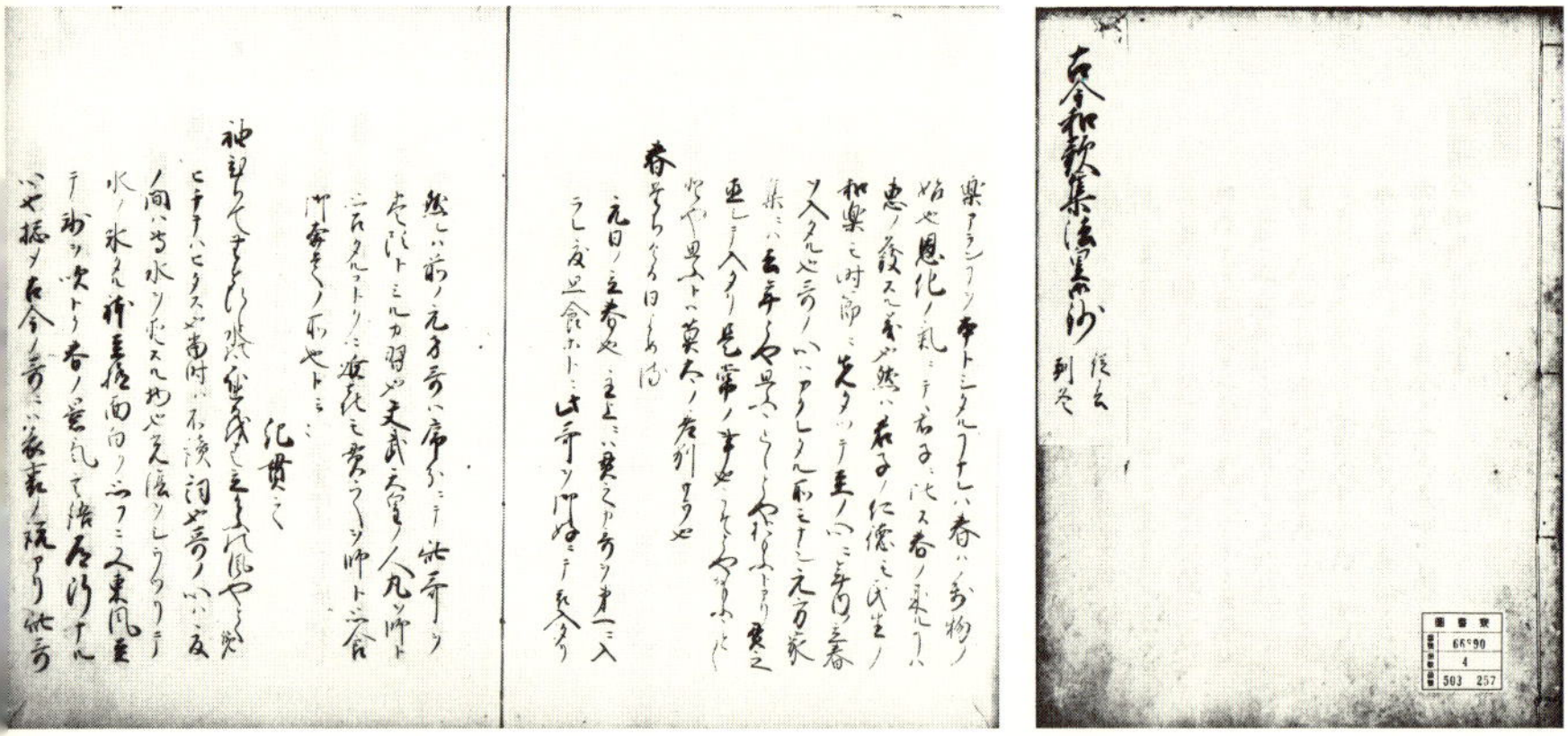
図17　宮内庁書陵部蔵『古今和歌集法皇御抄』(503・257)表紙(右)・本文(左)

総称としては「後水尾院御抄」と称すのが妥当と判断される。全歌・仮名序・真名序に注を付す。

4 宮内庁書陵部蔵飛鳥井雅章筆『古今和歌集法皇御抄』（五〇三・二五七）　〔江戸前期〕写　四冊

袋綴。無地表紙、左肩題簽「古今和歌集法皇御抄 假名序（従春／到冬・従賀／到哀傷・従雑哥／到真名序）」。料紙、楮紙。墨付、第一冊四一丁、第二冊一二七丁、第三冊一六六丁、第四冊一五五丁。毎半葉一一行、和歌一首一行書、注約二字下げ。内題「古今和歌集聞書」。奥書・識語は次の通り（私に丸数字を付した。以下同様）。

先年、
法皇《（後水尾院）》召、妙法院宮尭然、聖護院宮道晃、岩倉
黄門具起、与雅章《（飛鳥井）》、有古今集之御講釈
事畢、此集之奥義秘説参承御相伝、
其後、
①新院《（後西院）》此集御伝授之時又被召加雅章《（飛鳥井）》、
最前御相伝之趣令再校合訖、以蒙昧
之生質、窺歌道之奥秘、誠住吉玉津
嶋之神慮難測者歟、天恩之深重

如海如山不耐感荷剰、②此御抄全部四冊被拝借、不日成書写之功、我家之至宝何物如之、深納函中固加襲封、不得此集之伝授者雖為我子孫、必勿開函封、可秘々々、

用字、和歌本文は漢字・平仮名、注釈部分は漢字・片仮名。印記、現蔵者印のみ。

奥書によれば、当該本の書写者である飛鳥井雅章は寛文四年の後西院への古今伝受の際に人数に加えられ、明暦三年の講釈に続いて再度聴聞した（傍線部①）。「再校合」とあるのは、改めて講説を聴聞し聞書を突き合わせる機会のあったことを言うのであろう。その後に、「此御抄全部四冊」を拝借し書写の上、秘蔵した（傍線部②）という。「此御抄」の筆録者や作成者については触れられないが、「此御抄全部四冊被拝借［…］我家之至宝何物如之」（傍線部②）の文言からは、飛鳥井雅章自身により作成されたものとは考えられないことは明らかである。

5 京都大学附属図書館蔵中院文庫本中院通茂筆『古今抄寛文』（中院・Ⅵ・五六）　〔江戸前期〕写　五冊

袋綴。薄褐色無地（二三・七×二〇・〇㎝）、左肩打付書「古今抄序物名」（第一冊）、「古今抄寛文春（夏・秋・冬）」（第二～五冊）。料紙、楮紙。墨付、第一冊五二丁、第二冊三二丁、第三冊九五丁、第四冊一二三丁、第五冊一一八丁。第一冊は毎半葉一六行、和歌一首一行書、注約一字下げ。第二～五冊は毎半葉一二行、和歌一首一行書、注約三字下げ。内題　第一冊無し、第二～五冊「古今和歌集聞書」（第三冊首）。

奥書・識語は第一冊末に次のようにあるのみで、第二冊から第五冊には付されない。

□（虫損）正十二年八月十一日書夜写終。　尭空（第一冊末）

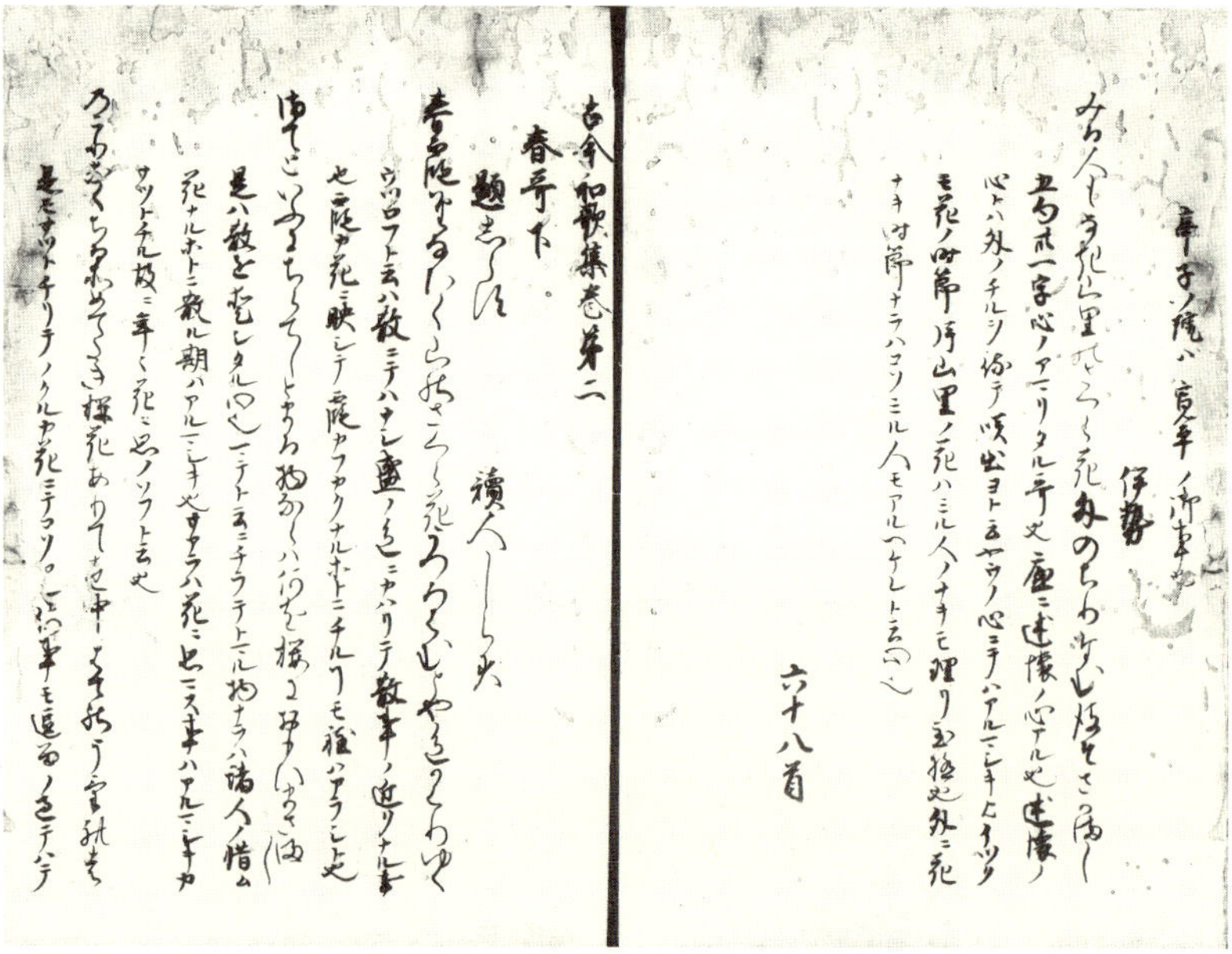

図18　京都大学附属図書館蔵中院文庫本『古今抄 寛文』（中院・VI・56）

用字、和歌本文は漢字・平仮名、注釈部分は漢字・片仮名。印記、現蔵者印のみ。

当該本の第一冊は、いわゆる『〔三条西家本聞書集成〕』（物名・大哥所御哥）で、[7] 第二冊から第五冊までが『後水尾院御抄』に相当する（但し元来別の著述である第一冊と第二〜第五冊が取り合わせられて、現行のような形となっている理由は未詳）。

具体的な伝来を伝える奥書・識語類などは記されないが、特徴的な筆跡により中院通茂による書写と判断される。外題には「古今抄寛文」とあるが、全歌の注釈を持つことからも各巻巻頭の五首のみが講釈された寛文四年の講釈の聞書そのものではない。

6 今治市河野美術館蔵烏丸光栄筆『後水尾院古今集御抄』（一一〇・七二四）

延享二年（一七四五）写　二冊

列帖装。金茶色地金泥横刷毛目表紙（二二・三×一四・五㎝）、左肩打付書「後水尾院／古今集御抄

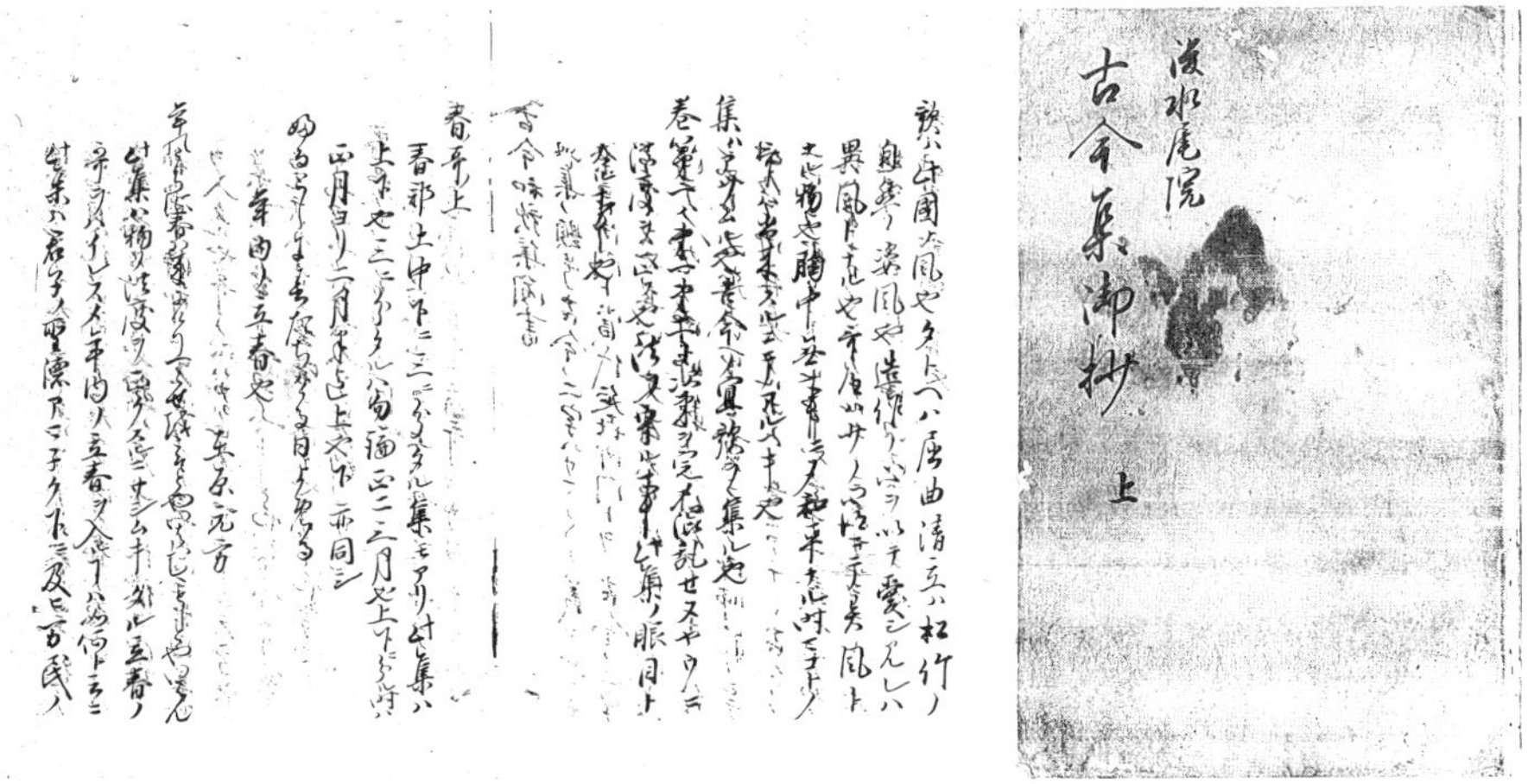

図19　今治市河野美術館蔵『後水尾院古今集抄』(110-724)表紙(右)・本文(左)

上（下）」。料紙、楮斐混交打紙。墨付、上冊二七〇丁（全一四括で一括一〇枚、第一四括目のみ八枚）、下冊二二二丁（全一一括で一括一〇枚、第一一括目のみ一三枚）。毎半葉一一行・字面高さ約一九・五cm・和歌一首一行書・注約二字下げ。内題「古今和歌集聞書」。

奥書・識語は次の通り。

右
①後水尾院御説聞書之躰也、
②霊元院御抄ニ此書之義ヲ御抄ト被載之、
③借賜官庫御本道晃親王御筆書写之、
不堪感荷至、深秘可秘函底者也、
　延享二年（一七四五）仲冬下澣　光栄（烏丸）」

御本
一　序
二　自一至六
三　自七至十六
四　自十七至真名序
④以上四冊也、私合為二冊　」（下冊末）

用字、漢字・片仮名。印記無し。桐箱が附属し、表に「烏丸本／古今集御抄／上下」と墨書。

奥書の「光栄」は、烏丸光栄（一六八九—一七四八）。奥書によれば、当該本は後水尾院による講説の聞書の様相を示しており（傍線部①）、『霊元院御抄』に「御抄」として引用されるという（傍線部②）。また、光栄の披見した伝本は官庫御本であり、それは道晃親王の筆跡であったという（傍線部③）。さらに、元々四冊に書写されていたものを二冊に書写したという（傍線部④）。

この識語には『後水尾院御抄』の素性と伝来に関わる事柄が並ぶが、中でも光栄筆本の親本となった官庫（禁裏御文庫）に伝来した一本の筆者が道晃親王であったという記載は重要である。禁裏御文庫伝来本そのものはいまだ伝存の確認が出来ていないが、(8) 禁裏御文庫に納められた『後水尾院御抄』が道晃親王による筆写本であったというのは、全体に整序の行き届いた『後水尾院御抄』の作成の中心となったのが他ならぬ道晃親王であったことを示唆しているように思われる。

以上が現時点で確認できている明暦三年の後水尾院による『古今集』講釈を伝える聞書の伝本である。なお、右の記述の中に「中書本」、「清書本」の語を用いたのは、現時点では伝存の確認ができていない、それぞれの筆録者による「当座聞書」、あるいは「中書本」聞書を想定した際に、現行本を「中書本」聞書、あるいは「清書本」聞書と考えるのが妥当であると判断したためである。「中書本」、「清書本」といった概念自体もとより曖昧なものではあるが、(9) これらの聞書の相互の位置関係と、後述する聞書の整序過程における現存本の位置を示すためにあえてそのように称している（bとcは互いに近しい関係にあり、bを「中書本」とするならば、cはその「清書本」に相当する。aは記される注説自体は当然ながらb・cと近似するが、その行文は幾分離れた位置にある）。屋上屋を重ねるようではあるが誤解のないよう付記しておきたい。

二　講釈の進行と聞書の浄書

次いでa〜cそれぞれの成立事情と所収される注記の特質について、講釈の進行と聞書の浄書過程の検討を通して確認して行きたい。

後水尾院による二度目の古今伝受である寛文四年の古今伝受においては、三条西実枝（一五一一―七九）より細川幽斎（一五三四―一六一〇）へと伝えられた講釈聞書に基づく『伝心抄』に拠りつつ講釈が行われている。(10)先にも述べたように明暦三年の講釈の次第を記した記録はいまだ知られないが、聞書に書き留められた注記と『伝心抄』とを対照すると、明暦三年の講釈もやはり『伝心抄』に基づき行われたことが確認される。次に示した例に明らかなように、『伝心抄』と明暦三年の聞書三種は注記内容が類似するのみならず、使用される語彙や表現なども酷似している（b『道晃親王聞書』は東山御文庫蔵『古今集聞書』により、c『後水尾院御抄』は宮内庁書陵部蔵『古今和歌集法皇御抄』によって本文を示し、特徴的な要素に①〜⑦の番号と傍線を付した、以下同様）。

心さしふかくそめてしおりけれは消あへぬ雪の花とみゆらん

此、①おりケレハヲ居ノ字ノ心ニ云説アリ。甚不用。枝ヲ折也。物思ひヲレハ、ウラヒレヲレハナトハ、居ノ字ノ心也ト定家ノイハレシ也。②哥ノ心ハ、心サシフカクテ雪ト見タラハヲラシヲ、花トミテ折タル也。雪カ花ト見えタルト云ハ他流也。当流ノ心ハ②花ト治定シテ雪ト見タル心也。③此哥ノ花、桜ニテハナシ。雪ヲソヘタル程ニ梅也。又花ヲ本ニスレハ落梅也。サナケレハ残雪ノ哥也。

④裏ノ説ハ、我心ヲ信シソトノ義也。似タル事カアル程ニト云教也。

ある人のいはくさきのおほきおほいまうちきみの哥なり

忠信公ノ哥也。⑤左注、是カ初也。作者ヲ本走ノ心也。公ハ標徳号也。⑥サキノホヲキオホイ――延喜ノ時大政大臣カナカリシ也。古今已前ニ両人アリ。前ノハ忠信公、後カ昭宣公也。前ノ字ハ此心ニテ如此書也。常ニ先官ナトヲ書ニハ相違也。

⑦【押紙】忠仁公良房天安二年二月十九日任太政大臣。清和御代也。昭宣公基経元慶四年十二月四日任太政大臣。陽成・光孝・宇多三代也。私勘

（宮内庁書陵部蔵細川幽斎筆『伝心抄』（五〇二・四二〇の内）巻一・春上・七、押紙は智仁親王による）(11)

心さしふかくそめてしおりけれは消あへぬ雪の花とみゆらん

ある人のいはく、さきのおほきおほいまうちきみの哥なり、

①おりけれはヲ居ノ字ニ用タル説アレトモ不用、折ノ字ノ心也。②雪トミタラハ折マシキカ、花トミ定テ折タル也。③此花ハ梅ニテ有ヘシ。

ある人のいはくさきのおほきおほいまうちきみの哥なり

左注ト云也、⑥前のおほきおほいまうちきみハ忠仁公也。前ノ字前官ニテハナシ。延喜ノ時分ニ太政大臣二人有シ也。忠仁公ト昭宣公ト也。其謂ニ忠仁公ニ前ノ字ヲ書ナリ。左ニ注スルハ賞ム心也。

⑦良房忠仁公ハ天安二年二月十九日任太政大臣清和御代也、昭宣公ハ元慶四年十二月任太政大臣、陽成・光孝・宇多三代ニツカヘタル人也。

（国立国会図書館蔵飛鳥井雅章筆『古今集御講尺聞書』［a『飛鳥井雅章聞書』1］巻一・春上・七）

心さし――①折りけれハ、居ノ字説不用。折ノ字ノ心也。②哥ノ心ハ、雪ト見タラハ折マジキガ、心さしをふかく染て花ト治定シテ折タルト云心也。折て後ニ雪ト知タル也。③此哥ノ花ハ雪ヲソヘタル程ニ梅ナルヘシ。④裏ノ説、万事我心ヲ信スルコトナカレトイフヲシヘ也。見アヤマリアル物ナル程ニトノ教也。

左注
ある人のいはく――⑤作者ヲ奔走ノ時、如此左注ニ書《題号ヨリ此左注迄御文字読御講尺》。⑥さきのおほきおほいまうちきみトアレハ、前官ノヤウナレトモ、是ハ非前官。其時マテ忠仁公、昭宣公二人太政大臣也。忠仁公ヲ前ノト云、昭宣公ヲ後ノト云也。⑦良房忠仁公ハ、天安二年二月十九日任太政大臣。清和御代也。基経昭宣公ハ、元慶四年十二月四日任太政大臣。陽成・光孝・宇多三代ニツカヘラレタル人也。

（東山御文庫蔵『古今集聞書』［b『道晃親王聞書』2］巻一・春上・七）

心さしふかく染てしおりけれは消あへぬ雪の花と見ゆ覧

ある人のいはく、さきのおほきおほいまうちきみの哥也。

①おりけれは、居ノ字説不用。折ノ字ノ心也。②哥ノ心ハ、雪トミタラハ折マシキカ、心サシフカク染テ花ト治定シテ折タルト云心也。折テ後ニ雪ト知タル也。③此哥ノ花ハ雪ヲソヘタル程ニ梅ナルヘシ。

④裏ノ説、万事我心ヲ信スルコトナカレトイフヲシヘナリ。見誤リアル物ナル程ニトノ教也。

左注
ある人のいはく――⑤作者ヲ奔走ノ時、如此左注ニ書。⑥さきのおほきおほいまうちきみとアレハ、前官ノヤウナレトモ、是ハ前官ニハアラス。其時マテ忠仁公、昭宣公二人太政大臣也。忠仁公ヲ前ト云、昭宣公ヲ後ノト云也。⑦良房忠仁公ハ天安二年二月十九日任太政大臣。清和御代也。基経昭宣公ハ元慶四年十二月四日任太政大臣。陽成・光孝・宇多三代ニツカヘラレタル人也。

（宮内庁書陵部蔵『古今和歌集法皇御抄』［c『後水尾院御抄』4］巻一・春上・七）

a『飛鳥井雅章聞書』、b『道晃親王聞書』、c『後水尾院御抄』の三書ともに傍線部①～⑦の順序もそのまま『伝心抄』の注記をほぼ忠実に踏襲しており、⑦部分の一致からは宮内庁書陵部に現蔵される智仁親王によって押紙注記が加えられた『伝心抄』に基づき講釈が行われていることが理解される。これも寛文四年の講釈と同様である。

後水尾院による講釈は右記以外の部分についても原則的には『伝心抄』の注記を祖述するように進められているが、注記の内容によっては『伝心抄』から離れた理解が示されることもあった。国立国会図書館蔵飛鳥井雅章筆『古今集御講尺聞書』（a『飛鳥井雅章聞書』）は一部注記に講釈の口吻を残し、講釈の実際を伝える興味深い資料であるが、一九八番歌を例に『伝心抄』と国立国会図書館蔵『古今集御講尺聞書』とを対照すると、講釈はまずは傍線部①②のように『伝心抄』の記載に沿って読み解きが行われ、次いでその「抄ノ義」についての後水尾院の見解が示されるというかたちで進められて行ったことが知られる。

秋萩も色つきぬれはきり〳〵すわかねぬことやよるはかなしき

一ワウノ義ハ時節ノ感ヲミテ読ル哥也。①一向ニネヌニテハナシ、イネカテニ成ヘキト也。鳴虫ノ如クモナリツヘキト云タツ哥也。②萩ノヌルト云ハ、葉カ二ツアヒテヌル物也。秋萩モ色付ハ下葉ウツロヒテネヌト也。キリ〳〵スカ鳴上ニ我物思ひノアレハ、イネカテニ成ヌヘキト云タル哥也。

（『伝心抄』巻四・秋上・一九八）

秋はきもいろつきぬれはきり〳〵すわかねぬことやよるはかなしき

秋萩ノ色付時節、物カナシカラント也、秋ノ感モソフ故也。①ゐぬことやハ一向ニネヌニテハナシ、イネカテニナル時分也。ソノ如ク蛬モカナシキカト也。╲②萩ノヌルト云ハ萩ハ葉二ツ合テヌルモノ也。ウツロフ時分ニハネヌモノ也。③先抄ノ義也、萩ノ葉合テ寝ト云コト、④抄ノ義、何事ソトアソハス、只蛩鳴我思ヒノアル時分イネカテナルト也。

（国立国会図書館蔵飛鳥井雅章筆『古今集御講尺聞書』［a『飛鳥井雅章聞書』1］巻四・秋上・一九八）

国立国会図書館蔵『古今集御講尺聞書』（a『飛鳥井雅章章聞書』）には傍線部③「先抄ノ義也」や傍線部④「抄ノ義、何事トソアソハス」のような記述が見え、『伝心抄』の解釈を先に示し、それに異議のある場合には追って後水尾院自身による解釈が示されたことが確認される。東山御文庫蔵『古今集聞書』（b『道晃親王聞書』）や宮内庁書陵部蔵『古今和歌集法皇御抄』（c『後水尾院御抄』）の同番歌注にも同様の見解が記録されてはいるが、国立国会図書館蔵『古今集御講尺聞書』（a『飛鳥井雅章聞書』）と比べると論述がやや整序されていることが確認される。

秋はきも――秋萩の色付時節、一入秋の感モソヒテ物カナシカラント也。①ゐぬごとやトハ一カウニゐぬニハ非ス、ゐねかてにナル時分也。そのコトク蛩モカナシキカト一義也。②萩ハ葉二ツ合テぬる物也。ウツロフ時分ハゐぬ物也。蛩鳴我思ひある時分、ゐねかてナルト也。萩ノ葉合寝コト④抄ノ義也、何事ソ。

（東山御文庫蔵『古今集聞書』［b『道晃親王聞書』2］巻四・秋上・一九八）

秋はきも色付ぬれはきり〳〵すわかねぬことやよるはかなしき

秋萩ノ色付時節、一入秋ノ感モソヒテモノカナシカラント也。①ネヌコトヤトハ一カウニネヌニハ非ス、イネカテニナル時分也。ソノコトク蛩モカナシキカト一義也。②萩ハ葉二ツ合テヌル物也。ウツロフ時分ハネヌ物也。蛩鳴我思ヒアル時分、イネカテナルト也。萩ノ葉合寝事、④抄ノ義也、何事ソ。

（宮内庁書陵部蔵『古今和歌集法皇御抄』［c『後水尾院御抄』4］巻四・秋上・一九八）

後水尾院による講釈が先行する抄の解釈に拠りつつも、その「抄ノ義」の忠実な祖述のみを目的とするのではなく、自身の理解と先行する抄の解釈とが異なる場合にはむしろ積極的に異議が唱えられたことは、後水尾院による歌道に関わる講釈聞書に比較的多くの事例を拾うことができるが[12]、この『古今集』一九八番歌の講釈も同様の例に数えることができる。

また、後水尾院による講釈においては『伝心抄』以外の先行する抄の参照が求められることもあった。例えば次に示した例では、b『道晃親王聞書』においては注記の末尾に「祇注可加」と記されているが、a『飛鳥井雅章聞書』、c『後水尾院御抄』では対応する箇所に「祇注云」と付記して『両度聞書』からの引用が付加されている。

わたつみの――　わか身こす波ハ松山の古事カラいひ出しタル也。我ヲをきて人ニ思ひウツリタル心也。立かへりあまのすむてふうらみつる哉トハ、これ程の人を思きえて立ちカヘリ〳〵思コト哉ト身ヲセメテ也。祇注可加。

（東山御文庫蔵『古今集聞書』［b『道晃親王聞書』2］巻十五・恋五・八一六）

わたつみのわか身こす波立かへりあまのすむてふうらみつる哉

ウシトウノ字ヲ心ニ持テヨム。和田の分ノ時ハ田ヲ濁也。

ワカ身コス波ハ変心也。松山ノ故事カライヒ出シタル也。我ヲヽキテ人ニ思ヒウツリタル人ノ心也。立カヘリアマノ住テフ恨ミツルカナトハ、コレホトノ人ヲエ思ヒキラテ立カヘリ〳〵思フハ浅マシキ事ト也。我トワカ身ヲセメテ云也。

祇抄云、勘云、すへて浪こすといふ心ハ末の松山よりおこり侍れとも、たひことに末の松とをき侍らし、惣の心ハ我にかはりはてたる人を立かへりうらむる事のはかなきをなけく義也。

（国立国会図書館蔵飛鳥井雅章筆『古今集御講尺聞書』［a『飛鳥井雅章聞書』1］巻十五・恋五・八一六）

わたつみのわかみこす浪立かへりあまのすむてふうらみつるかな

我身こす波ハ松山ノ故事カライヒ出シタル也。我ヲ置テ人ニ思ヒウツリタル心也。立カヘリアマノ住てふ恨ツルカナトハ、コレ程ノ人ヲ思キラテ立カヘリ〳〵思フコト哉ト身ヲセメテ也。

祇抄云、勘云、すへて浪こすといふ心ハ末の松山よりおこり侍れとも、たひことに末の松とをき侍らし、惣の心ハ我にかはりはてたる人を立かへりうらむる事のはかなきを歎く義也。

（宮内庁書陵部蔵『古今和歌集法皇御抄』［c『後水尾院御抄』4］巻十五・恋五・八一六）

この八一六番歌注の例からはb『道晃親王聞書』とc『後水尾院御抄』の近さが改めて確認される。この両書は注記内容からは整序途上にある中書本と整序を経た清書本の関係にあり、それらとa『飛鳥井雅章聞書』との間には若干の距離がある。また、同時にa『飛鳥井雅章聞書』、c『後水尾院御抄』が当座の筆録そのものの浄書ではなく、かなりの部分に後日の追記が想定されることも明らかになろう。

聞書の整序の過程においては、先行する注釈書等からの引用による注記の追記といった作業とは別に、後水尾院自らが再度講釈を行って注説を加えることもあったようである。明暦三年の講釈聞書にはa～cの三種ともに次に示すような「後日仰」と付記して注記が加えられる箇所がある。こうした注記は、「仰」と付記されることからも後水尾院による追注であったと判断される。

光なき谷には春もよそなれは咲てとくちる物思ひもなし

光ナキ谷ハ、日ノ影ノモラヌフカキ谷ノ底ノコト也。我身ノメクミニアツカラスヲ云タルコト也。花ガサケハ、門前車馬モツトフ物ナルカ、時イタリテ花カチレハ、人モ尋ネヌ我ハヒカリナキ谷ナレハ咲事モ散事モナシ、ソノ思ヒナキト也。

後日仰　道可道ト云、春ノクル所、常道ト云ハ大道ニテ咲テ、トク散物思ヒノナキ所也。

（宮内庁書陵部蔵『古今和歌集法皇御抄』［c『後水尾院御抄』4］巻十八・雑下・九六七）

『隔蓂記』明暦三年三月十一日条には、同日、鳳林承章が参院すると、妙門主（尭然親王）、聖門主（道晃親王）、飛鳥井雅章、岩倉具起を交えて、この度の「御伝授」の「古今集之抄」の「御不審」の「御穿鑿」が行われており、後水尾院も連日臨席していたと記されている。

十一日、［…］今日令院参、可致御見舞内意、時刻餘早故、於芝山公、而令打談、而令院参、則御対面、於瓢界御殿而、妙門主（尭然親王）、聖門主（道晃親王）、飛鳥井大納言（雅章）、岩倉中納言（具起）、今度御伝授之古今集之抄御不審之御穿鑿、仙洞（後水尾院）亦毎日被為成故也、予亦於瓢界、而被召連、終日致伺公、［…］

（『隔蓂記』明暦三年三月十一日条）

同日は切紙伝受の終了からすでに二十日あまりを経ている。切紙伝受を遂げてすべてを終了とするのではなく、その後も綿密な読み解きが継続されていた。この『隔蓂記』に見える「不審之御穿鑿」によって「後日仰」と付記される注記にまとめられた追補がなされ、また先行諸抄の注説の増補なども行われたと推測される。聞書類に書き入れられた追記の内容からは、『古今集』の本文異同の問題からアクセント、読み癖、そして歌意の解釈といった多岐にわたる追補が行われたことが確認される。

以上、聞書を突き合わせそれぞれの注記とその形態とを比較検討することにより、講釈の進行については、まず『伝心抄』を読み解くことからはじめられ、必要に応じて『伝心抄』の注記に対する批判があり、さらには先行する注釈書・聞書への言及と参照が要請され、講釈が終了した後にも追加の講釈を含む確認作業が行われたといった経緯が想定され、聞書の浄書については、不審の詮索や不備の補訂を行いつつ聞書それ自体の精錬が試みられたことが確認された。

また、聞書の相互関係に戻って見れば、b『道晃親王聞書』とc『後水尾院御抄』には先に示した例のように注記の一字一句を同じくする箇所が散見する。こうした現象を同一の講釈を書き留めた聞書であるから当然のことと見るのは不自然であろう。聞き取る側の差異によって記載される内容にも表現上の差異が生ずるはずであり、実際にb『道晃親王聞書』とc『後水尾院御抄』にまったくの同文が記される場合も、a『飛鳥井雅章聞書』には内容はほぼ同一でありながらも表現には相当の差異が認められることも多い。こうした点からb『道晃親王聞書』とc『後水尾院御抄』は書承関係にあると判断され、その間の注記の差異は筆録者の相違によると見るのではなく、注記の整序の問題として把握すべきであると考えられる。

三　道晃親王書入本伝心抄と道晃親王聞書

明暦三年の講釈に基幹資料として用いられた『伝心抄』には朱墨・青墨による書入を持つ伝本の伝存が知られている。(13) 朱墨による書入は、『伝心抄』の原本である宮内庁書陵部蔵桂宮家旧蔵細川幽斎筆本（五〇二・四二〇）にも認められ、それを踏襲した注記と判断される。青墨による書入の素性については従来必ずしも共通の理解があったとはいえないが、これは明暦三年の後水尾院による講釈を書き入れたものと考えられる。現在までに所在の確認ができた青墨の書入を持つ『伝心抄』は次の三点である。

1　京都大学附属図書館蔵中院文庫本中院通茂筆『伝心抄抜書』（中院・VI・一一二）
2　筑波大学中央図書館蔵『伝心抄』（ル二一〇・一一二）
3　陽明文庫蔵近衛基煕筆『伝心抄』

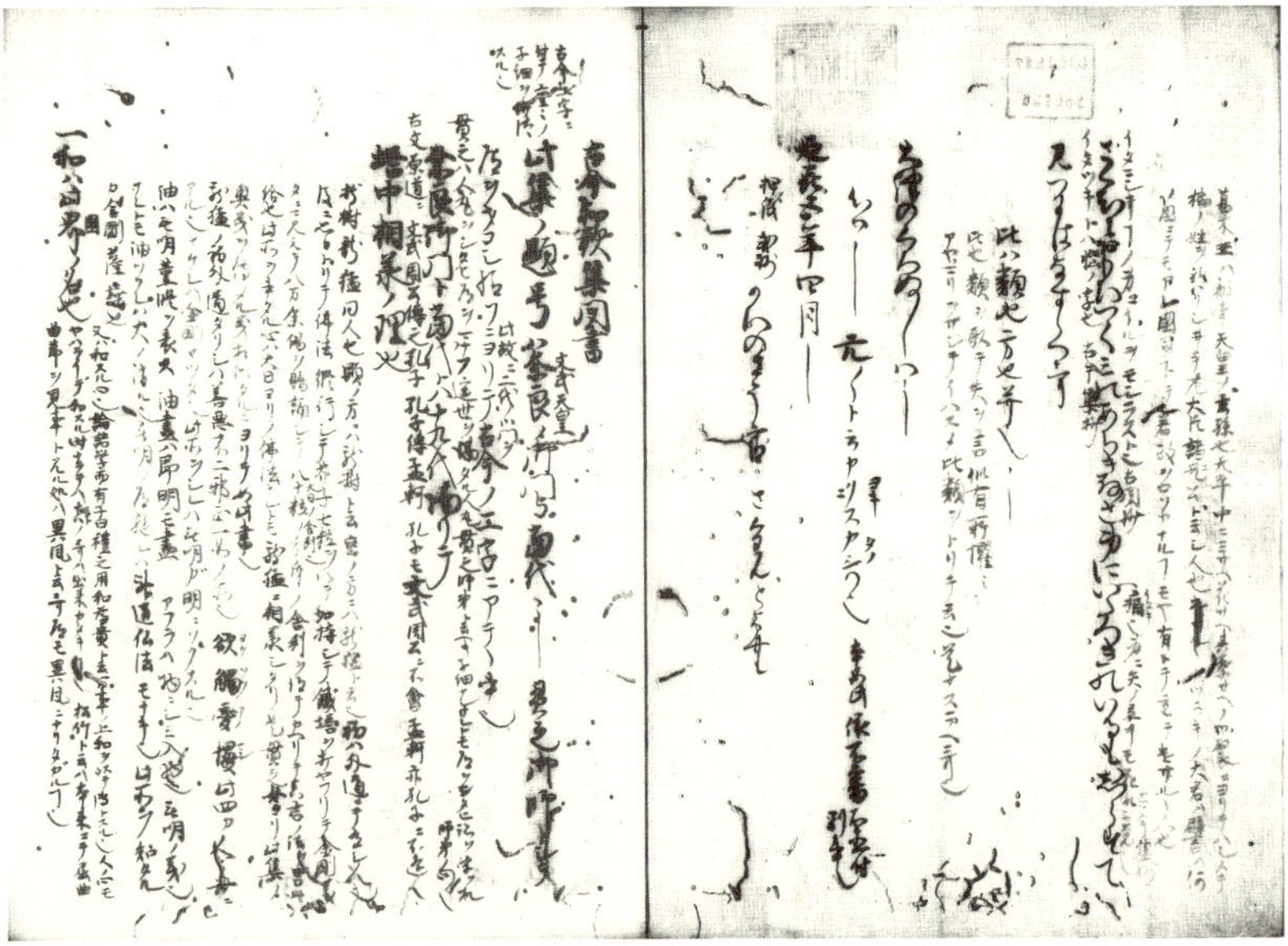

図20　京都大学附属図書館蔵中院文庫本『伝心抄抜書』（中院・Ⅵ・112）

右記三点のうち、京都大学附属図書館蔵中院文庫本は抜書本、他二点は完本である。書誌等は次の通り（なお、陽明文庫本は精査に及んでいない）。

1　京都大学附属図書館蔵中院文庫本中院通茂筆『伝心抄抜書』（中院・Ⅵ・一一二）

元禄十三年（一七〇〇）写　一冊

仮綴（列帖装の形態に紙を重ね、上下方各一箇所を糸で仮綴）。共紙表紙（二六・二×一八・六㎝）、左肩打付書「伝心抄抜書」、料紙、肌理の荒い鳥の子。墨付四二丁（三括からなり、第一括一〇枚、第二括五枚、第三括一〇枚）。毎半葉一一行、和歌一首一行書（但し和歌一首全文の掲出はせず途中までを記す）、注約二字下げ。内題なし。

奥書は次の通り。

右一冊申請①照高院宮道晃親王御所持之
伝心抄書之、②彼本之中、愚本無之所々
抜書之畢、③於青字者彼宮被窺
後水尾院条々仰之旨被注之云々、

押紙又彼院之御本照門（道晃親王）御本、以後水尾院御本被写之、所被押
歟、今一見之、以為後証聊所加筆
也、」
元禄十三（一七〇〇）年沽洗念五
亜槐老散木（中院通茂）（花押）歳七十」

用字、漢字・平仮名・片仮名、朱墨・青墨による書入あり。印記、現蔵者印のみ。

当該本は、中院通茂の筆写になる元禄十三年（一七〇〇）の写本で、奥書により、その親本は道晃親王所持本であること（傍線部①）、通茂の所持する『伝心抄』には記載されない注記のみを抜粋した抜書本であること（傍線部②）、青墨による書入注記は道晃親王が後水尾院より窺った条々であること（傍線部③）が知られる。

2　筑波大学附属図書館蔵『伝心抄』（ル・二一〇・一一二）　〔江戸前期〕写　五冊

袋綴。青灰色無地表紙（二五・六×二〇・二㎝）、左肩無地題簽「伝心抄　天（地・人）」（第一冊～第三冊）、第四冊（序）は無地題簽。「伝心集」（第五冊（切紙））。料紙、楮紙。墨付、第一冊一一七丁、第二冊一四〇丁、第三冊一〇二丁、第四冊三八丁、第五冊二二丁、遊紙、各冊首尾各一丁。毎半葉一二行、和歌一首一行書、注約三字下げ。内題「古今和歌集聞書」、「古今和歌集巻第一（～二十）（各巻首部））。

奥書は次の通り。

一覧訖、　亜三台（三条西実枝）　判」（第一冊末）
一覧了、　亜三台　判」（第二冊末）
此集一部之説、伝授之聞書三冊并

序分一巻、面授口決証明之奥書等別紙在之、於草本者為後証被仰留者也、
数日相対而具被読合訖、其義誠如
合符節、雖班馬何及之、併為此道之
一人当千者乎、
天正丙子歳小春吉辰　権大納言（三条西実枝）　判」（第三冊）
一覧訖、　亜三台　判」（第四冊末）

用字、漢字・片仮名、朱墨・青墨による書入あり（但し、第五冊は青墨による書入なし）。付箋の貼り込み有り。印記、「東京教育大学付属図書館蔵書印」（横楕円朱印・各冊巻首）。帙が附属し、左肩に題簽「古今集伝心抄三条西実枝講寛文元禄頃写五冊」と記され、内側に「弘文荘」の朱印が捺される。

筑波大学蔵本は『伝心抄』四冊に『伝心集』（切紙）一冊を加えた計五冊で、『伝心抄』四冊には全巻にわたって朱墨・青墨による書入が認められる。江戸時代前期頃の書写にかかり、おそらくは古今伝受に関わる人物による書写と推測されるが筆者は未詳。注記の合間に「照御本如此滅直シテアリ」等の書入が見え、「照御本」は照高院宮道晃親王御本の意と考えられることから筑波大学蔵本の書入注記も道晃親王筆本に書き入れられた注記を受け継ぐと判断される（それとともに道晃親王筆本そのものとは考えられない）。なお、中院文庫本『伝心抄抜書』は奥書による限り道晃親王筆本の直接の転写であり、筑波大学蔵本との間には転写関係は想定されない。

中院文庫本『伝心抄抜書』の奥書によって『伝心抄』に書き入れられた青墨による注記は、道晃親王が後水尾院より伝えられた講釈に基づくと判断されるのであるが、次に示すようにこの『伝心抄』に書き入れられた青墨の注記とまったく同文関係にある注記がｂ『道晃親王聞書』にもｃ『後水尾院御抄』にも確認される。

ほとゝきすわれとはなしに
①うき世中に鳴わたるへきものは我也。その我にてはなきになと、うき世中に鳴わたるそと也。我とはなしに、我タグヒニテハナシ、然ルニト云心也。我タグヒニテハナシ、然ルニト云心也。なしにのに文字、然ニト云心ニテキコエント也。又ないにト云心ニテモ可然歟。
――是モ不捨説也、②但如何。

我ト友ニハナカヌゾト或抄ニアリ。是モ難聞、我コソアラウズレ、時鳥ハ何故ニうき世中ニ鳴ゾト也。此義ヨシトアレトモ、又いかゝ。我ニテハナシト云ヤウナリ。我コトクニテハナシニト云ヤウ也。

（京都大学附属図書館蔵中院文庫本『伝心抄抜書』巻三・夏・一六四）

郭公――我とはなしに、合点シニクキコト也。卯花ハ郭公ノ鳴所也。卯花のうき世トハ、ウイト云コトヲ重タル心也。初夏ニ入ヘキヲ、ソレニヨリテ奥ニ入タル也。我ハねをなくへき物ナルガ、何故ニ郭公ハナグゾト也。我とはなしにを、なじニト濁テ云テ、なぜにと云心トアリ。ステヌ義トアレトモ、②是モいかゝ。我ト友ニハナカヌゾト或抄ニアリ。是モキコエガタシ。我コソアラウズレ、時鳥ハ、何故ニうき世中に鳴くゾト也。此義ヨシトアレトモ、又いかゝ。我ニテハナシト云ヤウナリ。我ことくニテハナシニト云ヤウ也。

【書入】①うき世ノ中ニ鳴わたるへきものは我也。その我にてはなきになと、うき世中に鳴わたるそと也。われとはなしとは、我タクヒニテハナシト云心也。我たくひにてはなし、然ルニト云心也。なしにノに文字、然ルニト云心ニてきこえんト也。又ないにと云心ニテモ可然歟。

（東山御文庫蔵『古今集聞書』［b『道晃親王聞書』2］巻三・夏・一六四）

郭公我とはなしにうの花のうきよの中に明わたるらん

①ウキ世中ニ鳴ワタルヘキモノハ我也。ソノ我ニテハナキニナト、ウキ世中ニ鳴ワタルソト也。我トハナシトハ、我タクヒニテハナシト云心也。我タクヒニテハナシ、然ルニト云心也。ナシニノニ文字、然ルニト云心ニテ聞エント也。又ナニト云心ニテモ可然歟。

（宮内庁書陵部蔵『古今和歌集法皇御抄』［c『後水尾院御抄』4］巻三・夏・一六四）

中院文庫本『伝心抄抜書』は道晃親王筆本に書き入れられた注記のみを抄出して記しているため、それのみでは意の汲みがたい箇所も少なくないが、『伝心抄』と対照すると傍線部①と②の間に記される「――是モ不捨説也」の部分は『伝心抄』六四番歌注の末尾部分に該当することが確認され、中院文庫本『伝心抄抜書』の傍線部②「但如何…」以下の疑問は、『伝心抄』の注記を受けて記されていると判断される。

東山御文庫蔵『古今集聞書』（b『道晃親王聞書』）を見ると前半部分は『伝心抄』の取意であり、「ステヌ義トアレトモ」と中院文庫本『伝心抄抜書』に「――是モ不捨説也」とあるのと同様に『伝心抄』の末尾の一節に繋いで傍線部②の「是モいかゝ」以下の注記が続き、その後に傍線部①の注記が細字で書き入れられている。

宮内庁書陵部蔵『古今和歌集法皇御抄』（c『後水尾院御抄』）では、傍線部①に見える解釈のみが記され、『伝心抄』の注記と傍線部②には触れるところがない。

右の三者の注記には量的に大幅な差異が認められるが、傍線部①の注記は三書とも、傍線部②の注記は『伝心抄抜書』とb『道晃親王聞書』の双方が表現の細部に至るまで類似している。後水尾院による口述を三者がそれぞれに筆記したところ偶然に一致したとは到底考えられず、互いに書承関係にあると考えられる。つまりは後水尾院による講釈では、はじめに『伝心抄』の注記が読み解かれ、その後に傍線部②に記される異議が示され、さらに傍線部①の解釈を加えるという経緯で進んだが、聞書を整序する段階で当初の議論の三分の二程度を占めた

『伝心抄』の注記とその理解に対する異論（傍線部②）は削除され、最終的には後水尾院による理解を伝えると考えられる傍線部①の注記のみを記す宮内庁書陵部蔵『古今和歌集法皇御抄』（c『後水尾院御抄』）のかたちに纏められたという整序の過程が想定される。

この一六四番歌注はとくに顕著な例ではあるが、同様の傾向は全巻にわたって指摘できる。b『道晃親王聞書』は道晃親王による『伝心抄』への書入を取り込んで注記の整序が行われていると推測され、逆にbの聞書の記載が先にあって『伝心抄』への転記を想定すると、そのような作業を行う動機が見あたらない。他の注記と一体化しているbの聞書の注記から『伝心抄』に由来しない部分を抜き出し転記したと考えるのも不可能ではないものの不自然であろう。もっとも『伝心抄』への書き入れは『古今集』の全歌を覆うものではなく、まばらに数文字程度の注記が書き入れられる例も多く、後水尾院による講釈に際し当座の聞書として『伝心抄』へ注記が書き入れられ、後にそれを別紙に書き写してbの聞書となったという成立過程を想定するのには無理がある。委細は未詳ながら『伝心抄』への書き入れの他にbの聞書を作成するための資料となった当座の聞書の存在を想定するのが穏当に思われる。既述のように明暦三年の講釈においては切紙伝受が終了した後にも後水尾院を加えて相伝者が参集して聞書の修訂が行われていた。そうした場において複数の資料に注説が書き記されていったと考えてもさして不自然ではないように思われる(14)。

四　聞書から御抄へ

明暦三年に行われた後水尾院による講釈の経緯とその聞書の整序の過程をa『飛鳥井雅章聞書』、b『道晃親王聞書』、c『後水尾院御抄』の三種の資料を比較しつつ確認してきたが、これらのうちc『後水尾院御抄』とした聞書は注記の行文は確かに聞書の形態を示しており、b『道晃親王聞書』に対してはその清書本とも言える位置にあるが（烏丸光栄による識語（c6今治市河野美術館蔵烏丸光栄筆本の識語）にも「後水尾院御説聞書之躰」と記されることは先にも確認した）、現行のc『後水尾院御抄』の伝本には、「古今和歌集法皇御抄」や「後水尾院古今集御抄」といった外題が付されており、「―聞書」のような外題を記す伝本は確認できていない。各伝本の外題を改めて示せば次のようになる。

4宮内庁書陵部蔵飛鳥井雅章筆本…「古今和歌集法皇御抄」
5京都大学附属図書館蔵中院文庫中院通茂筆本…「古今抄寛文」
6今治市河野美術館蔵烏丸光栄筆本…「後水尾院古今集御抄」
7陽明文庫蔵近衛基凞筆本…外題なし

これらの外題の記載は、書写者や享受者によって想定されたこの書物の著述主体が他ならぬ後水尾院であったことを伝えている（『両度聞書』を「常縁抄」とは言わず「祇注」と称すのが一般的なのとは丁度逆の現象と言える）。こうした外題のあり方は単なる偶然ではなく、c『後水尾院御抄』は現行の形態となる時点で後水尾院による「御抄」として作成されたものであったと考えられる。この書物へのそうした意味づけは現存伝本の伝来からも推測される。例えば、現存伝本の書写時期は次の通りである。

4宮内庁書陵部蔵飛鳥井雅章筆本…識語には書写に関する年紀はない。但し、識語に「新院此集御伝授之時又被召加雅章」の文言があり、書写の時期は寛文四年五月の後水尾院より後西院への古今伝受の後と判断される。

5京都大学附属図書館蔵中院文庫中院通茂筆本…識語には書写に関する年紀はない。外題に「古今抄寛文」とあり、寛文年間以降（おそらく寛文四年の古今伝受後）と推測される。

6今治市河野美術館蔵烏丸光栄筆本…「延享二年（一七四五）仲冬下澣」（識語）

7陽明文庫蔵近衛基凞筆本…「天和三年（一六八三）八朔書始同十四終功。一校等畢」（識語）

4飛鳥井雅章筆本は識語に寛文四年の後水尾院より後西院への古今伝受に触れる部分があることから、寛文四年以降の書写であることは確実で、5中院通茂筆本も外題に「古今抄寛文」と記されることから寛文年間以降、おそらく寛文四年の古今伝受以降の書写と推測される。明暦三年の講釈を聴聞した飛鳥井雅章が手許に遺された自身の聞書とは別にこの書物を「御抄」と称して（奥書には「此御抄全部四冊」の文言が記されている）寛文年間以後に書写していることから、おそらくは寛文四年の古今伝受以後に簡略に行われた講釈の不足を補う目的で明暦三年の講釈聞書が改めて求められ（あるいはこの書『後水尾院御抄』の成立自体が寛文四年の古今伝受以降であったかもしれない）、『後水尾院御抄』として転写されていったと推測される。また、そうしたこの抄に対する目的意識が5中院通茂筆本の外題「古今抄寛文」の「寛文」の語に反映しているようにも思われる。

6の書写者である烏丸光栄は元文四年（一七三九）十二月に、7の書写者である近衛基凞は天和三年（一六八三）三月から四月に古今伝受を相伝しているが、両者ともに古今伝受の後に『後水尾院御抄』を転写しており（とくに近衛基凞はその直後に）、それを補完する意図で転写が行われた蓋然性が高い。

また、6烏丸光栄筆本の識語に記されるように、道晃親王により浄書された一本は禁裏御文庫に収められ後水尾院による講説を伝える、まさに「後水尾院御抄」として禁裏周辺の講釈に利用されるようになったと推測される。

次に示した資料は天理大学附属天理図書館に所蔵される霊元院宸翰の『古今和歌集序注』であるが、中に数箇所にわたって「御抄」と付記する注記が見える。[15]

かくてそ花をめて鳥をうらやみ霞をあはれひ露をかなしふ心ことはさま〳〵になりにける

一段也。かくてそとは素盞烏尊より卅一字の哥おこる義也。[…]

御抄、鳥をうらやみを愛する心也と云は、花をめて霞をあはれみ露をかなしむも、皆愛する心なれは、うらやむも同し心なるへし。惣してよしとみる物ならては羨む理はなき故、よしとみる物は愛する心通すへき也云々。

(天理大学天理図書館蔵『古今和歌集序注』(九一一・二三・イ一三九)仮名序)

この項目に「御抄」と付記される注記がc『後水尾院御抄』と同文関係にある注記を多く持つb『道晃親王聞書』からの引用ではなくc『後水尾院御抄』によることは、対応する注記がc『後水尾院御抄』にのみ記されb『道晃親王聞書』に欠くことからも明らかである。

かくてそ花をめて――　すさのをのみことの卅一字ノ哥カラヲコリテ也。昔ハ其事ニアタリテ心ヲ述ルハカリ也。其後、心万端ニナリテ、花鳥ヲアハレミ、露ヲカナシム心ヲ発シテ也。世ノクタル躰也。

とほき所も――　[…]

(東山御文庫蔵『古今集聞書』[b『道晃親王聞書』2]仮名序)

かくてそ花をめてとりをうらやみかすみをあはれひ露をかなしふ心ことはおほくさま〳〵になりにける

スサノヲノミコトノ卅一字ノ哥カラヲコリテ也。昔ハ其事ニアタリテ心ヲ述ツハカリ也。其後、心万端ニナリテ花鳥ヲアハレミ、露ヲカナシム心ヲ発シテ也。世ノクタル躰也。

鳥ヲウラヤミヲ愛スル心也ト云ハ、花ヲメテ霞ヲアハレミ、露ヲカナシムモ、皆愛スル心ナレハ、ウラヤムモ同シ心ニテ有ヘキ歟。惣シテヨシトミル物ナラテハ羨ム理ハナキ故、ヨシトミル物ハ愛スル心通ヘキ也。（宮内庁書陵部蔵『古今和歌集法皇御抄』［c『後水尾院御抄』4］仮名序）

また、歌注部分では、仮名序注に天理大学附属天理図書館蔵霊元院宸翰『古今和歌集序注』（九一一・二三・イ一三九）と同一の注釈を併せ持つ京都大学附属図書館蔵『古今和歌集注』（中院・VI・七二）に「御抄」と付記して引用される例が認められる。

かはつなくゐての山吹ちりにけり
井出といはむ為に蛙鳴といひたる也。声と色との二は耳目の感を為す物也。山吹は散てかはつのころはかり残たるをみて、此面白境地に山吹のさかりに来たらはと思ふ心をよめる也。
御抄、散にけりは、散はてたるにはあらす。漸盛過たるをいへり。花のさかりに来てみむ物をと後悔したる也。
祇抄、かはつなくゐては枕詞也。但すこしはにほひになる也云々。幽玄なる哥也。［…］
（京都大学附属図書館蔵中院文庫本『〔古今和歌集注〕』（中院・VI・七二）巻二・春下・一二五）

かはつなく――　ゐてヲ云ハン為ニ蛙鳴ト云タルコト也、声ト色トノ二ツ耳目ヲタノシマシムル物也、声色ノ二色ニテ感ヲヲコス山吹ハ散テ、蛙ハカリ鳴、盛ニ来タラハ弥々トノ心也。
（東山御文庫蔵『古今集聞書』［b『道晃親王聞書』2］巻二・春上・一二五）

かはつ鳴ゐての山吹散にけり花のさかりにあはましものを

井出トイハン為ニ蛙鳴ト云タル事ナリ。声ト色トニツカ耳目ヲタノシマシムル物也。散にけり、チリハテタルニハ非ス、漸盛過タルナリ。花ノ盛ニ来テミム物ヲトナリ。祇抄ニ、かはつなくゐては枕詞也。但すこしは、にほひになる也トアリ。サモコソアルラメナリ。

（宮内庁書陵部蔵『古今和歌集法皇御抄』［C『後水尾院御抄』4］巻二・春上・一二五）

この一二五番歌注の例でも京都大学附属図書館蔵中院文庫本『古今和歌集注』に「御抄」、「祇注」として引用される注記はともに『後水尾院御抄』にほぼ一致しており、同書の引用と判断される。

霊元院周辺における古今伝受については第三部第六章に聞書類の整理を行ったが、関連資料総体の集成が試みられたことはない。全体像の解明にはなおも多くの課題が残されているが、右記の諸書に認められる引用によって後水尾院の継承という点については具体的な事例が確認されたと言える。(16)

おわりに

明暦三年（一六五七）の後水尾院による古今伝受は寛文四年（一六六四）の後西院への古今伝受の先鞭といった以上の意味を持っていた。明暦三年（一六五七）の時点で後水尾院は六十二歳。八十五歳の長寿をまっとうしたとはいえ当時としては相当の高齢であった。古今伝受を相伝すべき後西院はこの時二十一歳であり、三十歳以上への相伝が慣例化していた古今伝受の相伝を求めるには若年に過ぎた。後西院自身の手になる古今伝受の筆録記録（別記）である東山御文庫蔵『古今伝授御日記』寛文四年五月十一日条には古今伝受についての後西院と後水尾院の間で交わされた遣り取りが記されている。

予（後西院）、古今和歌集御伝受之事、内々待望之旨、法皇（後水尾院）へ申入之処ニ、年齢卅歳未満之者、灌頂可憚事也、其上、法皇御老年御気力無之、去明暦三年春比、照高院宮（道晃親王）被伝了、年齢三十已上之節、必従照門（道晃親王）可被授之旨仰有、曽以無御傾状之御気色、其後度々此大義照門被申入之処ニ、予年齢未満之事被仰了、[…][17]

（東山御文庫蔵『古今伝授御日記』寛文四年五月十一日条）

古今伝受を望みながらも三十歳未満への相伝が憚られることによってそれが叶わないこと、老齢化により後水尾院の気力が減退していること、後西院が三十歳に達した際にはすでに明暦三年に古今伝受を相伝している道晃親王からの相伝が想定されていることなどが記されている。道晃親王は古今伝受が「大義」である旨を後水尾院に訴えており、また、実際に寛文四年には後水尾院によって『古今集』講釈と切紙伝受が行われるのであるが、右記の『古今伝授御日記』の記事を改めて見直すと、明暦三年の古今伝受にはやはり道晃親王を経由することで古今伝受の継承を担保する意図があったように思われる。道晃親王、また、尭然親王といった法体の親王への古今伝受が不慮の出来事による途絶を避けるための処置であったと考えてもさほど違和感はないだろう。

また、奥書等に明文化されているわけではないが、明暦三年の講釈聞書の清書本である『後水尾院御抄』の成立には道晃親王が深く変わっていたと推測される。寛文四年の講釈においても道晃親王は後西院の当座聞書の整序に関与しており[18]、現在『伊勢物語後水尾院御抄』として知られる後水尾院による『伊勢物語』講釈の聞書を編集したのも道晃親王であったと考えられている[19]。『伊勢物語後水尾院御抄』が後西院による『伊勢物語』講釈においてその資料とされたように[20]、『後水尾院御抄』の作成も、各巻の巻頭五首のみの読み解きという簡略な歌意の講釈のみで古今伝受を相伝せざるを得なかった後西院の不足を補うための所為であったとも推測されるが、そうした点については明暦三年の古今伝受の当座聞書、官庫に伝来したという道晃親王自筆の『後水尾院御抄』、また、聴聞者による日記等の関連資料の出現を俟って改めて考えたい。

注

（1）寛文四年の後水尾院による古今伝受をめぐる歌壇史的状況については第三部第三章参照。

（2）上野洋三『近世宮廷の和歌訓練『万治御点』を読む』（臨川書店、一九九九年）一九九頁に『隔蓂記』の記事を引き万治度の伝授についての重要な指摘がある（なお後述）。また、宗政五十緒『江戸時代の和歌と歌人』（同朋舎、一九九一年）一六四―一六五頁にも明暦三年の古今伝受に触れるところがある。

（3）関連する日記類については資料篇参照。

（4）道晃親王については、日下幸男『近世初期聖護院門跡の文事――付旧蔵書目録』（私家版、一九九二年）に詳細な年譜と聖護院に所蔵される典籍類を含む関連資料の紹介がある。

（5）第三部第三章参照。

（6）『皇室の至宝 東山御文庫御物 一』（毎日新聞社、一九九九年）八六―八七頁に書影が、二七三―二七四頁に解説がある。

（7）同書については、石神秀美「宗祇流古今伝授史における『伝心抄』の位置づけ」（『古今集古注釈書集成 伝心抄』笠間書院、一九九六年）参照。また、中院文庫本『古今抄寛文』については、中院文庫所蔵の他の『古今集』注釈書・聞書類と併せて第三部第七章に簡略な紹介を行った。

（8）禁裏御文庫に伝来したという道晃親王筆本は東山御文庫に現存する可能性は高いが確認が出来ていない。なお、霊元院の遺物拝領品を多く含む国立歴史民俗博物館蔵高松宮家伝来禁裏本には『後水尾院御抄』に該当する書物は見出せない。

（9）通例として「草稿―中書―清書」として把握されることの多い典籍の書写過程のうち、最も曖昧な概念である「中書」については、武井和人「〈中書〉攷」（『研究と資料』五七、二〇〇七年七月、後に、同『中世古典籍学序説』（和泉書院、二〇〇九年）に再録）にその用例の吟味を含む検討がある。

（10）第三部第三章参照。

（11）『伝心抄』の引用は、伝心抄研究会編『古今集庫注釈書集成 伝心抄』（笠間書院、一九九六年）所収の宮内庁書陵部蔵桂宮家旧蔵細川幽斎筆本の翻刻による。なお、『伝心抄』の伝本については、武井和人「『伝心抄』諸本およびその成立過程」（同書所収）、書陵部本の伝来については、小高道子「古今伝受と講釈聞書――『伝心抄』をめぐって」（同書所収）参照。

（12）後水尾院の講釈におけるこうした読解の態度については、第一部第四章参照。

（13）前掲、田村緑「〈こまなめて・こまなへて〉考――伝授説をめぐって」にその存在が報告され、注11掲載の武井和人「『伝心抄』諸本およびその成立過程」にも書入を持つ伝本に触れる箇所がある。

（14）聞書の精錬が想定される明暦三年の講釈においては、遺された聞書や抄が筆録者の差異や志向による独自の記述を保ちつつも、一部に他本からの書承関係が想定され他書と共通する部分を持つような継ぎ接ぎ状態であっても何ら不思議はない。本来的にそれぞれに筆録者側のオリジナリティーが求められるようなものではなく、厳密な意味では記録された内容を筆録者側の個人に還元しようとすること自体に無理があるとも言える。当然ながら聞書を遺す目的は『古今集』の理解の継承にあり、後水尾院説の継承にあったはずだからである。

（15）同書の詳細については第三部第六章参照。

（16）杉本まゆ子「御所伝受考――書陵部蔵古今伝受関連資料をめぐって」（『書陵部紀要』五八、二〇〇七年三月）により、後水尾院以降の御所伝受と典籍・文書類の伝領に関する諸問題についての基礎的な見通しがつけられ、盛田帝子によって進められている江戸時代後期の天皇による文化統制の問題へと繋がる道筋が示された。なお、盛田帝子『近世雅文壇の研究 光格天皇と賀茂季鷹を中心に』（汲古書院、二〇一三年）参照。

（17）本書資料篇参照。

（18）第三部第三章参照。

（19）和田英松『皇室御撰之研究』（明治書院、一九三三年）七四一―七四四頁。

（20）注19掲載の和田英松『皇室御撰之研究』三九三―三九四頁。

第三章　後水尾院の古今伝受
――寛文四年の相伝を中心に

はじめに

寛文四年（一六六四）五月十二日、後西院（一六三七―八五）、中院通茂（一六三一―一七一〇）、日野弘資（一六一七―八七）、烏丸資慶（一六二二―六九）の四名が後水尾院（一五九六―一六八〇）仙洞に伺候し、『古今集』の講釈が開始された。三条西家から細川幽斎に伝えられ、智仁親王を経て後水尾院へと至った古今伝受は、ここに後継者として後西院を得ることとなった。

後水尾院の行った二度の古今伝受の内、二度目に行われた寛文四年の古今伝受については、後水尾院自身による記録は確認できていないものの、後西院、照高院宮道晃親王（一六一二―七八）、中院通茂、日野弘資による次に示す日次記録が伝わっており、その経過を辿ることができる。

1　東山御文庫蔵『古今伝授御日記』（勅封六二・一一・一・一・一）　仮綴一冊
2　東山御文庫蔵蔵『古今集講義陪聴御日記』（勅封六二・一一・一・一・二）　仮綴一冊

3京都大学附属図書館蔵中院文庫本『古今伝受日記』（中院・VI・五九）　列帖装一冊
4宮内庁書陵部蔵『古今伝授之儀』（B六・四四七）　巻子一軸

1、2は仮綴の薄冊、4は縦紙一紙の記録でいずれも書名は付されない（但し、4には保護表紙が掛けられ「後水尾院より後西院へ古今伝授之儀寛文四年」の題簽が付される）。1、2の名称は『書陵部紀要』の彙報に示された呼称。3には「古今伝受日記」の外題がある。1は後西院による記録の自筆本。2は照高院宮道晃親王による記録の後西院による転写本。3は中院通茂による記録の自筆本。4は日野弘資による記録。伝存の状態から見て弘資筆と推測される。(1)

以下、1〜4の記録と聞書や切紙等の関連資料を併せ見つつ、寛文四年の古今伝受の経緯について述べてみたい。

一　古今伝受の所望

寛文四年正月十二日、年始の祝儀に照高院道晃親王を訪れた中院通茂は、言談の合間に後西院の古今伝受に言及し、日記に次のように書き付けている。

十二日乙亥、為年始祝義参照高院宮道晃、言談之次、和哥灌頂之事申出之、新院（後西院）御年齢已廿八才、当年御沙汰無之歟之由申之、門主（道晃親王）参院之次可申之由也、

（中院通茂『古今伝受日記』寛文四年正月十二日条）

二十八歳を迎えた後西院に対して古今伝受の沙汰は有るや否やという通茂の問いに対し、道晃親王は参院のつ

いで後水尾院に窺いを立てるとの由を答えるのみであったが、この質問の背景には、これより五年前の万治二年（一六五九）、当時二十九歳の通茂が後水尾院に古今伝受を望んだところ、後水尾院自身も相伝を遂げたのは三十一歳の時であり、三十歳未満への古今伝受の相伝は如何であろうかと難色を示し、暫く待つべきとの返答を得たという経験があった。同日条はさらに次のように続く（行間等への補入部分には［　］を付して示した。以下同様）。

予《（中院通茂）》、灌頂之事、六年已前［万治二年］廿九才、以主上《（後西天皇）》、望申法皇《（後水尾院）》之処、卅才未満如何、法皇《（後水尾院）》已卅一才御伝受也、暫可相待之由仰也、

（中院通茂『古今伝受日記』寛文四年正月十二日条）

若年者に対する相伝の忌避は、古今伝受という営為の性格からみても十分に想定できる事柄でもあり、また、後水尾院を遡る先例の存在も指摘されている(2)。但し、三十歳未満という年齢の限定は先例を見出せない(3)。後水尾院白身の判断によると思われるが、三十歳を目前にした後西院への古今伝受の相伝如何という通茂の問いかけは、単なる閑話ではなく通茂自身への相伝を視野に入れた窺い立てでもあった。

一方、後西院もかねてより内々にその意志のあったことを、寛文四年の相伝に際して回想風に記している。通茂同様に後水尾院へその意向を申し入れることもあったという。

抑今度、予《（後西院）》古今和歌集伝受之事、内々大望之旨、法皇《（後水尾院）》へ申入之処ニ、年齢卅才未満之者灌頂可憚事也、其上、法皇御老年御気力無之、去明暦三年春比、照高院宮《（道晃親王）》被伝了、年齢三十已上之節、必従照門《（道晃親王）》可被授之旨仰有、曽以無御傾伏之御気色、［…］

（後西院『古今伝授御日記』寛文四年五月十一日条）

後水尾院から後西院への古今伝受が何時頃から企図されていたのかは、後水尾院自身の言が伝わらず、現在のところ推測を重ねるのみであるが、後西院への相伝を七年遡る明暦三年（一六五七）には、妙法院宮尭然親王（一六〇二―六一）、照高院宮道晃親王、飛鳥井雅章（一六一一―七九）、岩倉具起（一六〇一―六〇）の四名に後水尾院より古今伝受が相伝されており、皇統を継承した後西院への相伝が優先的に意図されたのではなかった。(4) しかしながら、相伝対象者として後西院がまったく意識されてはいなかったとは考え難い。先に示した後西院『古今伝授御日記』寛文四年五月十一日条には後西院への相伝が延引された理由として、中院通茂『古今伝受日記』と同様に三十歳未満の者への相伝の忌避が記され、さらにすでに老齢であった後水尾院（明暦三年時点で六十二歳。寛文四年時には六十九歳）の気力の欠乏が挙げられている。後水尾院よりの返答として記される「年齢三十已上之節、必従照門（道晃親王）可被授之旨仰有」の言からすれば、後西院が三十歳以上になった際には後水尾院からではなくとも道晃親王より相伝すればよいと考えていたようである。同様の事柄は中院通茂『古今伝受日記』寛文四年正月十二日条にも記されており、後西院の憶測などではなく、確かに後水尾院の発言であったらしい。自身の年齢を考慮すれば、後西院への継承を担保するためにも一旦は中継の者に伝える必要があると考えたのであろう。明暦三年の時点で後水尾院は六十二歳。その父・後陽成院（一五七一―一六一七）の四十七年の生涯に比すまでもなく高齢であった。対して後西院は僅かに二十一歳。若年者に対する古今伝受の相伝の忌避を引きあいに出すまでもなく、その力量からしても望むとも叶うべくもなかったのであろう。(5) 道晃親王は後西院よりも二十五歳、尭然親王は三十五歳の年長であり、両者ともに後水尾院の異母弟である。古今伝受を預かるには相応しい人物であった。明暦三年の古今伝受は道晃親王、また、尭然親王という法体の親王への中継を意図したものであったと考えられる。(6)

ともあれ、三十歳未満の者への相伝の先例を烏丸資慶が探し求め、智仁親王（二十三歳時に相伝）、烏丸光広（二十五歳時に相伝）の二つの例が道晃親王より後水尾院へと進言された。先例を確認した後水尾院は後西院の二十八歳という年齢を不足無しとし、早速に古今伝受の沙汰が下されることとなった。

資慶卿（烏丸資慶）、年齢卅才未満和哥之灌頂之先例考出、故式部卿宮智仁親王桂光院、廿三才此年古今和歌集伝受、光広卿（烏丸）前烏丸廿五才前大納言、卅才未満之近例如此、以此旨去正月比照門（道晃親王）達又法皇（後水尾院）へ被申入之処ニ［先例如此之上ハ］予（後西院）今年廿八才、年齢無不足之間、早沙汰可然之旨仰有、歓喜之至、祝着満足、誠以和哥之冥加大慶不過之者也、

（後西院『古今伝授御日記』寛文四年五月十一日条）

なお、寛文四年の古今伝受では後西院とともに中院通茂、日野弘資、烏丸資慶の三名も講釈を聴講し切紙伝受が行われるが、これは寛文二年（一六六二）夏頃に後水尾院によってその意志の確認がなされており、通茂等三名は後西院への古今伝受に併せて承りたき由を申し入れている(7)。

去々年夏比歟、主上（後西天皇）、烏丸大（烏丸資慶）、予（中院通茂）、日野前大（日野弘資）、有召、参御前、仰昨日御幸、［仰］云、三人ノ者灌頂之義者不望申歟之由御尋也、主上（後西天皇）仰、内々雖望申、存憚、不申出歟之由仰也照門（道晃親王）在座、漸望申可然歟、御老躰之間、於法皇（後水尾院）者難成被思召之間、照門（道晃親王）可申入之由也、照門（道晃親王）辞退、法皇（後水尾院）仰、従照門（道晃親王）可然事也、無調法［なるとても］終伝受［あるべき］事也など［有仰］之間、望申、可然歟之由仰也、仍、申入照門（道晃親王）了、此次［申云］、主上（後西天皇）御伝受如何、おなじくは今度御伝授ありて皆々其御次而承度之由申入了、

（中院通茂『古今伝受日記』寛文四年正月十二日条）

二　三十首和歌の添削

寛文四年正月十九日、後西院の召しによって参院した中院通茂に、此度の古今伝受について道晃親王を通して通達があった。

十九日、参番未終、従新院(後西院)有召、法皇(後水尾院)御幸御用之事有之間、急可参由、則馳参之処、以照門(道晃親王)被仰出、今度御伝受於法皇(後水尾院)者御老衰也、三条西前右府(三条西実条)被伝亜相実教卿之時、関東下向之前、以略義、先伝受置之由、以園大納言(園基福)被申上了、其義如何様哉被聞召度前右府(三条西実条)了簡歟、有先例歟、可有召歟、雖被召向、不申者無詮、先可尋識歟、又、為御使可尋歟、此等如何之由仰也、予(中院通茂)申云、此義何とも難治、予(中院通茂)自分無用之事難尋之、又、為御使被尋之事［可為］楚忽歟。如何之由申上了、此度新院(後西院)出御、申御礼御伝受之義、珍重之由申入了、又、廿日一礼白川へ可参之由、日野、烏丸(烏丸資慶)申合了、

（中院通茂『古今伝受日記』寛文四年正月十九日条）

老体を理由に難義を示す後水尾院を慮って先例が詮索され、三条西実条（一五七五―一六四〇）より実教（一六二一―一七〇一）への古今伝受の際には略義に拠ったことが園基福（一六二二―九九）を通して進言されている。[8] ここに記される「略義」とは、中院通茂『古今伝受日記』に「此次猶自十二日被始之事畏之由申入了、仰以略義可被仰之由也」（寛文四年五月八日条）と後水尾院よりの相伝を「略義」と称す例もあり、いわゆる「箱伝受」[9] のようなものではなく簡略な形態による相伝といった意であろうと思われるが、そうした形式は必ずしも周知の事柄ではなかったらしく、議論は先例の有無の詮索に向かっており、通茂自身も明言を避けている。

同日、後水尾院還幸の後に後西院の召しによって再度御前に参上した通茂に、後水尾院、道晃親王、何れより

の相伝となるかは定まらないものの、まず和歌を用意すべきとの仰せが下された。

法皇還幸已後、召御前、御伝受之事、法皇《（後水尾院）》、照門《（道晃親王）》之間不治定、先和哥可用意、早速可難出来之由也、於新院《（後西院）》、法皇《（後水尾院）》御伝受之時、被返之題也、久々又可然之由也、仍題披見了、是、去々年正月烏丸《（烏丸資慶）》、予《（中院通茂）》等石清水参詣、神事之間思案之、令法楽之題也、不堪感言上了、此度伝受之事、八幡冥助歟、可悦可懼矣、

（中院通茂『古今伝受日記』寛文四年正月十九日条）

下された歌題は「早春鶯」より「社頭祝」に至る三十首で、かつて後水尾院が智仁親王より古今伝受を相伝した際に詠進した三十首和歌と同じであり、さらには寛文二年（一六六二）正月に通茂が烏丸資慶等とともに石清水八幡に参詣した折の法楽和歌の歌題とも一致していたという[10]。

この三十首和歌の詠進は、先に示した中院通茂『古今伝受日記』に記されるように、寛永二年（一六二五）の智仁親王より後水尾院への古今伝受の際にも課されているが、その次第を記した宮内庁書陵部蔵『寛永二年於禁裏古今講釈次第』（『古今伝受資料』（五〇二・四二〇）の内）には詠進に関する記載がないため、寛永二年の時点では古今伝受の行儀の一部とは意識されていなかったとの指摘がある[11]。寛文四年度の古今伝受では、三十首和歌の詠進という営為自体が寛永度の古今伝受を先例としてそれに倣ったものと考えられ、「先和哥可用意」とある言からも古今伝受へと至る階梯の一つとして認識されていたものと理解される。

同年正月三十日、後西院の召しにより参院した通茂に後水尾院よりの相伝となることと決まった由の通達があり、併せて講釈は文字読みのように略したもので期間も短縮するとの仰せがあった。

卅日、有召、参新院（後西院）、仰昨日御事、法皇（後水尾院）御伝受之事、法皇（後水尾院）可被遊之由治定、御講尺等如文字読、被［略］不被籠日数可被遊由、珍重之由申了、又、卅首之事、七日可持参之由仰也、

（中院通茂『古今伝受日記』寛文四年正月三十日条）

また、同日には先に仰せのあった三十首和歌を二月七日に持参するようにとの命が下されている。

二月七日、後西院、通茂、弘資、資慶の四名は後水尾院のもとへ三十首和歌を持参しそれを進上した。後水尾院はそれぞれを披見し二十首添削すべきの旨を通達している。

二月七日、法皇（後水尾院）へ愚詠持参、中院大納言通茂卿、日野前大納言弘資、烏丸前大納言資慶卿、同持参、其後連々御覧之、以後御添削廿在之、被加御点可被下之旨仰也、

（後西院『古今伝授御日記』寛文四年五月十一日条）

三　中院家・烏丸家伝来の古今伝受箱の進上

三十首和歌の進上を果たした二月七日の三日後の十日、禁中御会始に参内した中院通茂は後西院の召しを受けて常御所に参上し、次のような要請を受けた。

十日、禁中御会始参之処、新院（後西院）有召、仍参常御所、［出御］於廊下、仰云、古今御抄先年焼失之間、被御覧合度之間、可進上歟、法皇必懸御目よとも難被仰、新院仍先内証御尋之由也、

（中院通茂『古今伝受日記』寛文四年二月十日条）

後水尾院は後西院を通して中院家伝来の抄物の披見を所望した。後水尾院自身が所持した「古今御抄」を「先年焼失」したためという。この「先年焼失」とあるのは万治四年（一六六一）正月十五日の大火による罹災を指す。諸々の記録にその猛威が記し留められるこの火災は、例えば『隔蓂記』には次のように記されており、内裏をはじめ諸所に多大な損害をもたらした。(12)

自二条関白殿下《(二条光平)》、火事出来、[…]禁中《(後西天皇)》、仙洞《(後水尾院)》、新院《(明正院)》、女院《(東福門院和子)》、[…]其外堂上悉回禄也、[…]禁中、仙洞、新院、女院の御蔵一宇不残、皆炎上、前代未聞、絶言語事、不過此時也、

（『隔蓂記』万治四年正月十五日条）

「古今御抄」とは、寛永二年に行われた智仁親王の講釈を記した後水尾院の聞書を指すと考えられるが、後述する三条西実教より通茂に伝えられた後水尾院の発言を勘案すれば、聞書だけではなくそれとともに切紙も焼失してしまったらしい。通茂の返答は次のように続く。

申云、下官未伝受、不披見筥進上如何、但、御伝受等之上、残心底、不進上も如何、迷是非之由言上、暫而仰之上者不及是非可進上之由申入了、重而出御、[所存之旨]被仰法皇之処、御満足也、明日にても、明後日にても可進上之由也、[定而未開筥切紙共ニ進上スルニテアルベキよし、新院《(後西院)》仰也]畏入之由言上了、御会了、

（中院通茂『古今伝受日記』寛文四年二月十日条）

通茂自身いまだ披見もしていない古今伝受箱の進上の命に対して暫く思案はするものの、結局は仰せに従い是非を問わず進上すべき旨を申し入れた。後西院は切紙等もそのまま箱を進上するように伝えてきたようである。

この古今伝受箱の進上は通茂にとって憂苦の選択であった。後西院御所を退出した帰路の次でに通茂は三条西実教を訪れて次のような言談を交わしている。

退出之次、於傍招三条（実教）、仰之旨密々語了、三条云、仰無其謂、以書伝之事、有先例、然上者却而予伝受之也、尤難義歟、不進上者御機嫌如何、若伝受之事相違者可為迷惑、［我等雖微才一日モ道ニヲキテハ］先達也、今夜古今令伝受了、急行水了、可披見也、［…］

（中院通茂『古今伝受日記』寛文四年二月十日条）

いささか意の汲み難い部分もあるが、「不進上者御機嫌如何、若伝受之事相違者可為迷惑」といった実教の言は、往時の通茂の心境をも端的に伝えているように思われる。実教は進上に先立って古今伝受箱を抜き、そこに収められた典籍・文書類を披見することを頻りに勧める。通茂は故大納言（通純（一六一二―五三、通茂父）であろう）の次のような誡めを反芻しながらも遂には古今伝受箱を抜くことを決心し、自邸に戻り潔斎した後に箱を披いて丑下刻に及ぶまで逐一その中を検めている。

予云、故大納言語云、箱中封之本有之、此者大事之物也、伝受已後も率尓みるべからざる由申置了之由語了、

（中院通茂『古今伝受日記』寛文四年二月十日条）

翌十一日、通茂は古今伝受箱を再び披いて箱の中を確認している。

十一日、箱中一々見了、玄旨抄伝心抄歟、也足御聞書清書一重廿六冊、切紙廿四通等、其外物共取出之、未刻計、三条

西□□随身、切紙予被見了［幽斉ノ切紙也、此分有法皇］、□□碩抄五冊、和哥秘伝抄、□□既□□など可披見□□事、進上無用也、聖碩抄不覚抄物也、不進上可然歟、序釈□□物ニアラズ進上和哥秘伝抄、此東ノ家流義之本也、此不可有於法皇、不可進上、封之物不被見也、此又不可進上之由也、為家状之写アリ被指事伝受之事、［…］

切紙　十八通
六通
状玄旨伝受
誓状下書　一通　　三光院伝受之時幽斎下書　一通
也足御状　一通［前内府譲状也］　日時勘文　一通
二枚　　已上一結
誓状下書　一通　　日時勘文　一通　後撰拾遺注、一巻、和哥会席　一巻、御聞書　六枚一結、未来記抄　切々、僻案抄　一冊、御抄僻案也　一冊、玄旨抄　四冊、古今哥紺表紙　一冊、古今和哥集序　一冊縹表紙、新勅撰之時定家記　一冊、古今序釈　一冊、　和哥会［席］□□一冊、拾遺　一冊、顕注密勘　二冊、催馬楽　□□冊□□序　一　二　三　四　五　六　七　［草本］賀　別　旅□□恋一同二少、雑上、同下、十九、廿、恋五、哀、滅哥、草夏秋上、同秋下冬、同恋十一、同物、同哀、同雑下、同恋二、三　四　五、反古二結、色紙三枚、智仁状免許之事、右分入箱了、

（中院通茂『古今伝受日記』寛文四年二月十一日条）

古今伝受箱に収められていたのは、『玄旨抄』（伝心抄歟）、『顕注密勘』、『僻案抄』等の数種の聞書や注釈書と

切紙廿四通、切紙十八通、玄旨伝受状等の古今伝受の道統を伝える切紙や案文の写しであった。一覧の中には「也足御聞書」ともあり、これらは通茂の曾祖父にあたる通勝以来相伝されてきたものであったらしい(13)。典籍・文書類を取り出して披見した通茂は、その逐一について進上すべきか否かを検討し、翌十二日には後水尾院にそれらを進上している。

後西院『古今伝受御日記』寛文四年五月十六日条には、通茂所持の古今伝受箱とともに烏丸資慶所持の古今伝受箱二箱（「幽斎伝受之箱一、光広卿伝受之箱一」と記される）を開き、箱中をあらためた由の記事が見え、中院家相伝の箱とともに烏丸家相伝の箱も後水尾院へ進上されていたことが確認できる。

烏丸《（資慶）》内々入見参古今伝受之箱之中御覧、伝心抄被取出、烏丸披見可仕之由也。二箱幽斎《（細川）》伝受之箱一、光広《（烏丸）》卿伝受之箱一、今日被返遣之、
（後西院『古今伝授御日記』寛文四年五月十六日条）

その間の経緯は記されてはいないが、おそらくは通茂と同様の要請があったのであろう。

四　三条西家・近衛家文書の進上

寛文四年の古今伝受に際し進上が下命された中院家、烏丸家相伝の古今伝受箱のみならず、それ以前に後水尾院のもとには三条西家相伝の切紙・文書類が進上されていた。当時の家督である実教の記した日記等は見出せていないが、中院通茂『古今伝受日記』には実教の言が次のように記録されている。

三条《（三条西実教）》云、［…］幽斎伝受之外、三光《（三条西実枝）》、幽斎へ伝受之抄物進上法皇《（後水尾院）》了、

（中院通茂『古今伝受日記』寛文四年二月十日条）

三条《（三条西実教）》へは法皇《（後水尾院）》仰、抄物等者具了、切紙の上有御不審之間、可懸御目之由仰云々、

（同寛文四年二月十一日条）

十五日、向三条《（三条西実教）》亭、言談、法皇《（後水尾院）》仰［官庫之］文書等焼失、御文庫之飾之間［被遊宸筆］被入度之間、此已前進上之文書可進之由、三条《（三条西実教）》申、［…］此度進上之物、先年進上之外之事共書副可進上之、

（同寛文四年三月十五日条）

十五日条の「文書等焼失」、「此已前進上之文書」の文言からは、万治四年の大火の前から後水尾院は度々三条西家相伝の文書の進上を下命していたらしい。十一日条によれば、切紙の記す内容に不審が生じたため、それを確認する目的で三条西家相伝の切紙・文書類の進上を所望したようであるが、中院通茂『古今伝受日記』に「明後日切紙御伝受也、此正筆本在禁中焼失之由也」（寛文四年五月十六日条）と記されることを勘案すれば、万治の大火によって後水尾院の所持した切紙が焼失したための所為であったと理解される。十日条には幽斎からの相伝文書の他に三条西実枝が幽斎へと相伝した抄物等に至るまで進上したと記されており、実教は後水尾院の要請を拒否せずに進上していたらしい。

また、第三部第一章にも示した左記の文書は、具体的な年次は記されないものの冒頭に「今度新院就道伝受」と記されることから、寛文四年の後西院への古今伝受に際して後水尾院より実教に下されたものと推定される文書で、「彼集之奥秘家伝文書之写落在手裏」の文言からは、三条西家伝来の文書の写しが後水尾院に進上さたことが知られ、「奥秘」と記されることからもそれらは切紙をも含むものであったと推察される。

今度新院（後西院）就道伝受、
彼集之奥秘家伝文書
之写落在手裏、誠以欣
然之至不知謝辞候、即
譲与之、卒爾之漏脱
堅可加制禁候也、
三条前大納言殿（三条西実教）

（東山御文庫蔵「後水尾天皇古今伝授御証明状」）(14)

また、万治四年の大火以前に後水尾院は近衞家伝来の抄物・切紙類の進上を受けている。近衞基凞（一六四八—一七二二）による記録によれば、後水尾院よりの要請に従い進上した三条西家の例とは異なり、近衞家側の事情によるものであったらしい。近衞家十九代・尚嗣（一六二二—五三）の薨じた承応二年（一六五三）には、その息・基凞は僅かに六歳であり、相伝に耐える年齢ではなかったため後水尾院へと進上したという。

後法成寺殿（近衞尚通）、宗祇よりこの道御伝受ののち、三藐院殿（近衞信尹）に至るまで断絶のことなく継がしめ給ひし間、本源自性院殿（近衞信尋）、御伝受の御沙汰に及ばず。先公（近衞尚嗣）なほもってその儀なし。しかして、先公（近衞尚嗣）薨じ給ふの時、家門伝来の抄物切紙等を旧院（後水尾院）に進ぜらるるのところ、万治度の回録の日に旧院御文庫においてことごとく御焼失の間、愁ひ思し召すのよし仰せをかうぶり、予（近衞基凞）この道において志あらば二条家当流を伝え給ふべきよし御芳志をかうぶり[…]

（近衞基凞『伝授日記』享保三年四月十三日条）(15)

近衛基凞『伝授日記』と次の陽明文庫蔵「基凞書状下書」及び附属文書[16]を紹介した新井栄蔵は、先の基凞の記録に見える万治四年までの伝領を史実として信じてよいかとしながらも、さらなる資料の探索と検証の要を指摘しているが、次掲二点の基凞の書付からは、少なくとも後水尾院のもとへ近衛家伝来の古今伝受箱が進上されたのは事実であったと思しい。

古今集伝受之事
右者他人可頼方も無御座候間、御慈悲被思食、被垂、厚恩、法皇御相伝被成下候也、死後、亡魂別恭可存候、偏奉頼上候者也、
（陽明文庫蔵「基凞書状下書」）

一、古今集入候黒ぬりの擔子貮
仙洞江被預候御使、広橋大納言兼賢　平松宰相時庸御両人也、
承応二年（一六五三）七月十
（陽明文庫蔵「基凞書状下書」附属文書）

承応二年（一六五三）に進上された近衛家伝来のこの古今伝受箱は、近衛基凞『伝授日記』によれば万治四年（一六六一）の大火により仙洞において焼失してしまったというが、その間は八年あり後水尾院がそれをまったく披見せずに保管しておいたとも考え難い。その間の委細は未詳ながら、かくして後水尾院のもとには、三条西実教の所持する三条西家相伝文書、近衛尚嗣相伝の近衛家伝来の抄物・切紙、幽斎から中院通勝を経て通茂へと伝わった中院家相伝の古今伝受箱、同じく、幽斎から烏丸光広を経て資慶へと至った烏丸家相伝の古今伝受箱といった重代の古今伝受を伝える典籍・文書類が集まることとなった[17]。

五　日時勘文

寛文四年五月六日、古今伝受の日程を伺いつつ今月中に沙汰有るよう申し入れる後西院に対し、後水尾院は十六日が吉日である旨を伝えた。翌七日には早速に南都の幸徳井家へ日時の吉凶が問われ、十二日と十八日が吉日との勘文が進上された。

去六日、法皇《(後水尾院)》本院御所へ御幸、予《(後西院)》同参、於彼御所此大義可為何比哉、来月閏月ニ候条、願者今月中御沙汰可在之哉之旨申入之処ニ、内々十六日吉日也、可被始被思召之由御返答在之、近日猶以祝着之由申入了、翌日、南都幸徳井方へ日次之事被尋遣之処ニ、十二日、十八日為吉日之由、幸徳井勘進之間、自十二日可被始之旨、去七日之夜被仰下了、

（後西院『古今伝授御日記』寛文四年五月十一日条）

寛永二年の智仁親王から後水尾院への古今伝受の際にも、土御門泰重（一五八六―一六六一）から日時勘文が進上されている。(18)先に見た三十首和歌の詠進と同じく寛永二年の次第が規範とされ、その先例に倣ったのであろう。勘文を進上した幸徳井家は、暦道を家職とした賀茂氏の支流・賀茂周平の流で賀茂定弘に安倍氏から養子に入った友幸（一三九一―一四七三）を祖とする。(19)江戸時代に入り賀茂氏の正統の絶えた後を継いで暦道を家職とした。九代・友景（一五八三―一六四五）以降三代にわたり陰陽頭を歴任し、寛文四年（一六六四）は十代・友種（一六〇八―五八）の没後、十一代・友伝（一六四八―八二）の時代にあたる。友伝は万治四年（一六六一）に陰陽頭に任ぜられており、この勘文も友伝によると考えられる。なお、寛永二年の古今伝受に際し日時勘文を進上した土御門泰重は三年前の寛文元年（一六六一）にすでに薨じている。

日時勘文の進上された七日の夜には、来る十二日に開筵の通知が後西院にあり、後西院は折り返し後水尾院に御礼を申し入れ、中院、烏丸、日野の三名にもその旨を通達している。

翌八日には、中院通茂が烏丸資慶のもとへ向かい、早々に古今伝受の御礼について相談している。その場でもやはり先例が求められており、明暦三年の古今伝受の際の飛鳥井雅章の進物の例が引き合いに出されている。その後、後西院のもとへ参じて資慶、弘資とともに後水尾院を訪れた。通茂には先に提出していた三十首和歌につき仰せがあった。

仰所詠三十首読改之三首去十一日三十首叡慮之旨被仰聞、件中三首可改之由仰、仍去十九日歟詠改進置之処也、有仰旨畏入了、

（中院通茂『古今伝受日記』寛文四年四月八日条）

同日条によれば、先に進上した三十首の内の三首を詠み改める旨の下命が四月十一日に通茂にあり、同十九日には再度詠草を進上していたという。翌九日には新たに詠んだ三首を加えた三十首和歌の清書を持参してそれを進上している。

十日には、中院通茂は朝方に伊勢、石清水、北野、玉津島を拝し、読経、真言を三百返唱えるなどして過ごし、東寺に向かって日没以降に神事を行っている。目前に控えた講釈を慮っての潔斎と解されるが、これは三条西実教が内々に示し置いたことが中院通茂『古今伝受日記』に記録されている。

六　古今集講釈

寛文四年五月十二日、後西院、中院通茂、烏丸資慶、日野弘資の四人に、すでに明暦三年（一六五七）に古今伝受を相伝している道晃親王、飛鳥井雅章の二人の聴聞[20]を交えて後水尾院による講釈がはじめられた。中院通茂『古今伝受日記』寛文四年五月十三日、十四日条には「神拝看経如例」、後西院『古今伝授御日記』にも十二日条から十六日条までの各日に「早旦行水」と記され、通茂、後西院ともに潔斎して臨んだことが知られる。資慶、弘資も同様であったであろう。

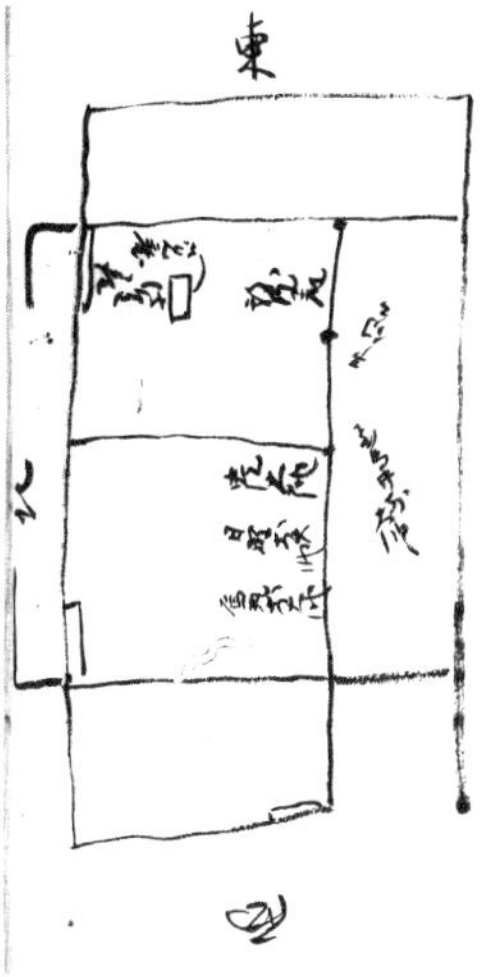

図21　東山御文庫蔵『古今伝授御日記』（勅封62・11・1・1・1）

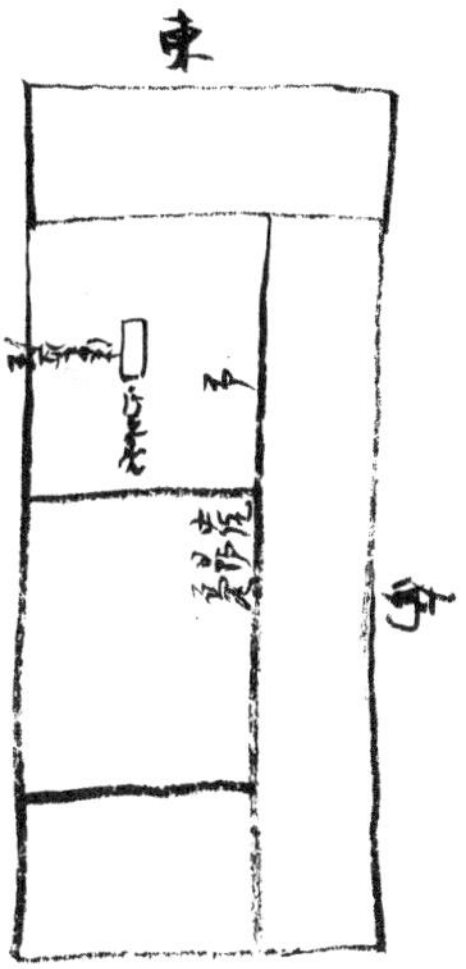

図22　東山御文庫蔵『古今集講義陪聴御日記』（勅封62・11・1・1・2）

講釈は巳刻よりはじめられた。道晃親王『古今集講義陪聴御日記』、後西院『古今伝授御日記』には図21、図22に示した座敷図が描かれており、講釈の座における後水尾院と後西院等六名の座次が知られる。

両図によれば上壇に南向きに後水尾院の座が設けられ、それに対面して後西院の座が配された。通茂、資慶、弘資の三名は次の間に、道晃親王、雅章は庇間に伺候している。道晃親王『古今集講義陪聴御日記』によれば、後水尾院の座の様子は次のようであった。

寛文四年五月十二日戊、晴、午刻ヨリ細雨、未刻ヨリ甚雨、新院《（後西院）》古今集御伝受之作法、御上壇ニ法皇《（後水尾院）》南向ニ御座、御見台、伝心抄一冊、古今集一冊、御覚書御手ノ裏ニアリ、新院《（後西院）》北面ニ御座、次ノ間、中院大納言《（中院道茂）》、日野前大納言《（日野弘資）》、烏丸前大納言《（烏丸資慶）》、北向ニ伺公、庇ニ飛鳥井前大納言《（飛鳥井雅章）》、予《（道晃親王）》伺公シテ聴聞、巳上刻、御幸各々伺公、

（道晃親王『古今集講義陪聴御日記』寛文四年五月十二日条）

後水尾院の傍には見台が置かれ、『古今集』一冊、『伝心抄』一冊が備えられ、覚書が用意されていた。この時の講釈に用いられた『古今集』そのものの確認はできていないが、『伝心抄』は後西院『古今伝授御日記』寛文四年五月十六日条によれば、細川幽斎自筆本、すなわち宮内庁書陵部に現蔵する『伝心抄』（「古今伝受資料」（五〇二・四二〇）の内）が用いられた。手裏に添えられた覚書とは、東山御文庫に伝わる左記の一書を指す。

1 東山御文庫蔵『古今事』（勅封六二・八・一・五）　仮綴横三冊

同書は後水尾院筆。速筆で書写された仮綴横本三冊で包紙が附属しており、表に次のように墨書される。

寛文四年五月御伝授
之時被遊之御抜書
古今事　半切三冊
法皇震翰《（ママ）》

（東山御文庫蔵『古今事』勅封六二・八・一・五）

一部の注記を略すものの各巻冒頭の五首（恋二は六首）につき簡略な注解が記されており、仮綴横本という形態からしても「覚書」と称されるのに不審はない。

講釈の受講者・聴聞者の様子は記録類には記されないが、後西院、通茂、弘資による当座聞書と推定される2〜4の書留が伝存しており、筆録の過程と講釈された内容の大凡を窺うことができる。

2　東山御文庫蔵『古今集御聞書』（勅封六二・一一・一・一・三）　仮綴五冊
3　京都大学附属図書館蔵中院文庫本『古今聞書』（中院・VI・二六）　仮綴横二冊
4　宮内庁書陵部蔵『古今集聞書留』（二六五・一〇八四）　袋綴（改装）六冊

2は後西院筆。3は中院通茂筆。4は日野弘資筆。これらの聞書は速筆でやや乱雑に記されており、傍線等で適宜省略しつつ記されている。講釈の当座で記された書き付け（当座聞書）と判断されるが、記載される内容を確認すると、後水尾院の講釈は『伝心抄』に基づくものであったことが改めて確認される。

京都大学附属図書館蔵『古今聞書』（中院・VI・二六）	宮内庁書陵部蔵『伝心抄』（五〇二・四二〇）
春ノ哥ノ　在原《ハラ》　ひち　春霞　よみ人　きゐる 此集題号、二字にはさま〴〵なれども、先一義に、 ならのみかど、古、延―みかどを、今の字にあてゝ かけり。文武の此道に御志ふかくて人丸を師とあそ	此集ノ題号ハ、奈良ノ御門与当代延喜御門ヲ古今ノ 二字ニアテヽ書也。其心ハ、文武天皇、此道ヲスカ セ給テ、人丸ヲ御師トシテ道ヲマナビ給シ也。今、 延喜御門、貫之ヲ御師トシテ道ヲオコシ給フニヨリ

ばし、道のを学せられ、そのごとくに貫之を師とあそばして、此道、御再興あるほどに、文武、延喜にあてゝしたると也。

此外あれども、事ながきほどに

題号

からにさたある事也。

和ハ和國ノ和字の心。

哥ハ風の心也。此國の風儀の心也。

集、あつむる。古今の宜哥をあつむる也。

巻、法度を正しくする也。

忽じて、此集、法度を守を眼《ケン》目とする也。

春哥上　三つにわくるもあれども、二にわくる也。

三ハ三月也。上二月の半まで也。

ふるとしに

年内立春也。

在原元

としのうちに

テ、古今ノ二字ニアテヽ書也。[…]

和は和国也。[…]

歌は風也。[…]

集は、あつむる也。内外の道をあつめ、古今の宜歌を集する也。[…] 又、此題号、毛詩ヨリ出タル事あり。序ニ載之。

巻第一、定法度之心也。此肝要也。法をまもる事、此集の肝心也。[…]

春哥上　春ノ季ヲ上中下ニ分タルモアリ。正二三月トワカルベシ。又、上下ト分タルハ、正月ヨリ二月ノ半迄ナルベシ。[…]

ふるとしに春たちける日よめる

打ムキタル立春ノ哥ヲハ不入シテ、年内立春を入タル心ハ、[…]

此集ハ物の法度を正しくするに、さしあて―入たる
といふも、此集ハ君子ノ聖徳あまねく下に及―

在原《ハラ》元方
此集ハ物ノ法度ヲ直ニスルニ、年内ノ立春ヲ入タル
事ハ、君子ノ聖徳ガハヤク発スル心也。［…］

道晃親王『古今集講義陪聴御日記』五月十二日条はさらに次のように続く。

春上初より五首御文字読、御講談、六首目ヨリ春上分、御文字読計也、春下端五首御文字読、御講談、六首目ヨリ春下ノ分御文字読計也、夏［此間暫御休足、サテ］秋ノ上下、冬、此四巻分、春下ニ同シ、未刻還幸、各退出、

（道晃親王『古今集講義陪聴御日記』寛文四年五月十二日条）

講釈は各巻の巻頭から五首は文字読と歌意の講釈、六首目以降は文字読のみという簡略なものであった。先の手控と聞書とを見ると、この記載の通りに各巻の六首目以降は文字読を伝えるゴマ点の注記が記されるのみであり、和歌の解釈については記されていない。[21]

十三日以降の講釈もほぼ初日と同じく略儀で行われている。道晃親王『古今集講義陪聴御日記』、京都大学附属図書館蔵中院文庫本『古今集講談座割』（中院・Ⅵ・三七）、及びそれぞれの聞書に記された端書によれば、十二日より十六日に至る講釈は次のように進められている。

十二日　題号、巻一・春上〜巻六・冬（各巻頭五首・文字読・講談、六首目以下・文字読）
十三日　巻七・賀〜巻九・羇旅、巻十一・恋一〜巻十二・恋二（各巻頭五首（但、恋二のみ六首）[22]・文字読・講談、

六首目以下・文字読）

十四日　巻十三・恋三～巻十七・雑上（各巻頭五首・文字読・講談、六首目以下・文字読）

十五日　巻十八・雑下、巻十九・雑躰（短歌一首 施頭歌二首 誹諧歌一首・文字読・講談、他・文字読）、巻十・物名（各巻頭五首・文字読・講談、六首目以下・文字読）、仮名序（「いつれかうたをよまさりける」迄・文字読・講談、以下・文字読）

十六日　巻二十大哥所御哥（巻頭一首・文字読・講談、以下・文字読）、同東歌（巻頭巻軸各一首・文字読・講談）、墨消歌（「家々称証本」の一行・講談、以下・文字読）、真名序（題号より「莫宜於和哥」迄・文字読・講談、以下・文字読）

十二日から十五日までの四日間は巳刻頃に各々が伺候して未刻頃まで講釈が行われている。最終日の十六日は辰下刻頃にはじめられ、講釈の終了後に先に進上してあった烏丸家、中院家伝来の古今伝受箱が返却され、資慶、通茂はその場で抄物を取り出して中を検めている。

烏丸《（烏丸資慶）》内々入見参古今伝受之箱之中御覧、伝心抄被取出、烏丸《（烏丸資慶）》披見可仕之由也、二箱幽斎《（細川）》伝受之箱一、光広《（烏丸）》卿伝受之箱一、今日被返遣之、次、中院《（通茂）》箱被披法皇《（後水尾院）》御覧、伝心抄且又被出取可披見之由也、予《（後西院）》伝心抄一部書写望之由申入之旨、幽斎自筆之本三光院《（三条西実枝）》奥書、式部卿宮《（智仁親王）》所持被借下了、祝着之至也、一献之後各退出了、

（後西院『古今伝授御日記』寛文四年五月十六日条）

資慶の所持する細川幽斎相伝の一箱、烏丸光広相伝の一箱に収められていた典籍・文書類は、『古今伝受資料

細川藤孝伝烏丸光広受等』（五〇二・四二四）として宮内庁書陵部に現存している。(23) また、通茂相伝の古今伝受箱に収められていた典籍・文書類も、京都大学附属図書館、同総合博物館に保管されている。後西院が書写を所望した幽斎自筆『伝心抄』とは、先にも記した通り宮内庁書陵部に現存する『伝心抄』（「古今伝受資料」（五〇二・四二〇）の内）四冊がそれに該当する。

七　聞書の浄書

五月十二日、初日の講釈が終了した後に自邸に戻った通茂は、行水をして身を清め、烏帽子、狩衣を着して早速に聞書の浄書に取りかかっている。

未刻計事了、退出之次参新院、珍重申入了、退出行水、着烏帽・狩衣、聞書清書了、

（中院通茂『古今伝受日記』寛文四年五月十二日条）

中院通茂『古今伝受日記』には明記されないが、十三日以降も十二日と同じく記憶の定かな内に聞書の浄書が行われていたと推測される。

後西院も道晃親王を招いて講釈の不審を解消しつつ、連日にわたって聞書の浄書を行っている。後西院『古今伝授御日記』にはその様子が次のように記されている。

十二日、［…］即照高院宮（道晃親王）ニ申入、今日聞書之散不審令清書了、

十三日、［…］今日又照門（道晃親王）愚亭透引、聞書不審之分散令清書了、［…］
十四日、［…］今日照門同道帰宅、令聞書清書了。烏丸大納言入来、聞書之不審共相談也、［…］
十五日、［…］照門、烏丸、今日又愚亭ニ参会、今日聞書清書了、
十六日、［…］今日又照門招請聞書清書了、烏丸同参。［…］

（後西院『古今伝授御日記』寛文四年五月十二日～十六日条）

十四日以降は烏丸資慶も同席して講釈の不審について相談している。こうした当座聞書の検討の後に浄書された中書本と思われる聞書が現存している。

1　東山御文庫蔵『古今集御聞書』（勅封六二・一一・一・一・五・二）　仮綴一冊
2　京都大学附属図書館蔵中院文庫本『古今和歌集聞書』（中院・VI・六八）　袋綴一冊
3　宮内庁書陵部蔵『古今集御聞書』（二六五・一〇六七）　袋綴横二冊

1・2・3はそれぞれ後西院、通茂、弘資筆と推定される。記載される注記は当座聞書に類似しながらもそれに傍線等で省略された箇所が補充されている。比較的丁寧に書写され筆跡も整っているが、なおも墨消による削除や訂正の跡が認められることから中書本と称するのが妥当と思われる。[24] 2には次の奥書が付されている。

右寛文四年（一六六四）五月後水尾院御講談聞書也、
特進（花押）

（京都大学附属図書館蔵中院文庫本『古今和歌集聞書』中院・VI・六八）

記載内容からしても2が寛文四年の『古今集』講釈の聞書であることは疑いないが、通茂が特進（正二位）に叙されるのは九年後の延宝元年（一六七三）のことであり、講釈を追って行われた聞書の整序の際に作成されたものか否かは厳密な意味では判断できない（奥書が後に書き加えられたか、または延宝元年以降に改めて書写されたかのいずれかであろう）[25]。

八　切紙伝受

講釈がはじまって三日目の五月十四日には切紙伝受の日取りが決定した。先に記した幸徳井家からの日時勘文に従ったのであろう。来る十八日が吉日との通達であった。後西院『古今伝授御日記』五月十四日条には、翌々日の十六日より神事を構えるべき旨が記されており、記載の通りに十六日の講釈の終了後には重服、軽服の者、月水の女房等を遠ざけて洗髪、行水し神事が執り行われている。

十七日には仙洞への参集は無い。中院通茂『古今伝受日記』には「今日神拝正看経了」と神事の挙行のみが記され、後西院『古今伝授御日記』には「伝心抄書写始之七枚書之」と後水尾院より借り受けた『伝心抄』を早速に書写したことが記されている。

十八日には後西院と中院通茂、日野弘資、烏丸資慶の四名が仙洞弘御所に参集して辰上刻より切紙伝受が行われた。中院通茂『古今伝受日記』同日条には「早朝神拝」、後西院『古今伝授御日記』同日条にも「早旦行水」とあり、講釈の時と同じくともに潔斎して臨んでいる。

切紙伝受の行われた座敷の様子は、東山御文庫蔵『古今伝授座敷構図』（勅封六二・八・一・一四・一）彩色一鋪（図23）、同（勅封六二・八・一・一四・二）白描一鋪[26]、中院通茂『古今伝受日記』五月十八日条（図24）、宮内庁書陵

図23　東山御文庫蔵『古今伝授座敷構図』（勅封62・8・1・14・1）

部蔵『古今伝授之儀』（B六・四四七）に記される指図（前掲図9）などによりその詳細が知られる。これらによれば、座敷は十二帖敷、北側の中央に南面して柿本人麻呂の掛幅一幅を掛け、その上方の天井には錦を張り、それらの前には白木の机一脚が据えられた。机の中央には七寸程の円鏡と筥を乗せた黒漆の広蓋が置かれ、その南方に柄を西向に刃を南向にした劔が一腰、広蓋の東西には土器に盛られた洗米と神酒、東端北方には香炉が配されている。白木机の南方には文台を置き、その西側に後水尾院の座が据えられる。座の北側に切紙と掛守が入れられた文匣が置かれ、相伝者は文台の東側に布一枚が置かれた位置に参進している。

切紙の相伝は後西院、烏丸資慶、中院通茂、日野弘資の順に行われたが、臣下の相伝の順序は三名からの申し入れによって決定したという。その間の経緯は中院通茂『古今伝受日記』、後西院『古今伝授御日記』に次のように記されている。

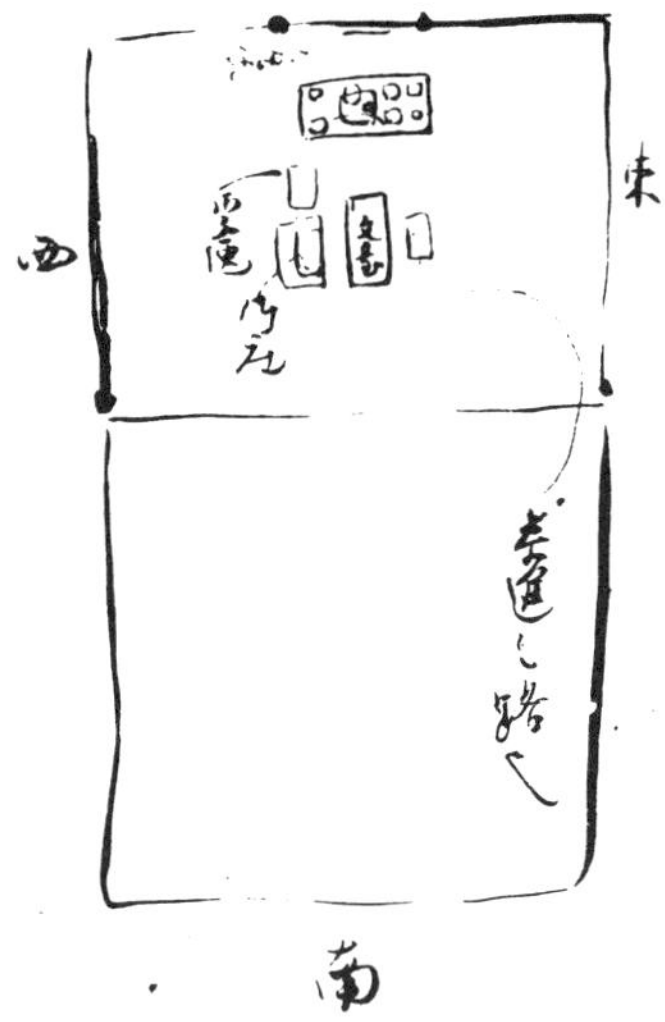

図24　京都大学附属図書館蔵『古今伝受日記』（中院・Ⅵ・59）

〔…〕然而本位上首也、又年老也、今日之義格別之間、両人之者、先可被召出歟之由申入了、暫而照門《(道晃親王)》其通申入法皇《(後水尾院)》之処、尤事也、奇特〔被〕思召也、〔相談〕如何様にもすへきよし仰云々、新院《(後西院)》召日野大納言《(日野弘資)》、此旨被仰了、日野談、其右旨予《(中院通茂)》申之歟、内々此事〔雖〕存寄存憚不申入之、〔烏丸《(烏丸資慶)》〕、予《(中院通茂)》等累代之事也、〔且〕日野和哥之事、相談光広《(烏丸光広)》之後、相談後十輪院殿《(中院通村)》也、両人〔之〕已後、可罷出之由也、烏丸《(烏丸資慶)》申云、年老日野《(日野弘資)》、上首中院《(中院通茂)》也、如何様にも両人之内参可然之由、被申之、其旨可被申入之由也、予《(中院通茂)》中云、烏丸《(烏丸資慶)》者自幼少詠哥之事、得叡慮之間、又、格別歟之申入了、依召烏丸《(烏丸資慶)》参了、

（中院通茂『古今伝受日記』寛文四年五月十八日条）

予《(後西院)》伝受事終之後、於常御所盃一献参コフアハ、其後、烏丸前大納言《(資慶)》切帋被伝雖中院《(中院通茂)》當官、烏丸《(烏丸資慶)》先輩也、其上、光廣卿《(烏丸光広)》之後、別而此道之事可窺法皇《(後水尾院)》へ之由申置之故、廿余年之歳、詠草等備叡覧、久敷御弟子也、仍而先烏丸《(烏丸資慶)》参入也、

（後西院『古今伝授御日記』寛文四年五月十八日条）

弘資は、烏丸家、中院家が累代の古今伝受の家であること、和歌については日野家は烏丸光広、中院通村の弟子筋にあたることを述べて資慶、通茂に譲り、資慶は、弘資は年長、通茂は当官であることを述べ先を両者に委ね、通茂は、資慶が幼少よりの後水尾院の弟子であったことから資慶は格別との由を述べた(27)。後西院『古今伝授御日記』によれば、後水尾院の長年の弟子であるという理由で資慶を二番目とし、通茂、弘資の順となった。後西院『古今伝授御日記』には切紙伝受の委細は記録されないため、中院通茂『古今伝受日記』五月十八日条によって切紙伝受の経緯を示せば次のようになる。

次予《(中院通茂)》先懐中檜扇、照高院宮《(道晃親王)》引導也、開障子御礼申了、入中閉障子、参進、依御目着布之上、依仰安座〔切紙共入御文匣。在御座傍。被開蓋被指出之、給之、置傍取御守之懸之、給御一人也、次〕開切紙一通被置文台上、披見了少々窺之、予《(中院通茂)》取之巻之入蓋中、又一通如先悉了、結之、起座頂戴之、退出了、

（中院通茂『古今伝受日記』寛文四年五月十八日条）

通茂は道晃親王に引導されて参進し、障子を開いて御礼を申し上げた後に座敷に入り、文台の東側に設えられ

た布の上に着座した。後水尾院は文匣の蓋を開いて切紙を取り出し、掛守を掛けて切紙一通を文台に置いた。通茂はそれを披見して切紙をめぐる説を伺った。(28) その後に通茂は切紙を取り上げ巻いて蓋中に収めた。次いで別の一通も同様にし、すべてが終了するとそれらを頂戴して退出した。切紙伝受の行儀が終了した後には、弘御所において御礼が申し上げられ、併せて進物の披露と進上があった。後水尾院への進物は次の通りであった。

今日各進上之物
予（後西院）進物
　御太刀 包家　一腰
　御馬代黄金　二百両
　白綿　百把
　昆布　一箱
　鯣　一々
　鶴　一々
　大樽　一荷
　已上
烏丸（資慶）進上之物
　御太刀　一腰 常ノツカヒ太刀
　御馬代黄金　五十両
　塩鴈　一箱 二羽

中院（通茂）進上
御太刀　一腰　同前
御馬代黄金　三十両
緞子　二巻
日野（弘資）進物
御太刀　一腰　同前
御馬代黄金　五十両
［鮭］塩引　一箱　二尺
以上
（後西院『古今伝授御日記』寛文四年五月十八日条）

進物の進上が済むと各々は退出した。中院通茂『古今伝受日記』同日条には「数年大望至今日遂之、無闕如遂之条自愛〳〵」と、年来の大願を遂になし遂げたという安堵の思いが記されている。

また、通茂は同日の内に後西院のもとへ赴き御礼を進上している。翌十九日には、烏丸資慶、日野弘資とともに道晃親王を訪れて同じく御礼を進上している。

此後参新院、珍重申入了、退出、先是大樽一荷、干鯛一箱、五十枚歟、昆布一箱、二十把、進上之了、
（中院通茂『古今伝受日記』寛文四年五月十八日条）

十九日、辰下刻、日野、烏丸等入来、則、同道参照高院宮進物、日野、沙綾三巻、京織三巻、烏丸、沙綾五巻也、御対面一献之後帰宅、
（中院通茂『古今伝受日記』寛文四年五月十九日条）

なお、記録類には関連する記事が見出せないが、切紙伝受の行われた五月十八日付けで秘説を他に漏らさないことを誓う誓紙が認められている。切紙伝受の前に提出されたものと思われる。宮内庁書陵部蔵『古今伝受誓紙等』二六五・一一五五）は日野弘資、資茂（一六五〇―八七）の誓紙などの古今伝受に関わる書状を合綴して一冊とする。中に次のように記された弘資の誓紙案文が収められている。

古今集一部之説二条家正嫡流御伝受
畏入候、被仰聞候儀理口伝故実等曽
以不可有聊尓候、此旨若於令違背者
大日本国神祖神并天満天神
梵釈四王殊和歌両神之冥罰忽
弘資身上可罷蒙者也、仍誓状如件、
　寛文四年五月十八日　正二位藤原弘資

（宮内庁書陵部蔵『古今伝授誓紙等』二六五・一一五五）

『古今伝授誓紙等』（二六五・一一五五）には速記風にやや乱雑な筆致で記された草案と比較的丁寧に書写された案文の二種類が収められている。それぞれの端裏には次のように記されている。

前々ノ古案也、於新院御前写之、如此書□（調カ）了、
料帋如此、構一夜神事調之、献上了、

（宮内庁書陵部蔵『古今伝授誓紙等』（二六五・一一五五）所収の日野弘資誓紙草案）

（宮内庁書陵部蔵『古今伝授誓紙等』（二六五・一一五五）所収の日野弘資誓紙案文）

これらによれば、弘資は後西院のもとで旧来の誓紙を転写し、その文辞のままに自身の誓紙を認めたらしい。案文の端裏には「料帋如此」とあり、誓紙に使用する料紙の紙質をも記録することを意図しているが、記される通りに、草案の方が薄手の奉書紙に書写されているのに対して案文は檀紙に書写されており、提出された誓紙の様式を保存している。

案文の方の端裏には誓紙の染筆に際して一夜の神事を構えた旨が記されるが、後西院『古今伝授御日記』五月十六日条には講釈の終了した十六日の夜に、服喪の者、不浄の者を避けて神事を構えた由の記録がある。

夜入テ構神事重軽服者月水ノ女房等出院中了、洗髪行水神事ニ入也、（後西院『古今伝授御日記』寛文四年五月十六日条）

通茂、資慶も同様に神事を行い潔斎した上で誓紙を認めて切紙伝受に臨んだのであろう。

九　不審条々の進上

切紙伝受を遂げた五月十八日の翌十九日の午刻、後水尾院のもとで饗宴があった。後西院、道晃親王、勧修寺経広（一六〇六―八八）、飛鳥井雅章、中院通茂、清閑寺共綱（一六一二―七五）、日野弘資、持明院基定（一六〇七―六七）、烏丸資慶等が参集している。

亥刻に及び宴の果てた後、早々に通茂は切紙の不審を後水尾院に献上している。後水尾院は早速返答の由を伝え、宸筆の添削和歌を下賜している。こうした不審条々の検討は此後も継続されている。切紙伝受の終了てから七ヶ月を経た十二月に通茂、弘資に三部抄（『詠歌大概』、『百人一首』、『未来記』、『雨中吟』）、『伊勢物語』、『源氏物語』の切紙伝受があったが、その際にも古今伝受をめぐる不審条々について仰せがあったという。

日野（弘資）前大納言同道参法皇、少時出御、御書院有召参御所、給切紙詠—三通、次、百人一首之事被仰之、次、未来記了、［一々披見］頂戴了、包之後、古今不審条々被仰聞了、不捨置可沙汰由也、次日野了伊勢物語、源氏等也、古今之事被仰一々了、

（中院通茂『古今伝受日記』寛文四年十二月十一日条）

この場で講ぜられた後水尾院の言の内容は、三日後の十二月十三日に通茂が三条西実教を訪れて交わされた言談の中に一部が記されている。

十二月十三日、向三条西亭言談、語云、一昨日三部抄御伝受、古今不審被仰聞之由談之、珍重之由也、［…］桜花のこと窺之、風躰歟之由申之処、先々何を伝たると云コトなし、自悟自得させんために左様ノ子細ハ注しをかざる由、仰之由語之、三条云、自悟自得珍重之事也、［はじめは］風躰ノコトとは心得あり候て、自悟自得のかたへゆけば珍重之事也、十口決之事、［窺之処］無御存知之由仰也、三条云、三人之衆ハ幽斎ノ分計ヲト申入シ故、不可被仰、八条殿（智仁親王）より御伝受之内ニハナキ也、仍不被仰歟、巻頭巻軸之哥葵哥も無之といへども、三人共ニ不審也、其上切紙ニ載タレバ可然仰歟之由、御相談ありし也、仍仰聞さるべきよし申入たると也、［…］

（中院通茂『古今伝受日記』寛文四年十二月十三日条）

こうした不審の進上とそれに対する返答の記録と推定されるものに次の三点がある。

1京都大学附属図書館蔵『古今伝受日記』（中院・VI・五九）合写「古今切紙之事 法皇仰」袋綴一冊
2東山御文庫蔵『古今集御備忘』（勅封六二・九・二・二七）仮綴二冊
3東山御文庫蔵『古今集御備忘』（勅封六二・九・二・二八）仮綴横一冊

1は中院通茂筆。切紙に関する不審の書留で記載される説々の中に「仰」、「申云」、「重仰」などの注記があり、不審条々の検討の記録と判断される。先の中院通茂『古今伝受日記』寛文四年十二月十三日条に記されていた「桜花の事」、「十口決之事」等の不審についても次のように記録されている。

不審条々
十口決、千早振哥并印、廿四首秘哥、六首秀逸、冬三首哥、土台之子細、
此等口伝無候之由不審也、
（中院通茂『古今伝受日記』合写「古今切紙之事 法皇仰」）

2・3は後西院筆で、2は『古今集』、3は切紙に関する不審の書留である。2の第二冊の表紙中央には「窺ヿ（事）」と墨書があり、後水尾院に尋ねるべき不審条々を記した備忘であったと思われる。烏丸資慶、日野弘資も同様に不審箇所について後水尾院へそれを進上し返答を得たのであろう。[29]

不審条々の進上とそれに対する勅答の往還が繰り返される中、寛文四年六月一日には古今伝受の遂行を祝して玉津島社、住吉大社、水無瀬神宮の三社へ和歌が奉納された。[30] 江戸時代の御会記録の一つ、国立公文書館蔵『近

代御会和歌』（二〇一・九七）第十冊には次のように記されており、紀州・玉津島神社（和歌山県和歌山市）、摂津・住吉大社（大阪府大阪市）の両社には五十首、摂津・水無瀬神宮（大阪府三島郡）には二十首が奉納されたこと、題者は飛鳥井雅章、奉行は烏丸資慶が務めたことが知られる。

寛文四年六月朔日、吉御奉納五十首和歌自新院［…］出題、飛鳥井前大納言雅章、奉行、烏丸前大納言資慶、
寛文四年六月朔日、玉津島御奉納五十首和歌自新院御所［…］出題、飛鳥井前大納言、奉行、烏丸前大納言、
寛文四年六月朔日、後鳥羽院御廟御奉納廿首和歌自新院御所［…］出題、飛鳥井前大納言、奉行、烏丸前大納言、

（国立公文書館蔵『近代御会和歌』（二〇一・九七））

また、玉津島神社、住吉大社にはこの時に奉納された法楽短冊の原本の現存も確認されている。(31)

十　目録の作成、証明状の下賜

古今伝受の後に、後西院は後水尾院から相伝した典籍・文書類を逐一確認し、櫃子や箱へと整理していった。東山御文庫蔵『古今集相伝之箱入目録』（勅封六二・八・一・一〇・二）折紙一紙は、「寛文四年十二月十日今夜令目録了」の奥書を記す、寛文四年の古今伝受の終了後に整理された聞書や切紙の目録である。(32)「古今集相伝之箱入目録」の端書があり、『伝心抄』、『伝心集』、後水尾院宸翰の切紙十八通、同六通等が列記される。(33)

古今集相伝之箱入目録

伝心抄　天地人　三冊
同　叙　一冊
伝心集　一冊
切紙十八通　法皇宸筆　一包
同六通　法皇宸筆　一包
古抄　尚通公 宗祇抄　一冊
[…]
寛文四年十二月十日今夜令目録了[…]
（東山御文庫蔵『古今集相伝之箱入目録』勅封六二・八・一・一〇・一）

記主は明記されないものの、記される年紀と内容から見て後西院の筆録と判断される。書式や記される典籍・文書類の配列は智仁親王作成の宮内庁書陵部蔵『古今集抄目録』（「古今伝受資料」（五〇二・四二〇）の内）十通に類似しており、作成に際しては古目録が参照されたと思われる。末尾に記される「十二月十日」は切紙伝受の約七ヶ月後であるが、翌十二月十一日には三部抄切紙の伝受があり、その座においても古今伝受をめぐる不審条々に対する後水尾院の仰せが下されていることはすでに述べた通りであり、古今伝受をめぐる疑義の応答はなおも継続されていた。(34)

年の明けた寛文五年正月十一日、古今伝受を遂げたことを証する証明状が女房奉書の形式で下された。宮内庁書陵部と京都大学総合博物館には、日野弘資宛と中院通茂宛の後水尾院宸翰女房奉書が、陽明文庫には後水尾院宸翰の写しと考えられる一紙が伝存している。

古今集二てう家の正流義り
くてん故実こと〳〵く
つたへさせ
おはしまし候
まことに一事の
さはりなく
成し遊候て
道を残させおはしまし候事
よろこひおほしめし候
よしこゝろえ候て
申せとて候　かしく
（切封）
日野前大納言《（弘資）》とのへ
古今しう二条家の正りう
義理くてん故実こと〳〵く
つたへさせ
おはしまし候
まことに一事の
さはりもなく

（宮内庁書陵部蔵「後水尾天皇宸翰消息」（特・一七）・原文は散らし書）

成し遊候て
道を残させおはしまし候事
よろこひおほしめし候
よしこゝろえ候て
申せとて候　かしく
（切封）
中院《通茂》大納言とのへ

（京都大学総合博物館蔵「後水尾天皇宸翰女房奉書」・原文は散らし書）(35)

古今集二てう家の正りう
義理くてん故実こと〳〵く
つたへさせ
おはしまし候
まことに一事の
さはりもなく
成し遊候て
道を残させおはしまし候事
よろこひおほしめし候
よろしくこゝろえ候て
申せとて候　かしく

（陽明文庫蔵「後水尾院宸翰女房奉書下書」・原文は散らし書）(36)

陽明文庫蔵女房奉書の包紙には「照門、飛鳥井、烏丸、日野、中院等已下、証明女房奉書也」とあり、それに対応するように、先に示した東山御文庫蔵『古今集相伝之箱入目録』（勅封六二・八・一・一〇・二）の追加目録と考えられる「追加」の端書を記す東山御文庫蔵『古今集相伝之箱入目録』（勅封六二・八・一・一〇・二）折紙一紙にも「御証明女房奉書　一帋 照門、飛鳥井、烏丸、中院、日野等已下」と記されている。

追加
古秘抄 資慶卿筆　一冊
無外題 法皇宸筆　二冊
古今事 法皇宸筆　半切三冊
私聞書　一冊
八条殿御誓紙　一紙
置手状案文　一帋 烏丸　中院　日野
御証明女房奉書　一帋 照門　飛鳥井　烏丸　中院　日野等已下
守袋　一ツ
三通 寛文五年六月十一日免許　一包
已上
寛文七年正月廿七日

（東山御文庫蔵『古今集相伝之箱入目録』勅封六二・八・一・一〇・二）

後西院、烏丸資慶、道晃親王、飛鳥井雅章にも同様の女房奉書が下されたと考えられる。これらの女房奉書には年紀は記されないが、通茂宛の女房奉書の端裏に「法皇仰寛文五正十一」とあり、その記載に対応して、中院通茂『古今伝受日記』寛文五年正月十一日条に後水尾院宸翰の女房奉書を頂戴した由の記事が見える。

十一日、有召参法皇、新院出御御書院、有召参御前、給御伝受奉書女房奉書也、宸筆也、法皇、頂戴退出了、

（中院通茂『古今伝受日記』寛文五年正月十一日条）

ここには「証明」の語は見えないが、先の「追加」目録には「御証明女房奉書」と記されており、これらの女房奉書が確かに証明状として機能していたことが確認される。切紙伝受の後八ヶ月を経てのことであった。

伝領された典籍・文書類を整理して目録を作成し、証明状が下された後も、後西院のもとへは後水尾院から古今伝受に関わる典籍・文書類が届けられることがあったらしい。先に触れた「追加」目録（東山御文庫蔵『古今集相伝之箱入目録』勅封六二・八・一・一〇・二）は、古今伝受の後約二年半を経て認められているが、この「追加」目録には『古今集』講釈の際の後水尾院の手控と推定した「古今事半切三冊」や証明女房奉書、切紙伝受に用いた掛守の袋等が列記されている。「三通寛文五年六月十一日免許」の記載も見え、証明女房奉書以外にさらに免許が下賜されていたことも知られるが、京都大学総合博物館蔵中院文書「掛守写」二通の包紙に、「寛文八六七御伝授、拝見之後模写之、此免許也」と記される例があり、これは切紙伝受の際に用いられた掛守に収められた札を指すと推察される。

おわりに

古今伝受の歴史は、智仁親王から後水尾院へと相伝されたことによって禁裏へと流入し、天皇権力との結びつきの中で後西院、霊元院へと継承されて権威化されるが、それ以降は次第に形骸化してゆくといった枠組みで説明されることが通例であったように思われる。俯瞰的に見るのならば、こうした理解に大きな誤りはないのであろうが、本章では大局的な概括ではこぼれ落ちるような事柄をもできる限り拾い上げるよう試みた。

寛文四年の古今伝受は講釈と切紙伝受を併せても僅か六日という極めて短期間で行われたものの、すでに指摘のあるように、以降の御所伝受においてその先例とされる点においても、江戸時代の堂上の古典学を考える上で重要な意味を持つことは疑いない。神事や法楽を加えて儀礼性の高い行儀へと変化させたことなどは、儀礼としての御所伝受の性格を方向づけたとも言えるが、そうした行儀の面における整備のみならず、なおも留意されるのは、寛文四年の古今伝受においては累代の和歌の家が禁裏・仙洞のもとに再編成されたことである。烏丸家にしても中院家にしても幽斎以来の古今伝受の聞書や切紙を伝来する古今伝受の家であった。万治四年の大火により自身の相伝した聞書と切紙を焼失するという慮外の災禍に遭遇したにせよ、後水尾院は烏丸資慶、中院通茂に対し家伝の古今伝受箱の進上という難題を課している。その進上が通茂にとっていかほどの憂慮を伴うものであったのかは述べた通りである。しかしながら、通茂は古今伝受箱の進上を拒否しなかった。先にも記した三条西実教の「不進上者御機嫌如何、若伝受之事相違者可為迷惑」（中院通茂『古今伝受日記』寛文四年二月十日条）の言に明らかなように、後水尾院より相伝を遂げることが何よりも求められたのである。こうした意識構造のあり方は、御学問講[37]、あるいは『万治御点』の和歌添削[38]といった段階を踏んだ和歌の修練のカリキュラムの整備とも無関係ではないだろう。「古今集の伝授は臣下の職なり。今勅伝になる。僻事なり」とは『渓雲問答』に見える三条西実教の言であるが、古今伝受の禁裏・仙洞への移行と典籍・文書類の集約は、分立する道の家々のその下への統制でもあった。古今伝受は家々に密かに伝えられる秘説の相伝ではなくなったのである。

　こうした時代背景の中でなおも注意されるのは三条西家の存在である。[39] 三条西実教の講説を正親町実豊（一六二〇—一七〇三）が聞き書きした『和歌聞書』に「桂光院殿も中院も幽斎よりきかれたる也。これみな当家より出たるなり。此方本なり[40]」の言が見える。智仁親王も中院通勝も細川幽斎の弟子であり、それはみな三条西家の流を汲み、三条西家が本《もと》であると言う。御所伝受の根幹に位置する幽斎の師を直系祖先とする和歌の家としての誇りと自負とが実教をして先の言を吐かしめたのであろうが、こうした理解はひとり実教のみのものではなく、程度の差はあるにせよ周囲にも共有されていたようである。中院通茂『古今伝受日記』に実教の言が紙幅を割いて記される例や、後水尾院によって三条西家相伝の典籍・文書類の収集が積極的に行われていたような例は、古今伝受の家としての三条西家の存在がなおも看過しがたく思われていたための所為に外ならない。三条西家に伝来する古今伝受関連の文書や聞書、実教の伝えた口伝や故実、果ては伝承に至るまでもが先例として意識されていたのである。しかしながら、実教のもとから三条西家相伝の典籍・文書類の進上を受けながらも、後水尾院は実教へは古今伝受を相伝しなかった。この時点において古今伝受の家としての三条西家はその役割を終えたと言える。システムの面においても、また典籍・文書類といった資料の面においても御所への収斂が果たされ、主要な堂上歌人のほとんどが禁裏・仙洞の弟子となってしまうという状況の下で[41]御所伝受は明治時代に至るまで相伝されるのであるが、そのような基盤を整えた点にも寛文四年の古今伝受の歴史的意義はあった。

注

（1）1～3は資料篇に全体の翻刻を行った。併せて参照願いたい。

（2）『図書寮典籍解題 続文学篇』（養徳社、一九五〇年）には若年者への古今伝受の相伝を憚る先例として、後陽成天皇（一五七一—一六一七）がそれを所望した際にその母・新上東門院（勧修寺晴子、一五五三—一六二〇）の反対があり成就しなかったとの例が示されている。

今上古今御伝授之御叡心也、御若年如何。是非共先御無用之由、令祇候砌可申入、

（『兼見卿記』天正十八年九月十八日条）

なお、小高道子「細川幽斎の古今伝受——智仁親王への相伝をめぐって」（『国語と国文学』五七—八、一九八〇年八月）に若年者への相伝忌避についての検討がある。

（3）小高道子「御所伝受の成立について——智仁親王から後水尾院への古今伝受」（『近世文芸』三六、一九八二年五月）に指摘がある。

（4）明暦三年の古今伝受については第三部第二章参照。

（5）後西院への三部抄伝受は万治二年（一六五九）、伊勢物語伝受は万治三年（一六六〇）に行われている。明暦三年（一六五七）の時点では何れも行われるおらず、古今伝受を相伝すべくもなかったと考えられる。

（6）当初から道晃親王が意図されていたのか、あるいは尭然親王であったのかその詳細は未詳であるが、尭然親王は寛文四年（一六六四）にはすでに遷化している（寛文元年（一六六一）に遷化。六〇歳）。道晃親王は寛文四年時の切紙伝受や後西院による聞書の浄書の際にも重要な役割を果たしている。その筆録になる聞書も重視され転写されていったこと、また、『後水尾院御抄』と称すべきテクストの基となっていることなどについては第三部第二章に述べた。

（7）中院通茂『古今伝受日記』は寛文四年正月十二日の記事よりはじまるが、「去々年夏比歟…」とあるこの記事と先に示した「予、灌頂之事…」の記事は正月十二日条の中に回想の形で記されている。通茂はこの二つの事例を古今伝受に益する言談として記憶していたとのだと思われる。

（8）日下幸男「鍋島光茂の文事」（『国語と国文学』六五—一〇、一九八八年一〇月）によれば、肥前佐賀藩主鍋島家二代・鍋島光茂（一六三二—一七〇〇）は、その晩年にあたる元禄十年（一六九七）から十三年（一七〇〇）

にかけて三条西実教より箱伝受を相伝したという。江戸時代の三条西家における古今伝受の相伝については具体的な資料を見出せていないが、実教へと相伝されていたことは確かなようである。

なお、後水尾院歌壇における実教の位置については、市野千鶴子「三条西実教の蟄居をめぐって」（『書陵部紀要』四六、一九九五年三月）、坂内泰子「三条西実教と後水尾院歌壇――歌の家の終焉」（長谷川強編『近世文学俯瞰』汲古書院、一九九七年）に詳しい。

（9）横井金男・新井栄蔵編『古今集の世界 伝授と享受』（世界思想社、一九八六年）所収の「古今伝受研究手引」（新井栄蔵）には次のように説明される。

家に伝来した古今伝受関係資料を家系内（祖父か父）で、直接に、口伝を伴って伝授されずに相承すること。近衛家、中院家、三条西家、猪苗代家などで行われたことがあるようである。近世初期の八条宮家、近世後期の天皇の場合などもこれに似た事情があったかと思う。

近世後期の天皇の例については、小高道子「御所伝受の成立と展開」（近世堂上和歌論集刊行会編『近世堂上和歌論集』明治書院、一九八九年）に光格天皇（一七七一―一八四〇）から仁孝天皇（一八〇〇―四六）への古今伝受が口授を伴うものではなく古今伝受箱の相伝のみであったことの指摘がある。なお、同論考に引用される『柳原隆光日記』には「於冷泉流ハ代々伝授筥以開見為灌頂」と冷泉家でも行われていたことが記されている。

（10）実際にはそれぞれの題につき二首、計六十首を詠進している。和田英松『皇室御撰之研究』（明治書院、一九三三年）別冊には後西院宸翰の三十首和歌の巻頭の写真一葉（22後西天皇宸筆御三十首）が掲載されるが、二首のうち一首には合点が付されており、一部に添削の跡も見える。

なお、三十首和歌の添削については、盛田帝子「御所伝受と詠歌添削の実態――高松宮家伝来禁裏本『灌頂三十首』について」（吉岡眞之・小川剛生編『禁裏本と古典学』塙書房、二〇〇九年）参照。また、高梨素子「烏丸資慶加注『三十首和歌』の翻刻」（『研究と資料』一九、一九八八年七月、後に、同『古今伝受の周辺』（おうふう、二〇一六年）に再録）には、後西院、中院通茂、烏丸資慶、日野弘資の四名の三十首和歌、計百二十首に烏丸資慶が施注し細川行孝（一六三七―九〇）に送付したことが指摘されている。

（11）注3掲載の小高道子「御所伝受の成立について――智仁親王から後水尾院への古今伝受」に指摘される。

（12）『宣順卿記』、『続史愚抄』同日条、『忠利宿祢記』正月十六日条等にも記録される。なお、万治の火災による典籍類の焼失とその後の復興をめぐる状況については、平林盛得「後西天皇収書の周辺」（岩倉規夫・大久保利謙編『近代文書学への展開』柏書房、一九八五年）によってその検討の先鞭がつけられ、田島公「禁裏文庫の変遷と東山御文庫の蔵書――古代・中世の古典籍・古記録研究のために」（大山喬平教授退官記念会編『日本社会の史的構造』思文閣出版、一九九七年）、同「近世禁裏文庫の変遷と蔵書目録――東山御文庫本の史料学的・目録学的研究のために」（田島公編『禁裏・公家文庫研究　一』思文閣出版、二〇〇三年）、酒井茂幸『禁裏本歌書の蔵書史的研究』（思文閣出版、二〇〇九年）等、その後多くの検討が重ねられている。

（13）中院家に伝来した典籍・文書類の一部は、現在京都大学附属図書館、同総合博物館に移管されているが、その中には『也足御聞書』にあたる通勝による聞書は確認できていない。同書に所蔵される『古今集』注釈関係の書目については第三部第七章参照。

（14）『皇室の至宝 東山御文庫 一』（毎日新聞社、一九九九年）所収（書影九二頁、解題二七六―二七七頁）。記される内容と形式からもみても古今伝受に際して弟子が師に提出する誓状とは考えられないが、文書の確認が煩雑になるのを避けるためここでは『皇室の至宝 東山御文庫 一』の呼称で記す。

（15）同日記は、新井栄蔵「陽明文庫蔵古今伝受資料」（『国語国文』四六―一、一九七七年一月）に解説が、同「影印 陽明文庫蔵近衛基凞『伝授日記』」（『叙説』、一九八四年一〇月）に書影がある。

（16）注15掲載の新井栄蔵「陽明文庫蔵古今伝受資料」（『国語国文』四六―一、一九七七年一月）に紹介がある。

（17）加えて、新井栄蔵「影印陽明文庫蔵後水尾院宸筆他流切紙」（『叙説』一四、一九八七年一〇月）に紹介されたような、その素性や伝来の過程も明らかではない切紙も収集している。

（18）注3掲載の小高道子「御所伝受の成立について――智仁親王から後水尾院への古今伝受」に、宮内庁書陵部蔵『寛永二年於禁裏古今講釈次第』（「古今伝受資料」（五〇二・四二〇）の内）の伝存の指摘とその翻刻がある。

古今和歌集　主上へ申上次第之事

勅使　阿野中納言実顕

勘文　安倍泰重

寛永二年十一月九日　十五日　十九日

（宮内庁書陵部蔵『寛永二年於禁裏古今講釈次第』（「古今伝受資料」（五〇二・四二〇）の内）

(19) 渡辺敏夫「幸徳井家について」(『日本天文研究会報文』六―二、一九七四年六月)、同『日本の暦』(雄山閣、一九七七年)に系譜、略伝がある。
(20) 中院通茂『古今伝受日記』寛文四年五月十二日条には、「前年御伝授校合として照高院宮、飛鳥井等臨了」と先の講釈の補訂を意図した陪席であったことが記されている。
(21) この当座聞書と後述する中書本聞書に付されたゴマ点、声点については、遠藤邦基「『中院本古今聞書』の振漢字――その示すアクセントの性格について」(『人間文化研究科年報』七、一九九二年三月)、森山由紀子「中院通茂『古今聞書』のゴマ点注記――再構される音調とアクセント資料としての性格」(『国語国文』六二―八、一九九三年八月)、同「後水尾院と側近の音調観と音調注記――中院通茂『古今聞書』の背景」(『叙説』二〇、一九九三年一二月)、坂本清恵「中院通茂の声点注記――京都大学附属図書館蔵『古今和歌集聞書』を中心に」(『国語国文』六四―二、一九九五年二月、後に、同『中近世声調史の研究』(笠間書院、二〇〇〇年)に再録)に検討がある。
(22) 五首目が贈答歌の贈歌の場合は六首目の返答に及んでいる。
(23) 小高道子「烏丸光広の古今伝受」(長谷川強編『近世文学俯瞰』汲古書院、一九九七年)に同資料の検討がある。同論考によれば旧中山侯爵家より宮内庁書陵部に移されたものという。なお、書陵部に移管される以前に川瀬一馬によって調査されており、同「古今伝受について――細川幽斎所伝の切紙書類を中心として」(『青山学院女子短期大学紀要』一五、一九六一年一一月)にその紹介がある。
(24) 但し、さらに浄書が行われて清書本が作成されたか否かは未詳。
(25) 1には巻尾の遊紙に延宝八年(一六八〇)二月二十二日から五月十二日に至る古今伝受の記録が一丁分記されている。これはこれは同年に行われた後西院から霊元院への古今伝受の記録であり、あるいは1もその準備のために改めて書写されたものであるのかもしれない。
(26) 横井金男『古今伝授の史的研究』(臨川書店、一九八〇年)四四七頁には出典の明記されない座敷図が掲載されているが、この図は東山御文庫蔵『古今伝授座敷構図』(勅封六二・八・一・一四・一)に図様が一致しており、その一部分を抜き出したものであったことが確認される。
(27) 寛文四年(一六六四)時には、弘資四八歳・正二位前権大納言、資慶四三歳・正二位前大納言、通茂三四歳・

正三位権大納言。

(28) 中院通茂『古今伝受日記』には「披見了」とある下に「少々窺之」と細字で付記されている。字義通りならば切紙を一見したのみでその秘説はその場では伝えられなかったと解されるが、記される「窺」の文字は、後述する東山御文庫蔵『古今集御備忘』（勅封六二・九・二・二七）に後水尾院に対する不審を書き付けた部分に「窺ヿ《(事)》」と記される例があり、「伺」の意で混用されているように思われる。但し、伝えられた切紙は二十四通であったと考えられ、短時間の内にすべての詳細が伝えられたとは考え難い。「少々」とあるのはそうした状況を伝えると理解される。

(29) 第三部第二章に記したように、明暦三年の古今伝受の際にも、切紙伝受の後に後水尾院と相伝者四名が連日参会しては、不審点の検討を行っていた由が『隔蓂記』明暦三年（一六五七）三月十一日条に記されている。寛文四年の古今伝受の際には、後水尾院の講釈の直後に後西院が道晃親王を招いて聞書の浄書と不審条々の検討を行っている（前述）。

(30) 国立公文書館蔵『近代御会和歌』（二〇一・九七）第十冊には「寛文四年六月一日」の年紀を記す「聖廟御法楽句題五十首」も併せて収められているが、「奉納」されたものではないようである。

(31) 鶴崎裕雄・佐貫新造・神道宗紀編『紀州玉津島神社奉納和歌集』（玉津島神社、一九九二年）、神道宗紀・鶴崎裕雄編『住吉大社奉納和歌集』（東方出版。一九九九年）に寛文四年六月朔日御法楽和歌以下、仁孝天皇の古今伝受の折の天保十三年十二月十三日御法楽和歌までの八点の法楽短冊が翻刻される。

(32) 記載内容の詳細については第三部第五章参照。

(33) 『京都大学国語国文資料叢書四〇 古今切紙集 宮内庁書陵部蔵』（臨川書店、一九八三年）所収の「当流切紙二十四通」（切紙十八通、切紙六通）と同内容の切紙。

(34) 注33掲載の『京都大学国語国文資料叢書四〇 古今切紙集 宮内庁書陵部蔵』に書影がある。一〇点の目録には記載される書目に異同が認められ、追加のつど書き改められたものと推定されている。小高道子「古今伝受後の智仁親王（五）——目録の作成をめぐって」（『梅花短期大学研究紀要』三七、一九八九年三月）にその作成の過程が詳述される。

(35) 『宸翰栄華 第二冊』（思文閣出版（再刊）、一九八八年）口絵写真一二頁・九六「後水尾天皇宸筆女房奉書」、八三―八四頁・六九七「宸筆女房奉書」。
(36) 注9掲載の横井金男・新井栄蔵編『古今集の世界 伝授と享受』口絵に書影がある。
(37) 本田慧子「後水尾院の禁中御学問講」(『書陵部紀要』二九、一九七八年三月)参照。
(38) 上野洋三『近世宮廷の和歌訓練――『万治御点』を読む』(臨川書店、一九九九年)、同『万治御点 校本と索引』(和泉書院、二〇〇〇年)参照。
(39) 近世初期における三条西家及び実教については、注8掲載の市野千鶴子「三条西実教の蟄居をめぐって」、坂内泰子「三条西実教と後水尾院歌壇――歌の家の終焉」参照。
(40) 近世和歌研究会編『近世歌学集成 上』(明治書院、一九九七年)八四三頁。
(41) 但し、冷泉家に対しては考察の余地を残しているように思われる。なお、近世後期の和歌の家や家格意識の問題については、盛田帝子『近世雅文壇の研究――光格天皇と賀茂季鷹を中心に』(汲古書院、二〇一三年)に詳しい。

第四章　古今伝受切紙と口伝

——後水尾院による切紙の読み解きをめぐって

一　古今伝受切紙と寓意

古今伝受における切紙とは、『古今集』の講釈を終了した相伝者に授与される奥義を記した紙片のことを指す。現在知られている切紙には書写年代の確定できるものでそれほど古いものは無く、また、資料の性格上そこに記される内容も断片的であるため、素性の明らかではないものも多い。したがって、その始発の時期も判然とはしないが、(1) 東常縁（一四〇七?—八四頃）から宗祇（一四二一—一五〇二）へ、さらに東頼常（生没年未詳）、素純《そじゅん》（?—一五三〇、東常縁男）へと伝えられたとされる切紙が、鶴見大学図書館蔵『詠歌口伝書類』、宮内庁書陵部蔵『古今和歌集見聞愚記抄』（『古今秘伝抄』（鷹・三八〇）十二冊の内第一冊）に写し取られており、比較的はやい時期の例として知られている。(2)

この常縁—宗祇と伝わったとされる切紙は、細部に多くの看過しがたい異同を含みながらも、室町時代末に細川幽斎（一五三四—一六一〇）から智仁親王（一五七九—一六二九）へと伝えられ、以降、江戸時代の禁裏にその説々が継承された『当流切紙』(3) と称される切紙と項目や記載内容の一致する例も少なくない。増補や書き換えを行いながらも、切紙の根幹は室町時代の中期以降伝承されてきたものであると考えられる。

かつては古今伝受に対する批判の象徴ともされた切紙ではあるが、それへの理解は現在では格段に進んでいる。例えば、切紙の代名詞のようにも言われる三木三鳥《さんぼくさんちょう》の伝のうち、「御賀玉木《おがたまのき》」、「妻戸削花《めどにけずりばな》」、「賀和嫁《かわなぐさ》」のいわゆる「三木《さんぼく》」の伝は、『当流切紙』では「三ケ大事」（三木各一通計三通）→「重大事」（三木を併せて一通）→「切紙之上口伝」（同一通）→「重之口伝」（同一通）→「真諦之事」（同一通）の五種類七通にわたって記され、物質としての三木の比定からはじまり、順を追ってその言葉に秘められた深意が説かれてゆくことが知られている。

「御賀玉木」は「三ケ大事」の切紙では片野の御狩に鳥を付けて奉る「鳥柴」のことと、その実態が説明されるが、「重大事」ではそれは三種神器の一つである「内侍所」（鏡）を象徴するとされ、以降、「切紙之上口伝」では天照大神の御魂の意が説かれ、「重大事口伝」では内侍所は正直を意味することが明かされ、最後の「真諦之事」では鏡の象徴するものが諸神の真体であることが説かれるに至る。このような事象は「妻戸削花」、「賀和嫁」についても同様で、ともに実体の比定からはじまり、そこに表象されるものについての読み解きが順次示されてゆく。それぞれの説くところを整理すると次の表の様になる。

表1　三木の切紙の説

三木の名＼切紙の標題	三ケ大事	重大事	切紙上口伝	重之口伝	真諦之事
御賀玉木	鳥柴	内侍所（鏡）	天照大神の御魂	正直	神　真理
妻戸削花	妻戸に挿す削り花	神璽	国母としての二条后	慈悲	信
賀和嫁	河骨という草	宝剱	河水の清浄	征伐	宝剣の由来

こうした切紙の意図とその意義については、新井栄蔵、[4]橋本不美男、[5]三輪正胤、[6]赤瀬信吾[7]の諸氏によりすでに検討されており、中世日本の宗教や思想の側面における問題へと架橋する内容を含み持つことも指摘されている。切紙が作り上げた意味の連鎖は、一種の寓意の体系であり、「御賀玉木」や「呼子鳥」といった神秘的なイメージを有する事物に託された寓意を読み解くことが切紙を相伝することの本質的な意義であり、「内侍所」、「神璽」、あるいは「正直」、「征伐」といったキーワードへと収斂する王権と君臣秩序の物語としての寓意こそが切紙の切紙たる生命であった。

二　切紙と口伝と

『当流切紙』に収められる「御賀玉木」の秘説を伝える切紙のうち最初にあたる「三ケ大事」の切紙には次のような説が記されている。

御賀玉木
家々之儀区也。或云、天子即位之
時、御笠山之松枝長三寸計、囲五寸ニ
削之、其上ニ以朱書御守懸サセ奉リ
即位以後、彼御守ニ相副、種々宝物等
帝生気方理之、此義也云々。
当流ニハ不然。是ハ片野御狩ニ鳥ヲ付テ奉ル鳥柴ト云物也。是口伝也。不免記。

（宮内庁書陵部蔵『当流切紙』）

ここに記される説々の示す意味や歴史的、宗教的背景については三輪正胤による詳細な検討がある。(8) いま注意したいのは末尾の「是口伝也。不免記」と記される部分で、「当流」の義は本来「口伝」として伝えられるべき部分であり、あからさまに記すことは許されてはいなかったと考えられる。さらには、先に見たように切紙には「切紙之上口伝」、「重之口伝」などの「口伝」の語を付記した標目を持つものも伝わるが、これらの切紙に記された秘説も本来は口頭で伝えられるべきものであり、それが書き留められて切紙となり流通したものと推測される。現在目にすることのできる切紙とその記載に拠るのならば、現行の『当流切紙』は料紙に墨書されて授受されたモノとしての切紙と、それに附随して口頭で伝えられた「口伝」を書き留めたものを併せて伝えていると考えられる。

先の表にも示した「御賀玉木」の第二段階の秘説を記す「重大事」の切紙には次のように記されている。

重大事
御賀玉木
内侍所
妻戸削花
神璽
賀和嫁
宝剣

（宮内庁書陵部蔵『当流切紙』）

たとえ機会を得てこの切紙を相伝したとしても、その意図するところをこの紙面のみから直接に感得するのは容易ではない。やはり切紙を読み解くにはそれに附随した何らかの物語が必要とされる。「切紙之上口伝」、「重之口伝」はそうした切紙を読み解くためのまさに「口伝」であったと推測される。

三　後水尾院の古今集講釈における口伝

現行の『当流切紙』は象徴的な語句を記す本来的な意味での「切紙」と、その読み解きとしての「口伝」（語句の指し示す寓意についての解説）とを併せて「切紙」として伝来するが、象徴的な語句に幾重にも寓意の層を重ねてゆくのが切紙の方法であるのならば、現行の『当流切紙』も、その相伝に際してさらなる「口伝」（解釈や物語）が添えられたとしても何ら不思議はない。しかしながら、そうした事例を伝える記録は意外に乏しい。

京都大学附属図書館に所蔵される中院家旧蔵資料の中に、後水尾院（一五九六―一六八〇）、霊元院（一六五四―一七三二）時代の歌壇の重鎮であった中院通茂（一六三一―一七一〇）が寛文四年（一六六四）に後水尾院より古今伝受を相伝した際の自筆の日次記録（『古今伝受日記』中院・VI・五九）[9]があり、その末尾に丁を改め扉を立てて「古今切紙之事 法皇仰」と記す一連の記録が合写されている。「法皇」（後水尾院）による切紙についての口説を記した資料であり、切紙をめぐる口頭伝承の記録として貴重である（但し、切紙伝受のその場で伝えられた口伝ではなく、後日に通茂が進上した切紙をめぐる不審に対する後水尾院の返答と考えられる）[10]。

後水尾院から通茂への切紙伝受の際にも『当流切紙』が伝受されており、『古今切紙之事 法皇仰』も『当流切紙』の標目に沿って項目が立てられている。冒頭部分を示せば次のようになる。

1切紙之上口伝

一　剱ハ水ヲ躰トス。

仰、水ノ清潔ナルヲカタドル外別義ナシ。申云、五行ナドニツキテ有子細歟。

重仰、サモアルカ。ソレニテモナキ歟。

2重之口伝

一　身所持者璽剱鏡。

仰、今ハ上一人ノ宝トセラル、ヤウナレドモ、凡人トモニ所持スル也。所持スルトテ三□(種)□(虫損)器ノヤウニスルコトニハアラズ。此理ヲ守ル事也。

伝受シタル□(虫損)ヲウチステ、ヲクコトニハアラズ。畢竟受用ニセズシテハ不叶事也。近代ハ、マモリナドノヤウトリテヲキタルコト、サウ也。

3真諦事

一　実ニハ鏡之事也。

此鏡、重大事、重之口伝等之鏡トハ有差別歟、同歟。

仰、別ニ無差別之由仰也。仰、天台ニハ真諦《シンダイ》トニゴレドモ、常ニハ上下スムテ、真諦《シンタイ》、俗諦《ゾクタイ》ト云也。俗諦ハカタチニアラハレタルヲ云也。

一　鏡璽ニハ其道理ヲ注シ、剱ニハ事ヲ注シタル事如何。

か様ノコト、何程ともなくある事也。此様ニまぎれ多、不審ノタツヤウニ、ホノカニシテ何トカヤトヤト工夫サスルヤウニシタルコトヨリミレバ、有意味コト也。工夫ヲツマデ難知コト也。サレバ不窺事ヲバ不被仰聞、不捨置、打かへし〳〵工夫すべし。

一　璽ハ信也。古者尊卑共之。
　　仰、此ハ韻会ノ注也。しるしの事也。
（京都大学附属図書館蔵『古今伝受日記』（中院・VI・五九）合写『古今切紙之事法皇仰』）

各項の冒頭には対応する切紙の標目が記されている。行を改めて一つ書きで記されるのが通茂の提出した疑義で、「仰」以下に後水尾院の返答が記される。

1には「切紙之上口伝」で明かされる「賀和嫁」の本性である「剣」と「水」との関連についての疑義が記されている。通茂は「剣」↓「水」という連想の先に、さらに「五行」思想を背景とする寓意の存在を追求するようだが、後水尾院の返答は「サモアルカ。ソレニテモナキ歟」という曖昧なものであった。

2は「重之口伝」に対する疑義で、この標目の切紙に「身所持者、璽・剣・鏡、心内ニ所持之者、慈悲・正直・賞罰《（ママ）》等之三種神器也」と伝えられる「璽・剣・鏡」の寓意としての「慈悲・正直・賞罰《（ママ）》（他の部分では征伐とある）」についての詳細が問われている。後水尾院からの返答では、物質としての神器そのものを担うよりはその「理ヲ守ル」ことを肝要とする旨が伝えられている。

3では「此鏡、重大事、重之口伝等之鏡トハ有差別歟、同歟」と「真諦之事」の切紙に述べられる「真諦」に対応する物質的実体としての「鏡」の子細と「重大事」、「重之口伝」で伝えられた「鏡」との関係が問われている。後水尾院の返答は「別ニ無差別之由仰也」とこれも実に素っ気ないものであった。

通茂の問いかけは、切紙に記された文言の奥にさらに何らかの含意が存在するのではないかという発想による。切紙の指し示す短い語句の背後に何らかの意味を詮索し、「水」の語から「五行」を連想する通茂の問いは、寓意の探索という点では室町時代に「口伝」として伝えられた切紙の読み解きに通ずるものがある。その意味では切紙の本来の意図に沿うものであったとも言える。対して、後水尾院の返答は敢えてそれを問い質した通茂の期待を裏切り、その伝えんとする内容や意図すらも了解し難いように見える。

四　口伝と「工夫」「自得」「悟入」

『古今切紙之事 法皇仰』に記される後水尾院の返答は、先に見た1〜3のような曖昧なものであったが、切紙自体がそのようなものだと後水尾院は言う。3の二つ目の問に対する返答には「此様ニまぎれ多、不審ノタツヤウニ、ホノカニシテ何トカヤトヤト工夫サスルヤウニシタル」とあり、「不審ノタツヤウニ、ホノカ」な切紙の文言は「工夫ヲツマデ難知コト」であると言う。この言は古今伝受の最奥秘としての切紙の説き難さ、解し難さを言うようにも見えるが、次のような例を勘案すると、必ずしもそうした点に視点が据えられているのではないことが理解される。

『当流切紙』の内、「稽古方」の切紙は「情新」、「詞旧」、「道」、「和」などの和歌の詠作におけるキータームとも言うべき語句に対する理解を伝えた切紙で、抽象的な理念を重ねて読み解かれることが期待されるような項目が連なっている。通茂も切紙に記された理解を超えるその「子細」を尋ねている。

4稽古方

一作伝、道、和、中、此等ノ字ノ子細。

作伝ハ作意ノ口伝歟。和ハ何ニモアルコト也。中、同上。これらも推量すれバ合点モユクヤウニテ、トクトハキコエズ。カ様ノ所ニよく〳〵工夫して自得させんため、おぼ〳〵とかきたるコト也。

（京都大学附属図書館蔵『古今伝受日記』（中院・VI・五九）合写『古今切紙之事法皇仰』）

対して後水尾院の返答は、「推量すれバ合点モユク」や「よく〳〵工夫して自得させんため、おぼ〳〵とかきたる」と、相伝者みずからが「工夫」し「自得」して「合点ユク」ことが求められるという相伝者の態度や振舞いに対する留意を述べ、「情新」などの語句の深淵に想定されるであろう深い思惟に説き及ぶことはない。

このような「自得」を奨励する言は、師と弟子との間の秘伝の授受を否定し、切紙伝受という営為それ自体を無化するようにも見えるが、こうした発言はこの「稽古方」だけではなく他の切紙について述べた部分にも見える。

例えば、「土代」の切紙は貫之が伝えたとされる『古今集』の土代の一首の秘密を説く切紙で、人丸と文武天皇、基俊と俊成などの例を挙げて和歌の伝受の歴史を説いている。通茂はこの切紙についても「稽古方」の例と同じくその「子細」を尋ねている。

5土代

一土代ト云子細。

貫之、龍田河哥ヲ授タテマツリタレバ、仰ニヨリテ自歌桜花ノ哥ヲ授奉リタルガ、此集ノ土代トナリテ思召立タレバ、此集ノ土代也。授タル心ハ何ヲ授タルト云コトハナキ也。ソレハ工夫ヲシテ我ト悟入サセンヤウ也。

通茂申云、風躰カトミレバ代々ノ授哥、其風体以相違也。如何。

仰、其通也。ソレヲトカ角カト思案シテ打ステズハシラル丶コトアルベシ。

抄之中

龍田川にしきをりかく
山里は冬ぞさびしさ
大そらの月の光し　　此三首土代之事。
廿四首ノ類、何トシタルコトトハシレヌ也。ワザト子細ヲ注セザル也。
私、廿四首秘哥、慥有注、不審之事也。此哥又有口決トミエタリ。
（京都大学附属図書館蔵『古今伝受日記』（中院・VI・五九）合写『古今切紙之事法皇仰』）

後水尾院の示す理解は、先の例と同じく「工夫」、「自得」、「悟入」などの要素を重視したもので、切紙が何を象徴し、如何なる寓意を伝えようとしているのかという点（つまりは切紙の指し示す内実）よりも、その切紙の説々に接することで思索をめぐらせ、その子細を吟味して探求することによって、おのずから切紙の伝えんとする真意を悟るという、相伝者の心構えを第一義としている。通茂は末尾部分に「有口決トミエタリ」と書き付けており、重ねて口伝の存在を問い続けたようだが、それに対する後水尾院の反応は記されてはおらず、通茂がなおも不審を進上したかも未詳である。

切紙が師から弟子へと秘説を伝えるためのメディアとして存在する以上、通茂の示した反応は了解されるものであろう。では、後水尾院の返答の力点はどこにあったのか。

後水尾院は古今伝受切紙以外の講釈においても、一首の伝える和歌の意味（「義理」と記される）を幾重にも思いめぐらし、その意をおのずから感得する（「得心」と記される）ように指示する例が少なくない。こうした考えは後水尾院一人のみの理解ではないようで、同時代の歌人による聞書の中にも和歌の「義理」の「得心」を肝要と説く例が認められる。[11]通茂の講説を門弟の松井幸隆（一六四三―一七一七以降）が書き留めた『渓雲問答』に「ついでに古歌も覚えたる分にて、一首〳〵の義理を得心せねは役にたゝずとの仰」の言が見えることについては、第一部第四章にも述べた。その意を知るのみでは事足りず、得心に至る修練が肝要と考えられていたのである。

今少し視点を引いて見れば、江戸時代前期の歌学は、「心」の問題を中心的課題に据えた議論を繰り返していた。[12]後水尾院の返答は、歌人はそのように振る舞うべきであるという無難な一般論ではなく、大谷俊太の指摘するような、[13]広く宋学を思想的背景とする実践としての「心」の重視とその自覚の上に理論化され展開されたものであった蓋然性が高い。

古今伝受切紙は『古今集』の秘説と王権とを結び繋ぐ寓意の体系を作り上げた。しかしながら、そこに天皇が積極的に関与した記録は現在のところ確認できない。[14]江戸時代に入って古今伝受は禁裏に相承される秘伝として再編され、後水尾院は後西院（一六三七―八五）へと相伝する。遺された記録によればそれは神事としての儀礼を伴うものであった。[15]切紙伝受の最奥で何が伝えられたのかを知るに足る資料は見出していないが、一方で同じ時に後水尾院より中院通茂へと伝えられた切紙をめぐっての「仰」は、切紙の含意する寓意の物語の委細よりも、それを知ることへと向けられた相伝者の態度や心のあり様を肝要として伝えるものであった

室町時代に積み上げられた切紙の理解の体系とはまったく異なる力点へと相伝者を誘うこのような変化を、中世的な理解から近世的な理解への移行と評することも、また、後水尾院という偉大な帝王であり歌人の個性と理解することも可能であろうが、江戸時代の堂上の和歌をめぐる学問と思索についてはいまだ詳らかならざることが多く残されている。忽卒な総括よりも遺された資料の整理とその読み解きが継続されるべきであろう。

注

（1）古典に付された注釈に「別紙」と付記してさらに他の文献の参照を指示する例は、藤原清輔（一一〇四―七七）の注釈を天地に書き入れた清輔本と称される系統の勅撰集伝本に見え、そうした事例自体は平安時代に遡る。川上新一郎『六条藤家歌学の研究』（汲古書院、一九九九年）参照。また、『玉伝深秘巻』、『古今灌頂』などの鎌倉時代後期頃に作成された秘伝書の原形態は切紙であったと推測されている。石神秀美「玉伝深秘巻解題稿」（『斯道文庫論集』二六、一九九二年三月）、同「古今潅頂解題稿」（『斯道文庫論集』二八、一九九三年一二月）参照。

（2）後者については、三輪正胤『歌学秘伝の研究』（風間書房 一九九四年）四五―五九頁に指摘がある。前者については附記参照。

（3）三条西実枝（一五一一―七九）が細川幽斎に相伝した実枝筆の原本が宮内庁書陵部に現存する。『京都大学国語国文資料叢書四〇 古今切紙集 宮内庁書陵部蔵』（臨川書店、一九八三年）に書影がある。

（4）新井栄蔵「古今伝授の再検討――宗祇流・堯恵流の三木伝を中心として」（『文学』四五―九、一九七七年九月）、同「「古秘抄別本」の諸本とその三鳥三木の伝とについて――古今伝授史私稿」（『和歌文学研究』三六、一九七七年九月）。

（5）注3掲載の『京都大学国語国文資料叢書四〇 古今切紙集 宮内庁書陵部蔵』解説（橋本不美男）参照。

（6）注2掲載の三輪正胤『歌学秘伝の研究』参照。

（7）赤瀬信吾「古今伝授の三木伝」（『国文学 解釈と観賞』五六―三、一九九一年三月）。

（8）注2掲載の三輪正胤『歌学秘伝の研究』三九八―四一三頁。

（9）本書資料篇参照。

（10）御所伝受においては、『古今集』講釈の終了後に不審箇所について疑義の進上があり、改めて説を受けることがあった。第三部第三章参照。

（11）第一部第四章に三条西実教（一六一九―一七〇一）の例を挙げている。

（12）上野洋三「歌論と俳論」（同他編『芭蕉へ――芭蕉をどう読むか』（ぬ書房、一九七七年）、後に、上野洋三『元禄和歌史の基礎構築』（岩波書店、二〇〇三年）に再録）参照。

（13）　大谷俊太「新情の解釈――詠歌大概注釈と堂上和歌」（近世堂上和歌論集刊行会編『近世堂上和歌論集』（明治書院、一九八九年）、後に、大谷俊太『和歌史の「近世」道理と余情』（ぺりかん社、二〇〇八年）に再録）。

（14）　室町時代後期に三条西家と後奈良天皇（一四九七―一五五七）、後陽成天皇（一五七一―一六一七）との間で古今伝受が行われた例があるが、それが天皇家に継承される秘伝となることはなかった。

（15）　第三部第三章参照。

［附記］

宗祇から頼常へと伝えられたとされる『古今和歌集見聞愚記抄』に収められた切紙は、鶴見大学図書館に所蔵される『詠歌口伝書類』として十一巻が一括される切紙と近しい内容であることが知られている。『詠歌口伝書類』は縦一四㎝前後の続紙を巻いた小巻物として伝来しており、古今伝受の際に授受された古層の切紙そのものかとの幻想を抱かせる姿で伝わっている（こうした書物の形態は密教の伝書にも多く見られる）。近年、伊倉史人「鶴見大学図書館蔵『詠歌口伝書類』解題・翻刻」（鶴見大学日本文学会編『国文学論叢　論考と資料』（笠間書院、二〇一四年）によって『詠歌口伝書類』の詳細な解題と翻刻が提供された。同論考には『詠歌口伝書類』は近世初期頃の書写で、現在の形態は三条西家のいずれかによって編纂されたと考えられることが指摘されている。同書を実見したが従うべき指摘と思われ、『詠歌口伝書類』そのものが古層の切紙の姿や構成を伝えていると考えることはできない。

第五章　古今伝受後の後西院による目録の作成

附　東山御文庫蔵『古今集相伝之箱入目録』『追加』略注

はじめに

東山御文庫に収蔵される資料の中に「古今集相伝之箱入目録」、「追加」と端書のある古今伝受に際して伝領、あるいは転写された典籍・文書類の目録二通がある。記主は明記されないものの、記される年紀と内容から見て寛文四年（一六六四）の後水尾院（一五九六―一六八〇）から後西院（一六三七―八五）への古今伝受の後に後西院によって認められたものと判断される。両目録は古今伝受後の後西院の動向を伝える資料として貴重であることはもとより、東山御文庫に伝来する膨大な典籍・文書類を分別する際の一定の目安となることも期待される。後に記すように東山御文庫の蔵書の中には目録と対応する典籍・文書類が認められ、それらに付された奥書・識語等によって禁裏・仙洞に伝領された古今伝受箱の形成過程が窺われるなど、その資料的価値は高い。

寛文四年の古今伝受については、確認できた関連諸資に基づきその経緯の大凡を第三部第三章に述べたが、そこに示した資料の個々については従来未検討のものも多く、記載される内容についても個別の検討が求められるように思われる。本章ではこの両目録に記された典籍・文書類と現存資料との照応作業を通して知られる事柄について報告を行い、併せてこの両目録に略注を付し、内容理解の一助としたい（なお、考証や論述の都合上、本章の記述は第三部第一章と重なる部分の多いことを予めお断りする）。

一　『古今集相伝之箱入目録』『追加』について

まず『古今集相伝之箱入目録』、『追加』の書誌的事項等につき述べる（両書ともに実見はしていないため宮内庁書陵部に所蔵されるマイクロフィルムによって判明する事柄について示す）。

東山御文庫蔵『古今集相伝之箱入目録』（勅封六二・八・一・一〇・一）　一紙

折紙（マイクロフィルムによれば三七・〇×五二・〇cm程度）。端書「古今集相傳之箱入目録」。奥書は次の通り。

寛文四年（一六六四）十二月十日、今夜令目録了、
此内 古抄 尚通公一冊 擔子之内へ入加了、

宮内庁書陵部に所蔵される東山御文庫マイクロフィルム番号四一五五。『書陵部紀要』四二（宮内庁書陵部、一九九一年三月）所収の「彙報（平成二年四月―平成三年三月）」に「古今集相伝之箱入目録　二通　六二・八・一・一〇」と記載のある資料の内一通が当該目録、他一通が後掲の『追加』にあたる（したがって、『追加』の呼称は目録類には記されないが、両書を区別するために後者を以下『追加』と称す）。

端書に明記されるように本資料は古今伝受に際し認められた古今伝授箱に附属する目録である。冒頭より「伝

心抄天地人 三冊　伝心抄 叙 一冊　伝心集 一冊　切紙十八通 一包　同六通 一包［…］」と続き、その配列や書式は細川幽斎（一五三四―一六一〇）からの古今伝受の相伝の後に八条宮智仁親王（一五七九―一六二九）によって慶長七年（一六〇二）に作成された宮内庁書陵部蔵『古今伝受之目録』（「古今伝受資料」（五〇二・四二〇）の内）(1)に類似するが、「寛文四年十二月十日　今夜令目録了」、あるいは「擔子之内へ入加了」といった奥書の文言からは古目録の転写ではなく、(2)寛文四年当時に典籍・文書類の整理を行いつつ作成された目録であると判断される。時期的に見ても同年五月に行われた後水尾院から後西院への古今伝受の後に後西院によって作成された古今伝受箱の目録として誤らないと思われ、また、筆跡も後西院と見て許されるように思われる。

東山御文庫蔵『追加』（勅封六二・八・一・一〇・二）　一紙

折紙（マイクロフィルムによれば三一・五×四五cm程度）。端書「追加」。奥書は次の通り。

寛文七年（一六六七）正月廿七日、

宮内庁書陵部に所蔵される東山御文庫マイクロフィルム番号四一五五。

本書は、「追加」とある端書と記載される内容及び奥書から見て『古今集相伝之箱入目録』の追加目録と判断される。奥書に見える寛文七年（一六六七）一月は後西院への古今伝受の後二年半を経ている。若干時期を隔てるようにも思われるが、古今伝受の行儀は切紙伝受の後にも及び、殊更に不審とは言えない。(3)

両目録を見比べると『追加』の目録の方が幾分速筆で記されており、『古今集相伝之箱入目録』とは筆致が異なるような印象を受けるが、『古今集相伝之箱入目録』と同じく本資料も後西院による筆録と見て許される範囲内にある。なお、両書ともに現在のところ他の伝存を聞かない。

二　後西院による典籍の書写と八条宮家本――『伝心抄』をめぐって

『古今集相伝之箱入目録』、『追加』に一覧される書目には、「法皇宸筆」（後水尾院）、「資慶卿筆」（烏丸資慶（一六二二―一六六九））の筆者注記が付されるのみで、他の多くにはその筆者や伝来は記されない。来歴や素性を両目録から直接に窺うことはできないのであるが、この目録に記載される典籍・文書類と関係する書目が東山御文庫蔵『古今伝授御日記』（勅封六二・一一・一・一・二）(4)に見える。同記によれば寛文四年五月十二日より同十六日までの五日間にわたる後水尾院仙洞における『古今集』講釈を聞き終えた後西院は、翌十八日の切紙伝受を目前に控えながらも十七日から早速に『伝心抄』の書写を始めている。

十六日戊寅天晴、早旦行水、辰下刻計、照高院宮（道晃親王）入来、即同道参法皇（後水尾院）、小時御雑談、御講談初マル、聴衆如昨日、今日一部御講談相済、大慶不過之者也、其後御休息アリ、烏丸（資慶）内々入見参古今伝受之箱之中御覧、伝心抄被取出、烏丸披見可仕之由也、二箱幽斎伝受之箱一、光広卿伝受之箱一、今日被返遣之、次、中院箱被披法皇御覧、伝心抄且又被出取、可披見之由也、予、伝心抄一部書写望之由申入之旨、幽斎自筆之本三光院（三条西実枝）奥書、式部卿宮（八条宮穏仁親王）所持被借下了、祝着之至也、一献之後各退出了［…］、
十七日己卯天陰晩頭雨下夜入甚雨、今日、伝心抄書写始之、七枚書之、
十八日庚辰雨降、早旦行水、辰上刻、参法皇。今日、古今御伝受之故也、［…］夜入、伝心抄三枚書写了、

（東山御文庫蔵『古今伝授御日記』（勅封六二・一一・一・一・一）寛文四年五月十六日～十八日条）

十六日に講釈が終了すると、古今伝受に先立って後水尾院のもとへ進上されていた烏丸家、中院家伝来の古今伝受箱の中が検められている。その際に後西院は「式部卿宮」、即ち八条宮穏仁《やすひと》親王（一六四三―六五）所持の細川幽斎書写の『伝心抄』を借り受け、翌十七日には書写を始め、十八日にも同様に書写している。『古今伝授御日記』は同十八日条をもって擱筆し以降に触れることはないが、後西院によって書写された『伝心抄』については、『皇室の至宝 東山御文庫御物 一』（毎日新聞社、一九九九年）所収の『伝心集』の図版解説（二六九頁、八嶌正治）に東山御文庫における現存が確認されている。

古今伝受に際しての書物の転写については、小高道子「御所伝受の背景について――古今伝受後の智仁親王」（『近世文芸』三八、一九八三年五月）に詳細な検討のある智仁親王の例や、[5] 横井金男『古今伝授の史的研究』（臨川書店、一九八〇年）四七四頁に『基凞公記』天和三年（一六八三）五月十二日条を引いて述べられる近衛基凞（一六四八―一七二二）の例が広く知られている。古今伝受における行儀の一階梯として師の所持する書物を借り受けて転写すると説明されるのが通例であるが、[6] こうした例は細川幽斎より智仁親王へ、後西院より近衛基凞へといった世系を異にする間の相伝においては必然とも言えるが、後水尾院から後西院へという父子間の相伝に際しては伝領を伴うものであっても何ら不思議はない。[7] また、講釈と切紙伝受を行った後水尾院ではなく、穏仁親王の所持する書物を借り受けて転写されたのはいかなる事情によるものであったのだろうか。

その理由の一つは、後水尾院の相伝した聞書と切紙が万治四年（一六六一）正月十五日の大火により焼失してしまったことにある。後西院とともに寛文四年に後水尾院より古今伝受を相伝した中院通茂による別記、京都大学附属図書館蔵中院文庫本『古今伝受日記』（中院・VI・五九）には、通茂所持の古今伝受箱を進上せよとの後水尾院の仰せが記される中に「古今御抄先年焼失之間」の文言が見える。

十日。禁中御会始参之処、新院《後西院》有召、仍参常御所、出御於廊下、仰云、古今御抄先年焼失之間、被御覧合度之間、可進上歟、法皇《後水尾院》必懸御目よとも難被仰、新院仍先内証御尋之由也。

（京都大学附属図書館蔵中院文庫本『古今伝受日記』（中院・VI・五九）寛文四年二月十日条）

後水尾院は自身の所持する「古今御抄」を失っていた。智仁親王より伝えられたすべての典籍・文書類が失われたか否かは判然としないが、(8)寛文四年時点の後水尾院は一具としての古今伝受箱を所持していなかったと推察される。

もう一つの理由は八条宮家に伝来した古今伝受箱の伝領に関わっている。後西院の参照した細川幽斎筆『伝心抄』とは、智仁親王が幽斎より古今伝受を相伝した際に伝領し、自身の古今伝受箱（以下、「八条宮家古今伝受箱」と称す）に収めたものであった。(9)この幽斎筆『伝心抄』を含む八条宮家古今伝受箱は、幽斎より智仁親王へと伝えられた御所伝受の根幹をなす資料群で、御所伝受を論ずる際には必ず言及されてきた。古今伝受を相伝した歴代の天皇・上皇が八条宮家の古今伝受箱に何らかの関わりを持っていたことは、宮内庁書陵部に「古今伝受御封紙」一包七紙（「古今伝受資料」（五〇二・四二〇）の内）として伝来する後水尾院、後西院、桜町院（一七二〇―五〇）等に拠る封紙の存在により明らかであり、(10)御所伝受の根幹を伝える典籍・文書群として江戸時代を通して尊重されたと推測される。しかしながら、先に示した『古今伝授御日記』の記載のように、八条宮家古今伝受箱は智仁親王の薨去の後には八条宮家二代・智忠親王（一六一九―六二）によって保管され、寛文四年当時は三代・穏仁親王のもとへと伝領されている。(11)八条宮家古今伝受箱そのものが御所伝受に伴って伝領されたのではない。古今伝受の行儀如何を考慮せずとも、後西院は古今伝受を伝える典籍・文書類を新たに書写して揃えざるを得ない状況にあったのである。(12)

『古今集相伝之箱入目録』に記される典籍・文書類の多くは『伝心抄』と同じく後西院によって新たに書写されたものであったと理解されるのであるが、後西院書写本が単に幽斎筆本の副本的な用途に用いられていたのではないことは、天和三年（一六八三）四月に後西院より霊元院への古今伝受の際に発給された後西院宸翰の証明状の文言からも了解される。

就道御伝受、旧院《(後水尾院)》御相伝
震翰《(ママ)》之切紙廿四通（於血脈者加愚判）・伝心鈔
四冊（愚筆外題奥書之判形等正本透写）為正統支証令
進上候、唯授一人之口決面授不貽
秘説一事具令申入訖、当流正
嫡無二之子細先度申入趣毛頭
無相違候、○《弥》此道繁昌被懸
御心雖一言堅禁漏脱永被秘官
庫者応　旧院叡慮於愚身
大慶不可過之者也、

天和三年（一六八三）四月十六日（花押）《(後西院)》

（東山御文庫蔵「後西天皇古今伝授御証明状」勅封六二・一二・一・六）(13)

傍線部の「旧院《(後水尾院)》御相伝震翰《(ママ)》之切紙廿四通」とは『古今集相伝之箱入目録』に『伝心抄』に続いて記される「切紙十八通法皇宸筆　一包　同六通法皇宸筆　一包」の計二十四通を指す。「伝心抄 四冊 愚筆但外題奥書之判形等正本之透写」とある「愚筆」は後西院筆のこと、「外題奥書之判形」とは幽斎筆本に付された外題と三条西実枝（一五一一―七九）の花押のことで「正本」、即ち幽斎筆本を透写したとする。つまりは先に見た後西院の書写した『伝心抄』を指す。後西院宸翰『伝心抄』四冊は、後水尾院宸翰切紙二十四通とともに「正統支証」の重要な典籍として霊元院へと伝領されていったのである。(14)

三　後西院による文書類の書写と烏丸家本――切紙類をめぐって

『伝心抄』の書写を終えた後、あるいはその書写と並行して、後西院はそれ以外の典籍・文書類を転写していった。東山御文庫に伝来する種々の切紙の中には寛文四年の年紀を記すものがある。現時点では次の四点の確認ができている（資料名称は宮内庁書陵部所蔵の東山御文庫目録カードに記される名称。なお、末尾に『古今集相伝之箱入目録』に対応する番号を付した）。

1　東山御文庫蔵『近衛尚通古今伝授切紙御写』（勅封六二・八・二・七）　二十七通（『目録』7）
2　東山御文庫蔵『宗訊伝受古今集切紙御写』（勅封六二・八・二・六）　十五通（『目録』8）
3　東山御文庫蔵『古今伝授古秘記御写』（勅封六二・八・二・四）　七通・他紙片四点（『目録』8）
4　東山御文庫蔵『宗祇切紙御写』（勅封六二・八・二・五）　十通（『目録』9）

1は、明応七年（一四九八）の宗祇より近衛尚通（一四七二―一五四四）への古今伝受に際して相伝された切紙（「近衛尚通古今切紙　二十七通」切紙二十二通・切紙五通）(15)の転写で、「寛文四年七月二日　以烏丸前大納言本書写了」

と記した縦長の紙片を附属している。

2と**3**は永正三年（一五〇六）九月三十日の肖柏（一四四三―一五二七）より宗訊（一四八三―？）への古今伝受に際して相伝された切紙（「宗訊古今切紙　二十二通」切紙十五通・切紙外七通）[16]の転写で、**2**が切紙十五通、**3**が切紙外七通に相当する。後者の中には転写の過程を伝える次のように記した一紙が含まれる。

此切紙十五通并切紙外書物七通、
以正本不違料紙行一字令
書写校合畢、其伝由来者
幽斎包紙記之者也、
　慶長壬寅（一六〇二）八月十五日　智仁
以桂光院殿御筆写了、

また、「寛文四年七月一日　以資慶卿本書写了」と記した縦長の紙片を附属している。

4は相伝対象者未詳の「宗祇切紙」と題する切紙十通で包紙が附属し次のように記されている。

懸帋之内十通内一通ハ白帋筆也、
以烏丸前大納言資慶卿本令書写之、料紙寸法以下
如本常縁筆歟、
　寛文四年（一六六四）七月十八日於灯下書写了、（後西院花押）

1〜4の内4は付された花押から後西院による転写と判断される。1〜3には署名や花押等は付されないが、3についてはすでに『皇室の至宝 東山御文庫御物 一』図版解説（二七二頁・中村文）に後西院筆の認定がなされており、筆跡の酷似する3・4も後西院によって認められたと考えられる。これら四点の切紙は寛文四年七月に書写されているが、切紙以外にさらに例を求めると、ほぼ同時期の年紀と後西院の花押を付す次の一巻を見出すことができる。

5東山御文庫蔵『近衛尚通筆歌学書御写』（勅封六二・八・二・九）二軸（『目録』12）

同一番号に整理される5の二巻は僚巻ではなく、一軸は『六巻抄』と通称される一条法印定為と二条為世（一二五〇—一三三八）の『古今集』講釈の行乗法師による聞書の序注部分であり、他一軸は『定家物語』と通称される古今集の作者等についての簡略な注解書である。(17)両書はもとより別の著述であるが、近衛尚通の自筆本からの転写として一具として伝来したらしい。今注目されるのは後者の一軸で奥に次の識語が付されている。

此一巻以後法成寺関白尚通公筆令
書写了、件本烏丸前大納言資慶卿
仍而所借請也、
　于時寛文四年七月廿三日、　（花押）（後西院）

5には七月二十三日の年紀と花押が記されており、先の切紙に続いて書写されたことが知られる。

1〜5はいずれも『古今集相伝之箱入目録』に書目が記載されており、書写年時を考慮しても先の『伝心抄』と同じく古今伝受箱へと収められたと考えられるが、これらを通覧するといささか留意される点がある。3に示した「智仁」の署名のある一紙は末尾に「以桂光院殿御筆写了」と記されており、桂光院、即ち八条宮智仁親王筆本からの転写であることが了解されるが、さらに「寛文四年七月一日以資慶卿本書写了」と記す紙片をも附属しており、寛文四年の転写の際に直接の祖本となったのは烏丸資慶の所持した切紙であったらしい。また、1には「以烏丸前大納言本書写了」、4にも「以烏丸前大納言資慶卿本令書写」、5にも「件本烏丸前大納言資慶卿仍而所借請也」と資慶の名が記されており、1〜5は何れも烏丸資慶のもとに伝来した切紙類の転写と判断される。

『伝心抄』の書写は八条宮家伝来の四冊によりながらも、烏丸家伝来の切紙類を書写して自身の古今伝受箱に収めたのはどのような事情によるのか。先にも示した八条宮家古今伝受箱への封紙である宮内庁書陵部蔵「古今伝受御封紙」一包七紙の中には智忠親王による封紙が二紙含まれており、古今伝受箱には智仁親王の薨去後に智忠親王によって封じられたことが知られる。その封紙を包んだ包紙の一方には「巳正月廿四日天香院殿御封」、他方には「天香院殿御封　此箱延宝四（一六七六）八廿五初開之」と記されており、これらによれば天香院、即ち智忠親王による封は延宝年間に至るまで解かれることがなかったようにも見える。寛文四年当時の後西院は披見の機会を得なかったようにも見えるが、先にも述べたように古今伝受箱に収められていた『伝心抄』は寛文四年の時点で取り出されており、加えて、後水尾院の認めた封紙の包紙には「法皇御封延宝四八十四切之」と智忠親王の封の包紙に記される開封の時期よりも早い年紀が記されている。

委細の解明にはなおも検討の余地を残すものの、後西院によって書写された古今伝受資料の来歴に関する面においては、同資料が、八条宮家伝来の古今伝受箱の引き写しではなく、烏丸家伝来の切紙をも転写し加えることで作り上げられたものであったことは確認されよう。

四　『古今集相伝之箱入目録』『追加』の記載をめぐって

『古今集相伝之箱入目録』は後西院のもとに収集された古今伝受に関わる典籍・文書類の総体を示した目録ではない。末尾に記される「寛文四年十二月十日今夜令目録了」の年紀により、同年五月に行われた後水尾院より後西院への切紙伝受の七ヶ月あまり後に認められたことが知られるが、その間には聞書の浄書と関連する典籍・文書類の書写や整理が行われ、それらと併行して不審箇所についての疑義の進上とその応答とが継続されていた。『古今集相伝之箱入目録』に付される奥書の翌日である十二月十一日に行われた後水尾院より中院通茂等への三部抄切紙の相伝の際にも通茂は後水尾院へ古今伝受の不審について条々を進上し後水尾院から返答を得ている。

日野（弘資）前大納言同道参法皇、少時出御御書院有召参御所、給切紙詠―三通、次、百人一首之事被仰之、次、未来記了、一々披見頂戴了、包之後古今不審条々被仰聞了、不捨置可沙汰由也、次日野了伊勢物語、源氏等也、古今之事被仰一々了、

（京都大学附属図書館蔵中院文庫本『古今伝受日記』寛文四年十二月十一日条）

十二月十三日、向三条西（実教）亭言談、語云、一昨日三部抄御伝受、古今不審被仰聞之由談之、珍重之由也、〔…〕

（京都大学附属図書館蔵中院文庫本『古今伝受日記』寛文四年十二月十三日条）

後西院についても通茂と同様であったと思われ、東山御文庫に現存する年紀や署名を欠く数葉から数十丁程度に綴じられた夥しい書き付けの中には、繰り返し行われた不審の進上とそれに対する返答の留書かと思われるものも伝わっている[18]。古今伝受箱に収められた典籍・文書類の裾野に位置するこうした薄冊は『古今集相伝之箱入目録』には一切記されることはない。もっとも、相伝の対象となる価値を有する典籍・文書類を記した目録であ

るのならば、記載する書目にも一定の選別がなされたであろうし、古今伝受という行儀の枠組を示す規範として旧来の古目録が参照されたであろうことも想定されるが、『古今集相伝之箱入目録』には、後水尾院による講釈を後西院自身が記し留めた聞書すら掲載されていない（僅かに「古今伝受之時座敷絵図 二枚」が寛文四年の後西院の古今伝受に際して新たに作成され加えられたものと考えられるのみである。寛文四年時のものである可能性のある「古今伝受日時勘文 一通」を含めても二点のみ）。古今伝受箱に附属する目録としては不審にも思えるが、旧来の典籍・文書類のみが尊重され当代の聞書が捨て置かれたというのではない。こうした疑義は『追加』を併せ見ることにより解消される。

『追加』は、古今伝受の後、おおよそ二年半を経た「寛文七年正月二十七日」に認められている。『追加』に記される典籍・文書類の内、「古秘抄　一冊」、「八條殿御誓紙　一紙」の二点を除く七点は、章末に付した［略注］に示したように寛文四年の古今伝受に関係する資料である。つまり、『追加』は『古今集相伝之箱入目録』に欠く、寛文四年の古今伝受に用いられた典籍・文書類を中心とした目録なのである。『追加』に記される典籍・文書類の内、「御証明女房奉書　一帋　照門 飛鳥井 烏丸 中院 日野已下衆」は証明状で、中院通茂『古今伝受日記』によれば寛文五年正月十一日に下賜されたことが確認される。

> 十一日、有召参法皇（後水尾院）、新院（後西院）出御御書院、有召参御前、給御伝受奉書女房奉書也。法皇。宸筆也頂戴退出了、
>
> （京都大学附属図書館蔵中院文庫本『古今伝受日記』（中院・VI・59）寛文五年正月十一日条）

「守袋」は免許とされた守札をいれた掛守の袋で、「三通 寛文五年六月十一日免許　一包」はそれに収められた札と考えられる。何れも古今伝受の完遂を証する重要な文書でありながら『古今集相伝之箱入目録』に記されないのは、単に『古今集相伝之箱入目録』が認められた後に授与されたからであろう。「無外題 二冊」、「古今事 三冊」

は『古今集』講釈と切紙伝受に用いられた後水尾院宸翰の手控、「私聞書 一冊」は後西院自身による聞書の清書本、「置手状案文」は古今伝受に際して後水尾院へと提出された誓紙と思われる。

『追加』の奥書に記された寛文七年正月二十七日をもって古今伝受箱の整理に一応の区切がつき、行儀のすべてが終了したと考えられるが、それ以降も後西院は収書に努めている。東山御文庫蔵『古今伝授切紙御写』（勅封六二・八・二・八）二十四通は、明応五年（一四九六）の宗祇より姉小路済継（一四七〇－一五一八）への古今伝受に際し相伝された切紙の転写であるが、附属する包紙に次のような識語が付されている。

此切紙廿四通、以日野前大納言弘資卿
本写之、太秦桂宮院所持之由也、
暫時ニ書写早筆之間重而
可令清書者也、
寛文八年（一六六八）十月朔日、（後西院）（花押）

記載に従えばこの切紙は日野弘資の所持する切紙の転写で、「桂宮院」、即ち八条宮家伝来の切紙を書写したものであったという。

おわりに

東山御文庫に伝来する『古今集相伝之箱入目録』、『追加』の二通の目録について簡略ながら現時点で知り得たところを示した。その概要をまとめれば以下のようになる。

一、『古今集相伝之箱入目録』、『追加』は、寛文四年に行われた後水尾院より後西院への古今伝受に際し作成された古今伝受箱に附属する目録と考えられる。

二、『古今集相伝之箱入目録』、『追加』に記される典籍・文書類の多くは、古今伝受に際して後西院によって書写されたものと推測されるが、それらは後水尾院のもとに相伝された典籍・文書類の引き写しではなく、八条宮家、烏丸家に相伝された聞書や切紙の転写を含む。

三、後西院により書写された典籍・文書類は細川幽斎筆本の副本的な用途に用いられたのではなく、後西院宸翰の『伝心抄』、後水尾院宸翰の切紙はともに古今伝受の正統の証するものとして霊元院へと伝領されている。また、その他の典籍・文書類も御所伝受の相伝に従って伝領されていったと考えられる。

四、『古今集相伝之箱入目録』、『追加』は、前者には旧来の典籍・文書類が、後者には当代（寛文四年）の聞書や手控類が記される。双方を併せ見ることで後西院の作成した古今伝受箱の内容が知られる。

注

（1）『京都大学国語国文資料叢書四〇 古今切紙集 宮内庁書陵部蔵』（臨川書店、一九八三年）に書影がある。なお、小高道子「古今伝受後の智仁親王（五）――目録の作成をめぐって」（『梅花短期大学研究紀要』三七、一九八九年三月）には智仁親王による目録作成の過程が詳述される。

（2）例えば、東山御文庫蔵『古今集伝授目録御写』（勅封六二・八・一・八）三通は、宮内庁書陵部蔵『古今伝受之目録』（「古今伝受資料」（五〇二一・四二〇）の内）十通の内の「古今集抄并切紙目録」（慶長七年九月十七日）、

「古今集相伝之箱入目録」（同年十月三日）、「古今集伝授之箱目録」（同年十一月十三日）の転写である。同目録が転写され参照されていたことが知られる。

（3）第三部第三章参照。

（4）東山御文庫蔵『古今伝授御日記』（勅封六二・一一・一・一・一）の全体の内容については資料篇参照。

（5）細川幽斎より古今伝受を相伝した八条宮智仁親王は慶長七年（一六〇二）一月十三日以降に幽斎の所持する典籍・文書類を借り受けて転写している。

（6）横井金男『古今伝授の史的研究』（臨川書店、一九八〇年）四七四頁に「行儀第十二」として「伝授者より古今抄物が貸し与へられて、それを書写したり、古今集聞書の整理を行ったりするのであるが、それは前期も後期も実行せられていて何等の変化も見てゐない」と説明されている。

（7）細川幽斎の所持した古今伝受文書の一部は相伝に伴い智仁親王と烏丸光広とに伝領された。その間の経緯については、小高道子「御所伝受の背景について——古今伝受後の智仁親王」（『近世文芸』三八、一九八三年五月）、同「烏丸光広の古今伝受」（長谷川強編『近世文学俯瞰』汲古書院、一九九七年）に詳しい。また、後述のように後西院から霊元院へは後水尾院宸翰切紙と後西院宸翰『伝心抄』が伝領されている。

（8）現在、東山御文庫に所蔵される古今伝受関連の典籍・文書類の中には筆者を後水尾院と認定するものも伝来するが、その書写年次や来歴等は判然としないものが多い。

（9）この間の経緯については、小高道子「古今伝受と講釈聞書——『伝心抄』をめぐって」（伝心抄研究会『古今集古注釈書集成 伝心抄』笠間書院、一九九六年）に詳しい。

（10）第三部第一章参照。後水尾院による封紙は一紙、その包紙には「法皇御封延宝四八十四切之」と記されており、後西院による封紙は三紙、内二紙には「天和三八十二（花押）」、「天和三□十三（花押）封之」とあり、後者の包紙には「寛保三年三月廿一日被開之後西院勅符也」と記されている。時に応じて封を解いて箱を開き、また封紙を付していたことが確認される。

（11）現存の八条宮家古今伝受箱の伝領過程を考慮すれば、智仁親王より後水尾院への古今伝受は典籍・文書類の伝領を伴うものではなかったらしい。新井栄蔵「古今伝授研究手引」（『古今集の世界——伝授と享受』世界思想社、一九八六年）に「箱伝授」の項目を解説して「近世初期の八条宮家、近世後期の天皇の場合などにもこれに似た事情があったかと思う」と記されるのは、智仁親王から智忠親王への伝領について述べたものと思われる。

(12) 主として後西院を取り巻く状況から『伝心抄』の書写について考えてみた。こうした状況を想定することが古今伝受における行儀の一階梯として理解されてきた典籍・文書類の転写を否定することにはならないが、注6に示したような理解は修正されるべきであろう。

(13) 帝国学士院編『宸翰英華 第二冊』(思文閣出版(復刻再刊)、一九八八年)一五〇―一五一頁に解題が、『同図版篇』八四頁、『皇室の至宝 東山御文庫御物 一』(毎日新聞社、一九九九年)九三頁に書影がある。

(14) こうした事象はこの両書のみに限ったことではなく、後西院によって揃えられた古今伝受箱とともに霊元院へと伝えられたと推察される。後西院書写の切紙類は東山御文庫に「勅封六二・八」の函号が付された箱に収められて伝わるが、『皇室の至宝 東山御文庫御物 一』の図版解説(二六九頁、小池一行)によれば、同整理番号の箱は蓋の表に桜町院宸翰と伝えられる「神秘」と記した紙を貼る溜塗懸子附神秘御箱(一箱)であるという。「勅封六二・八」に収められる資料の中には霊元院の関与した典籍・文書類も含まれており、後西院より霊元院へ、さらには桜町院と伝領されてゆく過程において現行の形態となったと推測され、そうした現行の形態自体が伝領の実際を伝えていると考えられる。

(15) 注1掲載の『京都大学国語国文資料叢書四〇 古今切紙集 宮内庁書陵部蔵』に同書の宮内庁書陵部蔵本の書影がある。

(16) 注1掲載の『京都大学国語国文資料叢書四〇 古今切紙集 宮内庁書陵部蔵』に同じく同書の宮内庁書陵部蔵本の書影がある。

(17) 本章の末尾に附載した略注参照。

(18) 第三部第三章参照。

附　『古今集相伝之箱入目録』『追加』略注

凡例

一、『古今集相伝之箱入目録』（勅封六二・八・一・一〇・一）、『追加』（勅封六二・八・一・一〇・二）を翻刻し、略注を付した。

一、検索の便宜のために［翻刻］、［略注］の上部に通し番号を付した。

一、［翻刻］ではなるべく原態を留めるよう留意したが、一部通行の字体に改めた箇所がある。また、割書等は小書で示した。

一、［略注］では先行書に解題・翻刻の有るものについては、その旨を注記し理解の一助とした。

一、［略注］では東山御文庫に伝来する典籍・文書類との対応を示したが、現行の東山御文庫所蔵資料は歴代の伝領者によって再整理されており、後西院当時のまとまりのまま伝来しているのではない。推定した典籍・文書類は［略注］作成時点の比定案であることを申し添えておきたい。

東山御文庫蔵『古今集相伝之箱入目録』（勅封六二・八・一・一〇・一）

［翻刻］

古今集相傳之箱入目録

1　傳心抄 天地人　三冊

2　同 叙　一冊

3　傳心集　一冊

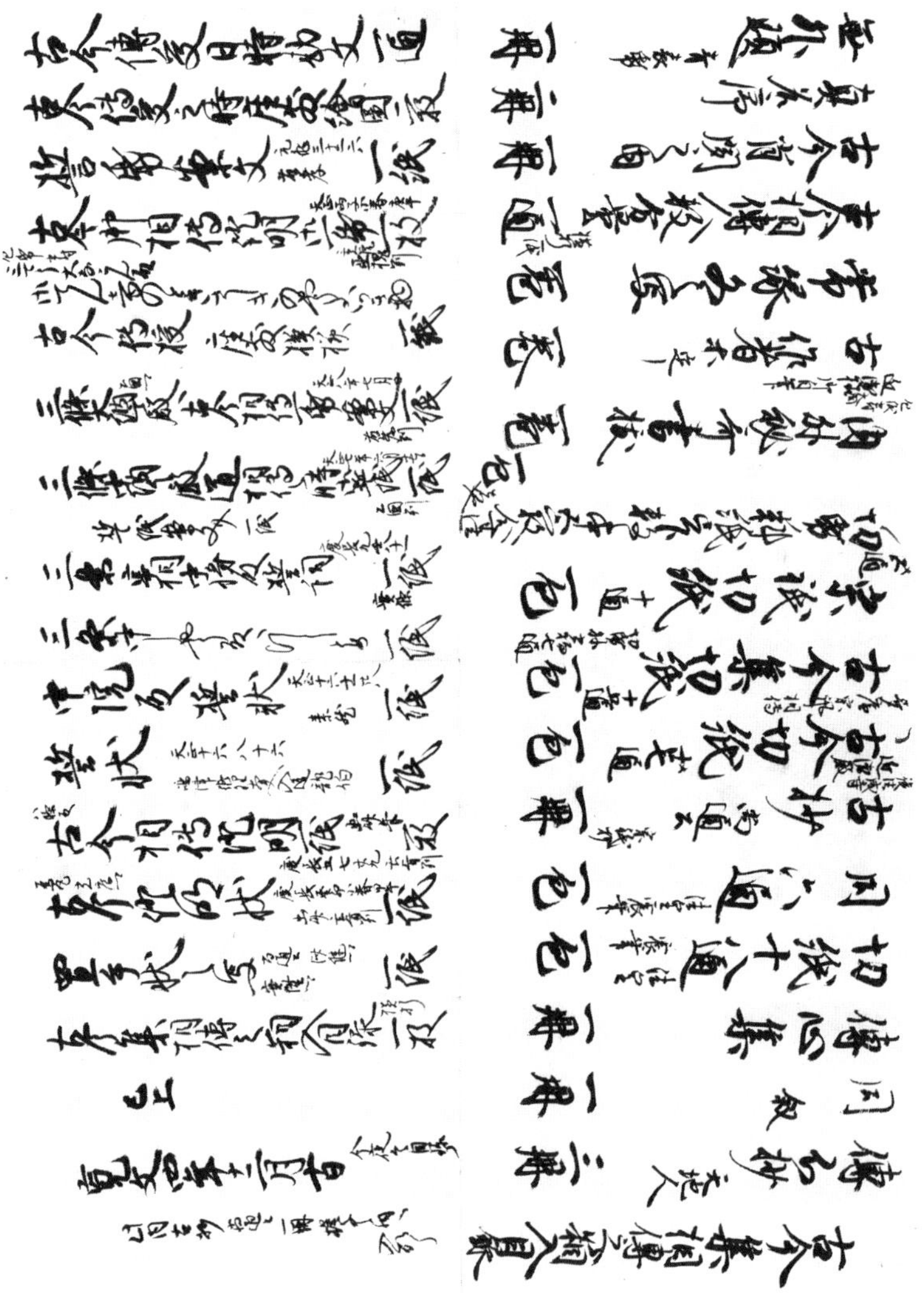

図25　東山御文庫蔵『古今集相伝之箱入目録』(勅封62・8・1・10・1)

4　切紙十八通 法皇宸筆　一包
5　同六通 法皇宸筆　一包
6　古抄 尚通公 宗祇抄　一冊
7　後法成寺 古今切紙 近衞殿 廿七通　一包
8　夢庵 古今集切紙 宗訊相傳 十五通 切帋外書物七通　一包
9　宗祇切紙 十通　一包
10　五通 切帋ノ料紙已下数之中五六枚合寸法者也　一包
11　内外秘哥書抜　一巻
包紙書付 近衛大閤様御自筆
12　古　作者等 定―　一巻
13　常縁文之写　一巻
14　古今相傳人数分量 横折一紙　一通
15　古今肖聞之内　一冊
16　真名序　二冊
17　無外題 青表帋　一冊」
18　古今傳受日時勘文　一通
19　古今傳受之時座敷繪圖　二枚
20　誓帋案文 元亀三十二六 藤孝　一紙
21　古今御相傳證明御一帋 天正丙子小春庚午 三光院亜槐判　一枚

22　包紙書付　御てん受のときさしきのやうたいかき物　三てう大なこん殿
古今傳授　座敷模様　一紙

23　三條大納言殿へ古今相傳一帋案文　公国卿　天正八年七月日　藤孝判　一紙

24　三條中納言殿道相傳之時御誓紙　天正七年六月十七日　公国判　一紙

25　誓紙案文　一紙

26　三条宰相中将殿誓詞　慶長九閏八十一　實條　一紙

27　三条中しやう殿へまいらせ候とめ　一紙

28　中院殿誓状　天正十六十一廿八　素然　一紙

29　誓状　天正十六八十六　嶋津修理大夫入道龍伯　一紙

30　八条殿　古今相傳證明一紙　幽斎筆　慶長五七廿九　玄旨判　一紙

31　烏丸光廣卿　古今證明状　慶長癸卯小春甲午　幽斎玄旨判　一紙

32　置手状之写　尚通公　實隆卿　濟継卿　一紙

33　古今集相傳之箱入目録　横折　一枚

已上

寛文四年十二月十日　今夜令目録了

此内　古抄　尚通公一冊　擔子之内へ入加了

［略注］

1　**傳心抄** 天地人　三冊

2　**同** 叙　一冊

　『伝心抄』は、元亀三年（一五七二）にはじまる三条西実枝（一五一一―七九）の『古今集』講釈の細川幽斎（一五三四―一六一〇）による聞書。天正二年（一五七四）にまとめられた草本系の伝本（天理図書館本等）と、天正四年（一五七六）に再度まとめられた清書本系の伝本（宮内庁書陵部本等）の二系統が知られる。片桐洋一『中世古今集注釈書解題 四』（赤尾照文堂、一九八四年）に両系統の解題があり、伝心抄研究会編『古今集古注釈書集成 伝心抄』（笠間書院、一九九六年）に宮内庁書陵部蔵細川幽斎筆『伝心抄』（「古今伝受資料」（五〇二・四二〇）の内）が翻刻される。『古今集相伝之箱入目録』（以下『目録』と称す）に記される「傳心抄 天地人　三冊」、「同 叙　一冊」は、書陵部蔵本と配巻が一致し同系統と考えられる。すでに記したように、後西院筆録の古今伝受の記録である東山御文庫蔵『古今伝授御日記』（勅封六二・一一・一・一・一）には、後水尾院による『古今集』講釈が終了した寛文四年（一六六四）五月十七日以降に後西院によって幽斎筆『伝心抄』の転写が行われた旨の記事があり、『目録』記載の『伝心抄』はその際に後西院により書写されたものと考えられる（なお、『皇室の至宝 東山御文庫御物 一』（毎日新聞社、一九九九年）の『伝心集』の解説（二六九頁・八嶌正治）に後西院宸翰の『伝心抄』の東山御文庫における伝存が確認されている）。

3　**傳心集**　一冊

　『伝心集』は、『伝心抄』として伝えられる三条西実枝の『古今集』講釈に続いて相伝された切紙十八通、同六通を一書にまとめて書写した切紙集。『図書寮典籍解題 続文学篇』（養徳社、一九五〇年）一八五―一八六頁、片桐洋一『中世古今集注釈書解題 四』に解題される。『目録』の記載は東山御文庫蔵『伝心集』（勅封六二・八・一・四）に対応すると思われるが、同書は後水尾院筆とされており、『目録』に「法皇宸筆」の記載が無いのはいささか不審。但し、『皇室の至宝 東山御文庫御物 一』図版解説（二六九頁・八嶌正治）に「後水尾天皇宸筆とされているが、天皇独特の味が無く、親本に沿った筆づかいなのかもしれない」と述べられるように、その筆跡からは後水尾院宸翰との判断は難しく、筆者の認定に問題がある可能性を残す。

4 切紙十八通 法皇宸筆　一包

5 同六通 法皇宸筆　一包

元亀三年の三条西実枝より細川幽斎への古今伝受に際して相伝された切紙。宮内庁書陵部蔵三条西実枝筆『当流切紙』二十四通（切紙十八通・切紙六通）が『京都大学国語国文資料叢書四〇 古今切紙集 宮内庁書陵部蔵』（臨川書店、一九八三年）に影印されて広く知られる（なお、『図書寮典籍解題 続文学篇』一八五頁にも解題がある）。『目録』記載の切紙は「法皇宸筆」と付記されるように後水尾院の宸翰であったらしい。

6 古抄 尚通公 宗祇抄　一冊

「古抄」は、「尚通公」、「宗祇抄」の付記があることから「古今抄」の略で、宗祇より近衛尚通（一四七二―一五四四）への古今伝受に際して授けられた尚通本『両度聞書』（石神秀美「原本『両度聞書』から版本『両度聞書』へ」（『三田国文』二、一九八四年三月）参照）を指すかとも考えられるが、『両度聞書』ならば三冊〜六冊程度の分冊となるのが通例であり、「一冊」と記されるのは不審。『目録』の配列からしても切紙集を想定する方が妥当と思われるため、「古秘抄」の略と見る方が蓋然性が高いように思われる。『古秘抄』と題される切紙には、宮内庁書陵部蔵「古今伝受資料」（五〇二・四二〇）所収のものと新井栄蔵「「古秘抄別本」の諸本とその三木三鳥伝とについて——古今伝授史私稿」（『和歌文学研究』三六、一九七七年九月）、同「影印 陽明文庫蔵古秘抄別本」（『叙説』、一九七九年一〇月）によって紹介された切紙集がある。

7 後法成寺 古今切紙 近衛殿 廿七通　一包

明応七年（一四九八）の宗祇より近衛尚通への古今伝受に際して相伝された切紙。宮内庁書陵部蔵本が『京都大学国語国文資料叢書四〇 古今切紙集 宮内庁書陵部蔵』に「近衛尚通古今切紙　二十七通」（切紙二十二通・切紙五通）として影印され広く知られる。『目録』記載の二十七通は、東山御文庫蔵『近衛尚通古今伝授切紙御写』（勅封六二・八・二・七）に対応すると目される。既述のように同書には「寛文四年七月二日以烏丸前大納言本書写了」と墨書する紙片が附属しており、烏丸資慶所持本の転写であることが知られる。

8 夢庵 古今集切紙 宗訊相傳 十五通 切帋外書物七通　一包

永正三年（一五〇六）九月三十日の肖柏より宗訊への古今伝受に際し相伝された切紙。宮内庁書陵部蔵本が『京都大学国語国文資料叢書四〇 古今切紙集 宮内庁書陵部蔵』に「宗訊古今切紙　二十二通」（切紙十五通・切紙外七通）として影印されて広く知られる。『目録』記載の「十五通」は、東山御文庫蔵『宗訊伝受古今集切紙御写』（勅封六二・八・二・六）、小書の「切帋外書物七通」は、東山御文庫蔵『古今伝授古秘記御写』（勅封六二・八・二・四）に対応すると目される。既述のように後者には「寛文四年七月一日以資慶卿本書写了」と記した紙片が附属しており、烏丸資慶所持本の転写であることが知られる。

9 **宗祇切紙** 十通　一包

烏丸資慶のもとに伝来した「宗祇切紙」と題して一括される切紙十通。『目録』の記載は、東山御文庫蔵『宗祇切紙御写』（勅封六二・八・二・五）十通に対応すると目される。既述のように烏丸資慶所持本から転写した旨の寛文四年七月十八日の年紀と後西院の花押を付した識語を記した包紙を附属する。

10 **切《五通》帋ノ料紙已下数之中五六枚合寸法者也**　一包

7「古今《後法成寺》切紙《近衛殿》 廿七通　一包」（切紙二十二通・切紙五通）の内の切紙五通を指す。近衛流切紙は二十二通と五通が別に包まれて伝来したらしく、切紙五通の包紙には「切《五通》紙ノ料帋已下数之中五六枚合寸法物也」の墨書があり『目録』の記載に一致する。『目録』を認める際に誤って7とは別に10を記したと推測されるが、『目録』の上部に「×」の印と移動を示すと思われる線が見えており、重複に気づき7と一具の旨を注記したものと思われる。

11 **内外秘哥書抜**　一巻

『古今集』より抜粋した二十四首前後の和歌の抜書。宮内庁書陵部蔵『内外口伝歌共』についての簡略な解題が『図書寮典籍解題 続文学篇』一九八頁にある。収載歌数を異にする伝本があり、注を付したものも伝わる。新井栄蔵により三系統に整理されており（『和歌大辞典』）、川上新一郎「古今伝授をめぐって」（関場武編『平成十八年度極東証券寄附講座 古文書の世界』（慶應義塾大学文学部、二〇〇七年））慶應義塾大学附属研究所斯道文庫に所蔵される近衛尚通筆本の紹介と内容の検討がある。『目録』の記載は東山御文庫蔵『内外口伝歌』（勅封六二・八・二・二）に対応すると目される。

近衛大閤様御自筆

12 古　作者等　定―　一巻

『定家物語』と通称される『古今集』の作者等についての簡略な注解書。田村柳壱「『定家物語』再吟味――定家の著作として読解する試み」（『古典論叢』一四、一九八四年六月、後に同『後鳥羽院とその周辺』（笠間書院、一九九八年）に再録）、田村柳壱・川平ひとし「『定家物語』読解と翻刻」（『和歌文学研究』五二、一九八六年四月）によって検討が加えられ、藤原定家の著述と考えられている。『目録』記載の一巻は東山御文庫蔵『近衛尚通筆歌学書御写』（勅封六二・八・二・九）二軸の内の一軸に対応すると目される。同書の端裏には「古　作者等　定―」の墨書があり『目録』の記載に一致する。既述のように同書には寛文四年七月二十三日に烏丸資慶所持本を転写した旨の識語が付されている。

13 常縁文之写　一巻

『両度聞書』として伝えられる文明三年（一四七一）に行われた東常縁より宗祇への古今伝受の後、宗祇は文明九年（一四七七）にも重ねて常縁の口伝を受けている。当該書はその際の常縁の返答。翻刻等の紹介はないが、宮内庁書陵部蔵『常縁文之写』についての簡略な解題が『図書寮典籍解題 続文学篇』一九九一―二〇〇頁にある。『目録』の記載は東山御文庫蔵『常縁消息御写』（勅封六二・八・二・一七）に対応すると目される。

14 古今相傳人数分量　一通

標記と同じ呼称のものに、早稲田大学中央図書館蔵三条西実隆筆本（特別へ二―四八六七―八）（『早稲田大学蔵資料影印叢書国書篇七 中世歌書集』(早稲田大学出版部、一九八七年)に影印と解題(兼築信行)がある)、宮内庁書陵部蔵八条宮智仁親王書写本(「古今伝受資料」(五〇二・四二〇)の内)が知られており、双方ともに①東常縁から宗祇に宛てた誓状案文二通、②宗祇とその門弟間で交わされた誓状と証明状の写七通、③宗祇以外の門弟が常縁から伝授した説の分量を記した文明九年四月五日常縁書状の写一通の三点をその内容とする。『目録』の記載は東山御文庫蔵『伝授掟案御写』(勅封六二・八・一・一三)、あるいは、『歌道相伝人数並分量事』(勅封六二・八・二・二)に対応すると目される。上記①~③の内、前者は①~③を、後者は③のみを記す。ともに包紙が附属しており、前者の包紙の表には「後西院帝宸翰／ヲキテ案伊勢物語云々」、後者の包紙の表には「後水尾帝宸翰／道相傳云々　一通」の墨書がある。

15 **古今肖聞之内　一冊**

文明十三年(一四八一)に行われた宗祇より肖柏への『古今集』講釈の聞書である『古聞』の抜書。翻刻等の紹介はないが、宮内庁書陵部蔵『古今肖聞之内』(「古今伝受資料」(五〇二・四二〇)の内)についての簡略な解題が『図書寮典籍解題 続文学篇』一九七頁にある。『目録』の記載は東山御文庫蔵『古今集肖柏注』(勅封六二・一一・一・八)に対応すると目される。

16 **真名序　二冊**

『古今集』真名序を指すと思われるが、真名序のみであれば一冊に仕立てられるのが通例と思われる。「二冊」とあるのは注を付したものを指すか。記載情報に乏しく現存する資料の何れに対応するかは未詳。

17 **無外題** 青表紙　一冊

記載情報に乏しく現存する資料の何れに対応するかは未詳。

18 **古今傳受日時勘文**　一通

古今伝受の日時勘文。寛永二年（一六二五）の智仁親王より後水尾院への古今伝受の際にも日時勘文が提出されており、明暦三年（一六五七）、寛文四年（一六六四）にも行われている。『目録』には具体的な日時は記されないものの寛文四年次の勘文を指すと考えるのが妥当と思われるが、同年の勘文についてはいまだ報告がない。明暦三年の古今伝受の際の日時勘文については、同年二月十四日の年紀を記す土御門泰重（一五八六―一六六一）発給の勘文が東山御文庫蔵「古今伝授日時書類」（勅封六三・一・四・一五）として伝来している。

19 **古今傳受之時座敷繪圖**　二枚

古今伝受の際の鋪設を示した座敷図。東山御文庫蔵「古今伝授座敷構図」（勅封六二・八・一・一四・一～二）二鋪が『目録』の記載に対応する。同図は寛文四年の後水尾院より後西院への古今伝受の際の座敷の鋪設を図示した彩色・白描の二鋪。附属ずる包紙の表に「古今伝受之時座敷絵図　二枚」の墨書があり『目録』の記載に一致する。なお、後者の白描図は出典の明記はないものの『古今伝授の史的研究』四四七頁に掲載されており広く知られる。

20 **誓帋案文** 元亀三十二六藤孝　一紙

元亀三年（一五七四）十二月六日の三条西実枝より細川幽斎への古今伝受に際して幽斎より実枝に提出さ

れた誓紙。宮内庁書陵部蔵智仁親王筆「古今伝受誓状写并誓状案文」二通（「古今伝受資料」（五〇二・四二〇）の内。現行では誓状写と同案文二通を纏めて整理されている）の内一通が『図書寮典籍解題 続文学篇』二〇〇頁に翻刻されて広く知られる。『目録』の記載は十五種の誓紙と証明状を纏めた東山御文庫蔵「古今伝授書類御写」（勅封六二・八・二・一四）十五通の内の一通（勅封六二・八・二・一四・二）に対応すると目される。同書の端裏には「誓帋案文」の墨書があり『目録』の記載に一致する。

21 古今御相傳證明御一帋 天正丙子小春庚午 三光院亜槐判　**一枚**

三条西実枝より細川幽斎への古今伝受に際して授けられた証明状。小字の「天正丙子小春庚午」は、天正四年（一五七六）十月十一日、「三光院亜槐」は三条西実枝。宮内庁書陵部蔵智仁親王筆「古今御相伝証明御一紙」（「古今伝受資料」（五〇二・四二〇）の内）一通が『図書寮典籍解題 続文学篇』二〇一頁に翻刻されて広く知られる。『目録』の記載は**20誓帋案文** 元亀三十二六藤孝 **一紙**と同じく東山御文庫蔵「古今伝授書類御写」（勅封六二・八・二・一四）に一括整理される十五通の内の一通（勅封六二・八・二・一四・一〇）に対応すると目される。同書の包紙には「古今御相伝証明御一帋」の墨書があり『目録』の記載に一致する。

22 包紙書付 三てう大なこん殿 **御てん受のときさしきのやうたいかき物　古今傳授　座敷模様　一紙**

小字の「三てう大なこん殿」は三条西実枝。天正二年（一五七四）六月十七日から十八日に行われた実枝より細川幽斎への切紙伝受の際の座敷の様子を描写した文章。宮内庁書陵部蔵智仁親王筆『古今伝受座敷模様』（「古今伝受資料」（五〇二・四二〇）の内）一通が『図書寮典籍解題 続文学篇』二〇〇頁に翻刻されて広く知られる。『目録』の記載は東山御文庫蔵『古今伝授座敷構書』（勅封六三・一・四・七）に対応すると目される。

同書に附属する包紙の表に「三てう大なこん殿／御てんしゆのときさしきのやうたいのかき物」の墨書があり『目録』の記載に一致する。なお、東山御文庫蔵本は、書陵部蔵本の末尾に記される「幽斎伝授之次第令書写畢／慶長七年八月十四日（花押）《智仁親王》」の二行を欠く。

23　**三條《公国卿》大納言殿へ古今相傳一帋案文**　天正八年七月日　藤孝判　一紙

天正七年（一五八九）六月の細川幽斎より三条西公国（一五五六―八七）への古今伝受の後に幽斎より公国に授けられた証明状。宮内庁書陵部蔵智仁親王筆「三条西公国古今伝受誓状並幽斎相伝証明状写」（「古今伝受資料」（五〇二・四二〇）の内）二通として伝来する書状の内一通（幽斎相伝証明状写）が『図書寮典籍解題 続文学篇』二〇二頁に翻刻されて広く知られる。『目録』の記載は**20誓帋案文**　元亀三十二六藤孝　一紙と同じく東山御文庫蔵「古今伝授書類御写」（勅封六二・八・二・一四）に一括整理される十五通の内の一通（勅封六二・八・二・一四・一二）に対応すると目される。同書の端裏には「三條大納言公国卿へ古今相伝一帋案文」の墨書があり『目録』の記載に一致する。

24　**三條中納言殿道相傳之時御誓紙**　天正七年六月十七日　公国判　一紙

天正七年（一五八九）六月の細川幽斎より三条西公国への古今伝受に際して公国より幽斎へ提出された誓紙。宮内庁書陵部蔵智仁親王筆「三条西公国古今伝受誓状並幽斎相伝証明状写」（「古今伝受資料」（五〇二・四二〇）の内）二通として伝来する書状の内一通（三条西公国古今伝受誓状）が『図書寮典籍解題 続文学篇』二〇一頁に翻刻されて広く知られる。『目録』の記載は**20誓帋案文**　元亀三十二六藤孝　一紙と同じく東山御文庫蔵「古今伝授書類御写」（勅封六二・八・二・一四）に一括整理される十五通の内の一通（勅封六二・八・二・一四・四）

に対応すると目される。同書に附属する包紙には「三条中納言殿道相伝之時御誓紙」の墨書があり『目録』の記載に一致する。

25　誓紙案文　一紙

詳細が記されないため現存する資料の何れに対応するかは未詳。**20誓帋案文** 元亀三十二六藤孝 **一紙**に記した東山御文庫蔵「古今伝授書類御写」（勅封六二・八・二・一四）十五通の中には、『目録』に記載のない誓紙一通（勅封六二・八・二・一四・二）が収められている。「古今伝受之時誓文案」の端裏書と「永正三年八月廿五日　友弘判《小村与四郎》」の奥書のある宗訊（一四八三―一五五一）の誓紙であるが、これは、本来**8　古今集切紙**《夢庵　宗訊相傳》 十五通 **一包**の切紙外七通に含まれるものである。『目録』の記載はあるいはこれに対応するか。

26　三条宰相中将殿誓詞 慶長九閏八十一 實條　**一紙**

小字で「実条」と記されるように「三条宰相中将」は三条西実条（一五七五―一六四〇）。慶長九年（一六〇四）閏八月十一日の細川幽斎より実条への古今伝受に際して実条より幽斎へ提出された誓紙。『目録』の記載は**20誓帋案文** 元亀三十二六藤孝 **一紙**と同じく東山御文庫蔵「古今伝授書類御写」（勅封六二・八・二・一四）に一括整理される十五通の内の一通（勅封六二・八・二・一四・八）に対応すると目される。同書に附属する包紙には「三条宰相中将殿誓詞」の墨書があり『目録』の記載に一致する。

27　三条中しやう殿へまいらせ候とめ　一紙

「三条中しやう殿」は三条西実条（一五七五―一六四〇）。慶長九年（一六〇四）閏八月の細川幽斎より実条への古今伝受の後に幽斎より実条へ授けられた証明状。『目録』の記載は**20誓帋案文** 元亀三十二六藤孝 一**紙**と同じく東山御文庫蔵「古今伝授書類御写」（勅封六二・八・二・一四）に一括整理される十五通の内の一通（勅封六二・八・二・一四）に対応すると目される。同書の端裏には「三条中しやう殿へまいらせ候とめ」の墨書があり『目録』の記載に一致する。

28　**中院殿誓状** 天正十六十一廿八 素然　一**紙**

小字で「素然」と記されるように「中院殿」は中院通勝（一五五八―一六一〇）。天正十六年（一五八八）十一月二十八日の細川幽斎から通勝への古今伝受に際して通勝より幽斎へ提出された誓紙。宮内庁書陵部蔵「中院殿誓状写同誓状類」（「古今伝受資料」（五〇二・四二〇）の内）五紙七通の内二通（一通は智仁親王写、他一通は通勝筆カ）についての簡略な解題が『図書寮典籍解題 続文学篇』二〇二頁にある。『目録』の記載は**20誓帋案文** 元亀三十二六藤孝 一**紙**と同じく東山御文庫蔵「古今伝授書類御写」（勅封六二・八・二・一四）に一括整理される十五通の内の一通（勅封六二・八・二・一四・六）に対応すると目される。同書附属の包紙の表には「中院殿誓状」の墨書があり『目録』の記載に一致する。

29　**誓状** 天正十六八十六 嶋津修理大夫入道龍伯　一**紙**

小字で記される「嶋津修理大夫入道龍伯」は日向・大隅・薩摩の守護であった島津義久（一五三三―一六一一）。天正十六（一五八八）年八月十六日の三条西実枝より義久への古今伝受に際して義久より実枝に提出された誓紙。宮内庁書陵部蔵「中院殿誓状写同誓状類」（「古今伝受資料」（五〇二・四二〇）の内）五紙七通の内一通についての簡略な解題が『図書寮典籍解題 続文学篇』二〇二頁にある。『目録』の記載は**20誓帋案文** 元亀三十二六藤孝一紙と同じく東山御文庫蔵「古今伝授書類御写」（勅封六二・八・二・一四）に一括整理される十五通の内の一通（勅封六二・八・二・一四・五）に対応すると目される。同書附属の包紙の表には「誓状」の墨書があり『目録』の記載に一致する。

30　八条殿 **古今相傳證明一紙** 幽斎筆 慶長五七廿九 玄旨判　**一紙**

「八条殿」は八条宮智仁親王（一五七九―一六二九）。慶長五年（一六〇〇）の細川幽斎より智仁親王への古今伝受に際して慶長五年七月二十九日付けで幽斎より智仁親王へ授けられた証明状。宮内庁書陵部蔵「細川幽斎古今伝受証明状並写」（「古今伝受資料」（五〇二・四二〇）の内）二通（一通は細川幽斎筆、他一通は智仁親王写）が『図書寮典籍解題 続文学篇』二〇四頁に翻刻されて広く知られる。『目録』の記載は**20誓帋案文** 元亀三十二六藤孝**一紙**と同じく東山御文庫蔵「古今伝授書類御写」（勅封六二・八・二・一四）に一括整理される十五通の内の一通（勅封六二・八・二・一四・一二）に対応すると目される。同書附属の包紙の表には「古今相伝証明一紙幽斎筆」の墨書があり『目録』の記載に一致する。なお、東山御文庫蔵本には書陵部蔵本に記される智仁親王の花押は透写されず、「判」と記されている。

31　烏丸光廣卿 **古今證明状** 慶長癸卯小春甲午 幽斎玄旨判　**一紙**

細川幽斎より烏丸光広（一五七九―一六三八）への古今伝受に際して授けられた証明状。「慶長癸卯小春甲午」は、慶長八年（一六〇三）十月十二日。『目録』の記載は**20誓帋案文** 元亀三十二六藤孝**一紙**と同じく東山御文庫蔵「古今伝授書類御写」（勅封六二・八・二・一四）に一括整理される十五通の内の一通（勅封六二・八・二・一四・一三）に対応すると目される。同書附属の包紙の表には「古今證明状」の墨書があり『目録』の記載に一致する。

32　**置手状之写**　尚通公 實隆卿　済継卿　一紙

宗祇よりの古今伝受を明応七年（一四九八）に相伝した近衛尚通（一四七二—一五四四）、明応五年（一四九六）に相伝した姉小路済継（一四七〇—一五一八）、文明十九年（一四八七）に相伝した三条西実隆（一四五五—一五三七）の三名と宗祇との間で交わされた誓紙を指すと考えられる。宮内庁書陵部蔵「中院殿誓状写同誓状類」（「古今伝受資料」（五〇二・四二〇）の内）五点として整理される誓紙（細川幽斎の書留と推定される）の中に尚通、済継、実隆の誓紙三通を一紙に認めた文書（『図書寮典籍解題 続文学篇』二〇二頁に解題がある）が伝来するが、それに類するものか。

33　**古今集相傳之箱入目録**　横折　一枚

『古今集相伝之箱入目録』を指すと目される。

東山御文庫蔵『追加』（勅封六二・八・一・一〇・二）

［翻刻］

追加

1　古秘抄　資慶卿筆　一冊

2　無外題　法皇宸筆　二冊

3　古今事　半切 法皇宸筆　三冊

4　私聞書　一冊

5　古今事 八条殿御誓紙　一紙

6　置手状案文　烏丸 日野 一帋 中院

7　法皇宸筆 御證明女房奉書　照門 飛鳥井 中院 日野等已下衆 一帋 烏丸

8　守袋　一ツ

9　三通　寛文五年六月十一日 免許　一包

已上

寛文七年正月廿七日

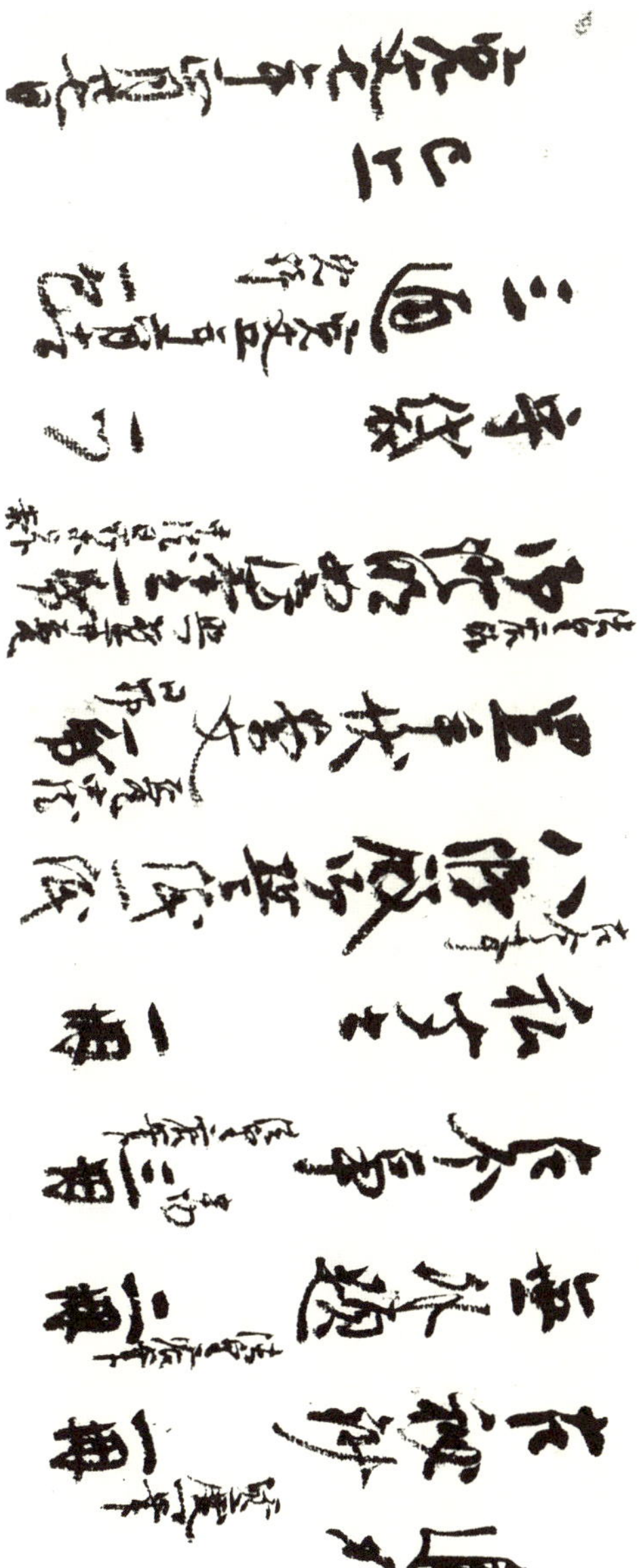

図26　東山御文庫蔵『古今集相伝之箱入目録』（勅封62・8・1・10・2）端書「追加」

［略注］

1 古秘抄 資慶卿筆　一冊

『古今集相伝箱入目録』の6に対応するかとした切紙集。新井栄蔵紹介の陽明文庫蔵『古秘抄別本』にも烏丸資慶の識語があり『追加』に小字で「資慶卿筆」とあるのと一致するが、陽明文庫蔵本は転写本で資慶筆ではない。陽明文庫蔵本の祖本は東山御文庫蔵『古秘抄』（勅封六二・八・一・六）仮綴一冊（外題表紙左肩打付書「古秘抄 切紙」）と思われる。東山御文庫蔵本と陽明文庫蔵本は行移りや字配りまで一致するが、陽明文庫本に「御本押紙」と付記される追注の部分が東山御文庫本では押紙に書写されて貼付されている。また、巻尾には次のように記した押紙が貼られている。

校合畢、

文字誤分明之所ハ則書付了、不審之所々本又同者別紙書付所々ニ挟之、資慶

押紙の形態や筆跡から見て東山御文庫蔵本が烏丸資慶書写本と考えられ、『目録』の記載に対応すると目される。

2 **無外題** 法皇宸筆　二冊

小字で「法皇宸筆」と記されており、次に記す3 **古今事** 法皇宸筆　半切三冊に類する後水尾院の手になる小冊子を指すと考えられる。具体的な内容は記されないが、3 **古今事** 法皇宸筆　半切三冊との関係から東山御文庫蔵『切紙事』（勅封六二・八・一・二）仮綴横二冊（後水尾院宸翰）がこの「無外題」二冊に対応すると思われる。同書は寛文四年（一六六四）の後水尾院より後西院への切紙伝受に際して後水尾院の机辺に用意された手控と推定される。現行の整理書名である「切紙事」の呼称は同書に附属する包紙の表に記された「切紙事半切二冊／後水尾院宸翰」の墨書によるが（但し、現行では、同一の函架番号に二冊の仮綴冊子と他二紙を一括する）、「後水尾院」と諡号が記されることからもこれが記されたのは延宝八年（一六八〇）の崩御以降と判断され、『追加』作成の時点では外題の付されなかった同書を「無外題」としたのであろう。

3 **古今事** 法皇宸筆 半切　三冊

東山御文庫蔵『古今事』（勅封六二・八・一・五）仮綴横三冊（後水尾院宸翰）に対応する。同書は寛文四年（一六六四）の後水尾院より後西院への『古今集』講釈に際して後水尾院の机辺に用意された手控と推定され

る。『古今集』各巻の巻頭五首に簡略な注記を付す。附属する包紙の表に次の墨書がある。

寛文四年五月御伝授
之時被遊之御抜書、
古今事　半切三冊、
法皇震《（ママ）》翰、

この記載は「法皇宸筆　半切三冊」とある『追加』の小字注記に一致している。

4　私聞書　一冊

「私聞書」と記されることから、『追加』をまとめた後西院によって認められた聞書を指すと考えられる。

後西院宸翰の聞書は東山御文庫に次の二種が伝存している。

①東山御文庫『古今集御聞書』（勅封六二・一一・一・一・三）　仮綴五冊
②東山御文庫『古今集御聞書』（勅封六二・一一・一・一・五・二）　仮綴横一冊

①は速筆でやや乱雑に書写されており当座聞書と推定される。②は比較的丁寧に書写されており、書写内容が①にほぼ一致することから①に基づく浄書本と考えられる。一部に墨消訂正や書入が施される箇所もあり、厳密な意味では清書本と称するよりは中書本とする方が現状を説明するように思われるが、②をさらに浄書したものはいまだ見出せていない。『追加』には「一冊」とあり②に対応すると目される。なお、②は高梨素子編『古今集古注釈書集成 後水尾院講釈聞書』（笠間書院、二〇〇九年）に翻刻される。

5　八《古今事》条殿御誓紙　一紙

慶長五年（一六〇〇）の細川幽斎より八条宮智仁親王への古今伝受に際して智仁親王より幽斎へ提出された誓紙。宮内庁書陵部蔵「智仁親王御誓状下書」（「古今伝受資料」（五〇二・四二〇）の内）が『図書寮典籍解題 続文学篇』一七九頁、小高道子「細川幽斎の古今伝受――智仁親王への相伝をめぐって」（『国語と国文学』五七―八、一九八〇年八月）に翻刻されて広く知られる。『目録』の記載は『古今集相伝箱入目録』の**20誓帋案文 元亀三十二六藤孝 一紙**と同じく東山御文庫蔵「古今伝授書類御写」（勅封六二・八・二・一四）に一括整理される十五通の内の一通（勅封六二・八・二・一四・七）に対応すると目される。同書附属の包紙の表に「八《古今事》条殿御誓帋」の墨書があり『追加』の記載に一致する。

6　置手状案文 烏丸 日野　中院　一帋

小字の「烏丸」は烏丸資慶（一六二二―六九）、「中院」は中院通茂（一六三一―一七一〇）、「日野」は日野弘資（一六一七―八七）。この三名は後西院とともに寛文四年に後水尾院より古今伝受を相伝している。『目録』の記載は古今伝受に際し提出された誓紙と推定される。古今伝受に関する誓紙・証明状・切紙等を集めた雑纂である宮内庁書陵部「古今伝授誓紙等」（二六五・一一五五）の中に日野弘資の誓紙案文が伝来し、その記載内容を窺うことはできるが、『追加』の記載に対応する資料はいまだ見出せていない。

7　御證明女房奉書 照門 中院　飛鳥井 日野等已下衆　烏丸　一帋

古今伝受の相伝を証する証明状。寛文四年（一六六四）の古今伝受では女房奉書の形で下賜された。中院通茂『古今伝受日記』寛文五年正月十一日条に後水尾院宸翰の女房奉書が下賜されたことが記されている。

小字で記される「照門」は照高院宮道晃親王（一六一二—七九）、「飛鳥井」は飛鳥井雅章（一六一一—七九）。ともに明暦三年（一六五七）に後水尾院院より古今伝受を相伝している。「烏丸　中院　日野」は**前掲6「置手条案文」**に同じ。

現時点では、照高院宮道晃親王宛と推定される一通と中院通茂宛、日野弘資宛の計三通の後水尾院宸翰女房奉書の伝存の確認ができているのみで、『目録』の記載に照応する一紙はいまだ見出せていない。道晃親王宛と推定される一通は、『皇室の至宝 東山御文庫御物 一』に写真が掲載され、図版解説（住吉朋彦）が付されている。宛先は、「御ちこの御中」とあり、同解説で「御ちこの御中」を仏門の貴人かとし、明暦三年に古今伝受を相伝した道晃親王宛（あるいは妙法院宮尭然親王）と推定する。中院通茂宛の一通は、京都大学総合博物館蔵中院文書に、日野弘資宛の証明状は、宮内庁書陵部蔵「後水尾天皇宸翰御消息」（特・一七）として伝存している。文字使等の小異は認められるものの、何れも同文である。

8 守袋　一ツ

切紙伝受の際に懸ける懸守の袋。東山御文庫蔵「古今伝授懸守袋」（勅封六二・八・二・二三）が『追加』の記載に対応すると目される。

9 三通　寛文五年六月十一日 免許　**一包**

「三通」と記されるのみであるが、小書に「免許」とあり、古今伝受の終了後に下賜された免許状を指す。後西院へ授けられた免許状については、その現存の報告はいまだなされておらず、『目録』の記載に照応する三通は見出せていない。但し、同時期に古今伝受を相伝した中院通茂へ授けられた免許状については、伝存が確認できており、後西院へ授けられた免許状についても類推することができる。中院通茂『古今伝受日記』寛文八年六月七日条には、威儀を正し参院した後に、寛文四年の切紙伝受の際に懸けた掛守を拝借し模写した旨の次の記事が見える。

七日、早朝衣冠直衣、単、参院、先申御礼、依召参御前、給掛守頂戴之、入御之後、於御書院写之、守之袋拝借之、於私宅模写之、無闕如委以終其功、自愛無極者歟、

（京都大学附属図書館蔵中院文庫本『古今伝受日記』寛文八年六月七日条）

この時に模写された掛守と推定される資料が、京都大学総合博物館蔵中院文書「掛守写」二通として伝存している。同書に附属する包紙に「御伝授」、「免許也」の記載が見え、伝授形式を伴い授けられた免許であったことが知られる。

寛文八六七御伝授、拝見之後模写之、此免許也、

（京都大学総合博物館蔵中院文書「掛守写」）

また、宮内庁書陵部蔵「古今伝受資料　細川藤孝伝烏丸光広受等」（五〇二・四二四）に収められる「カケ守リノ伝授」の中に次のような記載と懸守の袋の仕様や守の内容についての指図がある。

寛文八年六月七日、於法皇御座前奉受之畢、正二位藤原資慶

相伝於人時、二通共ニ入此袋テ掛之、与三神一身ニシテ伝是者也、是可伝人之免許証拠也、

（「カケ守リノ伝授」宮内庁書陵部蔵「古今伝受資料　細川藤孝伝 烏丸光広受等」（五〇二・四二四）の内）

第六章　霊元院の古今集講釈とその聞書
――正徳四年の古今伝受を中心に

はじめに

霊元院（一六五四―一七三二）は、天和三年（一六八三）に後西院（一六三七―八五）から古今伝受を相伝した。この折には、近衛基凞（一六四八―一七二二）も同座しており、基凞の日記『基凞公記』とその別記『伝授日記』（陽明文庫蔵）(1)により、その概略を知ることができる。このことは、はやくに横井金男によって指摘されていたが、(2)近年、霊元院周辺の資料の整理と文事の解明とを積極的に行っていた酒井茂幸(3)によって資料の整理と検討が進められ、その内実が明らかになった。(4)後水尾院から後西院へと伝えられた和歌の秘伝は、ここに正統な後継者を得たのであるが、それを継承すべき次代の東山天皇（一六七五―一七〇九）は宝永六年（一七〇九）に三十五歳で早世し、霊元院からの直接の継承の道は絶たれた。この時、霊元院は五十六歳。当時の事情を伝える具体的な記録は未見ながら、後水尾院（一五九六―一六八〇）、後西院の先例を勘案しても、(5)次代への相伝が急務とされたことは想像に難くない。時に中御門天皇（一七〇一―三七）は僅かに九歳で相伝は望めない。正徳四年（一七一四）には、霊元院歌壇において指導的立場にあった武者小路実陰（一六六一―一七三八）(6)に古今伝受が伝えられることとなるが、その背景には右のような状況があった。

一　正徳四年の古今伝受

正徳四年（一七一四）の霊元院から武者小路実陰への古今伝受については、『院中番所日記』正徳四年五月四日条に「今度、武者小路前宰相（実陰）、古今集依可有御伝受、自今日被始御講談、因茲巳刻武者小路前宰相参候、并中院前大納言（通躬）同参入聴聞之」とあり、[7] この日より講釈が開始されたこと、中院通躬（一六六八—一七四〇）が講釈の「聴聞」に陪席したことが知られる。[8] 以下、二十八日に「今日満座」と記されるまで途中数日の休止はあるものの講釈は滞りなく進められ、同三十日には「武者小路前宰相参入、於常御所古今集有御伝授事畢、於同所賜御盃、御陪膳久世三位（通夏）、御手長隆春（四条）、役送上北面兼成（吉田）、武者小路前宰相今日進献御太刀一腰、御馬代黄金、三十両一疋二種一荷等」とあり、講釈の満座と切紙伝受の完遂を祝した饗宴が行われ、実陰より霊元院へと御礼の品々が送られたことが記されている。三十日条に記される祝賀の対象者には五月四日条に「聴聞」と記されていた通躬の名は見えないが、『光栄公記』同日条には「中院通躬卿御講尺聴聞、於伝授者無之云々」とあり、通躬は文字通り聴聞者の立場にあり、切紙伝受は行われなかった。

この間の講釈の日取りと内容は、京都大学附属図書館蔵中院文庫本『古今集講談座割』（中院・Ⅵ・三六）仮綴一冊、『古今集講談座割』（中院・Ⅵ・三七）仮綴一冊に一覧されており、また、後述する東山御文庫蔵『古今集御講案』（勅封六三・四・二）仮綴四冊には、記される注説の間に講釈の日時が書き入れられている。これらの資料を突き合わせると、講釈は以下のように行われたことが知られる。[9]

初座　五月四日　巻一・春上・題号～四一「春の夜の」、四十一首

第二座　五月五日　巻一・春上・四二「人はいさ」～巻二・春下・八九「さくら花」、四十八首

第三座　五月六日　巻二・春下・九〇「ふるさとゝ」～一三四「けふのみと」、四十五首

第四座　五月七日　巻三・夏・一三五「わがやどの」～巻四・秋上・一九〇「かくばかり」、五十六首

第五座　五月八日　巻四・秋上・一九一「しら雲に」～二四八「さとはあれて」、五十八首

第六座　五月九日　巻五・秋下・二四九「吹くからに」～三一三「道しらば」、六十五首

第七座　五月十日　巻六・冬・三一四「竜田川」～巻七・賀・三六四「峰たかき」、五十一首

第八座　五月十一日　巻八・離別・三六五「立ちわかれ」～巻九・羈旅・四二一「たむけには」、五十七首

第九座　五月十二日　巻十一・恋一・四六九「郭公」～五三五「とぶとりの」、六十七首

第十座　五月十三日　巻十一・恋一・五三六「あふさかの」～巻十二・恋二・六一五「いのちやは」、六十七首

第十一座　五月十四日　巻十三・恋三・六一六「おきもせず」～六七六「しるといへば」、六十首

第十二座　五月十五日　巻十四・恋四・六七七「みちのくの」～七四六「かたみこそ」、七十首

第十三座　五月十六日　巻十五・恋五・七四七「月やあらぬ」～八〇八「あひ見ぬも」、六十二首

第十四座　五月十七日　巻十五・恋五・八〇九「つれなきを」～巻十六・哀傷・八六二、五十四首

第十五座　五月十八日　巻十七・雑上・八六三「わがうへに」～九〇三「おいぬとて」、四十一首

第十六座　五月二十二日　巻十七・雑上・九〇四「ちはやぶる」～巻十八・雑下・九六一「思ひきや」、

第十七座　五月二十三日　　五十八首
巻十八・雑下・九六二「わくらはに」～一〇〇〇「山河の」、三十九首
第十八座　五月二十四日[10]　　巻十九・雑体・一〇〇一「あふことの」～一〇三〇「人にあはむ」、三十首
第十九座　五月二十四日　　巻十九・雑体・一〇三一「春霞」～一〇六八「世をいとひ」、三十八首
第二十座　五月二十五日　　巻十・物名・四二二「心から」～四六八「花のなか」、四十七首
第二十一座　五月二十六日　　仮名序（冒頭～「花すすきほにいだすべきことにもあらずなりにたり」）
第二十二座　五月二十七日　　仮名序（「そのはじめをおもへば」～末尾）
第二十三座　五月二十八日　　巻二十・大歌所御歌・一〇六九「あたらしき」～一一〇〇「ちはやぶる」・墨滅歌・奥書・真名序
切紙伝受　五月三十日

一回に四十～七十首前後という多量の和歌が講釈されているが、後述する聞書を見ると、文字読み（歌句のアクセントや読み癖についての講釈）のみの略式の講釈ではなく、歌意の講釈も行われている。

二　講釈聞書

古今伝受は禁裏を頂点とした堂上歌壇に伝えられた最奥秘であり、選ばれた俊秀にのみ伝えられた秘伝であったため、『伊勢物語』や『百人一首』の講釈聞書が諸処に伝わるのとは異なり、その講釈内容を伝える聞書類の伝存数や伝来の範囲も限られている。[11]現時点で確認できた正徳四年の『古今集』講釈を記録する資料は以下の通

りである。

Ⅰ当座聞書
ａ東山御文庫蔵『古今集御講案』（勅封六三・四・二）　＊武者小路実陰録聞書カ
ｂ京都大学附属図書館蔵中院文庫本『古今和歌集聞書』（中院・Ⅵ・三五）　＊中院通躬録聞書
Ⅱ中書本聞書
ｃ東山御文庫蔵『古今和歌集聞書』（勅封六三・四・三）

Ⅰ当座聞書は、霊元院の講釈の場において記された聞書、あるいは後にそれに加筆したものと推測される。ａ、ｂはほぼ同一の内容を書き記すが、表現は異なり一方が他方の転写という関係にはない。講筵に列した異なる聞き手による筆録と考えられる。いずれも記主は明記されないものの、ｂは中院家に伝えられた資料でもあり、陪席した中院通躬によると判断される。『院中番所日記』によれば講釈の座に控えたのは武者小路実陰との通躬の二名のみであったようで、ｂとは異なる文面を伝えるａは実陰による聞書である蓋然性が高い。Ⅱ中書本聞書は、当座聞書に基づき他の関連資料などと突き合わせて文章を整序する段階の資料と考えられる。以下、個別に書誌と記載内容について記す。

ａ東山御文庫蔵『古今集御講案』（勅封六三・四・二）　正徳四年（一七一四）写　四冊
原本未見。『皇室の至宝 東山御文庫御物 一』（毎日新聞社、一九九九年）と宮内庁書陵部所蔵のマイクロフィルムにより知られるところを記す。仮綴。共紙表紙（二五・二×二二・二㎝）。外題無し。墨付、第一冊一五二丁、第二

冊四六丁、第三冊七九丁、第四冊五八丁。遊紙、第一冊尾三丁、第四冊尾九丁。毎半葉一四行前後で不定。内題「古今和歌集巻第一（〜二十）」。用字は漢字・平仮名。奥書無し。印記無し。

『古今集御講案』は、従来、正徳四年（一七一四）の古今伝受の際に霊元院の書き留めた講釈手控えと考えられてきた資料である。(12) 同書は仮綴横本四冊で、冒頭に「正徳四年、五月四日巳刻」とあり同年の講釈に関わる資料と知られる。外題・内題ともに記されず、奥書・識語も付されないが、早い時期の調査において霊元院宸翰と考えられたこと、全巻にわたって省筆される部分が多く（省略部分には棒線が引かれている）やや乱雑に見える速筆風の筆致で記されることから、講釈の当座に関わる資料と判断され、「御講案」と称されることとなったと推測される。しかしながら、記載内容を確認すると、霊元院の手控えではなく受け手側の聞書とするのが妥当と思われる箇所が散見する。例えば、巻一・春上・五番歌には次のような注記が見える（図27参照）。

梅かえに―　此哥隔句ニミル也。
○此間ニ御講説カキヲトシアリ
梅ヲモ鶯ヲモ雪ヲモ賞シテ　｜興　｜タル心也

（『古今集御講案』（勅封六三・四・二））

「○」(13)を付して記される「此間ニ御講説カキヲトシアリ」の注記は、講釈の際に記録を取り落としたことを付記したものと考えられる。(14) また、巻十八・雑下・一〇〇〇番歌の後には次のように記されている。

今日仰　春霞タテルヤイツコノ哥、作者貫之妻、助内侍《スケノ》カ哥也。此事、御注ニ可有沙汰様ニ仰アリケレトモ、サシテ肝要トイフホトニモアラス。仍テ仰アリ。此女ノ哥ヲハシメニイル丶事、貫之カ私ノナキ処也ト。

サテ恋ノ第一巻頭ノ哥ハ、延喜御哥也。第五巻軸ノ哥ハ小町也。恋ノ第一、恋ノ巻軸男女ヲ以始終スル也。此義■■ナレトモ同前ト仰アリ。
（『古今集御講案』（勅封六三・四・二））

ここには古今伝受の切紙にも記される「助内侍」をめぐる説々について、「サシテ肝要トイフホトニモアラス」とその重要度の高くないことが記されるが、注意されるのは冒頭に「今日仰」と付記されることである。講釈の内容を「仰」と記すことからも、本書はより高位の人物の講釈の聞書であると判断される。これらの例からも、『古今集御講案』（勅封六三・四・二）は、その冒頭部分に記されるように「正徳四年」の講釈の記録であるのならば、講釈を行った霊元院の手控えではなく、受け手側の聞書であると考えるのが妥当であろう（したがって、「御講案」の名称は本書の呼称としては相応しくないが、徒な混乱を避けるため、以下の記述にも現行の呼称を踏襲する）。

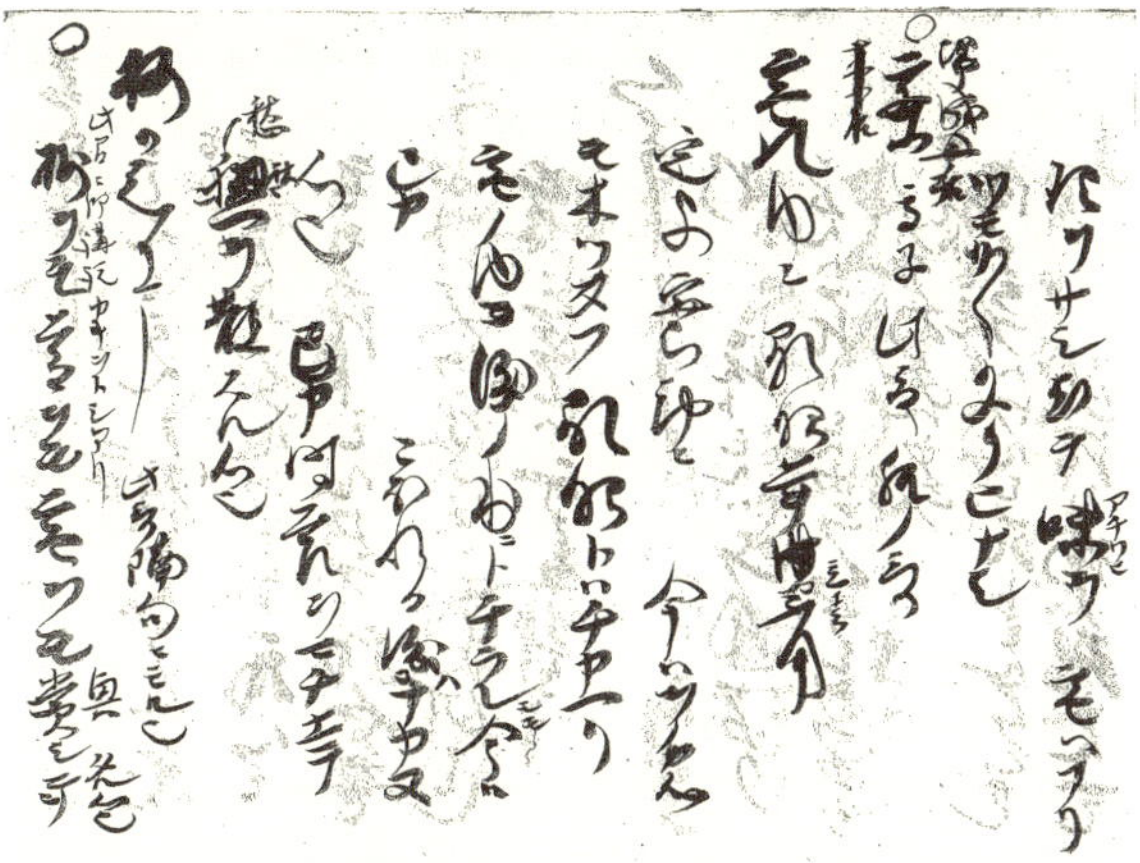

図27　東山御文庫蔵『古今集御講案』（勅封63・4・2）
正徳四年（1714）の霊元院講釈の聞書。書写形態から当座聞書と考えられる。

b 京都大学附属図書館蔵中院文庫本中院通躬筆
『古今和歌集聞書』（中院・VI・三五）
正徳四年（一七一四）写　六冊

仮綴。共紙表紙（二〇・三×一四・八㎝）。外題、内題ともに無し。料紙は楮紙。墨付、第一冊五八丁、第二冊五九丁、第

三冊六二丁、第四冊五五丁、第五冊一〇八丁、第六冊四四丁。遊紙、巻首各冊一丁、巻尾第一・三・四冊、無し、第二冊三丁、第五冊二丁、第六冊二〇丁。毎半葉七〜九行前後。用字は漢字・平仮名、墨・朱墨の書入あり。印記は巻首に「京都／帝国／大学／図書」（単郭正方形朱印）、大正一二年（一九二三）の京都大学登記印。

奥書は付されないが、第一冊の墨付一丁表右端に「正徳四五四」と記され、正徳四年五月四日に開始された霊元院による『古今集』講釈の聞書と判明する。乱雑な書写状態から当座聞書と考えられ、他の通躬筆本とは異なる筆致を示すが自筆であろう。なお、正徳四年の霊元院による『古今集』講釈の通躬筆録聞書の浄書本は見出せておらず、清書本が作成されたか否かも未詳である。

c 東山御文庫蔵『古今和歌集聞書』（勅封六三・四・三）　〔江戸中期〕写　二二枚

原本未見。宮内庁書陵部所蔵のマイクロフィルムにより知られるところを記す。二二枚の料紙を束ねたもの（半葉、約三〇・〇×二二・〇㎝。白紙の包紙を附属する）。表紙無し。毎半葉一六行。内題「正徳四年五月四日御講尺被始之聞書」用字は漢字・片仮名。奥書無し。印記無し。

『古今和歌集聞書』（勅封六三・四・三）は、内題に「正徳四年五月四日御講尺被始之聞書」とあり、同年の講釈の記録と知られる。「いざさくら我もちりなむひとさかりありなば人にうきめ見えなむ」（『古今和歌集』巻二・春下・七七）の部分までを記す紙片の束で未製本の状態で伝わる。このような形態で伝来した理由は、未完のままに終わった書きさしであるため、あるいは、一旦完成したものの伝来途上で破損したための両様が想定されるが、現存最終部分は紙面の途中で文章が終わっており、何らかの事情によりこの書物の書写自体が未完に終わったと推測される。記載内容からは、当座聞書に基づき先行する他書の説などを参照して注記を整序してゆく途上の資料（中書本）と推測される。

三　当座聞書から中書本へ

正徳四年の霊元院による講釈の中書本と目されるｃは、同じく東山御文庫に伝わるａと密接な関係を有している。例えば次の四番歌注の例では、ａに加筆訂正された「立春」、「シモ」、「愁」などの書き入れ部分がｃの本文に引き継がれている。また、注記の冒頭部分に「顕昭〜」、「定家密勘ニ〜」と『顕注密勘』の注記内容についての正否が述べられるが、ａでは要点のみが摘記されているのに対して、ｃでは『顕注密勘』によって当該部分が補充されている。以上の点からもｃはａに基づき、その加筆訂正を踏襲しつつ、ａに省筆された部分を原典資料によって補い作成されたと考えられる。

4雪の内ニ　顕昭年内○《立春》不用。
　定家密勘ニ　今ハヲノカ心モ木ツタフ。顕昭トハチカヘリ。雪ノ内ヲ涙ノ氷ニトチラレ《シモ》、今ハ己カ。こほれる涙○《ハ》ナカヌ心也。己カ時節ヲマチエテ[redacted]《愁》(墨消)ヲ散スル心也。
5梅かえに—　此哥隔句ニミル也。
　○此間ニ御講説カキヲトシアリ
　梅ヲモ鶯ヲモ雪ヲモ賞《興》シテ《タル心也》
　　　　(東山御文庫蔵『古今集御講案』勅封六三・四・二)＊当座聞書

4雪のうちに春はきにけり
　顕昭ハ年内に春立心也ト云説不用。定家密勘ニ日数ハ春になりけれハなみたもこほり雪ニトチラレテ過ツル鶯も今ハをのか時《出》マチエテ花ニ木ツタフ心モツキヌランノよしトソ聞侍しトアリ。顕昭トハチカヘリ。雪ノ内ニ涙ノ氷ニトチラレシモ、今ハヲノカ時まち出て木ツタフ心也。こほれる涙ハナカヌ心也。

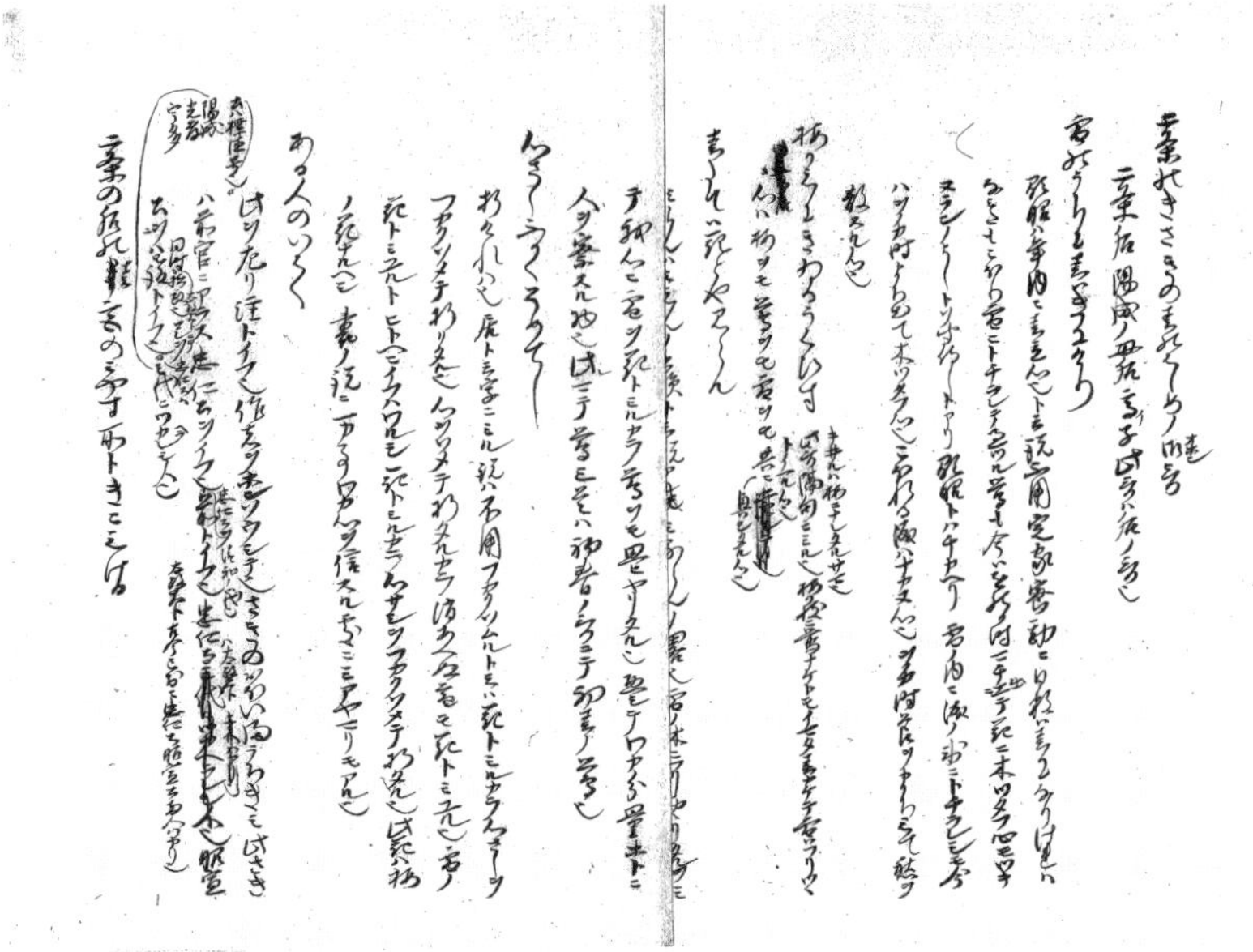

図28　東山御文庫蔵『古今和歌集聞書』（勅封63・4・3）
正徳四年（1714）の霊元院講釈の聞書の中書本。同蔵『古今集御講案』（勅封63・4・2）と密接な関係にある。

ヲノカ時節ヲまちえて愁ヲ散スル心也。
5梅かえにきゐるうくひす　此哥隔句ニミル《キキルハ梅ニナレタルサマ也》
也。《トイヘル心也》梅か枝ニ鶯ナケトモイマタ春カケテ
雪ハフリツヽ。心ハ梅ヲモ鶯ヲモ雪ヲモ共
ニ賞□□□也。《興シタル心也》

（東山御文庫蔵『古今和歌集聞書』
勅封六三・四・三）＊中書本聞書

なお、五番歌注の例のように、中書本と考えられる『古今和歌集聞書』（勅封六三・四・三）自体にも書き入れの跡が残るが、その書き入れの加筆・修正箇所は、「賞シテ《興　タル心也》」「賞□□□也《興シタル心也》」の例のように、『古今集御講案』（勅封六三・四・二）に残された加筆部分に一致する場合もある。委細は不明ながら、『古今和歌集聞書』（勅封六三・四・三）が作成された後にも、両書ともにさらに修訂の手が加えられていったらしい。

四　霊元院説を伝える諸抄集成

正徳四年の霊元院による『古今集』講釈の聞書の中書本と目される、東山御文庫蔵『古今和歌集聞書』（勅封六三・四・三）は書き止しの状態で伝わっており、一見すると、講釈後の聞書の整序が十分に行われなかったようにも思われるが、一方で、霊元院の説々を伝える「霊元院御抄」と称される書物が伝来したことも知られる。霊元院の玄孫にあたる後桜町院（一七四〇―一八一三）の伝えた古今伝受記録の中に、『古今集聞書』（東山御文庫蔵（勅封六四・五・三））として伝わる資料は、「安永三（一七七四）夏／明和三（一七六六）冬古今かうしやく聞書清書」と墨書された上包を附属する折紙六枚で、(15)明和三年の有栖川宮職仁親王（一七一三―六九）から後桜町院への古今伝受の際の聞書を浄書したものである。同書には次のように「霊元院御抄」の語が見える。

古今集かうしやくの事
いにしへよりヲ申のふること、からす丸故内府、
先年、桜町院、職仁親王
先々朝かうしやくなし
桜町院、光栄も霊元院の御抄ニこしたルハナシ。
霊元院御抄のとをり。

（東山御文庫蔵『古今集聞書』（勅封六四・五・三））

「桜町院（一七二〇―五〇）、光栄《（烏丸）》（一六八九―一七四八）も霊元院の御抄ニこしたルハナシ」とあり、「霊元院」の「御抄」が高く評価されていたことが記されるが、「霊元院御抄」の書名を記す書物は現在まで報告がない。おそ

らくは書物の名称に「霊元院」の名が冠されることはなく、「古今和歌集聞書」、「古今和歌集注」、「古今和歌集抄」などとして東山御文庫に伝わる書物のいずれかが「霊元院御抄」に該当すると思われるのであるが、その確実な例はいまだ見出すことができていない。東山御文庫資料のさらなる公開に伴いその詳細も明らかとなってゆくと思われるが、実は、成立の事情や時期は定かではないものの、霊元院の関与した『古今集』の注釈の存在は早くより知られていた。歴代の著作を収集し解題を行った、和田英松『皇室御撰之研究』（明治書院、一九三三年）の「霊元天皇」の項目には「古今集序御註」の項目があり、次のように説明されている。(16)

古今集序御註
古今和歌集假名の序を註釈し給へるものにて、一巻あり。宸筆の正本、佐々木信綱博士所蔵せり。別に御奥書もなく、本文中御撰なるべき明徴なけれど、処々に書改め給ひて、訂正せられたるところあれば、御撰なる事明にして、御草本なり。参考せられたるは、為家の明疑抄、為明抄、伝心抄、正義、宗祇の註、（祇抄とも、祇註ともあり、）及び御抄なるが、専ら宗祇の註に依り給ひしが如し。また処々に御考説を加へられ、私と註し給へり。古今集の諸本は、嘉禄本、（冷泉家伝）貞応本、（二条家伝）逍遙院貞和本、頓阿筆写、定家卿筆、同筆別本などを援引し給へり。

（和田英松『皇室御撰之研究』明治書院、一九三三年）

ここに指摘されるように、この『古今集序御註』は一種の諸抄集成であり、古今伝受に際して記録された聞書そのものとは考えられない。素性の明らかではない資料ではあったが、『古今集序御註』及び後述するその類本の注記内容を他書と比較検討すると、①この注釈に引用される先行諸抄が霊元院周辺に伝来していること、②記される注説が霊元院の講説と関わりを持っていることなどが明らかとなり、正徳四年（一七一四）の霊元院より武者小路実陰への古今伝受と何らかの関わりを持っているように思われる。

『皇室御撰之研究』に記された『古今集序御註』（後掲1）は、後に佐佐木信綱のもとを離れ、現在は天理大学附属天理図書館の所蔵となっている。孤立した存在であったためか右以外に検討が加えられたことはなかったが、近年、国立歴史民俗博物館に所蔵される高松宮家伝来禁裏本として一括される資料群の整理が進み[17]、その中にこの天理図書館本に関係する資料が含まれることが明らかになった（後掲2）。また、この二点に基づき類例を探すと、他に四点の伝存が確認され、次に示す1〜6が互いに関わりを持つことが判明した。

1　天理大学附属天理図書館蔵霊元院宸翰『古今和歌集序注』（九一一・二三―イ一三九）　＊仮名序注

2　国立歴史民俗博物館蔵高松宮伝来禁裏本霊元院宸翰『古今集序聞書』（H六〇〇―一二三八）　＊仮名序注

3　京都大学附属図書館蔵中院文庫本『古今和歌集注』（中院・VI・七二）　＊仮名序注・歌注

4　東山御文庫蔵『古今集聞書』（勅封六三・四・一）　＊歌注（存巻一〜巻八途中）

5　東山御文庫蔵『古今集序聞書』（勅封六三・三・一・五）　＊仮名序注

6　京都大学附属図書館蔵中院文庫本『古今集序注』（中院・VI・七〇）　＊仮名序注

これら六点の関係を先取りして示せば以下のようになる。1・2はともにその筆跡より霊元院宸翰と判断される資料で仮名序の注釈のみ伝存する。2が草稿的段階を伝え、1は2を浄書した上でさらに注記を付加している。3は仮名序注・歌注を揃える全注釈で、序注においては1と同文的な関係にあり、歌注部分も序注に類似する形態を示すことから、1・2として伝えられた資料の歌注部分を含む完本と推測される。4は3とほぼ同内容を記すが、巻一から巻八途中までを遺し、仮名序注を持たない。5・6は内容的に見て1〜4に関わりながらも総体

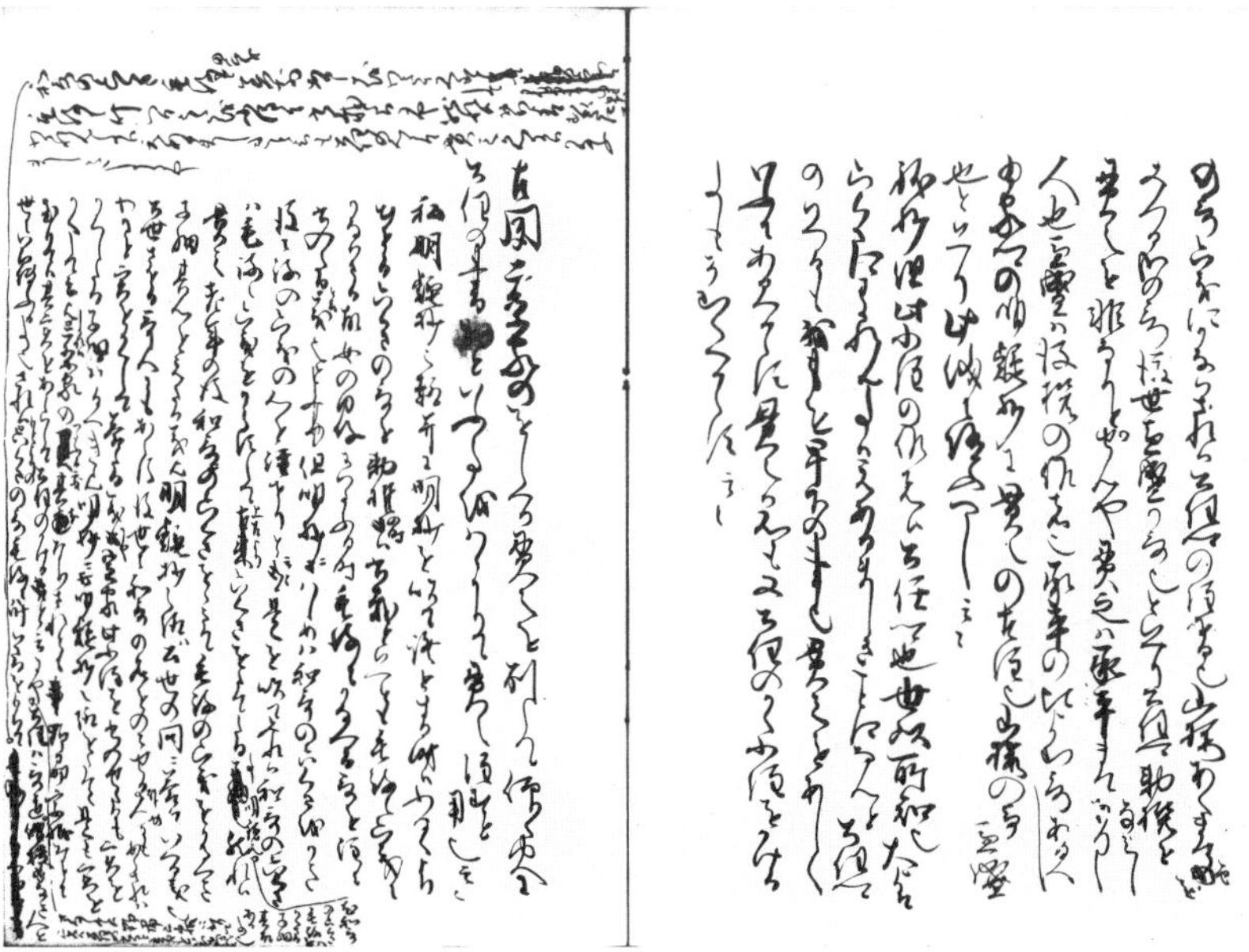

図29　天理大学附属天理図書館蔵霊元院宸翰『古今和歌集序注』(911.23-イ139)

としては1～4とは同文関係にはない。1～4の注記を一部省略し、また逆に大幅に増補する場合もある。1～4の成立途上において作成された資料と推測される。以下、論述の都合上、1～4について先に検討を行い、5・6については後に述べたい。

1～4の書誌と記載内容は以下の通りである。

1　天理大学附属天理図書館蔵霊元院宸翰『古今和歌集序注』（九一一・二三―イ一三九）

〔江戸中期〕写　一冊

原本未見。紙焼写真により判明する事項を記す。袋綴（二七・五×二〇・〇㎝）。外題、中央打付書「古今集序註」。紙数、首遊紙一丁、墨付七一丁、尾遊紙なし。毎半葉一一行。内題なし。奥書なし。用字は漢字・平仮名。全体にわたって同筆による追補書き入れと墨消しや削除があり、草稿的形態を示している。印記「天理図書館蔵」（巻首）、昭和三一年の登記印（巻首）。重要美術品。

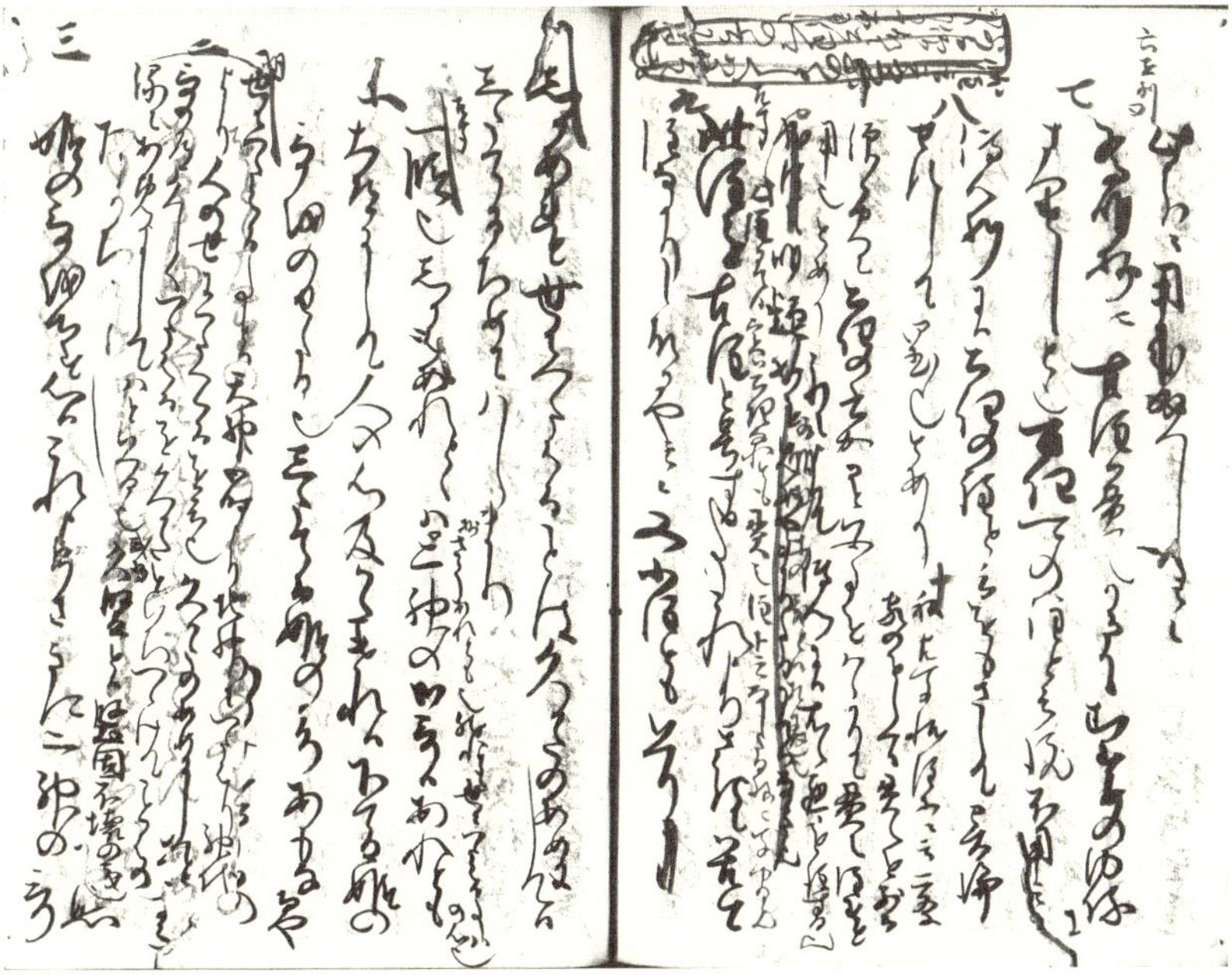

図30　国立歴史民俗博物館蔵高松宮伝来禁裏本霊元院宸翰『古今集序聞書』(H600-1238)

本書は仮名序末尾までの注釈で歌注を持たないが、旧蔵者である佐佐木所持の時点ですでに仮名序注部分のみで伝わっており、本来的に歌注部分を揃えたものかは未詳。『皇室御撰之研究』の解題の通り奥書は記されないが、特徴的な筆跡により霊元院宸翰と判断される。またこれも『皇室御撰之研究』に指摘されるが、注釈の末尾に「私」と付記し他の部分と区別される注記がある。

2 国立歴史民俗博物館蔵高松宮家伝来禁裏本霊元院宸翰『古今集序聞書』(H六〇〇—一二三八)

〔江戸中期〕写　一冊

袋綴。浅葱色地水玉文様表紙(一七・五×一三・二㎝)。外題なし(但し、表紙中央右寄りに大字で「假名序」と覚え書きがあり、左肩には整理の際に付されたと思われる「古今序一」等と記す紙片が貼られる)。料紙、楮紙。紙数、首遊紙一丁、墨付九六丁、尾遊紙三三丁。行数、毎半葉九行。和歌一首一

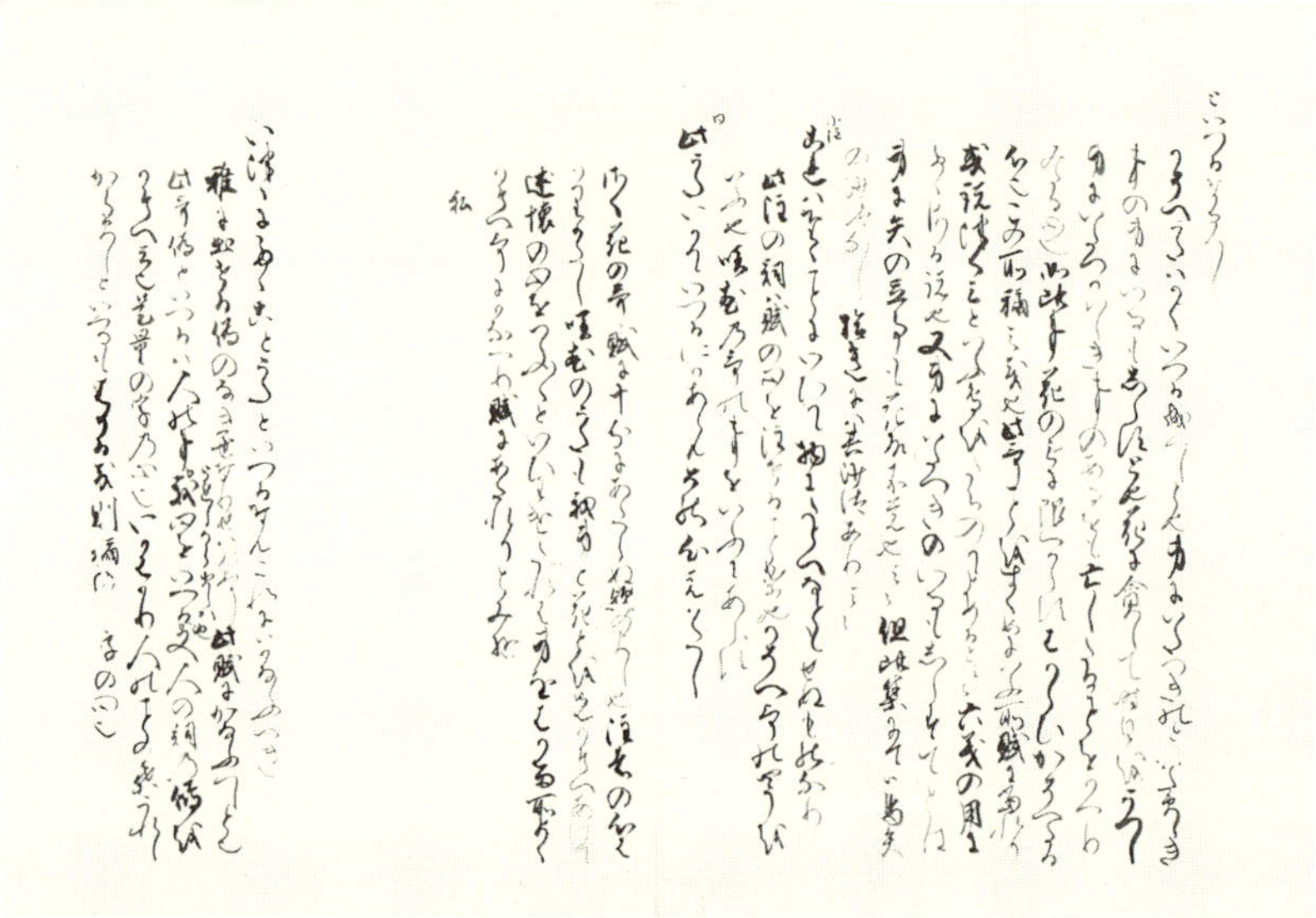

図31　京都大学附属図書館蔵『古今和歌集注』（中院・VI・72）

行書き、注約一字下げ。内題なし。

奥書なし。用字は漢字・平仮名。同筆の墨・朱書き入れと墨消し、朱傍線あり。印記なし。見返しに「に・222・3」、表紙に「ミ45」の番号を記した紙片を貼る。

本書も仮名序末尾までの注釈で歌注を持たない。筆者は明記されないが、特徴的な筆跡により霊元院宸翰と判断される。本書も一面に墨・朱を交えた加筆の跡を留める草稿的状態を示している。小型の冊子であり、末尾に多くの白紙を残すことからも、文辞の修正を前提に記されたノートのようなものであったと推測される。本書にも注釈の末尾に「私」と付記し他の部分と区別される注記がある。

3 京都大学附属図書館蔵中院文庫本『古今和歌集注』
（中院・VI・七二）　〔江戸中期〕写　八冊

袋綴。紺色表紙（二八・〇×二〇・五cm）。外題なし（第七冊表紙左肩に「作例」の墨書があるが、本書に対応する外題とは考えられない。表紙の流用等により残存したものか）。料

紙は楮紙。墨付、第一冊五四丁、第二冊五四丁、第三冊八九丁、第四冊七三丁、第五冊九四丁、第六冊九五丁、第七冊三三丁、第八冊三九丁。遊紙、巻首各冊一丁、巻尾第一冊二二丁、第二冊四丁、第三冊一丁、第四冊一丁、第五冊なし、第六冊一丁、第七冊一六丁、第八冊五丁。毎半葉一四行。内題なし。

奥書・識語等なし。用字は漢字・平仮名、朱書入あり。一部に藍色の不審紙の貼付あり。丁の間や袋綴される料紙の内側に墨書した紙片を挟み込む例あり。印記は巻首に「京都／帝国／大学／図書」（単郭正方形朱印）、大正一二年（一九二三）の京都大学登記印。

この中院文庫本『古今和歌集注』にも奥書・識語は記されず、成立事情や書写年次等は明らかではないが、その筆跡からして中院通茂あるいは通躬による書写と思われる。(18) 2の浄書本と考えられる1と3とを対照すると、全編にわたってほぼ一致するが、「私」を付されて記される注記の内、2に細字で記される部分が3では「私」とのみ記して以下を空白とする場合がある。「私」注記自体が何段階かにわたって追記されていったことを伝えている。

4東山御文庫蔵『古今集聞書』（勅封六三・四・一）　〔江戸中期頃〕写　四冊

原本未見。宮内庁書陵部所蔵のマイクロフィルムにより知られるところを記す。袋綴。表紙は天地に墨流し。巻一から巻八まで各二巻を一冊に書写した四冊が伝わり、巻八の途中から何らかの事情により書写が休止されている。書写される内容は3にほぼ一致する。

書き止しの状態で伝わる不完全な資料ではあるが、注意されるのは伝来の事情で、この『古今集聞書』（勅封六三・四・一）は、先に正徳四年の霊元院講釈の当座聞書と中書本と判断した『古今集御講案』（勅封六三・四・二）、『古今和歌集聞書』（勅封六三・四・三）と同じ勅封六三・四の番号が付された箱に収められて伝来する。勅封六二から六三として伝来する箱には後西天皇から霊元天皇時代の古今伝受の記録が含まれており、(19) 伝来の面からも3及び4として伝わる注釈が霊元院の『古今集』講釈に関わるものであると追認される。

5東山御文庫蔵『古今集序聞書』（勅封六三・三・一・五）〔江戸中期頃〕写　一冊

原本未見。宮内庁書陵部所蔵のマイクロフィルムにより知られるところを記す。袋綴。打曇表紙（一五・九×一七・五㎝）、外題なし。紙数、首遊紙一丁、墨付二八丁、尾遊紙二丁。行数、毎半葉一六行。内題「古今和歌集序」。奥書なし。用字は漢字・平仮名。全体にわたり同筆による追補書き入れや墨消し削除があり、草稿の形態を示している。また、朱による合点と書き入れもある。実見していないため確証はないが、写真版で見る限り中院通茂の筆跡に近く、あるいは通茂筆の一本が禁裏に進上されたもの、または帯出されてそのまま留まったものである可能性もある。印記なし。

6京都大学附属図書館蔵中院文庫本『古今集序注』（中院・Ⅵ・七〇）〔江戸中期〕写　一冊

袋綴。茶褐色表紙（一五・七×一七・五㎝）。外題無し。料紙は薄手の楮紙。紙数、首遊紙三丁、墨付五四丁、尾遊紙一丁。行数、毎半葉一六行。内題「古今和歌集序」。

奥書なし。用字は漢字・平仮名、全体にわたって朱墨での書き入れがある。印記は巻首に「京都／帝国／大学／図書」（単郭正方形朱印）、大正一二年（一九二三）の京都大学登記印。

黒田一仁・高橋道子・武井和人・ルイス・クック「京都大学附属図書館中院文庫蔵『古今集序注』――解題と翻刻」（『埼玉大学紀要（人文科学篇）』三七、一九八八年一一月）に解題と翻刻がある。

五　霊元院宸翰『古今集序注』二本、及び歌注の相互関係

1と2は近しい関係にあるが、その先後を確認するために両本の冒頭部分を示す。

やまとうたは人の心をたねとしてよろつのことのはとそなれりける

此一段、和哥の大すちめをいへる也。此やまとゝ云に種々の義あり。先、やまとゝは、此国の名、歌は此国の風也。此国をやまとゝ名付る事は、伊弉諾・伊弉冉尊あまくたり給て、山海・草木・人倫等を生出し給ひし後も此国猶あらひて、あし原のみなれは、水土いまたかはかすして、人は皆山にとゝまりて跡をしめし、故に此国をやまとゝ云。山の迹と云義也。されは、やまとゝは、やまあとのあ文字を略したる也。まの字にあのひゝきあゆ《れは》、をのつからあの字こもるへし。よむ時も、やまあとゝ云様に心をもつへし。是当流の義也。又、山上とも書り。山にとゝまる心也。山迹の義に通せり。扨抑、山は至誠の義也。志のあつく高きをいふ。志のあつき所、一切成就の根元なり。此界を二神の一国とせんと思食心則至誠也。又、やまとと云事、おほいにやはらくと云心にて、大和と書事あり。大は三国に及ほす義也。小に対する大にはあらす。いかんとなれは、天竺の梵字を漢字にうつし、それを假名にやはらけたる心也。哥をもて月氏の梵語をも震旦の文章をもさとりしるの心也。四十七文字の和字をもて其心をのへつくす事、此道の奥意也。又、大和と云に一義あり。大は、いにしへより今にいたる心也。いにしへとは神代の和、今に及ほす義也。二神陰陽の和を始として、尽乾坤一切万物に及ふ和○《を大和と云》也。和哥是也。しかれとも、やまとゝ称する事、山迹の義を本とす。大和の義も通すへし。当流に通し用也。歌はことわさ也。志のゆく所をのふる義也。是よろつのことわさのはしめ、風俗のおこりなり。

人の心をたねとするとは、詩の序に云かことし在心為志、○《言発言為詩、情動於中、而形於言といふかことし》云々。心にあるとは、心にうこく義也。心にうこく所は世界に弥綸したる、そのひゝきの心にうこく也。人の心の天地にひとしきゆへ也。たとへは、天地の炎寒を心におほゆるやうの事也。其心にうこく所、言に出るを哥と云也。されは、哥は世界に弥綸してある理也。又、人の心をたねとすると云は、天地開闢し、たちまちに一気起て葦芽のことしといへる所也。天神七代の以前を云へし。是一切万物の根元也。此根元より万像は生する物也。一気の起るは一念のはしめなり。此最初の一念より哥道も出来る也。爰をさして人の心をたねとすと云也。今日の哥も此根本心よりよみ出す処を誠の哥とは云也。人に一気一念の起る所は、則わか国常立尊也。されは、無始より今日に。○《いたり》又終劫にいたるにても人の心をたねとする道也。~~経説《除之》には、こゝをさして無明と云、忽然念起名為無明と云是也。無明とは煩悩の事也。此元初の一念か一切の根元、万物の濫觴也。煩悩の一義を以て、人の身はまろめたる物也。此種と云は此世のうつりかはりても心はつきぬ物なり。人の子孫の出来る道理也。此所か浜の真砂也。~~

よろつのことのはとそなれりけるとは、一二を生し、二三を生し、三万物を生する心也。此一段は哥の大すちめを先いひたてたる者也。

天地開闢のはしめ、山にのみ住し比は、只心を歌と云也。いまた詞にいへる事はなき也。爰は志にてあるへきなり。心にあるを志といへは、志の即哥也。慈鎮なとの一念の中に数百首をよむといへるは、爰の事也。此哥のひろまる処のよろつのことわさのはしめ也。こゝに人の心と云は、元初の心也。その心の今日の哥とみる義也。されは、たねとしてと云は、古今の古の字。○《也》よろつのことのはとなるといへる所か今の字也。其故に心をたねとするといひて、はしめて心にもとめ出すを云にはあらす、哥といへる事は、もとより天地の間に弥綸して哥にもるゝ所なし。是を心をたねとは云也。哥と心と全へたてはなき也。

明抄云、○《物》心にふれ、風雨寒温山海草木心にうかふを種とし、よろつのことのはとなると也。

（1天理大学附属天理図書館蔵霊元院宸翰『古今和歌集序注』（九一一・二三・イ一三九））

やまとうたは人の心をたねとしてよろつのことのはとそなれりける

《祇五》＼此一段、和哥《は》の大意也。《すちめをいへる也。此やまとゝ云に種々の義あり。先》やまと○《と》は、此国の名、歌は此国の風也。此国をやまとゝ名付る事、伊弉諾・伊弉冉尊あまくたり給て、山海・草木・人倫等を生出し給ひし後も此国猶あらひて、あし《祇》原のみなれは、水土いまたかはかすして、人は皆山にとゝまりて跡をしめし、故に此国をやまとゝ云。山の跡と云義也。○《されは、やまとゝは、》やまあとのあ文字を略したる也。まの字にあのひゝきあり。をのつからあの字こもるへし。よむ時も、やまあとゝ云やうに心をもつへし。これ《祇》当流の口伝也。又、《祇五》山止とも書り。山にとゝまる心也。山迹の義に返せり。抑、山は至誠の義也。志のあつく高きをいふ。志のあつき所、一切成就の根元なり。此《祇成》界を二神の一国とせんと思食心則至誠也。《古聞》~~哥は志のゆく所をのふる也。よろつのことわさの根源也~~。又、《祇》やまと哥と云事、おほいにやはらくと云心にて、大和と書事あり。大は三国に及ほす義也。小に対する大に《は》あらす。いかんとなれは、天竺の梵字を震旦《「伝」》の漢字にうつし、それを假名にやはらけたる心也。哥をもて月氏の梵語をも震旦の文章をもさとりしるの心也。四十《祇五》七文字の和字をもて其心をのへしる《つくす》事、此道の奥意也。又、《祇》大和と云に《禾》一義あ《禾》り。大は、いにしへより今にいたる心也。いにしへとは神代の和、今に及ほす義也。《祇五》二神陰陽の和を《成》始として、《祇五シン》尽乾坤一切万物に及ふ和也。＼和哥是也。《祇》しかれとも、《祇五》やまとゝ称《「禾」》する事、山迹の義を本とす。大和の義も通すへし。当流に通し用也。

《祇》＼歌はことわさ也。志のゆく所をのふる義也。是よろつのことわさのはしめ、風俗のおこりなり。或、やまとうたとは上声と四字は平声に読へし。

人の心をたねとするとは、詩○に云かことし。在心為志云々。心にあるとは、心にうこく物のある義也。心にうこく所は世界に弥綸したる事心にうこく也。世界と我が身と相対す。世界の事を心にうこかすなれは哥は世界に○ある理也。人の心の天地にひとしきゆへ也。たとへは、天地の炎寒を心に心なやうの事也。○心にうこく所、言に出るを哥と云也。又、人の心をたねとすると云は、天地開○し、たちまちに一気起て葦芽のことしといへる所也。天神七代の以前を云へし。是○万物の根元也。則国常立の尊也。○一気の起るは一念のはしめ也。（此根元より万像は生する物也。）此最初の一念より哥○も出来る也。爰をさして人の心をたねとすと云也。○（今日の哥も此根本心よりよみ出す処を誠の哥とは云也。）されは、人に一気一念の起る所は、即わか国常立尊也。されは、無始より今日にいたり、又終劫にいたる事にても人の心をたねとする道也。経説には、こゝをさして無明と云、忽然念起名為無明と云是也。無明とは煩悩の事也。此元初の一念か一切の根元、万物の濫觴也。煩悩の一義を以て、人の身はまろめたる物也。此種と云は此世のうつりかはりても心はつきぬ物なり。人の子孫の出来る道理也。此所か浜の真砂也。

よろつのことのはとそなれりけるとは、一二を生し、二三を生し、三万物を生するの心也。此一段は哥の大すちめを先いひたてたる者也。

＼天地開闢のはしめ、山にのみ住し比は、只心を歌と云也。いまた詞をかはす事はなき也。爰は志にてあるへきなり。心にあるを志といへりは、志の即哥也。慈鎮なとの一念の中に数百首をよむといへるは、爰の事也。此哥のひろまる処かよろつのことわさのはしめ也。爰に人を云は、元初の心也。その心か今日の哥となる義也。されはたねとしてと云は古今の古の字、よろつのことのはとなるといへる故に今の字也。其故に心をたねとすると云て、初て心にもとめ出すを云にあらすなといへる事は、もとより天地の間に弥綸して哥にもるゝ処なし。是を心をたねとは云也。哥と心と全隔はなき也。
╱明抄○云、心にふれ、風雨寒温山海草木心にうかふを種とし、よろつのことのはとなると也。

（2国立歴史民俗博物館蔵高松宮家伝来禁裏本霊元院宸翰『古今集序聞書』（H六〇〇—一二三八））

両本ともに加筆や訂正の跡があり、互いに独自の注記を持つが、その根幹部分は概ね一致している。両者を対比すると2に加筆された部分は増補部分、削除部分ともにほぼ1に踏襲されているのに対し、1の加筆部分は2には反映していない。したがって、2に基づき、その加筆を取り込んで1が作成されたと判断される。なお、2には注釈部に「祇」、「祇五」、「古聞」、「伝」、「禾」等の細字の注記が見えるが、これらは、『両度聞書』、『古聞』、『延五秘抄』（『古聞』の別称）、『伝心抄』といった注釈書からの引用を示す（「禾」は未詳）。2の段階では逐一の出典が記されていたものが、整序にともない削除されたと推測される。

3と4は子細に見れば互いに独自の書き入れや訂正を持つが、その基幹となる部分はほぼ一致しており、それが書写された後に個別に加筆されたと考えられる。1・2との比較のために同一箇所を3によって次に示す。

やまとうたは人の心をたねとしてよろつのことのはとそなれりける

此一段、和歌の大すちめをいへる也。此やまとゝ云に種々の義あり。先、やまとゝは、此国の名、歌は此国の風也。此国をやまとゝ名付る事は、伊弉諾・伊弉冉尊あまくたり給て、山海・草木・人倫等を生出し給ひし後も此国猶あらひて、あし原のみなれは、水土いまたかはかすして、人は皆山にとゝまりて跡をしめし、故に此国をやまとゝ云。山の迹と云義也。されは、やまとゝは、やまあとのあ文字を略したる也。まの字にあのひゝきあり《れは》、をのつからあの字こもるへし。よむ時も、やまあとゝ云様に心をもつへし。是当流の義也。又、山止とも書り。山にとゝまる心也。山迹の義に通せり。抑、山は至誠の義也。志のあつく高きをいふ。志のあつき所、一切成就の根元なり。此界を二神の一国とせんと思食心則至誠也。又、やまとゝ云事、おほいにやはらくと云心にて、大和と書事あり。大は三国に及ほす義也。小に対する大にはあらす。いかむとなれは、天竺の梵字を漢字にうつし、それを假名にやはらけたる心也。哥をもて月氏の梵語をも震旦の文章をもさとりしるの心也。四十七文字の和字をもて其心をのへつくす事、此道の奥意也。又、大和と云に一義あり。大は、いにしへより今にいたる心也。いにしへとは神代の和、今に及ほす義也。二神陰陽の和を始として、尽乾坤一切万物にをよふ和を大和と云也。和哥是也。しかれとも、やまとゝ称する事、山迹の義を本とす。大和の義も通すへし。当流に通し用也。

歌はことわさ也。志のゆく所をのふる義也。是よろつのことわさのはしめ、風俗のおこりなり。

人の心をたねとするは、詩の序に、在心為志、発言為詩、情動於中、而形於言といふかことし。心にあるとは、心にうこく義也。心にうこく所は世界に弥綸したる、そのひゝきの心にうこく也。人の心の天地にひとしきゆへ也。たとへは、天地の炎寒を心におほゆるやうの事也。其心にうこく所、言に出るを哥と云也。されは、哥の世界《は》に弥綸してある理也。又、人の心をたねとすると云は、天地開闢し、たちまちに一気起て葦芽のことしといへる所也。天神七代の○《以前を》云へし。是一切万物の根元也。此根元より万像は生する物也。一気の起るは一念のはしめなり。此最初の一念より哥道も出来る也。爰をさして人の心をたねとすと云也。今日の哥も此根本心よりよみ出す処を誠の哥とは云也。人に一気一念の起る所は、則わか国常立尊也。されは、無始より今日にいたり、又終劫にいたるまても人の心をたねとする道也。経説には、こゝをさして無明と云、忽然念起名為無明と云是也。無明とは煩悩の事也。此元初の一念か一切の根元、万物の濫觴也。煩悩の一義を以て、人の身はまろめたる物也。此種と云は此世のうつりかはりても心はつきぬ物也。人の子孫の出来る道理也。此所か浜の真砂也。よろつのことのはとそなれりけるとは、一二を生し、二三を生し、三万物を生する心也。此一段は哥の大すちめを先いひたてたる者也。天地開闢のはしめ、山にのみ住し比は、只心を歌と云也。いまた詞に出る事はなき也。爰は志にてあるへきなり。心にあるを志といへは、志の即哥也。慈鎮なとの一念の中に数百首をよむといへるは、爰の事也。此哥のひろまる処のよろつのことわさのはしめ也。こゝに人の心と云は、元初の心也。その心の今日の哥となる義也。されは、たねとしてと云は、古今の古の字、よろつのことのはとなるといへる所は今の字也。其故に心をたねとするといひて、はしめて心に求め出すを云にはあらす。哥といへる事は、もとより天地の間に弥綸して哥にもるゝ所なし。是を心をたねとは云也。哥と心と全へたてはなき也。明抄云、物、心にふれ、風雨寒温山海草木心にうかふを種とし、よろつのことのはとなる所と也。

（3京都大学附属図書館中院文庫本『古今和歌集注』（中院・Ⅵ・七二））

ほぼ全体にわたって文辞が一致し、1〜4は基幹部分を同じくする注釈の序注部分（1・2）と序注・歌注（3）、歌注部分（4）であることが確認される。

六　宝永二年の中院通茂による講釈、正徳四年の霊元院による講釈と諸抄集成との関係

1・2は霊元院宸翰と考えられ、ともに加筆の跡を多く留めることから、『皇室御撰之研究』では霊元院の「御撰」であり、「処々に御考説を加へられ、私と註」したと考えられた。そうであるのならば、1にほぼ一致す

る仮名序注を持つ3、及びそれと歌注部分が共通する4も霊元院の「御撰」と見てよいように思われる。こうした理解は、本書の成立年代については大きくは外れないように思われるが、記載される事柄のすべてを霊元院その人に帰結させることが出来るかについては疑問が残る。

正徳四年（一七一四）の霊元院による『古今集』講釈の陪聴に先立ち、中院通躬は宝永元年（一七〇四）から二年にかけて父・通茂（一六三一―一七一〇）の『古今集』講釈を聞いている。その折りの聞書は、京都大学附属図書館に『古今集最初聞書』（中院・VI・三八）、『古今和歌集聞書』（中院・VI・三三）、『古今和歌集聞書』（中院・VI・六七）として伝わる。(20) これらはいずれも通躬自筆で、それぞれ当座聞書、中書本、浄書本の関係にあると一応は考えられる。浄書本である『古今和歌集聞書』（中院・VI・六七）には、「右古今集聞書所令講談一々無相違、少々聞誤之所々一見之次令改正者也、宝永四年（一七〇七）九月十三日　前内大臣（花押）」と、記された内容が講釈と相違ない旨を記した通茂による加証奥書が付されている。通茂講・通躬録『古今和歌集聞書』（中院・VI・六七）には「後水尾院御説」、「私御説」、「家君御説」などと付記される部分があり、後水尾院時代の遺風を伝える学者としての通茂の存在感が窺われるとともに、その講釈が理解の根拠を明示するものであり、また通躬による記録もそれをよく保存したものであったことが理解される。

この通茂による講釈聞書は、先に記した3・4と密接な関係を有している。3・4に「私」と付記して一文字下げて記される説々は、通茂講・通躬録『古今和歌集聞書』（中院・VI・六七）に「御説」、「私御説」、「家君御説」等と付記される注記に類似する例が少なくない。例えば、次の二三番歌注の例を見てみると、4に記される「私」説は、通茂講・通躬録『古今和歌集聞書』（中院・VI・六七）の「家君御説」として記される通茂説にほぼ一致している。

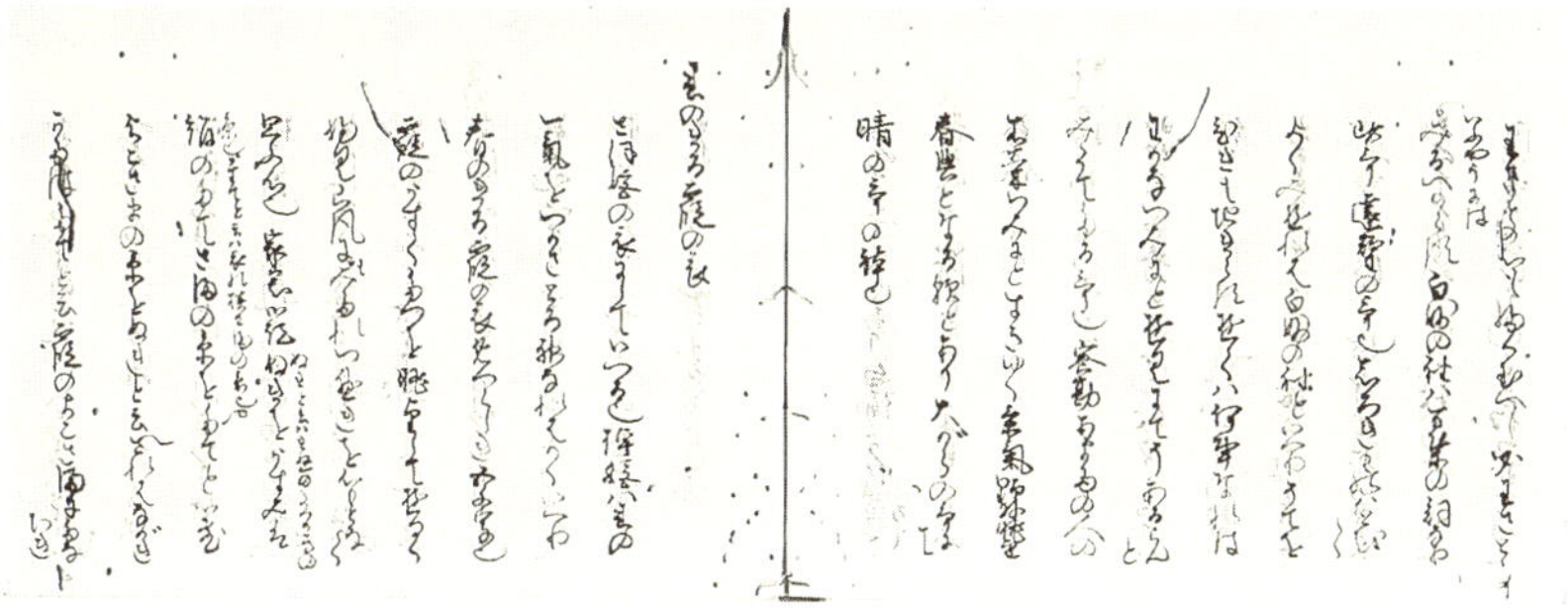

図32　京都大学附属図書館蔵『古今和歌集聞書』（中院・Ⅵ・67）
宝永元年（1704）から二年にかけての中院通茂による講釈の聞書を整序した浄書本。

23春のきるかすみの衣ぬきをうすみ山風にこそみだるへらなれ

春のきる霞の衣と云は、佐保姫の衣也。春の一気を司どる神なれば、春のきる霞の衣と云也。あらたなる五文字也。霞みのうすくたてるを眺望して、ゆるく吹山風にみだれぬべきと云心也。べらなれはへしと云心也。ぬきをうすみは春のあさき心なり。

私、ぬきと云は、きぬのたつさまの糸也。たてと云はきぬのよこさまの糸也。ながき方を云也。霞はよこさまに棚引物なれば、たな引そめていまだ霞のうへした立つゝかぬ所をみたてゝ、ぬきを薄み、みだれぬべきといへる歟。

（4 東山御文庫蔵『古今集聞書』（勅封六三・四・一））

23春のきる霞の衣

さほ姫の衣にしてゐへる也。棹姫は春の一気をつかさどる神なれば、かくいへり。春のきる霞の衣、めづらしき五文字也。霞みのうすくたつを眺望して、ゆるくふく山風にもみだれつべきを、心もとなく思ふ心也。家君御説、ぬきと云は、きぬのたつさまの糸也。たてと云は衣の横さまの糸也。ぬきをうすみは絹のたてさまの糸をたてといひ、よこさまの糸をぬきと云、されば、ながきかたはたてと云、霞のよこさまにたなびき、その霞のうへしたへつゝかぬをみたてゝ、ぬきをうすみといひたる歟。それをふきみだすなどいへる心にみるがおもしろし。山風にこそみだるべら也とは、今霞のみだれたるにてはあるまじ。ぬきのうすきを此うすさにては、やがて山風にみだれやせむと、かねておしむ心ある也。又、うすき霞のたえ〴〵なれば、それをとをくみやりて、山風にみだれやせむと、ながめやりたる心もある也。

（通茂講・通躬録『古今和歌集聞書』（中院・VI・六七））

他の例を見ても、3・4に記される「私」説は通茂講・通躬録『古今和歌集聞書』（中院・VI・六七）の理解と軌を一にする例が多い。では、3・4は、中院通茂による講釈の浄書本であったのかと言えば、そのようには考え難い。次の三一四番歌注の例のように、3・4は、全巻にわたって正徳四年の霊元院講釈の当座聞書と考えられる先述のa東山御文庫蔵『古今集御講案』（勅封六三・四・二）に注記も行文もよく似ている。

314 龍田河にしきをりかく神無月しくれの雨をたてぬきにして

嘉禄本には河の字のわきに山とあれども、山にては錦織かくとは云がたし。河に散かゝりたるを錦をりかくと云たる也。哥の心は、時雨と云物は秋から降物なれども、当季神無月の時雨の雨を経にも緯にもしたると也。当時の興に望て今をほむる心也。景気の面白き心あり。をりかくは織かくる也。川に錦をりかくは何としたるなど思へば、時雨の所作也。染るも尤時雨の所作なれども、それは秋の事也。今立田川に錦織かくるは神無月の時雨に如此あると云なり。又、只神無月は時雨の枕詞にて、錦をりかく神無月とつゞけてみる説あり。水上に散みだるゝ落葉の錦に似たれば、それを興じて時雨の雨をたてぬきにしてと云義也。

明抄、此義可用之云々。古聞、二義共用之云々。

此哥、冬の巻頭に入事、此集、秋に多く落葉の哥あり。冬の落葉に此哥よくあらはなれば也。

（3東山御文庫蔵『古今集聞書』（勅封六三・四・一））

314たつた河にしきをりかく

嘉禄本、川ノワキニ山ト付。山ニテハ錦ヲリカクトハイヒガタシ。山トイフテハキコエズ。秋ヨリフレド、神無月の時雨ヲタテニモヌキニモ。今ヲホムル心也。織カクハ、ヲリカクル也。今立田河ニヲリカクルハ、時雨ノ所作也。又一義。神無月ハ、時雨の枕詞ニテ上へ付テミル。為明抄ニハ、又ノ義ヲ用。コモン二義共用也。冬ニ多ク落葉ノ哥アリ。此ハ冬ノ落葉。

（a東山御文庫蔵『古今集御講案』（勅封六三・四・二））

314龍田川錦をりかく

此集には秋に落葉の哥多入たり。此哥の心は時雨は秋よりの事なれども、神無月の時雨をたてぬきにしての心也。又神無月といふを枕詞にかろくみて、時雨の雨をたてぬきにしてとみる義あり。此哥は延喜御製也。祇注に、心は落葉のにしきに似たれば、時雨の雨をたてぬきにしてをりかけたる義也。又云、神無月しぐれの雨をたてぬきにしてとは、時雨は秋よりの事なれど、当時の興にのぞみて、今をほむる心とあり。是は延喜御哥也。延喜の御哥、風流如此。貫之ならば、神無月時雨とやすらかにいふべし。貫之哥の風流、又かくのごとしとあり。家君仰、此義いかゞ。此哥を延喜の御哥にしてみると貫之哥にしてみるとふたつ也。一首を二人の心にしてみる也。文武人丸の哥の立田川の行幸の時の哥は、心を合躰して二首を古今の古の字にあつる也。此哥は近《ママ》の字にあてゝみる也。みかどゝつらゆきとの心にあてゝ一首を二義に用る也。［…］

（通茂講・通躬録『古今和歌集聞書』（中院・VI・六七））

この三一四番歌注の例では、「嘉禄本」（嘉禄二年の奥書を記す定家本『古今集』[21]）に見える本文異同についての解釈、『為明抄』、『古聞』の引用なども一致しており、3と正徳四年の霊元院講釈との関係性は否定できない。対して、通茂講・通躬録『古今和歌集聞書』（中院・VI・六七）の注記とは構成も異なり、いささか距離がある。加えて、前二者に記し留められた講釈が、表現の精緻な理解を求めるように逐語的にその意図や効果を説き進めるのに対して、通茂講・通躬録『古今和歌集聞書』（中院・VI・六七）は、この「龍田川錦をりかく」の一首が、醍醐天皇と紀貫之の君臣合躰を説くとする『両度聞書』以来の秘説を述べることに多くを割き、文辞の一致・不一致のみならず、講釈の方向性も異なるように見える。

また、3・4が正徳四年の霊元院による『古今集』講釈を取り込んでいることは、一〇六四番歌注の例からも確認される。一〇六四番歌の注釈は4に欠く部分であるため3によるが、3の注釈部分では諸抄の説を列記した後に「私」と記して三行程度の空白を残しており、丁の間には次のように記された紙片が挟み込まれている。

仰御今案

此哥、つゐには心かくなるとしるべく、といへる。おもしろし。つゐにはいかゞなるといふところをわきまへざるより万悪は生ずる事なり。又、身をすてゝ身を失ふ事もあり。又、身をすてゝ身はうしなはぬ事あり。心ははふらかしては、かならず身心を失ふ事、人々の本生也。此哥、ふかくあぢはひて受用とすべき哥也。大かたに見るべからず。

（3京都大学附属図書館中院文庫本『古今和歌集注』（中院・VI・七二））

冒頭に「仰御今案」と記されることから、先行する諸抄によるのではなく講釈者自身の解釈を記したものと判断されるが、この注説と同内容と考えられる注記が正徳四年の霊元院による講釈の当座聞書と考えられるa『古今集御講案』（勅封六三・四・二）に「今案ニ」の語を付して記されており、この理解が霊元院によるものであったことが確認される。

身をすてつ
顕注ニ――
ヲチフレタルヤウノ心也。ハフラ
心ヲ放埒ニセジト也。
下心同シ事也。五大ハ分散スルトモ―
――
今案ニ、ツキニイカヾト未《イヘル》所面白シ。ツキニハ
ナルト云、ワキマヘヌカラ万悪ハ生スル也。
イカヾヲ（墨消）[redacted]　心ヲハフラカシテハ身心ヲウシナフ也。
ヲステヽ身ヲウシナハヌ事
身ハステイテカナワヌ事アレドモ、心ヲタニハフラサジ
人々ノ平生也。

（a『古今集御講案』（勅封六三・四・二）一〇六四番歌注）

以上の例から見て、1～4は宝永二年の中院通茂による講釈聞書と正徳四年の霊元院による講釈聞書を参照して作成されているとして誤りはないように思われる。

七　先行諸抄との関係、「私」説の輪郭

先にも述べたように、1〜4は先行する諸抄を多く引用する一種の諸抄集成で、『明疑抄』、『為明抄』、『伝心抄』、『両度聞書』、『古聞』、『後水尾院御抄』等を書名を明記して引用する。これらの内、『両度聞書』、『古聞』、『伝心抄』は禁裏・仙洞における『古今集』講釈の際に参照された注釈で、後水尾院による講釈に際しても用いられている。また、『後水尾院御抄』についても中院通茂、霊元院の講釈に関わって作成されたと思われる本書に引用されるのに不審はない。対して、『明疑抄』、『為明抄』の二点は伝本も稀な書であり、これらの引用は本書の特徴の一つとも言える。

『明疑抄』は藤原為家（一一九八―一二七五）に仮託された秘伝書で、片桐洋一『中世古今集注釈書解題 一』（赤尾照文堂、一九七一年）に京都大学附属図書館蔵中院文庫本（中院・Ⅵ・一六四）が翻刻され、現在では周知の資料ではあるが、伝本はさほど多くはない。田村緑によって五本の現存が確認され[22]、『古今集注釈書伝本書目』（勉誠出版、二〇〇七年）の調査においても鶴見大学蔵本（『詠歌口伝書類[23]』の内）と現存未詳の三条西家蔵本を加えるのみである。田村論文に影印・翻刻される一本を含む陽明文庫蔵本二本と片桐前掲書に翻刻のある中院文庫本の三本は東山御文庫蔵後西天皇宸翰本（勅封六三・一・一・二[24]）を祖本とする転写であり、東山御文庫本は宗祇所持本の転写とされる三条西実隆筆本の転写であることが奥書に記されている。鶴見大学図書館蔵「詠歌口伝書」は三条西家旧蔵とされ、他の現存未詳の一本も三条西家伝来と考えられることから、これらは結局は三条西家に伝わった一本に収斂する。

田村により「室町後期から江戸前期にかけての古今伝受関係の講釈や秘伝書類と共に享受され、又それらに引用されることがあり、この時期の享受にも重要な役割を果たしていたと思われ」ることが指摘されている[25]。確か

に、東山御文庫蔵本は後西天皇宸翰、中院文庫本は中院通茂、陽明文庫蔵本は近衛基熈（一六四八―一七二二）による書写であり、ともに古今伝受に関連して転写されていったと推測される。

『為明抄』は、『大日本歌書総覧』（不二書房、一九二六―二八年）ではその書名により二条為明（一二九五―一三六四）の著作かとされたが、中周子によって為明の著述とは考えられず、『両度聞書』と関係する三条西家流に近しい注釈であることが確認されている。(26) 京都大学附属図書館蔵中院文庫本中院通茂筆『為明抄』（中院・Ⅵ・一〇二）、同野宮定基筆『古今集為明抄』（中院・Ⅵ・四四）の二本が知られるのみで、かつ後者は前者の転写である。

全文の影印や翻刻が揃わないためか、先の中周子による論考以降は検討の対象とされることはほとんどなく、田村緑により中院文庫所蔵の江戸時代に成立したと推定される注釈書に引用される例が指摘されるに留まるが、(27) 中院通茂からの古今伝受に際して野宮定基（一六六九―一七一一）が通茂筆本を転写しており、(28)『明疑抄』と同程度の意義を認められて伝えられていったことが確認される。

『明疑抄』、『為明抄』のような、禁裏・仙洞と中院家にのみ伝領が確認される稀書が利用されていることも、先に見た中院通茂、霊元院の講釈聞書が参照されていることと矛盾しない。むしろ、1〜4の成立圏がそこにあったことを傍証するように思われる。

1〜4の成立事情については、さらに併せ考えるべき資料がある。先に記した5・6は総体としては1〜4に類似しつつもそれらとは異なる注説を伝えている。例えば、例えば仮名序の「素直にして、事の心分き難かりけらし」の注釈部分は、ほぼ同文関係にあるものの「私」を付した注記には長短が認められる。

ちはやふる神代には、うたのもしもさたまらす。すなほにして、ことの心わきかたかりけらし。
一段也。二神の詠、下照姫等の哥の事也。文字のさたまらさる事、古注にはみえたりといへとも、重説にはあらす。注は後にかける故也。すなほにしてことの心わきかたしとは、すくにして理あきらかならさる心也。されは下照姫の哥も沙汰はかりをいひて此序に書のせぬ也。
私、すなほは質素にして、簡古といふへき歟。すなほに理あきらかならさるにはあらさる歟。下照姫の哥をのせさる事は哥のやうにもなき故に哉。

（1天理大学附属天理図書館蔵霊元院宸翰『古今和歌集序注』（九一一・二三・イ一三九））

ちはやふる神代には。
二神の詠、下照姫の哥の事也。文字のさたまらさる事、古注にみえたりといへとも、裏説にはあらす。注は後にかける故也。すなほにして、す直にして、理あきらかならさる也。
＼私、すなほは質素にして、簡古といふへき歟。【すなほにして、理明ならすにはあらさる歟。下照姫の哥をのせさるは哥のやうにもなき故にや】（【】内は朱筆）。

（5東山御文庫蔵『古今集序聞書』（勅封六三・三・一・五））

ちはやふる神代には、うたのもしもさたまらす。すなほにして、ことの心わきかたかりけらし。
二神の詠、下照姫等の哥の事也。文字のさたまらさる事、古注にみえたりといへとも、裏説にはあらす。注は後にかける故也。すなほにして、すくにして理あきらかならさる也。
私、すなほは質素にして、簡古といふへき歟。

（6京都大学附属図書館中院文庫本『古今集序集注』（中院・VI・七〇））

「私」を付した注記は6が最も簡略で、1には6と同文の注記の後にさらに二行程度の注釈が続く。5は6と同文の注記を墨書した後に1に記される部分を朱墨で書き入れている。この部分のみで三本の相互の関係を考えれば、6のような注釈が記された後に追記されて1のような注記となり、5はその追注を記した1と接触してその注記を取り込んだというような成立過程が想定されるが、総体的に見ると、これら三本の関係はそのような単純な図式にはあてはまらない。先の例に続く「人の世となりて、素戔嗚尊よりそ」の注釈は、互いに重なる文辞を持ちながらも、その記述には大きな差異がある。

人の世となりて、すさのおのみことよりそ、みそもしあまりひともしはよみける
明抄、素戔嗚尊を人の世といふにあらす。人の世と成てはすさのをのみことの哥の風をまなひ、卅一文字に読と也。素戔嗚尊の卅一字の詠をはしめとして、人の世の哥はこれにもとつくと云心也。又、人の世の哥、此集一部を云へし云々。是は天地人の哥をいへる事也。八雲立の哥よりさきにも卅一字の哥有へしと云説あり。但、不分明にや云々。
（1天理大学附属天理図書館蔵霊元院宸翰『古今和歌集序注』（九一一・二三・イ一三九））

人の世となりて、すさのおのみことよりそ
御抄、すさのをのみことを人の世とはいひかたき故に、抄に神代なれともと書歟。神武天皇よりを人の世といへは、其人の世と成ては、すさのをのみことよりそおこりける三十文字あまり一もしはよみてると云心歟。
私、此心、人の世となりては、すさのをのみことのはしめ給みそもしあまり一文字はよみけると云心か。人の世となりてみそもしとつゝけてとみるへき歟。
明抄、素戔嗚尊を人の世といふにあらす。人の世と成てはすさのをのみことの哥の風をまなひ、卅一文字によむそと也。

古聞、人世となりてと書て、すさのをのみことといへるは、素戔嗚尊の卅一字の詠をはしめとして、人の世の哥はこれにもとつくと云心也。又、人の世の哥、此集一部を云へしと云々。八雲たつの哥よりさきにも卅一字の哥ありと云説あり。但、不分明にや。

（5東山御文庫蔵『古今集序聞書』（勅封六三・三・一・五））

人の世となりて、すさのおの尊よりそ、みそもしあまり一もしはよみける

為家抄問云、素戔嗚尊は地神のはしめにあたれり。人の世といへる其心如何。答曰、素戔嗚尊を人の世といふにはあらす。すさのをのみこと、みそもしあまり一もしの哥を人の世となりてさかりによむといふ也。すさのをのみこと卅一字のすかたをよみはしめ給へりしかと、神代の程はかならすしもこれを本とせす。しかあるに人の世となりては、此卅一字を本としてよめるかゆへに、その心をいひのふる也。古聞、人の世の哥、此集一部を云へし云々。八雲たつの哥よりさきにも卅一字の哥ありしと云説あり。但、不分明にや。

明抄、素戔嗚尊を人の世といふにあらす。人の世と成てはすさのをのみことの哥の風をまなひ、卅一文字に読と也。素戔嗚尊の卅一字の詠をはしめとして、人の世の哥はこれにもとつくと云心也。又、人の世の哥、此集一部を云へし云々。是は天地人の哥をいへる事也。八雲立の哥よりさきにも卅一字の哥有へしと云説あり。但、不分明にや云々。

称抄、天地人の哥をいへる事也。天の哥は、したてる媛の哥也。地の哥は、出雲八雲の哥也。其問の詞、本にあらは也。すさのおのみことは、日神の御このかみ也。女とすみ給はんとは、稲田媛の事也。八重かきつくるとは、其宮室を造る事也。人の世となりてといへるは、天地人の哥の其一也。されとも、其哥をは出さすすさのおの尊の哥をもとゝして世によめる歌をあけていへり。是ならひあり。八雲の哥の

心は一二句は序哥のやうに心得へし。三の句より其意趣おこれり。そのやへかきをといへるは、譬へは其事をいはんとて猶ねんころにいへる心也。古哥に、あし引の山のしつくに君待と我たちぬれる山のしつくに、皆かやうによめる事、此類也。

（6京都大学附属図書館中院文庫本『古今集序注』（中院・Ⅵ・七〇））

この箇所では『為明抄』のみを引用する1の注記が最も短く、6は他に『為家古今序抄』、『古聞』、『称抄』の引用を加え、5には『後水尾院御抄』、『為明抄』、『古聞』の引用の後に「私」と付記した注釈が記される。先に示した「素直にして、事の心分き難かりけらし」の例とは異なり、これら三本はその共通性を積極的に指摘するのも躊躇されるが、記される注釈はまったく異なるのではなく、この例においてもいずれかの増補あるいは削除といった注記の増減の関係にあることが理解される。

「人の世となりて、素戔嗚尊よりぞ」の例のような注記に大幅な増減のある例を含みながらも、引用書目や文辞の類似は全体に及び、施注項目の立て方などからしても1〜4と5・6は近しい関係にあると考えられる。概して、6が先行注釈書を多く引用するのに対して1・5は限定的であり、また、記される注記が省略される場合もある。これも一例であるが、「目に見えぬ鬼神をもあはれと思はせ」の注釈では、和歌の徳を説明するために6では『後水尾院御抄』の引用部分に含まれる『毛詩正義』、『楽記』、『性理字義』の内容が詳述されるが、1と5では次のように省略されて記されている。

私、御抄ニ、毛詩正義、楽記、性理字義等云載也。依事長略之。

（1天理大学附属天理図書館蔵霊元院宸翰『古今和歌集序注』（九一一・二三・イ一三九））

御抄、毛詩序云、故正得失―。正義云――。楽記云――。性理字義――。名法要集――。神代巻――。

（5東山御文庫蔵『古今集序聞書』（勅封六三・三・一・五））

「私」箇所の注記に戻って見れば、概ね1が最も長い注釈を記し、他二本はそれに比して短文である場合が多いが、「人の世となりて、素戔嗚尊よりそ」の注釈のように、何れか一本のみに記される注記もある。諸抄の引用部分とともに「私」と付記する注記にも出入りが認められるが、こうした注記の増減は、霊元院の講説を取り込みつつ諸説の検討が行われていった過程を反映していると考えられる。1〜6の内、もっとも初期の段階を伝えると考えられる2には、注釈の行間や欄外へ書き入れられた注記がさらに削除される例が多々認められるが、1〜6の成立過程においては、そのような加筆や訂正が繰り返されたと推測される。一方で書き入れられたものが、再検討の結果また一方では削除されるといったように注釈は流動的であり、そのいずれかの段階が切りとられて書物となって現在に伝えられていると考えられる。現時点で知られるところでは、霊元院宸翰と考えられる1・2、中院通茂による書写と考えられる6（あるいは5も通茂筆の可能性がある）のいずれもが多量の書き入れの跡を紙面に残す草稿的とも言うべき形態で伝わっており、少なくともこの両者によって注説の整序が行われたことが知られる。対して、四半本に整然と書写された3・4は、そうした検討を経た清書本であったと考えられる。

おわりに

江戸時代の堂上の学問としての講釈活動は、個人的営みであるのと同時に歌壇的な営みでもあった。それぞれの書き留めた聞書は突き合わされて不足部分が補われ、同時に講釈の中で引用された先行諸抄の記述が補充された。また、理解の及ばない部分については改めて不審を進上してその確認が行われるのが通例であった。正徳四年の古今伝受においても同様のことが行われたと推測される。
資料に即してみれば、講釈を受けた武者小路実陰よると推定される当座聞書（東山御文庫蔵『古今集御講案』勅封六三・四・二）と中院通躬による当座聞書（京都大学附属図書館蔵中院文庫本『古今和歌集聞書』中院・Ⅵ・三五）の伝存は確認することができたが、講釈に続いて行われたであろう整序の過程を伝える中書本聞書については未完成に終わった一点（東山御文庫蔵『古今和歌集聞書』勅封六三・四・三）が目に触れたのみであり、他にも同様の試みが行われていたか否かといった点や、不審箇所の進上や返答などの整序過程の内実については関連資料の公開を俟って改めて考える必要がある。

また、京都大学附属図書館蔵『古今和歌集注』（中院・Ⅵ・七二）（前掲3）と東山御文庫蔵『古今集聞書』（勅封六三・四・一）（前掲4）の二点は、正徳四年の霊元院講釈の内容を含むことが確認されたが、同時に宝永元年（一七〇四）から二年にかけて行われた中院通茂による講釈とも密接な関係にあることも確認された。こうした矛盾するようなこの書物の性格を説明するためには、霊元院による講釈の聞書の浄書の過程において通茂の説が参照され取り込まれていったという経緯を想定するか[29]、逆に浄書本に見える両書が実は講釈に際して霊元院の机辺に置かれた参考資料であったというような可能性も考慮しなければならないだろうが[30]、そうした点についても歴代の古今伝受に関わる資料の公開を俟って改めて考えてみたい。

注

（1）新井栄蔵「影印陽明文庫蔵近衛基凞『伝授日記』」（『叙説』九、一九八四年一〇月）に影印がある。

（2）横井金男『古今伝授沿革史論』（大日本百科全書刊行会、一九四三年）、その後、同『古今伝授の史的研究』臨川書店、一九八九年）に再録。

（3）酒井茂幸『禁裏本歌書の蔵書史的研究』（思文閣出版、二〇〇九年）、同『禁裏本と和歌御会』（新典社、二〇一四年）、同「後水尾院の伊勢物語講釈について」（『古代中世文学論考』（新典社）三五、二〇一七年）等。

（4）酒井茂幸「天和三年の古今伝受——近衛基凞『伝授日記』の作成を中心に」（『国文学研究資料館紀要』四三、二〇一七年三月）。

（5）後西院への相伝（寛文四年（一六六四））時に後水尾院は六十九歳の高齢であったが、相伝の断絶が取り沙汰された明暦三年（一六五七）時点では六十二歳。霊元院への相伝（天和三年（一六八三））時に後西院は四十六歳。

（6）鈴木淳「武者小路家の人々——実陰を中心に」（近世堂上和歌論集刊行会編『近世堂上和歌論集』明治書院、一九八九年）に実陰の伝記的研究がある。『続史愚抄』元文二年（一七三七）四月十一日条によれば、中御門院に古今伝受を相伝する予定であったが、翌十二日に崩御されたため叶わなかったという。

（7）また、『輝光卿記』五月三日条にも「武者小路前宰相公へ明日ヨリ古今御伝授之趣、人遣先年ヨリ延引之所、自法王被仰出、大慶之事也」と記されている。

（8）この間の詳細については、『霊元天皇実録 二』（ゆまに書房、二〇〇五年）七二二—七二四頁参照。

（9）京都大学附属図書館蔵中院文庫本『古今集講談座割』（中院・VI・三七）には、①「正徳四五月」、②「正徳四年」と付記して内容に小異のある二種類の正徳四年の古今伝受の座割が記されている。聞書類と照らし合わせてみると、②の座割の進度と一致していることが確認される。①の座割は当初予定されていたもので、実際の進度はそれとは異なったため改めて②が記されたと考えられる。また、同蔵『古今集講談座割』（中院・VI・三六）に記される「正徳四年五月」の座割には訂正の跡が多く残るが、それも右の経緯を反映していると考えられる。

（10）京都大学附属図書館蔵中院文庫本『古今集講談座割』（中院・VI・三七）には「同日両座」とあり、予定されていた二回分が同日に行われている。

（11）歴代の伝えた古今伝受に関わる聞書類の多くは東山御文庫に伝来している。『皇室の至宝 東山御文庫御物 一』（毎日新聞社、一九九九年）の概説（二〇〇—二〇四頁、八嶌正治担当）には、歌道伝授に関わる諸資料とそれが収蔵される箱について次の様に述べられている。

　勅封61—8から勅封66—1までが古今伝受資料としてのまとまりをみせているがここに限られた訳ではない。
［…］勅封61—8、勅封64—1、勅封65、勅封66—1が特に古今伝受のために使う用具類のまとまりをみせ

ている［…］勅封63―1から5に及ぶ桐本箱・桐箱、勅封64の中の1から5までも同様な様相を示しており、以後は有栖川宮・閑院宮と天皇家との間で行われた古今伝受資料となる。

(12) はじめて本書が具体的に紹介されたのは、注11掲載の『皇室の至宝 東山御文庫御物 二』の書影と解説で、「本書は霊元法王（一六五四―一七三二）が武者小路実陰（一六六一―一七三八）へ古今伝授をされる際の、古今和歌集御講釈案の四冊（掲出図版は四冊のうちの第一冊）で、霊元天皇宸筆である」（市野千鶴子、二八一頁）と解説されている。

(13) 同書には他にも「○」印が付される部分がある。それらの部分の内容を確認すると、記載の脱落など不備のある箇所や不審のある箇所に印が付されているようである。

(14) 聞書は、講釈が終了した後にさらに不審を問い尋ね、講筵に連なった者達の分を突き合わせて整序が図られることが通例であった。この注記も、そうした一連の作業の際に補完を期すための追記であったと推測される。

(15) 同書には「安永三年（一七七四）夏」「明和三（一七六六）」の二つの年紀が記されるが、安永三年に後桜町院は近衛内前（一七二八―八五）に古今伝受を相伝しており、その準備のために明和三年の講釈聞書の浄書を行ったものと推測される。

(16) また、佐佐木信綱収集の古典籍・古文書類を収載する、同編『百代草』（私家版、一九二五年）にも書影が掲載され、次のような解説が付されている（佐佐木信綱編『竹柏園蔵書誌』（巌松堂書店、一九三九年）にも同様の解説がある）。

　五十四　霊元天皇宸翰古今集序註原寸大冊子本　一冊七十一葉あり。東常縁の古今和歌集序秘註により敷衍して註し給へる御草稿にて、古今集の序を註釈せる書のうち、すぐれたるものの一と申し奉るべし。ここに出せるは、「力をもいれずして天地を動かし、目に見えぬ鬼神をもあはれと思はせ」の条なり。

なお、『百代草』には佐佐木信綱所持の霊元天皇宸筆資料として、「霊元天皇宸翰古今集序註」、「霊元天皇宸翰後水尾法皇八十御賀記　延宝三年」、「霊元天皇宸翰乙夜随筆」の三点が挙げられる。この内、後者二点については、『宸翰英華 第二冊』（思文閣出版（再刊）、一九八八年）三〇六、三〇九頁に解説がある。

(17) 国立歴史民俗博物館編『高松宮家伝来禁裏本目録 分類目録編』（国立歴史民俗博物館、二〇〇九年）、同『高松宮家伝来禁裏本目録　奥書刊記集成・解説編』（同）に一覧される。なお、高松宮家伝来禁裏本の伝来につい

ては、小倉慈司「「高松宮家伝来禁裏本」の形成過程」（国立歴史民俗博物館研究報告一七八、二〇一三年三月）参照。
(18) 筆跡の特徴からすれば通茂に近いように思われるが、通茂、通躬父子の筆跡はよく似ている。通茂は正徳四年（一七一四）の古今伝受以前の宝永七年（一七一〇）に薨去しており、筆跡の認定はこの書物自体の成立事情とも関わるため、怱卒な判断は避けたい。
(19) 注11掲載の『皇室の至宝 東山御文庫御物 一』の概説参照。
(20) また、この折りの講釈の野宮定基による聞書に次の二書がある（但し1は一冊を欠き、『厳訓秘抄』の全容を伝えるのは現在のところ2のみ）。
　1京都大学附属図書館蔵中院文庫本野宮定基筆『厳訓秘抄』（中院・VI・二三）。〔江戸中期〕写　四冊（欠一冊）
　2加藤弓枝氏蔵久世通夏筆『厳訓秘抄』　宝永六年（一七〇九）写　六冊
いずれも通茂息による書写であり、通茂の講釈に同座して作成されたものと推測される。なお、2については、加藤弓枝「久世家と古今伝授資料」（特定研究久世家文書の総合的研究編『久世家文書の総合的研究』国文学研究資料館、二〇一二年）に紹介がある。
(21) 冷泉家時雨亭文庫に藤原定家筆写本が伝来。霊元院はそれまで勅封していた冷泉家の御文庫の封を解いており、冷泉家の蔵書を大量に転写させている。現在、国立歴史民俗博物館に保管される高松宮家伝来禁裏本『古今和歌集』（嘉禄本、H六〇〇―一一七）も冷泉家本の模写。
(22) 田村緑「影印・翻刻 陽明文庫蔵近衞基凞写『明疑抄』――付校異」（『叙説』一一、一九八五年一〇月）に伝本が検討され、陽明文庫本が翻刻される。
(23) 『藝林拾葉 鶴見大学図書館新築記念貴重書図録』（鶴見大学図書館、一九八六年）に書影と解説（池田利夫）があり、伊倉史人「鶴見大学図書館蔵『詠歌口伝書類』解題・翻刻」（鶴見大学日本文学会編『国文学叢録 論考と資料』笠間書院、二〇一四年）に記載内容が検討され全文が翻刻される。
(24) 注11掲載の『皇室の至宝 東山御文庫御物 一』に書影と解説（小森正明）がある。
(25) 注22掲載の田村緑「影印・翻刻 陽明文庫蔵近衞基凞写『明疑抄』――付校異」。

（26）中周子「京都大学図書館本『古今集為明抄』の成立とその性格」（『和歌文学研究』四五、一九八二年七月）。

（27）田村緑「古今和歌集の享受における文保二年為定本――勘物の異同を手がかりに」（『講座 平安文学論究 一〇』（風間書房、一九九四年）七九―八五頁。

（28）第三部第七章参照。

（29）この場合、当座聞書に通茂による講釈の聞書を突き合わせて京都大学附属図書館蔵『古今和歌集注』（中院・VI・七二）、東山御文庫『古今集聞書』（勅封六三・四・一）が浄書されたという過程が想定される。

（30）この場合は、通茂による講釈の聞書に基づき京都大学附属図書館蔵『古今和歌集注』（中院・VI・七二）、東山御文庫蔵『古今集聞書』（勅封六三・四・一）が作成され、それを手元に置き講釈が行われたため当座聞書との間に文辞の類似が発生したと考えるが、その蓋然性は低いように思われる。

第七章　中院家旧蔵古今集注釈関連資料

——中院通茂・中院通躬・野宮定基との関わりを持つ典籍を中心に

はじめに

中院家に伝来した諸々の典籍・文書類は、時代の変動に伴う散佚や焼失を経ながらも、大正年間までに中院伯爵家から京都大学に寄託された。(1) 京都大学附属図書館に所蔵される『中院家寄託哥書目録』（四九・ナ・九）と題された目録は、当時、京都帝国大学文科大学国史研究室助手の任にあった岩橋小弥太（一八八五―一九七八）によって著されたもので、その跋文には大正十二年（一九二三）当時の様子が次のように記されている。(2)

此目録の書どもは、さきに中院伯爵家よりわが大学に寄託せられたる書籍のうち、整理に漏れて久しく戸棚の中に積置かれたりしものなり。先年、いとまのほどに其の目録を調べ置きたりしかども、なほ心ゆかぬふしどものありて、いかで折を得て正さまく思ひゐたりしほどに、国文学現在書目録のこと起りたるに加へて、近きころ伯爵家に其の寄託書を悉く取返さんとの豫しありと聞ければ、あわたゞしくかくは改めものしつ。なほすでに整理せられたる書の目録は追つきて写しなんとす。

大正十二年（一九二三）四月小弥太しるす。五月六日一校了。
大正十三年九月謄写。京都帝国大学図書館
（京都大学附属図書館蔵『中院家寄託哥書目録』（四九・ナ・九））

これによれば、寄託書の内の古記録や文書類については先行して整理が進められたが、歌書類（『伊勢物語』、『源氏物語』とその注釈等を含む）については手付かずのままに時が過ぎたらしい。寄託が解消されそうになったために、それらについても「あわたゞしく」目録を「ものし」たと記されるが、この目録は二〇五点の典籍・文書類を対象に、書名・員数・装丁に加えて奥書・識語の翻刻を付した労作であり、書写者についても推定を示しているのは全体を通覧した上での判断と思われ、その価値は現在においても失われてはいない。

大正十二年の内に正式に寄贈となり、典籍類は京都大学附属図書館に、文書類は同総合博物館に移管されて、それぞれ「中院文庫」、「中院家文書」として整理されて今に至るが、文学関係に限っても、『古今集』、『後撰集』、『拾遺集』の三代集をはじめ、『源氏物語』、『伊勢物語』、『百人一首』、『詠歌大概』等の和歌集や物語とその注釈書、秘伝書、切紙、附属文書、関連する諸記録など多様なものを伝えている。重代の歌人が輩出した世系に伝領された蔵書であり、室町時代末頃から江戸時代中期頃までの古今伝受の歴史を伝える資料、とくに御所伝受に関わり作成された聞書・文書類や中院家内部に伝えられた古今伝受に関わり作成された聞書等を収めており、江戸時代前半の堂上の古典学を考える上で欠くことの出来ない資料群と言える。(3) そのため、これらの典籍・文書類については、個別に検討が行われた例も少なくはないが、(4) 総合的な検討はいまだなされてはいない。目録の公刊を含む総体としての解明が俟たれるのであるが、そうした作業への寄与の意味も含め、本章では京都大学附属図書館に「中院文庫」として収蔵される典籍の内、『古今集』の注釈活動に関わる資料について基礎的な事項の報告を行いたい。

一　中院の世系

中院家は土御門内大臣と称された源（久我）通親（一一四九―一二〇二）の五男・通方（一一八九―一二三八）を祖とする堂上公卿で、鎌倉時代から明治時代に至るまで大臣家の一つとして重きをなした。歌学に関わる事跡で著名なのは、第十四代・通勝以降である。その系統を本章に関わる部分について摘記すれば次のようになる。

通方（源（久我）通親男）――［二二代略］――通勝（一五五六―一六一〇）――通村（一五八八―一六五三）
通純（一六一二―五三）――通茂（一六三一―一七一〇）――通躬（一六六八―一七三九）――［以下略］
　　　　　　　　　　　　　　　　　　　　　　　　――野宮定基（一六六九―一七一一）
　　　　　　　　　　　　　　　　　　　　　　　　――久世通夏（一六七〇―一七四七）

通勝は細川幽斎（一五三四―一六一〇）から古今伝受を相伝しており、(5)第十五代・通村も古典注釈を良くした。(6)第十六代・通純は四十二歳の早世であるものの、第十七代・通茂、第十八代・通躬とその弟・野宮定基、久世通夏は、後水尾院（一五九六―一六八〇）から後西院（一六三七―八五）、霊元院（一六五四―一七三二）へと相伝された御所伝受にも関与している。『岷江入楚』の著述のある通勝の時点において、すでに相当量の歌書や物語類を含む古典籍が蓄えられていたであろうことは想像に難くはないが、(7)古目録なども伝わらず現時点ではその総体がいかなるものであったのかを知る術はない。(8)

二　中院文庫所蔵の古今集注釈関連資料

京都大学附属図書館に「中院文庫」として整理される典籍・文書類の内、『古今集』の注釈に関わるものを一覧した。京都大学附属図書館の請求番号（但し、「中院・VI」を省略して示した。冒頭の「23」は、「中院・VI・23」が請求番号となる）、「書名」（原則として外題による。外題、内題等の記されない場合は想定される名称を〔　〕を付し記した。したがって掲出した書名は京都大学附属図書館の登録名とは一致しない場合がある）、「記載内容」（検討の及ばない場合には「未詳」とした）、「員数」、「装丁・法量」の順に示し、「書写年代・書写者」には、奥書・識語に記される場合はそれを記し、推定される場合には〔　〕を付した。

表1　中院文庫本古今集注釈関連資料

番号	書名	記載内容	員数	装丁・法量	書写年代・書写者
23	厳訓秘抄	宝永二年（一七〇五）の中院通茂講・野宮定基録の聞書（清書本）	四冊	袋綴。一六・一×一八・三cm	宝永二年（一七〇五）・定基
24	〔顕注密勘〕	『顕注密勘』	二冊	袋綴。二三・二×一八・一cm	〔室町末江戸初〕
25	顕註密勘	『顕注密勘』	三冊	袋綴。二七・〇×二一・二cm	〔江戸前期〕
26	古今聞書	寛文四年（一六六四）の後水尾院講・通茂録の聞書（当座聞書）	四冊	仮綴。一四・〇×二〇・五cm	寛文四年（一六六四）・〔通茂〕
27	古今聞書	『両度聞書』（版本系）（＊1）	三冊	袋綴。二三・七×一八・八cm	〔室町末〕
28	古今聞書少々	『古今聞書少々』	一冊	袋綴。二八・八×二〇・四cm	〔江戸前期〕
29	古今血脈	『古今和歌集相伝血脈次第』	一冊	袋綴。二八・八×二〇・四cm	〔江戸中期〕
30	古今十巻抄	顕昭『古今集注』	一冊	袋綴。一八・二×二五・〇cm	〔江戸前期〕
31	古今集渭注	『三秘抄』	一冊	袋綴。二七・九×二〇・四cm	〔江戸中期〕

32	古今内聞書	『古今切紙口伝条々』	一冊	袋綴。二三・五×一八・一cm	〔室町末〕
33	〔古今和歌集聞書〕	宝永二年（一七〇五）の中院通茂講・通躬録の聞書（中書本）	八冊	仮綴。一四・六×一九・九cm	〔江戸中期〕・〔通躬〕
〃	〔古今和歌集聞書〕	未詳（宝永二年（一七〇五）の中院通茂講釈に関する聞書か）	三〇冊	仮綴。一九・〇×一二・五cm	〔江戸中期〕
〃	〔古今和歌集聞書〕	未詳（宝永二年（一七〇五）の中院通茂講釈に関する聞書か）	一冊	仮綴。二一・二×一四・二cm	〔江戸中期〕
35	〔古今和歌集聞書〕	正徳四年（一七一四）の霊元院講・通躬録の聞書（当座聞書）	六冊	仮綴。二〇・三×一四・八cm	正徳四年（一七一四）・〔通躬〕
36	〔古今集講談座割〕	正徳四年（一七一四）の霊元院の『古今集』講釈の座割	一冊	仮綴。一四・八×二一・〇cm	〔江戸中期〕・〔通躬〕
37	〔古今集講談座割〕	寛文五年の『百人一首』講釈等の割等	一冊	仮綴。一五・二×二三・〇cm	〔江戸中期〕・〔通躬〕
38	〔古今集最初聞書〕	宝永二年の中院通茂講・通躬録の聞書（草稿本）	二冊	仮綴。二〇・八×一四・七cm	宝永二年（一七〇五）・〔通躬〕
39	古今作者目録	『古今集作者目録』	一冊	袋綴。二八・八×二〇・五cm	〔江戸前期〕
40	〔古今和歌集注下書〕	『後水尾院御抄』の書き止し	一冊	仮綴。三一・二×二三・〇cm	〔江戸前期〕・〔通茂〕
41	〔古今和歌集序注〕	未詳（72に類似する注釈を記す）	一冊	仮綴。一三・九×二一・〇cm	〔江戸中期〕・〔通躬〕
42	古今集序注	伝宗長筆『古今序注』（＊2）	一冊	袋綴。二七・九×二〇・四cm	〔江戸中期〕
43	〔古今和歌集注〕	諸抄集成（書き入れ等多く、草稿の段階）	一〇冊	袋綴。一五・四×一七・二cm	〔江戸前期〕・〔通茂〕
44	古今集為明抄	『古今集為明抄』	一冊	袋綴。一六・〇×一八・二cm	宝永三年（一七〇六）・定基
45	〔古今和歌集注〕	北畠親房『古今集注』	一冊	袋綴。二五・九×二〇・一cm	貞享三年（一六八六）・通茂
46	〔古今和歌集注下書〕	反古の集積	一包	紙片を包んだもの	〔江戸中期〕
47	古今集童蒙抄	一条兼良『古今集童蒙抄』	一帖	列帖装。二四・九×一八・八cm	〔江戸前期〕
49	古今序抄 為家	『為家古今序抄』	一冊	袋綴。二六・九×二〇・二cm	寛文一三年（一六七三）・通茂
50	古今序抄	『三流抄』の影響を受けた序注（＊3）	一帖	列帖装。二四・六×一七・八cm	〔江戸初〕
51	古今序註下書	『後水尾院御抄』と関わる注記を持つ注釈。省略多し。書き止し。	一冊	仮綴。二九・五×二一・五cm	〔江戸前期〕

52	古今序注	『古今集序聞書』（三流抄）	一帖	列帖装。二四・六×一七・七cm	〔江戸前期〕
53	古今序注 聞書秘	『両度聞書』の序注部分	一冊	袋綴（包背装）。二三・九×一八・二cm	〔室町末江戸初〕
54	古今抄	『古今血脈抄』	五冊	袋綴。二七・五×一九・六cm	〔江戸中期〕
55	古今抄 宗祇	『両度聞書』	三冊	袋綴。二七・〇×二〇・二cm	〔江戸前期〕
56	古今抄	『〔三条西家本聞書集成〕』	一冊	袋綴。二七・三×二〇・〇cm	〔江戸前期〕
〃	古今抄 寛文	『後水尾院御抄』	四冊	袋綴。二六・八×一九・八cm	〔江戸前期〕
57	古今相伝神秘	『古今灌頂』（＊4）	一帖	列帖装。二四・六×一七・八cm	〔江戸前期〕
58	古今集相伝抄神秘密勘	『古今灌頂』	一冊	仮綴。二七・七×二一・二cm	〔江戸中期〕
59	古今伝受日記	寛文四年の古今伝受記録	一帖	列帖装。二六・五×二一・五cm	寛文四年（一六六四）・通茂
60	古今秘抄 後成恩寺殿御撰也	一条兼良『古今集童蒙抄』（『古今集釈義』）	一冊	袋綴。一七・五×二四・五cm	〔江戸前期〕
61	古今秘注抄	『古今秘注抄』	一一冊	列帖装。二三・八×一五・〇cm	〔南北朝期〕
62	古今秘注抄目録	『古今秘注抄』の目録部分	一帖	列帖装。二四・三×一六・一cm	〔室町前期〕
63	古今秘蜜抄	『古今灌頂』『袖中抄』等を合写	一冊	袋綴。一四・〇×二一・二cm	永禄八年（一五六五）
64	古今和歌集	『古今集』（貞応二年本）	一帖	列帖装。二五・五×一六・三cm	〔江戸前期〕
65	古今和歌集	『古今集』（貞応二年本）	一帖	列帖装。二六・一×一七・六cm	〔江戸前期〕
66	〔古今和歌集聞書〕	『両度聞書』	三冊	袋綴。二〇・〇×二一・三cm	貞享二年（一六八五）・通茂
67	〔古今和歌集聞書〕	宝永二年の中院通茂講・通躬録の聞書（清書本）	五冊	袋綴。一四・〇×二〇・〇cm	宝永四年（一七〇七）・通躬
68	古今和歌集聞書	寛文四年の後水尾院講・通茂録の聞書（中書本）	一冊	袋綴。二五・四×二一・一cm	寛文四年（一六六四）・通茂
69	古聞	『古聞』	三冊	仮綴。二八・五×一九・二cm	〔江戸初〕
70	〔古今和歌集序注〕	諸抄集成（書き入れ等多く、草稿の段階）	一冊	袋綴。一五・七×一七・五cm	〔江戸中期〕・〔通茂〕

71	〔古今和歌集注〕	未詳（『為明抄』に関係する。宗祇流の注釈か）（＊5）	三冊	袋綴。二七・七×二一・七cm	〔江戸前期〕
72	〔古今和歌集注〕	諸抄集成（清書本）	八冊	袋綴。二八・〇×二〇・五cm	〔江戸中期〕・〔通茂または通躬〕
73	詁訓	『古今栄雅抄』	一冊	袋綴。二八・二×二〇・三cm	〔江戸中期〕
74	鈷訓抄	『宗碩聞書』（＊6）	二冊	袋綴。二七・四×一九・六cm	〔室町末江戸初〕
101	為明抄	『古今集為明抄』	七冊	袋綴。二七・一×二〇・〇cm	〔江戸中期〕
108	伝心集	『伝心集』	一冊	袋綴。一六・〇×一八・〇cm	宝永二年（一七〇五）・定基
109	伝心集	『伝心集』	一冊	袋綴。二五・三×一九・七cm	〔江戸前期〕
110	伝心集	『古秘抄別本』（＊7）	一冊	袋綴。二六・五×二〇・三cm	〔江戸前期〕
111	伝心抄	『伝心抄』	四冊	袋綴。二八・〇×二一・〇cm	〔室町末〕
112	伝心抄抜書	『伝心抄』の抜書	一帖	列帖装。二六・二×一八・五cm	元禄一三年（一七〇〇）・通茂
116	〔内外秘歌抜書〕	『内外口伝歌共』	一軸	巻子。二八・二×五一・〇cm	〔江戸中期〕
135	秘歌註	『伝心集』（中院・VI・一一〇の転写）	一冊	袋綴。一六・〇×一八・〇cm	宝永二年（一七〇五）・定基
153	〔僻案抄〕	『僻案抄』	一帖	列帖装。一六・八×一六・四cm	長享元年（一四八七）・仙源
154	僻案抄	『僻案抄』	一冊	袋綴。二七・三×二一・五cm	〔江戸前期〕
164	〔明疑抄〕	『明疑抄』	一帖	列帖装。二三・七×一六・六cm	元禄一三年（一七〇〇）・通茂
180	古今和歌集	『古今集』（貞応二年本）	一帖	列帖装。一二・三×八・六cm	寛永一五年（一六三八）・通純

［補注］表中に「＊」を付した資料については以下の論考参照。

＊1　版本系・尚通本系の別は、石神秀美「原本『両度聞書』から板本『両度聞書』へ」（『三田国文』二、一九八四年三月）参照。

＊2　『曼殊院古今伝授資料 六』（汲古書院、一九九二年二月）所収の解題（浅見緑）に言及がある。

＊3　片桐洋一『中世古今集注釈書解題 二』（赤尾照文堂、一九七三年四月）。

＊4　石神秀美「古今灌頂解題稿」（『斯道文庫論集』二八、一九九三年一二月）に示される第四類。中院・VI・五八も同じ。

＊5　武井和人『中世和歌の文献学的研究』（笠間書院、一九八九年）の二九七頁に指摘がある。

＊6　平沢五郎・川上新一郎・石神秀美「慶応義塾大学図書館蔵宗碩自筆「古今和歌集聞書」」（『斯道文庫論集』二一、一九八五年三月）と同内容。

＊7　『京都大学国語国文資料叢書四〇 古今切紙集 宮内庁書陵部蔵』（臨川書店、一九八三年）に影印される『古今抄』（八条宮智仁親王筆）と同内容の切紙集。

顕昭『古今集注』、『顕注密勘』、『僻案抄』、『古今灌頂』、北畠親房『古今集注』、『三流抄』系の序注などの鎌倉時代から南北朝時代頃に著された「古注」と称される注釈書や、室町時代中期以降に成立した「旧注」と称される時代の注釈書である、一条兼良『古今集童蒙抄』、東常縁講・宗祇録『両度聞書』、宗祇講・肖柏録『古聞』、宗祇講・宗碩録『宗碩聞書』、『古秘抄別本』といった一条兼良（一四〇二―八一）や宗祇（一四二一―一五〇二）の関与した聞書・切紙類、また、三条西実枝（一五一一―七九）から細川幽斎を経由して禁裏・仙洞に伝えられた説々を記す『伝心抄』や江戸時代の御所伝受に関わる聞書類等、主要な注釈はほぼ揃っている。

三　中院通茂相伝の典籍・文書類と寛文四年の古今伝受の講釈聞書

先にも触れたが、中院文庫資料の中には江戸時代後期を遡る蔵書目録は伝わっておらず、それ以前の中院家の蔵書の形成過程を辿ることは容易ではない。比較的まとまった記録が伝わるのは、第十七代・通茂の周辺からであり、通茂自身、蔵書の収集と書写によく努め、現在の中院文庫資料の形成に深く関与している。

中院通茂は第十六代・通純の男。寛永八年（一六三一）生。母は権大納言高倉永慶（一五九一―一六六四）娘。慶安元年（一六四八）正四位下、承応二年（一六五三）に通純の薨去に伴い家督を相続する。明暦元年（一六五五）正月に参議、同年六月に従三位、同三年（一六五七）権中納言、万治二年（一六五九）正三位、同三年権大納言、寛文八年（一六六八）従二位、延宝元年（一六七三）正二位、宝永元年（一七〇四）内大臣、同二年（一七〇五）従一位。寛文十年（一六七〇）に権大納言を辞した後は、延宝三年（一六七五）二月まで武家伝奏を務める。宝永七年（一七一〇）薨去、八十才、渓雲院と号す。

歌人としても高名であり、後水尾院、後西院、霊元院の三代にわたって歌壇の中心に位置した。万治二年（一六五九）以降三年にわたって行われた「万治御点」の添削に前後して、明暦二年（一六五六）八月・九月には後水尾院による『伊勢物語』講釈を、寛文元年（一六六一）には『百人一首』講釈を聞き、寛文四年（一六六四）には後西院、日野弘資（一六一七―八七）、烏丸資慶（一六二二―六九）とともに後水尾院より古今伝受を相伝している。中院文庫には古今伝受の際の日次記録である『古今伝受日記』（中院・VI・五九）と座割が伝わり、『古今伝受日記』中には通茂の伝領した古今伝受箱に収められていた典籍・文書類が列記されているが、それらは現時点で確認できる中院文庫資料のもっともはやい時期の伝領の記録でもある。第三部第三章にも記したように、通茂に伝えられた古今伝受箱には、『顕注密勘』、『僻案抄』、『玄旨抄』、『也足御聞書』等の注釈書や切紙二十四通、切紙十八通、玄旨伝受状、誓状下書などの切紙、誓紙等が収められていたらしい。「也足御聞書」の書名も見えることから、通茂の曾祖父にあだる第十四代・通勝以来伝わった典籍・文書類を含むものであったと推測されるが、「也足御聞書」に該当する典籍の同定はできていない。しかしながら、『古今伝受日記』に記される典籍の内、「玄旨抄　四冊」は『伝心抄』（中院・VI・一一二）四冊、「僻案抄　一冊」は『僻案抄』（中院・VI・一五四）一冊、「聖碩抄」は『古今序注聞書秘』（中院・VI・五三）一冊がそれに該当すると思われ、通勝の段階における蔵書の一部は現存の中院文庫資料の中にも伝わっていると考えられる。[9]

寛文四年五月十二日より仙洞御書院において、後西院、中院通茂、日野弘資、烏丸資慶の四名に、すでに明暦三年（一六五七）に相伝を遂げた照高院宮道晃親王（一六一二―七九）、飛鳥井雅章（一六一一―七九）の二名を加えた六名を対象に『古今集』講釈が始められた。講釈は十六日までの僅か五日間で終了し、十八日には切紙が相伝されている。その間の動向については、『古今伝受日記』とともに次の『古今集講談座割』（中院・VI・三七）に詳しい。

1『古今集講談座割』（中院・Ⅵ・三七）　〔江戸中期〕写　一冊

仮綴。共紙表紙（一五・二×二二・〇㎝）。外題・内題ともに無し。料紙は楮紙。墨付三八丁、遊紙、巻首尾各一丁、中程に四丁。毎半葉九行。用字は漢字・平仮名。特徴的な筆跡から通茂男・通躬による書写と考えられる。奥書無し。印記は巻首に「京都／帝国／大学／図書」（単郭正方形朱印）、大正一二年（一九二三）の京都大学登記印。

この『古今集講談座割』は、次の講釈の際の座割を集成している。

寛文元年（一六六一）、後水尾院より後西院等への『百人一首』講釈
元禄十五年（一七〇二）、霊元院より中院通茂等への『百人一首』講釈
文明十六年（一四八四）、宗祇より肖柏への『古今集』講釈
慶長五年（一六〇〇）、細川幽斎より智仁親王への『古今集』講釈
寛永六年（一六二九）、八条宮智仁親王より道晃親王等への『古今集』講釈
明暦三年（一六五七）、後水尾院より後水尾院への『古今集』講釈
寛文四年（一六六四）、後水尾院より後西院等への『古今集』講釈
延宝八年（一六八〇）、後西院より霊元院等への『古今集』講釈
正徳四年（一七一四）、霊元院より武者小路実陰等への『古今集』講釈

また、寛文四年の『古今集』講釈の聞書については第三部第三章でも触れたが、当座聞書と中書本に相当すると思われる聞書が伝来している。書誌的事項は次の通り。

2『古今聞書』（中院・VI・二六）　　寛文四年（一六六四）写　四冊

仮綴。共紙表紙（一四。〇×二〇・五㎝）、中央打付書「古今聞書 第一（～第四終）」。料紙、薄手の楮紙。墨付、第一冊二一丁、第二冊一一丁、第三冊一六丁、第四冊一一丁。遊紙は第一冊尾七丁、第二冊尾一丁、第三冊尾一六丁、第四冊尾一一丁。内題無し。用字は漢字・平仮名・片仮名、朱書入あり。印記は巻首に「京都／帝国／大学／図書」（単郭正方形朱印）、大正一二年（一九二三）の京都大学登記印。

2には成立事情や書写の年次を伝える奥書・識語は付されないが、ほぼ同内容の注釈を記す『古今和歌集聞書』（中院・VI・六八）（後掲3）の奥書の記載により、2も寛文四年（一六六四）の後水尾院による講釈の聞書であることが判明する。簡素な装丁や速記風の乱雑な書写状態からみて当座聞書と判断され、通茂による書写と考えられる。寛文四年の講釈は各巻の冒頭五首に歌意に及ぶ講釈が行われ、六首目以下は文字読を伝えるのみの簡略なものであったが、2も各巻の冒頭から五首目までは歌意が説かれ、六首目以下には歌句が抜き出されて振り仮名、振り漢字、ゴマ点等が付されている。

3『古今和歌集聞書』（中院・VI・六八）　　〔江戸前期〕写　一冊

袋綴。共紙表紙（二五・四×二一・一㎝）、中央打付書「古今和歌集聞書」。料紙は楮紙。墨付、三八丁、遊紙首一丁、尾九丁。毎半葉一四～一六行。内題「古今和歌集聞巻第一」。

奥書は巻尾に以下のようにあり、寛文四年（一六六四）の後水尾院による『古今集』講釈に基づく聞書と判明する。書写も通茂と考えられる。

右寛文四年（一六六四）五月後水尾院御講談聞書也、特進（花押）

用字は漢字・平仮名。文字読の部分を中心に同筆の墨・朱墨による書き入れがあり、「天和」と付記する箇所があることから、天和三年（一六八三）の後西院から霊元院への古今伝受の際の文字読が追記されていると考えられる。印記は巻首に「京都／帝国／大学／図書」（単郭正方形朱印）、大正一二年（一九二三）の京都大学登記印。

3は一冊に仕立てられているが、真名序の聞書までを収める完本。注記内容は2とほぼ同一で比較的丁寧に書写されているが、清書本と称するような書写態度ではない。2に基づく中書本とするのが適当と思われるが、寛文四年の古今伝受の直後に作成されたものとするには疑問も残る。この奥書に記される「特進」（正二位）に通茂が叙されるのは延宝元年（一六七三）で、「後水尾院」と諡号が記されることから、この奥書の文面自体は延宝八年（一六八〇）の崩御後に記されたと判断される。天和三年の古今伝受に際して追記が行われていることから、手元にあったものに加証したか、その折りに改めて書写されたかのいずれかであろう。

また、この聞書の清書本と呼べるような伝本は見出せておらず、そのように称すべき一本が作成されたかも定かではない。中院文庫には、『古今抄寛文』（中院・VI・五六）と「寛文」の語を外題に記し、一見すると寛文四年の講釈聞書の清書本のように見える五冊本が伝わるが、その内の四冊は明暦三年（一六五七）に行われた後水尾院の『古今集』講釈の聞書を浄書したもので（他一冊は『〔三条西家本聞書集成〕』）、『後水尾院御抄』と称すべき資料である（第三部第二章にも述べた）。『古今抄寛文』は『古今集』の全歌に注釈を施しており、各巻冒頭五首のみの講釈が行われた寛文四年の『古今集』講釈の聞書に基づくとは考えられない。寛文四年の講釈は略式であったため、あるいはその欠を補う目的もあり、その講釈聞書の清書本としても機能した可能性も想定される。

四　中院通茂による古注釈書の収集と諸注集成の作成

現存の中院文庫資料には、通茂のもとに伝来した古今伝受箱に収められていた典籍・文書類以外にも、鎌倉時代から室町時代にかけて著された注釈が多く含まれている。その内のいくつかは通茂によって書写されているが、それらは必ずしも初学期の修学に用いられたものではない。むしろ、古今伝受後の年紀を記すものが多い。書写年代を追って示せば以下のようになる。

①『為家古今序抄』（中院・VI・四九）

此一冊古今集序注中院大納言為家卿真筆奥書
判形等歴然、尤為無雙之奇珍、奥三篇和歌
是又綰蚯蚓蟠龍蛇字勢絶妙者也、為後証
記之而已、于時永禄第二（一五五九）菊月中候、
稱名野釈（花押）」
右奥書之本従永井伊賀守尚庸被見之間写留之、
為家卿之抄物誠以珍奇之物也、可秘蔵之矣、
寛文十三（一六七三）仲秋初五　光禄大夫（花押）

②『両度聞書』（中院・VI・六六）

右古今和歌集聞書称名院右大臣公条筆、加州羽林綱利朝臣
所持之本也、今授之被請奥書之間、文字行

数等不違一字謄写之於本者鳥子半切一冊也、今分為三帖　終書功
序物名大哥所等闕之、以上三巻先年借請
烏丸亜相資慶卿本書写之、称名禅府（三条西公条）自筆
袋草子今至予手令全備之、年来之本望達
于茲何幸加之畢、不徳甚感悦聊誌其
旨趣而已、

　　貞享二年（一六八五）孟夏仲四　特進源（花押）

③北畠親房『古今集注』（中院・Ⅵ・四五）

此抄書者烏丸亜相資慶卿所持之本也、与当流之
説各別之物也、雖不足信用又可成助力事
多、仍借請之所写留也、今記其子細備後鑒
而也、

　　貞享第三（一六八六）仲秋初二

　　　　亜槐散木源（花押）

④『伝心抄抜書』（中院・Ⅵ・一一二）

右一冊申請照高院宮道晃親王御所持之
伝心抄書也、彼本之中愚本無之所々
抜書之畢、於青字者彼宮被窺
後水尾院条々仰之旨被注之云々、

押紙又彼院之御本照門御本御本以後水尾院御本被寫之所被押歟、今一見之以為後證聊所加筆也、

元禄十三年（一七〇〇）沽洗念五

亜槐老散木（花押）七十歳

⑤『明疑抄』（中院・VI・一六四）

右一冊先年申出後西院御本所令書写也、今虫払一見之次加後証者也、

元禄十三年（一七〇〇）七月初四

前亜槐源（花押）

付された花押はすべて通茂のもので、識語の「光録大夫」（従二位）、「特進」（正二位）、「前亜槐」（前大納言）も記された時期の通茂の位官と一致する(10)（但し、③、⑤に「亜槐」と記されるのは⑤のように「前亜槐」とあるべき）。祖本の所蔵は区々で、①『為家古今序抄』は京都所司代を務めた永井尚庸（一六三一―七七）、③北畠親房『古今集注』は烏丸資慶、④『伝心抄抜書』は道晃親王、⑤『明疑抄』は後西院の所持本をそれぞれ借り受けて書写している。②『両度聞書』は加賀藩主・前田綱紀（一六四三―一七二四）の所持した三条西公条筆と伝える一本を披見して書写しているが、綱紀の蔵書を受け継ぐ前田育徳会尊経閣文庫蔵『古今集聞書』にも通茂による識語が次のように記されており、「被請奥書」とある②の識語に対応する。

右一冊者称名院右禅相府公条公
芳蹟也、云抄出云筆跡握翫無
比類者乎、恨両三巻有欠闕
不全、備今加州羽林綱紀朝臣依所望、
貞享乙丑（一六八五）温風至之候、賛其後
禿筆尤有醜矣、　　特進源（花押）

こうした収書は、①、②に称名院・三条西公条（一四八七―一五六三）筆本を借り受けた感慨が記されており、善本の収集に主眼があったと推測されるが、③には「当流之説各別之物也、雖不足信用可成助力事多」と当流の説とは異なり信用に足るものではないが助力にはなると記す例もあり、家説の補完に関わる典籍が選別されて書写されたのではないようである。こうした通茂によって収集された典籍・文書類は単に次代への伝領に供されただけではなく、それらを参照しつつ説々の吟味が行われている。

次の『古今和歌集注』（中院・Ⅵ・四三）は、通茂によって元禄七年（一六九四）頃から十四年（一七〇一）頃にかけて書き継がれたと考えられる諸抄集成である。

4『古今和歌集注』（中院・Ⅵ・四三）　　〔江戸前期〕写　十冊

袋綴。象牙色無地表紙（一五・四×一七・二㎝）。第二冊以下表紙・装丁を異にする（第一冊 象牙色無地表紙、第二冊 上部灰色打曇表紙、第三冊 上部青色下部灰色打曇表紙、第四冊 青色格子地に丸紋表紙、第五～六冊 上部青色打曇表紙、第七冊 赤茶色無地表紙、第八冊 共紙表紙（仮綴）、第九冊 金色菊唐草表紙（仮綴）、第十冊 渋皮表紙）。外題無し、内題「古今和歌集」。

料紙は薄手の楮紙。墨付、第一冊九五丁、第二冊八九丁、第三冊六四丁、第四冊三四丁、第五冊二六丁、第六冊七五丁、第七冊四五丁、第八冊七三丁、第九冊九三丁、第十冊六丁。遊紙、第一冊尾三丁、第二冊首一丁・尾九丁、第三冊首一丁、第四冊首二丁・尾二〇丁、第五冊首一丁・尾九丁、第六冊首一丁、第七冊尾二丁、第九冊首一丁・尾二丁、第十冊首一丁・尾四四丁。毎半葉一六〜一八行前後。奥書・識語無し。用字、漢字・平仮名、朱・墨書入あり。印記は各冊巻首に「京都／帝国／大学／図書」(単郭正方形朱印)、「男爵住友吉左衛門寄贈」(単郭長方形黒印)、大正一二年の京都大学登記印。

奥書・識語は付されないが、注釈の脇や上部に「五月五日」(第一冊巻首)、「元八五廿一」(第三冊巻首)、「元禄九年七三」(同途中)、「元十四二五」(第八冊途中)等と小字で付記されており、元禄七年(一六九四)から十四年(一七〇一)頃にかけて著されたと考えられる。筆跡の特徴からして書写者は中院通茂と推測される。記載内容は次の通り。


第一冊(「題号」、巻一・春上〜巻九・羇旅)。巻首に「五月五日」の注記あり。

第二冊(巻十一・恋一〜巻十六・哀傷)。巻首に「七月十三日」の注記あり。

第三冊(巻十七・雑歌上〜巻十九・誹諧歌)。巻首に「元八五廿一」、途中に「元禄九年七三」の注記あり。

第四冊(巻十・物名、巻二十・大歌所御歌、墨滅歌、真名序、講釈次第)。途中に「元十十十六」の注記あり。

第五冊(巻一・春上(四二番歌)〜巻二・春下)。

第六冊(巻三・夏〜巻九・羇旅)。途中に「元九二廿七」の注記あり。

第七冊(巻十一・恋一〜巻十三・恋三)。

第八冊(巻十四・恋四〜巻十七・雑上)。途中に「元禄十三八十」の朱書注記、「元十四二五」の墨書注記あり。

第九冊(巻十八・雑下〜巻十九・雑下、巻十・物名、巻二十・大歌所御歌、墨滅歌、真名序)。

第十冊（題号。巻一・春上〜巻二・春下の途中までの書き止し）。

現状では十冊が一具として整理されるが、仮名序注を除く『古今集』全体の注釈二揃（第一冊〜第四冊、第五冊〜第九冊）とさらに別の題号・巻一春上から巻二春下の途中までの書き止し六丁分（第十冊）を併せたもので、第一冊から第四冊が元禄七年から十年（一六九七）頃に、第五冊から第九冊が元禄九年（一六九六）頃から十四年頃にかけて順次著されていったと考えられる。

この4は、顕昭『古今集注』、『顕注密勘』、『両度聞書』、『古聞』、『伝心抄』、『為明抄』等の多くの注釈を抜き書きし、墨・朱墨によってそれらの文辞の一部を削除、また加筆して文脈を整えている。紙面には夥しい墨・朱墨の書き入れの跡が残り、「私」と付記して注記が書き入れられる例もあり、諸説の検討のためのノートと言った方が実態を言い表しているように見える。著された時期からして宝永元年（一七〇四）から翌二年にかけて行われた、通茂の三人の息男（中院通躬、野宮定基、久世通夏）への『古今集』講釈を見据えて行われた作業の記録と推測されるが、その際に著された聞書（後述）と比較すると、総体として注記の大幅な増減は認められるものの、諸抄を引用しつつ述べる施注の方法は類似しており、文辞の一致を見る箇所も多い。おそらくは、通茂の手元に置かれた参考資料として講釈やその聞書の浄書の際などに活用されたのであろう。

また、こうした諸抄集成的な性格やそれらを見渡して「私」説として評言を加える方法は、第三部第六章で検討を行った霊元院による正徳四年（一七一四）の『古今集』講釈の説を含む諸抄集成である『古今和歌集注』（中院・Ⅵ・七二）にも踏襲されている。通茂による作業が引き継がれていったものと理解されるが、同書について述べた際にも記したように、一応の清書本と考えられる『古今和歌集注』（中院・Ⅵ・七二）と類似した注説を記しながらも少なからぬ注記の出入りの認められる書冊が複数確認されており、その具体的な作成の手順や時期、作

成主体等についてはなおも検討の余地が残されている。(11)

五　中院通躬の聞書

通茂の子には、中院家を継承した長男・通躬、野宮家を嗣いだ二男・定基、久世家を嗣いだ三男・通夏（一六七〇―一七四七）の三人の息男がある。中院文庫には通躬と野宮定基によって書写された典籍・文書類が伝わっており、古今伝受をめぐる通茂以降の中院家の動向を知ることができる。(12)

中院通躬は、中院家第十八代当主で通茂の子として寛文八年（一六六八）に生まれる。母は小笠原政信（一六〇七―一六四〇）の娘。貞享二年（一六八五）正四位下に叙され、元禄元年（一六八八）参議に任ぜられる。同年十二月従三位、同五年（一六九二）権中納言、同六年（一六九三）正三位、同十五年（一七〇二）従二位、宝永元年（一七〇四）権大納言、正徳元年（一七一一）正二位、享保十一年（一七二六）内大臣、同十三年（一七二八）従一位、元文三年（一七三八）右大臣。元文四年に薨去、七十二歳、歓喜光院と号す。

通躬は、父・通茂と霊元院の『古今集』講釈を聞いており、双方の聞書を遺している。通茂の講釈は宝永元年（一七〇四）七月十日から翌二年五月六日にかけて行われており、野宮定基、久世通夏も同座している。次に示した**5**〜**7**は、記される奥書や注釈に付記される日付などから通茂による講釈の聞書と判断され、特徴的な筆跡により通躬自身による書写と考えられる。古今伝受の通例に倣い、講釈の後には聞書が浄書されたと考えられ、**5**が当座聞書、または草稿本、**7**が清書本と判断される。**6**はその間の浄書の過程を伝えると考えられるが、類似する内容を記した書冊が複数伝わるなど、どのような位相にあるのか判断に窮する例もある。

5『古今集最初聞書』（中院・Ⅵ・三八）　宝永二年（一七〇五）写　二冊

袋綴。共紙表紙（二〇・五×一〇・七㎝）。外題無し。内題「古今―」。料紙は薄手の楮紙。墨付、第一冊一二四丁、第二冊二一六丁。遊紙、第一冊尾一丁。毎半葉一三行前後で不定。奥書は第二冊巻尾に次のようにある。

宝永二年（一七〇五）五月二日御講談成就、□□

□□清書成功了、

また、次のように記す紙片（もとは包紙と思われる）を附属する。

古今集最初聞書

宝永二年五月廿九日清書校正遂之、

此清書在判五冊、

「清書在判五冊」とあるのは通茂による加証を記す後述の7を指す。そのもととなった聞書であることを改めて注記したものと考えられる。用字は漢字・平仮名で速記風にやや乱雑に書写されている。紙面には墨筆、朱筆による多くの書き入れがあり、草稿的な段階を伝えると考えられる。印記は両冊巻首に「京都／帝国／大学／図書」（単郭正方形朱印）、「男爵住友吉左衛門寄贈」（単郭長方形黒印）、大正一二年の京都大学登記印。

6『古今和歌集聞書』（中院・VI・三三）〔江戸中期〕写　三九冊

現状の6には横本八冊と縦型本三一冊の計三九冊が一括されている。注記内容を比較すると両者は本来的に関連すると思われるが、三一冊の方は精査に及んでいない。横本八冊が一具として纏まり宝永元年から二年にかけて行われた通茂による講釈の聞書の中書本にあたると考えられる。

仮綴。共紙表紙（一四・六×一九・九㎝）。外題、「古聞」（第二冊のみ。他冊には記されない）。内題「古今和哥集　巻第一」。料紙は楮紙。墨付、第一冊一六丁、第二冊三三丁、第三冊二七丁、第四冊一葉、第五冊三六丁、第六冊四六丁、第七冊二二丁、第八冊五一丁。遊紙、巻首各冊無し、巻尾第一冊のみ五丁、他冊は無し。毎半葉一〇行前後。用字は漢字・平仮名。印記は各冊巻首に「京都／帝国／大学／図書」（単郭正方形朱印）、「男爵住友吉左衛門寄贈」（単郭長方形黒印）、大正一二年の京都大学登記印。

巻尾を欠いており奥書・識語を確認することができないが、第二冊内題下に「宝永元七十日被仰也」とあり、宝永元年の通茂による講釈の聞書と判明する。筆跡からして通躬による書写と考えられる。第一冊は速記風の書写で訂正や書入も多く草稿的状態を示している。第二冊は第一冊の浄書と思われ第三冊以降とともに一具となるが、八冊併せても巻一春上から巻八離別途中までの注釈を遺すのみでその全体像は確認できない。書写状態は丁寧で6の第二冊から第八冊の行間に加筆される注記が概ね次に示す7の本行部分に踏襲されていることから、7の浄書に用いられた中書本と考えておきたい。

7『古今和歌集聞書』（中院・VI・六七）宝永四年（一七〇七）写　五冊

袋綴。薄青色表紙（一四・〇×二〇・〇㎝）。外題無し。内題「古今和歌集　巻第一」。料紙は薄手の楮紙。墨付、第一冊一二二丁、第二冊一七三丁、第三冊二三四丁、第四冊一七七丁、第五冊一〇六丁。遊紙、巻首各冊二丁、巻尾第一・二・四冊各二丁、第三・五冊各一丁。毎半葉一〇行。用字は漢字・平仮名・片仮名、朱訂正・補記あり。

奥書は第五冊巻尾に次のようにある。

右古今集聞書所令講
談一々無相違、少々聞
誤之所々一見之次、令
改正者也、
宝永四年（一七〇七）九月十三日
前内大臣（花押）

花押は通茂のもの。5に附属する紙片には、宝永二年（一七〇五）五月廿九日に7の「清書校正」が終了したことが記されており、記載通りならば「少々聞誤之所々一見之次、令改正」とある通茂による確認はその後二年半程を要したこととなる。記される通り、紙面には通茂の点検の跡と考えられる朱筆による訂正や補筆が認められる。注記内容は6にほぼ一致し、6に加筆・訂正された部分は7では概ねその通りに修正されている。書写も丁寧で通茂によって講釈の内容と相違ない旨の加証が付されることからも、講釈聞書の清書本と考えられる。

印記、各冊巻首「京都／帝国／大学／図書」（単郭正方形朱印）、大正一二年の京都大学登記印。

通茂より通躬への古今伝受から九年の後、正徳四年（一七一四）五月四日から二十八日にかけて霊元院より武者小路実陰（一六六一―一七三八）への古今伝受が行われたが、通躬はその講釈にも同座している（但し、切紙伝受は実陰のみ相伝した。(13) 次に示した8・6は奥書や識語は記されないが、付記された日付と筆跡からその折の聞書で通躬による書写と考えられる。

8『古今和歌集聞書』(中院・VI・三五)　正徳四年(一七一四)写　六冊

書誌等は第三部第六章参照。奥書・識語は付されないが、第一冊の墨付一丁表右端に「正徳四五四」と記され、正徳四年五月四日に開始された霊元院による『古今集』講釈の際の聞書と判明する。やや乱雑な書写状態から当座聞書と考えられる。この聞書の中書本、浄書本は見出せておらず、それらが作成されたか否かも定かではない。

9『古今集講談座割 正徳四年』(中院・VI・三六)　〔江戸中期〕写　一冊

仮綴。共紙表紙(一四・八×二一・〇㎝)。外題無し、内題「古今集講談 正徳四年 五月」。料紙は楮紙。墨付二二丁、遊紙巻首尾各一丁。毎半葉一一行。用字は漢字・平仮名。奥書類は付されないが特徴的な筆跡により通躬による書写と判断される。墨付一一丁表まで講釈の座割が記され、墨付一二丁表からは文字読に関する注記を主とした『古今集』の注釈が記される。印記、各冊巻首「京都／帝国／大学／図書」(単郭正方形朱印)、大正一二年の京都大学登記印。

また、次の10は、筆跡の特徴から見て通躬の書写と思われる『古今集』仮名序の注釈で、「古よりかく伝はる内にも平城の御時よりぞ」から末尾までの注釈を記すのみの残欠であるが、注記の内容は第三部第六章で検討を行った霊元院による正徳四年(一七一四)の『古今集』講釈の説を含む諸抄集成である『古今和歌集注』(中院・VI・七二)に文辞の面でもよく似ている。

10『古今和歌集序注』（中院・VI・四二）　〔江戸中期〕写　一冊

仮綴。共紙表紙（一三・九×二一・〇㎝）。外題、内題ともに無し。料紙は楮紙。墨付一二丁、遊紙首三丁、尾一丁。毎半葉一七～二五行程度で不定。奥書・識語無し。用字、漢字・平仮名、朱合点あり。印記は巻首「京都／帝国／大学／図書」（単郭正方形朱印）、大正一二年の京都大学登記印。

『古今和歌集注』（中院・VI・七二）の成立過程を伝える資料であるのか、その抄出であるのかは判然としないが、関連する資料の一つとして記しておきたい。

六　野宮定基の聞書とその書写活動

野宮定基は、通茂の二男として寛文九年（一六六九）に生まれる。母は権大納言野宮定逸（一六三七―七七）の娘。初名は親茂。松堂と号す。叔父・野宮定縁の死去により延宝五年（一六七七）に野宮家の嗣子となり定基と改名。元禄四年（一六九一）正四位下に叙され、宝永元年（一七〇四）参議に任ぜられる。同二年（一七〇五）従三位、同七年正三位、正徳元年（一七一一）病気危急により権中納言に任ぜられ同日薨去、四十三歳。

定基は有職家としても高名であり、その書写した典籍も多く伝わる(14)。宝永元年（一七〇四）七月十日から翌二年五月六日にかけて兄・通躬、弟・久世通夏とともに通茂の『古今集』講釈を聞いており、その際の聞書の浄書本である次に示した11が中院文庫に伝存する。

11『厳訓秘抄』（中院・VI・二三）　宝永二年（一七〇五）写　四冊（欠第一冊）

袋綴。赤・橙・緑・紫色縦縞引表紙（二六・一×一八・三㎝）。外題「厳訓秘抄古今集第二（〜古今集第五）」。料紙は楮紙。墨付、第一冊五三丁（巻第六〜巻第九）、第二冊一四四丁（巻第十一〜巻第十五）、第三冊一三二丁（巻第十六〜巻第十九）、第四冊一〇三丁（巻第十、仮名序、巻第二十、墨滅歌、奥書、真名序）、遊紙無し。毎半葉一三行。内題「古今和歌集巻第六（〜二十）」。奥書は次の通り。

右冬部八月十三日御講談、同日至
賀部九首、九月八日、自賀部至離別
部廿五首、同月十五日、自離別至羇旅、
已上三座、厳訓詳注之、
　宝永元年（一七〇四）九月廿四日清書之、
　正四位行左近衛権中将藤原朝臣定基生年卅六
宝永三年（一七〇六）八月五日、更校正之以
朱注之、　（第一冊奥書）
右恋哥一、宝永元年十月十日御講談、
此日四十首、同十九日至巻末、十一月四日第
二巻四十首、同六日至第三巻廿一首、十四日
至巻末、廿四日第四巻卅一首、廿九日至
巻末、十二月四日第五巻卅九首、十九日

至巻末、已上九座厳訓之旨趣具注
之、而十二月十日下官任参議、且歳暮
年首等依公私繁務、清書頗懈怠、
宝永二年（一七〇五）四月十四日遍遂筆功畢、
　参議従三位行左近衛権中将藤原朝臣定基卅七歳
宝永三年更校正以朱註之、于時九月
十九日辰刻、　（第二冊奥書）
雑躰短哥五首反哥一首、旋頭哥四首、
誹諧哥五十八首、已上六十八首
　宝永二年二月廿日自雑哥上有御講
　四月十日誹諧終功、厳訓具註之、　（第三冊奥書）
凡此聞書中被［　　］
諸抄之説不被称［　　］
雖被称諸抄之［　　］
之、仍与本文［　　］
御講説之［　　］
不□廻節［　　］
諸抄［　　］
依［　　］

宝永二年四□
二日自第□
此聞書□
談次第□
与假名□
□　（第二冊奥書）

用字は漢字・平仮名、朱墨による書き入れあり。印記、各冊巻首「京都／帝国／大学／図書」（単郭正方形朱印）、「男爵住友吉左衛門寄贈」（単郭長方形黒印）、大正一二年の京都大学登記印。

11は『古今集』の巻数で巻首から巻五までを欠いている。第一冊目の外題に「古今集第二」と記されることから第一冊が失われていることが確認されるが、全体にわたって状態が悪く、とくに第五冊は破損が甚だしい（末尾部分は紙面に対して二割程度しか残らない）。第一冊も伝領の過程で朽ちてしまった可能性がある。[15]

中院文庫には定基が書写した典籍が三点確認されるが、いずれも書写をめぐる状況についての詳細な奥書が付されており、古今伝受に伴って書写されたものと知られる。

①『秘歌註』（中院・VI・一三五）

右一帖中載廿四首和哥之伝、此事
御切帋無之、仍以此一帖御伝授也、
以厳閣（通茂）御筆謄写之、

宝永二年（一七〇五）七月晦日
参議従三位行左近衛権中将藤原朝臣定基卅七才

②『伝心集』（中院・Ⅵ・一〇八）

右伝心集、切紙之寄書、巌閣（通茂）授賜
之曽祖後十輪院（通村）相君御筆御本也、
宝永二年（一七〇五）十月廿日謄写一校畢、
参議従三位行左近衛権中将藤原定基卅七歳
同日朱書写之、凡此抄類依巌閣御譲置、返納慈兄君返献畢（朱）、

③『古今集為明抄』（中院・Ⅵ・四四）

古今和歌集序為明卿抄第一、以巌閣（通茂）
御本謄写之、子細注第二巻奥書、
此巻以有御覧之事最末得之、仍
今日遂筆功、只恨此抄闕大哥所第廿巻
及真名序而已、
宝永三年（一七〇六）十二月九日
同日一校加朱畢
参議従三位行左近衛権中将藤原朝臣定基卅八才（序末奥書）
右為明卿抄、以巌閣御本謄写之、凡古今集
説相伝之後、師授抄物於弟子古法也

厳閤御本依被□遣慈兄亜相君賜
彼御本書写之、此厳閤教命也
　宝永三年（一七〇六）八月廿七日書写校合畢
　参議従三位行左近衞権中将藤原（花押）卅八才（巻三末奥書）

右為明抄第三秋上下冬以厳閤御本
謄写校合畢、子細注上巻畢、
　宝永三年九月□□
　参議従三位行左近衞権中将藤原（花押）卅八才（巻六末奥書）

宝永三年九月廿三日、卯半刻立筆、
同日秉燭終巧之、廿五日校合加朱点、
　参議従三位行左近衞権中将藤原（花押）卅八才（巻十末奥書）

古今和哥集恋一二三為明抄第五、厳閤御本
申請亜相君書写之、校合加朱畢、
　宝永三年十月十九日
　参議従三位行左近衞権中将藤原（花押）卅八才（巻十三末奥書）

古今和歌集為明抄第六自恋哥四至哀傷、
宝永三年十一月五日書写校合畢、
　参議従三位行左近衞権中将藤原（花押）卅八才（巻十六末奥書）

①『秘歌註』奥書には、「右一帖中載廿四首和哥之伝、此事御切帋無之、仍以此一帖御伝授也」と、この一帖に記される二十四首和歌の伝（『内外口伝歌共』）は切紙には記されないので此一帖をもって伝授されたと記され、定基に対しても講釈だけではなく切紙伝受が行われていたことが知られる。また、③『古今集為明抄』巻三末には、「凡古今集説相伝之後、師授抄物於弟子古法也」とあり、古今伝受の相伝の後には師の抄物が弟子に授けられるのが古来よりの仕来りである旨が記され、それに倣って書写されたことが知られる。この文言に対応して、①『秘歌註』には「以厳閣御筆謄写之」、②には「厳閣授賜」、③には「以厳閣御本謄写之」といずれも通茂所持本を書写したことが記されている（ここに記される通茂所持本は中院文庫に現存する『伝心集』（中院・Ⅵ・一〇九）、『伝心集』（中院・Ⅵ・一一〇）、『為明抄』（中院・Ⅵ・一〇一）と推定される）。『古今集』の講釈、切紙伝受、師の所持する典籍・文書類の書写が一連の行儀と考えられていたことが確認される。

おわりに

京都大学附属図書館に収められた中院家旧蔵資料の中の『古今集』の注釈に関わる資料について、その由来が判明するものを大別すれば以下のようになる。

①通茂のもとに伝来した古今伝受箱に収められた通勝以来相伝されてきた典籍・文書類。
②寛文四年（一六六四）の後水尾院より通茂への古今伝受に際して作成された聞書とその後に収集された注釈。
③通茂によって作成された諸抄集成。
④宝永元年（一七〇四）から二年にかけて行われた通茂から通躬への古今伝受に際して作成された聞書。
⑤正徳四年（一七一四）の霊元院の講説を含む諸抄集成。

⑥宝永元年（一七〇四）から二年の通茂から野宮定基への古今伝受に際して作成された聞書とその書写本。

伝来の明らかではない例を残すものの、中院文庫に現存する『古今集』注釈に関わる書冊は、通茂、通躬の古今伝受に伴い作成されたものがその中核をなしている。この時代が中院家における古典学の隆盛の時期であったことが改めて確認されるが、それらと併せて野宮家を嗣いだ通茂二男・定基の書写本が中院文庫に伝わり、また、久世家を嗣いだ三男・通夏の書写本が中院文庫に見当たらないのはどのような事情によるのだろうか。

実は久世通夏の記した聞書や書写本も一時的には中院家に伝領されていたらしい。延享四年（一七四七）に久世通夏が危篤に陥ると通夏の相伝した古今伝受箱の帰属をめぐる争論がおこったことが『通兄公記』延享四年（一七四七）九月二十三日条に記されている。加藤弓枝氏所蔵の久世通夏筆『厳訓秘抄』附属文書によれば[16]、通夏の伝えた古今伝受箱は一旦は中院家に返却されたらしいが、その後、改めて久世家から引き渡しの要求があり、結局は久世家に戻されている（加藤弓枝氏蔵『厳訓秘抄』はそうした来歴を辿った典籍の一部である）[17]。定基は通夏に先立ち正徳元年（一七一一）に没しているが、その際にも同様の要請があり、古今伝受に関わる典籍・文書類が中院家に返却されたと推測される。結果的に定基の古今伝受箱は野宮家に返却されることなく、中院家に留め置かれて現在に至ると思われる。また、通夏の関与した典籍・文書類が中院文庫に伝わらないのは右のような事情による。

注

（1）京都大学附属図書館編『京都大学附属図書館六十年史』（京都大学附属図書館、一九六一年）二〇七―二〇八頁によれば、伯爵・中院通規（一八五六―一九二五）の旧蔵書で大正一二年（一九二三）に正式に寄贈を受けた。寄贈に際しては、住友家一五代当主・友純《ともいと》（一八六五―一九二六）が「中院家との姻戚関係の縁故から」「一〇四一冊を一括購入して寄贈した」というが、通規は徳大寺公純《きんいと》（一八二一―八三）の第三子で中院通富（一九二三―八五）の養嗣子。友純は公純の第六子であった。後述する『中院家寄託哥書目録』に「近きころ伯爵家に其の寄託書を悉く取返さんとの豫しありと聞ければ」とあるのは、その頃、中院家に何らかの金銭的な問題があったことを伝えていると思われる。なお、日下幸男「住友家歴代の文事と公家文庫」（『住友史料叢書』「月報」二八、二〇一三年一二月）参照。

（2）『中院家寄託哥書目録』は、武井和人「一条家古典学を支えた古典籍」（同『中世古典学の書誌学的研究』勉誠出版、一九九九年）に紹介されて、その価値が再認識された資料。拙稿「京都大学附属図書館蔵『中院家寄託歌書目録』翻刻」（『大阪商業大学商業史博物館紀要』三、二〇〇二年一二月）に全体を示した。

（3）日下幸男『近世初期聖護院門跡の文事』（私家版、一九九二年）、同『近世古今伝授史の研究 地下篇』（新典社、一九九八年）、同『後水尾院の研究』（勉誠出版、二〇一七年）は、同文庫・文書を多く活用して江戸時代前期の文事の歴史的展開について述べる。

（4）『古今集』の古注釈に限って見ても、片桐洋一『中世古今集注釈書解題 一―六』（赤尾照文堂、一九七一年―一九八六年）に紹介されるものには中院文庫に所蔵されるものが多く、その他にも、中周子「京都大学図書館本『古今集為明抄』の成立とその性格」（『和歌文学研究』四五、一九八二年七月）をはじめ多くの個別の報告が備わる。

（5）第二部第三章参照。なお、通勝については、日下幸男『中院通勝の研究 年譜稿篇・歌集歌論篇』（勉誠出版、二〇一三年）にその年譜が纏められた。

（6）日下幸男「中院通村の古典注釈」（『みをつくし』一、一九八三年一一月）参照。

（7）宮内庁書陵部蔵『実条公遺稿』（柳・三一三）には、三条西実条（一五七五―一六四〇）の蔵書の一部と思われる書物が列挙されている。その中には「中院也足ニ借分」として通勝へ貸し出した書物の書目が挙げられており、当時の典籍・文書類の貸借や書写の経緯が知られる。同書については、武井和人「三条西家古今学沿革資料裸攷――実隆・公条・実枝」（『中世和歌の文献学的研究』笠間書院、一九八九年）、拙稿「慶長前後における書物の書写と学問」（鈴木健一編『形成される教養 十七世紀日本の〈知〉』（勉誠出版、二〇一五年）参照。

（8）中院文庫には、『中院家蔵書目留』（中院・Ⅲ・一〇）四冊、『和漢之書籍目六』（中院・Ⅲ・三四）一冊の蔵書目録が所蔵されるが、前者は「文化二年（一八〇五）」、後者は「嘉永三年（一八五〇）夏」の記載があり、何れも江戸時代後期に作成された目録である。
（9）上野洋三『近世宮廷の和歌訓練『万治御点』を読む』（臨川書店、一九九九年）参照。
（10）寛文十三年（一六七三）従二位散位（前権大納言）・四三歳、貞享三年（一六八六）正二位散位（前権大納言）・五六歳、元禄十三年（一七〇〇）正二位散位（前権大納言）・七〇歳。
（11）第三部第六章参照。
（12）また、久世通夏の日次記を含む久世家文書も別に伝わっており、それによっても中院家の動向を知ることができる。特定研究久世家文書の総合的研究編『久世家文書の総合的研究』（国文学研究資料館、二〇一二年）参照。
（13）第三部第六章参照。
（14）例えば、姫野敦子「東京大学総合図書館所蔵野宮本『明月記』について」（『明月記研究』二、一九九七年一一月）には、中院通茂・通躬の周辺で野宮定基が書写した『明月記』が紹介され、『定基卿記』宝永元年（一七〇四）八月二日～十一日条により、『明月記』の転写にあたり定基が通躬の書写補助をしたことが指摘されている。
（15）近時、加藤弓枝「久世家と古今伝授資料」（特定研究久世家文書の総合的研究編『久世家文書の総合的研究』国文学研究資料館、二〇一二年）によって同氏所蔵の『厳訓秘抄』六冊が紹介された。これは定基の弟・久世通夏による写本で、すべての巻が揃う完本。その奥書には『厳訓秘抄』の成立の経緯が次のように記されている。
凡古今集説相伝儀、必師範熟覧弟子聞書加判授之古法也、厳閤依御老年且御病身、兄君定基朝臣下官聞書等被厭御覧之儀、仍唯覧長兄亜相君聞書所々有御改正儀、定基朝臣下官以彼御聞書可改之旨有厳命之間、更申請彼御本改正之以朱注付了、

（加藤弓枝氏蔵『厳訓秘抄』奥書）

これによれば、講釈においては師が弟子の聞書を精査して加証することが古来の通例であるが、厳閤（通茂）はすでに老年で病身であったため、兄・定基が通夏の聞書を改め、さらに長兄・通躬の聞書とも突き合わせたという。
（16）注15掲載の加藤弓枝「久世家と古今伝授資料」参照。
（17）久世家に伝来した典籍・文書類は、現在は中央大学図書館、明治大学博物館、国文学研究資料館、日下幸男氏などに分蔵されている。『史料館所蔵史料目録 三一』（史料館、一九八〇年）所収「山城国久世家文書目録」、『明治大学刑事博物館目録 一五』（明治大学刑事博物館、一九五九年）。

第四部　歌の道と心のありよう――古典学の思索とその行方

第一章　堂上の諸抄集成
――霊元院周辺の和歌注釈とその意図

一　諸抄集成の時代

『湖月抄』は言うまでもなく、『教端抄』[1]や『古今拾穂抄』（従来『教端抄』として知られていた書の異本[2]）といった、北村季吟（一六二五―一七〇五）の手になる『古今集』を対象とした諸抄集成の紹介と影印刊行も進み、その資料性の吟味や注釈史上の意義の検討とともに、地下の学問の形態としての先行諸抄の集成と利用の実態についても具体的な様相が窺われるようになって来た。[3]平安時代に著された顕昭『古今集注』のような古層の著述をはじめとする十二種類の先行諸抄を併記した上で、師である松永貞徳（一五七一―一六五四）の説をもって先行諸説の正否と当該歌の解釈をまとめる『教端抄』（また、『古今拾穂抄』）の立場は、「中世以来の古今集注釈書の集大成[4]」とその博覧ぶりが評価され、また、「客観的諸注集成の形をとっていながら、［…］実は宗祇と貞徳を結ぶ線の上で交通整理されている[5]」と、諸抄を併記する方法には学問的客観性が認められつつも、流派の立ち位置を明確にする目的意識を伴っていたであろうことも指摘されている。

著名な季吟の著述に至るまでにも、先行する古典注釈の説々を併記する諸抄集成は数多く著されてきた。片桐洋一『中世古今集注釈書解題 六』（赤尾照文堂、一九八七年）には、常光院尭孝（一三九一―一四五五）に発する常光院流、宗祇（一四二一―一五〇二）門弟に伝えられた宗祇流といった、江戸時代の堂上へと続く中世の和歌の学問の正統とされてきた歌人達の周囲にも類聚の試みがなされてきたことが紹介されており、(6) また、近時その記載内容の同定が行われた、『［一条家古今集注釈書集成］』(7)や『［三条西家本聞書集成］』(8)とも称すべき資料の素性が明らかとなったことによって、『古今集』の説を伝えた家々においても先行諸注釈を類聚する営みがなされていたことが知られるようになった。こうした前代の注釈書や聞書類を集成して一書となす試みは、おおよそ一条家に伝わる諸説が集成されたと想定される室町時代の中期頃から、季吟による諸抄集成が著される江戸時代前期頃にかけて盛んに行われており、諸抄集成の時代(9)とも称すべき一時代を形成している。

複数の説を引用した上で比較し、その正否を述べる形の注釈が著される歴史的背景については、二条・冷泉両家説の争論(10)を例に引くまでもなく、他説を排斥しもって自説の優位を説くことを目的としたと説明され、時代が下った室町時代後期頃成立の資料については、一流の口伝に満足しない秘伝への希求とその大衆化が諸説の集成を促したとの理解も示されている。(11) 江戸時代に入って作成された諸抄については、他説の排斥や秘伝の収集といった直接的な作成意図とともに客観性の担保という解釈の質的側面に注目して説明されることも多い。(12) あえて単純化すれば、家や流派の分立する中世的環境から学問が屹立し得る近世的環境への移行という成立背景の史的変化に対応する形で注釈の質的展開が説明されるのが通例であったと言える。

もちろん学問の歴史をめぐる評価として、近代性の萌芽を近世期に見ることは了解される知見ではあるが、契沖（一六四〇―一七〇一）、本居宣長（一七三〇―一八〇一）といった、現代に至るまでその論述の客観性や合理性が一定の評価を得ている理解を生み出したのが地下の人々であったのは象徴的でもある。そもそも師資相承を基盤とする古典学の世界、とくに古今伝受を継承した江戸時代の堂上の歌学において、先行諸抄の説々を並べてその正否を合理的に説明することに意義が見出されたとは考え難い。無論、堂上の人々が師から伝えられた説々のみに拘泥し、陸続と著されては蓄えられてきた知の蓄積に無関心であったと言うのではない。むしろその正反対であったことは、宮内庁書陵部や東山御文庫、国立歴史民俗博物館に所蔵される高松宮家伝来禁裏本などの禁裏御文庫に由来する諸書や、中院家に伝領された典籍・文書類を保管する京都大学附属図書館蔵中院文庫などの堂上公家の旧蔵資料の存在が端的に示している（現実的にはこの言い方は逆で、江戸時代の禁裏や堂上公家の収集した写本類を素材とした分析によって、それ以前の歴史的事象の把握がなされていると言った方が現象を正しく評価している）。堂上諸家は多くの書物を集め、それを読み解いてきた。結果的には、その成果が『万葉代匠記』や『古今余材抄』のような形で結実することはなかったが、堂上の学問においても先行諸抄はやはり一定の規範として存在しており、諸抄を集成する試みもなされている。しかしながら、その存在に触れることは稀であり、資料性の吟味や示された成果の歴史的定位といった基礎的事柄の検討すらなされてはいない。本章では、第三部第六章において紹介した霊元院周辺で作成された諸抄集成である、京都大学附属図書館蔵中院文庫本『古今和歌集注』（中院・VI・七二）とその注記内容を確認しつつ、堂上において行われた先行諸抄の集成の意図と方法について考えてみたい。

二　室町時代末〜江戸時代前期の堂上の学問と先行諸抄

室町時代末から江戸時代前期頃の堂上諸家による『古今集』に関わる著述は、古今伝受に関わる聞書として伝えられたものが多い。細川幽斎—八条宮智仁親王—後水尾院—後西院—霊元院と伝わる古今伝受の継承者のうち、細川幽斎（一五三四—一六一〇）、智仁親王（一五七九—一六二九）、後西院（一六三七—八五）には自身の筆録に基づく聞書が遺されている。これらを引き比べてみると、室町時代以来の伝統を受け継ぐ御所伝受においては、聞書の作成には、その師の伝える講釈を漏らさず記し留めることに意が払われていたのが理解される。

三条西実枝（一五一一―七九）から幽斎への古今伝受に際しては、天正二年（一五七四）の奥書を記す『古今和歌集聞書』（天理大学附属天理図書館蔵（九一一・二三・イ一四五））と天正四年（一五七六）の奥書を記す『伝心抄』（宮内庁書陵部蔵「古今伝受資料智仁親王伝受慶長五―寛永四」（五〇二・四二〇）の内）の二つの幽斎の記した聞書が遺されている。前者には墨・朱墨による書き入れがあり（墨の書き入れは幽斎、朱墨の書き入れは実枝によると考えられている）、後者は前者の加筆を反映させた上で省略されていた部分を補充している。前者から後者にかけて聞書の整序が進められたのであるが、後者にはその奥に実枝による加証奥書が付されており、聞書の浄書の目的は前者の誤りを正して実枝説を充足することにあったと考えられる。[13]

細川幽斎から智仁親王への古今伝受に際しては、智仁親王自身の筆録になる『古今和歌集聞書』の当座聞書（四冊）・中書本（三冊）・清書本（三冊）の三種類の聞書が宮内庁書陵部に伝存しており（「古今伝受資料智仁親王伝受慶長五―寛永四」（五〇二・四二〇）の内）、記載内容の整序（伝えられた師説の整理）と聞書の浄書の過程を辿ることができる。[14]これらを対比すると、何れも幽斎の口説を余さず記し留めることが意図されたようで、不審の残る箇所についてはそれらは幽斎に照会されたが、先行する他書の注記を敢えて参照して幽斎の講説の正否を吟味することは原則としてない。[15]

智仁親王が後水尾院（一五九六―一六八〇）へと伝えた講釈の内容については、後水尾院筆録の聞書の報告はなく、[16]その実態の把握はできていないが、後水尾院から後西院へと伝えられた説々については、受講者による聞書数種とともにその清書本とも言うべき『後水尾院御抄』が伝存している。当座聞書に近しい聞書と清書本にあたる『後水尾院御抄』を対比すると、前者に先行注釈書の説を参照すべきことが記される場合には、後者にはその文脈が補充されることがあり、師の指示によって先行する注釈書が引用されることはあったが、受けた説々を他書の説々と比較してその誤りを正すというようなことは企図されてはいない。いずれの例も、聞書に先行諸抄の注記が書き加えられることがあったとしても、それらは師の説に包含されるように記し留められたと言える。(17)

三　中院文庫本『古今和歌集注』とその注説

中院文庫本『古今和歌集注』(中院・Ⅵ・七二)は、『両度聞書』、『古聞』、『伝心抄』といった主として宗祇―三条西家流に伝えられた注釈を抜粋して注記を構成する一種の諸抄集成である。すでに述べたように、宝永元年(一七〇四)から二年にかけて行われた中院通茂の『古今集』講釈に近しい理解をも記し、正徳四年(一七一四)に行われた霊元院の『古今集』講釈の成果をも取り込む。その成立事情については今後の解明が俟たれることも多いが、少なくとも中院通茂と霊元院の二名によって行われた諸説の検討の成果に基づいて作成されたもので、霊元院の古今伝受箱にも収められて伝領されている。現在のところ、霊元院宸翰の仮名序注が二本(天理大学附属天理図書館蔵、国立歴史民俗博物館蔵)、その清書本と推定される仮名序注・歌注が一本(京都大学附属図書館蔵)、同じく清書本と推定される歌注が一本(東山御文庫蔵)の計四本の伝存が確認されるが、仮名序注・歌注の全体を伝えるのは中院文庫本『古今和歌集注』(中院・Ⅵ・七二)のみである。

中院文庫本『古今和歌集注』に引用される先行諸抄は後水尾院の講釈においても参照されたものが多く、いずれも御所伝受において「当流」と見なされた注釈であったと考えられるが、この書は単にそれらの説々を集成して一覧することを試みたものではない。先行諸抄の説々が併記された後には、「私」と付記してさらに注釈が加えられる場合があり、そこには次のように「諸抄義同じ」、「諸抄の注分明にきこえがたき歟」のような文言も見える。

私　諸抄河上の落葉とみたる注也。　（『古今和歌集注』（中院・Ⅵ・七二）、巻五・秋下・三〇一・興風）

私　諸抄義同じ。　（同、巻十一・恋一・四七〇・素性）

私　諸抄の注分明にきこえがたき歟。　（同、巻十八・雑下・九七七・躬恒）

中院文庫本『古今和歌集注』においては、引用される先行諸抄の注説は当該歌の理解を導くための批判の対象とされており、諸抄の理解が逐一検討された後に「私」説が加えられたと考えられる。師説の継承を第一義とする堂上の著述としては異色の存在と言える。

その注釈は、例えば『古今集』に収められた恋歌の一首、「わがごとく我をおもはむ人も哉さてもや憂きと世を心見む」（『古今集』巻十五・恋五・七五〇・躬恒）に対しては次のように記される。

我ごとく我を思はむ人もがな

明抄、人、我と我身を思ふごとく、人、我を思ふ人もがな也。さてもやうきと心みんと也。古聞、同之。

祇抄、又同之。人を我おもふごとくといふにてはなし。祇抄又之義に、我思ふ人に対してあ□り、我、人を思ふ躰に又我を思ふ人もがなとかこちたる心也云々。

伝心抄には、我如くなる友のほしきと云也。さあらば、思ふ事を理なりと批判が有べきと云也。我思人は、我思ひをしらぬにしてよみたり云々。

御抄、我、人を思ふやうに人は我を思はぬがうき也。我、人を思ふごとく、我を人の思ふとも世はうきかと心みたきと也。

私、御抄之義尤可然。明抄・古聞・祇抄等之義如何。祇抄又之義は御抄同意也。伝心之義は三人にして見たる注也。別而不甚歟。

（中院文庫本『古今和歌集注』（中院・Ⅵ・七二））

冒頭より「明抄」と記される『為明抄』、「祇抄」と記される『古聞』と『両度聞書』、『伝心抄』、「御抄」と記される『後水尾院御抄』が併記され、末尾に「私」説が記されている。折り重なるように言葉を連ねて「我」に向けられる「人」（恋の対象となる者）の思いの深さのさまを詠むこの七五〇番歌は、その構成がいかにも堂上歌人の志向に叶うように感じられる一首であるが、(18) その歌意の読み解きも、入り組んだ言葉の係り受けを解きほぐすようにして進められている。

『為明抄』、『両度聞書』、『古聞』は、「我ごとく我を思はむ人もかな」とある初句・二句を「あなたがあなた自身のことを大切に思うように私のことも思って欲しいものだ」の意と解釈する。『伝心抄』は、「我がごとく」とある初句を「我如くなる友のほしき」と言葉を補って解し、恋の思いへの共感を求める。「私が恋しく思っている人は私の思いを知らない。であればこそ、この辛い恋の思いをともにする「我如くなる友」が欲しい」と解するのであろう。『後水尾院御抄』は、一首の歌意を、「私があの人を思うようには、あの人は私を思ってはくれないものだ。それが心憂きことだ。もし、私のことを思ってくれる人がいたとしても、それでもなお世の中は憂きものなのか、そのような人生を試してみたいものだ」のように解する。「人もがな」と私に思いをかける相手を求めるこの一首には、逆に現状ではそのような人物は存在しておらず、「そのように私を思ってくれる人はいないので、人生が辛いものであるのかどうかを試すことはできず、この心憂い人生がこれからも続くのだ」といったストーリーが含意されていると考えられるのであるが、初句・二句を「私が恋しく思ったとしても、あなたはそれほどには私を恋しく思わない」という意に解することによって、「さてもや憂きと世を心見む」とある下句の表現との呼応がより明瞭となるように思われる。

以上のように示される諸抄の注説に対して、「私」説では『為明抄』、『両度聞書』、『古聞』の解釈には疑義が呈されており、『伝心抄』についても、その理解の方法について「三人にして見たる注」と記されるのみで賛意は示されない。『後水尾院御抄』の理解に対しては「尤可然」とその解釈が妥当であることが記されており、諸説を掲出して逐一を検討せずとも『後水尾院御抄』の解釈のみを記せばよいようにも思われるが、そのようにはなっていない。この七五〇番歌の例では、現在の研究者が示した解釈とも重なる理解が示されるため(19)、先行諸抄の併記は、その理解の吟味を通して、より合理性の高い解釈を選び出すための措置であったかのように見えるが、この注釈の意図は、おそらくはそうしたところにはない。

四　諸抄の説と「おもしろき」義

先の七五〇番歌と同じような例に、「誰がための錦なればか秋ぎりのさほの山べをたちかくすらむ」（巻五・秋下・二六五・友則）に対する注釈がある。

たがためのにしきなればか秋霧の

古聞云、いかなる人の為にか立ちかくすらんと、霧の中にあかずみたる心より思也。人のためにと切にする歟の心也。景気おもしろし。悋惜するかと思ふ心にはあらず。

伝心抄、此山の錦に領主はあるまじきに、など心のなき霧のかくすと也。其中に霧がかくさずはと霧紅葉を愛して云也とあり。

裏説、寸善尺魔と云物あり。紅葉をば霧がかくし、花をば風かさそふなり。

私、此哥、たが為と云詞の見様、古聞と伝心抄と相違したる也。古聞の義おもしろき歟。

（中院文庫本『古今和歌集注』（中院・VI・七二））

列記される注釈のうち、「古聞云」以下は『古聞』に同文の注記が見える。「伝心抄」以下も『伝心抄』の注記と同文であり、「裏説」以下も『伝心抄』の説をそのまま記している。この二六五番歌注も基幹部分は『古聞』、『伝心抄』といった先行する注釈書の引用からなっている。末尾に記された「私」以下が独自部分であるが、これも『古聞』、『伝心抄』の双方の説を比較して『古聞』の説を支持するに留まる。先の七五〇番歌注の例と同様に、諸説の比較を経た上で示される解釈の提示は、合理的解釈を求めた結果のように見えるが、『古聞』の解釈が支持された理由は、記される限り「おもしろき義」として評価されたことによるものである。(20)現在の研究者が『古今集』を対象とした注釈書を著す際に意図されるような、同時代的用例に即した語義の確定や歴史的事実に沿った解釈などを念頭においた上での判断ではない。

二六五番歌の注釈では、『古聞』は歌意を説くにあたって初句・二句の「誰がための錦なればか」の語句に注目し、佐保山の霧はいったい誰のためにこの美しい紅葉を隠すのだろうかと解し、霧の中にいる詠者の紅葉を焦がれる心に触れ、人のためにそれを切に隠そうとする霧の振る舞いに思いを馳せる。末尾に「悋惜するかと思ふ心にはあらず」と記されるのは、尭恵講・藤原憲輔録『延五記』に「霧ノ立カクスハ、錦ヲ秘蔵シテ世上ニ見セジトスル事歟トヨメリ」(21)とある理解などを念頭においた注記であろうが、単に悋惜《りんしゃく》（物惜しみすること）して隠すのではないという指摘は先に示した理解の方向性とも矛盾しない。一方、『伝心抄』は、一首の主眼を紅葉の美しさとそれを見ることができずに惜しみ焦がれる心にあると見る。「など心のなき霧のかくす」と霧のつれなさに恨み言を言い、「霧が隠さなければ美しく色づいた紅葉を目の当たりにできただろうに」と霧に隠された眼前の情景を惜しみ、霧の中より紅葉を焦がれる意と説く。

中院文庫本『古今和歌集注』の「私」以下の注記に「たが為と云詞の見様、古聞と伝心抄と相違したる也」と記されるように、「誰がため」という語句の理解が、まさに『古聞』の解釈と『伝心抄』のそれとの差異となって現れているのであるが、「誰」かを念頭におき、その人に見せんがために今は覆い隠そうとするのだと、その思いの切なる心を読み解く『古聞』の理解を「おもしろき」と評するのは、平安時代に詠まれた和歌に対する解釈としての正否はともかくも、江戸時代前半の堂上歌人の和歌の理解と志向とを端的に表している。

七五〇番歌注や二六五番歌注に示された解釈は、「他を思いやる」、また、「身を弁える」といった、室町時代末から江戸時代にかけて著された諸道論書に記された倫理的志向を示すキータームへと収斂するような理解へと傾倒している。[22] こうした解釈は、宗祇—三条西家流古典学を特徴づける解釈方法でもあった。[23] 従来もさまざまな指摘がなされてきたように、中世後期から近世前期頃に行われた古典講釈における宗祇—三条西家流の影響は極めて大きなものがあり、一首に込められた趣向を細やかに読み解き、また表現の奥底に深い思いを込めた和歌を詠み出すことが人倫の道を養い、また、人倫の道を磨くことが和歌の道の修練となるという、相互補完的かつ循環的な構造を形作って江戸時代の堂上の和歌の道のあり方を方向づけ、またそれを理念的に支えた。[24]

中院文庫本『古今和歌集注』は、先行する諸抄の解釈を対比して示す諸抄集成ではあるが、その意図するところは、そこに列記された解釈の逐一の検討によって和歌を詠む心を養うことにあり、諸抄の説く歌意の吟味は、その詮索を通してあり得べき和歌の姿を感得するための実践であったと考えられる。[25] 諸抄を集成し対照するという形をとりながらも、契沖に代表される江戸時代前期の地下の諸抄集成が、歴史的事実の確認や文法的正確さといった事柄を含む客観性の担保へと進んでいったのとは意図するところが自ずと異なっていたのである。

注

（1）片桐洋一編『初雁文庫本古今和歌集 教端抄 一（〜五）』（新典社、一九七九年）。同書は、西下経一旧蔵初雁文庫本を影印し、編者による解説を付す。

（2）慶應義塾大学附属研究所斯道文庫監修『古今集注釈書影印叢刊 古今拾穂抄 第一冊・第二冊（〜第七冊・第八冊）』（勉誠出版、二〇〇八年）。同書は、川上新一郎蔵本を影印し、同氏による解説を付す。

（3）西田正宏「「諸注集成」の再評価――契沖『勢語臆断』と貞徳流『伊勢物語秘々注』と」（『女子大文学 国文篇』五〇、一九九九年三月）、後に、「有賀長伯『伊勢物語秘々注』の方法」として、同『松永貞徳と門流の学芸の研究』（汲古書院、二〇〇六年）に再録。

（4）注2掲載の『古今集注釈書影印叢刊 古今拾穂抄 第七冊・第八冊』三六四頁。

（5）注1掲載の『初雁文庫本古今和歌集 教端抄 一』二一頁。

（6）同書には、顕昭『古今集注』、『六巻抄』といった古層の注釈に宗祇流の古注や常光院流を伝える鳥居小路経厚（一四七九―一五四四）説を加えてなった『永正記』（泰諶講・泰昭録。永正年間（一五〇四―一二）成立と伝える）、『永正記』と同じく経厚に関わり、同じく常光院流の梁盛の説を受ける『和歌秘抄』（伏見宮本。録者未詳。大永七年（一五二七）以降成立）、宗祇流を中心に二条家説の集成を試みる『古今和歌集抄』（京都大学附属図書館蔵平松家旧蔵本。三条西実隆門弟の連歌師玄清撰か（片桐による推定）。大永―享禄頃成立か（同））、諸流の切紙口伝なども集成する『古今和歌集姫小松』といった室町時代から江戸時代前期頃成立の諸抄集成が、先行諸抄の集成意図やその諸抄利用の方法の分析などを含めて紹介されている。

（7）伊倉史人「一条冬良の古今集注釈」（和歌文学会平成十三年度十一月例会資料）。

（8）石神秀美「宗祇流古今伝授史における『伝心抄』の位置づけ」（『古今集古注釈書集成 伝心抄』笠間書院、一九九六年）参照。

（9）片桐洋一『中世古今集注釈書解題 六』（赤尾照文堂、一九八七年）八七頁に「諸注集成の時代」の語がある。同時代の有り様を的確に示す評価と思われる。本章では京都大学附属図書館蔵『古今和歌集注』（中院・VI・七二）に「諸抄」の語が見えることから、諸抄集成と称した。

（10）『古今集』仮名序に「富士の山も煙もたゝずなり」とある一節の「たゝず」を「不立」とする解釈と「不断」

とする解釈の対立のような、語彙解釈のレヴェルにおける相異が議論された。

(11) 注9掲載の『中世古今集注釈書解題 六』八七頁、一五四頁、二〇〇頁などに諸抄集成に対する評価が記されている。

(12) 注3掲載の西田正宏「有賀長伯『伊勢物語秘々注』の方法」参照。西田は、『伊勢物語』を施注対象とする諸抄集成としての『勢語臆断』に後の近世的学問の萌芽を指摘している。

(13) 天理図書館蔵『古今和歌集聞書』と『伝心抄』の関係については、武井和人「『伝心抄』諸本およびその成立過程」（伝心抄研究会編『古今集古注釈書集成 伝心抄』笠間書院、一九九六年）、小高道子「古今伝受と講釈聞書――『伝心抄』をめぐって」（同）に詳しい。

(14) 宮内庁書陵部編『図書寮叢刊 古今伝受資料 一』（明治書院、二〇一七年）に慶長五年（一六〇〇）の古今伝受に際して著された智仁親王筆『古今集聞書』の清書本と草稿本（当座聞書）が対照されて翻刻されている（第一巻には巻十三・恋三までを収める）。また、これらの聞書の生成過程については、小高道子「細川幽斎の古今伝受――智仁親王への相伝をめぐって」（『国語と国文学』五七―八、一九八〇年八月）に詳しい。

(15) 聞書の浄書においては、受講者の側に不審が存する場合は講釈者に対して疑義が提出されるのが常であったらしい。宮内庁書陵部蔵「古今傳受資料 智仁親王傳受 慶長五―寛永四」（五〇二・四二〇）には、「古今伊勢物語不審幽斎返状」、「古今之内不審之下書」、「古今集之内不審問状」「古今不審問状」、「古今集不審并詰声」として整理される不審箇所の問状と返状が伝わっている。

(16) 智仁親王から後水尾院への古今伝受に際しても聞書が作成されたと推測されるが、現在までその報告はない。中院通茂『古今伝受日記』によれば、万治の大火により焼失してしまったという。第三部第三章参照。

(17) 第三部第二章参照。

(18) 中世末から近世初頭の堂上歌人は一首の構成に込められた言葉の構成や趣向に敏感であり、その逐一を細かに読み解くことを通して一首を理解し、また評価していた。第一部附論参照。

(19) 例えば、片桐洋一『古今和歌集全評釈 中』（講談社、一九九八年）には、「要旨」の項目に「私が思うほどに、私を思ってくれる人があれば、それでもこの人生がつらいかどうか確認できるだろうに、そんな人はいないので、つらく嫌な人生がずっと続くことであるよと言っているのである」との理解が示されている。

(20)　和歌に対する「おもしろき」の評は、大谷俊太「面白がらするは面白からず――和歌における作意と自然」(『文学』三―二、二〇〇二年三月、後に同『和歌史の「近世」道理と余情』(ぺりかん社、二〇〇七年)に再録)、川平ひとし「〈面白き歌〉批判――俊成への回路、定家への通路」(『国文学研究』一〇九、一九九三年三月。後に同『中世和歌論』(笠間書院、二〇〇三年)に再録)が説くように、必ずしも肯定的文脈でのみ用いられてきたのではないが、この例は文脈上も肯定的な評価で用いられていると判断される。
(21)　秋永一枝・田辺佳代編『古今集延五記』(笠間書院、一九七八年)一三八頁。
(22)　注20掲載の大谷俊太『和歌史の「近世」道理と余情』第二章一「謙退の心――和歌に於ける倫理性」参照。
(23)　第一部第二章において指摘した。
(24)　第一部第二章、第四章に関連する事例について検討を行っている。
(25)　こうした歌意の詮索は「義理を付ける」と称され、それ自体が和歌詠作のための鍛錬となると考えられていた。第一部第四章参照。

第二章　堂上聞書の中の源氏物語

——後水尾院・霊元院周辺を中心として

はじめに

美麗な装飾を纏った書物箪笥に収められたいわゆる〝嫁入本《よめいり》〟などの上装本の筆写や江戸時代を通して数多く作成された画帖の類への揮毫など、『源氏物語』とそれへの参画は堂上諸家にとって馴染みの深いものであった(1)。講釈とその聴聞を仲立ちとした『源氏物語』を読み解く学問の伝統もまた命脈を保っていた。京都大学附属図書館に所蔵される中院家歴代により著された『源氏物語』講釈に関わる諸資料や陽明文庫に伝来する近衛基凞（一六四八―一七二二）による『源氏物語』の講釈手控と目される『一簣抄』全七十四冊などの存在からは、室町時代を通して長大化していった『源氏物語』を読み解く試みが後継者を得て江戸時代にもなお継続されていたことが確認される。江戸時代の堂上諸家の『源氏物語』に対する学問の営みの全容を窺うためには、こうした資料の読み取りを通してその意義を問う作業は不可避であり、また、そうした試みもなされつつあるが(2)、遺された資料は膨大であり、個別の書誌的調査や先行諸書との記載内容の比較など、今後の検討を待つ課題も多く残されている。

本章では江戸時代前期頃の堂上公家と『源氏物語』との接点とそのあり様を問うことを課題とするが、やや視点を変え、『源氏物語』を直接の対象とした聞書や手控ではなく、後水尾院（一五九六―一六八〇）から霊元院（一六五四―一七三二）へと至る時代（大凡、江戸時代の前期に相当する）に著された歌道に関する聞書類の中に書き留められた『源氏物語』関連の記事を読み進めることで、この時代の堂上歌人に共有された『源氏物語』をめぐる論点と課題とについて考えてみたい。堂上の学問の中核は和歌をめぐる学であり、この時代に著された歌道に関する聞書類も多くは和歌に関わる記事を中心とするが、その線引きは緩やかで、話題は師の口吻のままに物語、漢詩文、漢学、故実、謡等々に及ぶ。その中にはもちろん当代の学問の一翼を担った『源氏物語』に触れる記述もあり、聞書や手控として遺された『源氏物語』そのものを読み解く作業の成果とはまた別に、『源氏物語』へと向けられた視線の在処が窺われ、堂上の学問における『源氏物語』の位置と意義を考える際の重要な視角を得ることができると考えられる。

一　人情と教誡と

後水尾院より古今伝受を相伝し、霊元院歌壇における指導的人物の一人であった中院通茂（一六三一―一七一〇）の談を松井幸隆（一六四三―一七一七以降）が書き留めた『渓雲問答』に次の一節がある。

『源氏物語』御講釈の時、通茂《中院》公仰。『源氏』の歌は初中後、その風也。其外の人の歌もそれ〴〵の風をよみわけたり。其才覚ほど式部が歌はよろしからぬ也。世間の有様、人情をそれ〴〵によく書分たる奇妙也。長々しく書つゞ《ママ》けたれど、たるみもなく、桐壺より末まで引はりて、けく文章中高にみゆる也。源氏の事を書、又御休所の事を書、其外段々にかはりたる事をかけるに、そのつぎめみへぬ也。奇異の文章なり。故事、或は『史記』、『白氏文集』の詩句など引たるやう、我ものにしたる筆法也。（『渓雲問答』[3]）

『源氏物語』の作中歌と紫式部歌の評価の乖離を述べる一文、破綻のない長編への讃辞、『史記』、『白氏文集』といった中国故事を鏤めた文辞への関心など、それぞれに先行する諸書にも見える事柄であり、取り立てて目を引くものではないが、中に「世間の有様、人情をそれ〳〵によく書分たる奇妙也」と「人情」の語を以て『源氏物語』の描く世界を説明する一文はいささか注意される。おおよそ宝永二年（一七〇五）から同七年頃と一応は推定される『渓雲問答』に記された通茂の言談の時期を鑑みれば[4]、すぐさま、中村幸彦「文学は「人情を道《い》ふ」の説」[5]に説かれた時代の流れの中に通茂もいたことに気づく。

「人情」の語は散文の注釈の歴史の中では林羅山『野槌』に第三段「万にいみじくとも、色このまざらむ男は」以下を注して、「此段色このまざるは、人情にあらざれば、無下のことなりとおもへる」と「人情」に触れつつ好色について解する例もあり[6]、『源氏物語』について述べる『渓雲問答』の記事が「人情」の語に触れるのも殊更に特別な例と見るべきではないかもしれないが、この言葉は『源氏物語』の注釈の歴史の中においてもその評価に用いられることのなかった語彙であり、先の『渓雲問答』の一節は物語総体の意図と価値を述べた文辞（中世の注釈の言葉で言えば「大意」）としても定型の枠に収まらない。また、通茂と親交のあった儒者・熊沢蕃山（一六一九―九一）による『源氏物語』の注解書である『源氏外伝』に通茂の関与が指摘され[7]、逆に通茂による『源氏物語』講釈の聞書類に蕃山の影響を見る指摘からしても[8]、『渓雲問答』の記述は、儒学者による『源氏物語』理解の影響下にあると見てよいと思われる。事実、女子教訓書『召南之解（女子訓）』に、「和国の風俗人情をいひ、古代の質素の風をあらはし、礼楽を得たる」とされ、肯定的に述べられる蕃山の『源氏物語』に対する評価は、先の『渓雲問答』の記述に通ずる理解を示している。

> 世の学者の『源氏物語』を淫乱不節の書といへるは、人情の正不正を知といふ詩の奥旨にもいたらざるか。中夏・日本、古今情同じければ、詩は人道の益たる事すくなからず。『源氏』は、和国の風俗人情をいひ、古代の質素の風をあらはし、礼楽を得たる書也。故に人心の感を催すこと多し。
>
> （熊沢蕃山『召南之解（女子訓）』）(9)

また、霊元院歌壇の俊秀であった武者小路実陰（一六六一―一七三八）の談を門弟である似雲（一六七三―一七五三）が書き留めた『詞林拾葉』にも、『渓雲問答』に類似する文言があり、さらに詳細に『源氏物語』の価値を述べる箇所がある。

> 此中もちと見あはすことありて、『源氏物語』を見しに、見るたびにさて〳〵奇妙なる文章也。あのやうに人情にわたり、男女貴賤・現世後世・儒書神道こと〴〵くあきらめ、それをわがものにしてかゝれたること、思へば〳〵おそろしく迄覚也。是は伝受事にてなきゆへ申なり。『源氏』は『詩経』三百篇と見、『源氏』をつゞめて『古今』一部と見るがならひ也。『古今』一部より『源氏』を書たるもの也。古人も『源氏』にとくとわたれば、歌の詞にらちあかぬといふ事一つとしてなきよし、詩三百篇一言もつて是をおほふ、いはく思無邪、是にてしるべし。畢竟つゞめていへば、歌道は思無邪の三字に帰する。なほ正直ならでは道なし。仏神の妙慮に秀逸の歌かなふといふも此道理なり。
>
> （『詞林拾葉』）(10)

「人情」という語彙を用い、また、伊藤仁斎（一六二七―一七〇五）、東涯（一六七〇―一七三六）父子を中心とした古義学派の文学論（「人情を道《い》ふ」）を成り立たせる一つの基盤概念である、『論語』為政篇の「子曰、詩三百、一言以蔽之、曰思無邪」の解釈に触れるため、実陰の理解と仁斎の理解の親近性の指摘もあり、(11)『詞林拾葉』総体を貫く理念的側面への志向と方向性を示唆して興味深いが、『渓雲問答』や『詞林拾葉』に見えるこうした『源氏物語』理解は、必ずしも堂上諸家に広く行われたわけではない。

時代の学問であった朱子学の思考様式と語彙の、また、古義学の文学理解（「人情を道《い》ふ」）の堂上の歌学に対する影響については、上野洋三による詳細な検討があり、(12)漢学との交渉の上に堂上の歌学・歌論があったことはすでに定説とも言えるが、『源氏物語』に限って見れば、比較的大部な項目を有する『渓雲問答』、『詞林拾葉』の中でも、「人情」の語に言寄せて肯定的に『源氏物語』の世界を把握するような、漢学の色彩を帯びた『源氏物語』理解がさらに深められることはなく、また、繰り返し述べられるわけでもない。

通茂・実陰の世代からは凡そ一世代を遡るが、三条西実教（一六一九―一七〇一）の談を正親町実豊（一六一九―一七〇三）が書き留めた『和歌聞書』には次のような、『源氏物語』と淫乱の問題を採りあげた上で否定し、善道へ導くための書として定位する記述が見える。

歌は政道のたすけの一なり。『源氏』などをば淫乱の基《もとゐ》とみるはわるし。仏法など八種、九種わかれたるきびにて、いづれからなりとも、おのれがすきこのむところ、または得たる所より善道へいれんがためなり。『源氏』にかくのごとくあるほどにとて悪事を似するはわるし。

（三条西実教述『和歌聞書』(13)）

また、飛鳥井雅章（一六一一―七九）の談を心月亭孝賀（また「孝我」とも。生没年未詳）が書き留めた『尊師聞書』には、「淫乱なる処」の扱いが『源氏物語』の相伝の要所として記されている。

『源氏』に三ヶ十五ヶの大事とてあり。淫乱なる処のひらきなくては、相伝といひがたしとぞ。（『尊師聞書』）(14)

このような『源氏物語』理解は、はやくに『河海抄』（料簡）に『荘子』の寓言説に準えて説かれた物語の評価に発し、中世の『源氏物語』注釈に引き継がれる。例えば、中世注釈の集大成とも評される『岷江入楚』は『源氏物語』の意図を述べて次のように記す。

家人の義は内をもつて本とす。ゆへに先女をとくといふぞ。女の内に位を正しくするがらおこると也。此物語に男女の道を専いへるも此理なるべし。風流好色の事とばかり見なすは悪ぞとなり。［…］意を誠にし、心正くし、身を修め、家を斉へ、国を治め、天下を平にする道をあかすぞ。此物語一部の大意もこれを本とせり。（『岷江入楚』大意）(15)

或抄云、おほむね荘子の寓言を模して作る物語なりといへども、一事として先蹤本説なき事をのせず。一字の褒貶は『春秋』におなじ。但、『荘子』は寓言のみ、『左氏』は事実を書して、文詞も又其のりありといへり。今此物語は、仮名の、おろかなることのはなりといへども、『左氏』『荘子』にかみにたゝむ事もかたからずや。抑、男女の道をもとゝせるは、開雎螽斯の徳、生道治世の始たるにかたどれり。その中に、好色淫風のよこしまなることをしるせるは、隠よりもあらはなるはなし。君子のつつしむところ専こゝにあり。後人をして、こらしめんと也。すべて仁義礼智の大綱より、仏果菩提の本源にいたるまで、此物語をはなれて、何の指南をか求めむ。学者深切に眼を付べし。（『岷江入楚』文躰等之事）(16)

江戸時代の堂上諸家の『源氏物語』理解の基底には右記のような説があったと考えてよい。正徳二年（一七一二）から同六年にかけて作成された近衛基凞による『一簣抄』冒頭部「大意幷準拠事」[17]には、『岷江入楚』「文躰等之事」の文言がそのまま用いられており、『渓雲問答』、『詞林拾葉』とほぼ同時期においても、一方で淫乱の書としての『源氏物語』を逆接的に把握し、教訓的な意味合いの中にその価値を見出す『源氏物語』の理解は踏襲されている。

通茂、また、実陰による言説は、中世以来の伝統的な『源氏物語』観を乗り越えるものとしてあったのか、単に時代の流行に触れたのみであったのかは、京都大学附属図書館（中院文庫）に遺る通茂の関与した『源氏物語』講釈関連の諸書[18]の読み解きと共になお検討を要すが、何れにせよ、『源氏物語』の物語世界をどのように把握するかという課題は、堂上における『源氏物語』をめぐる学問的営みの中心的課題とはなり得なかったのである。[19]

二　源氏物語から和歌へ

『源氏物語』という一大長編をどのような物語と捉えるかといった問い掛けは、江戸時代の堂上の聞書類には殆ど見出すことができない。安藤為章（一六五九―一七一六）による『紫家七論』（一七〇三）から本居宣長（一七三〇―一八〇一）、萩原広道（一八一五―六三）へと展開する国学者による『源氏物語』理解の流れを俯瞰できる現在の目からは意外とも思える程にである。[20]

『源氏物語』をめぐって堂上諸家の聞書に頻出する問いは、物語総体の意味を問うものよりも、むしろ本文の細部に分け入り、語義解釈の典拠や用例を『源氏物語』やその注釈に求めたものである。後水尾院の講説を霊元院、飛鳥井雅章が書き留めた『麓木鈔』、『飛鳥井雅章卿聞書』に見える次のような記事は、他の聞書類にも繰り返し現れる。

「神さび」と云はふるきをいふ。神によらすにも、『源氏』などに何程もいへり。（『麓木鈔』(21)）

「あへなん」、あやかる心也。『源氏』にも何程もあり、「なん」は下地の詞也。あやかれの心也。「あへ物」などもよめり。あやかり物の心也。（『麓木鈔』(22)）

思ひくまなき、仰《（後水尾院）》、『源氏物語』などの注には、思ふ甲斐のなき事のよし也。我は思へども、さきには心を合せぬ事、そふ也。（『飛鳥井雅章卿聞書』(23)）

和歌に詠み込む語彙の獲得を目的として『源氏物語』を読むことは、中世以来行われてきた伝統的な『源氏物語』の読み方でもある。江戸時代の堂上の聞書の中に書き留められた右の項目も、そうした伝統のもとにある。『源氏物語』を「世間の有様、人情をそれ〲によく書分たる」（『渓雲問答』、前掲）物語と評した中院通茂ですら、詠作に対する『源氏物語』の多大な影響力を評して、「『源氏』はすへて歌のちう《（注）》」という言に異を唱えなかったことを、烏丸光雄（一六四七—九〇）の講説聞書である『光雄卿口授』は伝えている。

『源氏』一部の詞は皆歌によむ也。毎句歌にならぬはなし。されば、中院殿《（通茂）》の『源氏』講談の時に、烏丸殿《（光雄）》の、『源氏』はすべて歌のちう《（注）》なりと宣へば、中院殿、いかにもさなりと宣ひしよし也。（『光雄卿口授』(24)）

膨大な語彙からなる『源氏物語』は、中世以来、和歌に読み込む典雅な言葉を学ぶための一大源泉であり続けた。(25)「『源氏』一部の詞は皆歌によむ也。毎句歌にならぬはなし」という言は、当時においてなお、あながちに大仰には響かなかったのであろうが、烏丸光雄と中院通茂の会話に述べられた「歌のちう《（注）》」の文言は、歌を詠むための素材として、言葉の供給源としての側面とともに、歌を解釈し理解するための、まさに「注」としての役割れる。

を『源氏物語』が担っていたことを言う、いわば、気の利いた表現であったように思われる。

やや迂遠な例になるが、次の『渓雲問答』の記事からは、和歌に詠み込まれた『源氏物語』の言葉は、単にその語彙が『源氏物語』に収載された雅語であるか否かということ以上の意味を持って捉えられていたことが知られる。

「牛ながら引もいれよとさらでまつ」と「寄車恋」によめるに、『源氏』にある詞ながら、是は只詞なるべし。但作例有やと御尋。作例はいまだ考不ㇾ申由申上ル所に、作例を尋見るに及ばぬ詞にてよむべし。かやうの詞をふしにてよむはあしき也と仰。(『渓雲問答』)(26)

帚木巻の雨世の品定めの後、紀伊守邸に方違えに向かう場面の光源氏の言葉、「いとよかなり。なやましきに、牛ながら引き入れつべからむ所を」(27)による表現を用いた一首に対し、『源氏物語』に見える言葉であることは認めながらも、「只詞」とされ、作例(先例)の有無が問われている。「作例有やと御尋」、「作例を尋見るに及ばぬ詞にてよむべし」とある言は、物語の外にありつつ詠作を規制する「作例」の位相を伝えて興味深いが(28)、今注意したいのは、『源氏』にある詞」でありながら「只詞」とされる語彙の存在である。

『和歌聞書』にも類似の指摘が見える。

寄火恋　　飛鳥井大納言 雅章卿

たがかたにいはましことぞつれなさのむかひ火つくる人の心よ

此歌、明暦二、九、廿四、禁中月次御会の歌也。此うた、あまたの中にて、一、はきと見え候。この「いはまし」など、殊外作者のちから入てよく候。「むかひ火」など、読にくそうなるものを、よく読こなさるゝと云。「いはまし」と被レ置たる事などにて、殊外歌あつく候。「いはまし」は、岩の心をふくませたる物に候。石の火の心に候。称名院（三条西公条）歌などにも、そのきびの歌候。「いはまし」には岩の心候などゝ作者の云は、いりほがに成て悪敷候。わきから見て、岩の心もをのづからこもりたるよ、と見たるがよく候。食などにも、ちよとかみては別なる味もなけれども、かみしむるほど能味の出様のきび候。称名院歌失念、可レ尋。

此「いはまし」は、『源氏』のむかひ火のあたりにはなく候。余の巻にあるにより読候、と作者（飛鳥井雅章）被申たるよし、予（正親町実豊）、実教卿（三条西）に申ければ、是は『源氏』の詞にてなくて、只もいはるゝ詞に候。此「いはまし」を能とて似せて読候はゞ、侵たるに可レ成候。それもはや如レ此さきに読候はゞ、似せても不レ苦候。これが始に候はゞ、侵に可レ成候。

（三条西実教述『和歌聞書』(29)）

前者の『渓雲問答』の例は、「牛ながら引」という文字列は、確かに『源氏物語』に見える「『源氏』にある詞」ではあるが、その言葉それ自体は『源氏物語』との親和性は低く、それを聞いたものが即座にイメージできるような『源氏物語』へのリンクとはなり得ないことを指摘する。和歌の言葉から喚起される物語場面への広がり、言い換えれば、和歌に詠み込むべき奥行きの無いことを言うのであろう。『和歌聞書』に「『源氏物語』などとりて読に、上手は詮なる所を取候。下手はせんもなき所をとり候物に候」(30)とある「詮」のない言葉であることの指摘と考えられる。一方、後者の『和歌聞書』の例は、「いはまし」という言葉自体の表現効果は評価されているが、詠作者である雅章が、実は『源氏物語』にある言葉であることを明かすと、実教は、「『源氏』の詞にてなくて、只もいはるゝ詞」と「只」の言葉であることを主張する。正否はともかくも、実教の考える当該歌の評価は、「いはまし」という言葉に「岩」の心が添えられているという点にあり、『源氏物語』に用例のある言葉であるという事実が、一首の表現に何の益ももたらしてはいないことを、「只もいはるゝ詞」と評している。

『源氏物語』を形作る言葉は膨大であるだけに、無秩序に用いることは誡められていた(31)。また、逆に膨大であるが故に特定の語彙が一定の場面や人物像のイメージを伴いつつ切り出されては、「源氏小鏡」、「源氏詞」、「源氏寄合」(32)のような梗概書や寄合書として纏められ、そうした切り出された語彙が和歌や連歌に繰り返し詠み込まれるのが通例であった。しかしながら、物語の言葉をより効果的に和歌や連歌に用いようとすれば、やはり物語そのものの理解は不可欠であった。『渓雲問答』には、和歌に詠み込まれた『源氏物語』の言葉に対して次のような言が見える。

> 「ひとり月な見給ひそ、心空なれはくるし」といふ詞を、「おやのいさめ」と歌によみしに、是は「親のいさめ」にあらず。兵部卿宮の詞也と。かやうの事を思ふに、『源氏物語』も大かた空に覚えておはしましけると覚え侍りき。（『渓雲問答』(33)）

「いま、いととくまいり来ん。ひとり月な見たまひそ。心そらなれば、いと苦しき」(34)とある宿木巻の一節を用いて「親のいさめ」と詠んだことに対して、この一節が親からかけられた諫めの言葉ではなく、匂宮（匂兵部卿）からの言葉であることを通茂は指摘したという。この項目の意図するところは、『源氏物語』をそらで覚えていた通茂に対する賞讃ではあろうが、通茂の発言が、物語の言葉をその文脈から切り離して用いることを嫌い、文脈に添って用いることを述べている点は留意される。

先に示した『光雄卿口授』の「『源氏』はすべて歌のちう《（注）》なり」とある言は、『源氏物語』の言葉のすべてが歌となるに足ることを言いつつも、『源氏物語』の言葉を用いて詠まれた和歌の趣向を理解するには、やはり『源氏物語』の物語世界の理解が不可欠であり、また、『源氏物語』の言葉を使って和歌を詠むためには、物語の情緒をも取り込み、物語から逸脱しないように詠む必要のあることを前提とすると考えられよう。

三　源氏物語の講釈と和歌の上達

詠歌の習練に『源氏物語』は欠かせないものと考えられてきた。『和歌聞書』には、「御会」（和歌御会）のために『伊勢物語』、『源氏物語』講釈の聴聞を希望する「若衆《わかきしゆう》」（若年公家）の存在が記されている。

『伊勢物語』にても、悪敷共《あしくとも》講尺をして見たがよき也。講尺せんとおもひて見れば、よくせんさく（穿鑿）もし、よくがてん（合点）も行物也。主上（後西天皇）にも為㆓御稽古㆒、被㆑遊可㆑然候。御若時、左様の義被㆑遊れば、御名も発する物也。地下人など、漸、『大学』一冊聞ては、はや講尺をする也。仍、はやそれ程の学問者也と人の存るやうに候。其上、か様に御会きびしく候へば、若衆《わかきしゆう》など『源氏』『いせ物語』にても講尺聞度《ききたき》と思《おもふ》衆可㆑有候はんずれども、仙洞（後水尾院）御一人にて脇に講尺する人なく候へば、治定、若衆は、地下人・連歌師などを師匠にして、地下の歌学募て、堂上の歌学者はなき様に可㆑成候。又、講尺の道も歌の風も、習ひ故実并歌道の風義もうせ可㆑申候。それは、なげかしき事に候。幸《さいわひ》、飛鳥井大納言（雅章）などは、『伊勢物語』を仙洞に御講尺なされ、主上（後西天皇）と一度に被㆑承候間、かた〴〵若輩のためと云、風義の為といひ、被㆑読候やうに被㆓仰出㆒候はゞ、可㆑然事候。

（三条西実教述『和歌聞書』）(35)

改めて述べるまでもなく、詠歌の稽古において『源氏物語』は、三代集、『伊勢物語』などと並んで必読の書であった。『麓木鈔』には、歌の稽古に用いる古典が次のように列挙されている。

歌を稽古する物、出来するやうにしたき也。先稽古といふは、ひたとよみて、そのよからぬ所を推尋〳〵き〻て得心するやうにする也。先学書には、『古今』皆々可レ覚、『後撰』、『拾遺』中に色々有、歌によりて可レ覚、『伊勢物語』、『源氏』などは、さらりとみてをくべし。あまり根を〻してみずともの事也。『伊勢物語』などにも色々抄共あり。幽斎が『闕擬抄』などにも、祖承官の事、委細に書たる。いらざる事也。路頭之事、つかさどる官と覚てすむ事也。くわしく吟味して、物語のうへに便にならぬ事也。『源氏』などはすら〳〵何返もみるべし。『新古今』は大概おぼえてよき歌也。家三代集、『続古今』、『続拾遺』、『新後撰』など、おもしろき歌共有。『続拾遺』などは、けつく『新勅撰』、『続後撰』などよりおもしろき歌ども多し。惣而、為世、為定などやうの家の者共の撰集は、証拠になる也。されども、面々の心々がありておもしろきと思ふ所ある集あるべし。すべて代々集、一わたりはみるがよし。家集ども、歌合などは、何程にてもあきはなき也。さて、『狭衣』、『大和物語』、清少納言なども、一わたりはみて、ふしんをかむがへ、人にもたづぬべし。学書は、大方此分也。たゞよむ事がならぬ物也［…］（『麓木鈔』(36)）

「『伊勢物語』、『源氏』などは、さらりとみてをくべし。あまり根を〻してみずともの事也」と記されるのは、『伊勢物語』、『源氏物語』については深い理解は必要ないというのではない。続けて「『伊勢物語』などにも色々抄共あり。幽斎が『闕擬抄』などにも、祖承官の事、委細に書たる。いらざる事也。路頭之事、つかさどる官と覚てすむ事也。くわしく吟味して、物語のうへに便にならぬ事也」と記されるように、それは、物語を読み進める上での要点の在処をいうのであり(37)、『闕擬抄』を例に説かれるような、物語そのもの理解から離れてゆく注釈の過剰を「根をゝし」た解釈と捉え、「便ならぬ」と批判するのであろう。

　では、「さらりとみ」、また「すら〳〵何返もみ」るとは、何を意図し、どのような読み方を想定するのであろうか。『和歌聞書』には、対象とされるのは『源氏物語』ではなく「古歌」ではあるが、『麓木鈔』の例とは逆に「すら〳〵」と見る読み方に対する批判が記されている。

古歌を見るも、みやう《（見様）》あるなり。此歌は面白きとて、たゞすら〳〵と見るはわるし。一つに趣向を見、一つに詞をみ、一つにてにはを見てよし。（三条西実教述『和歌聞書』[38]）

「古歌」には「みやう」（見様）があり、一首の趣向、詞、テニハを吟味しつつ見るのがよいとされる。『和歌聞書』には、「『古今』は歌の体を見るに第一と候。詞をみるには、『源氏物語』、能と候也」（三条西実教述『和歌聞書』[39]）ともあり、言葉をそこから学ぶことが主眼とされる『源氏物語』に対し、『古今集』、『新古今集』といった「古歌」の集からは、その歌柄が第一に学ばれるべきであり、そのための手段として、趣向、詞、テニハの逐一を吟味するように「古歌」を見ることが奨められているのである。『麓木鈔』の記す「さらりとみ」、また「すら〳〵何返もみ」るとは、和歌一首の歌柄をよくよく吟味し、その趣向を感得するように読むことまでは、『源氏物語』を読む際には求めないことを言うのであろう。

　勅撰集に収められた「古歌」と『源氏物語』とでは、その味読を通して獲得されることが期待されたものが異なるというのも、また、その差異がそれぞれの読み方や観点の違いとして説かれるのも、その指摘自体にはさほど違和感は感じられないが、『源氏物語』に求められたのは、和歌に詠み込む語彙（とその語彙の帰属する物語世界）の獲得といった直接的かつ具体的に詠歌に益する側面の効用のみではなかった。

『尊師聞書』には、筆録者である心月亭孝賀が自身の和歌を挙げて、詠歌における『源氏物語』の有効性を述べる次のような記述が見える。

八月十五夜　　孝我

雲はれてけふの今宵の高き名は世にも空にもみつる月哉

此うた見せ奉りける時、「此ていによまれよ、うたよくなりたる」との御事也。外の御功者たちも、「孝我歌くつろぎたり、『源氏』をみてよりよくなりたる」と御申のかたおほし。[40]（『尊師聞書』）

孝賀の師である飛鳥井雅章の「うたよくなりたる」の言葉を受け、「『源氏』をみてよりよくなりたる」と納得するのは、いささか盲信めいて聞こえるが、ここで示される孝賀への評価は『源氏物語』に由来する典雅な語彙の習得に対するものではなく、「歌くつろぎた」る点に向けられていた。これも茫洋とした表現ではあるが、同様の文言は『和歌聞書』にも次のように見え、和歌に対する批評の言葉としては、歌柄が窮屈にならず、表現にゆとりのあることを言う。

歌は、詩などを能見て、そのこゝろの付所を観念し、又は、『源氏物がたり』をつねに見て、詞のきほひ并時節の景気、せけんの盛衰を書たるきびあいにこゝろを付て可レ見。かならず是ばかりをといふ事にはあらず。先、右之通にせば、歌、殊外あがるべき也。さやうに可レ有二沙汰一候。兎角、漢才なくてはなるまじき事也。詩共并『源氏』、こゝろを付て見候はゞ、歌のきうくつにふぢゆふなる所、よくくつろぎて、ぢゆふに成、ことのほかあがるべく候。『源氏』并詩、古事などとりたる歌を見て、ひたものに、それらの歌をにせてよめば、似をまた似せるゆへに歌のあんばいもうすくて、あしき物なり。たゞ、つねに物語、古事等を見て、夫をすぐに似せたるは、あんばいもきほひもありてよし。
（三条西実教述『和歌聞書』）(41)

『源氏』をみてよりよくなりたる」とある『尊師聞書』の評価は、『和歌聞書』の言葉で言い換えれば、「詞のきほひ并時節の景気、せけんの盛衰を書たるきびあい」を『源氏物語』により窺い知り、その効用として、次第に「歌のきうくつにふぢゆふなる所、よくくつろぎて、ぢゆふに」なっていったことを述べると理解される。しかし、「詞のきほひ」はともかくも、「時節の景気、せけんの盛衰」を『源氏物語』により知り「歌、殊外あがる」というのは、具体的にはどのようなことを期待するのだろうか。

この点において、『和歌聞書』に『源氏物語』が「詩」（漢詩）と並んで記されるのは興味深い。漢詩文や物語、あるいは連歌の表現は、和歌の外部にあって常に和歌へと流れ込み続けたが、ここでは漢文脈の表現を翻案して直接的に和歌に取り込むことを言うのではない。詠歌の上達には「漢才なくてはなるまじき」とまで言われるが、「そのこゝろの付所を観念し」と記されるように、表現の問題として措定されているのではなく、詩や『源氏物語』の持つ主題性やストーリー、ひいてはそれらを支える理念を踏まえることが詠歌の糧となるとする、心のあり様に関わる課題として「詩共并『源氏』」が称揚されていると判断される。堂上の歌論が、漢文脈で綴られる諸論に多くを借りて成り立っていることは先にも触れたが、用語の借用を通した歌論の論述面における概念の形成とともに、詩を読み進めることが和歌を詠むのに益すると発想されるように、詩の指し示す理念や道理といった、表現を生み出す核となる心のあり様の感得そのものが和歌を詠むことに影響すると理解されたのである。

「詩」と並び記される『源氏物語』もまた同じ位置にあった。『源氏物語』を読むことの意義は、それを綴る雅びな語彙を学ぶことであると同時に、「時節の景気、せけんの盛衰」といった世の道理をも学ぶことでもあり、もって歌柄を整えることに認められた。それは、物語に対する深い共感と理解に下支えされた読み取りを通してなされるべきであったことは言うまでもないが、『源氏物語』を読むことが、そのようにイメージされたこと自体が、堂上における『源氏物語』の意義の在処を伝えていると言える。

四　文字読みの射程

物語を読み解く講釈とともに重視されたのが、「文字読み」である。いわゆる「読み癖」の習得を目的とする文字読みは、記される文字のままには読まない語句の存在が前提としてあり、音感・語感を第一義とし、清濁・音便などの語義確定に関わらないとされるが、[42]堂上の聞書に見える文字読みに関わる記事も多くはその定義に抵触しない。

法皇（後水尾院）より式部卿宮（穏仁親王）へ『源氏』御よみなさるゝ時仰には、「など」ゝ云詞に心得あり。「など、なんどと、なんど、など」ゝ心得たるがよく、「など」ゝ書てある所は「なんど」ゝよむへし。「なんど」ゝ書てある所は「など」ゝよむとの御事也。（『尊師聞書』[43]）

「大納言」を、『伊勢物語』、『源氏物語』にても、「だいなこん」とよみ申候や。「ギャアナコン」《如此よみ候。》、「ジャウナコン」とやら読候と申者候か、左様にて御座候哉。（『続耳底記』[44]）

被レ仰、『源氏物語』の内、「御」の字、所によりて、「み」とも「おゝん」とも此二つによむ也。「給」、「侍」、「はん」とはねてよむ。「おゝかなる」など、はぬる也。「おほゝして」、「おもほして」とよむ。「給」、「給ふ」とも「給ひ」とも、所による也。されともおゝくは「給ふ」とよむ也。俗のかな本には「給ひける」

とよまねは不ㇾ聞とも、「給ふける」とよむ也。　（『清水谷大納言実業卿対顔』(45)）

こうした文字読みに関わるさまざまな講説の目的が、個々の「読み癖」の習得（『源氏物語』ならば、その全巻にわたる「読み癖」の習得）にあったことは、後水尾院の周辺で行われた『源氏物語』と『岷江入楚』の文字読みの記録である、京都大学附属図書館蔵中院文庫本『源氏清濁』、『源氏詞清濁』、『岷江御聞書』(46)の三書に見える、清濁・声点や読み癖の注記の書き込まれた語句の抜き書きによっても明らかである。しかしながら、「大納言」とある文字列を「ジャアナコン」と読むというような「読み癖」は、先に示した堂上聞書類に個別に記されているような、それ自体が物語から切り出されて伝えられる個々に意味を有した知識でありつつも、総体としては物語そのものを読み進めるための手段としてあり、文字読みの意図するところは、物語そのものを読むさまの習得にあった。

『麓木鈔』には、『源氏物語』の文字読みについて次のような記述が見える。

『源氏』の文字読、先はやくならぬやうによむべし。中院前内府（通茂）などは、「しづかなるに飽きはなし」とてことの外しづかによまれし也。昌琢（里村）などよみ候は、事外はやく候よし申されし也。勿論、はやきはわるけれども、又あまりにしづか過れば、なまり出きたがり、一字〳〵にふし（節）つきてわろし。その間なるべし。実条（三条西）よまれしもなまる、光広（烏丸）のもうく、恵光院（智仁親王）のもよからず。通村（中院）のもちとしづかすぎてたるみたり。一は也足（中院通勝）よみしがよかりつると也。　（『麓木鈔』(47)）

『源氏物語』の文字読みは、「はやくなら」ないよう、「しづか」に読むのがよいと言う。だが、「あまりにしづか過れば」、「なまり」が目立ち、「一字〳〵にふし」がつくため、「その間」で読むのがよいと言う。ここに言う

「しづか」とは、昌琢の「はや」い読み方と対置され、過ぎれば「なまり」が出るとされることからも、声量の少ないことを言うのではなく、ゆったりと慌ただしくないさまを言うと考えられる。この「しづか」という語は、三条西実教述『和歌聞書』に「中院相公被語き。「とかく作立たるはうすき也。無事に閑《しずか》なるは見とをりありてよし。歌厚きもの」と也」[48]と和歌の秀逸を述べる際に用いられる「閑《しずか》」の表現に一致し、『麓木鈔』の記す「しづか」の語が、単に読み上げる速度の状態のみを述べたものかは、なお検討の余地があろうが、先ずは、文字読みという営みが、「読み癖」の習得のみをその課題としたのではないことを確認しておきたい。

声に上げて吟ずることは、和歌や物語に対する理解と力量を推し量ることでもあった。『渓雲問答』には、御製を手にした実教がそれを吟じて悪しきところを見出す例が記され、併せて、『源氏物語』の「そよみ」（素読）に触れる箇所がある。

仙洞《後水尾院》の御歌、三条西実教へ御談合の時、公音卿《押小路》御使也。さるにより実教卿の批判の趣、故実共聞覚えておはします。仙洞にて仰の趣をも承り、御詠草拝見し、この御製にはいかなる実教も批は入らるまじき、と思ひて持参申さるゝに、実教卿拝見して一返吟ぜらるゝ内に、あしき所はや聞えけると也。是又真静《菅》物語なり。内府公《中院通茂》へ歌見せ奉るにも、御吟声の中にあしき所聞えし也。『源氏』など御講釈なども、御そよみ《素読》にて、わけ能聞え侍りき。

（『渓雲問答』[49]）

和歌においても、『源氏物語』の理解においても、読み上げることでその良否が知られると実教は言う。「あしき所」が「吟声」の中に見出されるというのは、いかにも観念的な表現に聞こえるが、次の『和歌聞書』に「あしき歌は、吟ずるに、手爾葉などにても、ふしくれだつ」、「口中に一盃になる」などと記されるように、和歌に関しては、具体的には、テニハの不備や過剰に過ぎる趣向が耳に立つことを言い、総体として一首の難となる箇所が見出されることを言うと理解される。

あしき歌は、吟ずるに、手爾葉などにても、ふしくれだつゆへに、口中に一盃になるものなり。よき歌は、口中に一ぱいに不レ成して、まだ、何ぞたらぬやうにある物也。是がよき歌のしれやうなり。能にさるがくなり上手の大夫のはしがゝり出るは、なにとなく、つら〳〵と出るゆへに、目にもたゝず、はや出たるかと思はるゝ物なり。下手のは、くせのある馬の、かなたこなたをぶりつかするやうにふしくれ立て、はしがゝり出も、ほど久敷て、見ぐるしく見ゆるものなり。かつほむしの水のうえをありくごとくに、つら〳〵とあるがよきなり。歌もそのごとくなり。（三条西実教述『和歌聞書』[50]）

『源氏物語』についても、和歌の詠吟と同様に、声に上げて吟ずる「そよみ」（素読）によって、テニハや語句の理解の如何、ひいては物語の理解の程度が知られると言うのであろう。先の『麓木鈔』の例のように、『源氏物語』の文字読みに、「しづか」に読むことが求められたのも、第一義的には「なまり」やアクセントの不備の調整といった技術面における効果が認められたからではあるが、同時にその吟ずる声のなだらかなさまの中に物語の世界が現前することが観念され、また期待されたからでもあった。

また、能の例を以て説く、先の『和歌聞書』の後半部は、諸道に堪能で芸論に通じた細川幽斎（一五三四―一六一〇）による言談を書き留めた聞書を見るような印象を受けるが[51]、『和歌聞書』にはこの他にも吟ずる声のさまを謡の発声をもってイメージする記事が見える。

たゞ、歌は、述作を詮とせず、理をふくみてしづかなるがよく候。上にあらはさず、いひつめずに、下に理をふくみたるが能候。さようの歌は、上にはさして別なる事もなくてからに、吟ずるほどおもしろき物にて候。しづかにてつやありて実成歌は、いくたびぎん（吟）じても見さめせず、吟ずるほどおもしろく候。和歌の読方にも、「何の別もなく、すら〱といひ下したるをば、よく心を付て吟じてみるべし。かならずそれに、しかもおもしろき所ある事」とあり。是も今中心にて候。

予思ㇾ之に、観世左近（忠親カ）が、七太夫（喜多長能）うたひを、「かれほどに、まだ能をする事は成事もあるべし、あれほどに諷をうたふ事は、中〱成まじく候、すこしもうたひにふしなく候」、と申たると也。上手のけいこ、みな如ㇾ此。歌も此心にてあるべし。（三条西実教述『和歌聞書』(52)）

和歌の詠吟も謡の発声も、ともに声を発する身体的技能の習得がまずは求められ、その意味では、この『和歌聞書』の例のように一方の上手の様態を述べる際に他方が想起されるのも不自然ではないが、さらに踏み込んで、その具体的な方法や所作に及ぶ例は、堂上聞書類の中には殆どない。あくまでもその類似が指摘されるのが通例である。

この『和歌聞書』の例を子細に見ると、「能にさるがくなり上手の大夫のはしがゝり出るは、なにとなく、つら〱と出るゆへに、目にもたゝず、はや出たるかと思はるゝ物なり」と、そこでは発声の技能面における類似が説かれるのではなく、「目にもたゝず」に「はしがゝり」に出るという過度に目障りになることのない上手の所作が、その理念的側面の類似により想起されていることが理解される。文字読みに関わる注記の多くは、確かに、アクセントの矯正や特殊な読み癖の習得を目的とする個別の知識と技能の伝達を目的とするものであったが、それらは、和歌や『源氏物語』を読む者の態度や振る舞いの理想へと至るための方法でもあり、文字読みの射程は、読み上げられる声のさらにその先に及ぶ。

和歌披講の発声や古典芸能に幾つかの流儀が並存し、かつそれらが個別に継承されてきたように、発声に関わる作法も、他の諸作法と同様に合理的に判断される統一的な理想型が存在するわけではない。明らかに耳に立ち、音声行為そのものを台無しにする「なまり」を回避しつつも緩急に富んだ快活な発声が理想化されたとしても何ら不思議はないが、(53)敢えて「閑《しずか》」にそして「目に立ゝ」ない（耳に立たない）発声が文字読や和歌披講の理想とされたことに、ジャンルを超えたこの時代の堂上方の志向が窺われるように思われる。

おわりに

堂上聞書に書き留められた幾つかの言談を読み進めつつ、後水尾院から霊元院に至る時代に行われた『源氏物語』をめぐる言説について考えてきた。ここに示したものが、堂上における『源氏物語』をめぐる論点のすべてではないことは言うまでもないが、諸書に頻出する例を取り上げて解釈を試みた。

冒頭に示したように、物語としての『源氏物語』の本質を「世間の有様、人情をそれぐ＼によく書分たる」（『渓雲問答』、前掲）ことに見るような、儒学者の物語理解に通ずる記述が認められる一方で、そうした『源氏物語』に対する理解が殊更に重視されたり、問題視された痕跡は堂上聞書には見出せない。物語に総体としての意味を問い求めた儒学者、さらには国学者の注釈活動の潮流とは異なり、堂上聞書の中の『源氏物語』は、和歌から離れることは無かったように思われる（少なくとも現在簡便に目にすることのできる諸書の中においてはそのように見える）。生得の歌人であることが要求された堂上諸家の関心が常に和歌にあったであろうことは言うまでもないが、よって、堂上の和歌を核として組み上げられた学問の体系の中に『源氏物語』も位置づけられたと言ってよい。

和歌に求められた表現が次第に細やかになるに従い、物語のより細やかな読み取りが求められるようになり、堂上歌論が観念的志向を強めるに従い、『源氏物語』を読むことに期する抽象度も増していったと推測される。『源氏物語』を読むことと漢詩文を読むことが綯い交ぜにされるのも、『源氏物語』を吟唱する声の善し悪しへと向けられた評価の視線が、和歌の披講や謡の発声や所作へと繋がってゆくのも、その類同を指摘すること自体は奇妙に見えたとしても、そこに求められたものの近似性の反映ゆえであることは了解されよう。

本章では、「堂上聞書」を一括りにし、個々の性格や時代性を切り捨てて論じてきた。聞書個々の位様は今後の研究の進展とともに明らかにされるべき課題でもあるが（とくに『詞林拾葉』などはその必要性を強く感じる）(54)、後水尾院・霊元院といった禁裏・仙洞を頂点とする堂上歌壇という一定の域内に伝達されて共有された観念と美意識、作法と知識の反映としてこの時代の聞書を捉えることも、あながちに無益なことではないだろう。

注

（1）江戸時代における絵巻や画帖の作成をめぐって、その目的や意図に関する検討が進み、江戸時代前期頃の堂上と『源氏物語』との関わりについては新たな関心が寄せられるようになってきている。小嶋菜温子・小峯和明・渡辺憲司編『源氏物語と江戸文化――可視化される雅俗』（森話社、二〇〇八年）参照。

（2）中院家における『源氏物語』注釈の展開と注釈の作成については、日下幸男「後水尾院歌壇の源語注釈」（実践女子大学文芸資料研究所編『源氏物語古注釈の世界』（汲古書院、一九九四年）、後に、同『後水尾院の研究』勉誠出版、二〇一七年）に再録）に時代を追って資料が整理され、史的意義が問われている。また、『一簣抄』については、『批評集成 源氏物語一 江戸前期篇』（ゆまに書房、一九九九年）に小林強により序部分が翻刻され解題が付されている。また、川崎佐知子「『一簣抄』の周縁」（『国語国文』七五―一一、二〇〇六年一一月）に成立をめぐる基礎的考察が示されている。

（3）近世和歌研究会編『近世歌学集成　上』（明治書院、一九九七年）八八〇—八八一頁。
（4）『渓雲問答』の成立については、上野洋三「『渓雲問答』の成長」（同『元禄和歌史の基礎構築』岩波書店、二〇〇三年一〇月）参照。
（5）中村幸彦「文学は「人情を道《い》ふ」の説」（同『中村幸彦著述集　一』中央公論社、一九八二年）。
（6）吉澤貞人『徒然草古注釈集成』（勉誠出版、一九九六年二月）三六頁。この事例は広嶋進氏の御教示による。広嶋進『西鶴新解』（ぺりかん社、二〇〇九年）参照。
（7）James McMullen, *Genji Gaiden: The Origins of Kumazawa Banzan's Commentary on The Tale of Genji*, Ithaca, 1991 参照。
（8）注2掲載の日下幸男『後水尾院の研究』二〇一—二〇七頁参照。
（9）正宗敦夫『蕃山全集　二』（蕃山全集刊行会、一九四一年）五七頁。なお、蕃山の『源氏物語』理解については、野口武彦「江戸儒学者の『源氏物語』観——熊沢蕃山『源氏外伝』をめぐって」（同『『源氏物語』を江戸から読む』講談社、一九八五年）参照。
（10）鈴木健一・倉島利仁・杉田昌彦・田中康二・白石良夫編『歌論歌学集成　一五』（三弥井書店、一九九九年）二二九—二三〇頁（杉田昌彦・鈴木健一・田中康二校注）。正徳三年（一七一三）から享保六年（一七二一）の期間の聞書を纏めた著述。
（11）注10掲載の『歌論歌学集成　一五』四一八頁。
（12）上野洋三「元禄堂上歌論の到達点——聞書の世界」、同「歌論と俳論」（注4掲載の同『元禄和歌史の基礎構築』所収）。なお、神作研一「『難三長和歌』をめぐって——元禄地下二条派歌論の位相」（鈴木淳・柏木由夫編『和歌　解釈のパラダイム』（笠間書院、一九九八年一一月）、後に、同『近世和歌史の研究』（角川書店、二〇一三年）に再録）は、上野の指摘を受けて、元禄期地下における古義学派の影響について述べる。
（13）日下幸男・上野洋三・神作研一編『歌論歌学集成　一四』（三弥井書店、二〇〇五年）一八二頁（上野洋三・校注）。承応二年（一六五三）から明暦元年（一六五五）の期間を中心とする聞書。
（14）『近世歌学集成　上』二七九頁。寛文四年（一六六四）から延宝七年（一六七九）の期間の聞書。
（15）『源氏物語古註釈叢刊　六　岷江入楚　自一桐壺　至十一花散里』（武蔵野書院、一九八四年）八—九頁。
（16）『源氏物語古註釈叢刊　六　岷江入楚　自一桐壺　至十一花散里』一〇頁。

(17) 注2掲載の『批評集成 源氏物語 一 江戸前期篇』二三八頁に翻刻がある。
(18) 注2掲載の日下幸男「後水尾院歌壇の源語註釈」にその概要が記されている。
(19) 前田雅之「藤壺密通事件をめぐる言説と注釈」(『源氏研究』九、二〇〇四年四月)は、『紫家七論』の言う「一部大事」が中世～近世初期にかけては諸注釈の論点とはなり得なかったことを指摘する。
(20) 宣長へと至る経緯については、日野龍夫『日野龍夫著作集第二巻 宣長・秋成・蕪村』(ぺりかん社、二〇〇五年)参照。また、『源氏物語評釈』については、Patrick Caddeau, *Appraising Genji: Literary Criticism And Cultural Anxiety in the Age of the Last Samurai*, State University of New York Press, 2006があり、『評釈』に至る展開を丹念に辿っている。
(21) 注10掲載の『歌論歌学集成 一五』三二頁。後水尾院や道晃親王の講説を霊元院が書き留めた聞書。寛文十三年(一六七三)頃の成立。
(22) 注10掲載の『歌論歌学集成 一五』四〇頁。
(23) 注3掲載の『近世歌学集成 上』一一七頁。後水尾院の講説を飛鳥井雅章が書き留めた聞書。寛文年間の記事を中心とする。
(24) 注3掲載の『近世歌学集成 上』六八六頁。烏丸光雄の講説を岡西惟中の書き留めた聞書。天和三年(一六八三)以降の成立。
(25) 伊井春樹『源氏物語注釈史の研究 室町前期』(桜楓社、一九八〇年)第二章第一節「歌合と源氏物語」参照。
(26) 注3掲載の『近世歌学集成 上』九二五頁。
(27) 『新日本古典文学大系 源氏物語 一』(岩波書店、一九九三年)六一—六二頁。
(28) 地下の書(有賀長伯・長因撰と伝える)ではあるが、同時期の『源氏物語』による「作例」を伝える書に、『源氏作例秘訣』がある。伊井春樹「源氏物語作例秘訣の世界——文化史としての詠源氏物語和歌」(同『源氏物語とその研究世界』風間書房、二〇〇二年)参照。また東北大学附属図書館狩野文庫本が、源氏物語と和歌研究会『源氏作例秘訣　源氏物語享受歌集成』(青簡舎、二〇〇八年)に翻刻され参照の便が図られるとともに、中世における詠源氏物語和歌の世界の一側面が通覧可能となった。
(29) 注13掲載の『歌論歌学集成 一四』七八—七九頁。

(30) 注13掲載の『歌論歌学集成 一四』七四頁。
(31) 『後鳥羽院御口伝』以来、繰り返し説かれる『源氏物語』を引く際の制限は、実際には厳密に機能してはいなかったことが、注25に記した伊井春樹『源氏物語注釈史の研究 室町前期』に指摘されるが、概念としては常に制限が加えられて来た。
(32) 安達敬子「源氏詞の形成」、同「室町期源氏享受一面――源氏寄合の機能」(同『源氏世界の文学』清文堂、二〇〇五年)参照。
(33) 注3掲載の『近世歌学集成 上』八七八頁。
(34) 『新日本古典文学大系 源氏物語 五』(岩波書店、一九九七年三月)四八頁。
(35) 注13掲載の『歌論歌学集成 一四』七一―七二頁。
(36) 注10掲載の『歌論歌学集成 一五』六七―六八頁。
(37) 後水尾院の講釈においては、院の解釈が先行諸抄の理解を大きく逸脱する例も散見するが、それは、歌や物語を解釈し新たな意味を見出す行為それ自体が詠歌の鍛錬に繋がると考えられたためでもある。なお、第一部第四章参照。
(38) 注13掲載の『歌論歌学集成 一四』一九〇頁。
(39) 注13掲載の『歌論歌学集成 一四』四一頁。
(40) 『近世歌学集成 上』二七八頁。
(41) 注13掲載の『歌論歌学集成 一四』一五一―一五二頁。
(42) 「読み癖」の歴史と実態については、遠藤邦基の一連の研究があり、とくに遠藤邦基「近世初期の物語の「読み癖」――当代的「よみ」の注記を対象に」(『叙説』九、一九八四年一〇月)(後に、同『国語表現と音韻現象』(新典社、一九八九年)に再録)、同「聞ヨキヤウニ読ム――「読癖」に於ける音感の問題」(『叙説』一一、一九九四年一二月)、同「仮名ノママ読ム――聞書に於ける「読む」の注記」(『国語国文』六三―一二、一九九四年一二月)(共に、同『読み癖注記の国語史研究』(清文堂、二〇〇二年)に再録)に堂上の「読み癖」についての国語学、音韻論の方面からの検討が示されている。
(43) 注3掲載の『近世歌学集成 上』二二三頁。

(44) 注3掲載の『近世歌学集成 上』五六六頁。
(45) 『近世歌学集成 中』(明治書院、一九九七年) 六九頁。
(46) 『京都大学国語国文資料叢書三七 源氏清濁・岷江御聞書 京都大学蔵』(臨川書店、一九八三年) 所収。同書にも「いつれの御時《ヲヽン》[…] おほ《も》ゝ《ほ》し 御《ミ》おほえ […]」(桐壺・五頁)、大納言《タジヤアナゴン》の家 (帚木・十三頁)」などの記述が見える。
(47) 注10掲載の『歌論歌学集成 一五』四九—五〇頁。
(48) 注13掲載の『歌論歌学集成 一四』一〇三頁。
(49) 注3掲載の『近世歌学集成 上』八九六頁。
(50) 注13掲載の『歌論歌学集成 一四』一七二頁。
(51) 幽斎歌論には、能や囃子方、あるいはその他諸芸の例えを以て説かれる例が見える。島津忠夫「『耳底記』——光広の聞書を通して幽斎歌論の特質を探る」(『島津忠夫著作集 八』和泉書院、二〇〇五年)、大谷俊太「幽斎歌論の位置」(『和歌史の「近世」 道理と余情』ぺりかん社、二〇〇七年) 参照。
(52) 注13掲載の『歌論歌学集成 一四』二一三頁。
(53) 改めて言うまでもないが、例えば、能と浄瑠璃、歌舞伎の発声は異なり、単に「節」の問題を取ってみても互換 (能の発声による歌舞伎や歌舞伎の発声による能) は不可能と思われるが、それぞれのジャンル内においては、それぞれの発声方法は何ら問題を生じない。また、地方芸能の発声のように、「なまり」(部外者にとっての) ですら、それが重視されることもある。身体的技能を伴う発声と雖も、その理想とは、その集団における志向の現れに外ならない。
(54) 武者小路実陰の歌論・歌学については、鈴木淳「武者小路家の人々——実陰を中心に」(近世堂上和歌論集刊行会編『近世堂上和歌論集』(明治書院、一九八九年) に検討がある。

[附記]
坂内泰子「近世堂上歌人と『源氏物語』」(『講座 源氏物語研究 五』(おうふう、二〇〇七年) は本章と重なる対象を異なる視座から論じている。

また、『野槌』と「情」の問題については、川平敏文「和学史上の林羅山――『野槌』論」(『文学』一一―三、二〇一〇年、後に、同『徒然草の十七世紀 近世文芸思潮の形成』(岩波書店、二〇一五年)に再録)によって探求されている。

第三章　儒学と堂上古典学の邂逅

――『源氏外伝』の説く『源氏物語』理解を端緒として

はじめに

江戸時代前期の陽明学者・熊沢蕃山《くまざわばんざん》（一六一九―九一）による『源氏物語』の評論書『源氏外伝』は、『源氏物語』を読むことの効用を儒学の倫理観に沿って把握した。(1) その示す『源氏物語』理解は『岷江入楚』などの室町時代以来の伝統に連なる学問の系譜から外れた新たな視点を提示するものではあったが、物語の本質からはかけ離れた僻事として、後に本居宣長（一七三〇―一八〇一）によって批判されることとなる。

蕃山と宣長の相違に象徴的な『源氏物語』をめぐる読み解きの対立は、儒学者対国学者といった構図で把握されることが多く、儒学の倫理観を基盤として物語の始終をそこへと引き付けて説く牽強附会な解釈から、本質的な深みを極めた宣長的国学の達成へという、宣長を焦点として説明されることが通例であろう。(2) しかし一方で儒学の側に視点を投じてみれば、官学としての朱子学は幕末に至るまで影響力を保ち続けており、(3) また、和学の側から見ても蕃山以前にも儒学の語彙や概念を援用した和歌や物語の読み解きは行われている。(4) 蕃山や宣長と同時代の歌学においても儒学を基盤とした発想に基づく論述は少なくはなく、江戸時代前半の和学の中心をなした堂上公家の古典学においても、その根本となる和歌の道の道理を説くに際しては儒学的倫理観に依拠した枠組みが適用される例も稀ではない。(5)古典注釈を中心とした和学・古典学への儒学の影響は従来説かれる以上に大きなものがあった。

江戸時代の堂上の歌学・古典学は、一方に儒学的倫理観を見据えつつ多くの論をなしていったが、儒学に基づく言説との具体的な交渉については依然明らかではない部分が多い。(6)本章では上述の課題に対し、『源氏外伝』に示された『源氏物語』理解の読み解きを端緒に、和と漢の学の出会う場としての物語・和歌講釈とその意義などについて改めて考えてみたい。

一　熊沢蕃山の『源氏物語』理解と本居宣長の批判

熊沢蕃山は江戸時代前期の儒学者で、中江藤樹（一六〇八―四八）の門下となり、陽明学を説き、藩儒として岡山藩その他に仕えた。(7)儒者の常として治世に関わる著述も多いが、一見儒学とは無関係な『源氏物語』に対する評論書『源氏外伝』をも遺している。

『源氏外伝』は、それまでに多く著されてきた逐語解釈的で文脈分析的な『源氏物語』理解を試みた注釈書ではない。『源氏物語』を釈しつつもそれを評し、それを読むことの現実的効用を説く、『源氏物語』とは何であるのかという点にテーマを据えた注解・評論の書である。総体としての『源氏物語』とはどのような物語であるのかという問題の掘り下げは、通史的に見れば江戸時代に生まれた新しい『源氏物語』享受のあり方と言えるが、そこに記された『源氏物語』に対する理解も前代とは相当に異なり、儒者の立場からその価値について述べたものとなっている。

さて、此物語をみんには、好色淫乱のことを心とせず、作者の奥意に心をつけて、書中の能事を知べし。是をしらずしてこのみみる人は損おほくて益すくなし。夫、日本王道の長久なることは、礼楽文章を失なはずして、俗におちざるをもて也。剛強に過たるものはながゝらず。寛柔なるものは久し。歯は剛なれどもはやくおち、舌は柔にして終をたもつがごとくなるは、すべての物理也。武家は強梁の威を以て一旦天下の権をとるといへども、歯の落るがごとくにして久しからず。王者は柔順に居て位を失ひたまはず。しかれども柔にして徳なき時は人の敬うすし。人の恥て敬する所なければ、存すといへどもなきがごとし。終には絶るにちかし。絶たるを継べくしていにしへの礼楽文章をみるべきものは此物語にのみ残れり。故に此物語において第一に心をつくべきは上代の美風也。礼を正しくしてゆるやかに楽の和して優なる躰、男女ともに上臈しく、常に雅楽を翫ていやしからぬ心もちゐる也。次には、書中、人情をいへる事つまびらかなり。人情をしらざれば五倫の和を失ふことおほし。是に戻りては国おさまらず。家とゝのほらず。此故に『毛詩』にも淫風をのこせるは、善悪ともに人情に達せんがため也。国民みな君子たらんには、政刑もその用なし。たゞ凡人ををしへんための政道なれば、人情時変をしらでは成がたし。さるにより此物語にもさまぐ〵の事によせて人情をつくしゝらしめ、且時勢のうつり行さまをよくしるせり。哥をはじめ、この葉の末までも、それぐ〵の人の気方をゑがきいだすがごとく、かきあらはせり。是又此物がたりにおいて人情を得たる処尤妙なり。

（熊沢蕃山『源氏外伝』(8)）

［…］

降れる世の当代においては「いにしへの礼楽文章」は物語にのみ残し留められており、それを読むことの益は第一には上代の美風を倣うことにあり、次いで人情を知ることにあると言う。儒学の倫理観に照らし合わせて見たときには承知できないような淫らな物語が『源氏物語』に綴られることについても、蕃山は『毛詩』（『詩経』）

の例を引いて理論化を試みる。儒学の経典の一つとして尊重された『毛詩』にも卑俗な「淫風」の詩が収められるのは、それを通して「人情」を知らしめんとするためであり、『源氏物語』に記される「淫風」も『毛詩』の例と同様に読者に「人情」を知らしめんがための措置であると言う。また、「人情」を「知」るという点に力点を置くのは、それがなければ「五倫の和を失」い「国」や「家」を治めることも難くなるからであるとする。物語を読むことの効用を実態社会を生きるための道徳意識や倫理観を養うことに見出すような功利的とも言える蕃山の『源氏物語』理解は、宣長にとっては到底首肯できるものではなく、『源氏物語玉の小櫛』ではその名が挙げられ批判の対象とされている。

熊沢氏が此物語の外伝といふものの、はじめにいはく、「源氏物語は、おもてには好色のことをかけども、実は好色の事にあらず。此故に此物語を好み見る人にも、正しきに過ぎたる人あり。此物語を書きたる意趣は、万の事、世の末になりゆけば、上代の美風おとろへて、俗に流れんことを歎き思ふといへども、[…]」宣長、今これを論ぜむ。[…]作りぬしの意は、さることにはあらず。その世にして、さることを思はむは儒者ごゝろ也。[…]次に「人情をいへること詳也」とは、まことにさることにて、やまともろこしの書にならぶものなし。[…]

（本居宣長『源氏物語玉の小櫛』(9)）

蕃山の示す理解が「儒者ごゝろ」から出たあまりにも都合のよい解釈であることに宣長の批判は向けられており、後の文章ではこのような「儒者ごゝろ」に代わる物語を読むことの効用を「もののあはれを知る」ことに求める著名な論に至る(10)。

宣長による蕃山批判は、確かに『源氏物語』に対する基本的理解として現在においても納得され得る要素を含むが、こうした蕃山対宣長の対立を儒学的理解から国学的理解への発展的展開として把握する、あるいはその学説に対する現在的視点からの優劣を問うのみでは、儒学を背景とした言説が江戸時代を通して大きな影響力を保ち続けたという歴史的事実を捨象した義論となってしまう。『源氏外伝』に示された蕃山の意図とその同時代的意義を探るためには、宣長との対比の構図を一旦は外し、儒学の歴史的展開の中に『源氏外伝』の記述を置いてその拠って立つ文脈を押さえ、また一方で中世以来の『源氏物語』理解の展開を辿りつつ江戸時代における『源氏物語』と儒学との位相を測る視座が必要となるだろう。

二　物語の描く「人情」とその輪郭

卑属で不条理な世界を描くことをも厭わない文学と世界の調和を説く儒学、とくに江戸時代の官学であった朱子学の説とは本質的に相容れない要素を含み持つが、先の蕃山の言にも触れられていた『毛詩』の例のように儒学の経典の中にも俗謡を伝えるものがあり、経典とその内包する卑属性との関係を問うことは、古くからの儒学の課題でもあった。(11)『論語』に「詩三百編」と記される『毛詩』の効用に対する解釈学は、文学と儒学の距離を埋める論理学として議論されてきた歴史を持つ。(12)例えば、江戸時代前期の朱子学者・中村惕斎《てきさい》（一六二九―一七〇二）による『論語』の解説書『論語示蒙句解《ろんごじもうくげ》』の一節は、朱熹の『論語集注』を忠実に祖述(13)しながら『詩経』の益を説いて次のように述べる。

それ詩の教へたる所、もと人情をのべたる詞なる故に、これを詠吟すれば人の心思にうつりやすし。よりてその善を云ひたる詩は人の善念を起こすべし。悪を云ひたる詩は人の悪念を懲らすべし。大むね人の心思の邪なるをいましめて、正しきに帰せしむるにあり。

（中村惕斎『論語示蒙句解』）[14]

惕斎の説く論旨は明瞭であり、それを読むことを通して「思の邪なる」、「人の心」を誡めることに『詩経』の価値を認める。単純化して言えば、良い例はそれを手本とし、悪い例はそれを批判することを通して正しき心を養うという点に雑多な内容を含み持つ『毛詩』の価値を認めるというのがその立場であった。

「勧善懲悪」の語をもって説明されるような厳格な道徳理念を説く朱子学は、幕府の保護する官学として幕末まで一定の影響力を保ったが、江戸時代に興った儒学の学派の多くは朱子学の道徳的厳格主義と実態社会との整合性を問いつつ、中国宋代の風土に根ざして成立した朱子学の精神を日本化してゆく方向へと進んだ。[15] 伊藤仁斎（一六二七―一七〇五）から荻生徂徠（一六六六―一七二八）へと展開するそうした儒学の日本化の流れの中で大きくクローズアップされたのが「人情」という概念であった。

蕃山や宣長もその価値を認める物語の描く「人情」とは、西鶴の浮世草子や近松の浄瑠璃といった元禄前後に著された世話物において広く標榜された概念であるが、中村幸彦の著名な論考「文学は「人情を道《い》ふ」の説」[16]に説かれるように、儒学の文脈において注目された概念であり語彙であった。[17] 仁斎の長男で父の学を継いだ東涯（一六七〇―一七三六）は、『詩経』の本質を論じて次のように述べる。

『書経』は君道なり。『論語』、『孟子』は師道なり。『詩経』はこの二の義にあらず。ただ、風俗人情をあらはして、是非善悪の教へを示すの書にあらず。これをよむものは諷誦吟詠して、人情物態を考へ、温厚和平の趣を得べきなり。

（伊藤東涯『読詩要領』）[18]

『詩経』の効用を「勧善懲悪」の風諭と見る先の惕斎との差異は明らかであり、仁斎―東涯の学においては「勧善懲悪」の具となることに『詩経』の効用を求めることをせず、「人情」そのものの真実の現れとしてその価値が認められる。(19) 先にも触れたように、江戸時代に展開した儒学の歴史を俯瞰するのならば、こうした朱子学からの離陸の過程は日本の実態社会を見据えつつ変容していった日本化の歴史として把握されるだろうが、その途上において、「人情」の語は一方で道学主義的な朱子学の存在を前提としつつも、それを越えて儒学のあり様を模索し再構築するためのキーワードでもあった。(20)

冒頭に述べた『源氏外伝』の記述に戻ってみれば、蕃山の説く『源氏物語』を読むことの効用は大局的にはこうした儒学の日本的展開の過程において述べられたものであり、朱子学が否定した「物語を読む」という行為を肯定的に理解し理論化したものであったと言える。『源氏外伝』という書が著された意図はそのような点にあったと考えられる。

三　江戸時代中期の堂上歌学と儒学

中世源氏学の集大成ともいえる中院通勝（一五五六―一六一〇）による『源氏物語』の一大注釈書集成『岷江入楚』は、その冒頭に『源氏物語』を読むことの効用を説いて次の様に記している。

或抄云、おほむね荘子の寓言を模して作る物語なりといへども、一事として先蹤本説なき事をのせず。一字の褒貶は『春秋』におなじ。但、『荘子』は寓言のみ、『左氏』は事実を書して、文詞も又其のりありといへり。今此物語は、仮名の、おろかなることのはなりといへども、『左氏』『荘子』にかみにたゝむ事もかたたからずや。抑、男女の道をもとゝせるは、開雎螽斯の徳、生道治世の始たるにかたどれり。その中に、好色淫風のよこしまなることをしるせるは、隠よりもあらはなるはなし。君子のつつしむところ専こゝにあり。後人をして、こらしめんと也。すべて仁義礼智の大綱より、仏果菩提の本源にいたるまで、此物語をはなれて、何の指南をか求めむ。学者深切に眼を付べし。

（中院通勝『岷江入楚』（文脉等之事）(21)）

中国古典の書名に彩られ、儒学的倫理観を象徴する「仁義礼智」といった語彙や「仏果菩提の本源」などの仏教的概念をもって綴られる右の一節が、儒仏の道徳観を拠り所として記述されていることは明らかであろう。ここに述べられる物語を読むことの効用は、大枠で捉えるのならば、江戸時代の朱子学者が説いた勧善懲悪の理念から見ても大きくははずれない価値観のもとに説かれているといえる。本邦中世の和学・古典学に与えた儒学のインパクトは存外に大きなものであった(22)。

江戸時代の堂上公家の『源氏物語』を対象とした学問は『岷江入楚』に基づくことが多く、堂上の『源氏物語』理解は『岷江入楚』を読み解くことからはじまったと言える。通勝の後も中院家は源氏学（『源氏物語』に関する古典学）を伝える家として尊重され、『岷江入楚』に示された学問を踏襲してゆくが、通勝の曾孫にあたる通茂（一六三一―一七一〇）は、『源氏物語』を読むことに対しては通勝とは異なる面の効用を見出していた。前章（第四部第二章）に示した例を再説することとなるが、通茂の講釈を弟子の松井幸隆（一六四三―一七一七以降）が聞書した『渓雲問答』には次の様な『源氏物語』評が記されていた。

『源氏物語』御講釈の時、通茂《（中院）》公仰。『源氏』の歌は初中後、その風也。其外の人の歌もそれ〴〵の風をよみわけたり。其才学ほど式部が歌はよろしからぬ也。世間の有様、人情をそれ〴〵によく書分たる奇妙也。

長々しく書きつゞけたれど、たるみもなく、桐壺より末まで引はりて、けく文章中高にみゆる也。源氏の事を書、又御休《（ママ）》所の事を書、其外段々にかはりたる事をかけるに、そのつぎめみへぬ也。［…］

（中院通茂講・松井幸隆録『渓雲問答』[23]）

『源氏物語』を評して「人情をそれ〴〵によく書分たる奇妙」と述べられる「人情」の語は、堂上公家の『源氏物語』講釈の歴史の中では用いられることのなかった語彙であるが、一方で先に見た儒学の展開においては欠くことのできない概念であった。

この『渓雲問答』の記述に丁度対応するような文言が通茂の著した『源氏物語』注釈に記されている。通茂の著した『源氏物語』注釈は現在四種類が知られているが、[24]それらの内、京都大学附属図書館蔵中院文庫本『源氏聞書』（中院・Ⅴ・一五）は最も大部な清書本と言うべきもので、通茂とその弟・野宮定縁（一六三七—七七）による筆写で仮綴五十四冊として伝わる。その桐壺巻の冒頭には中世の『源氏物語』注釈に見えるような「大意」の項目があり次のように記されている（原文には夥しい書入の跡が残るが、訂正された形で示す）。

大意

夫日本皇統の相続今にいたりて長久なる事は、礼学文章を不失して俗におちず、君子の風あるを以て長久なり。剛なる者はながゝらず、柔なる者は久し。歯は剛なれどもはやくおち、舌は柔にして終をたもつがごとし。武家は強を以て一旦天下の権をとるといへども、歯のおちかはるがごとくにして久からず。公家は柔に居て位を失はれざる也。しかれども柔にして徳なき時は人の敬うすし。人の恥て敬ずるところなれば、存すといへども亡するがごとし。終にはたゆるに近き事也。上代の礼学文章をみるべきものは、たゞの物語にのみ然れり。此故に源氏をみる人は先物語の本意を知るべし。これをしらずして源氏をこのむ人は害ありて益すくなし。上古の風俗は厚く、末の世のならはしはうすし。むかしの人はその心純素にしてけだかく、後の人は驕奢にしていやし。礼学の教、代々におとろへ、言葉の優美なるも時々にうつろひ行をみては、終に公家の風流も俗にながれん事をかなしみて、人の好める好色をつり糸にして上古の美風を残しをけり。さて、人情をいへることつまびらか也。人情をしらざれば五輪の和を失ふ事おほし。これにもとりては国おさまらず、家とゝのほらず。もろこし《詩経涼風ノ論ヲ》人の詩をもてあそびて淫風をまじへてけづりすてざるも人情をしらしめんとなるべし。詩の人倫にたよりある事、和哥に周し。しかれども和哥は其詞幽玄にして其さかひにいたらさる人は知がたし。源氏は物がたりにして言葉のつゞきながくして微婉ならずきゝやすし。人情をいひて人に心もちゐをしらせたる微意妙也。

（京都大学附属図書館蔵中院文庫本『源氏聞書』中院・V・一五）

通茂は蕃山を師として儒学を学んでおり、先に記した蕃山の『源氏外伝』と引き比べて見れば、この『源氏聞書』に記された「大意」はそれを下敷きに書かれたものであることが了解される。『渓雲問答』に記された「人情」を書き分けた物語としての『源氏物語』の理解は儒学の側から取り込まれた物語観であったのである。(25)

『渓雲問答』に引かれる通茂の『源氏物語』観はきわめて当代的で伝統的解釈からははみ出しているが、また一方で、通茂は後水尾天皇から古今伝受を相伝し、霊元天皇歌壇においては指導的役割を果たしたと評され、(26)自身も宮中において『未来記』、『雨中吟』や『源氏物語』の講釈を行うなど室町時代以来の堂上の伝統を一身に担った人物でもあった。その通茂の講釈の中に入り込み、『源氏物語』を読むことの意味を問い直すほどに儒者の説く物語観は魅力的であった。

それにしても、伝統的学芸の継承をその存在基盤とした堂上公家において、儒者の説く理解が新たに浸透することが可能であったのは如何なる事情によるのか。この点を考える上で興味深い記述が、武者小路実陰（一六六一―一七三八）の言談を門弟の似雲（一六七三―一七五三）が書き留めた『詞林拾葉』に見える。

此中もちと見あはすことありて、『源氏物語』を見しに、見るたびにさて〳〵奇妙なる文章也。あのやうに人情にわたり、男女貴賤・現世後世・儒書神道こと〴〵くあきらめ、それをわがものにしてかゝれたること、思へば〳〵おそろしく迄覚也。是は伝受事にてなきゆへ申なり。『源氏』は『詩経』三百篇と見、『源氏』をつゞめて『古今』一部と見るがならひ也。『古今』一部より『源氏』を書たるもの也。古人も『源氏』にとくとわたれば、歌の詞にらちあかぬといふ事一つとしてなきよし、詩三百篇一言もつて是をおほふ、いはく思無邪、是にてしるべし。畢竟つゞめていへば、歌道は思無邪の三字に帰する。なほ正直ならては道なし。仏神の妙慮に秀逸の歌かなふといふも此道理なり。

（武者小路実陰講・似雲録『詞林拾葉』[27]）

ここでも『渓雲問答』と同じく、『源氏物語』に「人情」を説く物語としての意義が指摘されているが、加えてこのようなことを言うのも、それが「伝受事」ではないからであると付記されている。武者小路実陰は、通茂没後の禁裏歌壇を牽引した人物の一人であるが、「人情」の物語としての『源氏物語』の理解は、古今伝受に代表される「伝受事」とは意図的に区別されていたようである。

改めて述べるまでもないが、先に見た通茂も、その学問すべてが伝統的古典学を払拭した上に成り立っているわけではない[28]。現在、京都大学附属図書館に所蔵される中院家旧蔵資料（中院文庫）に伝えられる通茂の関与した聞書類を見ても、前代の注説を忠実に祖述する例の方が遥かに多い[29]。種々の伝受を介して伝えられた堂上の古典学は一朝一夕に塗り替えられる性格のものではなかった。通茂や実陰の講釈に新たな概念が導入され得たのは、偏に伝受の外としての区分けを前提とした上でのことであったと推測される。(30)それでもなお、古典講釈に際して触れられる例があり、かつ聴聞者の側もそれを敢えて書き留めたという事実に、儒学を背景とする文学観の浸透力の著しさを見て取ることは許されように思われる。

おわりに

制度としての儒学が江戸時代を通して時代の学問の根底にあったことは疑いようがない。『源氏外伝』の説く『源氏物語』理解が決して孤立した存在ではなく、当代の堂上公家の学問の間にも類似する理解が浸透した形跡が認められるのは、時代の学問のあり様を勘案すれば当然であったとも言える。(31)蕃山や通茂とも交流のあった北小路俊光（一六四二―一七一八）の日記には通茂や久世某（通茂男の通夏か）等の公家衆の『孟子』の義論と『源氏物語』の講釈が交互に行われた一日の様子が記し留められている。

早朝より亜相公・中院殿・久世殿有義論孟子ノ「存其心、養其性、所以事天也」、此語大感発得益了、朝飯後、藤のうら葉一冊講尺聴聞、人情時変上臈ノ風体実義徳義大益奇妙ノ書也、好色ハ時之風俗、ツリ糸ナレバ不可嫌世人歴々迄好色ノ書と斗ミるハ浅見也、此源氏物語ヲ不見ハ、面ニアキたル如ク、予か思了、然共道徳ニ志不立ハ不可有益、右講尺終ハ孟子ノ義論等あり、夕飯後帰、

（『北小路俊光日記』貞享四年（一六八七）十月八日条）(32)

儒学の古典を読み説き議論することと本朝の古物語を読み進めることとは、実態としても極めて近しい場所にあった。その解き明かすべき課題が近似すればするほど相互乗り入れ的な義論の展開も生じたように想像される。

本章では、『源氏外伝』に記された『源氏物語』を読むことの効用についての記述を端緒として、儒学者が『源氏物語』の評論を行うことの意義と意図、伝統的文化の継承を担った堂上公家が儒学的言説を取り込む例の検討とそれを行い得る理由などについて考えてみた。儒者の側には、その学問の展開のうちに物語を肯定的に措定する要求があり、公家の側には、時代の学問の基底としての儒学への関心の高まりとともに、「伝受事」の外にある学問として儒者の新たな物語観を取り込むこともあった。中世以来受け継がれた堂上の学問は『岷江入楚』の例のように、本来的に儒学的発想や思考をも含み持つものであったが、それとは別の展開を辿った本邦儒学の伝統との交渉も時に応じて少なからず認められる。『源氏外伝』や公家衆の聞書類に記し留められた言説は、まさにそうした和学と漢学の出会う場所に産み落とされた、時代の学問の落とし子であったと言える。

注

（1）『源氏物語』の注釈の歴史的展開における『源氏外伝』の意義については、重松信弘『増補新攷 源氏物語研究史』（風間書房、一九八〇年）二八四―三〇六頁参照。

（2）野口武彦『『源氏物語』を江戸から読む』（講談社、一九八五年）参照。

（3）江戸時代前期における朱子学そのものの人口はさほど多くはなく、後期に至って爆発的に増加するという統計もあり、人口比に限ってみれば江戸時代における朱子学の展開はむしろ右肩上がりの状態にあったといえる。石川謙『日本学校史の研究』（日本図書センター、一九七七年）、頼棋一『近世後期朱子学派の研究』（渓水社、一九八六年）参照。

（4）第一部第二章参照。

（5）上野洋三「元禄堂上歌論の到達点――聞書の世界」（同『元禄和歌史の基礎構築』岩波書店、二〇〇三年）、大谷俊太「新情の解釈――詠歌大概注釈と堂上和歌」（同『和歌史の「近世」道理と余情』ぺりかん社、二〇〇七年）参照。

（6）江戸時代前期の儒者の和学に対する立場と意識について詳細な検討を加えた、川平敏文「和学史上の林羅山――『野槌』論」（『文学』一一―三、二〇一〇年、後に、同『徒然草の十七世紀　近世文芸思潮の形成』（岩波書店、二〇一五年）に再録）、儒者と『源氏物語』の関係について述べる、宮川康子「江戸から読む源氏物語」（『京都産業大学日本文化研究所紀要』一四、二〇〇九年一二月）は、儒学と和学との位相や関係を考える際に示唆的である。

（7）蕃山の生涯とその思想については、宮崎道生『熊沢蕃山の研究』（思文閣出版、一九九〇年）、同『熊沢蕃山人物・事績・思想』（新人物往来社、一九九五年）、大橋健二『反近代の精神　熊沢蕃山』（勉誠出版、二〇〇二年）、吉田俊純『熊沢蕃山その生涯と思想』（吉川弘文館、二〇〇五年）といった論考が著されている。

（8）京都大学附属図書館蔵中院文庫本『源氏御抄』（中院・V・一九）による。また、石崎又造『源氏物語蕃山抄』（巧芸社、一九三五年）、牛尾弘孝「略注『源氏外伝』（その一）――序・桐壺」（『大分大学教育学部研究紀要』一二―一。一九九〇年三月）によって他本を確認した。当該記事については記載される順序の差異はあるものの論旨に関わる異同はない。

（9）中村幸彦『日本古典文学大系九四　近世文学論集』（岩波書店、一九六六年）一二〇―一二一頁。

（10）宣長による『源氏物語』理解については、杉田昌彦『宣長の源氏学』（新典社、二〇一一年）参照。

（11）清水徹「伊藤仁斎における『詩経』観」（『東洋文化』一〇〇、二〇〇八年四月）参照。

（12）江戸時代初期の儒者による『詩経』解釈を含む文学観の展開については、中村幸彦「幕初宋学者達の文学観」（同『中村幸彦著述集　一』中央公論社、一九八二年）に詳しい。

（13）日野龍夫「儒学と文学」（同『江戸の儒学　日野龍夫著作集　一』（ぺりかん社、二〇〇五年）一六二頁。

（14）同書の論理と儒学の歴史における位置については、注13掲載の日野龍夫「儒学と文学」とともに、同「儒学思想論」（同『江戸の儒学　日野龍夫著作集　一』）参照。

（15）注13掲載の日野龍夫『江戸の儒学　日野龍夫著作集　一』五二―五五頁、一五八―一七七頁参照。

(16) 注12掲載の中村幸彦『中村幸彦著述集 一』。
(17) 中村論文の論旨は元禄という時代の持つ時代精神の素描にあり、浮世草子作者である西鶴と儒者・仁斎の重なり合う部分を「人情」に対する理解の問題として論理化している。
(18) 清水茂・大谷雅夫・揖斐高校注『新日本古典文学大系六五 日本詩史 五山堂詩話』(岩波書店、一九九一年)一五頁。
(19) 仁斎・東涯の説く古義堂の学については思想史的側面からのその内実に関わる多くの検討が備わるが、本論では思想史的価値の細部には立ち入らず、主として文学に関わる評価の側面についてのみ述べる。なお、子安宣邦『江戸思想史講義』(岩波書店、一九九八年)、土田健次郎「伊藤仁斎と朱子学」(『早稲田大学大学院文学研究科紀要(第一分冊)』四二、一九九七年二月)参照。
(20) したがって、同じく「人情」の語が用いられてもその語彙で表現される意味内容は互いに重なりを持ちつつも各人各様の独自の概念を含み持つ。本章に掲出した用例においても当然ながらすべてが等価に用いられているわけではない。本章で注意したいのは、それらの類別の方法や評価の高低ではなく、価値基準を示す指標として「人情」の語彙が共通して用いられているという事象そのことである。
(21) 中野幸一編『源氏物語古註釈叢刊六 岷江入楚 自一桐壺 至十一花散里』(武蔵野書院、一九八四年)一〇頁。
(22) 第二部第一章、英文論考参照。
(23) 近世和歌研究会編『近世歌学集成 上』(明治書院、一九九七年)八八〇―八八一頁。
(24) 日下幸男『後水尾院の研究』(勉誠出版、二〇一七年)二〇一頁。
(25) 現存本『源氏外伝』の成立には通茂が深く関与しており、また、通茂作成の『源氏物語聞書』には蕃山の注釈が取り込まれている。その詳細については、ジェームス・マックマラン「熊沢蕃山『源氏外伝』の起草と伝本について」(『日本歴史』三八一、一九八〇年二月)、James McMullen, *Idealism, protest, and the Tale of Genji : The Confucianism of Kumazawa Banzan*, Clarendon Press, 1999参照。
(26) 鈴木健一『近世堂上歌壇の研究 増訂版』(汲古書院、二〇〇九年)五四頁参照。
(27) 『歌論歌学集成 一五』(三弥井書店、一九九九年)二二九―二三〇頁(杉田昌彦・鈴木健一・田中康二校注)。正徳三年(一七一三)から享保六年(一七二一)の期間の聞書を纏めた著述。

（28）『源氏物語』をめぐる堂上の学問の論点については、第四部第二章参照。

（29）『古今集』に限ってではあるが、中院家に伝領された聞書類とその概要については第三部第七章に述べた。

（30）通茂は蕃山と直接に文を交わすことには不都合を感じていたらしい。『北小路俊光日記』貞享元年一月五日条に「外へ之憚」の語が見える。井上通泰編『北小路俊光日記抄』（聚精堂、一九一一年）参照。

（31）例えば、通茂の二男・野宮定基（一六六九―一七一一）は、伝統的古典学を伝えた堂上公家でありながら、寧ろ儒者との交流の側面が著名である。宮川康子「野宮定基卿記覚書（一）」（『京都産業大学日本文化研究所紀要』六、二〇〇一年三月）、同「野宮定基の思想形式――野宮定基卿記覚書（二）」（『京都産業大学論集　人文科学系列』二九、二〇〇二年三月）、同「近世公家知識人の歴史意識――野宮定基覚書（三）」（『京都産業大学日本文化研究所紀要』七・八、二〇〇三年三月）参照。

（32）James McMullen, *Genji gaiden : The origins of Kumazawa Banzan's commentary on the Tale of Genji*, Ithaca Press, 1991 一二五頁の引用による。なお、同資料の総体については、McMullen氏より直接にご教示を戴いた。記して謝意を示したい。

おわりに

以上の考説において述べたことについての纏めは、各章の末に記した通りであるが、ここでは、今まで論じ来ったことの総体について概括し、併せて残された課題について述べておきたい。

本書は、『古今集』、『伊勢物語』、『源氏物語』といった王朝古典を対象とした注釈的言説の意図と方法の分析を行った第一部、資料の乏しい古今伝受の形成期について記述的な方法による考察を行った第二部、伝存資料の調査に基づく御所伝受の実態解明を試み、併せて和歌の家と禁裏・仙洞との関係性を論じた第三部、注釈的言説の歴史において江戸時代に興った新たな視点について述べた第四部の四つの面から、中世にはじめられ近世の堂上の学問となった古典学の展開とその様相を多角的に描くことを目指した。

第一部では、堂上の古典学の目的と方法について考えた。王朝古典をめぐる講説が、作品の場面解釈の倫理化、登場人物の理想化によって、治身の道としての歌道のイメージを伝える学として意図されていること、治身の学の核としてあった「心」の措定をめぐる問題には、時代の学問、とくに宗教的議論からの論理や語彙が借用されて説明される例のあること、江戸時代に入ると注釈的言説そのものの理解とともに、様々な解釈の可能性の詮索といった思考の反復によって自らが得心する行為それ自体に価値が認められるように発想されること、こうした分析的言説が細密になってゆく背景として和歌表現そのものが緻密に構成されるようになり、入り組んだ表現とそれに耐え得る内実とが求められるようになること、などについて述べた。第二部では、室町時代に行われた古今伝受の次第、思想、伝書、室礼などについて具体的な資料を提示して検討を行った。従来も繰り返し述べられてきた事柄（おそらく今後も繰り返し論じられるだろう）について、現在までの研究成果を踏まえて今一度整理し、調査の及んだ資料を追記して現時点での理解の水準を示すことを試みたが、この領域については点と点を繋いで線とすることはいまだ出来ていない。三条西家内部の継承についても判然としない部分を多く残しており、吉田家の動向やその説く神道説と歌学との交渉などについても依然として明瞭ではない部分が少なくない。これらについては、資料の発掘とともに今後も補訂を含めて考えてゆきたい。

室町時代には、一方で『論語』、『孝経』、また『孟子』などを対象とした講釈が行われており、王朝の古典を対象とした堂上の古典学は、漢籍をめぐる学問と隣り合わせにあった。王朝古典をめぐる注説が治身の学としての意義を説くのも、そうした学問の方向性やその方法が援用されたからであったと考えられる。第二部第一章に示した、実隆が『古今集』を理解することの価値を『論語』の一節で喩える記事などはその象徴的な例であろう。こうした和と漢との間の学問の方法それ自体の比較検討については、石神秀美に論があるが[1]、具体的な事例の検討は今後も重ねられるべき課題でもある。また、小川剛生が時代の文脈に即してその重要性を改めて指摘した漢籍を仮名に和らげて記す仮名抄なども和と漢を繋ぐ存在であり[2]、それらの成立事情や意義などについても個々の資料の洗い直しと再検討が求められるだろう。江戸時代に入ってから顕著になる解釈に至る過程を重視する志向については、大谷俊太に「心」の実践としての宋学の影響を指摘する論がある[3]。この議論は、川平敏文の論じた『徒然草』の享受を通して見た江戸時代初頭の「情」、「理」の位相に関する問題へも接続するように思われる[4]。

中世から受け継がれて来た堂上の注釈的学問の意義が再定義される論理的背景を探る試みも継続されるべきであろう。こうした諸論点についても引き続き考えてゆきたく思う。また、第一部で扱った諸書に先行する時代の所産として、鎌倉時代に行われた密教的世界観と方法とを背景とした『玉伝深秘巻』、『古今灌頂』等の秘伝書がある。三輪正胤、(5)石神秀美(6)による研究があり、歌道家庶流の藤原為顕（一二四二頃?―?）と伊豆山を中心とした醍醐寺系の密教僧との間で作成されたことが知られている。従来は密教とその資料や論理に対する理解が及ばず、こうした秘伝書の伝える説々の意図するところを十全に読み解くことは難しかったが、近年の寺院資料の調査の進展とともに、この領域についても理解が進んできている。(7)稿者も一部の関連資料の報告と分析を行っているが、(8)本書で扱った時代に前接する時期の古典学のあり方についても、資料の探求と検討を続けたい。

第三部では、御所伝受の形成に関する諸問題について、東山御文庫、宮内庁書陵部、京都大学附属図書館、国立歴史民俗博物館などに所蔵される御所伝受関連の資料の調査を通して見えてきた事柄について述べた。遺されたものは膨大であり、その量それ自体が長年にわたり営まれた学問の蓄積を実感させる資料群である。資料の伝存をつぶさに記して細部の記述を続ければ、さらに詳細な描出も可能であるが、本書ではあえて網羅的・目録的な記述を目指すことはせず、御所伝受に関与した人々の遺した日記の記述を中心に据えて、その営みの含み持つ歴史的意義の解明を目指した。三条西家の秘伝であった古今伝受が歌壇に共有された秘事となってゆく過程に起こった事象は、通史的に見た場合どのように評価されるのかというのが第二部、第三部に緩やかに通底する視点である。師と弟子の間での個的な営みとしてはじめられた古今伝受は、その行儀が整い、伝書が揃うことでそれらを伝領する家々を単位とする関心事となってゆく。細川幽斎（一五三四―一六一〇）、八条宮智仁親王（一五七九―一六二九）、後水尾院（一五九六―一六八〇）によって、古今伝授の家々に伝領された秘伝書が収集されて御所伝受のかたちが整えられてゆくが、それとともに、堂上の古典学の最上位に位置づけられる秘伝と見なされるようになり、古今伝受を伝えた家々の人々も禁裏・仙洞の門下として位置づけられていった。こうした事象は、古今伝受の社会化の歴史、ひいては文芸と実態社会との関係性の歴史としても理解することができるだろう。江戸時代のはじめには、和歌や王朝古典を学ぶ公家衆が増加し、それらの講釈も盛んに行われるようになるが[9]、そこで伝えられたものは何であったのか。第四章では、和歌や王朝古典を読み解くことを通して学ばれたことの江戸時代における展開について考えた。和歌の解釈に諸説が並ぶ時代において、その差異の吟味は合理的理解を目指すのみならず、一首の中に交錯する心情の流れを追い、詠作主体の心の襞に分け入ることを目的とした。こうした作品への解釈を繰り返し問い直す行為は、第一部第四章にも示した「義理」を付けるとされた解釈行為の反復による表現された内実の探求方法の実践であったと考えられる（秘説はそれを伝えるのみでは十分ではなく、おのれが得心することによってはじめて意義が生ずるとする価値観への転換については先にも述べた）。『河海抄』などに説かれる寓言としての『源氏物語』の評価は、その注釈史に長く受け継がれたが、江戸時代に入ると「人情」を説く物語としてその大意を述べる例が、堂上歌壇の中心にいた人物の著述にも見えるようになる。儒者からの影響を受けたそうした理解が、堂上の古典学の方向性を一変させることはなかったように思われるが、この例は「心」や「情」への理解の変遷を反映したものであり、古典注釈の中で繰り返し説かれて来た「心」への関心とその鍛錬への志向が、古典学を成り立たせ、それを継続させた根幹に位置する課題であったことを再認識させる事例と言える。

禁裏や公家文庫を対象とした研究は、田島公編『禁裏・公家文庫研究 一―六』（思文閣出版、二〇〇三―一七年）、酒井茂幸『禁裏本歌書の蔵書史的研究』（思文閣出版、二〇〇九年）、同『禁裏本と和歌御会』（新典社、二〇一四年）、吉岡眞之・小川剛生編『禁裏本と古典学』（塙書房、二〇〇九年）などにより近年急速に進んだ。『禁裏・公家文庫研究』誌上で継続されている小倉慈司による東山御文庫と宮内庁書陵部の蔵書のリスト化、国立歴史民俗博物館に所蔵される高松宮家伝来禁裏本の目録化は[10]、堂上の学問を対象とした検討には欠かせない仕事である。他の堂上の蔵書についてもリスト化、目録化が求められるだろう。また、そうした目録学・蔵書史論的視点とともに、知識を伝えるという通常想定される書物の用途を越えた社会的機能についての関心も高まってきている(11)。書物を伝えるということ自体の意味の再検討が進められてきていると言え、書物それ自体の形態論的分析を機能論として考える視点も佐々木孝浩によって提示されている(12)。本書の対象とした資料群についても、書物の形態と記される内容との連関、書写形態によるモノとしての書物の位相の差異など、そうした視点からの判断を記した場合もあるが、総体としては示し得ていない。これも今後補うべき課題である。儒学的倫理観を第一義とする社会の中での堂上古典学の展開は、これまであまり論じられたことのないテーマのように思われるが、後水尾院にも進講した儒者・赤塚芸庵（一六一三―九二）の記録『赤塚芸庵雑記』に明暦三年（一六五七）の古今伝受が記録され、中院通茂（一六三一―一七一〇）に『論語』を講義し、また道茂の『源氏物語』講釈を聞いたことが記されるなど(13)、禁裏・仙洞、また堂上諸家と儒者との間には学問を介した交渉があった。その関係性の解明は、古典学の歴史的展開のみならず、近世的思潮とその広がりについての理解の深化にも繋がってゆくだろう。近世の儒学、国学の側には相当の研究の蓄積があり、それらとの距離を測りつつ考えてゆく必要があるが、第四部第二章・第三章に引用した『詞林拾葉』の例、中院通茂の二男・野宮定基（一六六九―一七一一）の例などはそうした点から見て興味深い事例と言える。改めて考える機会を持ちたく思う。

なお、本書の論述の基礎資料となった東山御文庫に伝来する資料群については、宮内庁書陵部による撮影が現在も継続されており、本書に示した理解を補完したり、あるいは覆したりする資料が今後も出現する可能性がある。継続的な確認と補完に努めたい。

積み残した課題は山のようにあるが、これを一つの区切りとして引き続き考えてゆきたい。

注

（1）石神秀美「祇注の六義論その他（上）——詩篇解釈法の受容について」（『三田国文』一一、一九八九年六月）、同「祇注の六義論その他（中）——古今潅頂・言語的象徴表現・体用論理」（『三田国文』一八、一九九三年六月）。

（2）小川剛生「政道のための仮名抄——聖徳太子憲法抄」（同『二条良基研究』笠間書院、二〇〇五年）、また、安野博之「清原家と『御成敗式目』」（『三田国文』二六、一九九七年九月）が提示した問題などもその後、議論が途絶えており、今後の再検討が求められるだろう。

（3）大谷俊太『和歌史の「近世」道理と余情』（ぺりかん社、二〇〇七年）。

（4）川平敏文『徒然草の十七世紀 近世文芸思潮の形成』（岩波書店、二〇一五年）。

（5）三輪正胤『歌学秘伝の研究』（風間書院、一九九四年）。

（6）石神秀美「玉伝深秘巻解題稿」（『斯道文庫論集』二六、一九九二年三月）。

（7）伊藤聡『中世天照大神信仰の研究』（法蔵館、二〇〇一年）には、神道研究の側からの中世の和歌注釈へのアプローチが示されている。中世和歌の環境を考える上でも示唆に富む。

（8）拙稿「『五蔵曼荼羅和会釈』と和歌注釈——『玉伝深秘巻』『玉伝集和歌最頂』『深秘九章』の説く和歌観の淵源を探る」（国文学研究資料館編『中世古今和歌集注釈の世界 毘沙門堂本古今集注をひもとく』勉誠出版、二〇一八年）、同「大東急記念文庫蔵『古今和歌集灌頂』とその意義——仁和寺蔵『五智蔵秘抄』等との関係をめぐって」（『かがみ』四八、二〇一八年三月）。なお、高橋悠介「伝憲深編『灌頂印明口決』と空観房如実」（『斯道文庫論集』五一、二〇一七年二月）は、宗教テクストの成立を論じた論考だが、その提示する『灌頂印明口決』は、『古今灌頂』の成立を考える上でも興味深い資料と思われる。

（9）それらを網羅する年表は著されてはいないが、『源氏物語』については、伊井春樹編『源氏物語 注釈書・享受史事典』（東京堂出版、二〇〇一年）の「源氏物語享受史」に詳しい。

（10）国立歴史民俗博物館編『国立歴史民俗博物館資料目録八—一 高松宮家伝来禁裏本目録 分類目録編』（国立歴史民俗博物館、二〇〇九年）、同『同八—二 同 奥書刊記集成・解説編』（同）。この資料群は、禁裏から有栖川宮を継承した後西院皇子・幸仁《ゆきひと》親王（一六五六—九九）、霊元院皇子・職仁《よりひと》親王（一七一三—六九）等に移譲されたもの。

(11) 前田雅之『書物と権力──中世文化の政治学』(吉川弘文館、二〇一八年)。また、高岸輝『室町王権と絵画 初期土佐派研究』(京都大学出版会、二〇〇四年)は絵巻と王権の関係に及び、書物の歴史を考える上でも示唆に富む。
(12) 佐々木孝浩『日本古典書誌学論』(笠間書院、二〇一六年)。
(13) 羽倉敬尚『赤塚芸庵雑記』(神道史学会、一九七〇年)一〇六―一一〇頁、三三一頁。

資料篇

東山御文庫蔵『古今伝授御日記』『古今集講義陪聴御日記』解題・翻刻

東山御文庫に所蔵される『古今伝授御日記』（勅封六二・一一・一・一・二）、『古今集講義陪聴御日記』（勅封六二・一一・一・一・二）は、寛文四年（一六六四）に行われた後水尾院（一五九六—一六九〇）より後西院（一六三七—八五）への古今伝受に際して記録された簡略な日次記で、記主名は明記されないものの、その内容から前者は後西院自身の筆録、後者は照高院宮道晃親王（一六一二—七九）による筆録と推定される。同時期の相伝者の一人である中院通茂（一六三一—一七一〇）の筆録になる京都大学附属図書館蔵中院文庫本『古今伝受日記』（中院・Ⅵ・五九）(1)とともに、寛文四年の古今伝受の経緯を伝える貴重な資料と言える。

一　書誌・伝来

宮内庁書陵部に所蔵されるマイクロフィルムとカードにより判明する書誌的事項を次に示す。

東山御文庫蔵『古今伝授御日記』（勅封六二・一一・一・一・一）　写一冊

仮綴（二〇・五×一七・〇㎝）[2]。表紙は共紙と推定される。外題なし。墨付一一丁。遊紙、巻首なし・巻尾一丁。毎半葉八～一〇行程度。内題なし。奥書・識語等なし。印記なし。

現状では「後西院宸筆／古今御聞書」と墨書する包紙を附属するが、本書は「聞書」ではない。後代に整理された際に付されたものか、他書の包紙を誤って用いたものか委細は不明。何れにせよ「後西院」と諡号が記されることから、後西院自身によって用意されたものではなく、伝領の過程において付されたものと判断される。

本書は、『皇室の至宝 東山御文庫御物 一』（毎日新聞社、一九九九年）九〇―九一頁に巻頭・巻尾の書影の掲載があり、図版解説（住吉朋彦）が付されている。後西院宸翰との認定もなされており、他の後西院の筆跡と比較しても確かにその宸翰と判断される。また、記載内容から後西院による記録と判断される。例えば、墨付三丁裏（後掲図版参照）には後水尾院による『古今集』講釈の行われた座敷の絵図が記されており、中に「予」と記される受講者の記載があるが、『古今集講義陪聴御日記』所収の座敷図と突き合わせて見ると、本書に「予」と記す記主は後西院と判明する。なお、本書には外題・内題等は付されないが、『書陵部紀要』三七（一九八六年）に記された名称である「古今伝授御日記」の呼称で通行している。記載内容からすれば「古今伝受」の表記がより相応しいとも思われるが、いたずらに他称を用いるのは混乱を招くおそれもあり、また、現行の呼称も本記の伝える内容を大きくは外れないと考え、本篇においてもそれを踏襲することとした。

東山御文庫蔵『古今集講義陪聴御日記』（勅封六二・一一・一・一・二）　写一冊

仮綴。表紙は共紙と推定される。外題なし。墨付五丁。遊紙、巻首なし・巻尾一丁。毎半葉八～一〇行程度。内題なし。奥書・識語等なし。印記なし。

宮内庁書陵部所蔵のカードには「後西院筆」とある。速筆で記されており筆跡の判断は困難であるが、『古今伝授御日記』と筆跡は似ており、後西院宸翰と推測される。本記にも『古今伝授御日記』と同様に記主名は明記されないが、書写内容から照高院宮道晃親王による記録と判断される。先にも記した後水尾院による『古今集』講釈の行われた座敷の図は本記にも記されるが、それに「予」と記される聴聞者の記載があり、京都大学附属図書館蔵中院文庫本『古今伝受日記』（中院・VI・五九）に附載される座敷図と突き合わせると道晃親王がそれに該当することが判明する。これも先に述べたように、本書そのものは道晃親王の記した原本とは考えられないが、道晃親王と後西院の密接な関係を考慮すれば、道晃親王より直接借り受けて書写したものと推測される。(3) 本記にも外題・内題等は付されないが、先と同様の理由により『書陵部紀要』三七に記された名称である「古今集講義陪聴御日記」を呼称とした。

『古今伝授御日記』、『古今集講義陪聴御日記』ともに長く禁裏に秘蔵されたものか、現在のところ他に伝本の所在を聞かないが、前者については、和田英松『皇室御撰之研究』（明治書院、一九三三年）に、「後西院御記」の立項があり、『御記目録』を引用して示される次の二点のうちの後者が『古今伝授御日記』を指すかと思われる（但し、『皇室御撰之研究』には「この御記今世に傳はれりや否や詳ならず」とあり、この時点では伝存の確認はなされていない）。

水日御記大嘗会神膳事　一冊
後西院御記古今伝授間事　一冊

禁裏においては「後西院御記」として伝領されたものと考えられる。

二　記主

『古今伝授御日記』の筆録者である後西院は、寛永十四年（一六三七）十一月十六日に後水尾院の第八皇子として誕生。母は贈左大臣櫛笥隆致（一五五六―一六一三）女・隆子（逢春門院）。幼称は秀宮。正保四年（一六四七）十一月、十一歳の時に叔父・高松宮好仁《よしひと》親王（一六〇三―三八、後水尾院弟）の遺跡を継承し高松宮二代となり、桃園宮と称した（後に花町宮と改める）。慶安元年（一六四八）七月、十二歳で親王宣下、諱は良仁《ながひと》。同四年に三品式部卿、承応二年（一六五三）には一品に叙せられる。同三年、兄・後光明天皇（一六三三―五四）の急逝に伴い、その養子となった識仁《さとひと》親王（一六五四―一七三二、後の霊元天皇）の成長まで皇位を継ぐこととなった。同年十一月二十八日に践祚、明暦二年（一六五六）正月二十三日即位礼。在位は十年に及び、寛文三年（一六六三）正月二十六日に霊元天皇へ譲位。貞享二年（一六八五）二月二十二日崩御、四十九歳。その生涯の著述については、『皇室御撰之研究』に十二種が一覧されるが、同書に漏れた聞書や書留の類が東山御文庫に多く伝来している。

『古今集講義陪聴御日記』の筆録者である照高院宮道晃親王は、慶長十七年（一六一二）十月十二日、後陽成院（一五七一―一六一七）の第十一皇子として誕生。母は春日社司古市播磨守胤栄の女・胤子（三位局）。幼称は吉宮、名は吉宗。元和六年（一六二〇）聖護院へ入室し寛永二年（一六二五）、実相院義尊大僧正（？―一六六一）を戒師として得度。同三年に親王宣下。万治元年（一六五八）に照高院入室（照高院は聖護院脇門跡）。延宝七年（一六七九）六月十八日に遷化、六十八歳。諡号は遍照寺。その生涯と事跡については、日下幸男『近世初期聖護院門跡の文事―付旧蔵書目録』（私家版、一九九二年）に詳細な年譜があり、道晃親王に関わる文事が一覧されている。後西院に先立ち、明暦三年（一六五七）正月二十三日より同年二月九日までの十七日間にわたって妙法院宮堯然親王（一六〇二―六一）、飛鳥井雅章（一六一一―七九）、岩倉具起（一六〇一―六〇）とともに後水尾院の『古今集』講談を受け、

同年二月二十一日に切紙伝受を相伝している。(4)

三　記載内容

『古今伝授御日記』、『古今集講義陪聴御日記』は寛文四年に行われた後水尾院による古今伝受の次第を伝え、その経緯をたどる際の基幹史料であるが、『古今伝授御日記』には後西院周辺の人的関係について幾分か詳しく記される箇所があり、その行儀を知るのみならず当時の歌壇の情勢を窺うに足る資料と言える。例えば、五月十一日条には古今伝受に至るまでの経過を回想風に記す部分があり、後西院には内々に古今伝受の大望があったこと、対して後水尾院には老齢に起因する気力の減退が窺われること、後水尾院からは明暦三年にすでに古今伝受を相伝していた照高院宮道晃親王よりの相伝が勧められたことなどが記されている。

抑今度、予古今和歌集伝受之事、内々大望之旨、法皇へ申入之処ニ、年齢卅才未満之者灌頂可憚事也、其上、法皇御老年御気力無之、去明暦三年春比、照高院宮被伝了、年齢三十已上之節、必従照門可被授之旨仰有、曽以無御傾伏之御気色、［…］

（『古今伝授御日記』寛文四年五月十一日条）

これらの記事は後西院の意志を直接に伝えるのみならず、寛文年間前後の歌壇における道晃親王の置かれた立場を伝える貴重な証言と言える。また、五月十二日条には後西院が当座聞書を浄書する際に道晃親王の援助があったことが記されており、ここでも寛文四年の古今伝受に際して道晃親王の果たした役割が直接に伝えられている。

十二日甲戌、早旦行水、巳刻計法皇ヨリ可参之旨御左右有、即参、照高院宮・飛鳥井前大納言伺公也、於御書院御講談、聴衆、通茂卿・弘資卿・資慶卿等也、〔…〕今日之祝着申入了、申刻計各分散、愚亭ニ帰之後、照門・中院・烏丸・日野等入來、今日之祝義賀了、各對面、即照高院宮ニ申入、今日聞書之散不審令清書了、

(『古今伝授御日記』寛文四年五月十二日条)

十三日乙亥天晴、早旦行水、巳上刻計、法皇へ参、昨日之人数不残伺公、於御書院御講談有之、其後、御菓子一献、各分散、今日又照門愚亭透引、聞書不審之分散令清書了、

(『古今伝授御日記』寛文四年五月十三日条)

『古今集講義陪聴御日記』は、そのほとんどは講釈の範囲を記す程度の短い記事を記すのみであるが、講釈の初日にあたる五月十二日条には後水尾院の机辺の様子が記録されており、それによって講釈に際して用いられた典籍類を知ることができる。

寛文四年五月十二日戊戌、晴、午刻ヨリ細雨、未刻ヨリ甚雨、新院古今集御伝受之作法、御上壇ニ法皇、南向ニ御座、御見台、伝心抄一冊、古今集一冊、御覚書、御手ノ裏ニアリ、

(『古今集講義陪聴御日記』寛文四年五月十二日条)

「伝心抄一冊」は宮内庁書陵部に現存する『伝心抄』(「古今伝受資料」(五〇二・四二〇)の内)、「古今集一冊」はおそらく貞応二年定家本系統の一本、[5]「御手ノ裏ニアリ」と記される「御覚書」は、東山御文庫蔵後水尾院宸翰『古今事』(勅封六二・八・一・五)を指すと考えられる。

注

（1）資料篇に全文の翻刻を行った。併せて参照願いたい。
（2）『皇室の至宝 東山御文庫御物 一』（毎日新聞社、一九九九年）による。
（3）聖護院には道晃親王に関わる典籍・文書類が伝来するが、同書の現存は報告がない。聖護院の蔵書については、日下幸男『近世初期聖護院門跡の文事――付旧蔵書目録』（私家版、一九九二年）参照。
（4）その詳細は第三部第二章参照。
（5）後水尾院の『古今集』講釈に関わる書入注記を持つ『古今集』としては次の二本が知られている（何れも貞応二年定家書写本系統の本文を伝える）。
①梅沢記念館蔵『古今和歌集』。烏丸資慶の古今伝受に用いられた。『日本古典文学大系 古今和歌集』（岩波書店、一九五八年）の底本。
②河野美術館蔵『詁訓和歌集』（一一〇・七〇五）。利用者は未詳だが明暦三年の古今伝受に関わる書入がある。『新日本古典文学大系 古今和歌集』（岩波書店、一九八九年）の底本。

――・――・――・――・――・――・――・――・――・――

翻刻　東山御文庫蔵『古今伝授御日記』（勅封六二・一一・一・一・一）

凡例

東山御文庫蔵『古今伝授御日記』（勅封六二・一一・一・一・一）、『古今集講義陪聴御日記』（勅封六二・一一・一・一・二）を翻刻した。原本に忠実を心掛けたが以下の方針による処置を加えた。

一、原文には適宜句読点を加えた。
二、異体字、略字等は原則として通行の字体に改めた。
三、底本には、同筆による訂正・追記の書入が認められるが、それらについては適当と思われる部分の本文に取り込むこととし、本行との区別はしていない。

四、底本における小書は原則としてポイントを下げて示したが、片仮名の「ヘ」「ニ」等の助詞については本行と同ポイントで示した。

五、底本における意図的な改行箇所はそれを踏襲したが、他については底本には従わない。丁移りは」（1丁表）のように示した。

六、破損等による難読箇所は、残画から文字が推定される場合は〔　〕を付して示し、不読の場合は、推定文字数を□で示した。

七、不読箇所は□で示した。

寛文四甲辰年

五月

十一日癸酉、日野前大納言弘資卿、烏丸前大納言資慶卿等來、對面、内々申入古今和歌集御傳受之事、弥以明日ヨリ御講尺可被始之旨、珍重大慶不過之由申、退出、其後以女房文法皇へ窺明日之義并時刻等之義、御返事、弥明日必定時刻可有御左右之由也、誠以祝着満足不過之者也、申刻斗行水強雖非神事為清身也、仍而重軽服之者、月水之女房等不出」（1丁表）院中如常、

抑今度、予古今和歌集傳受之事、内々大望之旨、法皇へ申入之処ニ、年齢卅才未満之者灌頂可憚事也、其上、法皇御老年御氣力無之、去明暦三年春比、照高院宮被傳了、年齢三十已上之節、必従照門可被授之旨仰有、曽以無御傾状之御氣色、其後度々此大義照門被申入之処ニ、予年齢未満之事」（1丁裏）被仰了、其時、資慶卿年齢卅才未満和哥之灌頂之先例考出、故式部卿宮智仁親王桂光院、廿三才此年古今和哥集傳受、光廣卿前烏丸前大納言、廿五才卅才未満之近例如此、以此旨、去正月比照門達又法皇へ被申入之處ニ、先例如此之上ハ、予今年廿八才、年齢無不足之間、早沙汰可然之旨仰有、觀喜之至、祝着満足、誠以和哥之冥加、大慶不過之者也、」（2丁表）即

被下三十首之題法皇御傳授之時之三十首之題也、是即為先例、去正月十九日ヨリ詠之、二月七日法皇へ愚詠持参、中院大納言通茂卿、日野前大納言弘資卿、烏丸前大納言資慶卿、同持参、其後連々御覧之、以後御添削共在之、被加御點可被下之旨仰也、去六日、法皇本院御所へ御幸、予同参、於彼御所此大義可為何比哉、來月閏月ニ候条、願者今月中

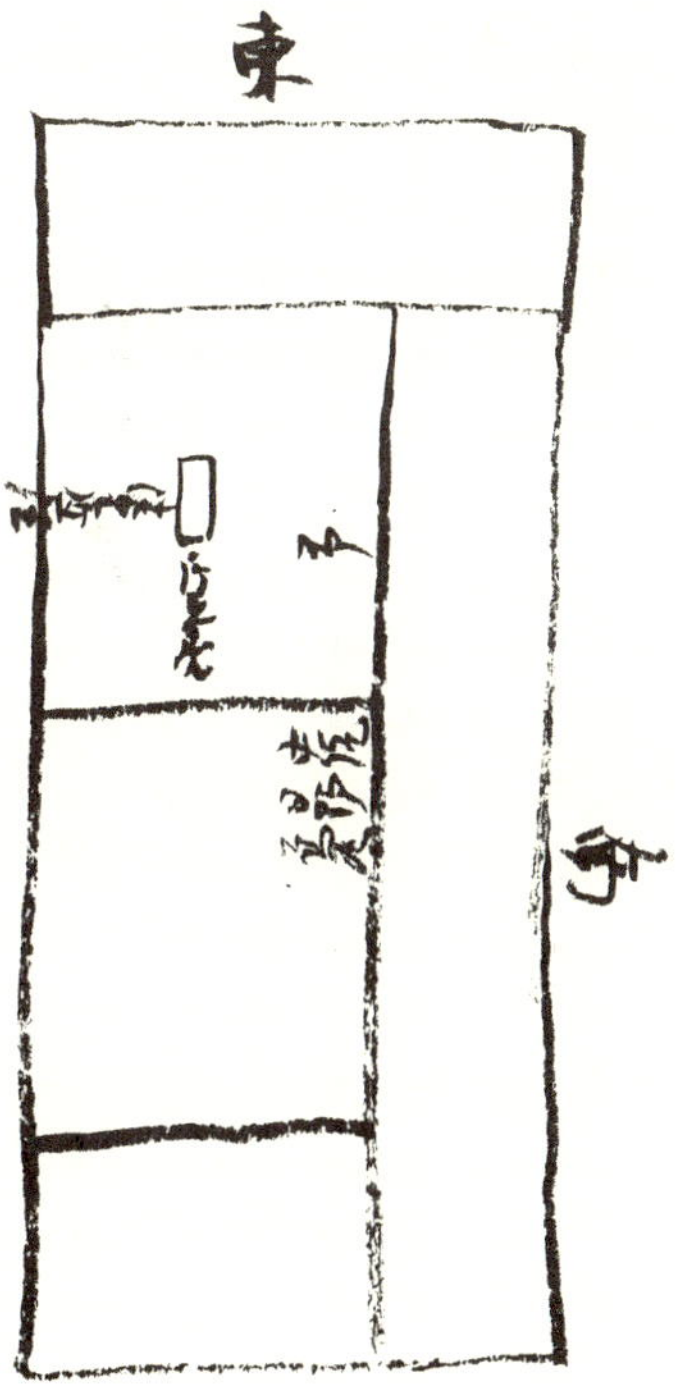

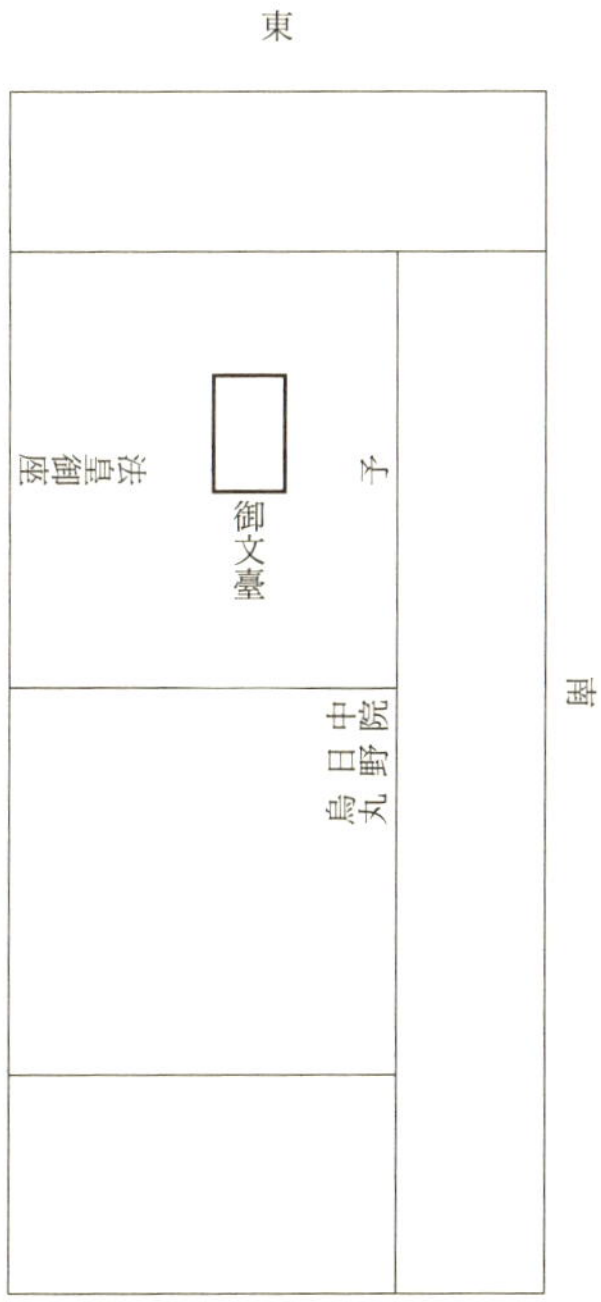

御沙汰可在之哉之旨申入之処ニ、内々」（2丁裏）十六日吉日也、可被始被思召之由御返答在之、近日猶以祝着之由申入了、翌日、南都幸徳井方へ日次之事被尋遣之処ニ、十二日、十八日為吉日之由、幸徳井勘進之間、自十二日可被始之旨、去七日之夜被仰下了、猶以近々大慶不過之悦入候由御返事申入了、即中院、日野、烏丸等へ示遣了」（3丁表）

十二日甲戌、早旦行水、巳刻計法皇ヨリ可参之旨御左右有、即参、照高院宮、飛鳥井前大納言伺公也、於御書院御講談、聴衆、通茂卿、弘資卿、資慶卿等也、御講談之後、於常御所御饗應之事有、照門御相伴也、先是女院へ参、」（3丁裏）今日之祝着申入了、申刻計各分散、愚亭

ニ帰之後、照門、中院、烏丸、日野等入來、今日之祝義賀了、各對面、即照高院宮ニ申入、今日聞書之散不審令清書了、

十三日乙亥天晴、早旦行水、巳上刻計、法皇へ参、昨日之人数不残伺公、於御書院御講談有之、其後、御菓子一献、各分散、今日又照門愚亭」（4丁表）透引、聞書不審之分散令清書了、今日、法皇仰、内々進三十首之愚詠、御點猶以御吟味可在之、御講談以前可被下義也、雖然、俄ニ事始故、不及其儀、内々被下分ニ可心得也、此趣中院、烏丸、日野等ニ可申聞之旨仰也、

十四日丙子天晴、早旦行水、巳刻計、法皇へ参、照門被立寄、令同道了、伺公」（4丁裏）之人数如昨日、御書院ニテ御講談、其後一献如昨日、各分散、來十八日為吉日、切紙御傳受可被遊之旨仰也、十六日之晩ヨリ可構神事也、今日、照門同道帰宅、令聞書清書了、烏丸大納言入來、聞書之不審共相談也、此次申云、來十八日御切紙御傳受之事、」（5丁表）誠ニ以大慶不過之由賀了、

十五日丁丑天晴、早旦行水、巳刻計、参今朝従照門有書状、披見之処ニ、今暁ヨリ持病指發、今日伺公難叶、不相待可参之由也、即法皇へ参、此旨申、其外人数如昨日、御講談初雑哥下、」（5丁裏）雑躰二巻、被遊御休息之間、照門伺公、例之事ニ而早速本復云々、其後又被遊、未下刻各分散、照門、烏丸、今日又愚亭ニ参會、令聞書清書了、

十六日戊寅天晴、早旦行水、辰下刻計、」（6丁表）照高院宮入來、即同道参法皇、小時御雑談、御講談初マル、聴衆如昨日、今日一部御講談相済、大慶不過之者也、其後御休息アリ、烏丸内々入見参古今傳受之箱之中御覧、傳心抄被取出、烏丸披見可仕之由也、」（6丁裏）二箱幽斎傳受之箱一、光廣卿傳受之箱一、今日被返遣之、次、中院箱被披、法皇御覧、傳心抄且又被出取、可披見之由也、予傳心抄一部書写望之由申入之旨、幽斎自筆之本三光院奥書、式部卿宮所持被借下了、祝着之至也、一献之後各退出了、」（7丁表）今日又照門招請聞書清書了、烏丸同参、今日、御講

談相済、珍重大慶之由申、中院、日野同前、各對面、夜入テ構神事重軽服者、月水ノ、女房等出院中了、洗髪行水、神事ニ入
也、」（7丁裏）
十七日己卯天陰晩頭雨下夜入甚雨、今日、傳心抄書写始之、七枚書之、
十八日庚辰雨降、早旦行水、辰上刻、参法皇、今日、古今御傳受之故也、着衣冠、直衣尋常之陪、多絹義、、紅打衣単等也、指貫烏襷、下結、下結之事、先日家種卿相傳云々、清閑寺中納言勤仕之、辰刻、御傳受之尅限也、」（8丁表）於弘御所、其儀有之、御座敷之指圖有別帋、予傳受事終之後、於常御所御盃一献参コフアハ、其後、烏丸前大納言切帋被傳雖中院當官、烏丸先
輩也、其上、光廣卿薨之後、別而此道之事可窺法皇へ之由申置之故、廿余年之歳、詠草等備叡覧、久敷御弟子也、仍而先烏丸参入也、」
（8丁裏）衣冠、直衣白キ綾ノ衣、、単等カサヌ、次、中院大納言雖日野先輩、烏丸、中院等累代也、日野此度初也、且又光廣卿、通村卿等へ
久々和哥相談、旁以ヱシヤクアリ、依而中院也、次、日野前大納言也中院、日野両人共ニ衣冠、袍、単ヲカサヌ、中院、襪、懸緒等
尽、各御傳受了之後、於弘御所、各御礼ヲ申、」（9丁表）先、予進物披露ト云々、次、各進上御礼云々、此義不及見、予休息所之間也、此間、着烏帽子、小直衣等、女院御所参、今日之祝着申入、未下刻帰了、照門、日野、烏丸、中院等入來、今日之義各賀了、」（9丁裏）各對面、即退出、夜入、傳心抄三枚書写了、

今日各進上之物、

予進物、

御太刀包家　一腰
御馬代黄金　二百両
白綿　百把
昆布　一箱
鰑　一々

鶴　一々
大樽　一荷」（10丁表）
已上
烏丸進上之物
御太刀　一腰常ノツカヒ太刀
御馬代黄金　五十両
塩鳫　一箱二羽
中院進上
御太刀　一腰同前
御馬代黄金　三十両
緞子　二巻」（10丁裏）
日野進物
御太刀　一腰同前
御馬代黄金　五十両
鮭塩引　一箱二尺
以上」（11丁表・以下2丁分空白）

翻刻　東山御文庫蔵『古今集講義陪聴御日記』（勅封六二・一一・一・一・二）

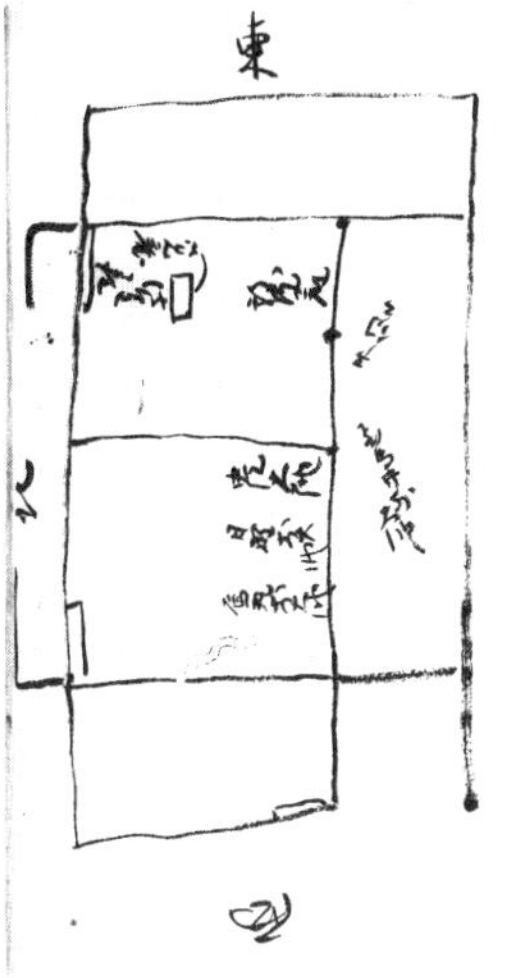

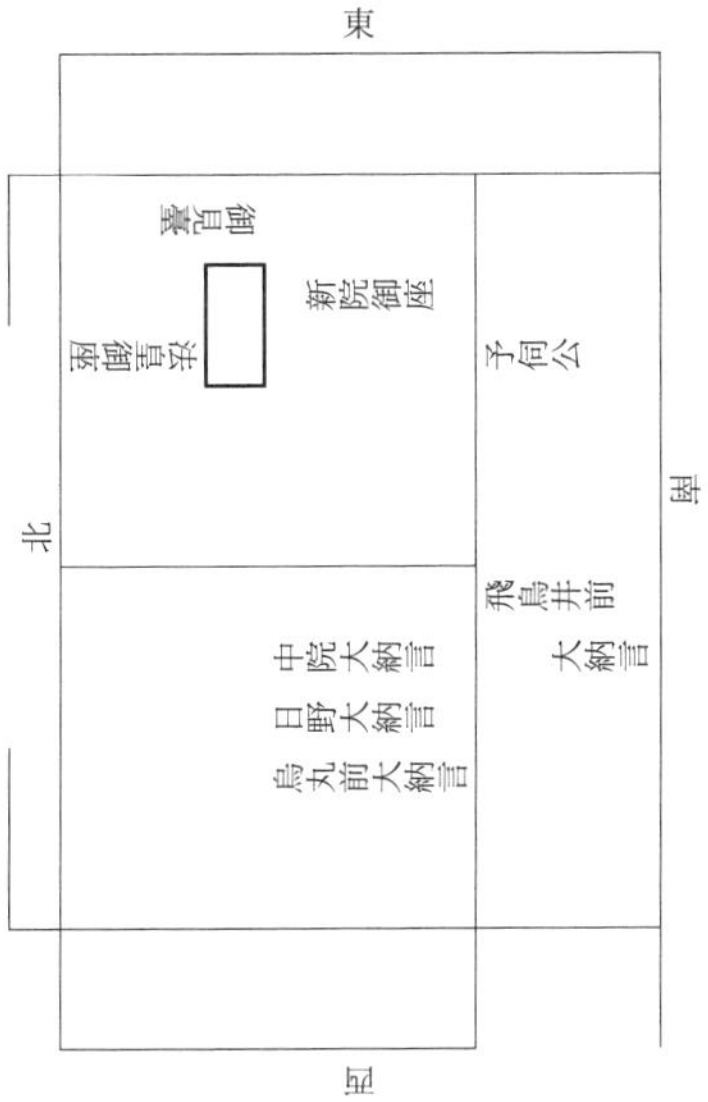

」（見返し）

寛文四年五月十二日戌、晴、午刻ヨリ細雨、未刻ヨリ甚雨、新院古今集御傳受之作法、御上壇ニ法皇南向ニ御座、御見臺、傳心抄一冊、古今集一冊、御覚書、御手ノ裏ニアリ、
新院、北向ニ御座、次ノ間、中院大納言、日野前大納言、烏丸前大納言、北向ニ伺公、庇ニ飛鳥井前大納言、予伺公シテ聴聞、
巳上刻御幸、各々伺公、」（1丁表）
春上初より五首御文字讀、御講談、六首目ヨリ春上分、御文字讀計也、春下端五首御文字讀、御講談、六首目ヨリ春下ノ分、御文字讀計也、夏、此間暫御休足、サテ、秋ノ上下、冬、此四巻分、春下ニ同シ、未刻還幸、各退出、
十三日亥、晴、巳刻御幸、各伺公、
御座、昨日ニ同シ、賀之部端五首、御文字讀、御講談、」（1丁裏）六首目ヨリ賀ノ部ノ分、御文字讀バカリ、次ニ、離別ノ端五首、御文字讀、御講談、六首目ヨリ離別ノ部ノ分、御文字讀バカリ、次、羇旅部、端五首御文字讀、御講談、六首目ヨリ羇旅ノ分、御文字讀ハカリ也、此間暫御休息、サテ、恋一、恋二、賀、離別、羇旅等ニ同シ、未刻還幸、各退出、
十四日子、晴、巳刻御幸、各伺公、
御座、同前日、恋三、恋四、恋五、御文字讀、御講談、如二春上一ノ、此間暫」（2丁表）御休息、サテ、哀傷、雑上被遊、御文字讀、御講談、如二春上一ノ、未刻計還幸、各退出、
十五日丑、晴、巳刻御幸之由、雖被仰下、予依所身遅参、午刻計、法皇へ伺公、雑下御文字讀、御講談等、如春上、雑躰ハ短哥一首、施頭哥二首、誹諧哥一首、御文字讀、御講談、其外ハ、」（2丁裏）御文字讀ハカリ之由、新院仰、後ニ承ル、御休息ノ内ニ、予伺公、暫アツテ、物名ノ部、端五首、御文字讀、御講談、次

ニ、六首目ヨリ、御文字讀ハカリ、次、假名序端、いつれかうたをよまさりけるト云所マテ、六行、御文字讀、御講談、ちからをもいれすしてト云所より、假名序ノ分、御文字讀、未刻計還幸、各退出、何ノ部モ」（3丁表）端五首ツヽ御講談、サレトモ、贈答ノ哥アレハ、返哥迄六首ノ所モアリ、

十六日寅、晴、辰下刻御幸、伺公、

廿巻、題号、被遊、

古今和哥集《コキンワカシウ》巻《クワン》第《ダイ》二十《ニシウ》

大哥《ヲホタ》所《トコロノ》御哥《ヲンウタ》

おほなほひ《ヒ予聴聞ノ時　イ新院御傳受ノ時》のうた

あたらしき年の始にかくしつヽちとせをかねてたのしきをつめ

日本紀にはつかへまつらめよろつ世までに」（3丁裏）

是マテ御文字讀、御講談、二首目ノ、ふるきやまとまひのうたと云ヨリ、あふみのやノ哥ノ左注マテ御文字讀ハカリ、

東哥、みちのくうた、

あふくまに――此哥御講談、

ちはやふる――此軸ノ哥御講談、

家々稱證本――此一行御講尺、以下御文字讀計、」（4丁表）

次、此集家々所稱――此奥書、御講談、次、古今和哥集――真名序、題号ヨリ、莫冥於和哥、是マテ御文字讀無シニ御講談、此以下ヲハ御文字讀計也、今日悉皆御成就、切帋御傳受ハ可為十八日之由被仰出、予モ

御座敷ノ」（4丁裏）シツラヒ可見合之由ニて、可伺公之旨被仰出也、暫アツテ、中院、烏丸、古今箱被返下、
各退出、」（5丁表）

京都大学附属図書館蔵
中院文庫本『古今伝受日記』解題・翻刻

京都大学附属図書館に蔵される中院通茂筆『古今伝受日記』（中院・Ⅵ・五九）（以下誤解のおそれの無い限り「本記」と称す）は、寛文四年（一六六四）の後水尾院による古今伝受の経緯を伝える資料として注目されてきた。古今伝受の通史的研究に先鞭をつけた、横井金男『古今伝授沿革史論』（大日本百科全書刊行会、一九四三年、後に増補し『古今伝授の史的研究』（臨川書店、一九八〇年）として再刊）に記される江戸時代前期頃の古今伝受の歴的展開の多くは本記と近衛基熈（一六四八―一七二二）の日次記、『基熈公記』によっており、また、寛文年間（一六六一―七三）から元禄年間（一六八八―一七〇四）頃の禁裏・仙洞と堂上公家の動向を窺うことを目的として著された幾つかの論考にも、通茂自筆の日次記や別記とともに(1)『古今伝受日記』の記事が引用されている。(2)

一　伝来・書誌

『古今伝受日記』は大正年間までに中院伯爵家から京都大学に寄託され、(3)その後、同附属図書館へと移管されて中院文庫として一括された中院家旧蔵資料群に含まれる一冊で、中院家の内部にのみ伝わったと思われる。現在のところ転写本の報告はない。書誌的事項は以下の通り。

京都大学附属図書館蔵中院文庫本中院通茂筆『古今伝受日記』（中院・Ⅵ・五九）

寛文四年（一六六四）写（以降書き継ぎ）　一帖

列帖装。無地表紙（二六・五×二一・五㎝）、中央打付書「古今傳受日記／切紙之上之事等戴」、同右下「大納言正□□水原（花押）卅四才」、同左肩「寛文四年正月十一日」。料紙は楮紙。墨付三三丁（古今伝受日記部分二六丁、遊紙二丁を挟んで「古今／切紙等之事／法皇仰」の扉を一丁立てて切紙をめぐる不審とその応答を五丁付す）、首遊紙一丁、中遊紙二丁、尾遊紙五丁、毎半葉一四行前後で不定、字面高さ約二四・〇㎝。内題なし。奥書・識語なし。用字は漢字・平仮名・片仮名。印記は巻首に「京都／帝国／大学／図書」（正方朱印）、大正十二年（一九二三）一一月二七日の納入印。

表紙右下に記される花押は中院通茂のもの。全編にわたってやや癖のある筆跡で記されており、他の通茂筆本と比較してその自筆と判断される。表紙左肩に記される寛文四年（一六六四）には通茂は正三位権大納言、年齢は三十四歳で、表紙右下の「大納言正□□水原（花押）卅四才」の記載と矛盾しないが、本記には寛文五年（一六六五）、延宝八年（一六八〇）等の年紀のある記事が後半に書き継がれており、寛文四年以降も加筆されていたことが知られる。

日記本文には墨消や訂正が随所に見え、文章の推敲を試みたと思われる箇所も散見する。また途中には後の追記を想定したと推測される空白行や全面白紙の部分がある（翻刻においてはその旨を記した）。二〇〇五年に『古今伝受日記』原本の調査を行った際には破損の甚だしい状態であったが、その後、修復の手が加えられている（但し、ノドの部分などは破損によって文字が欠ける部分や判読困難な部分も少なくはない）。

二　記主

『古今伝受日記』の筆録者である中院通茂（一六三一―一七一〇）は、権大納言通純（一六一二―五三）の男として寛永八年（一六三一）に誕生。母は権大納言高倉永慶（一五九一―一六六四）女。童名は安居丸。弟に野宮定逸（一六一〇―五八）の養子となった定縁（一六三七―七七、もと雅広）、南禅寺聴松院に入室した正佐（一六四三―一七二六）、妹に肥前国佐賀藩主鍋島光茂（一六三二―一七〇〇）室となった女子があり、英彦山座主有清（岩倉具尭男）男で愛宕家をおこした愛宕通福（一六三四―九九）は通純の猶子となっている（中院文庫本『当家略系図』（中院・Ⅲ・一四）による）。寛永二十年（一六四三）元服、同日従四位に叙せられる。万治三年（一六六〇）権大納言。翌寛文元年から同三年に神宮伝奏。寛文十年（一六七〇）から延宝三年（一六七五）に武家伝奏。元禄十七年（一七〇四）内大臣、翌宝永二年従一位に叙位。宝永七年（一七一〇）薨去、八十歳。法号を渓雲院と称す。(4)

通茂は万治二年（一六五九）から寛文二年（一六六二）に行われた万治御点の和歌稽古会で後水尾院の薫陶を受け、本記に記されるように、寛文四年（一六六四）には後水尾院より古今伝受を相伝するなど歌人として高名であった。(5)霊元院（一六五四―一七三二）の時代には歌壇を牽引する指導者的役割を果たした。(6)京都大学附属図書館中院文庫に自筆の家集（中院・Ⅵ・一二）一冊、同（中院・Ⅵ・一七一）三冊とその転写本があり、兼築信行「翻刻中院通茂和歌集一―四」（『研究と資料』一八―二一、一九八七年一二月―一九八九年七月）に翻刻される。『拾遺愚草』の注釈である『拾遺愚草俟後抄』（石川常彦『拾遺愚草古注　下』三弥井書店、一九八九年）など古典の注釈も多く遺しているが、その整理はいまだ途上にある。

三　記載内容

『古今伝受日記』は、寛文四年（一六六四）に行われた後水尾院による『古今集』講釈と切紙伝受の子細を記した別記で、その行儀の遂行を窺う基幹資料であるが、次第の記述に徹することなく、その間の通茂自身の見聞をも記し留めている。当時の歌壇情勢を窺うに足る資料でもある。

1　中院家伝来の古今伝受箱と三条西実教

『古今伝受日記』の記事でまず注目されるのは二月十一日条である。同日条には通茂のもとに相伝された中院家伝来の古今伝受箱に収められた典籍・文書類が列挙されている（六丁裏〜七丁表）。古今伝受に際して通茂は後水尾院より古今伝受箱の進上を求められ（二月十日条）、相当に困惑している。古今伝受箱に収められていた典籍・文書類は卒爾の披見が誡められていたらしいが、後水尾院への進上を決めた後には即座に行水をし逐一を披見し、細目を本記に書き留めている（但し、この部分の記事にも一部に破損があり不読部分がある）。名の挙がる典籍・文書類の内には京都大学附属図書館、同総合博物館に所蔵される典籍・文書類に該当すると考えられるものが多いが、「也足御聞書」など現在伝わるいずれに該当するか判然としないものも含まれている。

また、同日条には三条西家当主・実教（一六二一―一七〇一）との古今伝受をめぐる疑義の応答の書き留めも含まれている（七丁表〜八丁裏）。承応二年（一六五三）、通茂二十三歳の時に祖父・通村（一五八八―一六五三）、父・通純の二人が相次いで薨去した。以後、通茂は後水尾院の指導のもとに学芸の修練を積むこととなるが、十歳年長の実教は通茂の良き指導者であり相談相手であったようである。『中院通茂日記』（日次記）にも実教のもとを訪れてその言談を聞く記事が散見する。二月十一日条に記された実教の言は古今伝受の歴史とその正統性とに関心が向けられたもので、古今伝受の家としての三条西家の正統を言い、他家への批判をいささか辛辣な言葉で述べている。その矛先は宗祇（一四二一―一五〇二）、細川幽斎（一五三四―一六一〇）、智仁親王（一五七九―一六二九）、烏丸家、後水尾院等の多岐にわたっており、実教自身の気質はもとより(7)、三条西家の置かれていた当時の状況を反映しているように思われる。

2　冷泉家の位置と古今伝受の正統

二月十二日条には後水尾院のもとへと講釈を受けに訪れる若年の公家衆の中に「冷泉中将」（為清（一六三一―一六八〇）が含まれることが問題視されている（八丁裏～九丁表）。同日条に「両流尤自古有確執之子細如何」と記されるように、後水尾院の相伝した二条家流と冷泉家流は鎌倉時代以来対立的な存在として理解されており、為清が二条家流の講釈を受けることの是非が問われたのである。後水尾院の意向は「行末和歌稽古をもすへき人々可被仰聞」点を第一義として他意のあるものではなかったらしいが、「於冷泉者開箱之後、御流をば反古とすべき物也」と為清が冷泉家流の相伝を遂げた後は御流（二条家流）を捨て去るべきとの言もあり、両流の伝受は一人の中に併存すべきではないと考えられていたようである。江戸時代前期頃の冷泉家は当主の早世が相次ぎ、歌壇史的にも殊更に注目される歌人が輩出したとは言い難い状況にあったが(8)、当時の歌壇においても和歌の家として他の公家衆とは一線を画す存在として認識されていたことが理解される。

これと同様に和歌の家の正統に関わる問題としては、「（四月）一日歟」と記される条に三条西実教の言として三条西流と近衛流の正統性をめぐって切紙の構成などに言及する箇所がある（一一丁裏）。近衛流には伝領されない切紙について三条西家内部に伝領される過程で実枝（一五一一―七九）が後に副えたものかとの疑義が呈された際に、実教は「宗祇相承之切紙」を提出し疑いを払拭し驚嘆させたと言う（二月十四日条にも三条西家に伝領される典籍・文書類を後水尾院の所望により進上した旨の記事がある。[9] 実教は自身の所持する古今伝受関連の典籍・文書類とそれに附属する口伝や故実について繰り返し通茂に語り聞かせており、宗祇、逍遙院（三条西実隆〔一四五五―一五三七〕）といった古今伝受の基層に関わる先達の遺した文書や抄物を伝領しているということが、この時期の和歌の家としての三条西家のアイデンティティーの根幹を支えていたと理解される。

3 詠作と講釈

二月十四日条に記された実教と通茂の言談には和歌詠作と古今伝受との関係について述べた部分がある。実教の言として記録される「古今傳受せは哥あがるべし、位のあつき哥共心にのるによりて位あがる也」（九丁裏）との一節は、当時の和歌に求められていた精神的側面のあり様を表現する例として注意される。この「あつき哥共」との関わりで「予思之」として記される通茂の言に「抄は哥になき義理」をも含み持つとする和歌とその注釈に対する理解は、当時の歌壇の後見的存在であった「照門」（照高院宮道晃親王〔一六一二―七九〕）の言の引用であり、こうした理解は通茂一人のみのものではなかった。以下に続く「和歌」と「義理」の関係の内実を説く部分は破損が甚だしく判読不能の部分も多いが、当時の講釈や抄物のあり様に対する見解として重要であろう。[10]

4 寛文四年以降の動向

『古今伝受日記』の末尾には次のような年紀を付記する記事が見える。

年次不記（寛文四年〔一六六四〕カ）六月十二日（二〇丁裏、五行分）
寛文五年（一六六五）正月（二〇丁裏、三行分）
寛文八年（一六六八）六月（二〇丁裏〜二一丁表／八行程度（破損部推定を含む））

延宝八年（一六八〇）二月（二一丁表～二二丁表／六行）
寛文四年歟（「延寶五年歟」を訂正）（二二丁裏～二四丁裏）
延宝八年三月～五月（二五丁裏～二六丁表）

十二月十一日条（一九丁表～一九丁裏）には切紙伝受後に後水尾院へと進上された礼物目録が記されており、同日を以て一連の講釈は終了したと考えられるが、十二月十四日条以降には、暫く時をおいて順次遂行された行儀と、何らかの事情により該当箇所に記されることのなかった事柄が回顧されて記されたものとが混在している。「六月十二日」の記載のある条（二〇丁裏）の後には寛文五年正月十一日条（二〇丁裏）が記されており、「六月十二日」の年次が何時であるのかは厳密には判然としない。記載される内容（同日条に通茂の言として記される「今度古今之事共相談」、あるいは「御傳不委細」の文言等）からは、寛文四年五月十八日の切紙伝受から程経ない同年六月十二日の記録と推測されるが、同日条がこの場所に記された理由はなお定かではない。おそらくは寛文四年年十二月十四日を以て本記が一旦書き終えられた後に末尾の余白部分に書き添えられた備忘であったと思われる。

「延寶五年歟」と記された年紀を「寛文四年歟」と訂正して記される一連の記事（二二丁裏～）も同様で、延宝八年二月と三月との間に割り込むかたちで記されるが、これも延宝八年二月の記事を一旦書き終えた後の余白に記された備忘であったと推測される。この「延寶五年」あるいは「寛文四年」の記事は、「十二月十三日」と日付のある条に見える「一昨日、三部抄御伝受、古今不審被仰聞之由談之」の言が「十二月十一日、［…］給切紙詠―三通、次、百人一首之事被仰之、次、未来記了、［…］包之後古今不審条々被仰聞了」（一九丁裏）とある記事と照応して矛盾無く、寛文四年十二月の記事と判断される。

これら両日条の記載内容を見ると、ともに三条西実教による講釈の聞書の体をなしているのは注意される。「十口決之事窺之処、無御存知之由仰也」（二二丁裏）、「幽斎之流無免許」（同）、といった他流の非を挙げ自家（三条西家）の優位を説く言が記されるのは先に見た例と同様である。また、「熟といふこと［…］それほどに熟せすして八光ハ出ぬ也、その光をとくるハ勇也」（二三丁裏）、「こまのあしおれまへのたなはし、愛に着して不仁なる哥也」（二四丁裏）のように「勇」、「仁」といった儒学的価値観とそれを説明する語彙を用いて和歌表現のあり方を説く講説は、この時期の和歌観を伝えて興味深い。(11)

寛文四年六月十二日、同年十二月十三日の記事を除けば、他は寛文五年（一六六五）正月、寛文八年（一六六八）六月、延宝八年（一六八〇）二月、延宝八年三月から五月と不連続ながらも編年で記されている。

寛文五年正月十一日条には「宸筆」の「御伝受奉書」が下されたことが記されるが、これは古今伝受の相伝を遂げた証明状として機能していたことが知られている。(12)寛文八年六月四日条は破損甚だしく意が汲み難いが、中に「古今免許」の語が見え、それに対応するように七日条に「掛守」を「頂戴」したとの記事がある。寛文四年の後水尾院より後西院等への古今伝受はこの「掛守」の相伝を以て終了し、続く延宝八年（一六八〇）以下の記事は後西院より霊元院、近衛基凞への古今伝受に関する記事となる（延宝八年二月廿二日条に記される「主上」は霊元院を、新院は「後西院」を指し、また、同年三月九日条の「左府」は近衛基凞を指す）。

後西院より霊元院、基凞への古今伝受は、早くに横井金男『古今伝授沿革史論』に『基凞公記』延宝五年五月五日条以下の記事が引用され、また、新井栄蔵「影印 陽明文庫蔵近衛基凞『伝授日記』」（『叙説』九、一九八四年一〇月）に基凞自筆の別記が紹介されるなど、広く知られた事跡であるが、本記の記事は簡略ながらそれらを補う資料となる。(13)なお、破損により本記に欠ける初座の日時は近衛基凞『伝授日記』によれば五月六日であった。同日以降、十一日まで計六座の講釈が行われるが、十一日に冬部・雅部が講釈された後に途絶えている。十二日条には断絶の理由として「大樹」、「被薨」と記されるが、この「大樹」は四代将軍・徳川家綱（一六四一―八〇）で同月八日の家綱薨去の報が禁裏に届いたために講釈は延引されることとなり、天和三年（一六八三）まで再開されることはなかった。本記には「其後打絶御延引也」と講釈延引の事実が記されるのみであるが、歴代の講釈の日時と配分を集成した資料である京都大学附属図書館蔵中院文庫本『古今集講談座割』（中院・Ⅵ・三七）には、「法皇崩御仍而永延引」と永きにわたる延引の理由に、同年八月十九日の後水尾院の崩御が挙げられている。

注

（1）東京大学史料編纂所蔵『中院通茂日記』（貴〇六—六）三十一冊、無窮会図書館蔵『中院通茂記』、国立歴史民俗博物館蔵『中院通茂記』一軸（寛永九年二月）、同一冊（寛永九年四月～六月）。

（2）宗政五十緒『江戸時代の和歌と歌人』（同朋舎、一九九一年）一六四頁、日下幸男『近世聖護院門跡の文事——付旧蔵書目録』（私家版、一九九二年）等。また、本書に収めた論考においても『古今伝受日記』の記事を多く参照している。

（3）拙稿「京都大学附属図書館蔵『中院家寄託歌書目録』翻刻」（『大阪商業大学商業史博物館紀要』三、二〇〇二年一二月）参照。

（4）万治御点については、上野洋三『近世宮廷の和歌訓練『万治御点』を読む』（臨川書店、一九九九年）参照。

（5）寛文四年（一六六四）の古今伝受については第三部第三章参照。

（6）鈴木健一『近世堂上歌壇の研究 増訂版』（汲古書院、二〇〇九年）、大谷俊太「後水尾院と中院・烏丸家の人々」（島津忠夫編『和歌文学講座九 近世の和歌』勉誠社、一九九四年）参照。

（7）実教は気質の激しい性格の人であったらしい。上野洋三「歌論と俳論」（同『芭蕉論』筑摩書房、一九八六年）、同『元禄和歌史の基礎構築』（岩波書店、二〇〇三年）参照。

（8）久保田啓一『近世冷泉派歌壇の研究』（翰林書房、二〇〇三年）二六頁。

（9）その間の経緯については第三部第三章に述べた。併せて参照願いたい。

（10）詳細は第一部第四章に述べた。併せて参照願いたい。

（11）和歌をめぐる学問の中に儒学の要素が取り込まれることについては、第一部第二章、第二部第一章、第四部第二章・第三章でも触れた。

(12) 第三部第三章参照。

(13) 天和三年（一六八三）の古今伝受の概要については、酒井茂幸「天和三年の古今伝受——近衛基凞『伝授日記』の作成を中心に」（『国文学研究資料館紀要』四三、二〇一七年三月）に詳しい。

翻刻　京都大学附属図書館蔵中院文庫本『古今伝受日記』（中院・VI・五九）

凡例

京都大学附属図書館蔵中院文庫本『古今伝受日記』（中院・VI・五九）を翻刻した。翻刻は原本に忠実を心懸けたが、以下の方針による処置を加えた。

一、通読の便を図り、私意により適宜読点を付した。

二、異体字、略字等は原則として通行の字体に改めた。

三、意図的な改行箇所はそれを踏襲したが、その他の行移りについては底本には従っていない。なお、改丁箇所は」（1丁表）、のように示した。

四、紙面の状態を示すのには、以下の記号を用いた。

1、破損等による難読箇所は、残画から文字が推定される場合は〔　〕を付してその文字を示し、不読の場合は□□、□で示した。

2、墨消箇所は残画から文字が推定される場合はその文字を示した上で取消線を付し、「~~者いつは~~」のように示し、不読の場合は■で示した。

3、行間への書入や訂正・補入は、〔　〕を付した。補入記号は「○」で示した。

4、ミセケチ部分には──を付した。

大納言正⎡　⎦水原（花押）卅四才
古今傳受日記
切紙之上之事等戴
寛文四年正月十一日

」（表紙）

〔寛〕文四年〔正月〕甲辰　大納言⎡　⎦源朝臣（花押）卅四歳
一日甲子、
十二日乙亥、為年始祝義、参照高院宮道晃、言談之次、和哥灌頂之事申出之、新院御年齢已廿八才、當年御沙汰無之歟之由申之、門主参院之次可申之由也、
予、灌頂之事、六年已前〔万治二年〕廿九才、以主上、望申法皇之処、卅才未満如何、法皇已卅一才御傳受也、暫可相待之由仰也、
万治三年五月（ママ）日、伊勢物語、源氏物語、切紙申請之、先神事三日巳刻計行水、衣冠単、参院、於小御所給之、於御前拝見退出烏丸大、日野大、伊勢、源氏、百人一首、詠哥大概事了、○〔申〕御礼、進物、太刀、馬代、黄金十両、加賀杉原三十帖、大樽一荷、白鳥一羽也、日野大、黄金十両、チリメン十巻、樽、肴、烏丸同前、巻物沙綾也、目六

折紙、予書之、名字不加之」（1丁表）
去々年夏比歟、主上、烏丸大、予、日野前大、有召、参御前、〔仰〕昨日御幸、仰云、三人ノ者灌頂之義者
不望申歟之由御尋也、主上仰、内々雖望申、存憚、不申出歟之由仰也照門在座、漸望申可然歟、御老躰之間、
於法皇者難成被思召之間、照門可申入之由也、照門辞退、法皇仰従照門可然事也、無調法者いつにて〔なる
とても〕聞事也、終必可傳受給〔あるへき〕事也なと被〔有〕御沙汰〔仰〕之間、望申可然歟之由仰也、仍、
申入照門了、此次。〔申云〕、主上御傳受如何、おなしくは今度御傳授ありて皆々其御次而承度之由申入了、
其後、照門被仰之処、主上御年廿六、御若年之間如何、照門、法流なと廿才傳授也、然而十八才にても傳受
する事也、来年廿七なれは来年なとは不可苦、又唯凡歟之由雖被仰、無御承引、
後日、此事談三条西亜相了、尤珍重也、主上之義於御年者不可苦、但、今少御猶豫可然也、もはや是にて
〔す〕むと被思召者御油断あるへし、物残りたりと被思召か可然事也、□、
去年□以後打〔過〕延引□」（1丁裏）
□大望之事當春可然之間、早々可被催之由、法皇□云々、乍悦退出了、
十九日、参番未終、従新院有召、法皇御幸御用之事有之間、急可参由、則馳参之處、以照門被仰出、今度御
傳受於法皇者御老衰也、三条西前右府被傳亜相実教卿之時、関東下向之前、以略義、先傳受置之由、以園大
納言被申上了、其義如何様哉被聞召度前右府了簡歟、有先例歟、。〔可〕有召歟、雖。〔被〕召向、不申者無詮、先可尋識
歟、又、為御使可尋歟、此等如何之由仰也、予申云、此義何とも難治、予自分無用之事難尋之、又、為御使
被尋之条。〔可為〕楚忽歟、如何之由申上了、此後、新院出御、申御礼御傳受之義、珍重之由申入了、
又、廿日、一礼、白川へ可参之由、日野、烏丸申合了、
法皇還幸已後、召御前、御傳受之事、法皇、照門之間不治定、先和哥可用意、早速可難出来之由也、於新院、

法皇御傳受之時、被遊之題也、久々又可然之由也、仍題披見了、是、去々」（2丁表）年正月烏丸、予等石清水参詣、神事之間思案之令法楽之題也、不堪感言上了、此度傳受之事、八幡冥助歟、可悦可懼矣、今夜当番也、

廿日、○〔今朝、退出之時、参会三条西、傳受之事、被催之由物語了、珍重也、道之事流義なと殊外沙汰ある事也、必可守之、是かくはもはやかたまる事也、彼卿〔哥道〕被思大切之由、極而被示之事共有也〕、有召、参新院、照門、予、日野、烏丸等也、仰云、昨日之義厳重、省略之義、不及外聞之事也、可有叡慮歟、被尋先例之事、却而風聞如何、若、又、為道。〔略義〕如何と可被思召者可為照門也、是又不苦義也、此旨令一同了、仍以照門被仰法皇了、

廿一日、向白川照門御礼申入了、

卅日、有召、参新院、仰昨日御事、法皇御傳受之事、法皇可被遊之由治定、御講尺等如文字讀、被遊〔略〕不被籠日数可被遊由、珍重之由申了、又、卅首之事、七日可持参之由仰也、

二月、

□□詠草〔中高檀〕紙高八寸計、幅一寸計、□□之二行書之、」（2丁裏）

□□

〔の〕とけしな花もにほはぬかきねまて
　春をへたてぬうくひすのこゑ
霜雪にむすほゝれたるうくひすの
　こゑうちとくる春はきにけり、以下■也、

朝霞　のほる日の影はかすみの半天を出るとみるやさとの山のは

よもすから月をやたてしうらみさへたちかさねたる朝霞哉

夕梅　夕月もあかすらむかし影うつす梅かゝきよき水の流に
　さそひくるにほひにそひて面影も軒はにくれぬ風の梅か枝

庭春雨　花さかむ秋をそ思ふ春雨のめくみはもれぬ庭のわかくさ
　しけるをはいとふよもきももえ出る色めつらしき庭の春雨

見花　そめまさる心のいろもいくしほかなかむる花の上にそふらん
　うき身をもわするゝ花の上にしもあかぬ心は猶くたきつゝ

聞郭公　ほとゝきすけさきなかすはほのかなるよはの初音や夢にまきれん
　さたかなるこゑ待いてゝ忍ひねにきゝしをたとる郭公哉

五月雨久　しけりそふしのふよりけにかきりなき軒の雫のさみたれの空
　いつよりかはれまもみえん日数さへふり行空のさみたれの雲」（3丁表）

水辺蛍

遠夕立

樹陰納涼

草花露

霧中雁

野鹿

深夜月

〔山〕紅葉」（3丁裏）

□

河氷

連日雪

浦千鳥

夜神楽

忍恋

不逢恋

待恋」（4丁表）

遇不逢恋

恨恋

暁雲

夜夢

羇中燈

山家嵐

社頭祝」（4丁裏）

午刻御幸□〔於〕法皇□之、以□此次傳受之事畏入之由申入了、有召、参御前、早速和哥出「　」殊宜之由也、於和哥者早速雖出来、御老体何とも、[redacted]なりつへしとも不被思召、先それまてと被思召之由。｛申｝畏入之由了、

十日、禁中御會始参之処、新院有召、仍参常御所、○｛出御｝於廊下、仰云、古今御抄先年焼失之間、被御

覧合度之間、可進上歟、法皇必懸御目よとも難被仰、新院仍先内證御尋之由也、申云、■■下官未傳受、不披見筥進上如何、但、御傳受等之上、残心底、不進上も如何、迷是非之由言上、暫而仰之上者不及是非可進上之由申入了、重而出御、〔所存之旨〕被仰法皇之処、御満足也、明日にても、明後日にても可進上之由也、○〔定而未開筥切紙共ニ進上スルニテアルヘキよし新院仰也〕、畏入之由言上了、御會了、退出之次、於傍招三条、仰之旨密々語了、三条云、仰無其謂、以書傳之事、有先例、然上者却而予傳受之也、尤難義歟、不進上者御機嫌如何、若傳受之事相違者可為迷惑、」（5丁表）雖不審〔我等雖微才一日モ道ニヲキテハ〕先達也、今夜古今令傳受了、急行水了、可披見也、先祖如何様〔有〕所存有之〔書〕何事書置入置之義不知也、不披見〔而〕進上之段、無心大事也、予軽服也、○〔故〕前右府有故〔子細〕軽服假之中傳受也、軽服。〔わろき事也、如此急事、無其憚也、〕不苦之間、急可披見也、○〔又、神道なとゝは有差別、尤神道もあれとも和哥ノ上ノ神道〔カ本〕なれは□也〕、切紙ノ口決戴抄之事有之、左様之処、可點見、法皇〔御存知〕之外之事者不可有之歟、幽斎傳受之外、三光幽斎へ傳受之抄物進上法皇了、此書可有歟之由也、予云、故大納言談云、箱中封之本有之、此者大事之物也、傳受已後も卒尓にみるへからさる由申置了之由語了、此〔是〕心徳之事なるへし、これは、○〔可〕残置之由被示也、幽斎傳受之切紙、仙洞の切紙ノ留等有之間、明日可令見之由也、其分〔内〕残置者首尾不可然之由也、過分餘身不知所謝之由一礼了、退出行水了、披箱一々見了、至丑下刻見了、

十一日、箱中一々見了、玄旨抄傳心抄歟、也足御聞書清書一重、廿六冊、切紙廿四通等其外記物共取出之、未刻計、三条西「　」随身、切紙〔幽斉ノ切紙也、此分有法皇〕予被見了、「　」切紙「　」抄物不少「　」碩抄五冊、和哥秘傳抄、」（5丁裏）「　」既「　」〔なと可披見□事、進上無用也〕、聖碩抄不覚抄物也、不進上可然歟、序釋「　」物ニアラス「　」進上、和哥秘傳抄、此東ノ家流義之本也、此不可有於

法皇、不可進上、封之物不被見也、此又不可進上之由也、為家状之写アリ無指事、傳受之事、不知其故之間不可披見、
以次従為家東へハ〔皆〕此哥被傳たる也、それかと思はれし也、
法皇には多被集度被思召也、三条なとは此分の切紙も多てうるさき也、後々多加たる物多、それは〔其布身上〕〱にて〕心得させんため加たる也、それか却而まきらはしき也、○〔我等へは抄物焼失之間可進上之由仰也、新院仰、不被見箱をえひらかすは切紙共ニ進上するにてあるへきよし仰也、是切紙御らんあるへきためさう也、三条云、さやうなるへし〕、三条へは法皇仰、抄物等者具了、切紙ノ上有御不審之間、可懸御目之由仰云々、○〔予所持之筥ハ切紙○〔為〕可有御覧なるへし〕、昨日仰之由、物語也、肝心之物也、何とも迷惑也、率尓には不可進之由被語了、○〔今度傳受之衆わろし、たらんすちよくあるへく候、随分情を出すへし、力をも可加之由也、也足聞書可進歟之由問之、幽斎抄者三条家ニ有之間不苦、也足聞書ハ幽斎抄と不可有相違、然而、近キ抄却而よき事アリ、惜事也、若非常なとあり、紛失有、其上之由也、されとも不可有別義歟、可進上歟之由也〕、
被返了、此後、箱之中調置、
切紙　十八通、」（6丁表）
六通、
状玄旨傳受、
誓状下書　一通、三光院傳受之時幽斎下書　一通、
也足御状　一通〔前内府譲状也〕、日時勘文　一通
二枚、已上一結、
誓状下書　一通、日時勘文　一通、後撰拾遺注、一巻、

和哥會席　一巻、御聞書　六枚一結、未来記抄　切々、
僻案抄　一冊、御抄僻案也　一冊、玄旨抄　四冊、
古今哥紺表紙　一冊、古今和哥集序　一冊縹表紙、新勅撰之時定家記　一冊、
古今序釋　一冊、和哥會□〔席〕一冊、拾遺　一冊、
顕注密勘　二冊、催馬楽　□□冊、」（6丁裏）
□序　一　二　三　四　五　六　七　賀〔草本〕別　旅□
恋一　同二少、雑上、同下、十九、廿、恋五、哀、滅哥、草夏秋上、同秋下冬、同恋十一、同物、同哀、同
雑下、同恋二三四五、
反古二結、色紙三枚、　智仁状免許之事、
右分入箱了、
入夜。〔為〕昨今之礼、向三条西亭、少時言談、
先昨今厚恩餘身之条難謝盡、其上向後可加力之由、別而思れん也、雖不及此道、不堕地様ニと存之間、随分
加異見、可賜之由頼了、此次語云、次第不同也、
一　かけ守《マモリ》トテアリ、傳受之時、師、弟子共ニカクルコト也、白キ布の袋ニ入、此。〔真言なと灌頂之時〕
大日ニナリテ傳ルヤウノ心也、恐凡身、マモリヲカケ、ソノ身ニナリテ傳受ルコト也、此事先刻之古今
秘傳抄ニアル事也、幽斎流傳受無之、前右府傳受之時従此方用也、幽斎にかけさせられし時、三光院傳
受之時。〔何やらんしらすといへとも〕〔被〕懸之、二度又懸之由あいさつありしと也、右府傳受最末、皆以右府以前
傳受云々、」（7丁表）
一　幽斎ハ家へ返ス契約。〔ハカリ〕にて、他所へ傳受ノ免許ハなかりし也、老耄〔耄〕せられてなと右府

かたられしよし也、法皇之流無免許云々、

一　向後弥頼入之由談之処、前内府、也足薨(?)後之節也、箱傳受同前、故大納言傳受。〔悉〕未終卒去、予年若年也、叶道之冥加歟、弥以発信可励也、仙洞なと道のすちわろく〔し〕、すちわろけれは魔道也、今度傳受之衆、何もよき道すちなるへからす、可加力之由也、

一　三条西と法皇被思召者、切紙なと多をよきと被思召也、三条なとは此分さへまきらはしくうるさき也、此中にそとしたる心〔所〕に面白事あり、可付眼也、

一　故八条殿文盲之人にて一向御傳わけもなき事さう也、傳切紙はかり事さう也、幽斎も〔なとは〕左様にはなかりし也、身から結講《ママ》なる故ゆるされたる歟、

一　切紙之中、銘、中字、和字なとあり、此事御尋ありし也、三条、中和道と云事歟之由返答申了、是等ほとの事はそのまゝ御合點行へき事なれとも、切紙ノ上事とて、ふかく御思案ありて、却而御合點ゆかぬ事さう也、作ノ字又御尋也、これは何としたる事やらんとて申さゝりし也、作意口傳と云事也、これらは御合點行へき事也、秘ノ一字、貳字なとを□にてをく事也、

一　哥の義理なと旧説をあしく〔存候被破事〕□一首の上かくきこえて□」（7丁裏）□事あるへき也、□よく〳〵心をつくへき事也、

予今晩発明古今集従序至終、畢竟哥一首なるへし、作者置之也、されは哥ノ義理もそれ〳〵の作者と可相違事あるへき也、如此眼をつけずして一首みては其心可相違歟、

一　以切紙傳せすむ〔れは〕と法皇には。〔そのまゝすむと〕被思召也、其上ノ御吟味なき也、無曲事也、外道也、道ノ為道事ハ其上にて不盡心者可難成就也、よく〳〵。〔可〕入情之由被示也、

一　此末流烏丸なと求誉武家なとにも誰にも被傳やうなる事あるへし、にが〳〵しき也、新院なとあれこれ

に被仰聞、のちには町人武家なとへもひろくなるへし、さやうにありては道陵夷也、なけかしき事也、

一切紙備叡覧事、卒尓には不可進上、よく分別し、かためをしなとして上ル歟、若者不上歟よく可分別事也、

一傳受必誓状あり、幽斎者傳受已後、無程三光院薨去、仍無免許、家へ計被返契約也、それを家へ公國公被返之後、老耄して彼方此方へ被傳しよし前右府かたられしよし也、

一宗祇なとも傳受已後、数年之後、種々懇望して為道請免許、東野州以哥免之、和哥忘却、重而可尋之、」

（8丁表）

一傳受之礼、三光院不如意也、幽斎田邊領地之由、されとも三光院ノ様ニハなき故、黄金五枚送之、故八条殿、又公家ニハ大身なれハ同前歟、それを例にして人々無分限人に同しやうにとあるハ無謂、是又道之費也、止度事也、

一流義之事、殊外有沙汰事、誓状之内にもあること也、

一宗祇武家なと交て富有にありたる歟、〔後〕送逍遙院於金服云、

我こそハ千々のこかねをむくひても思にあかぬ人のめくみを

如此師匠から却而礼進する事もあり、必礼進することにてもあるましき也、

一傳受之法、人丸之前。〔今度〕玉。〔太刀〕なとそなへらるへし、法皇なと机の大キサマテ何ほと丶一度ノ事例になる也、是毎度非如此之事、幽斎傳受之時神道儒道なとの具ヲ借用てはしめてせられし也、必如此といふ事にてはなき也、

十二日、古今箱持参法皇、以東久世木工頭進上之、慥被預置、重而可有仰之由被仰出、退出了、御留主歟之由、雖存之無是非帰宅之處、従新院有御使云々、勅書従法皇仰。〔内々之筥昨日可持参歟之由思召之處、無其義〕、今日御隙

入之間、明日昼以前可持参之由仰也、以勅書被仰下之間、馳参新院只今筥持参進上了、退出之後勅書披見、不及是非之由言上了、有召参御前、仰今日密々御□□学院御山庄也、□〔進〕上之無」（8丁裏）別儀□□如何□□〔使〕入倉あつかりをくへきのよし如申可被仰遣之由也、畏入了、今日古今和〔歌〕、若輩之衆被仰聞法皇仰之由有仰、相紛可聴聞之由申入了、暫時出御御前、中御門黄門・勧修寺宰相・千種中将・愛宕中将・冷泉中将・野宮中将等参御前、本可持参之由仰、皆退出、此後参進御前、申云、冷泉中将招(?)臨如何、仰尊事也、然而参来之上者無是非歟、予申云、内々承及様子、流義之事有子細歟、又一昨日、法皇仰、行末〔和哥〕稽古をもすへき人々可被仰聞由云々、是一流之傳受をも可遂物と被思召歟、文字読又一通リノ傳受之由承及、○〔於〕冷泉者開箱之後、御流をは反古とすへき物也、両流尤自古有確執之子細如何、彿仰尤也、可尋子細之由也、仍招傍向之無子細、誰にても○〔有〕可被仰聞之由畏入望申了、又家筥未開之、又主上○〔為〕聞召なれは御使也、くるしからさる事歟之由存之云々、予申、其旨仰如何○〔法皇ハ冷泉ハ家ノ者如何、〔使〕園大畏入了、〔こなたは〕いつれにてもなるかと仰也、如何可被遊哉之由也〕、予申云、此義難決、今一往被窺法皇於御免許者別ニ被召寄可被仰歟、尤也、其通申之由、則件旨示了、令退出了、春上下」（9丁表）承之退出、此後園大納言参會之間、冷泉事物語了、

昨夜三条本、

十四日、参番之次、向三条亭、言談、

宗祇法師へ東野州免許哥有三首云々、重而可○〔令〕見之由也、

　身をあはせかたらふ人のまたもあらはいにしへ今をつたへてよ君　其一首也、

古今傳受せは哥あがるへし、位のあつき哥共心にのるによりて位あかる也、仙洞なとには抄なと度々御とりあつかひありて御製のうすきハ不審之由也、

此義、予思之、古今哥それほとあつきかたに御心とめらさる歟、其故抄ハ哥になき義理もあり。〔抄ノ分にては〕きこえさるやうに照門なと仰られし也、此義不談三条ニハ不談也、抄になつみてはあつき義理はみえかたきよし、わろくすれは抄にまつはるゝ也、

竹不改色　　実教卿去十日之詠進哥也、

千とりなく冬たにかれすみとりなる竹ゆにや御代の春をこめける

千とりなく〱、此哥後にさま〱義理をつけてみるに、はしめ趣向之外さま〱の義理あり、我哥にてさへ如此、思よらぬ義理あれは、古人なとの哥一往きこえたる分にてをきて無曲事也、千とり、さしてのいそを本哥としては無詮也、それみるやうにみたる宜歟、厳寒之時分諸鳥こゑをいれたる時、此千とり「　」なく〱也、冬たにといふは□〔木〕□枯槁したる心あり、諸木冬枯たる霜にもかはらすみえし「　」春光□むる□て諸鳥万轉（ママ）ノ「　」竹内〔中〕空外直□□」（9丁裏）「　」なといへり、これたにとにやとの字にて如何きこゆる也、さて、先朝当代の心も「　」あるへき也、〇〔主〕徳衰武高なとより譲位なと申折、「　」を冬〔かれに〕て春を当代我（?）領主徳義ならはるゝ事はなけれとも何心なき所也、空直也、かやうの事まてははしめよりは思よらさりし也、

私、此義如此者きこえさる歟、されとも如此我哥人哥義理をつけてみるにて我哥ノ位はあかるへき事也、

此躰一句〱きれたるやうなれとも、これは、たつた姫かさしの玉のをゝよはみたれにけりと見ゆるしら露、の躰也、

俊成、花の哥に思もかけぬ鶯のなき、草花に思もよらぬさをしかのこゑをきくやうなる〔といふ〕餘情はさもありぬへき事也、

尤かやうの事とみえたり、

此義今日之事にあらす、内々かたられし也、随思出書之、

幽斎者二条家之一流はかりきかれし人也、東之流のはきかれさりし也、法皇此以前御尋之事あり、仍幽斎傳受之時、三光院之抄ヲ被懸御目、東家之流御尋ありし也、されとも、それは虫なとも損したり、三光院抄之~~外別~~〔内〕皆部類して有之、此外者さしてなきよし申て東ノ家のは不進上之由物語也、」（10丁表）根本は切紙なともそゝとしたる事也、後々次第ニくはゝりて多なりたる也、多なるがよき事にもあらす、却而まきらはしき也、それは、或儒、或真言・天台なとに對して其方ノそれよとさとしやすきために、をしへたる事さう、東家のハ為家からなれは、根本ハ数すくなき也、

今夜談、法皇へハ宗祇抄も逍遙院抄をも不懸御目、三光院抄計進上之、此物一枚〳〵はなれ〳〵也、仍いつれを抜取もしれすと也、

かけまもりの事者仙洞御存知也、此事、此度可有之歟、~~たれ~~〔誰〕此事あれともなくてもとてをかるゝやうなる事あるへし、不知といふを恥辱にあそはして、ならはれても用いあそはされぬ事、御すき也、それにては何事をゝしへても無詮也、畢竟為道邪魔也、仍不申入也、

かけ守なとは必ある事也、されとも幽斎者免許なき故。〔中の何やらん〕しられさる也、仍いつれも御傳受之時、かけ守之事無之云々、

前右府へ傳受之時、一筆なとなし、諸事御家之法度のことくとかゝれし也、家へ對しては被存憚し也」（10丁裏）

三月十三日

三条参法皇有御問答云々、不能委細、

十五日、向三条亭、言談、法皇仰。〔官庫之〕文書等焼失、御文庫之餝之間。〔被遊宸筆〕被入度之間、此已前進上之文書可進之由、三条申、是義非真実、以真実可被仰、数反問答云々、終以仰、此傳受所望人々有之、仍御所望之由云々、此真実也、誰々歟之由窺也、日野・烏丸・中院此次新院御所望也、此人々皆以哥道相勤之者共也、尤也、可進上之由可被申入了、

先被入御文庫之事非、禁中へは。〔従〕三条可傳申之由仰、是道也、又傳受御礼進物共被受之条、不可然、後々武家、町人等傳習之費也、尤不可然之由被申入也、

此度進上之物、先年進上之外之事共書副可進上之、為レ道ナレハ一度ニハ不傳之事也、然間進上之事、不可限此一度、又進上之事あるへき也、いく度と云事あるへからさる由。〔被〕申入之、法皇御驚歎云々、先年存君命違父祖進上之、。〔於〕三条者御したしみあるへき事の」（11丁表）かへりてそれよりうとみおほしめし〻也、此罰也、法皇又進物之物焼失、此又罰也、如此的然~~之~~〔之〕間、非真実、其難進上之由被申云々、

又宸筆可申請之由被申之、（後奈良院、正親町院等御傳受有宸筆云々、）

四月初、参三条西、言談、

一日歟、参法皇申入諸事。〔添別記〕又此次。〔被〕示之事等有、

新院、御不敬也、御傳受已後、各別被改之、御敬神之義可然之由申入了云々、

此次語云、

和哥之口傳之事、近衛殿流無之、三条流有之、仍。〔三〕光院なと被副たるやうに被思召也、宗祇相承之切紙、先年被掛御目し時、宗祇からなるとて〔被〕驚思召也、此宗祇あらたにはしめし事にあらす、定家卿傳受之故逐其例事也、素順、逍遙院より傳受之後、依入魂東家ノ文書傳し事ある也、仍テ宗祇へ傳さりし事の三条ニアル事ある也、又素恵なとつたへし事、文書等もあるよし也、さやうに一代ならす、仍執心つたへし

事おほくなること也、
廿四首、十八首の秘哥、」（11丁裏）
（白紙）」（12丁表）
（白紙）」（12丁裏）
（白紙）」（13丁表）
（白紙）」（13丁裏）
□□日
入夜従烏丸大納言状到来、古今之事、○〔□〕来十二日可被始之由也、明日、可参新院云々、得其意之由返
答了、
八日、参新院、遣使烏丸之處、可来彼亭之由、仍馳向言談、進物之事相談也、飛鳥井大納言傳受之時、馬代
黄金五枚、白鳥一羽入箱云々、然間彼卿五枚、塩鴈二羽、日野同五枚、塩引にすへきよし也、同道参新院、御
對面、珍重之由申入了、可参法皇歟之由仰也、仍三人同道参法皇、以風早左京申入了、有召、予参奥、仰所
詠三十首讀改之三首去十一日三十首叡慮之旨被仰聞、件中三首、可改之由仰、仍去十九日歟詠改進置之処也有仰旨畏入了、此次猶○〔自〕十二日○〔被〕始之事、
畏之由申入了、仰以略義可被仰之由也、又、入道大納言御病義之事有御尋、
今日、烏丸云、照門へ音信可然之由、沙綾五巻にすへきよし也、日野、京織物三巻之由也、」（14丁表）
九日、予件三十首詠草清書詠改三首為書改也了、持参之、進上了、参内今日当番自小番理申入之間、参之節、重
而可案内之由示了葉室・園・正親町等同語了、
此次与正親町相談、御礼進物之事等也、〔此外〕別可注之、
卄入夜向日野言談、進物之事、予黄金三枚、巻物唐二巻可然歟之由相談、尤之由也、又、此以後卄〔三〕部

抄御傳受之事先度申入之処、被仰聞之由也 重而可、相談此次能書方之事、不苦者望申之由、以御次可被申入新院之由書上語了、
十日、向東寺、日没神事、
法皇神事無沙汰之由仰云々、然而三条西神事可然之由、内々被示之間如此、仍於法皇者神事〔■〕無沙汰之
間食火（??）了、帰□之後行水、毎度如此、今朝遥拝伊勢・石清水・住吉・北野・玉津嶋、看経、如意輪真言三百
反、不動□百反、愛染三百反、
「　」日□□見古今了、於抄物「　　」不被免之由有法皇仰、仍」（14丁裏）「　　　　　」参
院於御書院被始之、
先春上端五首御文字讀、次題号御講次五首哥、次春上。〔悉〕御文字讀計了、次春下如前、五首御講残文字
讀、次夏〔哥〕又同前、御休息、又出御、秋上下冬等如前、
新院御對座上段次段、予・日野・烏丸、
縁座敷、前年御傳受、校合として照高院宮・飛鳥井等臨了、又、□□□日野子息御童形也、○〔依〕為
重服御講之間不被召使云々、
未刻計事了、退出之次参新院、珍重申入了、退出行水、着烏帽・狩衣、聞書清書了、
十三日、神拝看経如例他看経止之、神事故也、参院御講如昨日、○〔賀〕・離別・羇旅・恋一已上端五首・恋二六首
歟御講、残文字讀計也、
十四日、神拝看経如例、今日、恋三・四・五・哀・雑上了、
十五日、今日雑下・雑躰〔なか哥一首、旋頭二首、誹諧一首〕・物名五首・假名序いつれか哥をよまさりけるまて御講也、
十六日、大哥所・墨滅奥書・〔所□後聞書〕あたらしき一首・東哥一首・軸一首・墨滅文字讀・奥書御講・真
名序莫宜於和哥まて御講也、」（15丁表）

〔今日所進置之古今箱返給、於御前開之、一々御覧了、和歌懐帋書様写之可進上禁中之由仰也〕、
今夜更○〔入〕神事明後日切紙御傳受也、此正筆本在禁中焼失之由也、
十七日、今日神拝止看経了、
十八日、早朝神拝、参院、先進物進上青侍一人先遣之、
折紙・太刀・折紙・目六・黄金三枚・段子二巻厨子ヲソユ、
御太刀　一腰
御馬　一疋白単
進上御〔御〕目録　　進上目録烏丸如此
一御太刀　一腰
一御馬代黄金　三十両
一段子　二巻
已上、
中院大納言如此使青侍書之、
□衣冠□□檜扇□□法皇新院御傳受之間也、」（15丁裏）
□申入□□□仍此〔処〕日野大納言・烏丸大納言等着座、然而本位上首也、又年老也、
今日之義各別之間、両人之者先可被召出歟之由申入了、暫而照門其通申入法皇之處、尤事也、奇特○〔被〕
思召也、〔相談〕如何様にもすへきよし仰云々、新院召日野大納言、此旨被仰云々、日野談云、右旨予申之
歟、内々此事○〔雖〕存寄存憚不申入之、○〔烏丸、予等累代之事也、且〕日野事和哥之事相談光廣之後、
相談後十輪院殿畢也、両人○〔之〕已後可罷出之由也、烏丸申云、年老日野、上首中院也、如何様にも両人

之内参可然之由、被申之、其旨可被申入之由也、予申云、烏丸者自幼少詠哥之事、得叡慮之間、又、各別歟之由申入了、依召烏丸参了、事了御休息、次予先懐中檜扇、照高院宮引導也、開障子御礼申了、入中閉障子、参進、依御目着布之上、依仰安座、○〔切紙共入御文匣、在御座傍、被開蓋被指出之、給之、置傍取御守令懸之、給御一人也、次〕開切紙一通被置文臺上、披見了少々窺之、予取之巻之入蓋中、又一通如先悉了、結之、起座頂戴之、退出了、○〔此後〕日野事了、御装束拝見了」（16丁表）

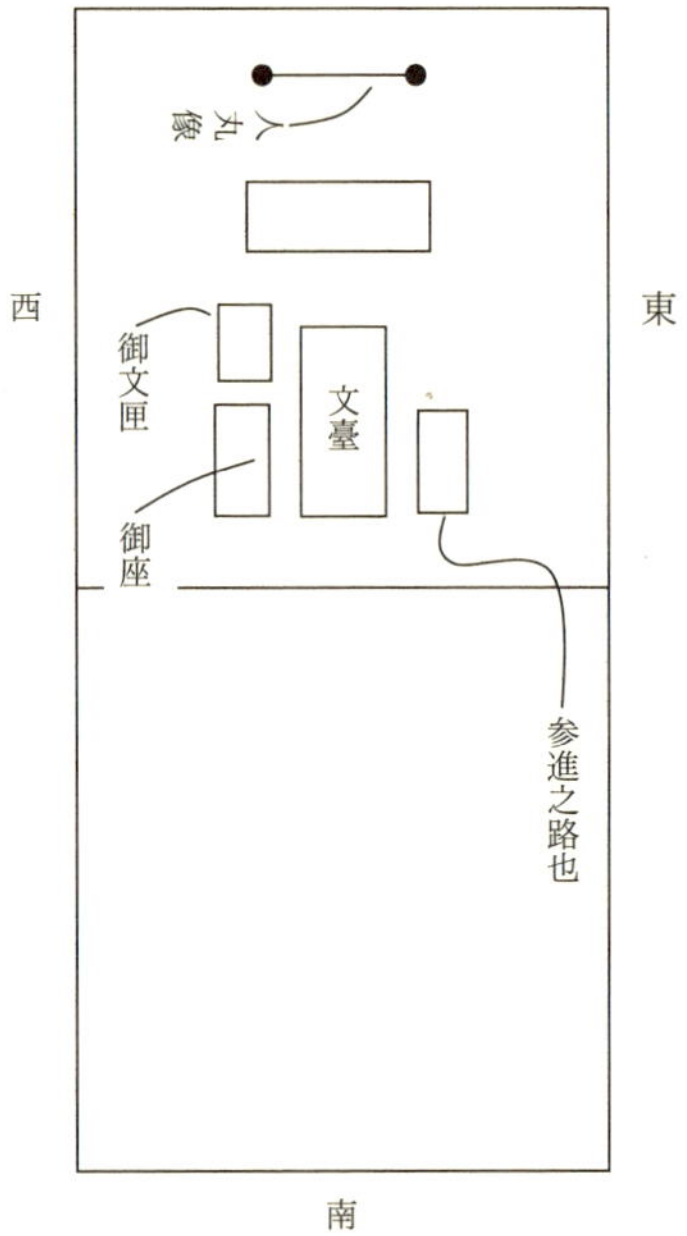

御座敷十二帖敷、弘御所、上段也　北中央間懸人丸尊像繪、信實朝臣贊、経朝卿云々、新院御物、其前立机一脚白木檜、長三尺四寸七分、ハヽ一尺、三寸、タカサ八寸机中央。〔被〕置廣蓋黒漆蒔、波頭　廣蓋之内置鏡七寸計圓鏡、廣蓋北方端ニアリ、鏡ノフチ寄懸廣蓋ノ端、筥長三寸四五分、ハヽ二寸餘ノ梨地、之筥、鏡ノ東南ノ方ニアリ　劔金作、新院御物云々、柄西刃南、廣蓋ノ、南端横置之　等廣蓋東西供洗米・御酒等盛土器洗米、北、御酒南方　机東端北方置香炉〔[redacted]〕唐、金形、気形也洗米ノ東也、　其南□香爐〔筥〕□其南□置文□南北行（？？）〔文臺〕蔦細道之寫也、新□御物歟、　文臺西敷御茵」（16丁裏）□上敷□之閉之□文臺東同敷白布為受者座、御座之傍御左有文匣御切紙共御守等、被入之

〔於〕切紙於者照高院宮被遊之〔御右筆〕、血脉御諱二合計被加之由仰也、
御掛守紫ノ綾、有裏、予参進着座之後、被開御文匣被掛之了、
一々御傳受了、更出御于弘御所、人々之進物披露、申御礼如例此度次、予・日野前大納言、烏丸前大納言也、御礼入御、人々退出
了、数年大望至今日遂之、無闕如遂之条自愛〳〵、
此後参新院、珍重申入了、退出、
先是大樽一荷、干鯛一箱、五十枚歟、昆布一箱、二十把、進上之了、
又、明日。〔法皇〕為御祝義、御振舞可参云々、仍肴可進上之由、各申合了、」（17丁表）
十九日、卄辰下刻、日野・烏丸等入来、則同道参照高院宮於進物者斬、進物沙綾三巻、先、日野、京織三巻、烏丸、沙綾五巻也、御對面一献之後
帰宅、
午刻参法皇、
今朝鱸魚二尾進上之了、
有拍子左近右衛門〔私雖有一興、不被甘心之事也〕了、御振舞人数、
新院御幸、照高院宮・勧修寺前大納言・飛鳥井前大納言雖前官固辞、先進也・予・清閑寺前大納言・日野前大納
言・持明院前大納言・烏丸前大納言等也、
及亥刻、有酒事了、退出、
此後、不審一紙被上之切紙之内ノコト也、
速々御覧、可被仰聞之由也、（3行程度空白）」（17丁裏）
「　」月廿四日、「　」新院「　　」前出〔御〕々書院、三十首和哥被下之、御添削之分、別紙、法皇
宸筆拝領之、日野前大・烏丸大同前也、新院被仰、日野、伊勢物語・源氏物語切紙通□、三部抄切紙之事、

内々所望之由被仰也、御心得之由也、
十一月十四日、日野前大納言被上御茶(?)之次、伊勢物語・三部抄傳受之事、近々被催之、宸筆難叶之間、照門御右筆之由、御理也、
十一月廿日、向三条西言談載西談集重而。〔可〕寫之、
三部抄御傳受之事談之、珍重之由返答也、
十二月七日、法皇御幸於新院御所、今日予輕服、去五日脱了之由、申入於照高院宮了、
十日、依召参新院、日野前大納言語云、明日三部抄可有御傳受也、従今夜神事、明日可参之由也、少時有召参御前、被仰此事畏入之由言上了、於早朝者法皇御行水御苦身、朝御膳已後可有召之由奉了、退出神事、」
(18丁表)
(白紙)」(18丁裏)
(19丁表の半分程白紙)
此間之事共在之歟、解怠漏脱随思出不載之、
十二月
十一日、早朝行水了、神拝、石清水・住吉・北野・玉津嶋等也、飯後又更行水了、着衣冠紋単、檜扇、参新院、
今朝進物進上之、太刀・馬代・折紙・目六。〔如〕去夏、
御太刀　一腰
御馬　一疋」(19丁表)
御目録
御太刀　一腰

御馬代　白銀五十両　　付紙押臺了、
御樽　一荷
昆布　一箱
干鯛　一箱
　以上、
　　青侍書之了、此度無名字、
日野前大納言同道参法皇、少時出御御書院、有召参御前、給切紙詠一三通、次、百人一首之事被仰之、次、未来記了、。〔一々披見〕頂戴了、包之後古今不審条々被仰聞了、不捨置可沙汰之由也、次日野了伊勢物語・源氏等也、古今之事被仰一々了、長谷三位披露太刀、「　」紙付紙臺、又季「　」〔臣〕持参之、三品申次、予申御礼、次「　　　　」以「　」品申入了、畏置参新院」（19丁裏）、「　　」御礼退「　　　　　　　　」
十二日、有召。〔参〕新院御前、予・日野大・烏丸等也、誓紙之案也、被下之拝見、写留退出、
内々懐紙短尺〔書様〕之事申入了、是又可書一筆歟之由仰也、畏入了之由申入了、
十四日、猶可給〔給〕案文之由仰也、（8行程度空白）」（20丁表）
六月十二日、向三条西亭言談之次、今度古今之事共相談、御傳受之様也、
予云、御傳不委細、口決等一向無之、廿四首ノ秘哥無御存知とみえたり、先々おろそかなる由也。是井条本、是智仁親王歟、幽斎傳受之事共等漏脱多トみえたり、
　　寛文五年正月
十一日、有召参法皇、新院出御御書院、有召参御前、給奉書法御傳受奉書女房奉書也、震筆也法皇、頂戴退出了、
　寛文八年六月

四日、烏丸亜相入来語云、内々古今免許、内々。〔以〕申入新院申入法皇□処御□答来、七日。〔可有〕御傳受也、予・日野御」（20丁裏）□也、早々□、則三人同道参法皇、□御所望申之、則被仰入御返事無別条。〔従〕明日。〔講〕神事、七日早朝可参之由也、畏入了、帰路参新院申御礼退出了、

五日、晩神事、愚亭有産婦卅ヶ日之内也、仍有憚、参老母堂亭入神事了、

七日、早朝衣冠直衣、単参院、。〔先申御礼、依召参御前〕、給掛守頂戴之、申入御之後、於御書院写之、守之袋拝借之、於私宅模写之、無闕如委以終其功、自愛無極者歟、

延寶八年

二月

廿二日、主上古今御傳受御所望之事、日野亜相・予為御使参新院申入了、可有御相談法皇之由也、

廿八日、参新院、先日之義窺之処、去廿七日御相談法皇之処、」（21丁表）御傳受可然之由也、然而遮而非被仰之事之間、御延引之由也、参内新院仰之旨言上了、

此後之事注奥、（11行程度空白）」（21丁裏）

（白紙）」（22丁表）

〔寛文四年歟〕

延寶五年歟

十二月十三日、向三条西亭言談、語云、

一昨日、三部抄御傳受、古今不審被仰聞之由談之、珍重之由也、又、誓状之案被下之由語之、彼卿云、此案、飛鳥井・岩倉等之案之由也、先々ノト相違、不可然之間、其分可然之由、内々言上云々、

桜花のこと窺之、風躰歟之由申之處、先々何を傳たると云ことなし、自悟自得させんために左様ノ子細ハ
注しをかさる由、仰之由語之、
三条云、自悟自得珍重之事也、○〔はしめハ〕風躰ノコトと御心得あり候て、自悟自得のかたへゆけは珍
重之事也、
十口決之事~~不仰聞~~〔窺之處〕、無御存知之由仰也、
三条云、三人之衆ハ幽斎ノ分計ヲト申入シ故、不可被仰、八条殿より御傳受之内ニハナキ也、仍不被仰歟、
巻頭巻軸之哥葵哥も無之といへとも、三人共ニ不審也、其上切紙ニ載タレハ可被仰歟之由、御相談ありし
也、仍仰聞さるへきよし申入たると也、
□□烏丸・八□□殿なと幽斎之流無免許候て、傳受之衆断絶、法皇御抄□□是古今□□事也、被
思召歟、左様之事モ御相談、」（22丁裏）
（1行破損）
□□□免許あること也、されともいつれも有之由也、
法皇自棄之見未止之歟、不審之事也、至聖ハ及かたき也、人々ノ分を盡ほとの事ハならぬといふことハナキ
也、
千早振賀茂の社の姫小松、感通ありたる也、其以後とても、
木のはちるやとはきゝわくかたそなき時雨するよも時雨せぬよも　頼輔
是モ感通ありたる也、雖末世、逍遙院、
花のさくためしもあるを此松の二度あ○〔を〕きみとりともかな
是又感通ありし也、

さて、これらほの〳〵となとの哥とくらふれハ、時雨するよもは、はるかにをとりたる也、花のさくハ又
時雨の哥にもおとるへし、是人々ノ分也、さて、いつれにも感通。〔あるコト〕ハかはらぬ也、聖といへ
とも甲乙ハあり、甲乙ありて非聖にハあらぬ也、しかれハたのもしき事也、
此自棄やまてハ、いにしへをあふきて今をこひさらめかも、にたかふ也、されハ古今ノ道スタルヽ也、
花のさくの哥、逍遙院。〔我〕哥卄〔ニ〕テ感通サセントシテヨミテ感通したるにあらす、〔卑下申たるに
あらす、〕和哥ノ徳■■■むなしからしと思より、よみ出て感通したる也、」（23丁表）
狂人、或、酔中人、或、幼稚ノ人、知ノ開ケヌハ何としたる事そといふに、かやうのやすき事も工夫を熟し
たる人ならねハ、え合點せぬコト也、
熟といふこと、物をそめあぐるに一反二返そむるハ色もみえぬ也、。〔それを〕いく重も〳〵染返セハ、青
ハくろく本色ノ変するほとこく〔コク〕なる也、それを猶そむれハ、光ガ出ル也、此光ハ色ノ外ノコト也、
それほとに熟せすしてハ光ハ出ぬ也、それの光をとくるハ勇也、
物のわかちを知ルまてハ知也、それをとくるハ勇也、勇なくてハ用ニたゝぬ也、知・仁・勇、三徳そなはら
てハ成就せぬ也、
桜花の哥ノコト、法皇風躰ノコト歟之由、両三度仰也、〔三条〕何とか候やらん、風躰はかりとハ不存之由、
被申入云々、
三条、しからハ心カトイヘハ、心はかりにてもなき也、風躰かといへハ風躰にてもなき也、心・風躰兼備せ
すしてハ用ニたゝぬ也、
人の心をたねとして萬のことのはとそなれりける、といへる所に不相應也、
口決・秘傳無別義、只古今一部ノ哥卄〔上ニテ〕スムガ第一ノ秘決也、

□□我(?)日□□風、と真名序に歎したる也、切紙といふも直ニ合點せぬ人□□□□朝
□□書□□ルコトニモアラス、和哥ノ上（23丁裏）ニテ道ハ□□□
法皇へ申入にも只今ノ凡見ニテ、切紙ノ上ハイロヒカタシ、只暫□ノ上手ニテ、よくきこゆるよし申入○
〔し〕也、
三条なとハ、切紙なとハ見るコトモナシ、本書ノ上ニテ真スグニ通スル、第一当流ノ習也、
ちかき比ハ抄なとをみることもなし、又他ノコトニテ工夫ノタヨリアルコトアリ、我も天地ノ一分也、我と
天地ト一マイナルコトよく〳〵納得すへき也、それをしらてハ古今ノ両字スマヌコト也、
孟子
万物皆具我、
　一物モナキカラソナワル也、
彰(?)子ガ条(?)もおなし事也、
三条西云、二百六十首・廿四首[redacted]之事・哥十ケ口決、烏丸ヨリアガリタル中ニ目六アリ、井条於法皇みたる
よし也、免受口決ナレハ子細ハナシ、今度上られたる一冊ニハ、こと〳〵くのせられたる也、されともこれ
ハ幽斎より○〔御〕傳受ノ外ナレハ三人ノ衆へハ仰きかされさりし也」（24丁表）
廿四首ノ内ニモ、是ハ仁、是ハ義ニ相當、此ハ礼、此ハ信、此ハ智ニ相當セルトおほゆる哥ともあり、
こまのあれ〔し〕おれまへのたなはし、愛に着して不仁なる哥也、
されハ外にかる事にあらす、古今ノ哥と序にて道ハ成就すること也、
和哥無師匠只以旧哥為師、染心於古風、習詞於先達、誰人不詠哉、といひ、常観念古哥之景気可染心、とい
へる和哥ノ教、一物も○〔これに〕加ルコトナク、これほと重寶なることなけれとも、打出したれは世ノ人

何とも思はぬ也、
古今とても聖人ノ書ノヤウニハナケレハ、切紙等ノ上モ秘密して信ヲソナヘネハ道ハタヽヌコト也、信ヲス
テヽハ何ノ用ニ不立、信一ツニテ成就スルコト也、
人の心をたねとして――在前、
　此義をも先日。〔法皇へ〕申入たると也、
千早振我こゝろよりなすわさをいつれの神かよそにみるへき、
　三西云、これ御口决ノ哥也、魔の恐るゝ哥之由也、（三行程度空白）」（24丁裏）
（白紙）」（25丁表）
　　延寶八年三月
九日、向戸田越前守与日野同道、御傳受之事談了、
　此間卅首御沙汰也、左府又此度御傳受、仍同被詠之、御製（先年御傳受之時、法皇、新院所被詠之題）、左府（別題也）、
　四月
八日、召日野亜相・予、被進三十首於新院御方（中高檀帋巻物也、高サ七八寸計也）、進置退出了、
廿六日、有召新院御對面、先日所進置之三十首御製御添削（別帋横折被遊之）拝見了、則御詠草被相副被返遣之、持参
禁中、左府今日参院詠草被下云々、返参新院御所、御満足之由申入了、退出、御傳受日限之事申入了、
廿七日、御傳受日限、来月六日勘進之由、以女房文被仰入云々、
　五月
〔六〕日□於□□間（常御所）〔東〕也、巳刻有御講談、更不及御文字読、」（25丁裏）春上分□□□□法皇御
幸少時〔御〕着座、主上□□□□新院又被〔着〕御単了、

主上・左大臣、其外、日野亜「　」・予計也、他人不参此邊、
七日、時々雨、辰半刻、今日新院御幸、春下有御講談、
八日、雨、辰刻御講談、夏、秋上至躬恒惜秋夜哥、
九日、辰刻、御講談、秋上了、
十日、巳刻、御講談、秋下了、
十一日、辰刻、御講談、冬、祝了、
十二日、辰刻、参之處、大樹○〔去五日〕被薨之由、告来之間、無御幸、其後打絶御延引也、」（26丁表）
（白紙）」（26丁裏）

あとがき

本書に述べたテーマへの関心は、かつての京都大学附属図書館の貴重書室の隅で中院家旧蔵の『顕注密勘』を拝見した時に遡る。手もとの調査カードを見ると一九九三年のことらしい。当時の図書館には古典籍を専門に扱う担当者がいて、私の狭い関心からは思いもよらない資料をその関係性の説明とともに出納してくれた。大学院に進学した当初は、藤原定家に関する歌論・歌学を研究課題としていて、『顕注密勘』、『三代集之間事』、『僻案抄』の伝本を求めてあちこちを尋ねていたが、丁度、冷泉家時雨亭叢書が刊行されはじめた頃で、冷泉家から自筆の一本などが出現したら、自分が考えている伝本論などは必要なくなってしまうかもしれないとの不安が頭のどこかにあった。本文の系統だけを気にしていた私にとって、図書館で聞く書写者や伝領の過程などの話、中院家の蔵書の価値などの説明は、はじめて知ることだけに面白く、その後、定期的に通っては分からないなりにも中院文庫本に一通り目を通した。本書の素稿となった論考の内、もっとも古いものは、一九九九年に『詞林』(大阪大学古代中世文学研究会)に発表した「中院家旧蔵古今和歌集注釈関連資料考(一)」で、中院文庫の調査カードの一部を纏めた報告だったが、そのころから江戸時代、室町時代の注釈や古典学に対する興味と書物それ自体の伝来に対する関心が湧いてきた。以降、多くの人と知り合い、様々な機関を訪れ、新たな資料と出会い、その縁を手繰り寄せては文章化してきた。考察が至らない部分、理解の及ばない部分も多く残されているのは自覚しているが、走りながら考えて来た自分が何をしているのかがようやく見えてきたように思われた時に、現在の職場の上司でもある小林健二氏から著書を作成してはどうかとのアドバイスをいただいた。序文を頂戴した伊井春樹先生からも予々纏めることを勧められていたこともあり、関心のままに書いてきた論考を改めて整理し、和歌を読み解くこと、和歌を伝えることの意味について考えてきたことを一書とした。

一つの大学に長く所属していた私は、五人の先生方のお世話になった。物事を調べて何かを明らかにするという手順の具体的な方法をはじめて知ったのは、二回生を対象とした島津忠夫先生の講読の授業で、東常縁講・宗祇録の『古今集』の注釈書『両度聞書』を読んだ時だった。入試問題の古典以外をほとんど知らず、現代語に訳すことができるか否かということだけが脳裏にあった私には思いもよらない解釈の歴史が面白く、見よう見まねで調べては読み進めた。今思えば何もできてはいなかったが、この時の興味は今も続いている。日本文学を専攻することに決めた学部の三回生から博士後期課程を経て大阪大学大学院の助手となった頃まで伊井春樹先生にご指導いただいた。『源氏物語』に限らず、鎌倉時代物語、お伽草子、僧伝、古筆手鑑、私家集、古記録、近代の訪書記録など膨大な資料を博捜しては新たな領域に切り込んでゆく姿にただただ圧倒されつつも、可能な限りを調べることが研究の第一歩であること、しかし、その調べたことをまとめて説得力のある文章とすることがやはり一番大切なことなどを繰り返しお教えいただき、資料を調べること、口頭発表の構成を考えること、論文をまとめることといった研究の手順を一から学んだ。本書にも過分な序文を賜り、改めて御礼申し上げたい。博士後期課程に進学すると後藤昭雄先生の調査のお手伝いとして天野山金剛寺（大阪府河内長野市）の経蔵に収められた経典や聖教を毎月拝見させていただいた。先生の演習では平安時代の漢文文献の読み方を学んだが、平安時代に書写された原本を手にするのはもちろんはじめてだった。今も続くこの調査を通して、落合俊典氏、赤尾栄慶氏、梶浦晋氏、宇都宮啓吾氏といった仏教学やその典籍を専門とする方々とご一緒する機会が増えたのも、その後の興味や関心を広めることに繋がったように思う。荒木浩先生からは論文を書くことの面白さを学んだ。その時々の関心のままに訪書に出て、何かを見出しては書き、書いては調べに行くという気ままな態度で過ごしていた私にとって、論理的に説明すること、研究領域を横断する意義を考えることの面白さを教わったように思う。荒木先生と中山一麿氏の導きで随心院（京都市山科区）の経蔵に納められた聖教の調査に加えていただいたのもありがたかった。大阪大学の助手を務めている時には、文部科学省から助成を得てコロンビア大学のハルオ シラネ先生のもとで学ばせていただいた。ハルオ シラネ・鈴木登美編『創造された〈古典〉 カノン形成・国民国家・日本文学』（新曜社、一九九九年）は知っていたが、遠い存在であった。伊井春樹先生とご懇意であった関係で受け入れを快諾していただくことができたのだと思う。英語の聞き取りすら覚束ない状態であったが、米国で、また欧州で行われている日本文学研究の現状を見聞きし、また先生ご自身の新たな視座などについても様々ご教示いただいた（その時に依頼して行ったインタビューを、ハルオ シラネ・海野圭介「エコクリティシズムと日本文学――コロンビア大学ハルオ シラネ教授に訊く」（『国文学』学燈社、五二―六、二〇〇七年六月）として報告している）。

同学年には滝川幸司氏がいて、古めかしい文学部棟の三階の研究室で、また待兼山を下った石橋の酒席でさまざま有益無益な議論を重ねた。そのことは滝川氏の最初の著書、『天皇と文壇――平安前期の公的文学』（和泉書院、二〇〇七年）の末尾に回想風に書かれているので繰り返さないが、諸先輩方、また後輩諸氏を交えたそうした議論の中で知ったこと、学んだことは極めて多く、また、それぞれが体系化を試みている対象作品の先行研究からその現状、今後の課題まで一気に知ることができたのは耳学問としても得がたい機会だった。

当時、非常勤講師として来校された赤瀬信吾先生、大谷俊太先生、寺院調査でご一緒させていただいた伊藤聡氏、上島享氏、注釈的に資料を読むことについて共同作業を通してお教えいただいた鈴木徳男氏を中心とした『俊頼髄脳』研究会、日下幸男氏・大谷俊太氏を中心とした近世和歌輪読会、所功先生の主催された『後桜町天皇宸記』研究会の諸氏、ノートルダム清心女子大学奉職時代の同僚であった広嶋進氏、新美哲彦氏、研究領域が近かった、片桐洋一、故伊藤正義、三輪正胤、山本登朗、川上新一郎、小高道子、故川平ひとし、青木賜鶴子、武井和人、鈴木健一、佐々木孝浩、浅田徹、鈴木元、神作研一、杉本まゆ子、盛田帝子、小川剛生、尾崎千佳、故酒井茂幸、ジョシュア モストウ、スーザン クライン、ジェイミー ニューハード、ルイス クックの諸氏には本書の素稿となった論文への批判や意見、資料や研究段階に関する情報の交換など、たいへんお世話になり、厳しいなりにも楽しい時間を共有させていただいた。また、初出一覧にも記したように、本書の初出稿は依頼を受けて書いたものが多い。森正人、吉岡眞之、錦仁、小嶋菜温子、阿部泰郎、渡部泰明、飯倉洋一、兼築信行、田渕句美子、前田雅之、陣野英則、横溝博、長谷川範彰の諸氏には、書く場を与えていただき、それぞれの編者としてご助力いただいた。ともに感謝申し上げたい。また、英文論考は、初出稿の日本語版を改稿したため、ジェフリー ノット氏に再度の翻訳をお願いした。初出稿の英訳をお願いしたマシュー トンプソン氏とともに記して謝意を示したい。

資料の調査にあたっては、宮内庁侍従職、宮内庁書陵部、京都大学附属図書館、京都大学総合博物館、天理大学附属天理図書館、鶴見大学図書館、東京大学史料編纂所、国立歴史民俗博物館、国文学研究資料館、その他多くの所蔵機関のお世話になった。記して感謝申し上げたい。

最後に私ごとではあるが、「何時になったら大学を卒業する時が来るのか」と冗談とは聞こえない疑問を口にしながらも、長年にわたる学生生活を応援し支えてくれた、父・和美、母・フミ子に心からの感謝を述べたい。また、週末になるとどこかに消えてしまい、長期休暇には国外へ行ってしまう私のわがままに耐えてくれている妻・才斗子と二人の息子にもお礼を言いたい。

一昨年と昨年にわたって後藤昭雄先生の監修のもとで出版した、『天野山金剛寺善本叢刊　一―五』（勉誠出版、二〇一七―二〇一八年）に引き続き、本書の出版も勉誠出版株式会社にお世話になった。本書が成るにあたっては、編集部の吉田祐輔氏に多くの助言をいただいた。資料の掲載にあたっては石田実洋氏に御助力いただき、校正は舘野文昭氏にお世話になった。記して謝意を示したい。また、本書の刊行にあたり、日本学術振興会の平成三十年度科学研究費補助金（研究成果公開促進費「学術図書」、課題番号18HP5039）の支援を得たことも感謝とともに記しておきたい。

二〇一九年一月

海野圭介

初出一覧

本書の各章と既発表論文の関係は以下の通りである。全体にわたって誤記・誤植等の訂正を行い、初出稿以降の研究の進展や資料の出現、初出稿への批判や教示などに基づき、原則として論文の趣旨に変更のない範囲で修正を行っている。また、大幅な改稿を行った場合は本一覧にその旨を記している。いずれも論文の趣旨を修正した場合や初出稿への批判を含む論考との関係が理解し難くなるおそれのある場合は、各章末に［附記］を付して説明を加えた。

はじめに——注釈と伝受の時代　新稿

第一部　和歌を読み解く——古典講釈の輪郭

第一章　幽玄に読みなす物語——『肖聞抄』における『伊勢物語』の読み解きをめぐって

「幽玄に読みなす物語——『肖聞抄』における『伊勢物語』の読み解きをめぐって」（山本登郎・ジョシュア　モストウ編『伊勢物語 創造と変容』和泉書院、二〇〇九年五月）。

第二章　わが身を卑下する人々の本性——三条西家流古典学の読み解く王朝の物語

「三条西家流古典学と室町後期歌学——細流抄の描く光源氏像を端緒として」（『中世文学』（中世文学会）五二、二〇〇七年六月）[1]。

第三章　海人の刈る藻に住む虫の寓意——『当流切紙』所収「一虫」「虫之口伝」の説く心のあり様

「海人の刈る藻に住む虫の寓意——『当流切紙二十四通』所収「一虫」「虫之口伝」をめぐって」（山本登

朗編『伊勢物語享受の展開』竹林舎、二〇一〇年五月）。(2)
第四章　抄と講釈――古典講釈における「義理」「得心」をめぐって
「抄と講釈――古典講釈における「義理」「得心」をめぐって」（陣野英則・横溝博編『平安文学の古注釈と受容　一』武蔵野書院、二〇〇八年九月）。
附章　室町の和歌を読む――『管見集』の読み解く『一人三臣』時代の和歌
『教育研究プロジェクト特別講義二一　室町の和歌を読む』（総合研究大学院大学文化科学研究科日本文学研究専攻、二〇一一年）(3)に基づき大幅な改稿を行なった。

第二部　和歌を伝える――古今伝受の伝書・儀礼・空間

第一章　始発期の三条西家古典学と実隆――『実隆公記』に見える『古今集』の講釈と伝受
「始発期の三条西家古典学と実隆――『実隆公記』に見える『古今和歌集』の講釈と伝授を中心に」（前田雅之編『中世文学と隣接諸学五　中世の学芸と古典注釈』竹林舎、二〇一一年六月）。
第二章　吉田神道と古今伝受――『八雲神詠伝』の相伝を中心に
「吉田神道と古今伝受――『八雲神詠伝』の相伝を中心に」（伊藤聡編『中世文学と隣接諸学三　中世神話と神祇・神道世界』竹林舎、二〇一一年四月）。
第三章　細川幽斎と古今伝受――相伝文書の形成をめぐって
「細川幽斎と古今伝受」（森正人・鈴木元編『細川幽斎　戦塵の中の学芸』笠間書院、二〇一〇年一一月）。(4)
第四章　古今伝受の空間と儀礼
「古今伝受の室内――君臣和楽の象徴空間」（錦仁・阿部泰郎編『聖なる声　和歌にひそむ力』三弥井書店、二〇一一年五月）(5)に基づき大幅な改稿を行った。

第三部　歌の道をかたちづくる――御所伝受の形成と展開

第一章　確立期の御所伝受と和歌の家――幽斎相伝の典籍類の伝領と禁裏古今伝受資料の作成

「確立期の御所伝受と和歌の家――幽斎相伝の典籍・文書類の伝領と禁裏古今伝受資料の作成をめぐって」（大阪大学古代中世文学研究会編『皇統迭立と文学形成』和泉書院、二〇〇九年一〇月）(6)。

第二章　古今集後水尾院御抄の成立――明暦三年の聞書から後水尾院御抄へ

「古今和歌集後水尾院御抄の成立――明暦三年の伝受聞書から後水尾院御抄へ」（日下幸男編『中世近世和歌文芸論集』思文閣出版、二〇〇八年一二月）。

第三章　後水尾院の古今伝受――寛文四年の相伝を中心に

「後水尾院の古今伝授――寛文四年の伝授を中心に」（平安文学論究会編『講座 平安文学論究 一五』風間書房、二〇〇一年二月）(7)。

第四章　古今伝受切紙と口伝――後水尾院による切紙の読み解きをめぐって

「古今伝受切紙と口伝――後水尾院による切紙の読み解きをめぐって」（『武蔵野文学』（武蔵野書院）五七、二〇〇九年一二月）。

第五章　古今伝受後の後西院による目録の作成

附 東山御文庫蔵『古今集相伝之箱入目録』『追加』略注

「東山御文庫蔵『古今集相傳之箱入目録』・同『追加』考――古今伝受後の後西院による目録の作成をめぐって」（古代中世文学論考刊行会編『古代中世文学論考 六』新典社、二〇〇一年一〇月）。

第六章　霊元院の古今集講釈とその聞書――正徳四年の古今伝受を中心に
「霊元院の古今和歌集講釈とその聞書――正徳四年の相伝を中心に」（飯倉洋一・盛田帝子編『文化史のなかの光格天皇 朝儀復興を支えた文芸ネットワーク』（勉誠出版、二〇一八年）に「霊元院宸翰聞書類採集（一）――天理大学附属天理図書館蔵『古今和歌集序注』、国立歴史民俗博物館蔵高松宮家伝来禁裏本『古今集序聞書』『古今和歌集注』」（吉岡眞之・小川剛生編『禁裏本と古典学』塙書房、二〇〇九年三月）の一部を組み入れて大幅な改稿を行った。

第七章　中院家旧蔵古今集注釈関連資料――中院通茂・中院通躬・野宮定基との関わりを持つ典籍を中心に
「中院家旧蔵古今和歌集注釈関連資料考（一）――中院通茂・中院通躬・野宮定基との関わりを持つ典籍を中心に」（『詞林』（大阪大学古代中世文学研究会）二六、一九九九年一〇月）に基づき他の章と重複する部分を削除して大幅な改稿を行った。

第四部　歌の道と心のありよう――古典学の思索とその行方

第一章　堂上の諸抄集成――霊元院周辺の和歌注釈とその意図
「堂上の諸抄集成――京都大学附属図書館蔵中院文庫本『古今和歌集注』の紹介を兼ねて」（鈴木健一編『江戸の「知」近世注釈の世界』森話社、二〇一〇年一〇月）。

第二章　堂上聞書の中の源氏物語――後水尾院・霊元院周辺を中心として
「堂上聞書の中の源氏物語――後水尾院・霊元院周辺を中心として」（小嶋菜温子・渡部泰明編『源氏物語と和歌』青簡舎、二〇〇八年一二月）。

第三章　儒学と堂上古典学の邂逅――『源氏外伝』の説く『源氏物語』理解を端緒として

「儒学と堂上古典学の邂逅――『源氏外伝』の説く『源氏物語』理解を端緒として」（小嶋菜温子・長谷川範彰編『源氏物語と儀礼』武蔵野書院、二〇一二年一二月）(8)。

おわりに　新稿

資料篇

東山御文庫蔵『古今伝授御日記』『古今集講義陪聴御日記』解題・翻刻

海野圭介・尾崎千佳「東山御文庫蔵『古今伝授御日記』『古今集講義陪聴御日記』解題・翻刻」（『上方文芸研究』（上方文芸研究の会）一、二〇〇四年五月）。

京都大学附属図書館蔵中院文庫本『古今伝受日記』解題・翻刻

海野圭介・尾崎千佳「京都大学附属図書館蔵中院文庫本『古今伝受日記』解題・翻刻　一〜三」（『上方文芸研究』（上方文芸研究の会）二〜四、二〇〇五年五月――二〇〇七年五月）。

英文論考　A History of Readings: Medieval Interpretations of the *Kokin wakashū*

"A History of Reading: Medieval Interpretations of the *Kokin wakashū*"（ハルオ・シラネ　兼築信行　田渕句美子　陣野英則編『世界へひらく和歌――言語・共同体・ジェンダー／Waka Opening Up to the World: Language, Community, and Gender』勉誠出版、二〇一二年六月）のもととなった日本語の原稿に加筆を行い再度翻訳した。

注

（1）中世文学会平成一八年度秋季大会（信州大学、二〇〇六年一〇月一五日）における同題の口頭報告に基づく。

（2）Association for Asian Studies（AAS）Annual Conference 2010, March 25-28, 2010, Philadelphia Marriott, Philadelphiaにおけるパネル Exegetical Circumscriptions: Medieval and Early Modern Approaches to *Tales of Ise*（Jamie L. Newhard, Lewis Cook, and Keisuke Unno）における Narihira and his Lover's Heart: Allegory of "The Secret Teaching of an Insect" と題した口頭報告に基づく。

（3）総合研究大学院大学文化科学研究科日本文学研究専攻教育研究プロジェクトによる平成二二年度第一回特別講義（二〇一〇年七月八日、国文学研究資料館）における同題の口頭報告に基づく。

（4）The 12th EAJS International Conference of EAJS（European Association for Japanese Studies）, Salento University, Lecce, September 20-23, 2008 におけるパネル、Kingship, Regalia and Ritual Culture: Secret Discourse and Performance in Medieval Japan（Hiroshi Araki, Kanae Nakahara, and Keisuke Unno）における Structure of Sublime Transmission: Discourse and Performance of Ritual on Kokin-denju と題した口頭報告の一部に基づく。

（5）名古屋大学グローバルCOEプログラム「テクスト布置の解釈学的研究と教育」第四回国際研究集会「日本における宗教テクストの諸位相と統辞法」（二〇〇八年七月二〇日、名古屋大学）における「和歌を伝える聖俗——テクスト・儀礼・座の荘厳をめぐって」と題した口頭報告、及び、International Symposium: Beyond Buddhology: New Directions in the Study of Japanese Buddhism, Reischauer Institute of Japanese Studies, Harvard University, Cambridge, November 3, 2007 における「和歌の伝授と荘厳」と題した口頭報告に基づく。

（6）古今集成立一一〇〇年記念シンポジウム「古今和歌集——注釈から伝授へ」（二〇〇五年八月八日、古今伝授の里フィールドミュージアム）における「古今伝授関連文書の伝領と和歌の家」と題した口頭報告、及び、和歌文学会第五一回「古今集・新古今集の年」・五十周年記念大会（二〇〇五年一〇月、東洋大学）における「確立期の御所伝授の課題と和歌の家の再編」と題した口頭報告に基づく。

（7）和歌文学会関西例会（二〇〇〇年一二月九日、相愛女子短期大学）における「後水尾院の古今伝授——寛文四年の伝授を中心に」と題した口頭報告に基づく。

（8）The 13th International Conference of EAJS（European Association for Japanese Studies）, Tallinn University, Estonia,

August 24-27, 2011 におけるパネル、*Genji monogatari* as cultural nexus: *Genji* commentaries in the Edo period（Machiko Midorikawa, Hiroshi Yokomizo, and Keisuke Unno）における Reading *Genji* ethically: Traditional Values, Confucian Discourse, and the *Tale of Genji* と題した口頭報告に基づく。

中世古今和歌集注釈の世界
毘沙門堂本古今集注をひもとく

人間文化研究機構国文学研究資料館 編
本体一三〇〇〇円（＋税）

重要伝本である『毘沙門堂本古今集注』、中世古今集註釈をめぐる諸問題について、多角的に読み解き、中世の思想的・文化的体系の根幹を立体的に描き出す。

画期としての室町
政事・宗教・古典学

前田雅之 編・本体一〇〇〇〇円（＋税）

「室町」という時代は日本史上において如何なる位置と意義を有しているのか。時代の特質である政事・宗教・古典学の有機的な関係を捉え、時代の相貌を明らかにする。

形成される教養
十七世紀日本の〈知〉

鈴木健一 編・本体七〇〇〇円（＋税）

〈知〉が社会の紐帯となり、教養が形成されていく歴史的展開を、室町期からの連続性、学問の復権、メディアの展開、文芸性の胎動という多角的視点から捉える画期的論集。

文化史のなかの光格天皇
朝儀復興を支えた文芸ネットワーク

飯倉洋一・盛田帝子 編・本体八〇〇〇円（＋税）

天皇をめぐる文化体系は、いかに復古・継承されたのか。歴代最後の「生前退位」を行った光格天皇、その兄妙法院宮真仁法親王の文化的営みの意義を明らかにする。

著者略歴

海野圭介（うんの・けいすけ）

1969年、静岡県生まれ。大阪大学大学院文学研究科博士後期課程単位取得退学。博士（文学）大阪大学。大学共同利用機関法人人間文化研究機構 国文学研究資料館・准教授、総合研究大学院大学・准教授（併任）。日本学術振興会特別研究員、大阪大学大学院文学研究科助手、ノートルダム清心女子大学文学部准教授を経て現職。専門は、和歌文学、書誌学。

主要著書に国立歴史民俗博物館編『国立歴史民俗博物館資料目録8-1高松宮家伝来禁裏本目録 分類目録編』（国立歴史民俗博物館、2009年）、同『同8-]同 奥書刊記集成・解説編』（同）、後藤昭雄 監修・赤尾栄慶・宇都宮啓吾・海野圭介編『天野山金剛寺善本叢刊 第2期第5巻 重書』（勉誠出版、2018年）などがある。

和歌《わか》を読《よ》み解《と》く 和歌《わか》を伝《つた》える

——堂上の古典学と古今伝受

（平成三十年度日本学術振興会科学研究費補助金「研究成果公開促進費」助成出版）

著者 海野圭介

発行者 池嶋洋次

発行所 勉誠出版㈱

〒101-0051 東京都千代田区神田神保町三－一〇－二

電話 〇三－五二一五－九〇二一㈹

二〇一九年二月二十日 初版発行

印刷 製本 太平印刷社

© UNNO Keisuke 2019, Printed in Japan

ISBN978-4-585-29176-3 C3095

索　引

凡　例

一、論文中に登場する人名(神仏名を含む)、書名(一部文書名を含む)、研究者氏名を対象とした。

一、現代仮名遣いの五十音順で配列した。人名は原則として実名の漢音によったが、天皇・院・女院・親王、一部の僧侶・女官・神仏名などは通例の読み方に従った。書名は通例の読み方によった。異称については見よ項目をたてた。

一、人名については、姓・家名・寺院名、及び、本書中における表記などを注して(　)で示した。

一、書名については、それのみでは著述内容の同定の難しいものについては、講釈者・受講者・所蔵・旧蔵・書写者・函架番号などを注して(　)で示した。異称については見よ項目を立てたが、一部、著述内容の同定ができずに原資料に表記されるままを掲出したものもある。また、論文中に表や(　)の形で著述内容の同定を行ったものについては外題等の呼称の掲出を省略した場合がある。

一、資料篇の資料翻刻部分、英文論考については採録の対象としていない。また、研究書名や論文名の中に記される人名や書名、各種著述の編著主体としての団体名、光源氏や『伊勢物語』の主人公としての翁(在原業平)などの物語中の登場人物名も採録の対象としていない。

人名索引

【あ行】

【か行】

【さ行】

【た行】

【な行】

【は行】

【ま行】

【や行】

【ら行】

【わ行】

書名索引

【あ行】

【か行】

【さ行】

【た行】

【な行】

【は行】

【ま行】

【や行】

【ら行】

【わ行】

研究者名索引

【あ行】

【か行】

【さ行】

【た行】

【な行】

【は行】

【ま行】

【や行】

【ら行】

【わ行】

図版一覧

第一部第三章

図1 国立国会図書館蔵『五味禅』(WA6-35) 1冊 (国立国会図書館デジタルコレクションによる。永続的識別子：info:ndljp/pid/2540633)

第一部附章

図2 宮内庁書陵部蔵『一人三臣』(152・313) 2冊 (国文学研究資料館 新日本古典籍データベース(https://kotenseki.nijl.ac.jp/)に公開された画像データと同蔵マイクロフィルムによる)

図3 篠山市立青山歴史村蔵『管見集』(199) 1冊 (国文学研究資料館 新日本古典籍データベース(https://kotenseki.nijl.ac.jp/)に公開された画像データによる。クリエイティブコモンズライセンス：CC BY-NC-ND 4.0)

第二部第一章

図4 東京大学史料編纂所蔵『実隆公記』(S0673-6)文明18年(1486)写 三条西実隆筆 107巻44冊1枚の内1冊 (東京大学史料編纂所 所蔵史料目録データベース(https://wwwap.hi.u-tokyo.ac.jp/ships/shipscontroller)に公開された画像による)

第二部第二章

図5 宮内庁書陵部蔵『八雲口決抄』(217・363) 元和2年(1616)写 1冊 (国文学研究資料館 新日本古典籍データベース(https://kotenseki.nijl.ac.jp/)に公開された画像データと同蔵マイクロフィルムによる)

第二部第三章

図6 天理大学附属天理図書館蔵『古今和歌集聞書』(911.23-イ145) 天正4年(1576)写 5冊

第二部第四章

図7 西本願寺蔵『慕帰絵詞』 観応2年(1351)写(文明14年(1482)補写) 10軸 (小松成美編『続日本絵巻大成4 慕帰絵詞』(中央公論社、1985年)による)

図8 宮内庁書陵部蔵『寛永二年於禁裏古今講釈次第』(古今伝受資料(502・420)の内) 1冊

図9 宮内庁書陵部蔵『古今伝授之儀』(B6・447) 1軸

第三部第一章

図10 東山御文庫蔵「後水尾天皇古今伝授御証明状」(勅封62・12・1・1)後水尾院宸翰 1紙

図11 宮内庁書陵部蔵『古今伝受関係書類目録』(古今伝受資料(502・420)の内) 1紙

図12 東山御文庫蔵『宗祇切紙御写』(勅封62・8・2・5)包紙 1紙

図13 東山御文庫蔵「後西天皇古今伝授御証明状」(勅封62・12・1・6) 後西院宸翰 1紙

図14 東山御文庫蔵「霊元天皇古今伝授御誓状並御草案」(勅封62・12・1・9)全2通の内 天和3年(1683)霊元院宸翰1紙
第三部第二章
図15 国立国会図書館蔵『古今和歌集聞書』(WA18-10) 4冊 (国立国会図書館デジタルコレクションによる。永続的識別子：info:ndljp/pid/2570337)
図16 東山御文庫蔵『古今集聞書』(勅封62・9・1・2) 3冊
図17 宮内庁書陵部蔵『古今和歌集法皇御抄』(503・257) 4冊
図18 京都大学附属図書館蔵中院文庫本『古今抄 寛文』)(中院・VI・56) 5冊 (京都大学貴重資料デジタルアーカイブ(https://rmda.kulib.kyoto-u.ac.jp/collection/nakanoin)に公開された画像データによる)
図19 今治市河野美術館蔵『後水尾院古今集抄』(110-724) 2冊
図20 京都大学附属図書館蔵中院文庫本『伝心抄抜書』(中院・VI・112) 1冊 (京都大学貴重資料デジタルアーカイブ(https://rmda.kulib.kyoto-u.ac.jp/collection/nakanoin)に公開された画像データによる)
第三部第三章
図21 東山御文庫蔵『古今伝受御日記』(勅封62・11・1・1・1) 1冊(掲出は部分)
図22 東山御文庫蔵『古今集講義陪聴御日記』(勅封62・11・1・1・2) 1冊(掲出は部分)
図23 東山御文庫蔵『古今伝授座敷構図』(勅封62・8・1・14・1) 1舗
図24 京都大学附属図書館蔵『古今伝受日記』(中院・VI・59) 1冊 (京都大学貴重資料デジタルアーカイブ(https://rmda.kulib.kyoto-u.ac.jp/collection/nakanoin)に公開された画像データによる) (掲出は部分)
第三部第五章
図25 東山御文庫蔵『古今集相伝之箱入目録』(勅封62・8・1・10・1) 1紙
図26 東山御文庫蔵『古今集相伝之箱入目録』(勅封62・8・1・10・2)(端書「追加」) 1紙
第三部第六章
図27 東山御文庫蔵『古今集御講案』(勅封63・4・2) 4冊
図28 東山御文庫蔵『古今和歌集聞書』(勅封63・4・3) 22枚
図29 天理大学附属天理図書館蔵霊元院宸翰『古今和歌集序注』(911.23-イ139) 1冊
図30 国立歴史民俗博物館蔵高松宮伝来禁裏本霊元院宸翰『古今集序聞書』(H600-1238) 1冊
図31 京都大学附属図書館蔵『古今和歌集注』(中院・VI・72) 8冊 (京都大学貴重資料デジタルアーカイブ(https://rmda.kulib.kyoto-u.ac.jp/collection/nakanoin)に公開された画像データによる)
図32 京都大学附属図書館蔵『古今和歌集聞書』(中院・VI・67) 5冊 (京都大学貴重資料デジタルアーカイブ(https://rmda.kulib.kyoto-u.ac.jp/collection/nakanoin)に公開された画像データによる)

A History of Readings: Medieval Interpretations of the *Kokin wakashū*

1. Towards a History of Readings

That texts are not closed, self-sufficient entities, but rather things endlessly reconstructed by their readers in every different environment and age, is now held to be a self-evident truth. As the given text is read and interpreted in dialogue with the authorities and institutions of a given age, it finds itself redefined, endowed with social value or deprived of it, and ultimately canonized or even de-canonized as a result. The *Kokin wakashū* 古今和歌集—often simply *Kokinshū*—is a case in point: the same collection that in the pre-modern history of Japanese poetry had possessed an overwhelming cultural authority would in the Meiji Period (1868-1912) come to be seen as—to use the phrase of Masaoka Shiki 正岡子規 (1867-1902)—"an anthology of little value."[1] And while such a reappraisal was hardly Shiki's doing alone, it did indeed represent a redefinition of the text against the ideals of the new, modern age to which he belonged. A history of such "readings" is thus at once both the history of textual exegesis, and the history of the relationships between texts and the societies that contain them.

The emergence of reading itself as an increasingly high-profile topic of research in classical Japanese literary studies is undoubtedly the result of many successful, concrete demonstrations of the inherent dynamism underlying what had seemed a mostly passive activity. Within Japan it was people like Katagiri Yōichi 片桐洋一 and Itō Masayoshi 伊藤正義, who first began to conceive of commentary collectively—whether in exegetical texts proper (*chūshakusho* 注釈書), transcribed 'lecture notes' (*kikigaki* 聞書), 'secret transmission' documents (*hidensho* 秘伝書) or any other form—as a shared knowledge base underpinning literary creation. Together with the interest it excited in the details of precisely how such knowledge was transmitted and accumulated, this constituted a new approach, one that prompted

in turn a reconsideration of the concept of literature itself.[2] Outside of Japan it was people like Haruo Shirane and Tomi Suzuki, who together advanced a series of arguments about canon formation in the case of Japanese literature that highlighted how important it was, on so many issues, to parallel exegesis of a text with constant due attention to the political, economic, religious, and gender contexts within which that text had been received over time.[3]

At present, research into literary reception taken thus as a history of readings continues to uncover new topics, with the field thereby growing in breadth far beyond the scale at which it used to operate under names like "reception history" or "readership history," with a then more limited focus on the commentary or reception histories of specific, individual texts. Such a situation is itself some testament to the rich potential of readings as a field of inquiry in general, but even focusing again more narrowly on commentary materials, bearers of direct front-line evidence about a text's reading, the developments summarized above have resulted in a number of new topics for research being proposed. For example, one particularly interesting topic concerns the question of what readers were hoping to gain when they set out to master a certain textual reading. Another has been to ask what new vistas might open up to view if we understand a text's commentary history not as a developmental history of its interpretation—i.e. in line with the progressivist view that interpretations are gradually adjusted and corrected over time—but as a history of its readers' receptive stances. With such questions in mind, in this paper I will trace the history of readings of the *Kokin wakashū* in the medieval period, with the aim of considering what, precisely, its readers might have expected of such readings.

2. The *Kokin wakashū* as Allegorical Literature

The practice of transmitting a particular exegesis of the *Kokin wakashū* from teacher to student is believed to have begun near the end of the Heian period, by around the latter half of the 12th century. In the estimation of Asada Tōru 浅田徹, however, even at this time there remained a certain vacillation about the proper objects of concern for such exegesis.[4] And indeed, a perusal of commentaries and transcribed lectures of the late Heian-period—such as the *Kokinshū chū* 古今集注 (Commentary on the *Kokinshū*, 1177) of Fujiwara no Norinaga 藤原教長 (1109-

80)[5] or the *Kokin mondō* 古今問答 (Dialogue on the *Kokin(shū)*, 1191) of Fujiwara no Toshinari 藤原俊成 (1114-1204)—reveals how far afield their annotations could stray from exegesis of the *Kokin wakashū* itself, with their long, detailed discussions of antiquarian court lore (*yūsoku kojitsu* 有職故実), or their excurses into the everyday reality of various items, places, flora, fauna, etc. put to specialized use in *waka* diction. It is admittedly difficult to discern in all this any general, consistent methodology, with exegetical practice appearing to select issues for interpretative attention at will.

The end of the Heian and the beginning of the early Kamakura period (1192-1333) saw the establishment of several "poetic households" (*waka no ie* 和歌の家)—like the Rokujō Tō-ke 六条藤家 around Fuijiwara no Akisuke 藤原顕輔 (1090-1155) and his son Kiyosuke 清輔 (1104-77), or the Mikohidari-ke 御子左家 around Fujiwara no Toshinari and his son Sadaie 定家 (1162-1241)—who were tasked with the compilation of imperial poetry anthologies, and the care of public events involving the composition of *waka*. The formation of such households led to the designation, separately in each, of an authoritative text of the *Kokin wakashū* to be passed down as a family inheritance. This in turn prompted the family production of commentary attesting to the authentic provenance of their text, and arguing for the superiority of their own exegetical tradition. In subsequent ages, this kind of discourse about the authenticity of a *waka* text's genealogy would continue to be, for poets involved in *waka* transmission, an element indispensable to readings of the *Kokin wakashū*. At the same time, however, alongside commentary of this type, with the philological niceties it taught for adherence to a particular poetic house, from the middle of the Kamakura period there was also a great proliferation in exegeses that interpreted the *Kokin wakashū* as allegorical literature.

The methods of such an exegesis were varied. One type of allegorical analysis understood the individual words of a given *waka* verse to be harboring multiple layers of meaning, which might be gleaned by teasing out their various homonyms. Such an approach represented an attempt to discover the deeper meanings hidden behind the words as expressed, taking the word "island" (*shima* 島), for example, to be a metaphor for "the four devils" (*shi-ma* 四魔). Another type of allegorical analysis saw multiple meanings in the individual Chinese ideographs for various words, meanings to be gleaned by breaking these ideographs down into their smaller parts,

each of which had meaning in its own right. It was in such constituent components that this approach tried to find new meaning, for example in the case of the province Ise 伊勢, whose characters might be graphically broken down into: *hito* 人 ("person"), *maru* 丸 ("circle"), masa 尹 ("indeed"), *mumaru* 生 ("be born"), and *chikara* 力 ("power"), then read as: *Hitomaru mumarete masa ni chikara ari*, or "Hitomaro was born and indeed possessed might," revealing the hidden relationship between the poet Kakinomoto no Hitomaro 柿本人麻呂 and the protagonist of *Ise monogatari* 伊勢物語, Ariwara no Narihira 在原業平. Such were the kind of almost forcibly manufactured connections through which allegoric exegesis looked behind *waka* expressions for meanings that differed from those expressed on the text's surface. What the emergence of commentaries in such a vein reflected, was a certain way of thinking that saw the interpretation of the text's hidden, esoteric Buddhist allegories as precisely what acts of reading the *Kokin wakashū* should aim to achieve.[6]

Certainly this is the stance of secret transmission texts like the *Gyokuden jimpi no maki* 玉伝神秘巻[7] and *Kokin kanjō* 古今灌頂[8] . *Kokin wakashū* exegesis of this type can probably be traced back to Fujiwara no Tameaki 為顕 (dates unknown), son to Fujiwara no Tameie 為家 (1198-1275) and grandson to Sadaie himself, who is believed to have been active in the Kantō area. Such secret *waka* lore is thought to have spread outward from the Kantō through the efforts of esoteric Buddhist monks who had received Tameaki's poetic teachings.[9] It constituted a body of knowledge whose breadth of influence can be seen in the many traces of its use that remain, not only in the Kantō but even in Kyoto. We find it on the one hand adapted for the Noh stage in works by playwrights such as Zeami 世阿弥 (1363?-1463?) and Konparu Zenchiku 金春禅竹 (1405-71), and on the other supplying source material for late-medieval stories in the *otogi-zōshi* お伽草紙 genre.[10]

In interpretations of this nature, most of the objects and phenomena appearing in *waka* texts are simply reanalyzed into the world of religious allegory, with no concern whatsoever for the world of *waka* poetry being expressed on the textual surface. An exegetical method so alien to what we usually mean by *waka* appreciation and interpretation might seem mere sophistry, far removed from anything like a *waka* reading. The mindset of commentaries that focused on such allegorical readings, however, makes some sense if we consider that they simply had no interest in the kind of interpretation and appreciation that modern assumptions

about reading entail.[11]

From the start, the sort of readings such commentaries envisioned were not to be the results of word-by-word analysis of *waka* diction, but rather reflections of the dualist *ji-ri* 事理 (phenomena and noumena) principle underlying a Buddhist worldview, in which objects (*ji*) of the phenomenal world concealed absolute truths (*ri*) of the noumenal.[12] The allegoresis of such readings was justified by the belief that the worldly phenomena given expression within the *Kokin wakashū* were but provisional forms for the sacred truths of Buddhist teaching. This supplied an analytical framework under which the aim of any reading of the *Kokin wakashū* was the elucidation of (what was seen as) the true intent hidden beneath the words of its poetry. What was meant, in other words, by a reading of the *Kokin wakashū* was no less than the attempt to recast the language and logic of *waka* poetry into those of esoteric Buddhism, to substitute, essentially, the world of esoteric Buddhism for that of *waka*.

3. The Heart of *Waka* Poetry and Neo-Confucianism

Ryōdo kikigaki 両度聞書 (*Two Lectures*, 1472), a commentary produced by Sōgi 宗祇 (1421-1502) from his records of lectures by Tō no Tsuneyori 東常縁 (1405?-84?) on the *Kokin wakashū*, is characterized by the propensity to find, under the surface meanings of poems, allegorical lessons for benevolent government and ethical living. To the extent that it sees poems as possessing a two-layered structure, the surface-level world of *waka* expression and the allegorical meaning hidden underneath, *Ryōdo kikigaki* shares certain methodological similarities with those modes of analysis based on an esoteric Buddhist worldview seen in previous ages. The intellectual background against which Sōgi's school of *Kokin wakashū* interpretation took shape, however, was rather the fresh amalgam of Confucianism, Zen Buddhism, and Yoshida Shintō—Yoshida Kanetomo's 吉田兼倶 (1435-1511) eclectic new sect—that was even then coalescing as the shared culture of the Muromachi courtier and warrior elite.

In allegorical exegesis of the Sōgi school, interpretation of a poem's surface-level meaning was followed by explication of the deeper meaning hiding beneath—its "lower heart" (*shita no kokoro* 下の心)—which usually involved moralistic

lessons from a Confucianist point of view. According to Ishigami Hideaki 石神秀晃, such interpretations share an argument structure with the *taiyūron* 体用論 ("essence-function") hermeneutics that constitute the logical framework for Song-Dynasty Neo-Confucianism, suggesting direct influence from the exegetical practices of medieval Zen studies of the *Mōshi* 毛詩 (the Mao 毛 commentary on the *Shijing* 詩経, the *Classic of Poetry*).[13] Nonetheless, concerning the relationship between the Sōgi school's classical scholarship and Muromachi-period Neo-Confucian scholarship—particularly the Zen community at its apex—there remain a number of topics requiring further inquiry, from a comparison of their analytical methods to a consideration of various specific technical terms. Likewise, regarding the influence of Neo-Confucianism upon Tsuneyori and Sōgi's understanding of the *Kokin wakashū*: along with further analysis of related documents, there is need also for further comparison of their respective argumentative structures. At the very least, however, it is clear that the receptive audience found by interpretations of the Sōgi school was due in part to a pre-existing scholarly foundation built upon Neo-Confucian principles.

With the sort of analysis practiced by the Sōgi school, the process of reading the *Kokin wakashū* to understand its poetry became instead the process of studying the lessons it offered in self-discipline and good government, using the ideas and methods of a Chinese philosophy like Confucianism to analyze *waka* poetry, a genre often considered to be quintessentially Japanese. Yet such an application is not as quixotic as it might at first appear. Considering how quickly and firmly Neo-Confucianism spread, and took hold, from the end of the medieval to the early modern period, as well as the sheer scale of its intellectual impact (not to mention its widespread influence in East Asia as a whole), there was nothing necessarily unnatural in such a development. More than anything, throughout the medieval period the *Kokin wakashū* had always been a text from which readings of a scholastic turn were expected.

Ever since its *kana* preface defined *waka* poems as: "tak[ing] the human heart as their seed and flourish[ing] as myriad leaves of words,"[14] the crucial issue of how these constituent "words" and "heart" related to one another has arisen whenever the essence of *waka* poetry has been discussed. With the rise in popularity of Neo-Confucianism then, for which the elucidation of "heart" was an equally central

theme, it is easy to see how the "heart" of *waka* discourse found itself redefined in the latter's terms, with the consequence that the relationship between *waka* poetry and Neo-Confucianism's way of righteousness came to receive focused attention as a serious concern.

4. *Waka* as the Study of Self-Discipline

When Sanjōnishi Sanetaka 三条西実隆 (1455-1537), one of the leading cultural figures of the Muromachi period, received in person from Sōgi his secret teachings on the *Kokin wakashū*, he wrote the following in his diary:

> When studying the *Kokin [wakashū]*, first and foremost one must be in the proper state of mind. It is said that only then, beginning with "no evil thoughts," will one be able to master the matter. ··· In the end, they say, the single-disciple transmission of all secret teachings and their mysteries is simply for the discipline of the self. What a truly excellent thing!
>
> —*Sanetaka kōki* 実隆公記, Bunmei 文明 18 [1486], first day of the 7th month

From the Kamakura period onward, the receipt of *Kokin wakashū* teachings from one's teacher had come to be considered an event of special significance. Here, however, Sanetaka presents even the transmission of those secret commentary materials collectively called the *Kokin denju* 古今伝授 as being "simply for the discipline of the self." This notion of Sanetaka's, that even the extremely ceremonial act of listening to a master's interpretations of the *Kokin wakashū* and receiving his teachings thereon might function as a means to personal self-discipline in the real world, demonstrates obliquely the social significance with which readings of the *Kokin wakashū* were invested during this period. It seems clear, nonetheless, that this above statement of Sanetaka's does not constitute a roundabout rejection of the actual content of those secret teachings received from Sōgi, given the fact that in the *Denshinshō* 伝心抄 (Heart-to-Heart Transmission, 1574), a record of *Kokin wakashū* lectures by Sanetaka's own grandson Sanjōnishi Saneki 三条西実枝 (1511-79), the latter offers moralizing analyses that represent an advanced development of Sōgi's own. The Sōgi school of exegesis had, in other words, been transmitted within the

Sanjōnishi family line. To put the matter somewhat abstractly, what this phrasing of Sanetaka's seems to communicate is the existence of a certain something that only the recipient of secret teachings, through the very process of receiving those secret teachings, is able to perceive. That certain something was society's underlying principle, symbolized by the word "self-discipline."[15]

The Neo-Confucian philosophy upon which the Sōgi school of classical studies likely based itself was originally formulated as a theory of human morality. Unsatisfied with the Confucian scholarship of previous generations whose primary concern was glossary-like commentary on classical texts, Neo-Confucians inquired into the principles (*kotowari* 理) uniting humanity and the cosmos, making their own object of study the elucidation of human nature. The rise of this new Confucianism would have a decisive effect in Japan on the direction of scholarship itself. Of course, unlike the scholar-monks of the Zen community, there is much uncertainty about how well the courtiers and warriors of the Muromachi period actually understood the system of Neo-Confucianism as a field of study, and it is certainly possible that their familiarity with it extended only as far as a very fragmentary and vulgarized knowledge. It is also conceivable that Sōgi for his part shaped his interpretations in such a way as to largely meet the expectations of just such courtiers and warriors. In either case, for readings of *waka* to become the sort of thing passed down family lines as a form of scholarship, it was probably necessary that people envision beyond the analysis of *waka* something deeper waiting to be perceived, yet which only the act of *waka* analysis itself could make perceptible.

5. Readings' Ends

Throughout the medieval period, the ends toward which readings of the *Kokin wakashū* were oriented were determined by the text's interactions with pre-modern Japan's two great intellectual systems: Buddhism (particularly the esoteric kind) and Confucianism. The *Kokin wakashū* as thus interpreted, seen in the framework of a Buddhist or Confucian vocabulary and worldview, was more than the merely aesthetic work it has mostly become for us today. In point of fact, over the long history of *Kokin wakashū* readings, modes of interpretation and appreciation carefully faithful to the text's historical context—the core methodology of readings

in the modern sense—are far from being the most common.

Indeed, it is worth remembering that even Motoori Norinaga 本居宣長 (1730-1801), though often cited to illustrate the rejection of pre-modern modes of reading, himself characterized the reading of *Genji monogatari* 源氏物語 as efficacious for "coming to know the pathos of things (*mono no aware*)." For all its fame, this is not a phrase that escapes the trope of reading as source for the reader's spiritual growth. What readers expected to gain from texts—through the process of reading—continued thus to be eminently pragmatic.

This chapter has attempted a partial reconsideration of the history surrounding *Kokin wakashū* readings as instead the history of what such readings were expected to provide. Such a history is not unique to the *Kokin wakashū*: other Heian court classics such as *Ise monogatari* and *Genji monogatari* all share, to varying degrees, a history of reception as texts from which some kind of allegorical reading was expected. This is a history of seeking lessons from texts that are fundamentally non-religious, and teachings from texts that never intended to teach anything. As such it is also, ultimately, a history of reader desire.

Translated by Jeffrey Knott, building upon Mathew Thompson's translation of an earlier version of this chapter

References

Abe Yasurō 阿部泰郎. "Jidō setsuwa no keisei (jō): Tendai sokui-hō no seiritsu wo megurite" 慈童説話の形成(上)：天台即位法の成立をめぐりて. *Kokugo kokubun* 国語国文 53:8 (1984a), pp. 1-29.

Abe Yasurō. "Jidō setsuwa no keisei (ge): Tendai sokui-hō no seiritsu wo megurite" 慈童説話の形成(下)：天台即位法の成立をめぐりて. *Kokugo kokubun* 53:9 (1984b), pp. 30-56.

Akase Shingo 赤瀬信吾. "Shin-i-shiki no ron to waka chūshaku" 心・意・識の論と和歌注釈. In vol. 5 of *Wakan hikaku bungaku sōsho* 和漢比較文学叢書. Kyūko Shoin, 1987a, pp. 71-90.

Akase Shingo. "Muromachi jidai chūki no waka chūshaku to kanseki" 室町時代中期の和歌注釈と漢籍. *Chūsei bungaku* 中世文学 33 (1987b), pp. 2-9.

Asada Tōru 浅田徹. "Shunzei no *Kokin mondō* wo megutte: Monja no shiritakatta koto" 俊成の古今問答をめぐって：問者の知りたかったこと. *Kokubungaku kenkyū* 国文学研究 115 (1995), pp. 37-46.

Asada Tōru. "Norinaga *Kokinshū chū* ni tsuite: Denju to chūshakusho" 教長古今集注について：伝授と注釈書. *Kokubungaku kenkyū* 122 (1997), pp. 44-53.

Asada Tōru. "Norinaga *Kokinshū chū* to shihatsuki *Kokin denju* no mondai" 教長古今集注と始発期古今伝授の問題. *Waka bungaku kenkyū* 和歌文学研究 77 (1998), pp. 34-43.

Asada Tōru. "Chūsei no *Kokinshū chū*: Tagisei no futatsu no kata" 中世の古今集注：多義性の二つの型. In vol. 3 of *Kokin wakashū kenkyū shūsei* 古今和歌集研究集成. Kazama Shobō, 2004, pp. 157-186.

Hirota Tetsumichi 廣田哲通. *Chūsei Hokekyō chūshakusho no kenkyū* 中世法華経注釈書の研究. Kasama Shoin, 1993.

Horikawa Takashi 堀川貴司. "'Shita no kokoro' no setsu" 「下心」の説. *Nihon koten bungakukai kaihō* 日本古典文学会々報 130 (1998), p. 8.

Ii Haruki 伊井春樹. *Genji monogatari chūshakushi no kenkyū: Muromachi zenki* 源氏物語注釈史の研究：室町前期. Ōfūsha, 1980.

Ishigami Hideaki 石神秀晃. "Gichū no rikugiron sono hoka (jō): Shihen kaishaku hō no juyō ni tsuite" 祇注の六義論その他（上）：詩篇解釈法の受容について. *Mita kokubun* 三田国文 11 (1989), pp.12-28.

Ishigami Hidemi 石神秀美. "Kunaichō shoryōbu-zō 'Kingyoku sōgi' kaidai narabi ni honkoku" 宮内庁書陵部蔵「金玉双義」解題併翻刻, parts 1-3. *Mita kokubun* 15-17 (1991-92b), pp.37-52, 41-55, 51-62.

Ishigami Hidemi. "*Gyokuden jimpi no maki* kaidai-kō" 玉伝深秘巻解題稿. *Shidō bunko ronshū* 斯道文庫論集 26 (1992a), pp. 209-264.

Ishigami Hidemi. "*Kokin kanjō* kaidai-kō" 古今灌頂解題稿. *Shidō bunko ronshū* 28 (1993), pp. 77-137.

Ishigami Hidemi. "*Kokin wakashū* chūshaku" 『古今和歌集』注釈. In vol. 8 of *Bukkyō bungaku kōza* 仏教文学講座. Benseisha, 1995.

Itō Masayoshi 伊藤正義. *Yōkyoku shū* 謡曲集. 3 vols. *Shinchō Nihon koten shūsei* 新潮日本古典集成. Shinchōsha, 1983-88.

Itō Masayoshi. *Itō Masayoshi Chūsei bunka ronshū dai-1-kan: Utai to nō no sekai (jō)* 伊藤正義中世文華論集第一巻：謡と能の世界（上）. Izumi Shoin, 2012.

Katagiri Yōichi 片桐洋一. *Ise monogatari no kenkyū: Kenkyū hen* 伊勢物語の研究：研究篇. Meiji Shoin, 1968-69.

Katagiri Yōichi. *Chūsei Kokin wakashū chūshakusho kaidai* 中世古今集注釈書解題. 6 vols. Akao Shōbundō, 1971-87.

Klein, Susan B. *Allegories of Desire: The Esoteric Literary Commentaries of Medieval Japan*. Harvard University Press, 2003.

Kokinshū chū 古今集註. In *Nihon koten zenshū Kokin wakashū: Fu Fujiwara no Norinaga 'Kokinshū chū'* 日本古典全集古今和歌集：附藤原教長「古今集註」. Nihon koten zenshū kankōkai, 1927.

Kokinshū chū. Kichō tosho eihon kankōkai, 1931.

Kuroda Akira 黒田彰. *Chūsei setsuwa no bungakushiteki kankyō* 中世説話の文学史的環境. Izumi Shoin, 1987.

Makino Kazuo 牧野和夫. *Chūsei no setsuwa to gakumon* 中世の説話と学問. Izumi Shoin, 1991.

Masaoka Shiki 正岡子規. "Futatabi utayomi ni atauru sho" 再び歌よみに与ふる書. In vol. 7 of *Shiki zenshū* 子規全集. Kodansha, 1975.

Miwa Masatane 三輪正胤. *Kagaku hiden no kenkyū* 歌学秘伝の研究. Kazama Shobō, 1994.

Sanetaka kōki 実隆公記. 13 vols. Zoku Gunsho ruijū kanseikai, 1931-67.

Shirane, Haruo, ed. *Traditional Japanese Literature: An Anthology, Beginnings to 1600*. Columbia University Press, 2007.

Shirane, Haruo ハルオ・シラネ, ed. *Ekkyō suru Nihon bungaku kenkyū: Kanon keisei, jendaa, media* 越境する日本文学研究：カノン形成・ジェンダー・メディア. Bensei Shuppan, 2010.

Shirane, Haruo ハルオ・シラネ and Tomi Suzuki 鈴木登美, eds. *Sōzō sareta koten: Kanon keisei, kokumin kokka, Nihon bungaku* 創造された古典：カノン形成・国民国家・日本文学. Shinyōsha, 1999.

Terajima Shōichi 寺島樵一. "Futatsu no 'inaōsedori': Sōgi-ryū *Kokin* chū 'ura no setsu' no seikaku" 二つの「稲負鳥」：宗祇流古今注「裏説」の性格. In *Rengaron no kenkyū* 連歌論の研究. Izumi Shoin, 1996, pp. 133-150.

Yamazaki Makoto 山崎誠. *Chūsei gakumon shi no kitei to tenkai* 中世学問史の基底と展開. Izumi Shoin, 1993.

Notes

1) "[Ki no] Tsurayuki was a bad poet, and the *Kokinshū* an anthology of little value." See *Futatabi utayomi ni atauru sho*, p. 23.

2) In particular, see, for example, Katagiri Yōichi's 片桐洋一 demonstrations that commentary activities focused on the *Kokin wakashū* and *Ise monogatari* had an influence on *gunki-mono* and *otogizōshi* (Katagiri 1968-69, 1971-87); Itō Masayoshi's 伊藤正義 discovery of the foundational role played by old commentaries in the development of Noh drama (Itō 1983-88); Ii Haruki's 伊井春樹 panoramic perspective on the expansion of the world of *Genji monogatari* (Ii 1980); or Kuroda Akira's 黒田彰 discovery of the mediating role played by the *Wakan rōeishū* and its commentaries in the reception of stories from Chinese classics (Kuroda 1987). Such studies have successfully shed light on the concrete details of how readings of classical texts might facilitate literary production, one result of which in turn has been the exploration of relationships between these newer texts and the classics. With increased interest in how commentary on classical texts could thus function as a wellspring of knowledge for the production of

later works, the study of classical literature's reception history has become inseparable from any historical study of literary creation.

Subsequently, this interest in commentary-borne knowledge as a creative foundation developed into an interest in the collective scholastic systems of specific eras. One salient example of this is what is known as "the medieval *Nihongi*" (chūsei *Nihongi* 中世日本紀). A concept first proposed by Itō Masayoshi, it refers as a whole to the distinct body of mythology—ultimately based on ancient myths in the *Nihon shoki* 日本書紀 and elsewhere—that took shape over the course of the medieval period through various reinterpretations and rearrangements of that material in line with medieval understandings of concepts like *honji suijaku* 本地垂迹. As a case, it demonstrates how these new approaches encouraged the excavation not only of the knowledge recorded within a large array of specific religious and scholarly texts, but also of the underlying knowledge systems themselves. From examples like Abe Yasurō's 阿部泰郎 interest in Tendai studies (Abe 1984a and 1984b), or the efforts of Makino Kazuo 牧野和夫 (1991) and Yamazaki Makoto 山崎誠 (1993) to shed light on commentary activity within medieval Chinese studies, or Akase Shingo's 赤瀬信吾 exploration of interactions between *waka* commentaries and religious and Sinological texts (Akase 1987a and 1987b), it can be seen that, as the end result of an interest in the nature and function of commentaries as sources of knowledge, scholars came to look beyond literary works, sifting widely through texts from a great variety of genres.

3) See Shirane and Suzuki (eds.) 1999 and Shirane (ed.) 2010.

4) See Asada 1995, 1997, and 1998.

5) *Kokinshū chū* 1931 provides a facsimile of the text. For a transcription see *Kokinshū chū* 1927.

6) See Klein 2003, pp. 25-40.

7) For a detailed introduction to the text, see Ishigami 1992a. A transcription is given in the series Ishigami 1991-1992b.

8) A detailed textual introduction can be found in Ishigami 1993.

9) See Miwa 1994, pp. 73-184.

10) See Itō 2012.

11) For an examination of the methodology of *Kokin wakashū* commentaries of this kind, see Asada 2004.

12) See Hirota 1993, pp. 12-34.

13) See Ishigami 1989 and 1995, Terajima 1996, and Horikawa 1998.

14) Translation from Shirane (ed.) 2007.

15) For an overview of the Sanjōnishi school of classical studies, characterized by its penchant for moral instruction, see Part 1, Chapter 2.